Muchos años después

Muchos años después

José Antonio Gabriel y Galán

ALFAGUARA HISPANICA

1991, Altea, Taurus, Alfaguara, S. A.
Juan Bravo, 38. 28006 Madrid
Teléfono (91) 578 31 59
Telefax (91) 578 32 20

ISBN:84-204-8090-8
Depósito legal: M. 23.427-1991
Diseño:
Proyecto de Enric Satué
© Ilustración de la cubierta:
Francisco Solé y Fuencisla del Amo

PRIMERA EDICIÓN: MAYO 1991
PRIMERA REIMPRESIÓN: JUNIO 1991

Para Cecilia

Mi vida va apagándose detrás de mí y no sé si la he vivido o me la han contado.

Hermann Broch

Índice

Primera parte

Malambruno

Muchos años después, frente al cuerpo sin vida de Odile, había de evocar aquella tarde remota en que su madre le llevó por primera vez a casa de los Zúñiga. Le arrastraba de la mano por entre las estrechas calles que descendían sinuosas hacia la Puerta Berrozana. Intentaba detenerse en cada esquina, frenar al menos el trote que imponía su madre para retrasar en lo posible la llegada a aquella casa. Ignoraba qué iba a hacer allí, por qué el elegido para tal visita era él y no cualquiera de sus hermanos que habían quedado a la puerta de la chabola como pardales al borde de un nido, en espera incierta de que les cayese algo de comer. Su madre le explicaba precipitadamente las últimas consignas sin darse cuenta de que ni siquiera le había puesto al tanto del motivo principal del ajetreo. ¿Por qué tenía que portarse bien en aquella casa, hablar lo menos posible, no rascarse la cabeza en la mesa ni tocarse los pies en presencia de los señores? Tanta perorata olía a comida, sobre todo no escupir ni morderse las uñas, qué negras, crío, quizá le darían higos, puede que un bocadillo de chorizo, pero daba miedo, adónde le iban a meter y quiénes eran aquellos señores. Procuraba pararse pretextando una china en la zapatilla o que se le había desatado la cinta. Su madre sin duda sabía lo que hacía, como siempre, siendo como era una mujer espabilada y dura, con siete hijos escuálidos y un marido muerto. Sí, ¿por qué iba él a comer y no alguno de sus hermanos, que los había bien esmirriados, o es que estaría él enfermo sin saberlo? Bajaron por la calle de los Quesos sin aminorar el paso, su madre no despegaba los ojos del suelo y le acarreaba como si condujera un lechón al sacrificio. No respondía a sus preguntas porque seguramente estaba enfadada con él y con alguien más, mientras dieron las doce en el famoso reloj del Ayuntamiento, o quizá las trece, muchas campanadas desde luego, doblaron el convento de las josefinas, a veces se las oía rezar cantando con voces de filigrana cosas muy tristes desde la penumbra, debían de estar ya resucitadas, pero nadie podía verlas, su hermano Jenaro decía que vivían en habitaciones con las ventanas tapiadas, que a muchas las enterraban vivas y que algunas tenían más de doscientos años. A todo esto, los que le iban a dar de comer ¿qué le pedirían a cambio?, ¿le obligarían a ayudar a misa, a quitar garrapatas a los perros? Si se trataba de rezar el rosario y la comida era caliente bien valía la pena, aunque fuera un rosario de los largos, de esos que las viejas emplean para adormilarse. "¿Vamos a un convento, madre?", y pasaban por debajo del arco de la Puerta Berrozana, con su escudo de los Reyes Católicos, bastante desgastado aunque no fuera más que por el poco respeto que le profesaban las palomas cagándose en él constantemente. Su madre le dijo: "Y no se te ocurra ir nunca a los Canchos".

Atravesaron la plaza, en el límite de la ciudad, pues más allá aparecían los primeros canchales musgosos que iban creciendo a medida que se adentraban en el monte. La puerta del caserón de los Zúñiga daba paso a la umbría de una escalera por la que subieron mientras su madre, tras estirarse las faldas, le enderezó esos tirantes demasiado holgados que se le caían cada dos por tres. ¿Por qué estaba asustado si le iban a dar de comer? Atravesaron una galería acristalada siguiendo los pasos de una sirvienta renegrida, de uniforme gris y cuello blanco, que se empeñaba en ignorarlos. Por todas partes había plantas de grandes hojas verdes, relucientes, gateando hacia arriba en busca de sol, como en los invernaderos. Acabada la galería entraron en una sala inmensa, diez veces mayor que la casa en la que ellos vivían. Pisaba con tiento las baldosas blancas y negras; en las negras quedaba la leve huella de sus zapatillas, así es que se concentró en elegir sólo las blancas. Las persianas de los balcones estaban echadas y la penumbra se extendía en un tierno frescor que le cosquilleaba los costados; seguía a su madre casi escondido tras sus faldas, y ambos seguían a la criada que sorteaba mesas, sillones y floreros con precisión de murciélago. De pronto se paró, ellos también. De detrás de una frágil mecedora surgió una voz seguida por el perfil de una dama que poco a poco fue reconstruyéndose, a medida que la penumbra se dulcificaba. "Acercaos", dijo, y los miraba risueña a través de unas gafas de concha amarilla. Tenía un libro abierto en el regazo y a él le pareció imposible que se pudiera leer con tan poca luz, pero quizás esas señoras poseían una vista muy fina y en todo caso sabían escoger los escasos rayos de sol que los resquicios de las persianas dejaban pasar. "Así es que tú eres Silverio, ¿eh?". Le inspeccionó con descaro y él miraba en sus negros zapatones la trabilla que se le apretaba sobre el empeine regordete sin que aparentemente le produjera ningún daño. Le decía a su madre que no se preocupara, que una boca menos y que le preparase para el día siguiente, todo empezaría al día siguiente. La señora se levantó con dificultad, propiciando el balanceo de la butaca, y comenzó a examinar su cabeza sin tocarle un pelo, mientras su rostro ostentaba un gesto de desagrado que inmediatamente sustituyó por una media sonrisa en tanto repetía a su madre que no se preocupara.

La realidad es que volvieron con las orejas gachas, andando despacio por la sombra. "¿Y la comida, madre?", mientras cruzaban otra vez por delante del convento de las josefinas, las pobres. Su madre no le prestaba atención, absorta como iba, y él tenía hambre. Cada vez que se hacía ilusiones le ocurría lo mismo: lo mejor para no pasar hambre era no pensar en ella, pero él ya había olisqueado una comida próxima. Quizás a la señora no le había gustado su pelo negro lleno de rizos tiesos; puede que no estuviera lo suficientemente enfermo. "¿Qué ha pasado, madre, puñetas?". El bofetón seco le pilló con los ojos entornados y vio un remolino de estrellitas azules bailarle alrededor. El horno no estaba para bollos, volvían a casa a comer el guiso de caldo y patatas al que no haría ascos con lo tarde que era. Su madre se detuvo delante de la zapatería Honorio y le quiso camelar. "Mañana volverás a casa de esos señores, pero tendrás que ir limpio, con las rodillas lavadas, y las manos, ¿te pica la cabeza?". Vaya pregunta, se dijo para sus adentros, "pues unas veces sí y otras no, como siempre". Nunca se había parado a pensar que pudiera estar sucio. Ahora comprendía lo que le pedían a cambio de la comida: tenía que lavarse. La verdad, hubiera preferido el rosario. Justo ahora empezaba a picarle el coco, pero más valía callarse; en general más valía callarse siempre, porque además casi nunca entendían lo que quería decir. Había aprendido a hablar lo menos posible y eso le libraba de muchas broncas, aunque también se las ganaba por no hablar, cuando le decían que era mudo. Pero echando cuentas, resultaba mejor mantener la boca cerrada.

Al día siguiente su madre le refregó las piernas con estropajo, concentrando los apretujones en las rodillas y en los calcañares. Intentó peinarle mojando mucho el pelo pero no había forma de sostenerle la coronilla. Finalmente lo miró de arriba abajo y pareció aprobar su labor. Le tomó de la mano y allá se fueron otra vez, calle de los Quesos abajo, hasta la Puerta Berrozana. Silverio iba más preocupado si cabe que el día anterior, con la impresión de que si fallaba otra vez, adiós comida caliente con sustancia, una comida incluso algo mejor que los garbanzos que en alguna ocasión había logrado pillar en Auxilio Social. "Tú no te hagas ilusiones, Silverio, estos señores tienen muchos pobres donde elegir y tú no eres el más listo ni el más guapo". Cosas así le iba diciendo su madre probablemente para prevenir a su estómago, pero éste no sabía de razones.

Sin embargo, todo fue bien en esa ocasión. Su madre le dejó en el portal de la casa haciéndole la última recomendación de que no se rascara y Silverio volvió a subir las escaleras escoltado por la criada renegrida. Entró en un comedor donde ya estaba toda la familia sentada alrededor de la mesa. Tuvo que dar más de veinte pasos con la mirada de toda aquella gente sobándole el cuerpo. Llevaba los ojos clavados en las baldosas, quería dar la impresión de humildad aunque su nariz se espabiló inmediatamente al recoger el intenso olor que se escapaba bajo la tapa de la sopera. La criada le señaló la única silla libre y él se sentó haciendo el menor ruido posible. "Emilio —dijo la señora dirigiéndose al señor mayor que debía ser su marido—, éste es Silverio". "Hola, Silverio —dijo el señor—; hijos, éste es Silverio". Nadie abrió la boca, pero sintió que aquellos cuatro hijos de puta se reían de él por lo bajinis. Hubo un silencio que la criada aprovechó para servir la sopa de fideos. A pesar del calor le estaba cayendo en la barriga como hostia bendita; allá se rieran aquellos golondrinos. En realidad el señor, el marido de la señora, hacía un ruido tremendo sorbiendo la sopa, así es que él también se puso a tomarla despreocupado, como si estuviera en su casa. No había dado ni tres cucharadas cuando la señora le cortó con una advertencia que le heló la sangre: "Silverio, no hagas tanto ruido al comer". Aunque lo había dicho con voz suave, pensó que le iban a echar del comedor. Trató de calmarse, era casi imposible sorber sin ruido, había que dejar caer el líquido en la boca con el peligro de que le chorreara por las comisuras de los labios. Le pareció estar dando de beber a un cernícalo. Tomada con tantas dificultades la sopa sabía peor, si bien el marido seguía haciendo todos los gorgoritos que le venían en gana. Cuando terminó, la señora le preguntó si quería más. No supo qué decir, quizás aquello era plato único. La señora sonrió. "Hortensia, sírvele tres cucharones más". Los hijos de puta de los hijos también se rieron mientras la criada servía tres cucharones, ni uno más ni uno menos. Como nadie repitió, todos esperaron a que terminara, con lo que el azoramiento le hacía disminuir el disfrute de aquel calorcillo que a cada sorbo se le desparramaba por todo el cuerpo provocando que los brazos y las piernas le pesaran más de lo normal. Cuando acabó la comida la dama rezó una oración, todos se santiguaron apresuradamente, el festejo había concluido. El señor le preguntó si había comido bien mientras se levantaba de su asiento, y el chico afirmó con la cabeza. La señora le dijo "hasta mañana, entonces" y él volvió a mover la cabeza lanzándose escaleras abajo y deseando por encima de todo huir de aquel lugar.

Cruzó la Puerta Berrozana corriendo sin mirar atrás, como si huyera de un grave peligro y cuando se dio cuenta de que no podía más, ya estaba en la plaza mayor, sudando como un pollo. Se sentó en un banco a la sombra de un castaño de indias, apenas había un par de viejos dormitando en otros bancos apoyados en las garrotas. En el portalón del Ayuntamiento un municipal se refugiaba del sol. Silverio se puso a pensar y no podía agarrar ni una sola imagen clara, algo le pesaba por dentro como al lobo del cuento las piedras que le metieron en la barriga; no conseguía recordar todos los detalles de lo sucedido, pero se había portado bien, no se rascó ni una vez. Intentó reconstruir, por si le preguntaban, cómo era el comedor y únicamente le quedaba la sensación umbrosa, cómo eran los hijos de los señores y sólo se le venía a la cabeza que eran unos gilís, cómo iba vestido el señor y recordaba el ruido que hacía al tomar la sopa, pero ¿la mesa era cuadrada o redonda? De primero había comido sopa de fideos, de segundo garbanzos, de tercero carne, tocino y chorizo, y al final dos rajas de sandía, más la repetición de la sopa: eso lo recordaba bien, nadie se lo podía quitar ya del estómago. Pero ¿qué voz tenía el señor?, ¿llevaba la señora la misma trabilla en el zapatón negro?, ¿se había despedido de los hijos de puta de los hijos? Estaba demasiado nervioso, casi le daban temblores, sería preciso inventarse alguna historia para cuando su madre le preguntase cosas concretas. Lo único cierto es que no se había rascado ni una sola vez, con lo que la comida del día siguiente estaba asegurada. Sin embargo cada vez se sentía más agobiado por el calor, eran las horas más duras, la ciudad entera estaba durmiendo, los pájaros también. Le pareció que el sol burbujeaba sobre el empedrado, rebotando mil destellos contra sus ojos en un culebreo que le hacía daño, hasta que empezaron a dolerle las sienes. Se acurrucó en el banco de piedra y se habría dormido tan ricamente de no haber sido por el sudor helado que le rodeaba el cuello, y por la cabeza, que se le iba igual que en las norias de feria. Sin saber por qué se palpó la barriga, ¿cuántos platos de garbanzos había tomado?, ¿fueron dos o tres las rajas de sandía? Quizás así encogido le dolería más, intentó levantarse y apenas pudo dar dos pasos vacilantes. A lo mejor le habían envenenado, al fin y al cabo ellos eran señoritos. Que su madre no se enterara de que había pensado algo semejante. ¿Habrían comido algo sus hermanos?, ¿cómo podría ayudarles? Vomitando, se dijo con la vista borrosa, y de inmediato, como un torrente, le entraron unas ganas incontenibles de devolver, se estaba muriendo de la manera más tonta, qué sensación de irse. Lo fue echando todo a lo largo de mucho tiempo, a trompicones, no acabaría nunca. Los alrededores del banco quedaron hechos una pena y eso le hizo salir de allí pitando en cuanto volvió la nitidez a su vista, nadie se había dado cuenta, el municipal del Ayuntamiento había desaparecido. Cuando al fin se encontró junto a los suyos todos lo miraron boquiabiertos, estaba más blanco que la pared y no pudo sino dar varios pasos hasta su jergón, sobre el que se dejó caer reventado.

Volvió a la casa de la Puerta Berrozana al día siguiente, al otro y al otro. No les contó lo del entripado por varias razones. Primera, los hijosputa de los hijos se hubieran reído de él. Segunda, no le habrían permitido repetir de ningún plato más. Tercera, el señor Zúñiga era médico y quizá le hubiese puesto una inyección. Y cuarta, no tenía aún la suficiente confianza como para meterse en una explicación tan larga; a lo más que se atrevía entonces era a contestaciones del tipo sí, no, bueno, claro, qué, eso, poco, basta, cosas cortas porque cada vez que abría la boca todos le miraban para burlarse y ya tenía bastante con evitar que el vaso no chocara contra el plato ni el tenedor contra el cuchillo. Comer encima de un mantel era lo más peligroso del mundo, parecía tener un imán que atraía a las salsas, al agua y, sin embargo, nunca tuvo un solo fallo, mientras que una de las niñas, porque eran dos niñas y dos niños, siempre estaba vertiendo el vaso, comían mucho peor que él y no pasaba nada. Fue conociendo sus nombres: el mayor se llamaba Andrés; el otro, de su edad, Julián, y las niñas María y Teresa; cuatro idiotas que sólo sabían reírse, y es que en aquella mesa se hablaba bien poco, a lo mejor porque estaba él delante y no querían que se enterara de sus cosas, pero entonces ¿por qué no le mandaban a la cocina? Quería decírselo a la señora pero no se atrevía, no fuera a ser que se enfadase. Luego estaba el señor Zúñiga con sus ruidos, cualquiera se atrevía a mirarle, ése sí que era un hombre serio, aunque a él nunca le dijo una mala palabra, tratándole incluso mejor que a sus hijos, a los que a veces echaba unas broncas terribles, sobre todo al mayor, que también tenía un genio de cuidado, y un día se levantó de la mesa mientras el padre le llamaba inútilmente a gritos. En ocasiones le venían a avisar, en mitad de la comida, para que fuera a ver a algún enfermo; soltaba dos tacos en voz baja, pedía su maletín y salía disparado, dejando la comida como estuviese. Trabajaba también en el manicomio de las locas, en la avenida del Puerto, por donde Silverio tenía que pasar todos los días para ir a su casa, mucho más arriba, detrás de la plaza de toros. El manicomio estaba cerrado por un muro de piedra descomunal coronado por una alambrada de pinchos. Allí asomaban al atardecer las locas sus cabezas de tiesos pelos de bruja y ojos saltones, lanzando risotadas que ponían la carne de gallina a los chicos que las espiaban. "¡Cagones! ¡Cagones!", les gritaban riendo como locas que eran, mientras ellos corrían calle abajo igual que almas en pena. También los compadres de Silverio, cuando se encontraban seguros, se llegaban al pie de la tapia y se ponían a llamarlas y a hacerles pedorretas. Al poco aparecía una cabeza, luego otra y otra, hasta que la línea de espinos se llenaba de rostros enfurecidos, insultantes. Pero lo que les daba realmente miedo eran aquellos gritos guturales, chillidos de rata y sobre todo las carcajadas que parecían salir de un ataúd. Cuando el griterío se hacía escandaloso llegaban los enfermeros con porras, según les habían contado, pues las cabezas desaparecían súbitamente y un silencio funesto se apoderaba del lugar. Silverio empezó a imaginarse al doctor Zúñiga tras el muro, mostrando a los enfermeros cómo había que apaciguar a aquellas mochales, asustándolas con las correas, dándoles bromuro o alguna otra medicina.

El caso es que sucedió que su hermano José, el segundo en edad, se había enamorado de una de las locas, una muchachita joven y muy seria (la mayoría eran viejas y estrafalarias) que siempre se situaba al final de la tapia, en silencio, mientras las otras se excitaban con lo de ¡cagones! ¡cagones! Su hermano se ponía debajo, y así pasaban los dos mucho tiempo, mirándose, sin decirse nada. La muchacha era guapa y tenía pelos de loca pero los ojos no resultaban saltones. Una tarde, cuando todo estaba aún tranquilo, se le ocurrió a José silbar imitando a un gavilán; al momento apareció ella y ya fue así todos los días. Él silbaba y emergía la cabecita de cabellera tiesa, se miraban hipnotizados, ajenos a todo, y al cabo de mucho rato ella se retiraba diciendo adiós con una mano pequeña y colorada, mientras su hermano volvía a casa sin querer hablar con nadie, pensando y pensando, y es que parecía estarse volviendo loco él también. Ninguno de la panda se atrevía a reírse, primero porque se hubiera ganado un guantazo, y después porque se daban cuenta de que si las demás locas respetaban a los novios ellos tenían que hacer lo mismo.

Transcurrieron semanas, meses, y Silverio acabó por habituarse a la casa de los Zúñiga. El estómago iniciaba su reclamación a media mañana, en la confianza de que ya no había fallos. Era consciente de que se estaba acostumbrando mal, pero hubiese sido idiota dejar pasar una oportunidad semejante, durara lo que durase. Al principio se sentía como desasosegado al volver a su casa con la panza llena y sus hermanos le miraban sin decir nada; tenían razón cualquiera que fuese lo que pensaran de él, pero ¿qué podía hacer? Lo que son las cosas del estómago: a las pocas semanas de haberse enseñado a circular con la barriga llena empezaron a pasársele los escrúpulos y acabó encontrando natural la situación; al fin y al cabo era una boca menos y ellos podían repartirse su ración. Fue entonces cuando aprendió que no hay nada tan egoísta y déspota como la andorga. Su madre trataba de que aquella desigualdad no los enemistara y en cierto modo lo consiguió porque ninguno dijo nunca: ¿por qué tú y no yo? Sólo una vez tuvo Silverio un problema serio y no por ese motivo. Ocurrió lo siguiente con José. Una tarde, al ponerse el sol, se instaló éste como cada día en la esquina de la tapia del manicomio, lanzó su silbido de gavilán, que ya practicaba con auténtica maestría, y la loca no apareció; siguió silbando pero nadie se asomaba. José empezó a impacientarse, pues además le daba vergüenza que se le viera expuesto de aquella forma. Al cabo de un rato se fue con la cabeza gacha, humillado y de mal humor. Los siguientes días ocurrió lo mismo. Al fin volvieron a mostrarse las locas sin que la novia apareciera por ningún lado. Los hermanos le consolaban diciéndole que no se preocupara, que estaría enferma, pero a medida que pasaban las semanas José se iba descomponiendo, les gritaba a las locas, exigiéndoles cuenta en los más diversos tonos y ellas se hacían las desentendidas. Intentó hablar con algún médico, pero el portero le respondía que, al no ser familiar de ninguna interna, no podía pasar. José, desesperado, cavilaba en algún sistema para escalar el muro, juraba que mataría al vigilante de la entrada; luego empezó a acosar a su hermano para que hablara con el doctor Zúñiga, pero Silverio no se atrevía a dirigirle la palabra y menos para una cosa así, algo sobre una loca de la que ni siquiera sabían el nombre. José le dio una semana de plazo para que adquiriese confianza, ni un día más. Transcurrió el plazo y no había avanzado nada, apenas seguía siendo capaz de soltar ante los Zúñiga una frase corta e insustancial. José no estaba dispuesto a aguantar más; le cogió del brazo a primera hora de la mañana y casi lo arrastró hasta la puerta del manicomio. Poseía una fuerza de caballo a pesar de lo poco que comía. Allí esperaron por lo menos tres horas hasta que se vio al doctor Zúñiga avanzar por el zaguán. José le empujó hacia él de modo que Silverio se encontró de sopetón ante su alimentador oficial, que arqueó las cejas como si no le reconociera. Inmediatamente sonrió: "Ah, tú eres Silverio". Continuó su camino y tuvo que seguirle como un perrillo, hasta que el doctor le preguntó si quería algo. Se lo explicó lo mejor que pudo, tartamudeando. El señor doctor se puso muy serio y callaba, como si meditara la respuesta. José debía de estar espiándoles desde cualquier esquina. "Dile a tu hermano que era una buena muchacha". Sólo mucho tiempo después supo Silverio que se había ahorcado con un cordón de su hábito morado de penitente.

En casa de los Zúñiga, Silverio estaba empezando a entrar en un régimen general especial. Parecían haberse acostumbrado a él y ya les daba menos pena, con lo que penetró también en el terreno de las broncas; sin embargo, el sistema permanecía estricto: una cosa es que le dieran de comer y otra que le permitieran jugar con los hijos. Ahí la distancia se mantenía intacta como el primer día. Él llegaba, comía y se iba. Algunas veces remoloneaba en la sobremesa hasta que Hortensia le echaba con cajas destempladas. Con el único que hubiera podido jugar era con Julián, pues Andrés resultaba demasiado mayor y las niñas eran las niñas. Con Julián le habría apetecido, sobre todo porque recibía de él unas miradas que no sabía cómo interpretar; él también le miraba sin saber a ciencia cierta lo que quería transmitirle. A Silverio le gustaba la posibilidad de tener un amigo rico y quizás a Julián también le parecería divertido tener un amigo pobre.

Sabía que Julián y las niñas iban todas las tardes con Hortensia al parque de San Antón, cuando el calor empezaba a amainar un poco. Allí los había visto merendar pan con chocolate. No es que Silverio fuese buscando una merienda, eso le importaba un pito: si se acercó esa tarde a San Antón fue con el único objeto de hacerse el encontradizo con Julián para intentar saber qué pensaba de él, cosa que le preocupaba hasta el punto de que había noches en que tardaba en dormirse discurriendo sobre ese tema. No tardó en encontrar a los Zúñiga. Hortensia estaba sentada en un banco de madera, a la sombra de un roble, y las niñas jugaban en la tierra con palas y un cubo. Julián, más allá, hacía una carrera ciclista con chapas sin importarle el sofoco de la tarde. A San Antón solían ir los niños ricos con sus chachas; los pobres también podían ir pero simplemente no iban, y eso que era un parque que a Silverio le gustaba mucho, sobre todo la parte de arriba, con los arcos del acueducto romano y la cantidad de sombra que había por todas partes y aquellos castaños y pinos inmensos y luego la estatua de bronce de ese provecto personaje, el poeta José María Gabriel y Galán. Todo estaba lleno de criadas y niños recién peinados, que apenas se ensuciaban porque apenas sabían jugar a nada y encima cada tarde traían ropa nueva. Silverio estaba empeñado en hablar con Julián y allí delante se le plantó. "¿Qué haces tú ahí?", le gritó Hortensia, como si fuera la señora encargada de las broncas. "He venido a ver a Julián". Éste se levantó del suelo y dijo: "Ven", sin siquiera dignarse mirar a Hortensia. Recogieron las chapas y se fueron hasta el próximo parque de Los Pinos, con sus pavos reales, patos y faisanes sueltos, allí donde la criada no podía verlos. Pintaron en la tierra una ruta retorcida hasta lo inverosímil y empezaron la carrera. Para Silverio lo importante no era jugar, pero le siguió. "Yo soy Delio Rodríguez", dijo Julián y preparó su chapa de lujo con la foto del ciclista, una chapa pesada, rellena de masilla de cristalero, de la mejor calidad. "Tú eres Dalmacio Langarica", y le dio la chapa de Langarica, que era mucho más liviana. Julián sólo parecía pensar en la competición y a Silverio le daba igual, sabía que podría ganarle cuando quisiera. Julián, pues, llegó el primero y se reía apretando los dientes. ¿Qué le quería demostrar? Era un imbécil. Lo dejó plantado con sus chapas y se largó a ver a las locas.

En la comida del día siguiente Julián volvió a mirarle y él a su vez le respondió de otra manera. No abrió la boca en todo el tiempo tratando de mostrar enfado, pero sabía que esa tarde volverían a encontrarse en San Antón. Había observado que los ricos se aburren porque andan solitarios y porque además siempre hacen las mismas cosas. No había más que observar a Julián con sus ciclistas exactamente igual que el día anterior, en idéntica postura, con las mismas chapas, después del pan con chocolate. Silverio no dijo nada ni a Hortensia ni a las niñas. En cuanto éstas le vieron perdieron el culo para contárselo a la criada, que no sabía qué decisión tomar. Optó por hacerse la despistada y así pudo Silverio contemplar a Julián sin que éste se diera cuenta, percatándose de que el tío jugaba bastante bien, dominaba el tiro de la chapa colocando los dedos de manera distinta a como lo ejecutaban él y sus amigos, haciendo palanca con el pulgar contra el índice doblado, una fórmula extraña que le daba excelentes resultados. A lo mejor no era tan imbécil como creía; en cualquier caso, si se ponía pijo se vería obligado a ganarle, con Delio o con Langarica, le daba igual. No tenía ninguna duda de que los chicos pobres eran más fuertes y habilidosos que los ricos. Se le puso delante. Julián sonrió apenas y siguió jugando. Esperó pacientemente, sin hablar, a que terminara su carrera. No sabía por qué había tanto polvo aquella tarde en San Antón. Un poco más allá, bajando varios tramos de escalera, se abría un gran paseo por el que deambulaban los sorchis del cuartel de enfrente, un edificio de ladrillo rojo sucio, grande como una fortaleza, que le producía mucho miedo; a todos en su panda les asustaba y procuraban no acercarse a las verjas y menos a las garitas de guardia. Total, que allí estaba con Julián y aún no habían cruzado frase alguna. No es que le diera vergüenza, simplemente esperaba a que el otro comenzara a hablar para ver en qué tono lo hacía. Le correspondía empezar a Julián ¿no?, para eso era el rico. No supo cuánto tiempo estuvieron así frente a frente, manoseando las chapas, haciendo la vista gorda, no enfadados sino expectantes por comprobar quién daría su brazo a torcer. Le empezó a ganar una extraña rabia contra sí mismo y contra el otro, hasta que no aguantó más, se puso en pie y le ordenó a Julián: "Vamos". Echaron los dos a correr. Silverio se paró delante de la estatua del personaje de bronce, echó una mirada alrededor por si vislumbraba algún municipal, saltó las bajas cadenas que cercaban el monumento y se puso a mear sobre el pedestal de mármol, despacio, desafiante; se sacudió la pilila diestramente para no mancharse el pantalón y volvió junto a Julián brindándole la faena con la cabeza alta. Éste apenas pudo ocultar su pasmo, estaba indeciso pero Silverio sabía que acabaría atreviéndose. No tomó precaución alguna, se fue directamente a la estatua y orinó sobre su base con una meada más larga que la suya. Rieron los dos al unísono y salieron zumbando hasta donde estaba Hortensia. No habían dado ni veinte pasos cuando sonó la corneta del cuartel. La tarde estaba cayendo y a esa hora se arriaba bandera. Quedaron clavados en el suelo, firmes, con el brazo derecho extendido en dirección a la enseña patria. Todos en el parque, criadas, niños, barquilleros, gitanos, lanzaban su brazo al cielo, salvo los militares y guardias que se llevaban al gorro la mano abierta. Ni una mosca se oía mientras el tititī-tití daba a la tarde la orden imperiosa de que cesara su actividad y comenzase la anochecida. Cuando el cornetín acabó, el guiñol del parque se puso otra vez en movimiento y, en efecto, al poco empezó a anochecer. Silverio y su nuevo compañero se dieron una palmada en el hombro y cada cual se fue a su madriguera con la sensación de haber inaugurado una fiel amistad.

A partir de ese día comenzaron los problemas de Silverio. Seguramente Hortensia había contado a su señora la relación que se desarrollaba en el parque y doña Teresa empezó a mirarle de otra manera, con un recelo persistente. "Chico —le dijo de sopetón uno de esos días—, a mí no me vengas a casa tan sucio. Dile a tu madre que te lave o si no que venga a hablar conmigo". Estaban en la mesa y se hizo un silencio avivado por el estupor. Julián miraba sin comprender la agresividad de su madre, el doctor calló, las niñas pusieron sus ojos en el mantel. Quizás él no iba tan limpio como Julián, que llevaba calcetines de ganchillo y se los cambiaba todos los días, de acuerdo, pero para eso era pobre; él salía por ahí, jugaba a pedreas, ¿quién le iba a lavar? Para ir a la comida se quitaba el polvo y se mojaba los pelos de la cabeza, qué más podía hacer. Una semana más tarde la señora le preguntó, también en la mesa: "¿Te pica la cabeza?". Él contestó que a veces, como a todos los niños. Al doctor le hizo gracia y dijo: "Deja al chico en paz, mujer". Pero Silverio se dio cuenta de que doña Teresa le estaba buscando las cosquillas. Así pues, las cosas iban de mal en peor. ¿Debería renunciar a San Antón y a Julián por un plato de lentejas? En su cabeza se entabló una batalla entre la molicie del estómago y las exigencias de una amistad prometedora. Por el lado de sus amigos del barrio, éstos empezaban a escamarse con Julián únicamente porque era rico.

Una tarde se escaparon de la vigilancia de Hortensia en San Antón y Silverio le llevó a ver a las locas del manicomio. Julián estaba muy impresionado pero a los amigos de Silverio no les entusiasmó su presencia, consideraban que en aquel campo no cabían extraños. Incluso su hermano José, que ya había olvidado a la muchacha loca, se enfadó con él por mantener amistad con el hijo de un rico. Pero Silverio no estaba dispuesto a abandonar a su compañero, aunque sólo fuera por cabezonada; en realidad ya no lo veía como rico, bueno, no del todo, era difícil olvidar los bocadillos de chorizo de San Antón o las tabletas de chocolate que a veces compartían. En esa relación la diferencia entre ellos resultaba notable, pero en los juegos los dos eran iguales, el más listo ganaba, y unas veces le tocaba a uno y otras a otro. Se sentían bien juntos, unidos en las aventuras, aquellas acciones en las que arriesgaban una reprimenda o algo peor. Silverio trataba de hacer entender a su hermano José que Julián era distinto, que en su casa le había defendido en más de una ocasión, lo cual no era verdad, pero necesitaba argumentos, tenía que creer en el amigo. Su madre callaba, José insistía en que todos los ricos eran iguales y él en el fondo no sabía a qué atenerse, dependía del momento y de cómo se lo planteara.Pero un día esas contradicciones dejaron de tener importancia porque sucedió algo que acabó de unirlos definitivamente. Había ido a buscarle esa mañana a su casa, como en otras ocasiones. Julián le esperaba en la parte trasera, junto a la huerta, donde empezaba propiamente el campo. Allí nacía un sendero que se perdía al fondo por los Canchos, la zona prohibida, el paraje de alta tensión. Nunca se habían atrevido a internarse por ese vericueto que parecía sellado con una invisible malla metálica. En aquel punto comenzaba el territorio de los sangrientos maquis y a ambos les habían enseñado que penetrarlo significaba peligro de muerte. Aquella mañana, sin embargo, el calor pudo trastornarlos o sencillamente habían llegado al límite del aburrimiento. Estaban sentados en una cerca medio derruida de cara a los Canchos, mirando sin ver, tirando piedrecillas sin objetivo, y de repente Julián dijo, a modo de comentario: "Vámonos a los Canchos". Silverio le miró intentando descifrar si estaba tratando de probar su valor. "¿Qué quieres decir?". Insistió: "Que nos vayamos a los Canchos". "Y si nos morimos o nos matan, ¿qué?", replicó Silverio con indiferencia, sin aparentar miedo alguno, a lo sumo un cosquilleo en la palma de las manos que resultaba incluso agradable. Julián le explicó entonces que durante mucho tiempo él había inspeccionado la zona desde su casa con unos viejos prismáticos de su padre y que jamás había visto signos de gente, salvo una vez que vio pasar a un grupito de guardias civiles. Silverio se percató de que su amigo llevaba trajinándose esa idea desde hacía meses, pero no podía cumplirla en solitario. Julián entraría allí antes o después, era una tentación demasiado próxima aquel terreno seco y yermo, con brote de peñascales, alguna chumbera, matojos, un campo inmóvil, pacífico. No lograba comprender dónde podría estar la trampa mortal a la que se referían los mayores, qué peligrosidad se ocultaba en esos pedregales, qué significaba eso de los maquis, si era verdad lo de las minas enterradas, o si es que había alguna otra amenaza monstruosa que no se atrevían a desvelar. También podía ocurrir que toda aquella historia no fuese más que un engaño mondo y lirondo, similar a otras tantas prohibiciones y deberes incomprensibles, como por ejemplo, tener que arrodillarse en misa cuando el cura comulgaba. ¿Qué sentido tenía hincarse de rodillas, qué más le daría a Dios que estuviese arrodillado o de pie? Lo mismo que el rosario: ¿qué podría importarle a Dios, que estaba por encima de todas las vanidades y aburrimientos, que una persona se pasara todo el día llamándole santo, grande, omnipotente? A Silverio se le venían a la cabeza con frecuencia este tipo de cuestiones de las que no se avergonzaba, e incluso preguntas más complicadas, que a lo mejor eran blasfemias pero que no podía apartar y que se referían sobre todo a la eucaristía, a pesar de su escasa experiencia al respecto. Una cosa era la oración, algo intangible, en el aire, una comunicación cuya única incógnita era quién escuchaba, y otra muy distinta el deslumbramiento de la eucaristía, algo concreto que se podía masticar, que había que tragar, y solía preguntarse si no era igual a lo que hacen los salvajes de África cuando se comen a las personas, ¿cómo se podía aceptar sin repugnancia el hecho de masticar a Dios? Pero había más. Una vez vio a una rata por detrás del altar de la catedral y pensó inmediatamente: "¿Qué ocurriría si al sacerdote se le cae una hostia al suelo y en ese momento pasa la rata y se la come? ¿Qué ocurre: esa rata lleva de verdad en su barriga a Jesús? Es demasiado abominable sólo pensarlo. Si no es eso, ¿dónde queda el cuerpo de Jesús? Y si la rata lleva a Dios dentro, ¿qué habría que hacer con ella?". Nunca se atrevió a consultar con nadie estas aberraciones y le pareció que por primera vez había encontrado a una persona con la que compartir tales congojas. El momento de iniciar aquella aventura de los Canchos poseía la suficiente solemnidad como para confesarle a Julián lo de la rata, a modo de última voluntad. Éste se quedó absorto un buen rato. "Eso no puede ocurrir", dijo finalmente. Se sintió incomprendido una vez más e insistió. Julián era terrible. Acabó por contarle que cuando él hizo la primera comunión se sacó la forma de la boca, se la metió en un bolsillo sin que nadie se diera cuenta y más tarde la enterró en una cajita, junto a la casa, al lado de donde estaban. Silverio se asustó. "Vamos a desenterrarla". Julián no quiso ni oír hablar del tema y echó a andar por el sendero. Silverio miró en torno suyo por si alguien los estuviera viendo: gritó a su amigo, que ya había empezado la marcha, que tuviera cuidado con las minas. Al cabo de un rato la casa de los Zúñiga se había quedado muy pequeña y ellos ya no serían más grandes que conejos. Estaban hartos de zigzaguear para evitar las dichosas minas, así es que se pusieron a andar en línea recta observando que el terreno no era tan monótono como parecía. Estaba cuajado de matorrales, mimbreras, matojos, jaras, tomillo, alcornoques que parecían nacer de las propias rocas y de vez en cuando alguna encina enferma. El suelo sí resultaba pedregoso y polvoriento, pero nada indicaba peligro, si acaso la posibilidad de alguna víbora, además de los lagartos inofensivos. A medida que avanzaban hacia arriba los canchales se iban haciendo desmesurados, adoptando formas fantásticas, grietas como desfiladeros en las películas del Oeste. Atravesaron un regato reseco enmarañado por las zarzas. Silverio sabía mirar la tierra y fue así como descubrió un alacrán junto al pie de su amigo, que se detuvo lívido. "¿Lo cogemos?", le preguntó. Llevaba en el bolsillo una caja de parches de bicicleta. Julián afirmó con la cabeza, las piernas quietas. No era la primera vez que Silverio cazaba un alacrán y en ese momento le atravesaba una vengativa excitación porque aquel bicho le atraía y le asqueaba en la misma proporción. Depositó la caja abierta en el suelo, tomó los dos palos más rectos que encontró y se dispuso a prenderlo consciente de que un fallo podía suponer una picadura mortal. El alacrán escapaba a sus manejos revolviéndose en rápidos giros, no era fácil pillarle por el caparazón con tan rudimentarias pinzas. Cuando con mucho esfuerzo, sudando ya copiosamente, lograba atenazarlo, la alimaña se agitaba escapando a la presa. Por fin pudo sujetarlo bien, era el momento más peligroso, pues había que depositarlo en la caja inmovilizándolo con los palos. Lo consiguió al primer intento en un derroche de agilidad, escupió varias veces sobre él y luego, entre grandes precauciones, acercó la tapa con la mano izquierda, la colocó sobre la caja y la cerró de golpe haciendo saltar la cola del alacrán que se había quedado fuera, justo en el instante en que una gota de sudor le entró en el ojo derecho. Sentía la cabeza abrasada, lo que no le impidió agitar la caja como un trofeo mientras se secaba la cara con el brazo. Julián callaba, consciente de que no hubiera podido hacer nunca nada semejante. "*¡Pérsuco!*", gritó Silverio, alzando el brazo orgullosamente. "¿Qué dices?", preguntó

Julián. "*¡Marúcala!*", respondió Silverio en el mismo tono pletórico. Julián comprendió el juego y se echó a reír: "*¿Barístola?*". "*¡Pelisgando!*". "*Ortuezasco*". "*Fonifo*". "*Pomesilo*". Cada nueva palabra, que decidieron llamar palabro, provocaba risotadas más y más intensas; no habían tenido necesidad de explicarse ninguna gramática. "*Trofalanda*". "*Jubampesti*". "*Prompotorro*". Doblaban el espinazo bajo el látigo de una risa convulsiva, la mano taponándose el vientre como si por allí se le fueran a salir las tripas. "*Ralispónica*". "*Cuerniscondo*". "*Maróstina*". Tuvieron que dejarlo porque resultaba imposible dar un paso y jugar al mismo tiempo.

Siguieron la marcha en profundidad, hacia donde Julián había oído que los canchos formaban cuevas habitadas por bandoleros, contrabandistas, gente peligrosa. Se estaban arriesgando al menos a un secuestro. En ese caso, ¿estaría dispuesto el doctor Zúñiga a pagar el rescate por Julián y por él en un mismo lote? Un cable de electricidad cruzaba por allí inesperadamente, sostenido por postes de madera carcomida. No era extraño que Julián no hubiese avistado con los prismáticos ni rastro de vida humana en un lugar tan inhóspito. Aquel pajarraco negro que describía enormes círculos en el cielo sería, más o menos, un buitre. ¿A quién querría asustar el carroñero con aquel planeo aparatoso, si al final a lo mejor andaba tras un simple conejo en descomposición? "*Raspicato*", dijo Silverio. "*Baniferástico*", respondió Julián.

Continuaron avanzando pesándoles ya las rodillas, con las sudadas camisetas pegadas al cuerpo, sin rastro de sombra bajo la que cobijarse. Julián señaló una camisa de serpiente mermada, de pulcro dibujo grisáceo. "¡Mira!", gritó Silverio. Aquélla debía ser la cueva Boquique. Había una impresionante oquedad con forma de boca estrecha y alargada en medio de aquellas moles arbitrarias. Se metieron por allí reptando penosamente, con toda clase de precauciones pues al término de aquella especie de pasillo oscuro podía haber desde un maqui hasta un monstruo prehistórico, aunque la presencia de bandoleros debía descartarse al no haberles dado nadie el alto. El corazón parecía querer romperse contra el pecho en cada latido, y no era para menos, se encontraban en el momento culminante de la aventura, aliviados por el hecho de no encontrar ningún indicio o señal de vida. Silverio iba pensando en su madre y en Alí Babá y los cuarenta ladrones, pero pronto pudo comprobar que aquello no se asemejaba en nada al decorado del cuento. Acababan de penetrar en el gran espacio de la cueva que constaba de dos compartimentos: en el primero no había sino polvo, telarañas y hormigas; en el más interno sí hallaron algo, pero no cofres con joyas ni tapices mágicos, sino esto: unos cuantos pedruscos a modo de asientos alrededor de lo que debía de haber sido una hoguera, reducida ahora a un montón de ceniza dispersa y un círculo de tierra ennegrecida; restos de colillas y dos paquetes de tabaco estrujados; varias latas de sardinas o de atún por las que transitaban algunos bichos escasamente entusiastas; un palo que podía haberse utilizado a modo de garrocha y un trozo de papel chamuscado en el que era imposible leer algo. Siguieron inspeccionando y medio enterrado en el polvo halló Julián un casquillo de bala, vestigio cierto de un combate con pistolas. No encontraron nada más. Si bien no les había sido revelado ningún secreto ni tesoro, era una realidad que allí habían estado los maquis o los bandoleros, lo que le confería a la cueva Boquique una categoría histórica y desde luego una emoción a compartir íntimamente. Silverio no entendía por qué Julián pudo afirmar que no hacía mucho que los maquis habían estado allí: eso significaba que podían volver en cualquier momento, y la guardia civil tras ellos. Lo más excitante era pensar que en aquella tierra que estaban pisando se habían producido combates de verdad, con balas de verdad, con casquillos y chamusquinas auténticos. "¿Quién sería el tal Boquique?", preguntó Silverio aún con el corazón en un puño. "Ésta ha debido ser una cueva de bandoleros antiguos", dijo Julián, que adoptaba aires de detective listo pero que jamás se molestaba en justificar sus afirmaciones: "Por aquí cerca tiene que haber agua, nadie puede vivir mucho tiempo en un sitio como éste si no tiene agua cerca". El sonido de aquella palabra les hizo volver a la realidad de sus bocas de estropajo. "Vamos a buscarla", dijo Silverio. "*Perniscópico*", dijo Julián gravemente. "*Aurispeloso*", añadió Silverio algo menos solemne. "*Alanco*", sentenció Julián. Bajaron por la vertiente contraria a la que habían subido, donde la maleza parecía más intensa, verdeando incluso en ocasiones. No tardaron en dar efectivamente con un regato, si se podía llamar así a aquel hilo de agua estancada, tan oscura que no producía un solo destello. "Lo mismo está envenenada", dijo Silverio. A Julián habían dejado de preocuparle escrúpulos semejantes: se echó de bruces sobre la charca y logró recoger algo de agua marrón en el cuenco de sus manos sucias. Aquella cosa terrosa no sabía bien pero era líquida, resbalaba fresca hacia adentro. No llegó a hartarse aunque sí consiguió que la saliva volviera a circular con un mínimo de fluidez, con lo que la lengua adquirió la agilidad suficiente como para silbar incluso. Mientras tanto Silverio, que se limitaba a mojarse la frente y el cuello, humedeció el pañuelo y se hizo con él un gorro de cuatro nudos. Julián terminó de empaparse el pelo y sólo en ese momento se dieron cuenta de que habían rozado una insolación.

Deambularon aún por los alrededores, ya sin afán de búsqueda, cuando de pronto Silverio gritó obedeciendo a un presagio propiciado por una visión difusa: "¿Qué es aquello?". Corrieron y era cierto, Silverio había vislumbrado un trozo de espanto, algo así como media pierna de una persona, indistinguible enteramente porque estaba semioculta por los matojos a dos metros del borde del regato. "¡Cuidado, Silverio!", gritó Julián advirtiendo de la peligrosidad de aquella porción de carne o animal misterioso que podía abalanzarse sobre ellos. Tomaron toda clase de precauciones y cada paso que avanzaban iba adquiriendo entidad un intenso olor a animal putrefacto. "¡Es un muerto!", reconoció Silverio antes de que hubiera podido verlo por completo. Retiraron los rastrojos aguantando la pestilencia, y la imagen les hizo retroceder, mirar hacia otro lado manteniendo alerta el rabillo del ojo. Aquella carne era una niña de edad similar a la de ellos, y no la hubieran considerado muerta de no ser por la insufrible fetidez que les arañaba directamente el estómago, y por algún que otro detalle como de muñeca rota. Por lo demás la estampa era preciosa, con su vestido tableteado y el cuerpo boca arriba, en cuidada posición, las manos cruzadas sobre el pecho igual que la efigie de una santa, y únicamente algo deshechos algunos bucles de su pelo rubio. Parecía expuesta en una urna. Pero fijándose con más atención se descubría su boca una pizca torcida, el labio superior ligeramente montado sobre el inferior, algo así, pero no había sufrimiento en su expresión sino perplejidad. Llevaba sandalias blancas sin calcetines. Ninguno de los dos se atrevía a moverse y menos aún a tocar aquel cuerpo. Los pensamientos corrían en busca de explicaciones. Una brizna de hierba que se había posado en su frente, de lejos podía parecer una cicatriz. "Lleva varios días muerta", dijo Julián muy bajo. "¿Quién será? ¿Quién era? ¿Quién será?", se repetía Silverio; tenía pinta de rica; entonces advirtió la amarillez de su rostro; no sólo es que fuera rubia sino que parecía de cera, una extraña mezcla de color transparente sin que se transparentara, acaso ceniciento, y los labios eran azules, morados, otro color imposible. Silverio empezó a sentirse mal a medida que se fijaba en más detalles. Julián se limitaba a observar fijamente el conjunto del cadáver, taponándose la nariz con los dedos. "¿La conoces?", dijo Silverio. El otro negó con la cabeza. No era de aquí, ¿la habrían raptado los de la cueva Boquique?, ¿le habría picado un alacrán? No había heridas ni rastro de sangre, sólo dejadez en la suma de sus miembros. Julián se agachó, algo tenía entre las manos —"están heladas"—: una cajita dorada. Antes de abrirla cubrieron con ramajos el cuerpo de la niña. Silverio temió hasta el último momento que aquella cara pudiera hacerle un guiño. Seguían allí de pie, como si internamente estuviesen recitando una oración fúnebre. Por fin Julián, temblándole ligeramente los dedos, abrió la caja. No había sino un trozo de papel con varias dobleces. "Déjame a mí", dijo Silverio. "¿Qué dice?". "Qué raro. Parece una palabra de las nuestras: *Malambruno*". "Éste será nuestro secreto", dijo Julián arrastrando lentamente las sílabas. "Para siempre", añadió Silverio, estremecido.

—*Malambruno* —dijo Julián.

—*Malambruno* —dijo Silverio.

Llegaron a casa de los Zúñiga cuando ya todos habían terminado de comer y los padres de Julián se movían inquietos después de haber puesto en marcha algunos recados de búsqueda. Resultaba una incógnita predecir el grado de disgusto de los mayores: a veces pequeñas cosas daban lugar a grandes conmociones, y otras, cuando se esperaba la tragedia, terminaba todo en agua de borrajas. Así es que a la desesperada ambos dijeron que habían estado en la Isla, un parque natural al que el río rodeaba como acariciándolo, y donde se habían quedado dormidos. Por primera vez Silverio comió en la cocina. La señora le dio la orden de que su madre se presentara en la casa al día siguiente. Silverio tenía muy claro que aquello estaba dando las boqueadas. No preparó a su madre sobre lo que la esperaba, y allí de pie, delante de doña Teresa, en el salón contiguo al comedor, hubieron de aguantar los dos el chaparrón sobre la suciedad de Silverio, sus incorregibles picores de cabeza, sus calvillas incipientes, avisos ciertos de tiña. "¿Ves esas escamas amarillas en el pelo —decía—, no ves cómo se rompe? Yo no puedo exponerme a que contagie a mis hijos. Llévale al hospital esta misma tarde, que le corten al cero y le pongan yodo". Como si ella fuera el médico.

No volvió a ver el comedor macizo y fresco, ni a las niñas Zúñiga ni a Julián. No volvió a verlos a pesar de que durante semanas, hasta bien entrado el curso, paseaba como un furtivo su infamante cabeza rapada por San Antón. Eso sí, todos los días a la hora de comer golpeaba con el llamador el portal de los Zúñiga, le abría Hortensia y sin que mediara palabra alguna le entregaba la tartera. Silverio tenía la obligación de salir corriendo, pero al doblar la esquina siempre volvía la vista hacia la parte de arriba de la casa, con la esperanza de ver a Julián o descubrir una señal suya. Pero parecía habérselo tragado la tierra. Sin embargo, su madre acabó alegrándose del arreglo de la tartera, gracias a la cual Silverio pasaba un poco más de hambre y sus hermanos un poco menos.

Un alto en Biarritz

Julián paró el coche ante el aparcamiento del Casino Municipal. Eran algo más de las nueve y media en un Biarritz iluminado con la exuberancia de una verbena. Lo habían atravesado a golpe de claxon, sorteando transeúntes irresolutos frente a excitados grupos juveniles, quincuagenarios con ínfulas hippies, borrachos de estirpe varia, españoles travestidos de franceses, franceses ávidos de anglosajonia y todos proclamando un trajín cuya consecuencia más apreciable era el bloqueo de la plaza Clemenceau, es decir, la arteria por donde corría l'Histoire de la France aquel 14 de julio multicolor y un punto maloliente.

El freno de mano había adquirido una flaccidez que lo hacía inservible, así es que dejó metida una velocidad precautoria.

—Voy a lavarme un poco la cara—dijo Julián—. ¿Vienes?

Silverio negó con la cabeza. Prefería estirar las piernas tras más de quinientos kilómetros encerrado en aquella lata de sardinas. Odile tampoco dijo nada, sabía que a Julián le quedaban apenas trescientos francos, lo justo para la gasolina hasta Madrid y quizás unos cafés que los mantuvieran despiertos. Llevaban diez horas de viaje en el cuerpo y aún faltaban otras tantas, sin posibilidad de detenerse para hacer noche en Biarritz o en Vitoria. La niña dormía en su capacho desde la media tarde y todo indicaba que seguiría haciéndolo a pleno rendimiento.

Julián penetró en el hall desangelado del Casino, con aquel techo galáctico del que pendían cabezas de luz blanquísima, como las que deben engalanar el limbo, y avanzó hacia el vértigo de la ruleta, en el umbral del exilio, amenazante. De esa manera consideraba Julián su retorno a España, el país donde el juego estaba prohibido. Recorriendo las esponjosas alfombras de los pasillos que conducían a los servicios, dudó de la sensatez de retornar precisamente en unos momentos en que tantos jóvenes abandonaban la asfixia nacional. Mientras se aliviaba en los marmóreos retretes del casino, llegó al triste convencimiento de que tardaría mucho tiempo en volver a exaltarse ante una mesa de ruleta, lo que sin duda justificaba su empeño de entrar en aquella sala, diez minutos, únicamente diez minutos para comprobar el pulso, puesto que no tenía dinero para otra cosa. Jugadas simples. Rojo-negro, passe-manque. En realidad, un homenaje íntimo de despedida.

La sala conservaba su resonante aire *vieillot*, municipal y republicano, donde sólo faltaba una Marianne patriótica y feliz. No tardó en olvidarse de cualquier factor ornamental o agente externo al juego. Acuciado por una prisa claramente nociva, fue inspeccionando mesas, acercándose a ellas como si las auscultara, acechándolas con progresiva impaciencia, demostrando una vez más que la pasión del juego depende del riesgo que se esté dispuesto a asumir. Los dos billetes de cien francos parecían latirle en el bolsillo como un corazón enardecido en una funda. Se dirigió al mostrador de cambios, sorprendido de no haberse ni siquiera ruborizado ante la nimiedad de su fondo de operaciones, incluso satisfecho como un *self made man* con un gran proyecto ante sí.

En aquellos días de julio el casino estaba lleno de curiosos españoles que cruzaban la frontera con tres tercos objetivos: comprar algún libro de Ruedo Ibérico, ver una película prohibida y sentir la emoción o el aburrimiento de la ruleta; tal triada conformaba la efímera aventura, propia de agencia de viajes, en la que el factor libertad era expuesto como mercancía a cala y a prueba. También participaban de la dicha adicional de oír hablar la lengua de Cervantes en el extranjero, en los momentos y lugares más inesperados, una farmacia, una comisaría de policía o la esquina de una calle, y más de un excursionista se enaltecía de manera levemente imperial al escuchar su idioma. Cuando el que se expresaba en castellano vacilante era un croupier, el aventurero se sentía traspasado por un flujo de gratitud cuya consecuencia resultaba visible en un aumento de la propina, mientras intentaba conversar con el empleado, que se las veía y se las deseaba para vadear tales efusiones sin poner en riesgo su gratificación. Julián no sabía a qué temple apuntarse en la gama que va del odio a la compasión pasando por una módica ternura. Decidió hacer un esfuerzo supremo por abstraerse a toda perturbación ambiental, incluida la nacionalidad, pero no le resultó fácil entre tanta apretura, codazo, pisotón, ni tampoco cuando adivinaba la mirada de lástima del croupier, que no le distinguía del resto de los vociferantes españoles.

Con tanta aglomeración había pocas oportunidades para el rigor. Más le hubiera valido acercarse al otro casino, el Bellevue, junto a la empalizada de la Grande Plage, con el mar rompiéndose casi contra los acristalamientos de unos salones dignos de su vehemencia, no tanto por el lujo como por su nivel de juego. Pero hubo de bajar sus humos ante el recuerdo de la catástrofe sufrida escasamente hacía un mes en el casino parisiense de Enghien, donde en dos sesiones le despojaron de los primeros beneficios de *L'exil intérieur*, la novela que había publicado con buen éxito en la editorial Stock. Abrió la mano y se encontró con la escuálida realidad de diez piezas de diez francos; cualquier proyecto de grandes maniobras haría sonreír incluso al más soñador, pero aquellas fichas rosas tenían que ser defendidas a muerte, cada una valía un mundo en el hueco crispado de su mano. Jugueteó con ellas y su contacto caliente le resultó familiar. Diez piezas de diez francos. ¿Ponerlas todas de golpe? Desechó la idea desde su humilde perspectiva de simple tanteador que sólo pretende calibrar cómo anda de pulso: qué triste despedida ante la larga abstinencia que le aguardaba en el infierno madrileño.

Odile se cansó de ensayar estiramientos de sus entumecidas piernas dentro del 2CV. Le dolían los muslos y la rabadilla tras de que ésta hubiera soportado todo el peso de su cuerpo contra las barras y muelles del desvencijado asiento trasero. El capacho de la niña le impedía grandes movilidades. Ella no estaba acostumbrada a viajar en tales condiciones, pero hubiese sido peor el tren, atiborrado en esas fechas de emigrantes españoles, enfundados en chaquetas tórridas, ávidos por llegar a sus casas tras un penoso arrastre colectivo de maletas de madera. Dentro de media hora le tocaba el biberón a la niña y había que aprovechar la parada de Biarritz para calentarlo en un bar, lo que exigiría consumir algo, menguando con ello las escasas reservas de Julián.

Reconoció el error de haber transferido todos sus ahorros a un banco de Madrid y calificó de felonía la pérdida de Julián (Odile ignoraba cuánto) en el casino de Enghien. Las excentricidades de Julián empezaban a resultar lesivas, pero *c'est mon homme*, se dijo con convencimiento, pensando que en español esta expresión quizá resultaba obscena: jamás una esposa llamaría *mi hombre* a su marido, pero sí lo haría la amante en el período eufórico de las relaciones.

Silverio dio el último sorbo a su *demi* de cerveza. El bar de la rue Lisboa donde se había refugiado podía considerarse hispano por el ambiente estrepitoso, sobre todo aquella máquina de bolas con destellos asesinos, luces siderales, contadores de abismos y tintineos capaces de hacer bizquear al más diestro. Siempre que veía un *billard éléctrique* se acordaba de su amigo Arrabal que, en una ocasión, se jugó la existencia de Dios en una partida histórica (partida gratis=existencia). En el bar la atmósfera resultaba bochornosa, una humedad salina pegaba al torso de Silverio la camiseta, sobre la que no tardaría en aparecer un mapamundi de sudor. Movió la cabeza de un lado a otro tratando de encontrar un simple hilo de aire y lo que descubrió fue la máquina libre haciéndole guiños burlones. Cuando trabajaba en Les Halles, en el descanso de mitad de la noche, a veces jugaba en algún bar de la zona y no se le daba mal; le resultaba fácil conseguir partida gratis. En ocasiones pensó que también a él le hubiera gustado jugarse a la máquina determinadas cuestiones irresistibles de la actualidad. Por ejemplo: ¿era *realmente* un indeseable Stalin? Animado por las luces locas del aparato augur, decidió prestarse al reto del azar deshaciendo de paso la incógnita que le intrigaba. Partida gratis a los mil puntos. Juicio de Dios a mil puntos. Sonrió sintiéndose recorrido por la complacencia mientras depositaba en la ranura la moneda de cincuenta céntimos que le daba derecho a jugar. La máquina le resultaba conocida con sus tres bolas de cañón. Respiró hondo. La primera fue un fracaso sin paliativos, se precipitó por el sumidero con un saldo mísero de 16 puntos; la segunda bola surgió como un toro de lidia, se mantuvo impetuosa en la zona alta, hizo daño entre las setas, brujuleó sin ton ni son, no tardando en marcar 700 puntos, y entonces Silverio adquirió una gran seguridad, movía el aparato con vehemencia y tiento, haciéndolo vibrar a gusto, como negro bailando con chica blanca, hasta que aquello se puso caliente con 973 puntos y en la frente de Silverio aparecieron brotes de sudor, Stalin estaba en sus manos, el padrecito no era realmente un indeseable, sólo faltaban 27 puntos, toda una tercera bola para tan sólo 27 puntos, así es que tiró artísticamente y cayó con precisión en el triángulo de los bonus, la sacudió y la bola se deslizaba de un lado a otro, dominada como en un vals, sumisa en su pesantez,

989
990
991
992

la partida estaba ganada; aunque la bola se perdiera por el agujero fatal obtendría diez puntos, más de lo que necesitaba. Lo que ocurrió casi no podía creerse,

996
997
998
999

y en ese momento un borracho tropezó contra la máquina y

¡TILT!

el aparato quedó bloqueado, la partida irresuelta. Silverio no quiso ni mirar al borracho que probablemente estaría pidiendo disculpas, no era prudente arriesgarse a saber más de la cuenta, trataba de no pensar mientras se retorcía las manos, limpiándolas de sudor, hasta que al fin se decidió a abandonar el local con el enigma estaliniano a cuestas. Si hubiese estado en su lugar, Julián habría intentado inspeccionar la máquina, seguro, averiguar qué había sucedido y quién era el borracho. Bueno, se hacía tarde, su amigo estaría ya de vuelta en el coche para reanudar la marcha, aún quedaba mucha carretera por delante.

Casi se tropezó con Odile mientras caminaba por la rue Lisboa. Iba cargada con la niña a la espalda, sujeta con los tirantes hippies de moda y, colgando de su hombro, una bolsa de aseo con los biberones.

—¿Es que no ha vuelto Julián todavía?

—No, y estoy un poco inquieta. Espero que no se le haya ocurrido entrar a jugar.

—¿Sería capaz?

—Por descontado, pero no puede hacerlo. No creo que tenga en el bolsillo más de trescientos francos.

—¿Y si se ha encontrado con alguien que le haya prestado dinero?

Manejando con habilidad los codos, Silverio le fue haciendo hueco a Odile hasta la barra del mismo bar donde la máquina equívoca estaba otra vez en pleno ejercicio de sus funciones. Tres camareros iban de un lado a otro detrás de la barra, como autómatas entre raíles. Cuando logró captar la vibración de uno de ellos, un tipo con gafas de aros metálicos, no tuvo necesidad de explicarse, el chico lo adivinaba todo, volvió al instante con un vaso de leche caliente: "Esto es todo lo que puedo hacer por vosotros", y desapareció hacia el otro extremo. Odile protestó furiosa, al fin y al cabo ella era francesa. La niña comenzó a lloriquear sobre las cervicales de su madre, lo que pareció ofender a los clientes más próximos que observaban despectivamente aquel espectáculo de bohemia familiar no artística. Odile trataba de contarle a Silverio que tenía dos biberones preparados y que aspiraba, al menos, a que le calentaran uno de ellos.

—¡A veces una siente vergüenza de ser francesa! —gritó en francés, descompuesta, reduciendo el problema a una cuestión de nacionalidad.

Silverio le dio la razón al verla tan soliviantada. Por decir algo dijo:

—Quizá te perjudica que te vean con un español.

No le hizo ninguna gracia esa ocurrencia en boca ajena.

—Racistas de mierda —dijo—, vámonos a otro sitio.

El llanto de la niña arreciaba tras de cada nuevo local abandonado, como si intuyera que el biberón caliente se alejaba cada vez más de ella. Cuatro o cinco cafés recorrieron hasta dar con uno que era más bien una discreta discoteca en tinieblas, cuya clientela nocturna aún no había aparecido y la diurna acababa de dispersarse.

El tipo que manejaba la cafetera dijo:

—Yo también tengo un chico al que llevamos con unos tirantes iguales que ésos; déme el biberón.

Odile ni sonreía ni confiaba.

—¿Son ustedes americanos? Lo digo porque no es frecuente ver por aquí a niños colgados.

Silverio intentó imitar el acento inglés:

—Los hijos de los indios van así en mi país desde hace siglos y ni uno solo se ha caído a la tierra.

—No, no, si a mí me parece de lo más seguro. ¿Y ustedes, son de Oregón?

—¿Por qué de Oregón? —dijo Silverio dándose por ofendido.

Odile se sentó en un diván rojo y tanteando consiguió meterle el biberón en la boca a la niña, que presentaba rasgos de avidez convulsa, queriendo tragarlo todo de golpe mientras Johnny Hallyday se desgañitaba imitando a los clásicos con diez años de retraso. Lo que sí consiguió Johnny fue que la mamonceta entrara en un profundo sueño aprovechado por la pareja para encaminarse hacia el coche, con el temor de que Julián estuviera ya harto de esperar. Pero el 2CV seguía en su sitio, impertérrito y mugriento. Probablemente al no encontrarlos allí, Julián se había ido a dar una vuelta; lo mejor era no desperdigarse y aguardar a pie de coche. El caso es que había transcurrido más de una hora y allí continuaban anclados, como pasmarotes, alejando de sus mentes los peores presagios. Con Julián siempre era así, carecía de sentido práctico y tenía sumamente desarrollado el regusto por sí mismo. Silverio no quiso echar más leña al fuego; estaba viendo a través de las ojeras cómo el cansancio se comía el pequeño rostro de Odile, pero al fin él era sólo un invitado en aquel viaje. En su circunstancia política resultaba más prudente cruzar la frontera en compañía de una pareja con bebé, máxime cuando se llevaban encima papeles, libros comprometedores y sobre todo el manuscrito de *Reflexiones sobre el reformismo y el izquierdismo*. La niña mantenía su divino sueño mientras Odile y Silverio daban vueltas alrededor del 2CV cada vez más irritados, sabedores de que ya poco tenían que decirse, pues cualquier comentario acabaría en Julián, lo que ninguno de los dos deseaba.

Julián se acercó al mostrador de cambios y fue soltando allí los montones de fichas que desordenadamente iba extrayendo de los diversos bolsillos: fichas de cincuenta y de cien francos que parecieron empalidecer cuando depositó una placa verde brillante de cinco mil. Ignoraba el total de lo ganado e intentó disimular su sorpresa al recibir los doce mil quinientos francos en billetes impolutos que le entregó el cajero. Salió con paso rápido, preciso; no podía permitirse siquiera la arriesgada veleidad de volver la cabeza. Se repetía que allí no había pasado nada; cualquier otro razonamiento podría convertirse en canto de sirenas que le llevaría de vuelta a la ruleta. Cuando se encontró en la noche exterior comprobó que aún conservaba un billete de cien francos que no había tenido necesidad de cambiar. *Self made man*, se dijo, y le entraron ganas de entonar una marcha militar, pero se contuvo por respeto al juego en cuya base estaba el dominio de la emoción, tanto en las pérdidas como sobre todo en las ganancias.

Vislumbró, en la zona poco iluminada del aparcamiento, las siluetas de Odile y Silverio consumidas por el enojo. No dijo ni una palabra. Les mostró fugazmente el fajo de billetes y ninguno se atrevió a rechistar cuando los invitó a cenar en el Café de la Paix.

—Pero ¿es posible que en ningún momento pensaras en que si perdías no tendríamos dinero para llegar a Madrid?

Odile manipulaba los *escargots* que tanto le gustaban, y parecía estar rememorando una vieja historia escondida en aquellos caparazones.

—La verdad es que no.

—¿Tampoco pensaste en la niña?

—No, no pensé en nadie.

Alejado el peligro se echaron a reír, conscientes de que entre ellos había un irresponsable peligroso.

Adiós a todo eso

Con el estómago suavemente abrumado y el estímulo de dos cafés por cabeza, reiniciaron la marcha en un 2CV que parecía hundirse en la carretera como una barca sobrecargada en la mar. Había cierta torpeza en el desplazamiento, movimientos bruscos ante determinados pliegues del asfalto. Julián, al volante, sabía sacarle el máximo partido a aquella endeble contextura que envolvía a un motor voluntarioso. Lo había comprado en París poco antes del viaje, en una gran tienda plagada de banderitas, presidida por el inevitable cartel *Mettez un tigre dans votre moteur*, y pagado con el dinero de la novela que no tuvo oportunidad de perder en Enghien.

A esas alturas del viaje estaban todos bastante arrugados. Habían pasado allí el tiempo suficiente como para que sus pliegues e inclinaciones formaran parte de sus propios cuerpos. Silverio, junto al conductor, practicaba el escaso juego de piernas que le permitía su situación privilegiada. Resultaba sorprendente el alivio que a veces podía suponer un movimiento ínfimo, como ladear una nalga o torcer un pie. El margen de maniobra del magro cuerpo de Odile en la parte trasera oscilaba entre el ojeo al capacho de la niña y el problemático apoyo de su cabeza sobre el borde superior del respaldo, logrando a veces acomodos inverosímiles.

Bordeaban la costa en una noche de luna audaz, la carretera silueteaba el acantilado del golfo de Vizcaya y sobre aquellas curvas, entre San Juan de Luz y Hendaya, el coche se bamboleaba. Julián repetía que lo importante en un viaje largo era mantener una buena media de velocidad, sin oscilaciones destructoras del ritmo. Pero ¿cómo lograrlo si el 2CV se ahogaba en las cuestas y perdía el sentido en los descensos? Odile hubiera deseado decir en voz alta que lo que temía eran los pinchazos, y luchó por no mentar la bicha, ensayando modos de olvido, llenándose la cabeza de pasos de baile, viejas canciones y, en los momentos más comprometidos, acudía al recitado de las tablas de multiplicar.

La oscuridad en el interior del coche propiciaba un estado de aplastamiento en el que las ideas se espesaban, encadenadas a sueños pasivos. Quedaba mucho viaje aún y era preciso acompañar a Julián en su forzada vigilia de conductor, animándole con pláticas lo más amenas posible, algo difícil cuando el encierro y la fatiga habían menguado los ánimos de los viajeros que sólo esporádicamente derramaban alguna frase anodina. Julián prefería mantenerse en su papel silencioso de héroe de locomotora a vapor cuyo rastro de humo alimentaba cigarrillo tras cigarrillo, al tiempo que dentro del vehículo el poso maloliente hacía cuerpo con las transpiraciones y alientos varios de los ocupantes. Odile iba a decirle a Julián que el humo haría toser a la niña, pero también entendía que tantas horas al volante le daban derecho a un trato de favor. No le resultaba difícil ser comprensiva con Julián, era un movimiento espontáneo en ella, como si le hubiera concedido un crédito vitalicio. Después de dos años seguía uncida a aquel tipo sin duda algo despótico, pero al que debía gestos de una calidad inolvidable. No le preocupaban las compensaciones amorosas, estaba segura de que le seguiría hasta el final, y si encontraba algo inquietante en la relación era que le consideraba perfecto; incluso sus deficiencias alimentaban la redondez de su manifiesta genialidad, tal vez por el prodigio que sólo un escritor es capaz de despertar en una bailarina desamparada y crédula.

Julián se sentía inexplicablemente ansioso aquella noche. Le gustaba conducir porque eso le autorizaba a pensar al desgaire sin tener que justificar silencios. Pero desde que habían salido de Biarritz, tras su exhibición en el casino, se retorcía sobre el volante, sensualmente ávido. En realidad el picorcillo intermitente en la planta de los pies le rebullía desde el día anterior, quizá con motivo de haberse liberado de las pertenencias inútiles de su buhardilla de París. Por tren había facturado varias cajas de libros, ropas y algunos objetos seleccionados después de grandes vacilaciones. A lo largo de toda la semana había tenido que acometer lo que entendía como una tarea que le enfrentaba al destino: deshacer una casa, hurgar en el pasado manoseándolo, condenando y rescatando recuerdos, pertenencias dormidas, siempre mal catalogadas y peor archivadas en una conciencia conocedora de que mientras esos objetos permaneciesen intactos serían incapaces de acusar o amenazar, no eran malditos. Pero el proceso de traslado representaba el caos, los cadáveres recuperaban sus cuerpos originarios y así se producía el reencuentro con papeles, revistas, estampas, fotografías, cosas ínfimas, carpetas, cuadernos y testimonios mal sepultados. Había una firme decisión inicial de desprenderse de todo, tirar la vida entera al pozo sin pararse a discernir lo que cada cosa valía o significaba habida cuenta de que nada era imprescindible. Pero al final, cuando menos se esperaba, aparecía siempre la minucia, un olor o una imagen, y entonces la debilidad se hacía fuerte instalando su escrúpulo ante la posibilidad de cometer arbitrariedades; se había restablecido una tabla de valores y determinadas historias adquirían un carácter imperativo, en otras anidaba el miedo a renunciar definitivamente, qué forma de convertir en tragedia el dilema entre opción y elección. Revisar objeto por objeto era tanto como aceptar el riesgo de una confesión general de la que podía salirse finalmente desconfiado y condenado. Era como morir un poco: le pareció a Julián que tal frase, a pesar de todo, merecía un cigarro, no por su originalidad sino por su exactitud teresiana. Aquélla fue, pues, una labor penosa. Algunos papeles, cuadernos o revistas podían servirle como material literario más adelante y en ese sentido todo valía, hasta las hojas del calendario. El hastío le estaba proporcionando una fuerza inesperada. El problema acabó centrándose en cuatro órdenes de cosas: las fotografías, las revistas eróticas favoritas, el Guernika, y diversos diarios de la primera juventud. Sobre las fotografías, las dudas iniciales se disiparon pronto. Nunca había vuelto a mirarlas, metidas sin orden ni concierto en un gran sobre marrón. Había odiado la fotografía desde niño porque siempre le pareció un embalsamamiento, una petrificación morbosa: en realidad toda fotografía es una instantánea de la muerte. De manera que el sobre que contenía su vida iconográfica fue condenado sin contemplaciones al montón de los despojos y ello con un cierto alivio por parte de Julián, que sintió cómo se libraba para siempre de testigos molestos. El Guernika, por su parte, con su metro y medio de largo, enmarcado con un sencillo listón blanco, presentaba otro tipo de problemas. La humedad y el paso del tiempo lo habían abarquillado abriendo en él arrugas poco épicas. Cuando le llegó la hora del examen, qué carajo, se percató de que estaba harto de haberle cedido siempre un lugar preferencial, el punto exacto en el que convergían naturalmente las miradas. Tanta acumulación óptica había terminado por sumergir a la imagen en un baño de tedio cuyo resultado inmediato fue despojarla de toda significación real. No sólo había leído y hablado en exceso sobre el cuadro sino que su simbología emblemática le atosigaba ya tanto como el inevitable afeitado matutino ante el espejo. Es más, llegada era la hora de reconocer que aquel cómic en blanco y negro nunca le había hablado; todo se lo había dicho él en su lugar. Vana disquisición ante una pintura bloqueada, muerta de omnipresencia. Al fin lograba comprobar que podía vivir sin ella, como si no existiera, y no pasaba nada. Cuando en la madrugada bajó todos los desperdicios al patio de la casa, almacenándolos junto a los contenedores de basura, no le sobrevino ninguna crisis de melancolía. Entre bolsas de sobras, alguna lámpara rota o banqueta rajada, allí, allí yacía el Guernika boca abajo, pasto de chatarreros, adiós, adiós al pabellón español del 37, adiós a las especulaciones sobre si el toro representa la muerte o la muerte es el caballo, adiós retablo civil. Adiós a todo eso. Más complicada había sido la revisión de sus cuadernos juveniles, en los que tenía anotadas día a día sus actividades, con explicitación de las horas, películas, protagonistas, libros leídos, bares visitados, dinero gastado. A medida que los años habían ido transcurriendo las notas adquirían un tono más subjetivo y rebelde, con abundancia de ambiciones y veladas referencias masturbatorias, una contabilidad impresionista, pero ya no era tanto el guión del suceso cuanto la emoción recibida. No quiso entrar a fondo en las obscenidades de la niñez y primera juventud: decidió liquidar su historia personal hasta los dieciocho años, como si hubiera nacido con esa edad. De ahí para atrás, a la trituradora. Lo más complejo, sin embargo, fue el examen de las revistas eróticas. Con ellas se le encendió la brasa que le devolvía al mundo visionario en el que la mujer era la gran imagen, la magna comparsa de papel. La noche anterior al viaje se encerró en el cuarto de baño con tres carpetas rebosantes de revistas correspondientes a épocas diversas. Las fue reconociendo como a viejas amistades y ellas lo saludaban desde sus contexturas inquietantes. Aquél era su entrañable harén del que fueron saliendo las favoritas. Con algunas había mantenido largas relaciones estables sólo alteradas por momentos de distanciamiento depresivo, pero en general fueron vínculos gozosos que se agotaban sólo por la aparición de otra chica más esplendente, procaz o elástica. Algunas le impresionaron por una simple postura, por un atrevimiento que a cualquier otro observador podría haberle pasado desapercibido; todo dependía del primer engarce con la mirada de ella, la suspensión a alguna de sus formas, redondeces u oquedades: de esta manera les asignaba una personalidad que definiría el tipo de relación con cada una. Cientos de chicas habían sido repudiadas sin dejar huella. Todo estaba en los senos. Su experiencia en senos iba más allá de la de un mero *connaisseur* o especialista; no se limitaba al establecimiento de un diagnóstico figurativo dominado por la línea, densidad, tersura u otros factores plásticos, sino que se implicaba en una dependencia nerviosa, emocional; podía ocurrir que un perfil de pecho académicamente perfecto le conmoviese menos que uno heterodoxo o insolente. Tal era el caso de determinadas tetas grandes, incluso desproporcionadas, vencidas por su peso, coronadas por tremendos rosetones morenos. La posición resultaba concluyente, de la misma manera que cualquier pormenor en la vestimenta o desvestimenta podía alterar el impacto erótico en un sentido o en otro. Ejemplos: el tirante de un mono apretando un pezón o un pecho levemente salido de la cazuela del sostén. Julián exigía que las jóvenes le miraran por derecho a fin de inspirarle confianza, desterrando la frialdad de cualquier contacto en el que una de las partes se limitara a dejarse cumplimentar. Si la mirada resultaba, pues, apaciguadora, los pechos ganaban en calidez y la muchacha adquiría la categoría de amable, es decir, de ser vivo. Las primeras tetas ante las que se le dilataron las pupilas al Julián púber fueron las de la querida y arcaica Joanne: gordas, se diría que sebosas, como si el mamelón dejara escurrir grasa, a no ser que el pringue estuviera en el papel manoseado del París-Hollywood, pero los fantásticos globos de aquella mujerona le ofrecieron durante mucho tiempo un campo de acción inagotable. Fue por entonces cuando se apercibió de que eran sus ojos los que proporcionaban existencia a los pechos siempre idénticos de Joanne y a su *Histoire de bretelles*. A Joanne la destronó el avance técnico de las artes gráficas, pero durante años resistió frente a muchas tetas fláccidas, puntiagudas, tetillas como dos ratas muertas o tetones deformes, descoloridos, con demasiado olor a entrepierna, escenas múltiples, profusión de cavidades que le causaban cierta angustia, sobre todo porque aquella gente orgiástica carecía de mirada y la estupidez de sus expresiones defraudaba toda capacidad de entrega. Pero Joanne no pudo contrarrestar la credibilidad de las chicas del Playboy en papel cuché, con su legítimo color carne y sus perfiles mucho más definidos. Ciertamente les faltaba el sudor y la desmesura de lo rastrero, pero qué inmensa variedad de senos juveniles, pechos ideales para el despertar, la hora del estudio o un rato de abandono durante la siesta; un seno para cada asignatura, en primavera un seno por cada lección aprendida. Pasaron los años y Bawdy Bathers permanecía, mestiza, con una larguísima trenza mojada que discurría por el valle de unos senos reventones dentro de su pequeño cuerpo. Senos para engolfarse con ella en el baño. La propia Bawdy se los cogía y parecía sorprendida de lo que tenía entre manos. La hora de Bawdy Bathers estaba envuelta, por demasiado esperada, en el resentimiento de lo irremisible. La mañana resultaba sólo una antesala conducente a Bawdy, y cuando llegaba la hora de la inevitable entrega lo hacía con cierta irritación. En vano estrujaba entre las manos *El sentimiento trágico de la vida*, un libro que le empujaba misteriosamente a Bawdy. Tiempo más tarde apareció Marcia, cuyos senos no eran ni exuberantes ni intrépidos pero se quedó con ellos, aprendió a conocerlos y a desearlos. Fue seguramente la relación amorosa más estable que tuvo con unos senos, quizá por su equilibrio, por el desprecio de los extremos. No quiso pedirle a la vida unos senos abisales. Pensó que los de Marcia le producían satisfacción sin conducirle al borde de la locura y poco a poco fue comprendiendo lo insondable del pecho de mujer. Donde él creyó adivinar unos senos tranquilos, manejables, fueron apareciendo e imponiéndose senos estupefacientes, cimarrones, felinos, eréctiles. Marcia cerraba los ojos en plena delectación simplemente para no ver cómo uno de sus senos era sacado de su prisión de tela y ofrecido al aire libre de noches sofocantes. Al final aquéllos acabaron siendo los más procaces y duros, senos carluníferos que provocaron en Julián las más agudas crisis de arrepentimiento.

—¿En qué piensas, Julián?

La voz de Odile le llegó desde el fondo del coche somnolienta, casi como un sobresalto.

Senos rompedores, senos contenidos o acariciados por larguísimas manos femeninas, senos profundos de meretriz ronca, senos ramonianos, agrestes, maquiavélicos coronados por punzones, senos íntimos de umbría, para darles vida o apagarlos como la llama de una vela.

—Que en qué piensas —repitió a su lado Silverio, quien dijo algo sobre el túnel de Ondarreta que habían dejado atrás.

Senos como los de Odile. Él, licenciado en senos, sólo había tenido relaciones con mujeres de senos pequeños, como los de Odile, perfectos, crecientes igual que la luna en determinados períodos. Pero allí, en el cuarto de baño, con el suelo alfombrado de estampas, intentaba encontrar razones para salvar a alguna de sus odaliscas, ya que todas merecían sobrevivir. Recorrió los senos que hacía quince años le ponían la carne de gallina; otros, casi olvidados, le hicieron sonreír; algunos mostraron una cierta resistencia a sabiendas de que unos años antes eran invencibles; reconoció a los que le habían herido en su carne adolescente. No parecía capaz de elegir unos senos únicos, los que se llevaría a una isla desierta. Las revistas brillaban por el suelo, sobre el bidé, en los bordes de la bañera. Encendió un cigarrillo y los dedos le temblaron lo suficiente como para reconocer el *Call me madame*, Xaviera Hollander, aquella vieja gente incomprensible, Lyndon Johnson, Gerald Ford, predicadores, dólares rotos, manos brotando de la arena. Querida Cathy. *I'm definitely a prick lady...*

Cayeron muchas revistas aquella noche. Pero, por Dios, ¿qué sería de Joanne, de Marcia, de Verónica, de Helle? Sólo rescató a Bawdy, a Cathy y a Terri, y llegó a la conclusión de que aquellos cientos de senos eran la prueba más clara de su paso por la tierra. Al volante del coche, un escalofrío le rozó el costado izquierdo.

Odile y la niña dormían derrotadas por la fatiga, el fárrago y la cochiquera. El 2CV, después de haber pasado en Irún una frontera tranquila y aletargada, pilló un largo tramo de carretera recta, en buen estado, y sostuvo una velocidad sorprendentemente alta camino de Vitoria. La atmósfera en efecto había refrescado y el aire se hacía cosquilleante como la noche.

Silverio, con el brazo fuera de la ventanilla, iba agarrado a la baca sobre la que tamborileaba los dedos en busca de algún ritmo distraído. "Vuelvo-a-la-patria", se repetía tratando de encajar la frase en música de calipso o de cha-cha-cha. "Vuelvo-a-la-patria,-¿y-qué?", Pérez Prado no entraba a tiempo pero le ayudaba a mantener una cadencia medianamente aceptable. "Vuelvo a la patria, ¿para-qué-hasta-cuándo? ¿Cómo estarás, amada-(patria)?" La palabra patria en un comunista resultaba un desliz cariñoso, como cuando en Andalucía se le dice hijo de puta a un amigo del alma; era una reminiscencia codificada en la estructura de la memoria contra la que había que luchar o a la que, sin ponerse tan dramático, bastaba con relegar. Sólo había estado tres años de ambiguo exilio en París, pero le gustaba imaginarse como a un viejo aventurero, a lo Jack London, abrumado por el peso de la barba, la quiebra y los errores, de vuelta tras una vida entera en las minas, derrotado por el oro pero con el respeto unánime de sus camaradas, consciente de que no existe mejor oro que la lucha por la libertad, frase emotiva para empleo en reuniones de célula. "Volver-a-la-patria-y-llenarla-de-espigas", con música de Machín, funcionaba mejor. No había ningún cinismo en sus maquinaciones, sólo cansancio, el tiempo iba más rápido jugando a mezclar internamente los grandes principios del materialismo histórico con tonadillas populares del tipo *la ovejita lucera*. Intentó verificarlo con un párrafo duro de Vladimir Illich que su reconocida gran memoria retenía, como tantos otros. "Todo agitador obrero que tenga algún talento, que 'prometa', no debe trabajar once horas en la fábrica. Debemos arreglárnoslas de modo que viva por cuenta del partido, que pueda pasar a la acción clandestina en el momento preciso." El subconsciente le traicionaba sacando a flote un tema que le afectaba. Disimuló tratando de hacer encajar semejante *mode d'emploi* en los límites de una canción de Sylvie Vartan, sin conseguirlo ni de lejos. Seguramente había textos más agradecidos por su contundencia. Por ejemplo, el extracto de la famosa carta de Lasalle a Marx en 1852: "*La lucha en el interior da al Partido fuerza y vitalidad; la prueba más grande de la debilidad de un Partido es el amorfismo y la ausencia de fronteras netamente delimitadas; el Partido se fortalece depurándose...*" Aquí sí había posibilidades poéticas claras, como en *If*, de Kipling. Primer ensayo:

La lucha interior da al Partido
fuerza y vitalidad.
El Partido se favorece depurándose.

Ni Brecht lo hubiera hecho mejor, ni Alfonso Sastre. Ahora el problema se centraba en encontrar una música coral, de resonancia vagamente religiosa, de la especie *Cantemos al amor de los amores*, o bien algo más ligero. Sólo se dio cuenta de que estaba llegando demasiado lejos cuando se percató de que su cerebro había quedado amarrado al sonsonete de la canción *poupée de cire, poupée de son.* Dejó de tamborilear sobre el techo del coche. Tuvo tiempo de llamarse imbécil y de casi simultanearlo con una pregunta a Julián:

—¿Eres consciente de que volvemos a la patria?

—Te habrás dado cuenta —dijo Julián— de que en la aduana no te han prestado la más mínima atención.

—¿Debo sentirme frustrado por ello?

—Hombre, al fin y al cabo eres un peligroso comunista. Si pudieras repartir tu sabiduría marxista entre los tuyos, una legión de militantes adquirirían una sólida formación.

—Y, sin embargo, no soy un profesional sino, como diría Lenin, un artesano. Siempre me pregunto: ¿cuál es mi plan?, ¿cuál es mi arte?

—Pronto lo vas a comprobar en Madrid.

—En los días más nublados suelo pensar que no soy un marxista revolucionario, ni siquiera el mísero artesano de Lenin, sino simplemente esa cosa tan siniestra que los americanos llaman marxistólogo.

—Qué asco.

—Y probablemente lo que ahora se necesita en el interior no sean marxistólogos sino agitadores, gente resistente, tipos que arrastren en la universidad y en las fábricas.

—El buen comunista de a pie, ¿eh?

—Eso es. Para pensar ya están los de aquí, bueno, los de París. Apuesto doble contra sencillo a que cambiarían a diez teóricos picajosos por un bigardo universitario con agallas.

—Los teóricos sois cada día menos rentables.

—Y a lo mejor tienen razón. Yo he leído demasiados libros de caballería. ¿Quieres que conduzca ahora un rato?

—No, voy bien. ¿Odile sigue durmiendo?

—No, amor, estoy despierta y atormentada por la barra de este asiento que acabará rompiéndome el hueso de aquí abajo.

—Oye, ¿a la niña no le habrá pasado algo? No se puede dormir tanto tiempo de un tirón.

La niña les había nacido asmática, pero en el último mes, quizá gracias a la sequedad del verano, no había vuelto a tener problemas. Odile la tenía rodeada de tanta protección que ello acaparaba todas sus energías. Julián nunca se opuso a sus deseos de maternidad, nacidos de la secreta ambición de poseerle totalmente, pero dejó bien claro que él quedaba en un segundo plano en esta historia, cediendo los trastos de la responsabilidad a Odile, a quien tal actitud evasiva no le pareció en lo inmediato un grave inconveniente, es más, la encontraba razonable. Su estado místico la proyectaba a veces a un embobamiento amoroso del que al despertar no sabía quién era el protagonista, si Julián o la cabezona, como éste llamaba a la niña. Todo lo había abandonado por Julián, y cuando se paraba a pensar en qué consistía ese todo advertía que no era nada. ¿Qué es lo que tenía en París? Aproximadamente lo que suele poseer la gente, un trabajo, varios amigos, varios parientes, algún amante esporádico, nada de relevancia, resultaba un alivio comprobar el escaso bagaje que su persona movía. Ni siquiera era fundamental su trabajo de bailarina en el ballet de Nick Martin, contratos ocasionales, pocas posibilidades de sobresalir en aquel cuerpo de baile con su 1,64 de estatura, a pesar de su bien formado cuerpo y una cara sin imperfecciones. La gente: algunos moscardones casi anónimos que no le provocaban sino apatía. Sin duda le faltaba fuerza, espíritu de lucha, se aferraba a la certeza de que la resignación era una buena fuente de equilibrio y de que la astenia moderaba las fastidiosas pasiones extremas. A los veintisiete años se consideraba ya mayor, en el sentido de que no podía ir por la vida haciendo el ridículo juvenil. De ahí que sus escasos amantes no se hubiesen empleado nunca a fondo con ella. ¿Cómo era posible esa suerte de indolencia en una persona cuyo oficio consistía en bailar, actividad febril en la que el cuerpo se entrega y aúlla hasta los límites de la resistencia? No es que la danza la dejara agotada, simplemente al bailar una fuerza ajena a ella la sustituía, y su decaído cuerpo quedaba arrinconado ante el empuje de éste, nuevo y volador, capaz de todas las dobleces, un cuerpo que se esfumaba entre transpiraciones una vez que realizaba el último paso de baile. Nunca quiso sublimar nada. En su trabajo con Nick Martin contaban tanto los conocimientos de baile como el tener un cuerpo bonito. Jamás aspiró a ser Margot Fonteyn como la mitad de sus compañeras, ni Marilyn como la otra mitad. Cuando apareció Julián sin pedirle nada, simplemente observándola de manera diferente, Odile supo que lo suyo era un oficio como otro cualquiera, sustituible, y que con Julián se cruzaba en su vida un alma gemela de asténico ferviente, alguien que hacía y dejaba hacer sin demasiadas premeditaciones. Un escritor, *mon Dieu*, un escritor siempre es alguien. Recordó la entrada que una amiga le había regalado para un concierto de guitarra en la sala Pleyel. Era un miércoles cualquiera en el que, como en tantos otros, tampoco tenía nada que hacer y el sonido de la guitarra podía moderar su soledad. En la sala había bastantes españoles emigrantes deseosos de ver a su compatriota Narciso Yepes con su aparatoso instrumento de diez cuerdas. Tuvo la impresión de que era el primer concierto al que asistía en su vida, como si no supiese lo que había de acontecer. No se encontraba receptiva; además de abrumarle las diez cuerdas de la guitarra, todo a su alrededor le resultaba frío, desequilibrado, augurio de una lejana e imprecisa catástrofe. Aquella sala destartalada, angulosa, contenía a un público absorto que ni se alteró cuando el instrumento múltiple del virtuoso se puso a guerrear. En sus oídos se había instalado una resonancia que parecía duplicar, deformándolos, determinados sonidos de la cuerda. Hubiera preferido algo de flamenco en lugar de Bach. Aunque nada sabía de flamenco y todo le resultaba demasiado parejo, el ritmo la arrastraba, era una incitación al taconeo, con descargas en las yemas de los dedos. El concierto había acabado al fin entre un curioso ensimismamiento general y ciertos focos de entusiasmo tardío. Si la música tenía como fin, según la vieja doctrina china, el predisponer a la naturaleza en favor del hombre, aquel concierto de guitarra no era la música propicia a juzgar por lo desapacible que se había puesto la noche, con ráfagas de viento helado y lluvia oblicua, cortante. Nada invitaba a Odile a abandonar la sala y menos aún la perspectiva de su buhardilla, húmeda ya, con la desangelada compañía de unos espaguetis y un yogur. Remoloneaba en su butaca con los ojos cerrados, sintiendo a la gente arrastrarse hacia la salida perezosamente, como si también se resistiera a la tormenta. El telón que ocultaba el escenario era pomposo, con cenefas y atavíos en los que la mirada podía perderse, juguetear, y aquel escudo central bordado en oro, entrevisto como un breve paisaje renacentista por los ojos ahora entornados. Las acomodadoras, en maniobras uniformes, pasaban subiendo los asientos de las butacas, recogiendo programas del suelo, algún guante extraviado, con la iluminación ya descendente. Odile estaba dispuesta a permanecer allí hasta que le llamaran la atención, lo que no tardaría en producirse. El ambiente algo ruin contribuía a mantenerla en ese estado de ánimo desmadejado que la atrapaba siempre en los días de descanso. Las luces se apagaron hasta quedar sólo los rojos pilotos de situación de las salidas. Las acomodadoras, en su avance de siega, no llegaron hasta ella. Estiró brazos y piernas; habría que irse so pena de quedar encerrada. No había ya ciertamente nadie en aquel interior y por eso sintió sobre sus espaldas la amenaza, una especie de riesgo presentido en mil manos o puñales, el fantasma de la ópera, algún monstruo vidrioso o simplemente el asesino realista con la víctima acorralada en la última fila de butacas. Se levantó sin atreverse a volver la cabeza, cualquier mínimo imprevisto alteraría su paso de bailarina pobre deslizándose sobre la moqueta. El oscuro recelo se trasladó suavemente de la espalda al costado. En ese momento vio moverse una sombra hacia la salida y se llevó la mano al pecho. La sombra se elevó sobre sí misma resultando ser bastante más alta que Odile, lo que contribuyó absurdamente a tranquilizarla en parte. Tomó la misma dirección de salida que ella, traspasó la pesada cortina de terciopelo que daba al hall, iluminado como si de un dormitorio se tratara. ¿Dónde estaba la sombra que le había precedido? Tampoco allí parecía haber un alma, pero la diafanidad resultaba incompatible con el peligro, y entonces le vio, comprobó su pelo pajizo y una gabardina que presentaba zonas extrañamente descoloridas. No se dio cuenta de que estaba en el centro del hall, como si le esperara. Quizá por eso llegó Julián a su lado. "¿También se ha quedado usted dormida, como yo?". Un segundo para calibrar la pertinencia de la pregunta. La voz había sonado cálida, no, neutra. Valía. "No, no, es que me daba pereza moverme con esta noche tan horrible". A Julián le vino a la cabeza la palabra cárabo, como si ese animal tuviera algo que ver con la noche gélida y ventosa, cuando en realidad poseía una idea más bien inexacta de lo que era un cárabo. Cada vez sé menos palabras —se dijo—, es un problema de memoria; van desapareciendo inexorablemente, como el pelo o las fichas en una mesa de ruleta. "Por cierto, señorita, ¿usted sabe lo que significa la palabra cárabo?". "¿Cárabo? —dijo ella—, pues sí, cárabo es como una especie de lechuza".

La buhardilla de Odile era tan pequeña que hubiese resultado despreciable de no estar situada en la rue Campagne Première, esquina al bulevar Raspail, cerca del cementerio de Montparnasse, a escasa distancia del domicilio de Sartre, próxima a los cafés Select, Dôme, La Coupole, y a pocos minutos de la Closerie des Lilas. Por allí incluso el cielo macilento parecía recibir un trato de favor. Todo en la buhardilla giraba alrededor de un canapé de rancia estirpe imperial, regalo de su padre, que servía de cama, triclinio y centro de reunión. Completaba el mobiliario una mesa cuadrada de juegos de patas plegables, una silla de anea en el último tramo de su vida, una lámpara de pie de sorprendente potencia gracias a la cual se descubría un anaquel hecho a la medida de los libros de bolsillo. El resto de los utensilios o instrumentos necesarios para la subsistencia debían de hallarse escondidos, si se exceptuaba el inevitable dibujo de una bailarina de Degas. ¿Cómo ocultar que la húmeda buhardilla era una *chambre de bonne* cuyo retrete se encontraba tras una puerta al final del pasillo? Lo que más emocionó a Julián en primera instancia fue el rojo burdeos del tapete de la mesa de juego. Se asomó a él como a un estanque en el que se formaban círculos de intriga y riesgos no turbulentos.

La niña se removió en el capacho y los tres adultos vieron rota la tregua del letargo mientras el 2CV seguía runruneando, ganando kilómetros a la insólitamente buena carretera que les introduciría en Vitoria. Odile reconoció en el acto aquella respiración breve y agitada, el sofoco infantil, ese angustioso esfuerzo repetido por apoderarse de una brizna de aire que acabaría en congestión. Julián dijo algo, Silverio abrió la ventanilla por completo y se puso a respirar fogosamente como si quisiera animar así a su hija. Odile no sabía qué hacer con la cabezona. La tomó en brazos temblando, manteniendo su cuerpo bien derecho y empezó a darle golpecitos en la espalda, como una buena madre torpe.

—¿Qué hago? ¿Qué hago? —chilló.

—¡Apaga la radio, por favor! —dijo Silverio.

El llanto entrecortado de la niña acabó con una musiquilla en la que nadie había reparado.

—Dale el biberón con agua —dijo Julián sin volver la cabeza.

—¿Qué quieres, acabar de ahogarla?

—¡Tú, cierra esa ventanilla, loco!

—Dale el jarabe, Odile, antes de que se muera en medio de tus indecisiones —insistió Julián, que mantenía una parsimonia irritante en aquel cubículo dominado por el arrebato de la mujer. Era una crisis más después de varias semanas de sosiego; la niña podía calmarse antes de llegar a Vitoria o no parar hasta Madrid. "No se trata de un asma alérgica, les había dicho el doctor, sino, para que me entiendan, que el timo comprime los nervios del mediastino". Silverio se puso a observar el caso de forma empírica llegando a la conclusión de que la niña tardaba en aspirar el aire tres o cuatro veces más que en expulsarlo. En ese desequilibrio residía el problema; él mismo se descubrió esforzándose en coger más aire del que necesitaba. Odile apretaba la mejilla contra la cabeza de su hija que con seguridad no encontraba en exceso confortable el gesto maternal. Julián resoplaba a su vez, con las manos algo crispadas sobre el volante. La cabezona acabaría por hacerle perder la calma. No se atrevió a contar en voz alta la historia que había escuchado por la Radio Nacional al padre Venancio Marcos en aquellas sesiones del domingo por la noche, llenas de posguerra y sobresaltos. Era en Teruel, o algo así, en el invierno del 37. En un sótano se hallaba refugiado un grupo de nacionales, entre los que había varios niños y una madre con un bebé en los brazos. Los rojos rastreaban el edificio medio derruido. Se les oía bajar unas escaleras, acercarse como hienas que oliesen sangre inocente. Los civiles se miraban con las pupilas dilatadas por el terror y el que ejercía de jefe hizo señas desesperadas para que nadie moviera un músculo. Los muchachos se persignaban y los labios se movían en oraciones íntimas. En eso el bebé tuvo un acceso de tos. Las miradas se concentraron en la madre, congestionada, mientras las botas de los rojos se aproximaban inexorables. Dios concedió a aquella mujer las fuerzas necesarias para repetir el gran sacrificio de Abraham: le tapó al niño la cara con una toquilla y éste calló renaciendo el silencio característico de las postrimerías y de las lágrimas. Los rojos finalmente pasaron sin descubrirlos. El milagro se había producido. Una vez cerciorados de que los milicianos se habían marchado, todos respiraron ansiosamente rezando jaculatorias. Sólo la madre cayó en la cuenta del rostro amoratado del bebé, asfixiado entre sus brazos.

— No hay que llorar en vano.

Julián no supo qué había querido decir con aquella frase; la pronunció muy bajo y nadie le oyó. Pisó el acelerador con escaso provecho, se iniciaba una cuesta y los límites del coche quedaron de manifiesto en forma de sofocos y algún que otro tirón.

Los caminos de la libertad

Silverio intentó en vano trasladar a París la misma vida que llevaba en Madrid, es decir, la que le imponía su estado de militante; una frenética actividad de relación, reuniones, estudio, acciones puntuales, alerta permanente, peligros en cada esquina; y la plenitud de sentir cada minuto como insustituible. Nunca se percató de que aquello escondía una existencia venturosa. Sobre todo en los momentos de laxitud, que se correspondían con interminables caminatas Gran Vía arriba y abajo, desde la esquina de San Bernardo hasta la Cibeles. Largos paseos al final de la jornada en los que se continuaba con los compañeros y compañeras el análisis de la situación o la pura especulación ideológica, pero de una manera más relajada y personal, con incursiones en la vida de cada uno, zonas aparentemente protegidas por la coraza del servicio aunque a veces se produjeran escapes de debilidad. Cuando la marea humana que salía de los cines se dispersaba tras no pocos forcejeos, ellos ganaban una charla en la que podían encontrarse materias válidas para construir amistades o incluso amores. Después de horas de conversación peripatética, el entusiasmo, lejos de disminuir, se acrecentaba porque parecía estarse ahondando en sentimientos donde con frecuencia se producían hallazgos inesperados. A partir de la Red de San Luis la iluminación de la avenida iba disminuyendo, había menos tiendas y sus rótulos se ofrecían con más modestia. Luego se entraba en el territorio de los grandes bancos donde reinaban sombras de estatuas y columnas ampulosas no exentas de misterio, algo raro que inspiraba una inconfesable confianza, pues aunque la nacionalización de la Banca era una exigencia irrenunciable, resultaba más perentorio liquidar todo lo que representaba el edificio de enfrente, el de los Sindicatos falangistas, una colmena sojuzgada por el inmenso yugo y las flechas de roja madera descolorida atenazando su fachada. Más abajo venían las verjas del Ministerio del Ejército, tras una zona oscura de jardín, propia para la penúltima confidencia. En ese punto habían salido ya los proyectos más recónditos, las codicias indescifradas. Silverio tenía entonces como tema favorito la novela de Sartre *Los caminos de la libertad*, que hacía pocas semanas le había conseguido el librero Jesús Ayuso. Los textos anteriores del filósofo se hallaban eclipsados, no por desvalorización, sino porque en *Les chemins de la liberté* la exaltación le conducía a hechos concretos, no a hipótesis. Había llorado con aquel libro, recordarlo aún le ponía un nudo en la garganta y le resultaba absolutamente indiferente cuál fuera su valor literario. Aquello era el grito de guerra, la bandera, la sangre caliente hecha libertad. También había otras personas que participaban de los mismos frenéticos entusiasmos. ¿Cómo olvidar a Asun, infatigable compañera, obrera en la Standard, de rostro anguloso y ojos azules, siempre en guardia, que jamás dijo no a una acción, fuese la hora que fuese y el riesgo que implicara? Tampoco se negaba a seguir conversando por la Gran Vía a las tres de la madrugada teniendo que levantarse a las seis para ir a la fábrica. Asun, mística de la HOAC y guerrera marxista, aún sacaba tiempo para leer. Su Sartre particular había sido hasta entonces Georges Bernanos y su *Diario de un cura rural*, en el que parecía haber encontrado el santo y seña de la soledad en la condición humana, algo que a veces se transparentaba bajo su entereza. Pero acababa de caer en sus manos el primer tomo de *El segundo sexo,* de Simone de Beauvoir, y aunque trataba de no reflejarlo se notaba que algo en su interior estaba siendo violentamente sacudido. Silverio siempre sintió una gran ternura por Asun, considerada como una de las tipas más duras del movimiento obrero cristiano, y fue quizás eso lo que le impidió acercarse sentimentalmente a ella. Asun no daba facilidades y Silverio más de una vez criticó su inflexibilidad. "Joder, es que no da facilidades", se repetía. ¿Era preciso despojar a su compañera de los atributos de camarada para mirarla como mujer? En los momentos finales de la noche, cuando en ocasiones se quedaron los dos solos, se comportaba como un escolar apocado. Durante muchos minutos dudaba, insinuaba aproximaciones, tanteaba con la mirada, pero cuánta distancia hasta sus labios. "No da facilidades", y Silverio se inhibía porque hacía un cuarto de hora había estado hablando con ella de Gramsci. Todo terminaba en un apretón de manos, pero Asun no era un marimacho, se decía cabizbajo de camino hacia su casa, era una mujer de cuerpo sólido y unos labios capaces de derretir la más compacta teoría. Hubo demasiadas disquisiciones en la mente de Silverio. En la propia célula alguien había lanzado, medio en serio medio en broma, su noviazgo con Asun. Él respondió con una carcajada que no convenció a nadie, pero que le animó a pasar al ataque. Lo hizo por el lado de Simone de Beauvoir, creyendo que era una buena manera de crear un ambiente emocional liberado, pero Asun no se descubría. A medida que avanzaba más en la lectura del libro menos le apetecía tratar de estos temas con Silverio, descartándolos con una cierta tirantez. Un caluroso domingo, la mística de la HOAC y guerrera de Standard, le dijo a Silverio que no cuando éste le propuso dar una vuelta, pretextando algo banal. La segunda vez que le dio una evasiva Silverio se sintió alanceado y trató de sonreír. Tras el tercer ensayo, supo que había sido abandonado, allí estaba pasando algo. No le volvió a proponer más charlas y en realidad nunca supo qué pensaba de Simone de Beauvoir. Una noche, a eso de las dos menos cuarto, paseando junto a la verja del Ministerio del Ejército, Silverio informó a los dos camaradas que le acompañaban: "Pasado mañana me voy a París. Me siento como Mathieu, el de los caminos de la libertad."

El 29 del bulevar Edgard Quinet, próximo al cementerio de Montparnasse, era un edificio esbelto, acristalado, de simétricos ventanales burocráticos, descollando en medio de las compactas construcciones decimonónicas del barrio. Junto a él, un cine de arte y ensayo con ciclos sobre Murnau o el primer Fritz Lang; una sala discreta y sofocante poblada a diario de un público juvenil tan sapiente que se consideraba ya de vuelta de la historia del cine. Silverio vivía bastante más arriba, en una bocacalle algo lóbrega, dentro de la zona epigonal de un Raspail asediado por comercios populares, abigarramiento, casas de fachadas con chorretones y portales estrechos que dejaban ver inciertos patios de otro siglo. Pero Silverio no se sentía partícipe de aquel territorio, su filiación correspondía básicamente a la cruz que formaba el encuentro entre los bulevares Raspail y Montparnasse. Esa encrucijada era París. No sin cierta emoción Silverio se repetía que estaba en el núcleo exacto de los pintores rusos, del desenfrenado Montparnasse de los años treinta, toda una fauna mitológica concentrada en las noches de La Coupole, y además correspondía al espacio del 29 bulevar Edgard Quinet, donde Jean Paul Sartre se había trasladado a vivir cuando dejó su piso de la rue Bonaparte. Silverio, más que pasear, merodeaba por allí en busca de alguna presa viva o muerta. Presas eran todos los grandes, Eluard, Gontcharova, Aragon, Foujita, Lacan, Robbe-Grillet, Leiris y, desde luego, Simone y Sartre, sus vecinos, condición que le proporcionaba aires de triunfador. A él lo veía cotidianamente en la calle dirigiéndose al Dôme, o en el propio café a eso de las nueve y media o diez de la mañana. Le seguía el tramo desde el 29 de Edgard Quinet hasta el Dôme, con parada intermedia en el puesto de periódicos de la esquina, cuya riqueza, variedad y colorido constituían para Silverio una exhibición de alegría y vitalidad inagotable. Aquella mañana de otoño, con un sol leve que sólo se posaba a retazos, encontró cansino el andar de Sartre, nunca había reparado en el encorvamiento de sus hombros y en cómo arrastraba los pies, o lo parecía. Lo estaba viendo de espaldas, parado ante el quiosco, con la vieja gabardina tres cuartos de cinturón fuertemente amarrado y la densa columna de humo desprendiéndose sin descanso de su pipa. Se atiborró de periódicos y revistas, entre las que Silverio pudo distinguir una que se llamaba *The New Yorker.* Al ir a pagar se le cayeron varias monedas al suelo, intentó agacharse pesadamente a recogerlas, pero la quiosquera apareció solícita persiguiendo hasta la última pieza dispersa, mientras Sartre contemplaba la escena con aire ausente. Habría sido un buen momento para haberse acercado y presentado a él, como era su secreta ambición. Decirle unas palabras, la dificultad de las primeras frases, necesariamente ingeniosas, tenía tanto que decirle, informarle de la situación española, había sin duda muchos temas que podían ser objeto de contraste, desde luego no se quedaría como un lelo, incluso tenía pensadas una serie de objeciones a su pensamiento desde el punto de vista marxista, aunque quizá por esa banda la charla no llegaría muy lejos dadas las pésimas relaciones del filósofo con el Partido. Pero sí ardía en deseos de hablar con él de la vida, de literatura, de sus viajes, de España; todo era finalmente ideología. Aquella ocasión de las monedas habría sido excelente, pero ¿cómo presentarse? *Bonjour, monsieur Sartre, je suis un... quoi, un intelectuel espagnol, ou bien, un journaliste espagnol,* no, mejor *un écrivant espagnol, et je connais presque tous vos livres et j'avais tellement envie de vous connaître,* no, mejor *de faire votre connaîssance, vous savez, je voudrais parler avec vous, bonjour, Maître,* sí, sí, *je suis un intelectuel espagnol, oui, du Parti Communiste, un écrivant espagnl du Parti Communiste, un journaliste communiste espagnol, un espagnol communiste journaliste.* Lo dejó, como cada mañana, instalado en una mesa del Dôme en su rincón habitual de la cristalera derecha donde le alcanzaba una chispa de sol. El camarero le trajo, sin necesidad de palabras, un café y una jarra de agua. No bien comenzó a desplegar la prensa matutina cuando se acercó a su mesa una chica morena, de ojos asustados, que a Silverio le pareció preciosa. Se sentó junto al maestro sin ceremonia alguna. Era, naturalmente, Arlette Elkaïm, la hija adoptiva de Sartre. Más de una vez Silverio soñó que, si se casara con la fantástica Arlette, tendría como suegro nada menos que a Jean Paul. Con pensamientos como éste siempre se sentía el idiota de la familia. Dio media vuelta y se fue a la cama. No tenía fuerzas ni para tomarse un café. Había terminado de trabajar, descargando cajas en Les Halles, a las cinco y media y cuando se echó a dormir eran las siete para levantarse dos horas y media más tarde al objeto de asistir a la aparición de Saint Jean Paul. No es que lo hiciera todos los días, pero en ocasiones lo necesitaba como si aquello efectivamente fuese la confirmación de su triunfo en París.

Por la noche volvió al Dôme a tomarse un vino. En el servicio de mesas estaba Marcelo, un español de Albacete, jaranero y chismoso, eterno estudiante de medicina que, ése sí, conocía a Sartre y a Simone al dedillo, los saludaba y ellos le correspondían, y contaba intrigas del filósofo que Silverio recibía como revelaciones, unas canónicas, otras apócrifas, pero todas ellas igualmente valiosas. Aquella noche de lunes en que el trabajo escaseaba, Marcelo se despachó a gusto, como si quisiera echar por tierra la imagen elísea del escritor. Sartre no había cumplido aún los sesenta años y, si bien era cierto que su aspecto aparecía avejentado, se encontraba en plena madurez intelectual.

"¿A costa de qué? —dijo Marcelo—; ¿tú no sabes que se mantiene artificialmente, que no hace sino tirar de unas reservas a punto de agotarse? Cada dos por tres le dan crisis de hipertensión, zumbidos en los oídos, pequeños delirios, vacíos de memoria. No sabes las comilonas que se pega en La Coupole, en Lipp o en L'Akvavit, a base de charcutería, pasteles, chocolates y vino a discreción. El ideal del hipertenso. Los días para él son demasiado cortos y trabaja como un condenado a galeras sin estar dispuesto a renunciar a ningún placer. Para dormir toma somníferos en dosis masivas, pero como dormir le parece una pérdida de tiempo, se espabila con corydrane, cafés, whisky, igual que si se estuviera asfixiando. No se queda a gusto si no se emplea hasta el límite de sus fuerzas cada día. El corydrane le resulta más necesario que el oxígeno. La primera pastilla va con el primer café; luego, a lo largo de la mañana, cuando el trabajo se hace febril, toma la segunda, la tercera, la cuarta. Al final del día puede haberse tomado hasta un tubo. Eso puede darle para un trabajo de a lo mejor treinta cuartillas de letra pequeña. Acaba de terminar un libro que va a llamar *Les Mots* y yo le he visto en estos últimos meses con crisis agudas de hiperexcitación, envuelto en drogas, unas para apoyar a las otras y las siguientes para acelerar la marcha de las primeras y así sucesivamente. Te diré que fuma al día dos paquetes de rubio americano, además de un montón de pipas; bebe más de un litro de alcohol, vino, cerveza o whisky; toma unos doscientos miligramos de anfetaminas, quince gramos de aspirina, amén de los barbitúricos, los cafés, tés y otros excitantes. A este hombre tan lúcido lo he visto yo venirse abajo, entrar en extrañas crisis de ausencia, y luego retornar, como si nada hubiera pasado, otra vez dueño de sus recursos. Ahora, tú lo puedes comprobar a diario, está envejecido, a punto del shock, ¿y qué le vas a hacer?, ¿avisarle de que se está destruyendo aceleradamente? Yo se lo digo muchas veces y él me responde siempre sonriendo: "*Ah, l'Espagne-en soi, Tolède, l'Escorial!*".

Carga y descarga

El trabajo en Les Halles era sumamente penoso para sus posibilidades físicas. A las once y media de la noche Silverio empezaba a descargar cajas de fruta de un camión transportándolas hasta la zona de depósito pocos metros más allá. Así hasta las cinco y media, momento en el que ya sólo aspiraba a que el mundo desapareciera arrasado, llevándoselo todo. A lo largo de la noche únicamente hacía un alto hacia las dos, que aprovechaba para irse al Au pied de cochon, la tasca de la esquina, con un par de compañeros a tomarse un aguardiente o una cerveza, lo que le proporcionaba la ocasión de contemplar a granel al Todo París, que ritualmente recalaba allí tras las fiestas o espectáculos a tomar sopa de cebolla o caracoles a la *bourguignone*. Nunca hubo una sola pelea, lo que a juicio de los patronos venía a demostrar que la lucha de clases había llegado a un refinado grado de componenda. Los ricos admiraban en los recios trabajadores sus atributos físicos; los recios trabajadores se habían acostumbrado a aquella fauna de pingüinos y no se interesaban más que por el escote de las damas, aunque alguna vez se les escapaba una frase proletaria apasionada que los marmolillos del esmoquin fingían no escuchar, pues al fin y al cabo estaban en Au pied de cochon. A Silverio dejó muy pronto de hacerle gracia aquel juego de opereta en el que se le asignaba el papel de noble bruto y se refugió en otros bares menos cosmopolitas. Por otro lado, Les Halles no era su mundo y no tomaba su trabajo de descargador ni siquiera como una fórmula de transición, pero había de soportarlo con el sufrimiento añadido de no resignarse a él. Había momentos inverosímiles, como la primera media hora de cada noche mientras los músculos entraban en calor. Incluso cuando ya superó los efectos de los hematomas sobre los hombros o cuando una piel más dura recubrió las zonas machacadas sobre las que se asentaban las cajas, le parecía inalcanzable el fin de cada noche, sentía cada caja como la última posible. Aspiraba ansiosamente aire para resistir el esfuerzo de unos brazos a los que tenía que engañar tras cada operación. ¿Cuántas cajas podía manipular a lo largo de una jornada? Tenía calculadas entre ochenta y noventa. Ochenta o noventa tomas de aire auxiliar, ochenta o noventa toses, ochenta o noventa golpes de carga y descarga. Sin embargo, superado el tiempo inicial siempre crítico, al término de la jornada lo que más agotado le dejaba eran los gritos interiores de ánimo con los que había tenido que caldear sus brazos, sus riñones, que quizá, ya lanzados, hubieran podido seguir como autómatas unas cuantas horas más. ¿Por qué no pensar en una vida consistente en descargar cajas de fruta sin fin?

Su mundo se había estrechado peligrosamente en torno a la pesadilla de las cajas. El resto del día eran desperdicios, trozos de tiempo sobre los que intentaba montar su fantasía heroica. Sobre todo al principio lo único mínimamente reconfortante eran las reuniones semanales de su célula. Se celebraban en casa de Antonio Montero, un exiliado de la guerra civil, miembro activo, éste sí, de la Resistencia francesa con el nombre de Antoine, al que el Partido ubicó como intelectual por el hecho de que había pasado de realizar trabajos subalternos a ser un acreditado linotipista del periódico *L'Aurore*, con lo que se había convertido en un abastecedor inagotable de noticias sobre España procedentes de la agencia France-Presse, noticias que debidamente contextualizadas llegaban semanas más tarde a la célula de labios de algún dirigente de visita.

La puerta del piso de Antonio Montero daba paso franco a un inmenso retrato de Lenin en la pared del recibidor, lo cual presagiaba un mausoleo marxista-leninista en el resto de la casa. Y sin embargo de la iconografía existente no podía colegirse la presencia de un comunista de rompe y rasga, no obstante los libros doctrinales en la estantería del comedor. No era fácil deducir qué pesaba más en Montero, si su entidad ideológica o su afición al ciclismo, habida cuenta de la enorme cantidad de fotografías de los esforzados de la ruta (sobre todo

Bahamontes) que, debidamente enmarcadas, cubrían toda una pared del cuarto de estar. En aquella habitación los intelectuales de la célula celebraban sus reuniones, por cierto bastante acomodaticias, pues los asistentes estaban por sistema de acuerdo con la línea oficial, salvo alguna leve cuestión de matiz expuesta quizás a propósito para que la velada adquiriera un aliciente y durase un poco más. Silverio no quería significarse aún, seguía la marcha de los acontecimientos a la espera de encontrar un terreno más propicio. Antoine invitaba, después de la sesión formal, a un vaso de vino y con ello iniciaba una conversación relajada sobre temas deportivos que no todos compartían. Servía la copa su hija Isabel, frente a la que Silverio se derritió desde el primer minuto, pues era, en su opinión, la típica francesa bifronte, tierna y perversa a la vez; cabello recogido en cola de caballo, ojos provocadores y unos jerseys tan ajustados que parecían estar calcando el dibujo de los gráciles sostenes. Un camarada había comentado una vez, bajando las escaleras, que la procacidad de la chica resultaba incompatible con la condición marxista de su padre. Precisamente en la tercera reunión de célula a la que Silverio asistió en París estuvo presente Federico Sánchez, el hombre puente entre la clandestinidad y el exilio, para mostrar el primer número de una nueva revista teórica llamada *Realidad,* en la que aparecían sendos artículos de Fernando Claudín y de él mismo que merecían explicaciones complementarias. Federico estuvo claro, brillante y apresurado, como quien sabe que sus palabras gozan de un alto grado de credibilidad. Silverio lo encontró fascinante (por fin alguien a su altura) y sintió envidia de aquel aventurero tan bien dotado en todos los terrenos. La nota discordante e insólita la puso Antonio Montero una vez que Federico se hubo ido. Sobre la revista dijo que habría que leerla atentamente y, a continuación, con gesto desabrido reprochó al dirigente un cierto aristocratismo ideológico, "algo que no se puede ocultar y que acabará por salir a flote de una u otra manera, ya lo veréis". Lo que a Silverio no le habían pasado desapercibidas fueron las miradas de Federico a las dos puntas enhiestas del jersey de Isabel.

Silverio intentó hacerse el remolón para quedarse en casa de Antoine un rato más, pero voluntaria o involuntariamente

Alfredo García, un camarada de edad aproximada a la suya, le tomó del brazo arrastrándole hacia el descansillo, como si quisiera hacerle alguna confidencia.

—¿Qué opinas de todo esto?

—No sé. ¿De qué?

Pensó que García andaba detrás de Isabel. O quizá se refería al tema de Federico Sánchez.

—Este Antoine me tiene hasta el gorro con su Bahamontes y sus ciclistas.

—El Partido debería alegrarse de que Bahamontes haya ganado un Tour.

—Bahamontes es un reaccionario.

En realidad Silverio tampoco podía ocultar su emoción cuando escuchaba por la radio la subida del Águila de Toledo al Tourmalet.

—¿A ti qué te ha parecido Federico Sánchez?—preguntó Silverio cuando ya estaba solo en la calle con su camarada.

—Me parece a mí que coquetea demasiado con los intelectuales de salón de aquí. En París las formas sociales acaban erosionando las más sólidas convicciones.

Él sabría. Alfredo conocía a mucha gente por su trabajo como dependiente en la librería Le plaisir de lire. Además, en alguna ocasión había publicado algún artículo en L'Huma. De repente se paró en seco.

—En esta célula ya te darás cuenta de que se hace realidad el chiste que dice: "Por fin estoy en el Partido, ya no tengo que pensar".

—¿Por qué lo dices?

—Nadie se entera de nada ni se interesa por nada. ¿Sabes que parece que hay follón en el Ejecutivo con Claudín y con Federico?

Alfredo había bajado tanto el tono de voz de su información conspirativa que Silverio no pudo entender los nombres a los que se refería.

—¿Con quién?

—Con Claudín y con Federico.

—Ah.

Eso desencajaba sus posiciones. Silverio tenía la idea de que Claudín era un feroz estalinista, pero a lo mejor había evolucionado sin que él se enterase. Estaba recién llegado y en el interior no se estaba muy al tanto de las disquisiciones ideológicas de los camaradas de París, en los que se pensaba como en un bloque monolítico. Sus nobles confrontaciones llegaban con meses de retraso y siempre en dimensiones positivas, como maniobras y estrategias globales que una visión individual, presionada por la clandestinidad, no podía entender. Silverio se quedó asombrado ante el resquebrajamiento de la piña dirigente. Dolores, Santiago, Enrique, el otro Santiago, Federico, Claudín y los demás, ¿cómo dudar de la rocosidad de alguno de ellos si todos juntos formaban la esencia heroica del Partido? En París parecía menos ciega la confianza; los mitos, conocidos físicamente, siempre enflaquecen. Pero estaba seguro de que aún así todos aquí darían la vida por el Partido.

Caminaban en dirección a Saint Michel por la rue Danton, a las ocho de la tarde. El sol de aquel junio vigoroso parecía casi transparente, se adivinaba que no tardaría en enternecerse. Las galerías de arte escondían celosamente del sol sus manchas abstractas o sus serigrafías en las que quizá lo más llamativo era el grafismo. Se detuvieron ante el escaparate de la galería Slimobich donde se exhibía un cuadro de un tal Dessaut que representaba en primer plano a un pintor pintando el Pont Neuf, y su cuadro representaba a un pintor pintando el Pont Neuf, en cuyo cuadro, ya ínfimo, había un pintor pintando el Pont Neuf.

—El Partido —dijo riendo Alfredo García.

—La dialéctica —añadió Silverio.

Alfredo iba a decir algo contra Murillo, pero se calló porque tampoco estaba muy seguro de encontrar argumentos que descalificaran al pintor de las vírgenes como reaccionario. En su lugar hizo una confesión de la que parecía avergonzarse:

—Yo tengo un problema con la pintura. No entiendo a Saura.

—Ya.

—Y mira que es un tipo cojonudo. Va mucho a la librería y todo el mundo habla bien de él en el Partido.

A medida que subían por Saint Michel las aceras iban poblándose de gente que hacía equilibrios entre las zanjas de las diversas obras públicas.

—A estas horas es cuando yo empiezo a sentirme vivo —dijo Silverio.

—Te voy a llevar a la Boule d'Or, donde tiene una tertulia Agustín García Calvo. Te gustará, aunque éste con el Partido, nada.

En la guía turística de la progresía estaba inscrita la parada en la tertulia de García Calvo, que ejercía de maestro, paterfamilias, autoridad moral, represaliado del régimen, ácrata latinista cuyo lenguaje gozoso exhibía nuevos modos clásicos. Alfredo aprovechó un raro momento de distensión para que Silverio conociera a García Calvo, quien se aprestaba a responder a una pregunta que alguien había dejado caer: "¿Se puede ser antifranquista sin ser marxista?" El maestro sonrió porque se iba a poner las botas en su respuesta, probablemente tendría incluso ocasión para hablar de los Comuneros. Silverio se retiró hacia un rincón, frustrado consigo mismo porque la timidez le impedía enfrentarse a las palabras del magister. ¿Cómo entonces podría acercarse a Sartre?

Y fue en ese momento cuando de repente advirtió la presencia de Julián. ¿Era él, Julián Zúñiga? Julián, sin duda. No le veía desde la infancia pero lo reconoció en el acto porque sus rasgos de niño permanecían intactos. A punto estuvo de abalanzarse sobre él para darle un abrazo, justo en el momento en que sus miradas se cruzaron y la suya no denotó ningún signo de reconocimiento. Siguió hablando sin inmutarse con la chica que tenía a su lado, ausente de la tertulia de García Calvo a la que no se sabía si pertenecía o no. ¿Tanto habría cambiado Silverio? Las entradas que se abrían paso a través de su frente iban borrando pistas de juventud, lo que quizá le hacía aparentar más edad que Julián, ¿cuestión de clase social?, sonrió; el maldito mostraba el mismo corte de cara y aquellas líneas finas como las de un noble inglés con tendencia al espionaje. Habían pasado quince años o más desde la historia de Los Canchos de Plasencia. Era imposible que no lo reconociera; necesariamente debía de haber alguna explicación a lo que en caso contrario habría que calificar como desprecio inadmisible. Ignoraba en qué clase de individuo se había convertido, pero daba igual, se habían prometido fraternidad eterna. *Malambruno.*

—¿Conoces a ése? —preguntó Silverio señalándolo discretamente.

—Ni idea.

—Se llama Julián Zúñiga.

—Bueno, a mí a la que me gustaría conocer es a la tía que está con él.

Mientras García Calvo seguía demostrando que sabía demasiadas cosas como para guardárselas, Silverio se enfrascó en un silencio que no era sino una oportunidad a Julián para reconocerlo. Le sacó de su abstracción un barbudo con gafas de grueso cristal que se sentó a su lado.

—Hay quien dice que esta tertulia está infiltrada por la CIA, por la KGB, por los servicios de Carrero o por todos ellos juntos.

Silverio vio cómo Julián se levantaba y, haciendo un gesto vago de despedida, salía del café sin la chica. Silverio se fue tras él y se puso a su altura.

—¿Tienes fuego? —le preguntó.

—Sí, toma.

—¿Estabas en la mesa de García Calvo, no?

—Sí, claro.

Iba a preguntarle si realmente no sabía quién era, pero por dignidad calló.

—¿Vas hacia arriba?

—Hacia Denfert-Rochereau.

—Te acompaño —dijo Silverio y se puso a andar tan velozmente como el otro.

Pasaron varios minutos sin que ninguno pronunciara palabra. Silverio llegó incluso a pensar que se había equivocado y que aquél no era Julián. Se prometió que no sería él quien abriese la boca el primero. El silencio parecía a punto de romperse a cada paso, pero una resistencia final lo impedía siempre. Julián caminaba distendido, como si no llevara a nadie a su lado y esto era tan aparente que Silverio lo recibió como un insulto, un enfrentamiento de clase, exactamente el mismo que se había producido con el niño déspota de la casa de la Puerta Berrozana o de San Antón, antes de que se hicieran amigos.

—Bueno, hasta otro día —dijo Julián con naturalidad.

—Adiós.

Silverio bajó las escaleras del metro como alma que lleva el diablo. ¿Se habría reído de él Julián? Volvió a subir las escaleras y aún le vio cruzar la calle en direción Montparnasse. Bordeó la Closerie des Lilas con sus ventanales cuarteados, llenos de luz cálida, como el refugio del bosque en un cuento infantil; siguió por la ancha acera ya desierta, con una luna clemente y los automóviles deslizándose como si hubiera llovido. Julián andaba desgarbado, vestido con un pantalón gris y una camiseta azul de tenista. Volvió a cruzar en oblicuo el bulevar Montparnasse y a poco se metió por la rue Campagne Première. Para mayor inri vivía en el mismo barrio que él, lo mismo tomaba café en el Select, puede que incluso hasta conociera a Sartre. Lo vio entrar en el número 31 de esa calle, una casa con fachada de mosaicos construida cuando la Exposición Universal. Así que allí vivía. Silverio echó a correr, llegaría tarde a su trabajo de Les Halles.

Le costó mucho levantarse de la cama a la mañana siguiente, como si albergara una gripe. Las cuatro horas escasas de sueño habían sido turbulentas, desembocarían en un desasosiego que sin duda le duraría toda la jornada. Se afeitó esperando en vano efectos relajantes de tal operación. No pudo hacer de vientre, lo que constituía un evidente mal augurio. Decidió una vez más no recoger la cama de su habitación de alquilado, ni bajar la persiana para mitigar el calor, ni meter el cubo de la basura que malolía en el pasillo. Todo quedaba pendiente. Y así, en tal disposición de ánimo claramente desmadejada, bajó a la calle como cada día para tomarse en el bar de la esquina su *café au lait* y su *baguette* con mantequilla. A esas horas servía René, un camarada francés cuya máxima preocupación consistía en leer diariamente *L'Humanité* desde el encabezamiento hasta el último párrafo, y encontrar después a alguien con quien poder comentarlo.

— Irás a la Mutualité esta tarde, supongo —dijo René mientras manipulaba una vieja cafetera de ruido ferroviario.

—¿Por?

—Merde, por. Es el acto por Grimáu. Irá la viuda y un montón de gente.

—Sí, sí, claro —dijo Silverio distraído.

Esa mañana Sartre podía tomarse su café tranquilamente sin él. Bajó por la acera de los impares de Raspail; se detuvo ante una tienda de automóviles de ocasión; también hizo alto en la tintorería a través de cuyo ventanal contempló cómo un par de operarias sin edad subían y bajaban cansinamente el brazo de la planchadora con la misma inercia mental con que él descargaba cajas de fruta; observó con cierta fruición el cuidado patio del edificio del Centro Cultural Americano, ¿por qué con cierta fruición si probablemente aquello era un nido de la CIA?, ¿cómo compaginar esa espúrea atracción por lo americano con su bien asumido antiimperialismo?, ¿era una apetencia general por los objetos bellos o había algo más, trágicamente ligado a problemas ideológicos ocultos desde la niñez? No le dio tiempo a proseguir esa línea de investigación, pues estaba ya delante del portal 31 de la rue Campagne Première. El portero no estaba en su cuchitril de visillos blancuzcos, debía de andar trajinando por esas zonas traseras de las casas parisinas donde es posible encontrar los más insospechados laberintos, pasadizos, pasarelas, recovecos, tragaderas, sumideros, tragaluces, portillos, además de artilugios infinitos que convierten al portero en un demiurgo celoso.

A la llamada de Silverio acudió un hombre mayor de cráneo redondo y brazos musculosos, vestido con pantalón corto y camiseta de franjas rojas horizontales. Silverio se le quedó mirando como a una aparición.

—¡Sí, ya sé, no me mire usted más! ¡Soy igual que Picasso pero no soy Picasso!

Era idéntico. No podía apartar la mirada de aquel rostro entre burlón y cascarrabias.

—Perdone, pero es que...

—¿Qué quiere, hombre, un cuadro mío? Venga. ¿Es usted español? Venga, entre.

El cuchitril contenía escasamente una mesa camilla cubierta con un mantel de ganchillo, un aparador con espejo central y una mesita con un aparato de televisión. En una silla, muy seria, leyendo un libro de Rabelais, había una niña de ojos interminablemente negros.

—Es Cathy, la hija de Jacqueline —dijo el portero mientras buscaba algo en los cajones del aparador. Al fin dio con un cuaderno de dibujo de pastas avejentadas. De pie, tal como estaba, se puso a dibujar esquemáticamente una mujer desnuda en una mecedora, delante de un balcón. Realizaba los trazos con tan segura velocidad que se diría los estaba calcando de una imagen mental. Cuando acabó los enormes dedos de un pie, el portero, en lugar de firmar, escribió en el ángulo inferior: *Junio.*

—Tenga usted este recuerdo —cortó la hoja del bloc y se la entregó. Silverio seguía fascinado.

—Es magnífico —fue lo único que acertó a decir.

Cathy levantó los ojos del libro y después de sonreír, quizá por Rabelais, volvió a la lectura.

—Y ahora dígame lo que quería.

—Bueno, es igual... La verdad, quería saber si vive aquí un español como de mi edad...

—Sí, claro. Monsieur Julián. Vive en la buhardilla de mademoiselle Odile. Tienen un bebé.

—¿Julián Zúñiga?

—Sí, Julián Zúñiga.

—Nada más quería saber eso. Mil gracias por el dibujo. Adiós, Cathy.

—Adiós —dijo la niña sin dejar de leer.

Silverio miró la hoja que tenía entra las manos. El dibujo, hecho de un solo trazo continuado, revelaba una maestría indiscutible y tenía todo el aire de Picasso, una gran broma de Picasso. Dio un traspiés que a punto estuvo de hacerle besar el suelo. No entendía nada de lo ocurrido. Evidentemente cuatro horas de sueño eran muy pocas.

Nada se le había perdido en la calle, pero tampoco le apetecía volver a su tugurio. Se encontraba demasiado cansino, como si en sueños no recordados le hubieran arreado una buena paliza. Así es que despacito, sin pensar casi en nada, siguiendo simplemente el mandato de una dulce querencia, subió Raspail arriba hasta su casa. La habitación presentaba un desorden más acusado del habitual, que interpretó como una agudización de su soledad. Algún día... Una vez en calzoncillos se dejó caer en la cama, un humilde colchón sobre un estrado de madera. Forzando la tendencia de sus párpados, tomó el libro que estaba leyendo, *La destruction de la raison,* de Lukács, y apenas pudo leer la frase "*la décadence est devenue pour lui un problème universel et Dionysos apparaît comme le symbole d'une décadence toute chargée d'avenir et digne d'être...*", antes de quedarse profundamente dormido.

La destrucción de la razón

La descarga de las cajas de fruta se convirtió en una añoranza. Desde hacía varias semanas lo que le tocaba manipular eran unas cajas de madera más grandes, con aberturas a los lados a través de las cuales podían verse los conejos vivos en que consistía la carga. Había que cogerlas por los huecos laterales y los conejos, enloquecidos por el aprisionamiento y la oscuridad, mordían los dedos con toda la violencia y rapidez de que eran capaces. Esas cajas, en cierto modo conmovedoras por los quejidos de los animales, eran depositadas sobre carretillas que las transportaban a las naves reservadas al efecto. Pero sin duda peor que las cajas de conejos resultaba la descarga, a paletadas, de los volquetes conteniendo restos de caballos, entrañas, huesos, grasas y demás. La fetidez de aquellas carnosidades, al removerlas, producía unas emanaciones que lograban alterar los sentidos a pesar de los pañuelos con que se tapaban la nariz. Las náuseas y las vomitonas estaban a la orden del día mientras el encargado, que debería haberse educado entre putrefacciones de caballo, solía llamarlos señoritos; al fin y al cabo los huesos iban a parar a las fábricas de azúcar y las grasas a las de jabón y cosméticos.

Aquella noche Silverio y su compañero Basam Salim hicieron la parada habitual de las dos y media y fue el propio Silverio quien propuso ir a tomar unos vinos al Au pied de cochon en una maniobra que consideró maquiavélica. El hecho es que estaba trabajando ideológicamente a Basam y el contraste de clases de aquel lugar podía ser un buen revulsivo, complementario a sus alegatos teóricos. Por supuesto Basam se sentía deslumbrado ante el espectáculo de aquellos vestidos de lamé o los rostros aún maquillados de ciertos personajes del cine o la televisión, y le parecía inconcebible que se codearan con él, Basam Salim, sudoroso, contagioso, en la misma barra. Incluso le sonreían, decían *pardon, monsieur* a cada instante; era el único sitio por él conocido donde pidieran *pardon* a los norteafricanos. En este campo de instrucción Silverio trataba de explicarle la lucha de clases. Le habló de Julián Grimáu, del acto de la Mutualité al que había asistido; fue un poco incoherente en su discurso: la dimensión profunda del héroe inocente sacrificado, la grandeza de un Partido de mártires, gigantes sin saberlo, como Simón Sánchez Montero, Romero Marín, El Tanque, Luis Lucio Lobato, Ignacio Gallego, Horacio Fernández Inguanzo, Marcelino Camacho, virtuosos de la lucha clandestina. Una organización que producía tales ejemplos por fuerza había de ser algo que valía la pena. En la Mutualité estuvieron todos, Silverio, Alfredo García, Antoine, la dirección y muchos camaradas, enronquecidos, sintiéndose curiosamente más seguros tras la ejecución de Grimáu. Cuando Silverio alzó el puño por última vez puesto que el acto acababa, le pareció divisar de refilón a Julián Zúñiga en trance de abandonar precipitadamente la sala por una puerta lateral, y juraría que había lágrimas en sus ojos. Pero Basam Salim no era sensible a tales disquisiciones, sólo miraba y miraba en derredor a los ricos del Au pied de cochon y su único comentario se refirió a la envidia que sentía. Silverio encontró que, en efecto, Basam se encontraba en un estadio excesivamente primario en el que sus dentelladas ideológicas no hacían la más mínima mella.

Basam estaba empeñado en tomarse un tercer *beaujolais* con lo que rompía el presupuesto diario que sólo daba para dos vinos. Silverio se negó, e iba a pagar lo ya consumido cuando sintió una mano aferrarse a su hombro y una voz de borracha sobre su cuello.

—Perdona, chico, tú eres de la célula de Antoine, ¿no?

Si no se hubiera apoyado en su espalda, probablemente Isabel habría dado con sus huesos en el suelo. Reía por todo y andaba algo despeinada.

Silverio supo que estaba enrojeciendo.

—No sé de qué me habla, señorita.

Quizá resultó ridícula tanta prudencia. Estaban en Francia, no en la clandestinidad española.

—¿Es amiga tuya? —intervino Basam.

—No sé quién es —respondió Silverio con tozudez, pues al fin y al cabo ¿dónde estaba lo peligroso de aquella situación?

—¡Claro que nos conocemos! —decía Isabel con voz altisonante, algo quebradiza por el alcohol. La acompañaba una mujer de edad mediana vestida con pantalón y chaqueta negros, camisa y corbata. La atrajo hacia sí, entre cariñosa y dominante.

—Vamos, Isabel, ven conmigo.

Isabel remoloneaba, quería colgarse del cuello de Silverio y éste retrocedía mientras Basam intentaba comprender qué estaba ocurriendo con aquellas damas.

—Te llamaré —dijo Silverio al oído de Isabel, en un movimiento fugaz.

—Vamos, *chérie*, no molestes a estos señores.

—No sé si querré hablar contigo, no sé si me dejará Margot.

—¿Pasa algo con mis empleados, señoras?

Bernard Martin, el jefe, el educado en lo pútrido, se había acercado al grupo y se inclinó ante las mujeres con una parsimonia que hizo estallar en carcajadas a Isabel.

—¿Quién es usted?

—Soy el jefe de éstos; espero que no las estarían molestando.

La amiga de Isabel decidió dejarse de contemplaciones y tomó a la muchacha del brazo arrastrándola hacia el interior del local. Bernard Martin, sin duda con más consideración, tomó a Silverio y a Basam del brazo invitándoles a salir. Nuevos camiones esperaban desde hacía rato.

Al cabo de dos horas de descargar en silencio, con la imagen de una Isabel despeinada y lenguaraz, Silverio empezó a sentir un sudor distinto del habitual. Su gélida condición presagiaba una más que probable enfermedad. Comenzó a toser entre grandes precauciones, primero porque le dolía el pecho como si le acuchillaran un pulmón, y segundo porque no quería que se enterase Bernard; el trabajo era demasiado precario como para permitirse lujos. Pero tuvo que pararse. Debió de presentar una cara tan desencajada que fue el propio

Bernard quien le ordenó que se fuese a casa y no se preocupara.

Cuarenta y ocho horas estuvo Silverio en un túnel pastoso con el único objetivo de transpirar lo más posible a través de cualquier procedimiento. Se alimentó únicamente de leche fría y no pudo hacer nada más que dormir, quizá delirar, no recordaba. Al cabo de los dos días comenzó a secarse con toallas que luego tendía sobre el fregadero, e intentó leer. Había terminado con provecho *La destruction de la raison,* pero en su actual tesitura tenía que descansar por puro agotamiento cada dos páginas de *Histoire et conscience de classe*, imprescindible. No daba abasto, le parecía que su formación marxista iba muy retrasada, aunque no paraba de leer, subrayar, tomar notas e incluso hacía sus pinitos con acotaciones críticas a alguno de los pensamientos que se le ofrecían como más dogmáticos o endebles. Así es que a pesar de los ahogos y las toses, continuó su labor sin desaprovechar ni una hora, luchando contra las caídas en sueños espectrales. Las cuarenta y dos páginas que, en compañía de la fiebre, logró leer del texto forzoso de Lukács habían sido las más arduas de toda su vida. Su grado de comprensión debió de ser más bien bajo, por lo que se prometió volver más adelante sobre aquellas páginas, el prefacio del traductor al francés, K. Axelos, el *avant-propos* del autor y el primer capítulo —*Qu'est-ce que le marxisme ortodoxe?*—, sin duda deslumbrante. Lo significativo era el valor simbólico del esfuerzo realizado. La fiebre no había podido con él.

El tercer día, miércoles, su día libre, amaneció descansado y limpio, como recién salido de un sueño benefactor y de un baño con masaje. Esa noche había reunión de célula, otra vez en casa de Antoine. ¿Qué ocurriría con Isabel? Sin duda sería un reencuentro violento tras la escena del Au pied de cochon. Se lavó la cabeza con el único jabón de tocador que tenía, se afeitó escrupulosamente, se enfundó unos calzoncillos recién secos así como su mejor pantalón, uno gris claro que disimulaba estoicamente las arrugas. El planchado constituía uno de los escollos de su vida; no estaba dispuesto a someterse a la costosa dictadura de la tintorería, por lo que calcetines, ropa interior y camisas, de horrible materia plástica, estaban exentas de plancha a costa de asperezas sin cuento, rozaduras e incluso alergias. Se olía a sí mismo y se encontró fragante, algo ridículo porque la razón del acicalamiento era Isabel, ¿y qué podía él esperar de Isabel? Siempre serás un pardillo, se dijo, porque acababa de percatarse en ese momento de que la amiga de Isabel tenía todas las trazas de ser lesbiana. ¿Lo sería también ella? ¿Cómo pensar tal de una muchacha que gozaba provocando a los hombres? Se sintió repentinamente débil, defraudado por la sociedad y con una impresión de convalecencia que se arrastraba por todo su cuerpo, hasta las piernas. Tenía miedo ante el previsible cara a cara con aquella Isabel escandalosa, muy superior a él en experiencias y en malicia. Le resultaba increíble que Antoine, maestro estalinista, no acertara a poner coto a las locuras de una veinteañera que, además, estaba comprometiendo al Partido con su conducta procaz.

Decidió darse una vuelta por la librería de Alfredo antes de ir a la reunión, incluso podían ir juntos. Lo cierto era que su red de relaciones en París resultaba de una pobreza alarmante. Llevaba ya seis meses y apenas conocía a nadie fuera del Partido, y dentro prácticamente a muy pocos, a pesar de que aquél era como una gran familia. "En el Partido nadie se siente solo", le había dicho en más de una ocasión Luis Mateo, un médico que fue quien le introdujo en su día, años atrás. La clandestinidad y el riesgo producían no sólo camaradas sino auténticos amigos. Pero como en Francia la clandestinidad era casi nula y no podía hablarse de peligro, las relaciones se hacían tan febles como la actividad, sobre todo en una célula de intelectuales donde a veces había que echarle mucha imaginación para no caer en el tedio contrarrevolucionario. En los viejos exiliados se trataba más bien de mantener viva la llama del recuerdo, no dejar adormecerse la sensación de que habían sido expulsados del paraíso, ahora lleno de malvas. Pero nada personal los unía una vez terminada la reunión o asistido a algún acto o manifestación. Antoine, por ejemplo, no obstante su pasado ejemplar de resistente, no le producía a Silverio ningún sentimiento afectivo. Similar indiferencia sentía hacia sus otros compañeros de célula: Ramiro Barco, alias El Gasolina, corrector de pruebas en una editorial; Cándido Valdés, que trabajaba en un puesto indefinido en France-Inter, y Manolo Sanz, profesor de español en una academia de idiomas, además, claro es, de Alfredo García, empleado en Le plaisir de lire.

Silverio se detuvo, como casi siempre, ante el escaparate de la tintorería, tras el cual las dos empleadas parecían no haber interrumpido aún los movimientos y gestos de la semana pasada. El interior se hallaba nublado por un vaho, sin duda alguna insalubre, imagen manchesteriana con Marx al fondo. Sintió deseos de entrar y entablar con el dueño o la dueña un combate dialéctico sobre las condiciones de trabajo, pero era demasiado pusilánime. Marx hubiera entrado. Y Don Quijote. Si las palabras tuvieran poder de convicción como en épocas pasadas, ¿el propietario de la tintorería, persuadido por el discurso de Silverio o el de Marx, habría alterado las condiciones laborales de sus operarias? Las palabras estaban de capa caída. Hacía tiempo que la verdad había dejado de ser verbo. Por estas y otras consideraciones Silverio se resistió a traspasar la puerta del comercio y prosiguió su marcha con el sabor amargo de la impotencia, que curiosamente no se localiza en la boca sino en el centro exacto del corazón.

Entró, sin embargo, en una pequeña papelería siguiendo un impulso repentino. Necesitaba una tarjeta en blanco y un sobre. Estaba al lado del 31 rue Campagne Première y su mente la ocupaban los ojos húmedos de Julián en la Mutualité. No había nadie en el portal. Tocó con los nudillos en la ventana de la portería y no tardó en aparecer una cara afilada, con ojos negros de ave rapaz reconocibles y la cabeza protegida contra el polvo por un pañuelo barato.

Silverio no tuvo ninguna duda.

—¿Es usted Jacqueline?

—Sí, dígame.

La mujer, que se limpiaba las manos en el delantal, había apoyado la fregona contra el aparador del espejo.

—Quería dejar esta carta para Julián Zúñiga, que vive aquí.

—Bien, démela.

—Un segundo, tengo que anotar algo aún.

Silverio extrajo la tarjeta. Con letras mayúsculas escribió *MALAMBRUNO*. Introdujo la tarjeta en el sobre, escribió el nombre y la dirección de Julián y se lo entregó a la señora, esa Jacqueline que Silverio había visto retratada en numerosos cuadros de Picasso.

—Gracias, Jacqueline, y adiós.

—Adiós, monsieur.

Se quedó muy tranquilo después de haberse desembarazado de aquel mensaje que, tal como estaban las cosas, ignoraba si obedecía al mundo real o a su propio mundo, supuesto que ambos podían no coincidir. La mañana estaba algo nublada y Montparnasse, desde el cementerio hacia abajo, en dirección al cruce, a los cafés, y a la *gare*, acentuaba su color gris perla presagio de lluvia alborotada, depredadora de la profundidad del paisaje urbano. A la altura del 121 del bulevar Raspail se había congregado un grupito de personas. A pocos metros, una furgoneta de la policía montaba un discreto servicio de acecho. Frente al portal, una ambulancia de cristales opacos hería con los enormes guiños de sus pilotos a una mañana tan apagada como aquélla. La gente curioseaba en cuchicheos a la espera de que ocurriera algo, el desenlace de algún suceso cuyo inicio se situaba detrás del portalón. Por allí, en efecto, aparecieron tres fornidos enfermeros seguidos a distancia por dos gendarmes. Los enfermeros, de blanco uniforme vanguardista, sostenían suavemente por los brazos a un hombrón de aspecto pacífico y grandes barbas pelirrojas, que se dejaba llevar como un chiquillo confiado, completamente ajeno a cuanto allí sucedía. Es un *fou*, se dijo Silverio. Los brazos sueltos de aquel gran individuo apenas se acompasaban al paso más tenso de los enfermeros. Preguntó a sus acompañantes: "¿Puedo ponerme el abrigo?". Se refería a la prenda que hecha un ovillo llevaba en su mano derecha. Se detuvieron un momento, la gente dejó de murmurar y el barbudo, con una parsimonia que no concordaba con los pilotos urgentes de la ambulancia, se enfundó un abrigo gris que le hacía más grandullón aún. Luego subió a la furgoneta azul de la policía que se puso en marcha seguida de la ambulancia. Ambos vehículos torcieron por la primera transversal mientras los espectadores parecían defraudados por la inocuidad del pelirrojo. Silverio los vio pasar algo más abajo, en la esquina de la rue Fleurus. Por la ventanilla enrejada del furgón policial se veía al *fou* rodeado de enfermeros, con la mirada mansa, como si aquello definitivamente no le concerniera.

Lo que pensó Silverio mientras seguía su camino fue:

— Qué idea tan delirante la de no avanzar. ¿Cómo seré cuando pase a lo que yo llamo "la acción", es decir, al contacto con los demás?

La librería Le plaisir de lire era, por encima de todo, de izquierdas. Abundaba la sociología, la psicología, la historia y la economía. Las últimas aportaciones marxistas, sobre todo si comportaban un punto de heterodoxia, se convertían en protagonistas inmediatas de las diversas secciones. Las divagaciones sobre la revolución, los movimientos de liberación nacional, racial y sexual, el antiautoritarismo en la educación, el antiimperialismo y el tercermundismo eran los temas que más metros de estantería ocupaban. También había una amplia zona dedicada a las revistas, muchas de ellas *underground*. Un mundo fascinante para Silverio que no lograba, sin embargo, acostumbrarse a los "excesos" de las revistas satíricas y de las libertarias.

No era casual que Alfredo trabajara en Le plaisir de lire. Siempre tenían un dependiente español porque española era la mejor clientela. De ahí que la oferta de títulos sobre España fuera abundante. Para Silverio aquel local era un poco su hogar intelectual. Removiendo entre sus estantes bien iluminados, multicolores, se encontraba protegido, lleno de incitaciones y estímulos, con su ambición recién nacida cada vez. Desgraciadamente no podía comprar muchos libros, pero gracias a su camarada Alfredo recibía un trato preferente, con rebajas de hasta el treinta por cierto, y excepcionalmente le dejaba llevarse prestado algún libro, eso sí, en medio de una nube de recomendaciones. Cada vez sus reflexiones le exigían más lecturas, pero el tiempo no le daba de sí, lo que se traducía en lecturas más rápidas y casi convulsivas. Tal voracidad le provocaba estados de tensión que le impedían dormir bien el poco tiempo que disponía para ello. Se lamentaba de no poder hacer fichas bibliográficas, pero vivía en esa fase urgente del que estima como más perentorio la acumulación, llenar huecos, conseguir un entramado aunque no fuera profundo. Más adelante, se decía, podré volver sobre aquello que requiera un mayor calado.

Decidió esperar en el café de enfrente a que Alfredo terminara su jornada en la librería. Había comprado el primer número de *Realidad*, la revista que Federico Sánchez les había mostrado. Efectivamente había sendos artículos de Federico y de Claudín que, según aquél, representaban una inflexión significativa realizada desde la propia dirección del Partido. Silverio los leyó y se quedó perplejo, pues no apreciaba en ellos nada novedoso ni digno de ser especialmente destacado. El de Claudín venía a decir que el realismo era algo tan amplio que daba cabida tanto al arte figurativo como al abstracto. Silverio pensó que esa tarde estaba un poco atocinado; volvió a leer el dichoso texto y su asombro no disminuyó. Aquello podría referirse a la Unión Soviética, pero ¿qué tenía que ver esa historia con Picasso, comunista sui generis de pro; o con los pintores jóvenes del Partido en el interior y sus compañeros de viaje que se expresaban en lo informal, de la misma manera que a muchos católicos ni se les pasaba por la cabeza la idea de ir a misa los domingos? ¿Dónde estaba, pues, la carga subversiva del mediocre artículo de Claudín, merecedor del patrocinio de Federico Sánchez, y la premonición de que aquello traería cola? El problema teórico quizá se complicaba porque la sombra de Lenin y de la Proletkult era interminable. La teoría del reflejo es evidentemente el fundamento de todas las tesis sobre la aprehensión de la realidad. El camarero depositó sobre el velador el café de Silverio, quien dio un primer sorbo precautorio. Sí, la teoría del reflejo puede dar todavía mucho juego, se dijo. Aún no era tiempo de abrir la caja china donde seguramente se sedimentan imágenes tan bellas como las de la creación del "hombre nuevo" y la del "gran salto hacia adelante".

Alfredo García pudo dejar el trabajo antes del cierre de la librería. No había demasiada gente y sus dos compañeros se las arreglarían sin él. Silverio seguía dándole vueltas al artículo de *Realidad* que Alfredo no conocía. Bajaban las escaleras del metro y el estalinismo se arrastraba ya asmático junto a ellos. Silverio estaba confuso, no sabía muy bien a qué carta quedarse a pesar de que el XX Congreso había abierto la veda sobre el padrecito. Alfredo se limitó a sentenciar enigmáticamente algo que ya le había oído, como si fuera un comodín, en otras ocasiones: "La palabra la tiene Togliatti". Silverio no quiso entrar en el juego de los acertijos y sobreentendidos, máxime cuando en ese momento estaba sintiendo el orgullo de pertenecer a un Partido que le ofrecía a él personalmente la posibilidad de participar dialécticamente en la modificación del universo: China, la URSS, Italia, Cuba; y él estaba en ese ajo. Era una sensación de plenitud ecuménica, nada menos que la liberación del hombre concreto; algo así era capaz de compensar la pequeñez de cualquier vida particular. En el vagón del metro, la fluorescencia sometía a los rostros a la acción de un instrumento que parecía succionarles los colores; gentes que volvían quebrantadas de sus trabajos, restregándose las ojeras, con las huellas de un sueño irrecuperable. Silverio estaba seguro de que esos espectros podrían cobrar vida humana si tomaran conciencia, si creyeran de verdad que los problemas objetivos de la URSS o de China eran también problemas suyos, sobre los cuales podían influir. Tal vez esta idea no era muy sólida e incluso a algún cínico le haría sonreír. ¿Se trataba o no del "hombre nuevo"? Quizá no era aún tiempo y estaba mejor oculto en el terciopelo de la caja china.

—No te hagas ninguna ilusión con Isabel —oyó decir de repente a Alfredo.

—¿Cómo?

—Que de Isabel, nada.

—No iban por ahí mis pensamientos.

Mintió, porque la simple mención de ese nombre parecía estremecerle el oído. No se había atrevido a telefonearla, pero ahora el encuentro era inevitable, ella estaría esperándole con su apretado suéter de enhiestas puntas, quizá para ofrecerle disculpas, darle explicaciones o mandarle a hacer puñetas. ¿Sus ojos juguetones en Les Halles significaban algo? Estaba seducido por su imprevisibilidad, de ella cabía esperar cualquier cosa, ¿por qué no él? En los momentos de soledad en los que se encontraba, un *affaire* le arreglaría la vida; por algo así estaría dispuesto a rebajar el grado de sus exigencias de formación, es decir, podría intercambiar algunas horas de lectura por algunas horas de amor.

Se bajaron en la estación de la Porte d'Italie. Los largos pasillos de tránsito estaban plagados de pintadas contra el general De Gaulle y de anuncios de sostenes.

—Los camaradas han trabajado por aquí estos días, ¿eh? —dijo Alfredo con un guiño que no logró la complicidad de Silverio—. Si el Partido apretara ahora un poco pondría al general contra las cuerdas en la Asamblea.

Silverio no contestó. Ahora que él estaba entrando en pensamientos dulces que podrían terminar incluso en libidinosos, se le ocurría al otro hablar de política.

Habían llegado al número 33 de la rue Fontannelle, donde vivía Antoine. Antes de entrar en el portal, Silverio echó una ojeada a derecha e izquierda.

—¿Temes que nos siga la gendarmería?

Su gesto había sido instintivo, pero quizá lo que rastreaba era alguna huella o signo de Isabel. Llamaron a la puerta y no contestó nadie. Volvieron a intentarlo y al cabo abrió Manolo Sanz, el profesor de español, que era el mejor amigo de Antonio Montero. Estaba pálido. Se llevó el dedo índice a los labios, pidiendo silencio. Silverio pensó de inmediato en una caída de camaradas o en algún accidente.

—No podremos tener hoy la reunión.

—Pues ¿qué pasa?

—Bueno, Antonio no se encuentra bien. Habrá que aplazarla para otro día.

—¿Qué le ha ocurrido a Antoine, un infarto?

Manolo Sanz bajó aún más la voz, ya casi inaudible. Se encontraban aún en el recibidor, bajo el enorme retrato de Lenin.

—No sé cómo decíroslo, camaradas; es algo sumamente desagradable.

—Pero ¿no podemos pasar a verle?

—Mejor que no, no está en disposición de hablar con nadie.

—Pero estará en la cama, ¿no?

—La verdad es que está sentado en su sillón en el cuarto de estar...

—¿E Isabel? —preguntó Silverio.

—Bueno, de eso se trata.

—¿Le ha sucedido algo?

—Esto habrá que llevarlo con suma discreción, pero no os lo podemos ocultar a vosotros. Resulta muy desagradable. El caso es que Isabel se ha ido, ha abandonado esta casa.

Hubo un silencio, la cosa no parecía tan grave. Manolo Sanz carraspeó.

—Ha cogido la maleta y se ha ido a vivir con esa mujer. Con una mujer, su amiga. Bueno, ya me entendéis.

Silverio entendió de inmediato, recordó a Margot. Estaba claro que no podrían pasar del recibidor. Tampoco se atrevían a irse sin encontrar algunas palabras oportunas para despedir aquel duelo.

—¿Y cómo está Antoine, cómo lo ha tomado?

Manolo hizo un gesto de obviedad.

—Ya podéis comprender que estas cosas dañan la imagen del Partido. De ahí que haya que utilizar toda la prudencia del mundo.

De pronto empezó a oírse, procedente del interior de la casa, un llanto espasmódico, estallidos a veces agudos, a veces roncos, que en algunos momentos se asemejaban mucho a los lamentos de un perro malherido.

A Silverio le asaltó un repentino dolor de cabeza. Se acarició las sienes buscando alivio. La mirada de Lenin no auguraba nada bueno.

Líneas colgantes

Aquella célula, de existencia tan voluntariosa como inútil, se deshizo tras la fuga de Isabel. Silverio nunca volvió a oír hablar de la hija de Antoine. Éste, según le contaron, pidió la jubilación en *L'Aurore*, se aposentó en el sillón de orejas y sólo se le animaban los ojillos desengañados cuando se trataba de ciclismo. Quien se lo contó dijo que el retrato de Lenin del recibidor había sido sustituido por una gran fotografía de Bahamontes escalando el Aubisque. Pasaron varias semanas antes de que Silverio fuera avisado de la recomposición de la célula de intelectuales. Antoine y Manolo Sanz, éste quizá por solidaridad con la desgracia de su amigo, no volvieron más. En su lugar aparecieron dos chicos jóvenes y valiosos, en palabras del nuevo responsable, Cándido Valdés, el que trabajaba en un puesto indefinido en France-Inter.

Precisamente en aquellas fechas Silverio estaba empezando a escribir su primera aportación a la teoría marxista. Andaba tan excitado que le resultaba difícil concentrarse para expresar la acumulación de ideas que le brotaban por los poros como gotas de sudor tras las intensas lecturas de los últimos tiempos. Quería fijar sus posiciones en torno al "izquierdismo" y al "reformismo", términos que no tardarían en ser considerados fundamentales. Había escrito ya unos cuantos folios a los que no concedió más valor que el de un esbozo*.

---

* *Se me dirá que es mucha pretensión ésta de proponerse elaborar los conceptos de izquierdismo y de reformismo. ¿Acaso no están ya elaborados? ¿No tienen ya rango categorial? ¿No hay una experiencia histórica suficientemente legible? Podría contestarse, desde un plano filosófico general, que conceptos teórico-prácticos como son izquierdismo y reformismo nunca están elaborados, que siempre están elaborándose. Son conceptos dialécticos, cuya*

No estaba mal, si bien la voz interior maligna risueñamente le acusó de haber empleado casi un folio para no decir nada. Cercar el concepto. Antes de entrar en esa fase había que aclarar muchos flecos metodológicos. Cada pequeño avance en la redacción le exigía nuevas lecturas, que a su vez planteaban sugerencias, estímulos, vías conducentes a otras lecturas y así llegaría a temer que todos los libros de Le plaisir de lire se le vinieran encima. Por otro lado, le estaban aumentando los ahogos. Seguían llegándole por sorpresa ataques de tos como cargas de caballería ascendiendo por su garganta. Si esto le ocurría en su habitación, la medicina eran varios vasos de *beaujolais* y mano de santo, la tos desaparecía. Encima de la mesa siempre se hallaba, como un ídolo, una botella de este vino, el único lujo que Silverio se permitía en su arrastrada existencia. También solía aliviarle un cigarrillo en el momento oportuno, una buena calada servía de tapón contra el golpe de tos no consentido. No quería reconocer que, aún en su modestia, estaba imitando a Edgard Allan Poe. La única diferencia era que Poe no tenía que descargar cajas con conejos vivos. Había de apresurarse o llegaría tarde a la reunión de la nueva célula. Ignoraba quiénes serían sus nuevos camaradas y tampoco sentía excesiva curiosidad. ¿Habría alguien en la célula de "intelectuales" capaz de seguir la línea de su trabajo? ¿Valdría la pena ofrecer a aquella gente su texto como objeto de discusión? Cerró la puerta del cuarto y bajó despacio las escaleras divagando sobre dónde daría a conocer su trabajo, ¿qué revistas idóneas tenía el Partido para publicar el complejo texto de un desconocido que, eso sí, no planteaba ningún problema de heterodoxia?

---

coperatividad es histórica, puesto que tienen que funcionar como instrumentos de análisis concretos de situaciones concretas. En ambos conceptos van implícitos —si se utilizan para la "praxis" conceptual, y no para la adjetivación escolástica— los siguientes rasgos principales: a) un análisis de la formación económico-social a la que se aplican, tomada en su totalidad y en su concreción, a la vez; b) un esquema o proyecto de transformación revolucionaria de dicha realidad; y c) un juicio de valor sobre las diversas posibilidades de respuesta a la situación real dada. No se encontrará en Lenin una sola frase que dé por resuelto, por los siglos de los siglos, el problema de la necesaria elaboración y reelaboración permanente de los conceptos teórico- prácticos. No se encontrará en toda la obra de Lenin un solo concepto cosificado.

Era ya de noche, y fue alejándose oblicuamente de su triángulo vital dominado por Raspail y Montparnasse, y sólo cuando andaba ya por callejas quebradas se dio cuenta de que todo estaba menos iluminado que de costumbre. En la rue Vieille du Temple sus pasos resonaron sobre el empedrado como si estuviese caminando por el interior de un relato de Poe. Larga calle algo sucia y al fondo fanales con una reverberación semejante a la de las farolas de gas. Lo más sorprendente era la ausencia de vida, la calle aparecía como cancelada, protegiéndose de algo. En circunstancias similares la figura del caminante solitario encoge los hombros y aprieta el paso, sabiéndose desguarnecido por la espalda. Es entonces cuando, desde lo alto de una ventana imposible de identificar, surge un grito horroroso, el clarín que informa de un asesinato. Silverio apeló a las fuerzas de la razón, lo que no le impidió mirar hacia arriba donde todo estaba más silencioso que antes, salvo esos pasos rastreros que iban ganándole terreno. Torció por la rue St. Eustache donde a cincuenta metros vivía Valdés. Los pasos continuaban y se pondrían inmediatamente a su altura. Silverio miró hacia ese lado precavidamente. Casi lanzó una carcajada al comprobar la coincidencia. Era él. Sí, Julián.

—Hola.

Julián se le quedó mirando. ¿Seguía jugando a no reconocerle? No sería él quien le diera la baza de preguntárselo.

—Estas calles casi dan miedo —dijo, esperando algún signo de su parte.

—Bueno, yo me quedo aquí, en el 36 —dijo Julián.

—Qué casualidad, yo también.

Llamaron por el telefonillo.

—Yo voy al tercero.

—Tengo la impresión de que vamos al mismo sitio, a casa de Cándido Valdés, ¿no?

Julián era, pues, uno de los nuevos camaradas. Cándido los presentó al comienzo de la reunión con los más estrictos elogios. El más joven, Víctor, estudiaba sociología en Nanterre, y fue calificado de superdotado sin que el sujeto hiciera nada por desmentirlo. Tenía manos huesudas y húmedas, destacando en sus dedos unos nudos que parecían injertos. Víctor hizo un análisis espléndido de la situación de la Universidad, pleno de capacidad de síntesis, agudeza y recursos lingüísticos llamativos. De su charla pudo deducirse que Nanterre era una balsa de aceite, el mayor problema consistía en que los estudiantes estaban escasamente dotados para la agitación política y sólo pensaban en los títulos académicos. Los camaradas quedaron impresionados y convinieron en que el PCF debería intervenir seriamente allí removiendo con energía las quietas aguas del acomodo.

Julián se negó a decir nada tras la presentación que de él hizo Cándido. Su rostro traslucía una cierta tensión, como si se hubiera equivocado de cita. A Silverio sin embargo le interesó mucho saber que su amigo se había convertido en escritor. Valdés dijo sonriendo a modo de excusa: "Pero debo decir que no es un escritor social-realista en sentido literal". Julián se vio en la obligación de esbozar una sonrisa. Acababa de publicar en París su primera novela, evidentemente prohibida en España. Ramiro Barco, El Gasolina, interrumpió para decir: "Pero ¿se puede ser rojo y no escribir en plan realista como Sholojov?". Valdés cambió hábilmente de tercio al comprobar cómo la expresión de Julián se iba agriando por momentos.

—Tengo muchas ganas de leer tu novela —dijo Silverio—. Mañana mismo me la compraré.

—Déjalo, hombre. Dame tu dirección y le diré a la editorial que te la mande.

Habían salido todos juntos pero al poco se dispersaron, menos Julián y Silverio, vecinos del triángulo montparnassiano. Faltaban pocos minutos para las doce. El viaje de vuelta en metro transcurrió silencioso, Julián se mostraba taciturno y a Silverio le seguían lloviendo todo tipo de hipótesis. Parecía claro que Julián no se daría a conocer por la razón que fuere. Aunque no se hubiesen vuelto a ver desde niños, era demasiado lo que les unía como para ignorarse, por más que les hubiesen caído encima veinte años. Silverio le propuso a Julián tomar una cerveza en el Select, lo que éste aceptó de inmediato sin manifestar interés alguno por volver a su casa.

Se bebió la cerveza de un solo trago y pidió una segunda casi con ansia. En opinión de Silverio, debería estar dudando sobre si darse a conocer o no. Sin embargo, su tono de voz parecía provenir de muy otros pensamientos.

—¿Me querrías hacer un favor? —dijo.

—Claro, Julián, dime —y puso cierto énfasis al pronunciar el nombre.

—Llama a Cándido Valdés mañana y le dices que no vuelva a citarme para ninguna otra reunión. Yo no soy hombre de célula ni de partido.

—¡Pero hombre!

—Ya lo has podido comprobar.

—Entonces, ponle mejor una carta. Estas cosas, por escrito.

—Lo haré. Me convertiré así en el militante más breve de la historia del Partido.

—Cometes un error.

—Yo nunca podré ser marxista por un problema de lenguaje —dijo Julián salpicando las sílabas pesadamente.

Dos horas más tarde Julián y Silverio entraban en la fase terminal de una noche etílica, sentados en sendos taburetes del cabaret Elle et Lui, rue Cancet, una insignificante bocacalle de Raspail, allí donde el bulevar iniciaba su esplendoroso descenso hacia Saint Germain des Près. Era un local minúsculo en el que el escaso personal presente en tan rugosa madrugada se reducía a un par de parejas de lesbianas demasiado clásicas como para no pensar que se trataba del reclamo de la casa. En el fondo, a Silverio y a Julián hacía rato que cuestiones semejantes habían dejado de interesarles, por la sencilla razón de que la inestabilidad de su estado les impedía toda relación coherente con el entorno. Tanto uno como otro parecían encontrarse en el gozoso momento del campo abierto, de la gran pradera verde por la que dejarse rodar mientras los búfalos cubrían la línea del horizonte como el mejor símbolo del alba. Silverio andaba sin cigarrillos y vanamente rebuscaba en su chaqueta. Julián, buen compañero de borrachera, aún no había acabado la actual y ya estaba proyectando la siguiente. En aquel elegante tugurio del que no tardarían en echarles, Silverio revivía los juegos de Los Canchos con su amigo, pero se libraría muy mucho de recordarle nada, a pesar de lo a gusto que seguía encontrándose con él. A Julián le lloraban los ojos por el humo. Iba a tirar al suelo su cigarro casi entero cuando Silverio se lo quitó.

—No me queda un solo cigarrillo, ni un solo franco —se puso a fumar entre toses secas.

—Nuestra situación es dramática. Apenas me quedan cien francos para una copa única. Nos la jugaremos a los chinos.

—Mejor la beberemos a medias.

Julián había estado pagando toda la noche excepto las dos primeras cervezas. Silverio le había explicado su precario oficio en Les Halles y aceptó la situación con naturalidad, como si todo siguiera igual: él pobre y Julián rico. "Estoy reaccionando como un burgués de mierda", se gritó, interiormente invadido por el determinismo del destino, que se agudiza en especial a partir de la octava copa.

—Vete pidiéndola —dijo Julián—. Voy a telefonear a mi mujer para decirle que no iré a cenar.

Una vez más a las órdenes de Julián, e incapaz de rebelarse.

—Oye, ¿pero tú tienes mujer?

—Claro. La buhardilla donde vivo es suya.

—¡Ah, es verdad! Y también tienes una hija.

—¿Cómo lo sabes?

—Y el portero de tu casa es Picasso y la portera Jacqueline, y la hija de Jacqueline es Cathy.

Julián pareció sentir primero una arcada que le obligó a hacer un gesto de conmiseración y luego desapareció tras una cortina, al fondo de la sala. Silverio, tosiendo a intervalos de parturienta, se quedó aferrado a la barra, juraría que aquel local estaba moviéndose, y aún intentaba dar la última chupada al cigarro cuando el camarero puso ante sus ojos el whisky definitivo.

A la mañana siguiente casi no podía abrir los ojos. Lo consiguió gracias a que le asaltó la idea, disfrazada de vampiro, de que la fe marxista exigía no despilfarrar un solo minuto de la vida. Fue como un disparo obligándole a ponerse en pie a pesar de sus heridas de pronóstico reservado. No tardó mucho en comprobar que su cabeza no se hallaba en disposición de leer a Fisher. Lo único que anhelaba era un café con leche; no lo había en su residencia, tampoco una aspirina milagrosa, menos aún cerveza. Enfundado apresuradamente en un viejo pantalón y en una camisa a cuadros de leñador canadiense, se lanzó escaleras abajo, conteniendo los horribles latidos de sus sienes, a la caza desesperada de un café humeante. Había perdido mucho tiempo esa mañana, de manera que hubo de renunciar al cerco de Sartre. Era preciso avanzar seriamente en su trabajo sobre el izquierdismo (enfermedad senil del reformismo, pensó, bonito ¿eh?, una estupidez, la rima no lo es todo).

Estaba a punto de traspasar el portal cuando la portera le entregó un paquete. El primer regalo que recibía desde que estaba en París. Rasgó torpemente la envoltura y apareció brillante el libro de Julián, una portada azulina con letras negras. Julián Zúñiga. *L'exil intérieur*. Nunca había querido reconocer explícitamente que le admiraba, pero ahora, a la vista de su nombre en la portada de un libro, era evidente. Nada menos que publicar en Francia. En una de las primeras páginas de cortesía había una palabra cruzada, escrita en grandes caracteres: *MALAMBRUNO*. Las dudas sobre su reconocimiento se habían despejado.

Escribió las últimas frases de su ensayo a media tarde del primer lunes del mes de julio. El calor entraba a plomo en la habitación y parecía que a su paso iba derritiendo los objetos o descolocándolos, instaurando un nuevo desorden cuyo exponente era la sábana en el suelo, la mitad de las colillas fuera del cenicero y una botella de leche vacía sobre la cama. Silverio, desnudo, contemplaba de pie el último folio escrito, como si de un cuadro se tratara. Algo, ciertamente, le distorsionaba además del sudor que se precipitaba desde su frente al pecho. ¿Podía dar por terminado el artículo? ¿Cómo se advertía que determinada frase redondeaba un texto finalizándolo? Nadie le impedía seguir añadiendo ideas nuevas haciendo crecer el trabajo hasta el punto de que *Reflexiones sobre el izquierdismo y el reformismo* podía transformarse en un opúsculo titulado, por ejemplo, *Los límites del izquierdismo*. También era posible que ocurriese lo contrario: a base de reducir complejidad, quizás empobreciéndolo, el ensayo podía quedarse resumido telegráficamente a poco más que el título *¿Izquierdismo o reformismo?* Silverio, mientras juzgaba que estaba llegando a un grado en el que sólo le faltaba aullar, sintió los efectos del calor sobre su zona eréctil.

Decidió mantenerse moderadamente a la expectativa. Sobre la silla yacía *L'exil intérieur* de Julián Zúñiga. Unas horas antes se habría precipitado sobre el libro devorándolo con fruición. Ahora, sin embargo, lo veía allí con su cubierta satinada, sus letras sobresalientes y algo le detenía. Hubiese sido capaz de salir a la calle gritando: "¡Yo conozco al autor! ¡Yo conozco al autor!", pero a aquel producto reluciente no se atrevía a echarle mano, como si contuviera un cepo o un cable de alta tensión. Y luego estaba ese *malambruno* que no quería volver a mirar. Porque, ¿cómo entenderlo: como un insulto, una revelación o un reconocimiento? ¿No había dado por zanjado ya este asunto de Julián? De repente amenazaba con venírsele encima toda la emoción de su infancia y no eran aquellas las mejores circunstancias. Vació en un vaso los restos de la última botella de *beaujolais* y se dedicó a observar por la ventana un tendido eléctrico sobre el que parecían puestas a secar unas nubes rosáceas, con las copas moradas de los árboles de Raspail al fondo, y también la gente morada, los rostros y los zapatos, él veía morado, sin separar carmín y azul, respiraba violáceo, malva, lívido, miraba y estaba comiendo moras en Los Canchos de Plasencia, a eso quizá se refería Julián en su libro, cuerpos sin sustancia en los que se suprime el fantasma y entonces la memoria, suelta, se pasea por las habitaciones vacías, no permitiendo que sus reflejos se traduzcan en nuevos espectros, fallando en lo real oculto, lo más parecido a un rizoma, esas probables ideas horizontales que yacen y se extienden, en bella contextura, hasta la constitución de un mapa, nuestro mapa, jugando con las líneas, calcándolas, se alargan, te desterritorializas, te balanceas en las líneas, qué bella tarde, mi capitán, para colgarse de una línea recta.

Cuerpo sin Órganos

Cuando Alfredo García le sugirió la posibilidad de trabajar en Le plaisir de lire, habida cuenta de que uno de los empleados se había despedido, Silverio se sintió en el camino. Económicamente salía peor librado que en su esclavitud de Les Halles, pero la librería venía a liberarle convirtiéndolo, en cierto modo, en un intelectual. Qué importaba el dinero: cambiaba naranjas por libros, conejos cabrones por revistas de pensamiento; cambiaba la noche por el día, las manos encallecidas por la suavidad del papel satinado, el trato con descargadores por el de adeptos al libro. Iba a pasar, al fin, del sector de las fuerzas del trabajo al de las fuerzas de la cultura. Siempre había tenido dificultades para desenvolverse con destreza en los ambientes obreros. De hecho, en Les Halles, salvo una cierta amistad con Salim, con el resto apenas si intercambiaba fugaces saludos. Solía sospechar que había en ello un alto grado de timidez. Llegó incluso a pensar, sólo para el cuello de su camisa, que la timidez es un factor importante en la creación y desarrollo de la sociedad en clases: ¿sería posible que no se sintiera en el deber de escupir sobre tal subproducto típico de una mentalidad idealista? El caso es que Silverio adivinaba su vida rodeada de libros y de personas de su mismo talante cuyo contacto supondría un enriquecimiento mutuo, a la vez que un rechazo del aislamiento y la incontinencia. Algo iba a pasar, algo estaba pasando ya. Lo notó en la emoción que le bullía bajo la camisa encorbatada el primer día en que cruzó la puerta de Le plaisir de lire para integrarse a su trabajo. El jefe fue astuto al asignarle la sección de pensamiento marxista, un cajón de sastre cuyos límites no estaban claros, pues, por ejemplo, ¿podía considerarse pensamiento marxista la *Psicología de masas del fascismo*, de Wilhelm Reich, que se estaba poniendo cada día más de moda?, ¿o ese libro debería de estar en la sección de psicología?, ¿tal vez en la de historia?

Silverio, al verse en la planta baja de la librería, en el estrecho e infinito horizonte de sus dominios, elevó la mirada hacia arriba y contempló el cielo, un firmamento tapizado de libros, y resultaba alegre, allí se compendiaban todos los colores de un cosmos bien ordenado. Sin embargo, tal emoción presagiaba el desarrollo de extremismos que podían dejar al descubierto las más íntimas debilidades de su carácter. Oteaba en torno suyo comprobando lo poco que sabía, la insuficiencia de sus lecturas, y cómo era preciso aprovechar hasta el límite la oferta del ingenio humano. Tenía el mar entero a su disposición y no sabía si sentirse feliz o abrumado.

A mediodía le invitó a comer monsieur Martin, uno de los dueños de la librería. Antiguo anarquista conocido entre sus viejos amigos como *El León de Baracaldo*, su contextura musculosa empezaba a resquebrajarse, sobre todo en las grietas del cuello, mientras los hombros pugnaban por no perder la batalla de la estricta verticalidad. Comían en una tasca próxima en la que el ruido dificultaba la charla, y en Silverio el humo aumentaba la sensación de ahogo que pretendía disimular a toda costa.

—Yo siempre tomo lo mismo, *steak avec des frittes* —decía monsieur Martin mientras rociaba generosamente las patatas a golpe de salero manejado como un hisopo.

Hubo un silencio más largo de lo que hubiera deseado Silverio.

—¿Tú liberaste Toulouse, según he oído, no? —Alfredo le había advertido de su preferencia por el tuteo aunque todos se dirigieran a él como monsieur Martin.

—¿Te gusta cómo fríen aquí las patatas?

—¿Erais muchos anarquistas en aquel batallón, monsieur Martin? —insistió Silverio con esa frase ciertamente estrábica.

Iba a decir algo, se pasó la lengua por sus labios golosos, como si saboreara la contestación que se había tragado, para hacer después un gesto de fastidio.

—Joder, vosotros los comunistas siempre estáis revolviendo el pasado. Qué manía.

—Perdona, yo sólo quería...

—Vive el presente, hombre. Cómete ese rico filete y deja la liberación de Toulouse en paz.

Hubiera querido preguntarle por qué, siendo él anarquista, sólo contrataba a dependientes comunistas. Alfredo, él y Nicole, una chica francesa tan dulce como poco agraciada, eran de la misma cuerda. Prefirió guardar silencio visto que no encontraba ningún tema de suficiente garantía. Por su parte, monsieur Martin no era hombre al que la boca cerrada molestara. Si no llega a ser porque el camarero les preguntó si deseaban café quizá no hubiera vuelto a despegar los labios.

—¿Piensas volver a España? —preguntó más adelante el viejo algo distraídamente.

—Bueno, quiero estar un tiempo aquí, formándome, leyendo, adquiriendo una cultura marxista, porque mi intención sería contribuir teóricamente...

—*Eh bien!* —dijo el jefe—, vámonos, tenemos que abrir ya.

Aspiró profundamente y pagó la cuenta.

—Ese amigo tuyo novelista, Zúñiga, ¿qué tal es? Su novela se está vendiendo bastante bien.

—Es una buena novela —respondió Silverio, que no había tocado el libro, aún sobre la silla de su habitación.

En la librería los compañeros le preguntaban por *L'exil intérieur*. Todos decían tener mucho interés en leerla, máxime después de que *Le Monde* le dedicara un breve comentario elogioso. Nicole, con la moderación que la caracterizaba, le había insinuado que desearía conocerle. Dos días más tarde había leído el libro y la insinuación se hizo súplica. Silverio trataba de zafarse como podía, seguro de que a Julián no le interesaría la pobre Nicole, que era como un tapón sobrealimentado, con dos elementos que se hacían competencia en largueza, la nariz y la dulzura. Pero a veces la vida se comporta como si estuviera escrita por los hermanos Grimm. A los pocos días de que Nicole comenzara a manifestar su entusiasmo por Julián, éste atravesó la puerta de cristal de Le plaisir de lire y la chica, sentada ante la caja registradora, se levantó de un salto rectificando en el último instante su impulso inicial de abalanzarse sobre él. A pesar de ser viernes y hora punta, Nicole abandonó su puesto corriendo hasta la planta baja en busca de Silverio.

—¡Es él! ¡Es él, Silverio!

—¿Quién es él, Nicole, qué pasa?

—¡Es él, Julián Zúñiga!

Hablaba entrecortadamente, se empinaba impaciente sobre los hombros de Silverio. No tuvo que ir a buscarle. Julián bajaba en ese momento los escalones que conducían a la planta baja. Nicole sonreía mordiéndose la lengua. Silverio hizo la presentación y ella, como si hubiera tomado una decisión repentina, los invitó a los dos a un party que iba a dar al día siguiente en su casa. Silverio miró a su amigo.

—Si puedo iré, te lo prometo —dijo Julián.

Alfredo se acercó con un ejemplar de la novela. Julián pensaba en alguna dedicatoria, pero se sentía bloqueado. Finalmente escribió, risueño: "A Alfredo, desde el remanso de estas hojas amarillentas, al margen de cataratas y de prisas. Julián". Alfredo lo leyó y se le quedó mirando sin decidirse a adoptar ninguna actitud más que la inexpresividad. Nicole vino corriendo con su ejemplar en ristre.

—Lo he leído. Es maravilloso.

Julián escribió, esta vez sin dudar: "A Nicole, desde el remanso de estas hojas amarillentas, al margen de cataratas y prisas. Julián".

Nicole le dio un beso en la mejilla. Le había gustado.

—Te espero mañana.

Tenía la impresión de estar a las puertas de algo y no poder entrar. El ejemplo de Julián le estimulaba, pero le hacía daño en cuanto bajaba la guardia. Julián sí había sabido penetrar en un circuito que podría llevarle lejos, pero ¿y él, qué hacer, pobre comunista con un ensayito bajo el brazo titulado *Reflexiones sobre el izquierdismo y el reformismo*? Quizá lo que definía su actual estado era la somnolencia que constantemente le asaltaba. Desde que había dejado su trabajo en Les Halles se dormía en todas partes, en el metro, en los baños públicos de Denfert-Rochereau, sobre la mesa de su habitación con un libro en las manos y, a veces, cuando la librería estaba desierta en algunos períodos de la mañana, entraba en un indeciso duermevela que le permitía, desde un lejano observatorio, darse cuenta de que se le escapaba su entorno sin ser capaz de intervenir en él. Aquellos síntomas le preocupaban. ¿Era concebible un comunista dormilón? ¿Podía llegar lejos en el mundo del análisis materialista alguien que se quedaba frito sobre un libro? Si Sartre le viese en tal tesitura, si Simone le pillara en el suspenso de conciencia de la librería, si Carrillo le sorprendiese luchando contra el párpado en las reuniones de célula. Bueno, y qué, ¿cuántas horas dormía Sartre? Él, Silverio, no más de cinco; aproximadamente como el Papa, y no precisaba de corydranes para estar lúcido. ¿Cuánto dormiría Julián?, ¿y Carrillo?, ¿y dónde vivía Carrillo en París? No estaba dispuesto a que nadie, ni siquiera los del comité central, se metiese en sus intimidades narcóticas. Puede, sí, que estuviera algo enfermo. La jodida tos seguía allí, la oía hervir en la cocina del pecho y aunque intentaba no hacerle caso, el continuo *ggggrrrr* resultaba enojoso, era una invitación permanente a la ensoñación, como si sus pulmones soportasen difícilmente el traqueteo del tren. Cuerpo y órganos rodantes destinados al desprendimiento, era bueno que en gran medida no fueran más que una bolsa de agua, pantano del cual emerge una cabeza que respira y realiza la combustión. Afortunada porosidad, acuosidad, bajo el puente colgante de la columna vertebral. Contemplado el hombre desde la perspectiva del duermevela. Imposible imaginar un hombre de piedra, un hombre de hierro, un hombre de plástico, un hombre atómico, materias con problemas de desechos. Sólo el agua concede al cuerpo humano su espiritualidad, sublima las miserias de sus agujeros de combustión y reproducción. Sólo ella, lubricando el organismo, le salva de su cosificación.

—¿Quién es esa chica, tu novia? —preguntó Julián.

—¿Nicole? Qué va, trabaja aquí. Es rara.

—¿Rara como tú o rara como yo?

—Cómo diría. Es como si fuera escatológica.

—¿Escatológica de mierda o escatológica de ultratumba?

—Escatológica de postrimería excrementicia —sentenció Silverio.

Silverio nunca había estado en aquella casa. No tenía ni la más remota idea de cómo llegar a esa dirección. Bajo una terca lluvia que confirmaba el otoño, el taxi comenzó a atravesar la jerarquía de los barrios, atrochando por calles cada vez menos conocidas, vericuetos que en algún caso parecían más propios de una aldea. Hasta que el taxista le dejó, estupefacto, ante un rancio caserón en Maisons Laffitte, circundado por un muro musgoso al que de tanto en tanto le caían chorretones de hiedra. Se adivinaba, a través de la puerta enrejada, un jardín en estado de abandono. Traspuso el umbral dando manotazos a diestro y siniestro, como si estuviera apartando mosquitos, y apretó el paso hasta llegar a la breve escalinata de entrada, toda ella de un mármol sucio, con numerosas losetas rajadas y el hierbajo ascendiendo por la pared, brotando de las más diversas ranuras. Los zapatos se le habían embarrado y dejaban su huella en cada escalón. Intentó sacurdírselos pero la tierra mojada se había amoldado a los surcos de la suela de tocino. Buscó en derredor suyo un llamador o quizás a alguien. Encendió un cigarrillo apoyándose en la veranda desconchada que cerraba los laterales. Parado en aquel porche pudo comprobar cómo algunas capas de pintura luchaban por no venirse abajo. Nunca hubiera imaginado que Nicole viviese en un sitio semejante. Lo que en principio, desde la distancia, le pareció una mansión fastuosa, desde luego indigna de una militante comunista, verificaba ahora que no era sino la evidencia de la decrepitud, lo que le desasosegó absurdamente. Tentado estuvo de dar marcha atrás abandonando aquel peregrino party que comenzaba de manera tan sórdida. En el fondo, no sabía casi nada de Nicole.

Continuó buscando un timbre y entonces oyó que el portón del jardín se abría dando paso a Julián, que andaba a grandes zancadas, encorvado para protegerse de la lluvia, y seguido a distancia de una muchacha envuelta en una gabardina cuya capucha ocultaba su cabeza. Al fin, se dijo Silverio cuando vio la menuda silueta de la chica.

El mal humor de Julián era visible. Cuando llegaron al porche, presentó a su mujer de forma expeditiva.

—Es Odile.

Llamaron al timbre. Los gestos de Julián denotaban prisa, arrepentimiento de encontrarse allí.

—¿Y la niña? —preguntó Silverio por cortesía.

—La hemos dejado con la hija de los porteros —dijo Odile.

—¿Con Cathy?

Odile se extrañó de que conociera ese nombre, pero él hizo caso omiso, dedicado como estaba a admirar la perfección de miniatura de su rostro.

La puerta acabó abriéndose y en la penumbra pudieron distinguir a un anciano cuyo cuerpo, aún retorcido, mostraba una sorprendente agilidad. Lo más llamativo eran sus espesas cejas blancas, alborotadas. Silverio intentó evocar a qué personaje de película de aventuras le recordaba. Le invadió una pasible sensación de sueño.

—Soy el abuelo de Nicole. Pasen.

Era una estancia destartalada, como de balneario en decadencia definitiva, con oscuros cuadros de caza en una secuencia de jabalíes interrumpida por un ventanal de vidriera. El viejo vestía de riguroso traje negro, con corbata y flor blanca en el hojal.

—¿Dónde está Nicole? —preguntó Silverio mientras seguían los pasos bravos del anciano. Odile se agarró del brazo de Julián. Silverio se sentía en cierto modo responsable de la situación.

—Quizás esto no es lo que se imaginan —añadió el abuelo volviéndose hacia ellos—, pero sigan, síganme.

En la pared de la sala contigua había una serie de platos de cerámica que, juzgados por su suciedad, podían corresponder a la civilización mesopotámica. Julián se interesó por ellos.

—¿Estos platos son antiguos?

—Viejos lo son, mucho.

—¿No son platos de Capodimonte?

—No sé, hijo —respondió el abuelo de Nicole—, lo único que le ruego es que no se lleve ninguno de ellos.

No pudieron contener la risa, salvo el abuelo que había hecho la advertencia.

—Se lo digo de verdad, no se les ocurra llevarse ninguna cerámica ni nada de lo que hay en esta casa.

El eje central de la gran sala era una chimenea medieval, alta como una persona, con una gran campana que a Julián le recordó la del monasterio de Poblet. Estaba encendida y, a pesar de que el fuego no era vivo, resultaba difícil de soportar a menos de dos metros. En el centro de la estancia, dos enormes tresillos de cuero marrón, ajados en los brazos. Luego, un poco por doquier, sillones individuales de madera, una mesa de grueso tablero de nogal, un aparador castellano; pero el espacio era tan amplio que hasta aquellos pesados muebles parecían flotar. Había un par de personas sentadas en sendos sillones y una tercera, sola, hundida en el tresillo principal, todos más o menos octogenarios excepto la mujer del tresillo que, según supieron después, rondaba los setenta y cinco. Los tres vestían de negro tan riguroso como el abuelo de Nicole, que se presentó a sí mismo como Jean-Marc.

—Pero ¿dónde está Nicole? —repetía Silverio impaciente.

Los ancianos, obedientes a una invisible llamada de Jean-Marc, se pusieron en pie acercándose al grupo.

—Queridos amigos, les presento a Gilles, Félix y Hélène. Los apellidos a estas alturas poco importan. Queridos —dijo dirigiéndose a sus compañeros—, éstos son los amigos de mi nieta, que admira mucho a Julián Zúñiga.

Los ancianos hicieron una leve inclinación de cabeza.

—¿Dónde está Nicole? —insistía Silverio.

—Tranquilo, hombre, estará ocupada —dijo Julián.

—Pero ¿qué hacemos aquí? —dijo Odile.

—Monsieur —Silverio se volvió hacia Jean-Marc—, su nieta nos había invitado a un party. ¿Dónde están los demás?

—Ha habido ciertas alteraciones, joven. Pero en cualquier caso nosotros estamos aquí, ¿no? No pensaba yo que eso del baile fuera tan importante para ustedes. Hélène, sirve a estos jóvenes una copita. Ya verán, ya verán qué maravilloso *eau-de-vie*.

Julián no se esforzó nada en reconocer que aquel aguardiente era exquisito. Odile, después de toser reglamentariamente, le encontró un aroma indefinible. Silverio dudaba, olfateando, en busca de la materia prima que proporcionaba aquella fragancia en verdad difusa pero exaltante.

—¿Esto no será tafia, por casualidad? —dijo Silverio.

—¿Tafia, eso qué es? —se sorprendió Jean-Marc.

—No, me parecía. Es el aguardiente que se obtiene de la melaza de caña de azúcar.

—No, no. Ustedes me perdonarán que no sea más explícito en este tema. Nuestro *eau-de-vie* es el gran secreto de esta residencia.

—Yo diría, si me lo permite, que ésta es una residencia con muchos secretos, empezando por la propia residencia —dijo Silverio.

Hélène, que realizaba funciones de dama de servicio, volvió a llenar los vasos ínfimos de los invitados.

—El caso es que las caras de estas personas me suenan —susurró Odile.

Jean-Marc se fue en busca de Nicole y se quedaron solos con Gilles y Félix, puesto que Hélène iba de aquí para allá atendiendo a no se sabe cuántos frentes a la vez. Félix era un anciano de formas redondas cuya melena le cubría generosamente los hombros, mientras que Gilles mostraba medio cráneo de calvicie sonrosada y unas arrugas que cincelaban su rostro con cuatro tajos, aunque lo que más llamaba la atención de ambos era la vivacidad de sus pupilas; en cierto modo se trataba de jóvenes que miraban a través de los agujeros de sendas máscaras de ancianos.

—¿Así es que ustedes son también filósofos o profesores? —preguntó el que decía llamarse Gilles con una solicitud casi empalagosa.

—¿Es que ustedes son filósofos? —dijo Julián.

—Lo fuimos. Ahora lo que más nos interesa es la interpretación.

—¿La hermenéutica?

—No, no, actores. Somos actores —dijo Félix sonriendo con humildad.

—Llevan varias semanas ensayando un trabajo para mostrárselo esta tarde a ustedes; sólo les interesan los jóvenes —dijo Hélène, que pretendía llenar nuevamente los vasos de aguardiente.

—¡Calla, deslenguada! —Gilles le propinó un empujón que la hizo tambalearse. Hélène parecía abatida, era la única que se movía y ello a costa de un visible esfuerzo, como si su voluntad estuviera secuestrada por algún presagio o sucedido.

—Pero bueno, ¿qué es lo que está pasando aquí? ¿Dónde se ha metido Nicole? Julián, yo creo que deberíamos irnos.

—Nicole debe de estar con mi marido, me parece oírles en la habitación de al lado —dijo Hélène.

—¿Y quién es el marido de esta señora? —preguntó Julián.

—Es Louis. Ése sí que es filósofo —dijo Félix.

Seguían consumiendo *eau-de-vie* a consecuencia del exceso de celo de Hélène.

—Yo no estoy acostumbrada a beber tanto —dijo Odile.

—Es excelente, todos lo dicen —Félix chasqueaba la lengua después de cada trago.

—Nosotros dos antes escribíamos juntos —explicaba Gilles a Odile de forma casi confidencial—, pero fue tal la cantidad de metáforas que utilizamos que hubimos de dejarlo, y ahora interpretamos juntos.

En ese instante se oyeron unos agudos sollozos procedentes de la habitación de al lado, donde según Hélène estaba Nicole. Eran en efecto sollozos de Nicole, introvertidos, sin pretensión ni solicitud de ayuda. Julián y Silverio se lanzaron tras el rastro del llanto presagiando lo peor. La chica estaba de pie contra la ventana con la cara entre las manos, mientras espasmos ligeros y muy frecuentes agitaban su cuerpo. A su lado, el abuelo Jean-Marc trataba de calmarla hablándole al oído, envolviéndola en un vaho que ella parecía aceptar con arrobo.

—Déjale, se pasa el día con amenazas —decía Jean-Marc señalando a un individuo que, sentado en un banco de madera, en actitud adusta, parecía rumiar alguna ofensa. Seguramente era el marido de Hélène.

En cuanto vio llegar a sus invitados, Nicole cambió de expresión, se limpió los restos de lágrimas utilizando la vieja estrategia de buscarse una mota de polvo en el ojo. Julián y Silverio, no obstante la irritación que sentían hacia ella, admiraron su versatilidad.

—Nos vamos, Nicole, tenemos prisa —dijo Silverio cortante.

—¿Se puede saber a qué nos invitaste? —preguntó Julián.

—No sé por qué dije la tontería del guateque. En realidad quería que conociérais a mi abuelo y a sus amigos. Están muy solos. Han estado trabajando como locos en un texto que querían intepretar para vosotros. Yo aspiraba a impresionarte, Julián. Incluso me compré este vestido en tu honor.

No se había fijado en aquel traje marrón de ajustadas formas, cerrado hasta el cuello en un corte redondo, hecho sin duda para no llamar la atención. Entonces Julián advirtió que Nicole tenía un busto nada desdeñable.

—Estás muy guapa, Nicole —dijo Julián tratando de imaginar la forma de aquellos pechos, de estirpe probablemente puntiaguda.

Silverio estaba seguro de que el aguardiante comenzaba a hacer efecto en el humor de Julián, de la misma manera que él sentía algunos arrebatos eufóricos pronto contrarrestados por una forma primaria de la náusea. Odile también denunció un martilleo en la cabeza, a todas luces catastrófico, pues al día siguiente tenía un importante ensayo con el ballet de Nick. Los tres sabían que debían irse pero no lograban hacerlo. La molicie les había rendido.

Nicole los fue arrastrando hacia la sala en la que Gilles y Félix templaban sus voces haciendo gárgaras con el *eau-de-vie*. Hélène se había sentado, pero nada más verlos se puso de pie encogiendo voluntariamente los hombros para acentuar el efecto de sumisión.

También llegó Louis, en mangas de camisa y tirantes de colorines, con una sempiterna media sonrisa en el rostro, pero aquel encanto parecía hendido por un corte de cinismo. Dominaba bien el movimiento de los párpados oblicuos, algo emboscados ya en unas bolsas hinchadas por el insomnio. Se mostraba fuerte aún, pero su edad quedaba manifiesta en la piel de su cuello, arrugada como la de la iguana. Se puso a rezongar frases inconexas, que tal era su afición favorita en la actualidad. Frases dichas para nadie, para amargarse a sí mismo, del tipo *filosofar es otra forma de tener miedo.*

Odile se acercó a él.

—Escuchad lo que dice éste, suena bien.

Hélène le dio la espalda y se dirigió al aparador donde guardaban las bebidas. Aún pudieron escuchar algo así como *hay un exceso de saber que mata lo vivo en la filosofía.*

—Joder con el anciano —exclamó Julián.

¿Aquel hombre era un charlatán con un refranero en las alforjas o en verdad las ideas le salían tan fluidas de su intelecto hermafrodita?

Es necesario leer y estudiar El Capital, seguía refunfuñando Louis mientras Hélène escanciaba una nueva ronda. Cada vez que Louis bebía un vaso de un solo golpe —siempre— lo remataba con una especie de sentencia desaliñada, *mi universo de pensamiento se ha desmoronado,* y parecía un rito inacabable, *gigantesco universo de datos menudos*.

Odile se había derrumbado en el sillón principal, no podía más. Silverio deambulaba huraño como un perro que hubiera perdido el instinto, ignorando las palabras de Louis, y sólo Julián se mantenía avizor.

En ese momento Gilles llamó la atención de los presentes alzando la voz mientras Félix hacía los últimos gorgoritos.

—¡Escuchen! Vamos a interpretar el texto *¿Cómo conseguir un cuerpo sin órganos?*

—¡Vulgares bocazas, me dais asco! —dijo Louis.

Nicole le tomó del brazo y pareció advertirle algo al oído; el otro encendió un cigarrillo y adoptó, inmovilizándose como una estatua, su sonrisa partida.

Todos los presentes acabaron sentándose menos Louis que se marchó a un rincón y se puso a mirar por una ventana a través de la cual no se percibía más que la noche cerrada.

Gilles comenzó a hablar con una voz ronca que sorprendió por su carencia de inflexión tonal, perfectamente medida. Podía deducirse que aquello era el introito. Félix, de vez en cuando, reforzaba alguna de las ideas con sus gorgoritos.

—El 28 de noviembre de 1947, Artaud declara la guerra a los órganos. "Atadme si queréis —dijo— pero yo os digo que no hay nada más inútil que un órgano". ¿Por qué esta cohorte lúgubre de cuerpos cosidos, llenos, vidriosos, catatonizados, cuando el CsO (Cuerpo sin Órganos) también contiene alegría, éxtasis? Cuerpos vaciados en lugar de cuerpos llenos. ¿Tan triste y peligroso resulta no soportar los ojos para ver, los pulmones para respirar, la boca para

tragar, la lengua para hablar, el cerebro para pensar, el ano, la laringe y las piernas para sus propias funciones? Por qué no caminar con la cabeza, cantar con los senos nasales, ver con la piel, respirar con el vientre. Cosa simple, Cuerpo lleno, Viaje inmóvil, Anorexia, Visión cutánea. Donde el psicoanálisis dice: Detenéos, recobrad vuestro yo, habría que decir: Vayamos todavía más lejos, aún no hemos encontrado nuestro CsO. Sustituid la anamnesis por el olvido, la interpretación por la experimentación. Encontrad vuestro cuerpo sin órganos, sed capaces de hacerlo. Es una cuestión de vida o muerte, como todo. Y ahora, atadme si queréis.

—¡Jodío viejo! —dijo Julián.

Entre tanto Félix había ido quitándose la ropa negra hasta quedar completamente desnudo. Un vello canoso cubría su redondo cuerpo ocultando hasta cierto punto la flaccidez de sus carnes. Gilles le ató a la larga mesa de roble; piernas y brazos quedaron firmemente asidos a sus patas y aquello proporcionaba una extraña sensación de desarmonía, incrementada por los gorgoritos intermitentes que soltaba Félix y que sin duda trataban de poner de manifiesto la validez de lo fragmentario y de lo ridículo. Luego el propio Félix se puso a hablar con una entonación de ritual, palabras dichas en forma de salmodia, y mientras entonaba la retahíla de su texto, Gilles iba poniendo en práctica las operaciones enunciadas en medio de un silencio atemorizado.

Decía Félix:

—Me das diez latigazos. Luego haces una pausa de algunos minutos.

—Comienzas a coser. Coses el agujero del glande y éste a la piel que hay a su alrededor, impidiéndole así descapullar. Coses la bolsa de los testículos a la piel de los muslos. Coses los pechos. Coses sólidamente un botón de cuatro agujeros en cada pezón.

Gilles actuaba como un funcionario resignado, sin mirar los ojos del sujeto, como si se tratara de maniobras de laboratorio. En su frente apareció súbitamente el sudor, prueba de la tensión interna que lo atenazaba. Félix no manifestó ni una sola queja. Seguramente los cosidos —no pudo detectarse gota alguna de sangre— le produjeron menos dolor que los azotes, no demasiado intensos, pues los bíceps de Gilles mecían blandamente su carnosidad en cada ejercicio. Para coser utilizaba una aguja semejante a la de los acupuntores y el hilo parecía invisible; todo ello despojaba de dramatismo sanguíneo al proceso; las maniobras resultaban menos escalofriantes que solemnes. Félix podía haberse lamentado más del adefesio en que lo estaban convirtiendo, con aquellos dos botones brillando sobre su pecho o la piel del escroto grotescamente estirada hasta los muslos, como una raya marina.

Odile, desde el fondo del tresillo, achacaba la visión al aguardiente, mientras Silverio y Julián, recobrados ya de la primera sorpresa, seguían con relativa inocencia la narración escenificada del CsO, seguros de que alguna droga había engolfado a los viejos.

Louis levantó la voz, rectificó la dirección de sus tirantes y dijo, apoyado en una columna de la chimenea, es decir, desde el fondo de la sala:

—La ideología religiosa cristiana dice más o menos esto. Dice: Me dirijo a ti, individuo humano llamado Louis, para decirte que Dios existe y que debes rendirle cuentas. Dice: ¡He aquí lo que tú eres, eres Louis! He aquí tu origen: has sido creado por Dios desde la eternidad aunque no hayas nacido hasta 1920 años después de Jesucristo. ¡He aquí tu lugar en el mundo!, etcétera.

Silverio se levantó de su asiento irritado. Julián, tras un momento de perplejidad, le siguió aprovechando que Gilles y Félix se habían concedido un respiro. ¿Cuántas batallas eran posibles en la casa al mismo tiempo? Aquello parecía un Orlando Furioso troceado en mil escenas simultáneas, todas tan necesarias como innecesarias.

Louis bajó su tono, haciendo sus palabras más coloquiales.

—Éste es un discurso del todo conocido y banal que corresponde a mi última época, pero al mismo tiempo es sorprendente.

—¿A dónde quiere ir usted a parar? —preguntó Julián.

—Desvaría —dijo Hélène.

—Sorprendente —continuó Louis sin inmutarse— porque si consideramos que la ideología religiosa se dirige de este modo a los individuos para transformarlos en "sujetos", interpelando al individuo Louis a fin de hacer de él un sujeto libre de obedecer o desobedecer a su llamada; si les llama por su nombre reconociéndole con ello una identidad personal; si les interpela de tal manera que el individuo responde: "Sí, ciertamente, soy yo"; si obtiene de ellos la garantía de que ocuparán el lugar que les designa, un puesto fijo: "en verdad yo soy obrero, patrono, soldado" de este valle de lágrimas; si obtiene de ellos el reconocimiento de un destino (la vida o la condenación); si todo ello ocurre así debemos observar que este "modo de hacer" está dominado por un extraño fenómeno: que no puede existir tal multitud de sujetos religiosos posibles más que bajo la condición absoluta de que existe Otro Sujeto Único, Absoluto, a saber: Dios.

Hélène parecía presa de tal fastidio que, de no haber tenido testigos, seguramente habría llegado a la violencia física para hacer callar a su marido.

—¡Estás volviendo a la infancia por un tobogán de imágenes trucadas, miserable!

—Así, Dios, el Sujeto, se desdobla a sí mismo y envía a su Hijo a la Tierra, como simple sujeto abandonado por Él, Dios y hombre, Sujeto y sujeto. Dios es el Sujeto y los innumerables sujetos del pueblo de Dios son sus interlocutores interpelados: sus espejos, sus reflejos. ¿No han sido hechos a imagen de Dios?

—Alto, alto un momento —dijo Silverio intentando seguir al filósofo.

—Más aún: Dios tiene necesidad de los hombres incluso cuando éstos invierten espantosamente su imagen en ellos (cuando los sujetos se revuelcan en el vicio, es decir, el pecado).

Hélène replicó con una extraña calma.

—Es decir, que todo está bien como está y que, a condición de que los sujetos reconozcan lo que son y actúen en consecuencia, todo irá bien: "Así sea".

—Pero ¿qué está diciendo esta gente? —protestó Silverio—. ¿Pero esto qué es? ¡Nicole! ¿Dónde está Nicole?

Gilles habló con cierta precipitación. Odile estaba dormida. Nicole, solitaria, casi de espaldas a los dos intérpretes, fumaba una pipa que olía a serrín marroquí.

—Pasamos a la segunda fase —dijo Gilles.

Félix seguía siendo un guiñapo con botones terminado en raya marina, pero no demostraba dolor ni ansiedad, sólo sus ojos derramaban una cierta dejadez.

Gilles dijo:

—Puedes elegir entre ponerte boca abajo sobre la mesa, amarrado por la cintura, con las piernas juntas, o bien atarte únicamente al poste, con las muñecas y los tobillos unidos, con el cuerpo fuertemente sujeto.

Félix eligió la primera opción y Gilles procedió a amarrarle por la cintura casi con furia dada la falta de público, a pesar de que en ese momento se incorporó Jean-Marc, que hacía rato andaba desaparecido.

—Te doy latigazos en la espalda, nalgas y muslos, veinte latigazos al menos.

La piel de Félix fue enrojeciendo por entre el vello blanquecino. Algo le hacía encontrarse incómodo, pues los golpes no le proporcionaban la voluptuosidad que antes parecía haber encontrado; ahora fallaba la solemnidad. Quizá le estaba tirando alguno de los cosidos anteriores.

—Junto las nalgas y las coso. Coso toda la raja del culo, bien cosida con doble hilo.

Julián se aproximó a ellos con un dedal de aguardiente. Gilles cosía con destreza de cirujano y eso que la unión de las nalgas no resultaba fácil; aquel culo le recordaba los balones de futbol de su infancia, de cuero embetunado, con lengüeta y hendidura cosida.

—Finalmente, deseo ejecutar la amenaza de la última vez, te clavaré profundamente los alfileres en las nalgas.

Aquéllas no eran agujas de acupuntura, sino alfileres muy finos de uso dudoso, que tampoco provocaron la aparición de sangre.

Odile se había despertado de golpe y observaba la escena estéticamente horrorizada. Se sujetaba las sienes con las manos, como si la taladrase un pitido estridente. Silverio tenía claro que había bebido demasiado, así es que aprovechando una pausa del filósofo fue a sentarse junto a Odile en el tresillo central, mientras Nicole, de pie, seguía en unas cuartillas el guión del espectáculo. Al fin en las nalgas de Félix comenzaron a brotar puntos de sangre. Según Silverio estaban presenciando un acto de protesta, semejante a uno del que había oído hablar años atrás: en una prisión de Granada un recluso apodado *El Veneno* se había cosido la boca con aguja e hilo para llamar la atención sobre su inocencia; a la mañana siguiente descubrieron a otro con la boca cosida, por la tarde otros dos más; en tres días la cárcel conoció un silencio espantoso, todos los presos aparecieron con las bocas selladas por costuras torpes que no tardaron en infectarse.

La voz de Félix empezó a ser doliente, como si estuviera ascendiendo hacia alguna especie de transformación.

—*Ahora puedes ponerme en la silla y atarme; me clavas los alfileres más pequeños, si quieres puedes calentarlos, ponerlos al rojo. La atadura ha de ser sólida, con las muñecas en la espalda para hacer que saque pecho. Si no he hablado de quemaduras es porque debo pasar muy pronto una revisión médica y no son huellas para mostrar.*

Gilles siguió cumpliendo las prescripciones a rajatabla. Sentado en la silla, exactamente ajustado su tronco al respaldo, el pecho del viejo Félix galleaba hacia afuera. Julián le pidió a Jean-Marc otra botella de aquel bendito *eau-de-vie* que le permitía contemplar la ceremonia desde un encumbramiento elusivo. En este orden de materias todo está ya inventado, pero había que reconocer que los viejos vivían sus papeles meritoriamente, sobre todo Félix como víctima. Gilles estaba preparando agujas, las depositaba en una pequeña bandeja metálica para pasarlas luego una a una por la llama del mechero, hasta que se veía la puntita roja, ansiosa.

—¡Me siento caer en el agujero! —gritó Louis desesperadamente, sin que pudiera saberse si trataba de llamar la atención o bien estaba llegando a alguna experiencia límite.

—¿Quién te ha exorcizado de esta manera, querido, quién ha sido? —Hélène le acariciaba el rostro, le alisaba el cabello erizado sobre sus orejas.

—Mi universo de pensamiento ha sido abolido.

—No llores, Louis, no estamos solos.

—Me niego a cambiar y al mismo tiempo lo necesito, ayúdame.

Silverio volvió junto al filósofo y también Nicole, que seguía fumando su pipa rabiosamente. Jean-Marc mientras tanto limpiaba con algodón las heridas del cuerpo exhausto de Félix. Odile se abrazó a Julián, le volvían las náuseas, necesitaba protección.

—La humanidad —escuchadme bien, hablo desde los años sesenta— está entrando en una fase definitiva y no se ve más que un lugar desde donde esta crisis pueda resolverse: Moscú, y más allá de Moscú, Roma.

—Tu delirio místico me da miedo, querido —decía Hélène, y a Silverio le pareció que se estremecía bajo su traje de chaqueta gris.

—Más miedo tengo yo, Hélène —dijo Louis, y cayó en una especie de postración, absorto en recuperar tal vez algo de su memoria, algo que habría de constituir el fundamento de su propia supervivencia.

Hélène quiso rectificar la escena con un pensamiento clásico que elevara la moral de su esposo cuya mirada hacía presagiar el peor de los extravíos. Se puso en pie estirándose la falda, levantó la cabeza y dijo despacio para que se le entendiera bien:

—Hay cosas a las que no se puede renunciar, Louis. En una sociedad de clases las relaciones de producción son relaciones de explotación y, por lo tanto, relaciones entre clases antagónicas. ¿Vas a olvidarlo a estas alturas?

—¡Ya no puedo pensar!

—Tiene usted razón, Hélène —intervino Silverio— Pero ¿qué le pasa a este hombre?

—¡Ya no puedo pensar! —seguía sollozando Louis.

Hélène le tomó amorosamente por los hombros.

—Vamos a la cama y túmbate a mi lado. Descansa un rato.

Las escenas continuaban sucediéndose en el espacio múltiple. Nicole le daba explicaciones a Silverio.

—Esta casa en realidad es una residencia de la tercera edad, jubilados ilustres, gente ligada a la Universidad, ¿sabes? Hay un cierto conflicto entre las propuestas de Gilles y Félix y las de Louis y Hélène, e incluso quizás entre cada uno de ellos. Ése era el contraste que quería que vierais. Yo también necesito aclarar mis ideas.

—Confieso que no entiendo nada, Nicole. Debe ser la borrachera que tengo encima. —¿Crees que Julián podrá ayudarme?

—¿Julián? Está más borracho que yo, es el único que se está divirtiendo.

Sería difícil entender de qué manera el viejo Félix, con el culo y los pechos cosidos y el cuerpo tumefacto, era capaz de desplazarse penosamente. ¿Un CsO logrado de lleno? El CsO siempre es una aproximación. Gilles y Félix daban de pie, al alimón, algunas claves de lo sucedido.

—El CsO es lo que queda cuando se ha suprimido todo —dijo Gilles.

—El psicoanálisis lo traduce todo en fantasmas —dijo Félix.

—Lo convierte todo en fantasmas —dijo Gilles.

—Conserva el fantasma —dijo Félix.

—Se malogra la realidad puesto que falla el CsO —dijo Gilles.

Julián estuvo a punto de aplaudir. Se sentía contento, besó las mejillas de Odile que no se enteraba de nada.

—Algo está sucediendo ya —dijo Félix.

—El cuerpo —dijo Gilles— no es más que un conjunto de válvulas, cámaras, esclusas, recipientes y vasos comunicantes.

—¿Qué puebla, qué pasa y qué bloquea? —preguntó Félix poco antes de estornudar.

Entonces entró Louis corriendo, vestido con un pijama a rayas, agitando los brazos. Llevaba la camisa abierta, como si huyera de alguna desbandada de órganos, con la palidez característica que baja de la muerte a los labios.

—¡Mi mujer ha muerto! ¡Mi mujer ha muerto!

Todos se precipitaron sobre él, aunque Félix sólo consiguió arrastrarse ligeramente, a costa de dolorosos tirones en el escroto y otras zonas.

—¡Hay que hacer algo! —repetía Louis.

Se abalanzaron hacia el dormitorio sobre cuya cama yacía el cuerpo sin vida de Hélène. Su rostro no delataba miedo alguno aunque en el cuello eran bien visibles las marcas del estrangulamiento.

Louis exigió que se llamara inmediatamente a un médico y a la policía. Jean-Marc telefoneó a un vecino cardiólogo. Nicole lloraba sobre el cuerpo de Hélène, lo que provocó que Odile entrara en un ataque de nervios. Louis amenazaba a voces con prender fuego a la casa si no se llamaba a la policía. Gilles no sabía qué hacer mientras Félix se echaba por encima una gabardina.

—¿Qué hago —preguntó Jean-Marc a Silverio—, llamó a la policía?

—¿Pues qué pretende hacer con ese cadáver, practicar el CsO?

Louis seguía repitiendo que su mujer había muerto y la compadecía con frases tiernas.

Odile vociferaba sin sentido queriendo escapar de aquel lugar a toda costa, y ni Julián ni un sedante pudieron nada contra aquella furia.

—Váyanse, váyanse ustedes inmediatamente —dijo Jean-Marc—, aquí no pintan nada.

—Pero...

—Váyanse, se lo ruego.

Silverio consultó con la mirada a Julián y éste asintió.

—En marcha.

No hubo despedidas. No pudieron hablar con Nicole, que seguía abrazada al cuerpo de Hélène. Gilles y Félix se mantenían en suspenso. A Félix se le había soltado un botón de la tetilla izquierda. Fue la última visión que Silverio tuvo del grupo.

Ya no llovía pero los nubarrones se mantenían henchidos. Anduvieron por oscuras callejas en busca de una estación de metro o de un taxi extraviado. Julián decidió aceptar la duda de que todo podía haber estado preparado. Odile volvía la vista atrás cada dos pasos para comprobar cómo crecía la distancia que los separaba de aquella casa, de pronto envuelta en el bello resplandor rojizo de las llamas. Grandes columnas de humo se elevaban abrazándose a la noche.

En acción

Ninguna noticia les fue tan favorable como la definitiva falta de noticias sobre Nicole y su parentela. Ni *Le Monde* ni *France-Soir* ni la televisión habían reflejado en sus informaciones la peripecia en que se hallaba envuelto el conocido filósofo. ¿Significaba ello que nada había sucedido o que alguna razón de índole superior aconsejaba su ocultamiento? De hecho Nicole no volvió a pisar la librería y nadie pareció darse cuenta de que otros dedos manejaban la caja registradora. Monsieur Martin, cuando Silverio le preguntó, dijo más o menos: "Se la ha tragado la tierra".

En la primera reunión de célula que celebraron con escasa asistencia, Silverio sacó voluntariamente a colación las ideas de Louis, acompañándolas de ciertas consideraciones sobre su figura alucinada. Aquel cónclave venido a menos, compuesto sólo por Cándido Valdés, el responsable, y por Víctor, el estudiante justiciero de Nanterre, fue particularmente desangelado. No es que la temperatura justificase las ausencias, pero había que comprender que esa noche hacía cuatro grados bajo cero en París; era el frío inaugural del año y penetraba bajo la especie de un silencio temeroso, como si quisiera pasar desapercibido. Silverio, no obstante su tos crónica, había olvidado el abrigo en la librería. En un primer momento no lo echó en falta, pero cuando llegó al piso de Cándido la inmediata ola de calor dio paso a unos trémulos escalofríos. Tras su mención de Louis, Víctor propinó al filósofo homicida cuatro rápidos zurriagazos y concluyó que se trataba de un peligroso izquierdista, senil y loco. A Silverio no se le ocurrió relatar las escenas que había vivido y mucho menos el alegato corporal de Gilles y Félix, que hubiera provocado el escándalo manifiesto de Cándido Valdés y el oculto de Víctor. Además tampoco le habrían creído. Por otro lado aquélla fue una reunión aciaga que Cándido cerró con la devolución a Silverio de su *Reflexiones sobre el izquierdismo y el reformismo*. En la dirección estaban todos sumamente ocupados y el ensayo era demasiado largo, pero quizás algún día se lo pedirían para *Nuestra Bandera*.

—¡Mierda! —se enardeció Silverio— ¿Es que estamos tan sobrados de aportaciones teóricas?

—Déjamelo a mí que te lo lea —contemporizó Víctor, impresionado por el montón de folios—. Te daré mi opinión sincera. Si me gusta, publicaremos una síntesis en la revista de la Universidad, no te preocupes.

—Yo la verdad es que aún no he podido leerlo —se disculpó Cándido—. Oye, ¿quieres que te deje un abrigo? Te vas a congelar al salir.

Así fue, en efecto. Llegó a su habitación transido de frío y de resentimiento por la insensibilidad de la gente, incluida la de sus propios camaradas. Le preocupaba aquella tos que no lograba acallar. Ni siquiera le alivió el jarabe Fortium al que recurría en los casos de apuro. Se metió en la cama vestido y, acurrucado como un niño, pudo ir ganando calorías sobre la base de no arriesgar en movimiento alguno. Pero la tos seguía martilleándole la cabeza, con la sensación áspera de que se le abrían agujeros en los pulmones. Lo peor era su desvalimiento, la carencia de alguien a quien comentárselo; en ello se diferenciaba de los demás, Julián, Alfredo García, Cándido o Víctor. Él estaba solo, íntegramente solo, y la solución provenía de Moscú. Los ritmos de tos iban decreciendo paralelamente a su acomodo en el sueño mientras se repetía una y otra vez que la solución provenía de Moscú, sin lograr fijar exactamente en qué sentido, pero le consolaba constatarlo mientras la fiebre le oprimía los parietales, acabaría rompiéndoselos. La noche fue pródiga en pensamientos agresivos, veloces, como si brotaran de una batería de luces frenéticas, y le invadían la frente impidiendo al sudor concentrarse en ella. Todos tenían que ver con el desprecio de sus camaradas, de la dirección del Partido, suponiendo que su trabajo hubiera llegado a ese nivel. En realidad no eran más que funcionarios que odiaban salirse de sus hábitos, y entre éstos no se encontraban las sorpresas ideológicas provenientes de la lectura. A medida que iba adentrándose en la madrugada, su tesis *Reflexiones sobre el izquierdismo y el reformismo* ganaba en consistencia y originalidad. Nunca había escuchado cosas como las que proponía. Hasta el punto de que cualquier problema o grupo de problemas que pudiera presentarse tenía muchas posibilidades de verse iluminado por sus exposiciones. Y sin embargo, no se percataban de ello. ¿Cómo se podía ser comunista sin espíritu renovador, siempre dispuesto al riesgo? Tal vez era imposible mantenerse en el estricto campo de la teoría. Peldaño a peldaño, ascendiendo o descendiendo por esta escala, Silverio llegó a la conclusión de que su militancia requería pasar a la acción, incluso a la acción extrema. Sonrió porque una vez más surgía la gran pregunta leninista: ¿Qué hacer? Estaba sudando como un pollo pero aún no se atrevía a desenroscarse. Intentó recordar alguna frase textual sin éxito. ¿Qué hacer? Louis había llegado al borde del abismo y allí, en ese filo, encontró Silverio la clave que se le estaba negando a lo largo de la noche. La solución provenía de Moscú.

Le ardía la frente cuando se incorporó en la cama. Había transpirado en exceso y tenía la sensación de haber adelgazado en pocas horas. Encendió la lámpara intentando volver a la realidad, comprobando la consistencia de aquel soplo sobre la solución proveniente de Moscú. Estuvo mucho tiempo así sentado, horas lentas, hasta que amaneció. Cuando el cielo pareció ablandarse por efecto de algunas manchas de lluvia, Silverio había terminado de perfilar su plan, gracias al cual asumía por completo su condición de comunista. Hasta entonces había zigzagueado, débil para llegar al término de la idea. En cualquier caso era consciente de que se estaba engendrando en él un afán de revancha; no que quisiera despegarse del Partido ni renegar de sus convicciones, imagen ésta que le produjo un estremecimiento, sino todo lo contrario, se trataba de realizar algo excepcional que demostrase quién era él, que le reivindicase ante los ojos ciegos de la dirección obligándolos a reconocer que se habían equivocado. No era una actitud contra el PCE, sólo deseaba darles una lección a algunos compañeros. El plan resultaba de una simplicidad apabullante, al menos sobre el papel, y mentira le parecía que no se le hubiese ocurrido antes. Si la patria del socialismo era la URSS; si el futuro de su trabajo había sido despreciado por sus camaradas españoles, lo más natural era saltarse a la torera al PCE y enlazar directamente con el gran núcleo soviético. Nada más consecuente en un marxista que ponerse al servicio de Moscú para el puesto que estimaran más adecuado. Sus anhelos se orientaban hacia el servicio secreto. La KGB era, en ese sentido, la quintaesencia de la acción, la defensa última del sistema; no se podía, por tanto, llegar más lejos en la entrega a una causa. Silverio había oído hablar de la predilección de los soviéticos por contratar a intelectuales europeos para labores de espionaje. Al parecer, las mejores universidades inglesas habían sido el vivero en el que se había alimentado el servicio secreto soviético, y en realidad nada más lógico: el carácter analítico del intelectual encontraba su auténtica razón de ser en el espionaje. Desde esa perspectiva la frase de Louis cobraba su verdadera significación. En efecto, la solución provenía de Moscú: algo que los intelectuales de izquierda sabían desde los años veinte.

Puede que él pecara de pretencioso al querer incorporarse a esa élite privilegiada, pero ¿por qué no? Lo que su plan tenía de ingenuidad, e incluso de trazo frívolo para alguien, se compensaba con la clara utilidad de su servicio.

Se levantó de la cama y se preparó un café muy cargado. El sueño pugnaba contra la excitación. Volvió la tos seca, profunda, de la que sólo parecía exteriorizarse la mitad, la otra mitad quedaba enroscada en sus pulmones desgastados. La luz que entraba por la ventana no hacía más que ensuciar la de la lámpara. Quizá fue el cambio de posición de su cuerpo el que alteraba las perspectivas, pero una vez en pie comenzaron a aparecérsele objeciones que enturbiaban las evidencias nocturnas. ¿Qué podía ofrecer él a los soviéticos? ¿Con qué argumentos iba a ganarse su confianza? ¿Cómo instrumentar concretamente su solicitud? Decidió que, dado que su plan podía llegar a resultar absurdo si seguía con aquel escepticismo, lo mejor sería actuar con rapidez. Preparó dos cartas y dos sobres. La primera iba dirigida al agregado cultural de la embajada de la URSS en París, 29 rue Royale. En ella solicitaba al diplomático que hiciera llegar a su destino la carta que en sobre más pequeño le adjuntaba y en el que sólo había escritas las letras mayúsculas KGB. La redacción de la carta le costó trabajo, pero quizá menos que los problemas de protocolo, empezando por el encabezamiento. Decidió obviar la referencia al destinatario (Service KGB, Ambassade de l'URSS, Administration de KGB, KGB-Personnel, A l'attention de KGB). Comenzó la misiva a palo seco con un simple

Monsieurs,

Soy un exiliado español en París. Pertenezco al PCE desde hace tiempo, el suficiente como para darme cuenta de que mi voluntad de servicio no es aprovechada por el Partido. Soy un intelectual. Acabo de terminar un ensayo titulado "Reflexiones sobre el izquierdismo y el reformismo", que espero publicar próximamente.

Después de arduas reflexiones he llegado a la conclusión de que la solución proviene de Moscú; quiero decir que un comunista que quiera asumir plenamente sus responsabilidades no puede conformarse con las tareas habituales de su partido: ha de ponerse al servicio del Gran Partido de la Patria Socialista; más aún, ha de ofrecer su trabajo y su vida a esa vanguardia del socialismo que es la KGB.

Desgraciadamente, no es mucho lo que yo puedo ofrecer: una sólida formación marxista, contactos con gentes de base del PCE, contactos con el mundo intelectual español y, desde luego, decisión de trabajo y fidelidad.

Si mis servicios les interesan no dudaré en proporcionarles los datos que deseen sobre mi persona. En caso de que mi oferta sea tomada en consideración, les propongo un primer contacto que podría realizarse insertando en el diario Le Figaro, *antes de finales de octubre, en su sección de objetos perdidos, un anuncio con el siguiente texto: "Perdido Vacheron Constantin, miércoles pasado, alrededor de las diez horas, place de la Concorde. Se ruega entregarlo al señor J.J. Mallory, en el 11 de la rue Scribe.*

La carta parecía un buen anzuelo, con un toque cosmopolita. Era evidente que a los rusos les gustaba James Bond. Cerró el primer sobre, lo metió dentro del otro mayor que, una vez cerrado, adquirió el valor de una bomba de relojería. Daba efectivamente la impresión de que aquello latía.

Con el sobre en las manos comenzaron a aparecer todo tipo de dudas y escrúpulos. Aquél no era el tono, a la KGB le importaba un rábano su declaración de fe marxista, ¿se trabajaría por dinero en la KGB o sólo por convicción, o cabía una mezcla de ambos? Puede que hubiera pecado de exceso de confianza, quizá había sido demasiado solemne, ¿sería correcto llamar *monsieurs* a unos funcionarios de la KGB, al fin y al cabo compañeros ideológicos?, ¿no habría sido más apropiado iniciar la misiva con un revelador *camarades*? Llevó la carta en mano a la rue Royale, la entregó al primer portero que encontró, y nada de lo que pudo ver en la embajada, una barahúnda de personas yendo y viviendo, le proporcionó indicio alguno sobre las posibilidades de éxito de su oferta.

Se inició así un período de gran tensión en la existencia de Silverio, que coincidió con la visita al médico del Seguro, pues la tos recalcitrante no sólo le impedía descansar sino que había conseguido alarmarle desde el día en que, al volver de la embajada de la URSS, sintió un sabor dulzón en la boca, escupió y era sangre.

Una temporada en Boufemon

Silverio estiró las piernas, elevó los brazos a modo de aspas y respiró tan hondamente como pudo. Se sentía optimista, el aire que inundaba sus pulmones le proveía del frescor balsámico propio de la alta montaña. Semanas antes la opresión se le hacía presente siempre que se acordaba de ella. Ahora podía pensarla y al mismo tiempo sentirse liberado, con ganas de cantar algún himno que no fuese ni la Internacional ni La Marsellesa, y si no lo hizo fue por respeto a Gros, su compañero de habitación, que no podía compartir sus euforias exhaladoras. Apenas serían las nueve de la mañana y ya había desayunado, por cierto con gran apetito, lo que no le impedía sentirse ligero como una pluma, tentado por lo insignificante e insustancial. El organismo le funcionaba conciso y fiel; digestiones y defecaciones rápidas, buenos sueños y la sangre haciendo su travesía con la precisión de una góndola veneciana. Por eso no participaba de la opinión de los médicos sobre la necesidad de seguir encerrado en aquella jaula para enfermos rigurosos. Seguramente estaba arrebatándole la plaza a alguien que la precisaba de verdad. Contempló el colosal edificio a sus espaldas. Sanatorium d'Universitaires de Boufemon. Allí había gente que se encontraba muy mal, algunos al borde del derribo. Aún no había podido dominar la impresión que le produjo la muerte de Benjamín, un muchacho judío tímido y agradable, precisamente al segundo día de llegar él, en aquellas mesas de ocho del refectorio, entre el fragor de los cubiertos y las conversaciones, todo el mundo queriendo meter baza, y Benjamín, que estaba a su lado, como intentando decir algo, y empieza a ponerse blanco, ve que abre la boca para la última palabra y de pronto la retuerce, los ojos saltones, sacudido por un espasmo seco, la cabeza contra el plato. Allí se quedó. Silverio estuvo semanas en que no osaba moverse, a pesar de que siempre había oído que era una enfermedad controlada y que ya nadie moría de tuberculosis. Luego la costumbre le hizo cambiar y empezó a convencerse de que aquello no iba con él, estaban exagerando el diagnóstico o simplemente se habían equivocado de expediente. ¿Cómo un tuberculoso iba a sentir las ganas de comer, correr y brincar que él tenía? Bueno, la verdad es que si intentaba correr se cansaba a muerte, igual que todos allí arriba, a más de mil quinientos metros, con tanto peso de aire puro. Como paraje, precioso, y a menos de cien kilómetros al norte de París. Dominaba un inmenso hayedo del que los responsables del sanatorio se sentían más satisfechos que si lo hubieran plantado ellos. Más allá la enorme mancha oscura del bosque de abetos, y también estaba el lago, tan quedo que se creería cadáver si no fuese por su transparencia. En realidad a Silverio estos paisajes aparatosos de postal suiza le dejaban como el agua helada del lago en invierno; reconocía la acumulación de bellos elementos, pero en verdad sólo algunos túneles, ciertos abismos y desfiladeros que había atravesado para llegar allí le habían sobrecogido. El conjunto carecía de la fuerza emotiva que en su mente adquirían los páramos terrosos de Castilla, lo que entre otras cosas venía a indicarle que el paisaje es sobre todo memoria.

Quizás esas praderas, la acequia que cruzaba la finca, el lago, los altos bosques, los caseríos dispersos por el valle como si se hubieran desprendido de un picacho yendo a caer desordenadamente, sí, puede que eso le gustara a Julián. Le había telefoneado sorprendentemente la semana anterior anunciándole su llegada y la intención de pasar con él todo el día. Resultaba hipócrita negar que su visita era la causa de la vitalidad que le dominaba y de los nervios que le desvelaron a mitad de la noche.

Quiso sacarle alguna frase a Gros mientras daban un moroso paseo por el hayedo. Aquella mañana no podía permitir el silencio a su alrededor, pero su compañero mostraba su desánimo permanente en la forma de andar, en el encogimiento de hombros, las manos en los bolsillos del gastado chaquetón militar, una segunda piel para el viejo republicano español, almeriense, que no había hecho otra cosa en su vida sino ir de guerra en guerra y de campo de concentración en campo de concentración; en definitiva, de derrota en derrota, como él decía en alguno de sus raros momentos de locuacidad. Había perdido todo interés por luchar; no que no le quedaran fuerzas, es que estaba empeñado en no enrolarse ya en ninguna contienda más, ni siquiera en la de su propio cuerpo.

Allí arriba, en Boufemon, todos se conocían a pesar de que la nómina se elevaba a casi quinientos enfermos. Entre ellos había establecida una implícita escala de gravedad, mucho más auténtica que la recogida por los médicos en sus informes. Silverio sabía, por ejemplo, que Gros estaba en una fase terminal. Muchas veces se preguntaba, al verlo en la cama mirando al techo durante horas, qué interés podía seguir manteniendo si efectivamente había renunciado a la lucha por la vida. ¿Valía la pena el sufrimiento por la única compensación de contemplar un techo? Su única relación humana era un hermano que al parecer le quedaba en Barcelona, del que raramente recibía noticias, aunque por alguna razón Gros siempre esperaba que el correo diario le traería carta suya.

—Hoy es viernes, ¿verdad? —dijo Silverio mientras daba una patada a una piña que salió despedida ladera abajo.

—Qué más te da —respondió Gros.

—Hoy cumplo aquí cuatro meses, ¿y tú?

—Yo no cumplo nada. Aquí no se cumple nada, deberías saberlo.

—Boufemon es un buen sitio. Ya hubieras tú querido que el campo de Arlès se pareciera a esto. Por no hablar de Buchenwald.

Gros calló. Tras sentarse sobre el tronco de un árbol caído se puso a silbar por lo bajinis, pero tuvo que dejarlo ante el acceso de tos inmediato, una tos que él ya recibía con una técnica especial de encorvamiento para mitigar el dolor.

—Te vas a quedar frío ahí sentado, Gros. Caminemos un poco, despacito.

El silencio se prolongó.

—Hoy podría llegar carta de mi hermano.

—Sí, claro.

—Los fines de semana hay más probabilidades.

—Sí, hoy es viernes. ¿Te imaginas cuántos años tardará en imponerse en España el *week-end*?

—¿Quién dices que viene a verte hoy, algún amigo de Arrabal?

—Deja a Arrabal en paz, hombre. No, éste es un amigo mío, Julián Zúñiga, que ha publicado una novela en francés con éxito, *L'exil intérieur*. Yo aún no la he leído, pero dicen que está muy bien.

— ¿Es amigo tuyo y no la has leído?

Silverio se hizo el sordo. En Boufemon, efectivamente, se pasaba la mayor parte del día leyendo en la biblioteca o en su cuarto, y ahora no tenía ganas de buscar respuestas sensatas a su incomprensible inhibición con respecto al libro de Julián.

Volvieron al edificio, una mole de corredores interminablemente resonantes, altos techos, muros de más de medio metro, habitaciones espaciosas siempre compartidas. Construido sobre la mitad de una pendiente, le rodeaban bloques de roca y arboledas en ascenso como si sintieran la atracción fatal de la niebla que se dejaba caer hacia mitad de la tarde. Más allá, selva y nieve. En el interior del edificio, la limpieza era una exhibición; allí brillaba todo, desde las puertas y los muebles hasta el inacabable linóleo que recorría los pasillos resbaladizos.

Gros no participaba en ninguna actividad. Al regreso del primer paseo, como todos los días, se sentó en su butaca de la sala de lectura, pegado a un ventanal, dando vueltas y más vueltas a una revista de la que no podría decir ni el título, hasta que se quedaba absorto, contemplando a través de la vidriera los contornos del jardín invernal. En esa actitud vadeaba la marejada de su tos, una tos carente de convicción de tan reiterativa, con un sonido semejante al de un chapoteo blando sobre una superficie de podredumbre orgánica. Silverio, por su parte, se dirigió hacia el aula donde tres días a la semana participaba en un seminario político, naturalmente marxista. Había otras múltiples actividades, cursos sobre materias universitarias, artes plásticas, taller literario, teatral, títeres. Cualquier apetencia podía ser complacida. El dolor y la añoranza provocaban una proliferación de poetas de todo tipo y estado, secretos y oficiales, que utilizando las más bellas palabras posibles intentaban, con sus versos desesperados, contribuir a desaguar el permanente runruneo de sus tórax.

Aquel era el día de suerte de Silverio. No sólo se encontraba en buena forma para recibir la visita tan deseada de Julián, sino que además tenía esperanzas de que en el seminario le dejaran leer por fin su *Reflexiones sobre el izquierdismo y el reformismo*. Había llegado su hora. El seminario conservaba algo de célula comunista, aunque no había un responsable sino un coordinador, Marcel Leblanc, profesor adjunto de la Sorbona y amigo del director de Boufemon, al que algunos calificaban *sotto voce* de revisionista. Cuando Silverio sacó su montón de folios fue interrumpido por Marcel, que anunció un imprescindible debate, uno más, sobre las consecuencias del XX Congreso del PCUS, prometiéndole a Silverio que los últimos diez minutos serían suyos. Silverio se levantó con dignidad respondiendo que varios meses de trabajo en su tesis merecían algo más que diez minutos de protocolo. Salió cerrando la puerta con una suavidad que le henchió de orgullo por lo que demostraba de dominio de la situación.

En ese momento vio llegar el coche de Julián, un 2CV rojo que habría sufrido lo indecible en la cuesta de subida. Salió a la explanada con el corazón alborozado; sin duda Julián era la única visita que él podía esperar recibir en el sanatorio, lo que le inundaba de reconocimiento y ternura hacia su amigo.

Le pareció que Julián estaba pálido en comparación con los rostros curtidos de la mayoría de sus compañeros. Sin embargo, se le notaba en los ojos una ebullición que no hallaba en las miradas algo indolentes de los enfermos.

—Se ha portado como un fenómeno subiendo las cuestas —dijo refiriéndose al coche.

—¿Te gusta el paisaje?

—Es emocionante ir sintiendo los precipicios. Al final te das cuenta de que, tras vencer el peligro, has llegado a otro mundo.

—Has llegado a otro mundo —repitió Silverio.

—Pero tú estás estupendo. Cualquiera diría con esa cara que estás enfermo.

—Es el aire, nos colorea por fuera —sintió rabioso que se iba dejando ganar por una tristeza inexplicable, paralela a la tal vez provocadora alegría de Julián.

—Deja de hablar como un enfermo. Seguro que en un par de meses estás fuera de aquí.

—Aquí no se está tan mal. Vivo mucho mejor que cuando trabajaba en Les Halles —dijo Silverio con intención de que sus palabras no sonaran convincentes; presintió que estaría ya todo el día a la defensiva.

—Bueno, dejémoslo. Anda, enséñame todo esto.

Silverio comenzó a experimentar la llegada de Julián como una invasión del "otro lado". No pudo controlar su enojo, que a veces se traducía en humillación, mientras Julián, al tiempo que recorrían pasillos y salones, mostraba una locuacidad insólita, o quizás era la locuacidad normal del "otro lado" que él ya no recordaba. Julián le contó, como quien proporciona un informe, los altibajos de su relación con Odile, a la que en ocasiones no podía soportar, como en esta temporada, razón por la cual su ascensión al sanatorio le producía un efecto liberador. Silverio, que cada detalle transformaba en desmesura, recibía aquellas confesiones como auténticos mazazos: resultaba entonces que Julián no había venido por él sino por alejarse de Odile, embarcado en el divertimento de una excursión a la que incluso podía sacar partido en su próxima novela.

—¿Qué pasó por fin con la KGB? —preguntó Julián, que seguía preso de su extravagante incontinencia verbal.

Había tenido un momento de debilidad y ahora pagaba la factura. Fue tal su grado de excitación cuando lo de la carta a la embajada de la URSS que se lo contó a Julián hasta en los más mínimos detalles. Ahora, encaramado en la punta helada de su enfermedad, aquel recordatorio de espionaje adquiría rasgos de opereta.

—¿Qué va a pasar? —respondió desabrido—. Llegó el día 30 y nadie se molestó en responder al señor Mallory en *Le Figaro.* Está claro que nadie había perdido un Vacheron Constantin. El mundo de los espías debe de regirse por otros trámites.

—Quizás a los rusos sólo le gustan los diplomáticos.

—O puede que estuvieran tan bien informados que ya supieran lo de mi tuberculosis.

—En ese caso te habrían mandado a Siberia a curarte.

No tuvieron más remedio que echarse a reír. Julián sobre todo, al que le ardía la cara y aquella era una excelente forma de que no se le congelaran los labios. Paseaban por el bosque de abetos que nacía en la parte trasera del edificio. Silverio tosió un par de veces. "Como muestra", dijo. Luego miró el reloj e informó a Julián de que había llegado la hora sagrada del reposo antes del almuerzo. Tres cuartos de hora de cama obligatoria en los que la vida se detenía aún más.

—Me daré otro paseo por el exterior, probablemente hace menos frío que dentro del edificio.

Acostarse antes de comer trastocaba la armonía del mundo del sueño introduciendo en él una cuña inquietante. Silverio tardó en acostumbrarse, las primeras semanas se levantaba con un humor perruno y dolor de cabeza tras un sueño breve, intruso, seccionado brutalmente por el timbre que llamaba al refectorio. Pero una vez convertido en hábito, aquel tiempo de descanso en el que se recomendaba no dormirse, adquiría la cualidad de una caída de tensión, la entrada en un estado de sosiego, y entonces era muy perceptible la desaceleración a que se sometía a los internos, cuyo curso ideal se situaba en unos grados por encima del letargo y bastantes por debajo del ímpetu. Silverio acabó comprobando cómo, tendido en la cama cara al techo, con pensamientos diluidos hasta extremos de amorfia, era, igual que los demás, un duplicado de Gros.

La comida fue abundante. Nadie parecía gozar de tanto apetito como Julián, al que el paseo había excitado. Silverio le presentó a Fernando Arrabal, que por aquel entonces ya había estrenado en París un par de piezas cortas que llamaron la atención por el canibalismo conceptual que destilaban. Era un tipo pequeño, dicharachero, megalómano y maniático que no pensaba más que en salir del sanatorio. Se sentó en una mesa de seis plazas con Julián, Silverio y el segundo compañero de la habitación de éste, un vietnamita al que todos llamaban Ho, y del que se decía que había sido hecho prisionero por los franceses en Diem Bien Fu antes de la catástrofe o de la gran victoria, según se mire. El telúrico Gros odiaba a Arrabal por alguna razón oculta, y en cuanto lo vio sentado a la mesa de sus amigos, dio media vuelta y se fue ostensiblemente al otro extremo del comedor.

Mientras Julián repetía el primer plato de espaguetis, Arrabal se empeñaba en contarles, a base de anécdotas por él protagonizadas, cómo era el Madrid oscurantista y masturbatorio de los años cincuenta, su discurso oficial ante los extranjeros. Julián le pidió historias de Boufemon. Arrabal carraspeó y tomó la palabra.

—Éste es un mundo especial en el que cabe todo, desde la corte de los milagros a la disciplina rigurosa de la seguridad social sueca. Imagínate que aquí, por ser tuberculosos, nos dan un sueldo al mes, nada importante pero es un detalle, como si quisieran hacernos entender que con nuestra enfermedad también estamos contribuyendo a la grandeza de la patria. En Boufemon hay una biblioteca extraordinaria y una pista de baile para que los homosexuales se disfracen y exhiban sus nalgas recién afeitadas. También hay grupos de teatro, pero yo les prohíbo que pongan mis obras porque aún me confunden con Ionesco. Gozamos de toda la gama de partidos políticos, desde los más fascistas a los más ácratas. Aquí tenemos poetas, pintores, jugadores de billar, de ajedrez, encuadernadores, músicos, dramaturgos. Perdonadme que haya querido hacer un pequeño retrato de mis habilidades. Tenemos nuestros mítines, se distribuyen panfletos de todos los colores. ¿Te imaginas semejante paraíso a mil seiscientos metros de altura? Te confesaré una cosa: nadie se fuga de aquí.

Julián masticaba el filete de hígado y sonreía; en realidad este Arrabal era patético. Silverio, por su parte, estaba inmerso en un estado de melancolía incompatible con cualquier retazo humorístico.

—¿Y a dónde podrías ir tú con los pulmones rotos, imbécil? —dijo Silverio desafiando a los ojillos de Arrabal.

—Da la impresión de que sois prisioneros voluntarios —dijo Julián escanciando vino en los vasos más próximos.

—Él sabe muy bien que pertenecemos a otro planeta —dijo Silverio.

—Estoy redactando un panfleto —masculló Arrabal que dio por no oídas las opiniones anteriores— exigiendo que nos suban, una vez a la semana, prostitutas sanas pagadas por la Seguridad Social.

Julián se atragantaba de la risa. Intentaba dominarse porque no era correcto descubrir al exterior la felicidad que sentía en aquel lugar de vida o muerte. Al diablo Silverio y su tenebrosidad. Ho, el vietnamita, sólo había abierto la boca dos veces, una para pedir más natillas y otra para alabar las nalgas de la camarera que les había servido la mesa.

Mientras los enfermos hacían la siesta, Julián eligió la sala de la televisión, hundiéndose en uno de los inabarcables sillones cuya panza se orientaba hacia la chimenea de fuego vigoroso. Eran las tres de la tarde y el cielo sombrío se apretaba ya contra los ventanales. Quizá por ser un momento fronterizo aún no habían encendido las luces. Aquella siesta, más profunda que el sueño nocturno, era una especie de franja negra sobre el rostro, el primer acto de un drama siempre incierto. El silencio notorio podía competir en solemnidad con el de una fría catedral; si acaso a veces lo rasgaban las breves pisadas de alguna enfermera a destiempo. Las llamas de la chimenea impedían a Julián cerrar los ojos, a medio camino de la consciencia, dejando vagar imágenes en las que el fuego siempre aportaba crueldad; el simulacro de la purificación le daba asco, lo mismo que la idea de ese fuego magnificando el tiempo en Boufemon.

—¿Sabía usted que algunos espíritus se aparecen a los humanos bajo la forma de una llama?

—Perdone, ¿decía usted? —Julián se despabiló. Un personaje de bata blanca, rubio y desgarbado, se hallaba de pie junto a él. Sobre el bolsillo superior estaba su nombre bordado en letras azules: Dr. Lagardère.

—Estaba usted tan concentrado que algunos viejos campesinos de otra época hubieran creído ver fuego danzando alrededor de su cabeza... Permítame presentarme. Soy el director del sanatorio.

—El doctor Lagardère, claro. Yo soy Julián Zúñiga, un amigo...

—Ya lo sé, amigo de Silverio, me dijo que vendría usted. Además he oído hablar de su novela. ¿Le apetece un café, una copa?

—Un coñac, si es posible.

Se dirigió a un armario enrejado que ocupaba una de las esquinas de la sala, lo abrió con una llave que extrajo de su bolsillo y volvió con una botella de armañac y dos copas.

—Magnífico —dijo Julián.

—Privilegios de la dirección.

—¿Le importa que fume, doctor?

—En absoluto. Por su aspecto soy capaz de adivinar que no es usted un probable cliente de esta institución.

—¿Cómo podría saberlo?

—La experiencia. Con los años, cualquiera de los médicos que hay aquí podría predecir, al primer golpe de vista, si está frente a un presunto enfermo. Y desde luego, por el aspecto de cada cual, se arriesgaría a pronosticar si tiene madera de buen enfermo.

—¿Puedo confesarle una cosa? —dijo Julián—. Me encantaría pasar una temporada aquí arriba.

—No creo tener ningún enfermo tan entusiasta del sanatorio como usted. Todos se cambiarían por usted con los ojos cerrados.

—No voy a engañarle. Estoy pasando un día feliz.

—¿No debería interpretarse esa declaración como que disfruta contemplando el dolor ajeno?

Julián dio un gran sorbo a su armañac, lo mantuvo en la boca unos momentos antes de tragarlo. Iba a decir algo, pero se limitó a negar con la cabeza.

—Lo que pasa —añadió después— es que soy un apasionado de esta enfermedad. Desde niño he sentido por ella una atracción romántica. Es una enfermedad que obliga a una forma de vida que a mí me parece no sólo humana sino admirable; te convierte en meditador, observador, recordador; la realidad como paisaje. Es la existencia perfecta para un artista, con esa sensación de que se está fuera, lejos, arriba, completamente arriba.

—Usted tiene poca idea de cómo es esto —se levantó para azuzar las llamas de la chimenea—. ¿Ha visto usted esta mañana la tez azul de algunos enfermos? Es un bonito color, traslúcido, lleno de matices y brillos secretos. Pocos pintores podrían conseguirlo y, sin embargo, detrás de esa máscara azulina está el fin. Desde su punto de vista es una manera estética de acabar.

—Sí, es una buena manera de dar carpetazo.

—Yo también siento algo por esta enfermedad casi innombrable. No puedo ocultar que me produce ternura, ahora que la estamos venciendo definitivamente.

—No hay ninguna enfermedad con un sentido tan plano del tiempo —dijo Julián—, ésa debe de ser la clave.

—¿Qué quiere decir?

—Que no posee la dramática urgencia del cáncer, por ejemplo.

—Puede. Tengo la impresión de que esta gente vive el estancamiento. El tiempo no va hacia adelante sino que gira sobre sí mismo. La lentitud de sus maniobras no es sino la dimensión de ese tiempo que no se mueve.

En ese instante se acercó una enfermera que rompió bruscamente la placidez de la sala. Al parecer, en el pabellón norte se había descubierto a un grupo de enfermos con una borrachera generalizada, y en algunos casos aguda. "Son los fascistas", dijo la enfermera muy excitada.

El doctor Lagardère hizo un gesto de fastidio. Miró a Julián con aire severo, como si le reprochara algo. Nada de ello impidió a éste apurar la copa y sentir que la vida proporcionaba inesperadamente a veces días de plenitud.

En la sala de juegos, según la opinión más común, hacía incluso calor, pero Julián la encontró tan gélida como el resto de las dependencias. Por eso no se despojó del abrigo mientras otros andaban ligeros de ropa, ajenos al frío, lo que parecía propiciar aquellas mejillas azuladas siempre en la frontera de un nuevo color. A Fernando Arrabal, sin embargo, le bordeaban la estrecha barba unos mofletes sonrosados que le hacían aparecer más bien como un empleado del sanatorio. Limpiando sus menudas gafas redondas aparecieron dos ojillos asombrados quizá de sentirse desnudos, vivaces como aves de rapiña. Vueltas las gafas a su posición, los ojillos recobraron su centelleo. Apretó los codos sobre la mesa. Se diría que su vista sólo abarcaba las cuatro esquinas del tablero de ajedrez.

Frente a él Julián mantenía una actitud más relajada, casi displicente, con insensibles deslizamientos en la silla y repetidas pérdidas de la verticalidad. No estaba dispuesto a realizar esfuerzo, sus piezas se movían con una celeridad que irritaba a Arrabal, pues aquella partida para él era singular, se trataba de un enfrentamiento entre artistas, entre la salud y la enfermedad, la libertad y la condena; en cualquier caso, se jugaba su prestigio e incluso ese honor propio que elevaba continuamente a los altares y sobre el que se cagaba no menos insistentemente.

Con todo Julián tampoco quería entregar el juego y, bajo la capa de la apatía, se concentraba en busca de un fulgurante ataque capaz de desmantelar la masa artillera acumulada en la zona derecha por su contrincante, que en ocasiones se tapaba la boca con su minúscula mano regordeta y lanzaba tosecillas más reales que fingidas. Y en una de esas concentraciones, desde la opresión del asedio al que le tenía sometido, un movimiento discutible de caballo le proporcionó a Julián un pasillo por donde su torre estuvo a punto de dar un disgusto al confiado rey arrabalino. Éste pegó un respingo en la silla, lanzó un par de blasfemias y una aureola pareció iluminarle, ya que encontró de inmediato protección para su flanco sagrado, pudiendo así consagrarse astutamente a explotar la ventaja de su posición. A la vista de lo cual Julián, desanimado, se relajó por completo, ejecutó varias jugadas precipitadas demostrativas de que había entregado la partida. Arrabal retiró hacia atrás la silla poniendo de manifiesto que sus pies apenas llegaban al suelo. Tosió, miró la hora y resopló satisfecho.

—Has jugado una extraordinaria partida —dijo para elevar el valor de su triunfo.

—Te felicito —dijo Julián por decir algo.

—Pero ¿tú sabes lo que nos jugábamos en esta partida, muchacho? —Arrabal se puso de pie y su rostro adquirió una gravedad casi cómica.

—Pues no sé. ¿Qué nos jugábamos?

—La existencia de Dios, nada menos que la existencia de Dios.

—¿Cómo es eso? —Julián se hubiera reído de no ser por la lividez de su contrincante.

—Para mí Dios está ligado al azar, al juego y, más concretamente, en mi caso, al ajedrez. Dios no existe continuamente sino sólo cuando prueba que existe. Cada cual tendrá sus experiencias y alternativas. Yo sé que cuando gano al ajedrez es porque Dios está existiendo, como ahora.

—¿Y cuando pierdes?

—Cuando pierdo, que son muy pocas veces, quiere decirse que algo se está mutando, es como si su existencia se borrara de la pizarra. No es que Dios se vaya de viaje, es que no existe, sencillamente.

—Es una idea bonita. ¿Escribirás sobre este tema?

—No me gusta frivolizar con estas cosas. Lo único que afirmo es que Dios está ligado al juego.

Silverio, que se había situado detrás de Arrabal, le hizo señas de que lo dejara porque se estaba poniendo pesado, como si aquellos ardides dialécticos fueran el pan nuestro de cada día en Boufemon.

Los fascistas se habían rebelado. No corrían buenos tiempos para ellos en aquel ambiente en el que la guerra del 45 significaba algo más que un recuerdo. No eran más allá de una docena y media, de los cuales cuatro o cinco estaban sentenciados a corto plazo. Se trataba de individuos conscientes del peligro que anidaba en sus pulmones, lo que les hacía actuar con el grado de desesperación del que sabe que lo tiene todo perdido. Gozaban más amedrentando que agrediendo; descubrir el miedo en los demás los excitaba en un proceso en el que participaban a partes iguales el regusto y la sensación de virilidad, ellos, los más vulnerables. La tarde anterior habían reventado un mitin de los socialistas en el teatro del sanatorio. Consistía en un acto sobre Argelia, similar al que días anteriores habían celebrado los comunistas y previsiblemente idéntico al que llevarían a cabo los ácratas. Apenas comenzada la sesión con un discurso del delegado especial que la SFIO había enviado desde París, cuatro comandos fascistas de tres individuos cada uno, lanzaron desde los palcos más próximos al escenario no menos de seis cubos de agua caliente contra la mesa presidencial (la piel del delegado enrojeció de inmediato), amén de docenas de petardos fétidos. Se produjo el revuelo consabido, gritos, carreras desordenadas que no hicieron sino retrasar la persecución de los culpables hasta el punto de que cuando creyeron haberlos acorralado en el primer piso, sólo encontraron a Pierrot, el de siempre, un bobalicón con las fuerzas justas para mantenerse en pie y al que sus compañeros ofrecían como inútil presa. Lo soltaron antes de que les largara un vómito de sangre. El grupo como tal, al que el doctor Lagardère no sabía cómo desmantelar, fue castigado a no salir de sus habitaciones en cuarenta y ocho horas. La respuesta fue la escandalosa borrachera que, además de lo que suponía de provocación, tendría consecuencias médicas nefastas en unos cuantos casos.

Julián tomó el suceso como una broma estudiantil.

—¿Broma? —dijo Silverio indignado— ¿Quieres que te lleve a conocer a alguno de esos bromistas que tanto te divierten? ¿Por qué no le dices a Gros que te cuente los últimos treinta y cinco años de su vida, ahora que aún está a tiempo?

—Gros y otros pocos son la excepción en este balneario que, por lo que veo, no tiene más problema que el de carecer de imaginación para acabar con el aburrimiento.

Silverio sintió deseos de golpearle y quizás lo hubiera hecho de haber estado seguro de que su brazo poseía la fuerza suficiente.

—Venga, hombre, no te cabrees —Julián le pasó el brazo por los hombros—. No era más que una broma.

Silverio se preguntó lo de siempre, si aquel gesto era cariño o compasión.

—Y eso que no has visto alguno de los bailes que organizan los maricones. Si los vieras —dijo con énfasis atacante— te quedarías a vivir aquí. Ésos sí que son para troncharse, disfrazados de bailarinas como Carmen Miranda o de cantantes a lo Sylvie Vartan.

—Te lo dije. Seguro que hasta Gros se parte de risa con ellos.

—Pobre.

—Bueno, amigo, se me hace tarde. Despídeme del personal.

—Espera, te acompaño.

Fueron saliendo hacia el cobertizo en el que Julián había dejado el coche.

—En una hora, en París —dijo Julián.

—En una hora, en el comedor —dijo Silverio.

El camino de salida, que atravesaba el bosque hasta la carretera general, aparecía iluminado por pequeñas farolas amarillentas dibujando una línea quebrada que se retorcía entre hayas, enebros, abetos, gigantescas masas de negrura para un descenso dominado por un inicio de helada.

—Ten cuidado.

—Sube un poco mientras se calienta el motor.

Puso el coche en marcha y lo dejó al ralentí mientras encendía un cigarro que inmediatamente nubló el cristal delantero. La calefacción apenas se notaba, pero Silverio no tenía frío.

—¿No pensarás en dejar a Odile? —le espetó Silverio mientras Julián estaba subiéndose el cuello del abrigo. Se rebulló en el asiento antes de contestar.

—Estoy atado de pies y manos. Quiero irme pero no puedo, y el sentir que no puedo me empuja a irme.

—¿Y la niña, no has pensado en ella?

—Ésta es una mujer obsesiva, Silverio. Se está jodiendo su carrera de bailarina y es como si le diera igual.

—Como en las comedias: entre su profesión y el amor elige el amor.

—Déjate de gaitas. ¿Tú me ves a mí cargado de hijos como un funcionario de correos?

Silverio empezó a toser. Había demasiado humo en el interior del coche.

—Estoy pensando seriamente —continuó Julián tras arrojar el cigarro por la ventanilla— en la posibilidad de volver a España.

—No es mala idea.

Cuando se despidieron Silverio sintió que, como siempre, llevaba la peor parte. Julián iba hacia la vida y él sólo aspiraba a alejarse de la muerte. Pero, por otro lado, Julián iba hacia la negrura, los abismos de la carretera, la noche helada, la brecha de Odile, mientras él se quedaba allí, protegido, sin riesgos ni conflictos sentimentales.

Volvió adentro con la seguridad que proporciona la resignación. Poco antes de la media noche recibió una llamada telefónica urgente. No podía ser más que Julián. Las piernas le flojearon mientras se dirigía a la recepción, presintiendo todo tipo de catástrofes.

Era Julián, efectivamente. Su voz sonaba animada, acorde con una musiquilla que se oía a su alrededor. Silverio trató de respirar hondo mientras su amigo le comunicaba que, siguiendo una corazonada, al llegar a su casa había repasado los *Le Figaro* de los últimos días de octubre y había encontrado una cosa increíble: la respuesta de la KGB.

—¿Estás loco? —gritó Silverio—. Yo vi todos los periódicos hasta el día 30 y no había nada.

—¿Y cuántos días tiene octubre, cernícalo?

—¡Coño, es verdad! Tiene 31. ¿Y qué dice el periódico?

—Escucha, te leo. Página 33, sección anuncios por palabras. "Encontrada en Monceau una cartera de mano con las iniciales JJM, telefonear al 6734239 entre las 15 y 18 horas días laborables".

—¡El contacto! —dijo Silverio como si estuviera asistiendo a una broma que necesariamente tenía que tomar en serio.

—¿Y qué piensas hacer? Aún te estarán esperando.

De pronto le vino en mentes su *Reflexiones sobre el izquierdismo y el reformismo* y se sintió atenazado por un gran desconsuelo, sólo comparable con su cansancio.

—Ya es demasiado tarde —dijo—. ¿Sabes que Gros acaba de morir hace media hora?

Todo en orden

Imposible ver las cosas con los mismos ojos de antes. Ahora que había sido dado de alta, lo que suponía la regresión del peligro, era cuando la percepción de la muerte se había instalado en los sentidos de Silverio. Consumía la mayor parte del tiempo en la serenidad, observaba los alrededores y concluía que todo —incluso la muerte a plazo fijo— estaba en orden. El amago mortífero podía ser, pues, reducido a la categoría de accidente o azar, es decir, de pesadilla. No ocurría nada: era una simple idea. Se planificaban las actitudes, las penúltimas reservas y aquello que aún valía la pena, para convenir que finalmente las cosas podían haber ido peor. Aunque con qué facilidad, en cualquier momento, la lucidez era susceptible de ser pillada desprevenida, quedando entonces al descubieto que el juego iba en serio.

Silverio parecía haberse sentado a la sombra de su curada enfermedad a escuchar el nuevo ruido que hacía el tiempo cuando rozaba su cuerpo. Como ahora en la ducha, indefenso, espumoso, temiendo resbalar, no osando mirarse el pecho, amedrentado por el brote de una tos o por cualquier nimiedad, sí, un ruido, el olor ligado a aquella imagen y entonces podría aparecer certera la posibilidad verídica de la muerte real de Silverio, no de otro; la pesadilla habría sido superada por la realidad al quedar todo sentenciado por la suprema injusticia de la muerte. Ni siquiera permanecería en pie el ánimo de hacer valer alguna inocencia. En tal caso, ¿cómo era posible que, simultáneamente, en el parque de Luxembourg las fuentes siguieran manando con placidez y Sartre bromease con Simone en el Dôme?

Después de hacer de vientre el cuerpo entra en una serenidad escasamente estudiada por la ciencia. Ese período de sosiego, a todas luces sospechoso de felonía, acalla el estigma de la enfermedad. Brota entonces la beatitud, los sentimientos ecuménicos de comprensión en torno a la vulnerabilidad de los seres. Silverio reconocía la insólita señal de un humanismo que no se compadecía con su doctrina marxista. ¿Dónde colocar, en medio de tan exquisita emoción, la lucha de clases, la plusvalía, la alienación o el culto a la personalidad?

Pero no todos los momentos del día soportaban esa liviandad que a fuerza de restar peso a lo real acababa por transformarlo en puro deseo. Silverio sabía reconocer ese ansia que se ocultaba como un cuchillo loco en la bolsa del estómago. Esa carnicería interior —incruenta— era lo que Silverio entendía por idea de muerte: frente a ella la compasión se achicaba hasta su eclipse total, el humanismo se arrastraba como un gusano.

Nada podía ser lo mismo que antes. Un cuerpo amenazado es un cuerpo en que los órganos están de más y es preciso deshacerse poco a poco de ellos en un proceso interminable. Ya está consumada la destrucción, ahora no sucede nada, "la señorita X afirma que ya no tiene ni cerebro ni nervios ni pecho ni estómago ni tripas, ya no le queda más que la piel y los huesos del cuerpo desorganizado" (algo así escribirían Gilles y Félix). Aunque Silverio quisiera circunscribir su CsO (Cuerpo sin Órganos) a la singularidad de sus pulmones, la operación, como las practicadas por Miguel Servet, consistiría en un simple agujero en la caja torácica, el leve recuerdo de un estorbo que hubo allí dentro.

El principal descubrimiento de Silverio, tras unos cuantos vómitos de sangre y cuatro lúgubres ideas al respecto, fue percatarse de que no era inmortal, creencia bajo la que había vivido hasta entonces. En su lugar, la incierta resurrección de la carne resultaba un flaco consuelo, aunque en el fondo de su infancia aún se mantuviese un cupo de simpatía por aquel reverdecimiento carnal. Tan ignominioso resto de trascendencia lo mantenía oculto en la zona no operativa, no preocupante, de su cerebro y sin embargo, a veces, cuando veía amanecer tras los barrotes de las ventanas de Boufemon, le asaltaba la sospecha de si no sería aquel signo lo que realmente le aplacaba.

Luchó por asumir su nueva condición, que no consistía en olvidar su enfermedad sino sólo en aprender a convivir con ella. Necesitaba del llanto para descargar la tensión que atirantaba a veces todos sus órganos; recurrió entonces a los recuerdos más refinadamente atribulados de su existencia pero la lágrima no salía. Sí notaba una mayor fluidez humoral, pero no lograba alcanzar el llanto. No había por tanto nada que hacer frente a la realidad de saberse sujeto de por vida a los controles, fármacos, sobrealimentación; convertido al fin en un hombre de caverna al que hasta el sol le estaba vedado. Lo más incomprensible era no sentir, en aquella tesitura, una sobrevaloración del tiempo, mientras sí se producía un auge de la autoestima. Las palabras también estaban enfermas. ¿Hasta qué extremo llegaba su necesidad de ser compadecido? Situados en ese punto, probablemente Silverio concluiría cualquier pacto con tal de no sentirse abandonado.

Feliz Nochevieja

Cuando Silverio entró aquella mañana en la librería, como hombre otra vez apto laboralmente, supo que no duraría mucho en Le plaisir de lire. Monsieur Martin le había acogido con una cordialidad que le hizo sentirse responsable de algún débito hacia él.

—Si necesitas un par de semanas más de vacaciones, no tienes más que decírmelo —dijo mientras mojaba su *baguette* con mantequilla en el café del desayuno.

—No te preocupes, no estoy cansado. Si acaso te pediré permiso algún día para las revisiones médicas.

—Eso no tienes ni que decírmelo. Ya sabes cómo te apreciamos aquí todos.

Las conversaciones con monsieur Martin se desarrollaban siempre a la hora del desayuno en el café Les Quatre Chemins, frente a la librería, donde el viejo anarquista tenía abierto su segundo despacho. Allí recibía a muchos agentes, distribuidores, jóvenes editores de revistas radicales que ambicionaban colocar su publicación nada menos que en Le plaisir de lire, y también a periodistas con los que —Silverio no sabía por qué— mantenía frecuentes relaciones.

Hubiera querido preguntarle por Nicole. En su lugar se interesó por la suerte de Louis, el filósofo.

—*Ah, ce cochon-là*! Loco, loco de remate. Me han dicho que le han perdonado la vida metiéndole en no sé qué sanatorio de lujo.

—Pobre hombre.

—¡Pobre hombre, pobre hombre, pero todos os dejasteis embaucar por su verborrea de lunático!

Llevaba mucho tiempo sin hablar con Alfredo y ahora, de vuelta a la librería, lo encontraba raro, ajeno, como si se hubiese quedado atrás. No dejaba de resultar sospechoso que estuviera descubriendo en todos sus conocidos a unos extraños. Era sin duda que los veía de una manera hipercrítica, esperando de ellos el cumplimiento imposible de sus ambiciones. ¿El tiempo se había detenido para Silverio o para los demás?, ¿quién miraba desde abajo a quién? Durante su estancia en el sanatorio Silverio había leído mucho, obsesivamente. Quizá se le presentaba la ocasión de adoptar un nuevo ritmo de vida en el que la lectura cediera el paso a una mayor reflexión personal, a un contacto más enriquecedor con el mundo externo. Tenía que acostumbrarse a mirar a la gente a los ojos. Pero no se sentía apasionado por una apertura social que avistaba como conjunto de confrontaciones intelectuales para las que no se consideraba apto y respecto a las cuales se imaginaba derrotado de antemano. Cabría entonces entender que su voracidad lectora le había proporcionado más información que preparación dialéctica y no se podía andar por el mundo a golpe de cita o de remisión bibliográfica. Se sentía sumamente desgraciado por esta desventaja. Resultaba que todo su inmenso trabajo formativo no le ayudaba a vivir mejor ni a obtener más cariño de los demás; sin embargo, él no estaba dispuesto a rendirse, seguiría explotando tozudamente la veta del resentimiento; continuaría absorbiendo doctrina marxista hasta reventar.

Pasó la última jornada del año en la librería bastante alterado. En Boufemon había soñado tanto con la libertad, es decir, con la recuperación del tiempo real, que ahora no atinaba con la medida justa. En un día como aquél redujo el problema a que no encontraba a nadie con quien discutir y contrastar ideas, camaradas que jugaran su mismo juego. La tristeza de los últimos tiempos descubría la carencia de alguien en quien confiar, alguien sobre quien volcar las ideas perturbadoras, las dudas más sospechosas o simples concesiones emotivas, y una vez más se preguntó si no era eso lo que andaba buscando infructuosamente en el Partido: una especie de *pandilla*, como en los tiempos de adolescente; amistades, que en un partido clandestino no podían prohibirse pero tampoco recomendarse. En algunos conflictos surgidos en este sentido entre intereses objetivos y subjetivos siempre habían prevalecido los primeros, aún reconociéndose en el Partido que a veces podían haber generado injusticias. Esta tendencia, por lo demás, no casaba con el criterio de Lenin de que "mucho más importante que la democracia interna es la plena y fraternal confianza mutua entre los revolucionarios".

No parecían ser ésos los pensamientos de sus compañeros en la librería, yendo y viniendo de un lado a otro, apresurados, cantarines, olorosos, escapándose de cuando en cuando a realizar alguna compra de última hora. También el público andaba desmandado con movimientos céleres, sonrisas de escaso sentido, una ansiedad voluntaria en la mirada y ese necio rictus que acompaña a la decisión de ser gentil con los semejantes en un día predeterminado. No fue una buena jornada para Lenin ni para Plejanov. La gente compraba cosas de Sartre, de Garaudy, de Mao, cosas de Erich Fromm. Vendió mucho también la subsección *antiimperialismo*, inserta en el marco más amplio de *Tercer Mundo*. A veces los compradores, sobre todo los que se llevaban pensamientos o poesías de Mao Tsé Tung, pedían a la cajera que les envolviesen el libro en papel de regalo. Silverio trató de imaginarse el "¿Qué hacer?" de Lenin en papel navideño, coronado por una rosa y dispuesto a la sombra de las ramitas de un abeto, junto a una corbata, un frasco de agua de colonia y un encendedor de gas, y le pareció amargamente entrañable: significaba que en esa casa había un comunista, un comunista acompañado. De esta y otras formas se le fue imponiendo a lo largo del día la imagen miserable de la Nochevieja. Por más que intentara ocultarlo se sentía un personaje de Dickens; las películas rosas hacían llorar, al igual que "Kalinka" cantada por los coros del Ejército Soviético. Había rechazado invitaciones de monsieur Martin, de Alfredo y del listo de Nanterre; sin embargo había aceptado la posibilidad de pasarse hacia la media noche por la casa de Julián y Odile.

Alfredo y Micheline, la chica que había sustituido a Nicole en la caja, se le acercaron por la espalda proporcionándole un buen susto. Le traían un regalo entre las grandes risotadas que imponía la festividad. Silverio se disculpó como pudo porque no había pensado en regalos para nadie. "Y a estas alturas no nos vamos a regalar libros", dijo. No importaba, sólo querían que abriera el regalo, al que calificaron de ínfimo pero insinuante. Era un paquetito alargado cuya envoltura Silverio deshizo con torpeza. Se trataba de un bolígrafo algo más ancho de lo normal, con una pequeña pantalla en el lomo.

—Ahora aprieta el botón para sacar la punta —dijo Alfredo.

Pese a las carcajadas de sus compañeros aquello era más viejo que mear de pie, pero se hizo el sorprendido e incluso intentó ruborizarse cuando, iluminada la pantallita, apareció una rubia desnuda de gran melena e inmensas tetas, que bajaba una y otra vez la mano hacia el centro de su sexo.

—Te gusta, ¿eh? —decía Micheline haciendo una monería supuestamente incitante con los labios.

—No te vayas a poner cachondo —dijo Alfredo— que se le puede salir la tinta.

—Pues la verdad es que es muy ingenioso y muy útil para un solitario como yo —dijo atrevidamente Silverio. La mujercita del bolígrafo era curiosamente similar a la que él dibujaba cuando, distraído, hacía un alto en sus nocturnas lecturas marxistas. Al menos en la melena y las tetas no tenían nada que envidiarse la una a la otra. Probó el mecanismo una vez, ya fuera de las impertinencias de sus compañeros, y no acertaba a explicarse aquella inquietante calidez que le provocaba el dibujo. "Bien, bien", se dijo para sí y continuó despachando un ejemplar de *Nuestra Bandera* a un tipo, sin duda español, con el que no quiso pegar hebra porque siempre estaba con el mismo rollo. Puede que además llevara en el bolsillo de la chaqueta un bolígrafo de pantalla como el suyo.

Apenas se fue el último cliente, comenzó la penosa ceremonia de los deseos de felicidad para el nuevo año, una liturgia que Silverio practicaba apocado como si se tratara de un rito obsceno. Se dejó abrazar por monsieur Martin y por Alfredo, y besar por Micheline, sin poder más que balbucear alguna incoherencia del tipo de *próspero año nuevo*. ¡Dios, qué vergüenza!, ¿cómo debía comportarse un auténtico marxista ante estas convenciones sociales? Su desaliento provenía de que el materialismo histórico apenas le proporcionaba registros para desenvolverse en lo cotidiano. Ahí estaba el ejemplo: ¿debía un comunista entrar en el repulsivo tráfico del *feliz año nuevo*? Cierto que el planteamiento era ingenuo, pero esas objeciones infantiles son siempre las más comprometidas, justamente porque al situarse en un plano no teórico la coartada lingüística pierde toda eficacia. No importaba, se palpó la chaqueta y allí estaba el bolígrafo con su dama tetona dormida. Seguramente despertada por la voz nasal de Alfredo invitándole a una copa en Les Quatre Chemins. No pudo zafarse, tampoco tenía nada que hacer y eso era lo que aquella noche movía a conmiseración.

No hacía demasiado frío para un treinta y uno de diciembre. Las calles del Barrio Latino estaban a punto de colapsarse a esa hora temprana de la anochecida, cuando los conductores se agarraban a los claxons intentando abrir huecos imposibles. Era hermosa la piedra de los edificios laminados por la luz berroqueña del invierno; superficies en trance de apagarse pero aún resistentes a la noche, solidarias frente a la brutalidad del viento o de la lluvia, lienzos de paisaje curtidos por miles de atardecidas gélidas. Medio París parecía haberse dado cita en las aceras del barrio; gente cada minuto un poco más apurada, agresiva y nerviosa (sólo a las doce volverían a decidir la paz). Les Quatre Chemins estaba hasta los topes. Seguramente en cada oficina de los alrededores un Alfredo había invitado a un indigente sentimental a tomar una copa. Se hicieron un hueco y el gesto familiar de su compañero obtuvo rápidamente dos vasos de *beaujolais*, mientras insistía en que aquélla no era una noche para pasarla en soledad, aunque comprendía que su plan —cena en casa de los padres de su mujer— no resultaba demasiado atractivo. "Éste es un comunista gilipollas", pensó Silverio horrorizado. Apuró su vino con premura pero Alfredo no demostraba ninguna apetencia por apiñarse en torno al calor de su familia adquirida.

—¿Sabes a dónde iremos después de cenar, probablemente? ¿Te acuerdas de Antoine, sí, hombre, Antonio Montero?

—Déjalo ya, Alfredo. De verdad que tengo sitios a donde ir y si me quedo en casa es porque lo habré preferido.

Relativa teoría. A medida que avanzaba la tarde se sentía más vulnerable a la presión ambiental. Ejemplo, aquel jolgorio en Les Quatre Chemins, con la gente hablando demasiado alto, cruzándose saludos o despedidas, cantando algunos, bebiendo la mayoría de manera algo convulsiva por la necesidad de estar a tono con el acontecimiento inevitable. Silverio no quiso entrar en una de sus características perplejidades: había tomado de la tienda el *¿Qué hacer?* y lo había envuelto en papel de regalo —campanas color burdeos—, pues pensaba ir a casa de Odile y Julián, aunque no estuviera dispuesto a reconocer la urgencia de ningún tipo de compañía por el hecho de que el año se acabara.

—¿Sabes lo que admiro en ti, Silverio? —dijo Alfredo a su amigo, alarmado pues veía llegar las confidencias—. Admiro la fortaleza de tu carácter, tu asunción de la soledad. Estoy convencido de que un revolucionario, o simplemente un comunista, debería de estar solo. ¿Qué puedo hacer yo si me veo incluso obligado a pasar la nochevieja con mis suegros?

—El buen comunista es el que siempre está disponible —dijo Silverio misteriosamente—. Bueno, tengo que irme.

—¿Sigues puliendo tu famoso ensayo?

—Sí, sigo haciéndolo crecer.

Lo que Alfredo no podía sospechar era que en ese momento se sentía íntimamente acompañado por la mujer del bolígrafo.

En el vagón del metro se apoyó contra la puerta trasera, donde nadie podía verle, y sacó el bolígrafo. Aquellos pechos eran una provocación, sobre todo porque al descender el brazo hacia su sexo parecía frotarlos. En el bulevar Bonne Nouvelle daba comienzo un mundo de pasiones de las que en tiempos se llamaban bajas. Cada vez que Silverio realizaba una incursión en él hacía un esfuerzo por encerrar la conciencia entre paréntesis. Aquel treinta y uno de diciembre el recurso a Bonne Nouvelle estaba cargado de rencor hacia todos los que con su actitud benevolente intentaban en vano consolar al Silverio mustio y desamparado, un personaje que no cuadraba con el militante austero, duro, en el que Alfredo pensaba. Sus correrías por el bulevar no eran sino inocentes pasatiempos, compensaciones psicológicas a su tensión intelectual. No era cuestión de amargarse con disquisiciones deontológicas, pero un poco de morbo siempre daba aliciente a lo cotidiano, se decía mientras olfateaba las carteleras de los cines porno de la zona. Carteleras a veces sin fotografías, prohibidas por la censura, con lo que había que intuir los contenidos a través de los títulos de las películas o por algunos matices de las frases publicitarias. Él era un experto y al primer golpe de vista calibraba la especie del film: espectáculos eróticos famosos en los nights club del mundo, alguna zafia historia germana semi-rural o ciertos argumentos dramáticos urbanos (violación, prostitución). En realidad se trataba de películas anodinas con unas pocas escenas de desnudos, lo cual resultaba desesperante, pues si se llegaba tarde a la secuencia erótica, había que tragarse todo el resto del engendro hasta que volvía la escena de marras. Aquellas en que el desnudo (cuestión de senos) permanecía más tiempo eran las danesas, alemanas, holandesas, relacionadas inconscientemente con vacas idílicas, y entonces, cuando el pecho era identificable con una ubre, la distensión se apoderaba de la sala, menos en los casos de algunas viejas espectadoras solitarias que, aunque pareciera increíble, iban por gusto de los argumentos.

Tan prosaica era la frustración que se le estaba manifestando ese treinta y uno de diciembre. Los tres o cuatro cines que recorrió no le ofrecieron garantía alguna y empezaba a ponerse nervioso pues ese día cerraban a las diez. No podía pasarse la noche dando vueltas, de modo que se metió en una película de género bucólico, con rubias gordinflonas centroeuropeas y tetas de un rosáceo desvaído; una historia sin historia y, para colmo, con algunos toques humorísticos, el auténtico antierotismo. Lo de siempre: grandes praderas floridas, campos simétricos, cegadoras luces diurnas, risas y canciones joviales, y sí, claro que aparecían muchos pechos, algunos de buen calibre, pero se balanceaban como las ubres de las vacas que también pastaban por allí, y había jovencitas salpicándose al entrar en las aguas de un riachuelo con las enaguas calcándoles los muslos, pero toda aquella imaginería campesina era incapaz de conmover a Silverio que, retorcido en su butaca, sudaba la gota gorda, iba contra corriente, tenía prisa y la propia ansiedad le desviaba de algún detalle que quizá hubiese podido arrebolarle; por ejemplo, un gran pezón o una axila con vello naciente. La atmósfera pastoril de la pantalla redujo a cero la tensión de la sala que en otras películas se manifestaba en forma de agitadas respiraciones o intempestivos crujidos de las butacas. Silverio estaba empeñado en aliviarse, pero por más esfuerzos que hizo no pudo ni aproximarse a un clímax favorable. Estaba sentado en una butaca lateral, de manera que el piloto rojo de salida se convirtió en su aliado. No podía olvidar a la muñequita del bolígrafo. Vio perfectamente sus líneas esplendorosas, el brazo arriba y abajo. No le importó en absoluto el molesto clic de la punta al emerger. El rojo infierno del piloto bañó los pechos de la mujer hasta que Silverio sonrió mohíno y dio por finalizada la función.

El bulevar Bonne Nouvelle, ya de noche, ofrecía una sobresaliente limpieza en el aire. Silverio sintió lo de siempre, la cara ardiente y las manos sucias. No había más que dejar correr los minutos, distraerse con los escaparates, recitarse algún párrafo obtuso de Lenin, imaginarse a Luis Ocaña subiendo cuestas en el próximo Tour, cosas así. Una idea apaciguadora en tales momentos era considerar que apenas se había gozado. También lo pensó esa noche, pero lo que en realidad le recorría el cuerpo era un sordo furor. Allí estaba el bolígrafo, incierto protagonista en la despedida del año. Lo arrojó al suelo pisoteándolo hasta hacerlo añicos. Luego aceleró el paso con la intención de ganar lo antes posible la boca de metro más próxima.

Atravesó la rue de la Gaîté, que para Silverio era una de las calles más tristes de París, aunque nunca logró desentrañar qué le producía esa tribulación, qué recuerdos o qué crujir de dientes, pero algo había en esa calle que le impelía a evitarla. Sin embargo aquella noche, con la percepción de inmundicia en la piel y en la ropa, no dudó en cruzarla sin cuidarse en considerar si lo hacía como reto o a modo de martirio, pisando el terreno que correspondía a su estado de ánimo. Esa noche, por motivo de la celebración, estaba ausente el pequeño grupo de prostitutas que valerosamente aguantaba, en el primer tramo de la calle, aquel ambiente penitenciario. De repente se había levantado una ventolera que lo puso todo patas arriba. Las copas de los árboles, azotadas por un lado y por otro, gemían como esclavos; cada rama de castaño se vencía casi hasta el desgarro, las cabelleras desmelenadas de las acacias parecían enloquecer ante el bárbaro castigo. Los más diversos papeles y cartonajes volaban sin freno ni orientación. De una esquina próxima se desprendió un trozo de cornisa que reventó contra el suelo esparciéndose sus restos en un radio de al menos veinte metros. El letrero luminoso de la Maison des Spèces, una tienda exquisita dedicada al mundo de las especias, tras un chasquido como de serpiente, también se quebró y escupía cristalillos sin fin. El vendaval se mostraba particularmente enfurecido con la rue de la Gaîté, convertida en un túnel de difícil salida inmediata. Un contenedor de basura volcado expandía su contenido mugriento y vario por los suelos, avanzaba a golpetazos de viento por el centro de la calle a toda velocidad, destacando unas mondas de manzana que rodaban como aros conducidos por una mano invisible. Silverio se encogió sobre sí mismo dispuesto a aguantar lo que le viniera encima, pero en algún momento llegó a temer que se vería arrastrado por el huracán y hubo de refugiarse de urgencia en el quicio de un portal. Era la única persona visible en toda la calle. Con la basura multiforme progresando metro a metro por calzada y aceras, podía pensarse en una huida del género humano poblador de la rue de la Gaîté, no del resto de París; sólo esa calle estaba siendo tan duramente castigada. Silverio no podía dar marcha atrás ni seguir adelante so pena de exponerse a volar en dirección desconocida. Entre las cosas que ocurrían valía la pena destacar la desaparición creciente de los carteles luminosos, con los que el viento se estaba cebando como si fueran símbolos de capitalismo a destruir por una airada revolución en la que restallaban las más violentas palabras de Lenin. Ni siquiera pudo sonreír Silverio, estaba empezando a darse cuenta que aquello era irreversible, a saber por cuánto tiempo. El umbral del portalón donde se hallaba refugiado tenía poco fondo y se estaba ganando más de una cuchillada de ese viento huracanado que a veces le alcanzaba el rostro, los costados, los muslos. Ni un solo coche había pasado desde el desencadenamiento del siniestro, lo que inducía a incrementar el carácter fantasmagórico de ese silbido que limaba las fachadas, se restregaba contra las esquinas, sacudiendo todo lo saliente. Silverio observó una especie de cualidad marina en el vendaval: su oleaje insaciable, repetido en un ir y venir furioso, de envoltura y repudio. Pero tenía que avanzar, era preciso salvar aquella encerrona onírica convertida en realidad. Algunos automóviles habían sido desplazados por la fuerza del vendaval, produciéndose abolladuras, quedando algunos desalojados de su posición, cruzados oblicuamente en la calle. Empezaba a reinar un desorden más que inquietante, una alteración no controlada y, al parecer, no contemplada por nadie excepto por un Silverio en suspenso sufriendo el estallido de mil silbos atonales. Aquel asalto de la rue de la Gaîté no obedecía a ninguna especie de disciplina interna, era una invasión salvaje que respondía a la destrucción por la destrucción. El caos. Silverio recurrió a toda su fuerza disponible para arriesgarse a salir del menguado refugio del portal, pero el libro-regalo que llevaba bajo el brazo —*¿Qué hacer?*, eso, ¿qué hacer?— le molestaba lo indecible. No le cabía en el bolsillo del abrigo por lo que tuvo que seguir apretándolo bajo el brazo, mientras con la espalda pegada a las fachadas, avanzaba entre grandes precauciones, temiendo el golpe de cualquier objeto perdido del universo o el rebote de alguno de los que volaban sacudidos por el viento. Con la respiración agitada y el frío en los huesos, llegó a la entrada del Bobino, *le théâtre de la chanson et du rire*, oscuro como boca de lobo, como si nadie hubiera entrado allí jamás. La gran cartelera de su frontispicio, ahora apagada, informaba de los artistas por orden de importancia. Claro, Georges Brassens ocupaba la mitad del espacio y la otra mitad se la repartían entre Amancio Prada, un prometedor cantante español, y Luce Klein, Yves Simon, Laville, Monique Leyrac y J.F. Panet, desconocidos. El espectro de Brassens podía andar canturreando al desgaire, dándole encima la razón al viento, con aquello de *le vent semble une brut' raffolant de nuire à tout l'monde*. Silverio sólo alcanzaba a sentir que le estaban tensando nervios y músculos hasta el límite de lo soportable; habría podido desmayarse en cualquier fase de la travesía si no llega a ser porque sus ojos se habían quedado absurdamente prendidos del nombre del cantante español Amancio Prada, de quien nunca había oído hablar, un nombre dulce pero que se le encrespaba como el viento rabioso. Para librarse de él se puso a observar los adoquines de la calzada formando amplios semicírculos, abrumadores toboganes alrededor de sus sienes; y si escapaba a aquel cerco maldito recalaba en el nombre de Amancio Prada, Amancio Prada, borrosa incógnita, artista de varietés, ¿cantante antifranquista?, ¿antifranquista cantante?, ¿cantante?, ¿antifranquista? El viento batía a veces contra el cierre metálico del teatro produciendo un temblor cuyo efecto más obsesivo era la irregularidad, el albur de cada estridencia. Silverio había sido elegido por el viento para sus juegos con la aquiescencia de Brassens y de su acólito Amancio Prada. Pues bien, no tenía inconveniente en reconocerlo: estaba expiando en la rue de la Gaîté su anterior irrupción al bulevar Bonne Nouvelle. Tenía la boca reseca. Además, ya nada podía hacer. Había destrozado el bolígrafo con la chica explosiva, ¿no? ¿O es que Brassens y su acólito Amancio Prada le exigían que tirara también a una alcantarilla el *¿Qué hacer?* de Lenin?

Subió las escaleras de su casa de tres en tres, como si estuviera excitado por la llegada del suceso anual y finalmente hubo de reconocer que tal advenimiento le resultaba agradable. Cabía la posibilidad de que los próximos minutos significaran el juego del propósito de enmienda que acabaría en punto cero nuevamente o, dicho en términos teológicos, el pequeño nacimiento del hombre nuevo. Por desgracia el agua apenas llegaba tibia con lo que hubo de renunciar a uno de los principios básicos de tal renacimiento: la higiene bautismal. Preguntose molesto por qué siempre andaba al traste con la simbología cristiana, ¿estaría, sin saberlo, representando el papel de paradigma del tan cacareado diálogo cristiano-marxista?, ¿sería el *topo in pectore* del Partido en el Vaticano II? A pesar del frío de degüello que rociaba la habitación, se quedó desnudo y procedió a asearse parcialmente en el lavabo o pila que ornamentaba una de las paredes del habitáculo. Les tocó el turno primero a la cara y al cuello, para pasar después a las axilas, que recibieron el agua templada con recelo. Por último, empinándose cuanto pudo, procedió al lavatorio de las partes innobles, más innobles que nunca tras la huella de Bonne Nouvelle; se enjabonó repetidamente a pesar de que el gélido borde del lavabo presionaba sobre sus partes de manera —podría decirse— amistosa. Tras aclararse la espuma sintió el pene y órganos adyacentes física y dogmáticamente impolutos, ejemplos de regeneración. Se alegró de haber destrozado el bolígrafo para, al instante, conjeturar sobre si no se habría quizá precipitado un poco; podía haber guardado el ingenuo artilugio durante meses, ¿a quién le hacía daño aquella banalidad? Banalidad o no, estas anécdotas le descentraban de su trabajo devolviéndole a períodos agridulces de la adolescencia. Lo mejor en casos similares era una postura intermedia, contemporizadora, que contuviera el peligro y promocionara el gozo, pero ¿cómo tener y no tener al mismo tiempo el bolígrafo? Se puso calzoncillos, camiseta y calcetines limpios, se encasquetó el jersey de cuello de cisne bajo la única chaqueta que poseía y volvió a reconocerse complacido. Su confianza representaba el signo de vitalidad del hombre serio y responsable que era. Aquella noche no tenía por qué ser una excepción, Julián y Odile podían esperar un rato. Fue el gesto propio de un hombre diferente: tomó de su mesa un libro de pastas marrones, se sentó en la butaca, cruzó las piernas y apoyando el mentón en la palma de la mano se dispuso a entrar en el nuevo año leyendo tranquilamente, despacio, despacio, porque no resultaba tan sencillo concentrarse. Leyó un par de páginas en las que se repetían los conceptos "mentiras convencionales", "participación de la clase trabajadora en el ingreso nacional" y como no acababa de centrarse, abandonó el libro en cuestión, que no era otro sino *La ideología del pequeño burgués*, de Plejanov. Le gustaba ir a las fuentes originales de la Revolución, pero la Nochevieja estaba infectada de frivolidades. "¿También tú con la pendeja Nochevieja?", se dijo.

Para evitar nuevos conflictos, decidió largarse. Tomó el abrigo, la bufanda y los guantes de lana, así como el *¿Qué hacer?*, y bajó regodeándose en el aroma que despedía su cuerpo. Las doce menos dos minutos. "Magnífico", dijo como si estuviera en trance de superar una difícil prueba. Se vengaría del pequeño burgués plejanoviano odiándole, rechazándole, poniéndole en evidencia con su ridícula toma de las uvas al compás de la televisión, mientras él iría tranquilamente Raspail abajo, y si pudiera, a cada campanada del año nuevo respondería con un pedo, para lo cual estaba dispuesto a aprender pedomanía. Pero ya volvía otra vez: ¿se podía ser marxista y pedómano al mismo tiempo? No estaba intentando realizar ningún ejercicio de transgresión; no pensaba en los infantilismos tristantzaristas ni en las malsonancias jarryanas, simplemente estaba satisfecho: cuando quería ahuyentar los espíritus culposos, nada como aquella rueda de ideas saltarinas, efímeras, que le servían de biombo, desplazándole de un lado a otro, mareándolo ligeramente.

Luego resultó que Odile le había esperado afanosamente para tomar las uvas, de ahí que su recibimiento no fuera en extremo efusivo, mientras Julián sonreía socarrón sin abrir la boca, fumando con aparente displicencia. Odile, con un moño enhiesto y unos zapatos de tacón alto, había estilizado su figura; llevaba una especie de mono negro que se acoplaba con precisión a los entrantes y salientes de su cuerpo concluyendo en una ceñida pernera de bailarina. Silverio sólo se atrevía a lanzarle miradas de soslayo, se negaba a deleitarse de lleno, pero jamás hubiera sospechado que tras el escote redondo y lacio se ofrecieran unos pechos de tan sólida apariencia.

Habían cenado ya y descorchado una botella de champán. El invitado balbuceó excusas de poca monta a las que casi no se le prestó atención. Odile le puso entre las manos una copa y le dijo casi administrativamente: "Feliz año nuevo". Otra vez volvió a farfullar algo Silverio, que no estaba dispuesto a pronunciar la palabra felicidad ni siquiera para explicar por qué no estaba dispuesto a emplearla. Bebió la copa de un trago, preguntó por la niña, miró reiteradamente, en demanda de socorro, a Julián que parecía ensimismado ante su vaso de whisky. Y como algo había que hacer, le ofreció el paquete de las campanas y el lazo. "Esto es para ti —dijo—; bueno, os vendrá bien a los dos". "Espera —dijo Julián—, también tenemos algo para ti". Trajo un paquete de similares dimensiones. "Desenvolvedlo a la vez", dijo Odile, que se había puesto de puntillas. Tardaron el mismo tiempo en percatarse de que tenían entre las manos dos ediciones idénticas del *¿Qué hacer?* Hubieran debido reírse, pero sólo lo hizo Odile. Julián, juguetón, los sorprendió encolerizándose. "¿Qué hacer? ¿Qué coño has querido decirme con esto?". Silverio no salía de su perplejidad. "Yo nada, ¿y tú?". Dijo Julián: "¿Todavía no sabes que no puedo soportar a Lenin, no sabes que yo soy trotskista?". Silverio se levantó. "¡Ah, trotskista!".

Odile dio varios pasos de baile.

—¿Qué hacer?, ¿qué hacer?, vale, ¿qué vamos a hacer nosotros?

—Deberíamos irnos a España —dijo Julián lúgubremente.

Silverio rezongaba con lo del trotskismo. Julián le echó un brazo al hombro.

—Olvídalo, no creas nada de lo que te digo. ¿Tú sabes quién es mi hombre? ¡Lunacharski! Anatoli Lunacharski, el comisario de la vanguardia, genio y figura. Pobre hombre. Pobres hombres.

—Mejor hablemos de otra cosa —dijo Silverio—, no me gusta el tono que estás empleando.

—¿De qué trata ese libro? —preguntó Odile desde el otro extremo de la buhardilla, siete metros más allá.

—Explícale a Odile de qué va —dijo Julián mientras volvía a llenar las copas de champán.

—No creo que sea éste el momento más oportuno...

—¿Por qué no? No se puede empezar mejor el año. Ven, siéntate, yo te iré haciendo las preguntas de rigor.

Silverio, con la copa en la mano, se sentó en la gran butaca. Julián, a quien seguramente Odile había obligado a plantarse aquel risible esmoquin, lo hizo en el brazo derecho.

Odile intervino.

—¿Tú sabías que estuvo a punto de poner a nuestra hija el nombre de Iskra?

—Cállate, Odile. Escucha. ¿Es suficiente la espontaneidad en el desarrollo del movimiento obrero?

Silverio apuró la copa.

—No, mantener la espontaneidad de los movimientos obreros puede ser útil los primeros tiempos, pero luego conduce a entregar a la clase obrera, sin defensas, a la influencia ideológica de la burguesía.

—¿Quién debe, pues, aportar a la clase obrera la conciencia comunista?

—Los intelectuales. Algunos obreros podrán llegar por sí mismos a esta conciencia, pero lo harán secundariamente, no como obreros sino convirtiéndose en intelectuales.

—¿El modelo de comunista será, por ventura, el líder sindical?

—No, lo será el tribuno popular, que sabe sintetizar todos los hechos para trazar un cuadro de conjunto de la situación.

—¿Cómo habrá de ser, pues, la organización de los obreros?

—Será una organización sindical, espontánea, lo más extensa y lo menos clandestina posible.

—¿Cómo habrá de ser la organización de los comunistas?

—Será la organización de los revolucionarios y reunirá los rasgos de profesionalidad, una relativa extensión numérica y la mayor clandestinidad posible.

—Si yo he entendido bien —dijo Odile—, habláis de los sindicatos y de los partidos.

—Escucha lo mejor —dijo Julián—. ¡En pie! Esto hay que oírlo de pie. Digo: ¿qué escribe Vladimir Ilich al final de su texto a modo de suspiro?

—"Hay que soñar".

Odile, en el centro de la estancia, con la copa en la mano, no sabía hasta qué punto reinaba la seriedad en aquel diálogo para catecúmenos.

—¿Y qué más confiesa tras ese broche de oro?

—"He escrito estas palabras y me he asustado".

—Bravo, bravo, eso sí que es bonito —dijo Odile—, se lo enseñaré a mi hija cuando tenga uso de razón.

—Pensar que ya nunca más volvió a tener tiempo para este tipo de confesiones —dijo Julián, que reaccionó en el acto—, aunque yo no debiera lamentarme de ello.

—La organización entabla una lucha a muerte con el sueño revolucionario de la que siempre sale ganador el insomnio.

—¿Te refieres a las horas que dormía Lenin?

—Éste es uno de mis temas favoritos: no más de cuatro o cinco, seguro —dijo Silverio con orgullo.

—Siempre he desconfiado de la gente que duerme menos de seis horas. Si observas sus rostros, tienen los rasgos tirantes, tienen la piel sostenida por cuerdas de guitarra, la tensión del deber continuo.

—¿Cómo es posible que en una noche como la de hoy perdamos el tiempo hablando de momias? —dijo Odile, decididamente alborozada, mientras ponía en la radio una música pachanguera, animada por un veloz locutor que siempre pretendía ir por delante de la canción.

Silverio bebió, sospechando lo que le venía encima.

—¿Quieres bailar conmigo? —decía Odile con un mohín escasamente profesional, pero que Silverio sintió como un rayo.

—Yo, como si no existiera —dijo—, no tengo ni idea de bailar.

—¿Y tú, *petit maquereau*, tampoco sabes bailar?

Se acercó a Julián que se había recostado en la cama a modo de triclinio y comenzó a acariciarle la oreja derecha con la punta de la lengua. De la calle ascendía la bulla de un tropel de gente joven, con griterío, trompetillas y otros instrumentos rivales en ruido. Julián se levantó, con el esmoquin ya arrugado, y abrió la ventana: junto a la oleada de aire glacial se coló de lleno en la habitación el alboroto.

—¡Eh, muchachos! —gritó Julián a los de abajo.

Se oyeron silbidos, saludos, voces entrecortadas, insultos y una mayor exaltación de las trompetillas. Parecieron arremolinarse alrededor de la llamada de Julián, esperando indicaciones. "¿Estáis en una fiesta?", se oyó gritar a una jovencita cuya voz destacaba por su agudeza. "¿Podemos subir?", dijo una segunda.

—¡Eh, muchachos! ¡Tomad, sólo quería mandaros este regalo! —Julián arrojó sobre el grupo el libro de Ivan Ilich, e inmediatamente cerró la ventana, sabiendo que había arrojado el cuerpo de un cristiano a los leones.

—¿Pero qué has hecho, desgraciado? —le espetó Silverio.

—Alimento espiritual para las nuevas generaciones ignorantes, nosotros ya somos irrecuperables —dijo Julián dulcificando la voz hasta darle casi un acento italiano.

Silverio le agarró del brazo, quería empujarle, obligarle a retroceder, hacerle notar su fortaleza.

—¿Quién te has creído que eres, fantasmón, crees que puedes pitorrearte de cualquiera impunemente? ¡Delante de mí no se ríe nadie de Lenin!

Julián no parecía tan apabullado como esperaba Silverio.

—No me río, Silverio; además el libro que les he tirado es el tuyo.

—¿Cómo el mío, el que te he regalado?

—No, ése me lo quedo; es el tuyo, el que te he regalado yo a ti.

Julián no pudo por menos de echarse a reír. Por un momento creyó que la tormenta estallaría despojándoles de la concordia festiva; últimamente llevaban una vida monótona, muy atados por la niña. Ella sólo iba a los ensayos para mantener la forma, pues con eso de la maternidad no trabajaba en el espectáculo actual de Nick, y además intuía que las cosas estaban cambiando en el ballet, aún ignoraba en qué dirección, pero desde luego ya no reinaba aquella voluntad avasalladora, dispuesta a llegar lo más lejos posible, incluido Broadway. También ella estaba transformándose, lo notaba en que la ansiedad al ponerse el traje de faena había disminuido. Ahora se encontraba demasiado calmada. Aunque hacía ya meses que había dejado de amamantar a la niña, sus pechos seguían crecidos, al gusto de Julián, que era un obseso, pero a ella le complacía esa fijación mientras pudiera responder a la expectativa, incluso a la de Silverio, el pobre, que debía de pasar hambre por quintales y al que también descubría a veces con los ojos enredados en su escote. Estaba un poco alegre por el champán, que en ese momento la hacía sentirse complaciente, universalmente caritativa, no le hubiese importado consolar a todos aquellos que sufrían la inhumanidad de la abstinencia, sin que de ninguna manera pudiera confundirse tan generosa disposición con lascivia alguna.

Llegó la voz recia de Julián proponiendo el abandono

del champán y su sustitución por el whisky, del que había hecho una buena provisión aquella misma mañana. Salvo que alguien quisiera un extraño licor de Curaçao, que la editorial le había enviado en dosis masiva para aliviar sin duda alguno de sus almacenes.

Silverio quiso hacer una gracia.

—Abre la botella. ¿Tú no sabes que ese licor de corteza de naranja es la producción básica de Curaçao? Solidaridad con el Caribe: sírveme una copita.

—Pues ya lo sabes, amigo, en esta casa siempre habrá una botella de curaçao abierta para ti, exclusivamente para ti.

—Está muy rico —dijo Silverio haciendo avanzar prudentemente la punta de la lengua hacia el pringoso líquido—; lástima que no pueda beber mucho porque estas mezclas son explosivas. Pásame ahora un whisky capitalista.

—Íbamos a bailar, si no me equivoco —dijo Odile cogiendo de la mano a Julián.

—Espera, no le has ofrecido a Silverio turrón de ese que nos han mandado de España.

—Que lo coja de la mesa; tú conmigo, Richard Anthony.

La canción decía *C'est ma fête, je fais ce qui me plaît...* A Silverio le gustaban Richard Anthony y su canción, lo que consideraba un envilecimiento intelectual; buscó elementos negativos y los encontró en la historia de la fiesta, él odiaba las fiestas, los aniversarios y las conmemoraciones, igual que los brindis, las felicitaciones, los álbumes de fotos, los tangos, las nanas y los villancicos; todo aquello que condujía a la evocación de lo perdido. De ahí que le sorprendiera tanto que también los comunistas celebraran las navidades, lo que parecía una dejación ideológica, una caída en alguna de las frecuentes trampas de la sociedad capitalista, como esa propuesta sensiblera de Richard Anthony, siempre el hedonismo en primera fila, como el que había encandilado a Odile y a Julián —¡cómo pudo Julián entrar en el Partido!—, que realizaban lentos movimientos rotatorios mientras él le acariciaba el nacimiento de los pechos. Ella no dejaba de maniobrar con la lengua en su oreja, humedeciéndola con fruición. A veces se ponía de puntillas y le llegaba a su altura, apariencia que se desvaneció cuando Julián le deshizo el moño para poder juguetear con su pelo, sin prestar la más mínima atención a Silverio que se había sentado en el butacón y daba pequeños sorbos rápidos al whisky. Estaba pensando una frase lustrosa como despedida, pues obviamente allí sobraba, pero no encontraba el momento de encajarla entre aquellos dos cuerpos pegados como lapas, formando una sola entidad acariciante, coriácea, adaptable a las más diversas canciones y estilos. Silverio se levantó y pudo comprobar los efectos de la visualización de la pareja sobre su organismo inferior. Pero no estaba realmente ni humillado ni ofendido, tal vez la euforia tras tanto bebedizo anulaba las apelaciones a la dignidad, de manera que en lugar de despedida se dedicó a balancearse girando sobre sí mismo, no lo hacía bien, pero sólo él era la víctima, cosa linda brasileira ese *Desafinado*, incluso sublime por cuanto le transformaba en oleaje, le convertía en humo, espiral ascendente sin tropiezos ni obstáculos.

Julián deshizo la pareja con un gesto de cansancio. Agarró a Silverio de un brazo y lo empujó hasta Odile mientras él se espatarraba en el sillón preparándose un canuto. Silverio, entre los brazos de Odile, perdió gran parte de su euforia individual, volvió a tomar conciencia de su torpeza danzarina y de la vulnerabilidad a la que le sometía aquel cuerpo embutido en una funda negra. Odile, propietaria de la situación, le sonrió, lo que le hizo recuperar una cierta calma al comprobar con qué destreza la dama le conducía. Iba a decírselo pero quizá se enredaría con las palabras y guardó silencio. Julián daba profundas caladas al porro, Silverio lo veía de refilón, nunca había fumado hierba ni sabía de nadie del Partido que lo hiciera, sonrió al comprobar la madera ideológica de Julián que aspiraba el canuto como si en cada inhalación le fuera media vida, en realidad aquel hachís marroquí no dejaba de ser un esnobismo de los modernos. Sin dejar de bailar Odile tomó el porro de Julián y se quedó con la mitad en los pulmones, tal fue la fuerza de sus tres chupadas seguidas, y el rostro de Silverio recibió un balazo de humo que le hizo toser de esa forma enmascarada que sólo los ex tísicos dominan. "Perdona, dijo Odile, había olvidado tus pulmones". "Mis pulmones aguantan perfectamente —respondió Silverio con énfasis—, la cuestión está en que yo no participo de vuestros paraísos artificiales". Al oírlo, Odile se atragantó con una risa que iba desplegándose a borbotones y que la obligó a parar el baile, mientras la confusión se dibujaba en el arqueo de cejas de Silverio, y Julián encendía un nuevo canuto, uniendo su hilaridad a la de su compañera que ya se quemaba los dedos con la punta de la colilla renegrida.

Silverio optó por guardar silencio, como si la cosa no fuera con él, se sirvió otro whisky con mucho hielo, no un vodka como podía considerarse su deber, ¿desde cuándo la militancia exigía consumir alcoholes soviéticos?, y un cierto cansancio de este tipo de proposiciones cada vez más frecuentes, basura burguesa. Se sintió abrazado por detrás, los brazos de Odile, la boca de Odile que pugnaba por darle un beso de reconciliación, y le resultó difícil no estremecerse cuando el tirante derecho del mono cayó bárbaramente dejando al descubierto la redondez del aquel hombro adolescente, anunciador de promesas de toda índole, pero le resultaba imposible discernir hasta dónde era invitado en noche como aquélla; estaba un poco fuera de sus casillas y no le gustaría dar un patinazo, Boufemon le había enseñado a reservarse, ¿cómo saber si debía o no intervenir? Odile reía por cualquier cosa, como cuando Silverio se le abrazó y ella volvió a conducirle al compás de la música decadente, si bien ahora la voluntad de baile era secundaria. Odile apoyaba su cuerpo en otro cuerpo, no tanto por cansancio como por encontrar un contacto protector, lo que para Silverio era más bien una dulce avalancha. Julián se hallaba enfrascado en el final de su canuto y entonces empezó a diluviar; primero fue el fragor del vendaval contra los árboles, luego las primeras andanadas de lluvia arañando los cristales e inmediatamente todo adquirió un carácter vandálico, múltiple de truenos, vientos, pedrisco y lluvia enloquecida. Julián comprobó que la ventana estaba bien cerrada pues la furia no respetaría la más mínima debilidad. Intentó adivinar la noche exterior a la altura de la calle, pero no se divisaban más que destellos, brazos de luz entre cortinajes de lluvia y, sobre todo, el rumor de una gran carrera a través del bulevar Raspail, con escasos signos de vida en los albores del nuevo año. De repente el cristal perdió su transparencia y supo que se estaba mirando a un espejo en el que encontró sus ojos muy despiertos, como en otro tiempo, y le envolvieron unas intensas ganas abstractas de escribir, pero sabía que el impulso era sólo un deleite imaginado, un deseo que se consumía en el propio hecho de su formulación. Ni se inmutó, a veces le asaltaban esas agudas incitaciones a participar. "¡Acción!", se decía, sin moverse. En esa intersección se encontraba el cálido placer. Iba sintiéndose menos arropado a medida que la tormenta se alejaba con su tam-tam secreto, remitiéndole a los recios canutos, quizás llegaría la euforia pero sin risas escandalosas, por favor, que Odile siguiera su retahíla por el desierto, pero él estaba deseando que lo llevaran suavemente por el Nilo en una cesta de mimbre, recién nacido, suponiendo que el Nilo fuese tan plácido como el Pont Neuf, mecido en esa cesta, descendiendo hacia el sur, guiado por la línea de juncos y los alevines de cocodrilo chapoteando en las orillas bajo un cielo límpido de amanecida, un recorrido sin fin, la cesta insumergible de hijo de faraón que jamás tendría necesidad de reinar ni de ser reconocido como dios porque nunca tocaría orilla alguna, siempre hacia abajo, descendiendo. Fue un engaño fugaz, claro, pues cuando vuelve la lluvia sobre los tejados puede retornar cualquier evocación habida cuenta de que la memoria es húmeda y los recuerdos se mantienen en su aljibe oscuro, absorto a fuerza de lentitud, tiempo y silencio. Lo suyo no era tanto apatía como una toma de distancia frente al fanatismo de innovar por innovar, la innovación como único valor suficiente, lo que no era innovación no existía. No podía seguirle el paso a la aceleración que se vivía en Francia, pálido reflejo de la vorágine norteamericana, quizá por falta de resuello, puede que para protegerse contra las tentaciones de la moda disfrazada de necesidad. En otras circunstancias tal vez le habría apetecido participar en el torbellino, ese que percibió, por ejemplo, en el festival de Nancy cuando acompañó a Odile, cuyo ballet presentaba un espectáculo furibundo en el cual San Francisco de Asís regaba Suramérica de cólera revolucionaria y ecológica, y ninguna de aquellas personas había leído *Nazarín*, claro. Fue más bien un *happening* lo que desarrollaron en la place Stanislas rodeados de niños muy serios, grandes barbudos, estudiantes y gente pálida, gente de la que iba a morir, pululando todo el día de una a otra calle; o el drama de los chicanos de California interpretado por el grupo El Campesino, o la *jouissance* pura y simple de los acróbatas, considerada su actividad como una de las bellas artes, y los actores jóvenes creyéndose libres de toda atadura, circulando entre filas de sillas, obligando a veces a los espectadores a levantarse y a gritar consignas, queriendo despertarlos pues los suponían amodorrados, y lo fantástico era que creían en lo que hacían de la misma manera que el público tenía fe en lo que decían, insertos todos en la feria, festival, carnaval, confiando en que el teatro había conquistado la calle comenzando una irresistible ascensión, celebrando la muerte de un cierto teatro, mientras otro nuevo había nacido, aleluya, Odile estaba por ahí dando saltos, atención al rojo de Nancy, no se podía dejar pudrir a esta generación, horda gochista, guevarista, maoísta, que despertaba por la mañana y miraba la calle como si Nancy fuera suyo, cantaban a la irresponsabilidad, estaban inventando y ese sudor no bastaba con secarlo, como tampoco podía ser baldío el desmayo de Odile debido al cansancio, y era como si de las manos nacieran miles de dedos, del hachís al vagabundeo y a la guerrilla, ¿quién osaría imponer una prioridad mientras por la rue du Cordelier pasaban los del Bread and Puppet?; había mucha mezcla racial en los veladores de los cafés y aún se asomaba a la ventana algún burgués que no estaba conforme con esos *métèques* sucios, por más que la municipalidad intentara conseguir un clima maleable de concordia, si bien ciertamente un exceso de exotismo conducía a olores fétidos, ay de la revolución, ay de mi alhama, de los ídolos, de la erección de falansterios. *Le fait* —decía un periodista— *est que sur la voie royale du théâtre a surgi l'autoroute du psichodrame,* a las tres de la mañana, en una silla de la place De Gaulle, Odile, maravillada, extenuada, decía: "Por primera vez hemos vivido algo juntos", y poco más allá, en otra silla, Jack Lang bostezaba asimismo muerto de fatiga.

Miró a Odile que seguía bailando con Silverio y tuvo un acceso de ternura que le hizo acercarse a ella. "¿Te acuerdas de Nancy?", le preguntó dándole un beso en el cuello, pero ella estaba en Alain Barrière y lo miró como si no supiese de qué le hablaba. Julián colocó sendos brazos en los hombros de los otros dos comprobando que la mirada de Silverio estaba cargada de peligro. El baile tripartito se limitaba a tomar como pivote a Odile, cercándola en un abrazo incómodo llamado a desacompasarse con la música sin importar lo más mínimo la promiscuidad de la situación. Nunca imaginó a Silverio como rival y menos aún se le podía pasar por la cabeza una infidelidad de Odile, pero ahora que lo pensaba la idea le produjo intriga, conmoción incluso, sin duda estaba entrando en el arrebato de la hierba, cómo sería ella en otro territorio, qué sentiría si se deshiciese la cadena que ahora le ataba a él obsesivamente, a ella debía gustarle la travesía de la misma manera que le cautivaba la provocación del tirante caído, algo al descubierto turbando a Silverio como le estaba turbando a él, como le inmutaría a ella, que no podía ignorar la insinuación de su pecho, impulso subversivo que le atraviesa a toda mujer en algún momento de su vida, y nada de aquello tenía relación con Silverio cuyo abrazo era tan leve como estremecido, ese hombre estaba famélico, no había más que mirarle al fondo de los ojos para advertir un quebrantamiento que su severo marxismo no podía ocultar. La pareja Odile-Julián estaba comportándose de forma rara, más propia de ciertos efectos estimulantes que de un respeto amistoso como el que él sentía por Odile, a qué venía ese incidente del tirante no restituido a su posición, el baile comprimido, los ojos tiernos de Odile, qué estaba pasando allí, en qué perversa maquinación quería envolverle Julián asomado a la ventana, empujándole en brazos de ella, bien, pero hasta qué punto, porque tampoco comprendía cuál era la batalla de Odile, qué pretensiones contenía su abrazo, cada vez más difícil discernir lo que correspondía al baile o al deseo, y aún si éste era real o inducido por los excitantes, tras de sus ojos preciosos no se apreciaban intenciones últimas, dominaba la artesanía de la entrega o la rendición, al fin el oficio de Odile tenía mucho que ver con el sabio fingimiento del teatro, la interpretación, las sombras chinescas dando vueltas todavía, ahora en torno a canciones de Cole Porter, ella siempre había sospechado que la entrega de Julián no era total, sencillamente porque no podía serlo, había una zona de reserva en la que ni siquiera Julián mandaba, ya se sabía, y ella había aceptado voluntariamente ese tipo de convivencia condicionada por tal línea de defensa, una guerra perdida a largo plazo, pero ¿qué genio no retiene para sus misterios un trozo de laberinto?, qué más podía pedir ella después de haber conseguido una hija de un genio, había un precio a pagar, aún a sabiendas de que su admiración desorbitaba su pasión amorosa, por ejemplo, considerando sus piernas como las más perfectas que nunca había visto, con la justa redondez en las rodillas como un cruce de caminos sosteniendo ese pilar nervudo del muslo, lo más apetecible y denso, el centro de la vida, como ahora que Julián avanzaba su pierna izquierda para incrustarla entre las suyas y ella, bueno, qué iba a hacer si lo sentía como un dulce terremoto, le daba malas ideas, él la observaba, quizá le estaba señalando el camino, se decía Silverio, se encontraba muy cuerdo y muy lanzado, así es que a la siguiente metió la pierna hasta donde pudo, hasta encontrar un tope blando y caliente que le aguantó la embestida y casi se sonrojó ante el éxito de su atrevimiento, desvió la mirada, y Julián pareció aprovechar la ocasión para bajarle a Odile el otro tirante y lo que apareció no fue otro hombro o la cordillera sino simplemente la desnudez, miró a su pareja como preguntándole si era consciente de lo que había hecho, y sin duda no estaba al tanto de la calentura de Silverio cuyas manos no sabían qué dirección tomar, lo peor era el tinte felliniano que aquello estaba adquiriendo y toda imitación le resultaba a Julián insoportable, pero también iba cobrando forma el deseo y ése era rigurosamente suyo, qué podrían hacer con Silverio que estaba abrasando el cuerpo de Odile con miradas y roces, no resultaba difícil saber lo que estaría imaginando, tan sencillo como imaginar qué estaría imaginando que estaba él imaginando, en realidad Odile no era propiedad suya, le hubiera molestado la promiscuidad si Silverio hubiese sido un tipo maloliente, pero si ella no se retiraba ante sus torpes acosos no había inconveniencia por su parte en prorratear un poco de felicidad, tosca expresión, más bien en promover amistosamente el gozo ajeno, y si los tirantes habían caído, tanto mejor, a pesar de que Odile vigilaba la línea de su escote cada vez más residual, y esa fase de cruces de miradas enmarañadas por allí le producía un picor de impaciencia, de modo es que había llegado la hora de un paso adelante y ofrecer su piel sin disfraces, no era vergüenza lo que Silverio le provocaba sino más bien la congoja nebulosa que despierta lo nuevo inexperto, como si fuera un casto sacerdote, qué pensará, cómo se sentirá, ¿era tan distinto a Julián como ella sospechaba?, un acto perfectamente amistoso con el que aspiraba a ser deseada, confirmándose sobre la totalidad de su cuerpo lo que su pecho había introducido, como pudo comprobarse en ese momento en que procedió a bajar la parte superior del mono hasta la línea de las caderas, como quien abre la ventana a una noche de verano hirviente, tan segura de sí como no lo había estado desde antes de la maternidad, ahora ya sus senos se mantenían briosos, lejos del recipiente lácteo que habían sido, lo apuntaba la decisión con que mantenían la desnudez, escasamente resistían la comparación con los rústicos pechos de las películas del bulevar Bonne Nouvelle, en favor de los de Odile, claro está, pues si bien aquéllos ganaban en ubridad éstos, por favor, mantenían la proporción exacta de la pasión, nunca hubiera podido imaginárselos así, máxime en una bailarina que siempre reduce al mínimo las partes de su cuerpo para poder volar, mientras que ahora allí el cuerpo era sencillamente el pedestal sobre el que se erguían esos senos que Silverio dibujaba con los ojos, pero esa triada que aún se mueve lenta, desprendida ya de la música ambiental, con los brazos extendidos sobre los hombros, cinturas, cuellos, vacila presa de una expectativa sintomática, no sin el deje ridículo que suele producir un grupo erótico observado desde el exterior, lleno de concomitancias, como el hecho de que a Julián los pechos de Odile se le parecieran sorprendentemente a los de Wendy, como si una misma fecundidad los emparejara, y no a los más discretos de Marcia, y es que quizás los estaba contemplando demasiado frontales, con lo que ganaban en redondez aunque sin pasar a una opulencia que, en aquellas circunstancias, no habría rechazado, como tampoco lo habría hecho Silverio, receloso a su lado, al que imaginaba gustos mamarios exuberantes, como a todos los tímidos, si bien no podía suponer que era tan obseso como él mismo, y por provocar a Silverio avanzó una mano acariciadora hacia el seno izquierdo de Odile, que con su risa alivió la tensión, animando a Silverio, con cierto aire festivo, a que acariciase el otro pecho, lo que suscitó una carcajada de Julián que parecía legitimar el manejo de su amigo, junto a la urgencia en la respiración, y esas maniobras hubieran seguido un ritmo progresivo si no llega a ser por la súbita decisión de Odile de desprenderse de la totalidad del mono negro, de forma que los dos amigos, ganados ya por un franco desasosiego, hubieron de contemplar cómo Odile, que sólo guardaba una minúscula braga apenas superadora del vello púbico, realizaba un grácil movimiento de baile compuesto por ligera flexión de piernas, media vuelta con caída de tronco, elevación máxima de pierna izquierda y giro aspal de brazos, deslizándose así hasta el suelo donde quedó en posición de cúbito supino sin indicios de rigidez, con la leve naturalidad que caracterizaba a su cuerpo ya oferente, las piernas entreabiertas, una tensión en las ingles y los finos brazos doblados en cruz sobre el pecho, emergiendo un pezón o bien una media luna de entre sus dedos mimosos. Julián y Silverio, como dos personajes secundarios del cuerpo de baile, se mantenían estáticos, en actitud sumisa. Ante ellos yacía el desnudo de Odile; uno de sus brazos abandonó su posición y cayó lacio sobre la moqueta beige.

Fin de partida

La tierra del Cid negreaba hacia el horizonte. Las llanuras se sucedían unas a otras cortadas por escuálidos montículos o por alamedas desplazadas a algún rincón del paisaje. Cuando raramente se evidenciaba la sombra de un pueblecillo gracias al perfil de una torre, la fantasmagoría nocturna parecía animarse. La carretera que conducía a Vitoria se había estrechado hasta alcanzar proporciones castellanas, con un asfaltado corroído que invitaba a ceñirse peligrosamente al arcén. Julián continuaba negándose a ceder su puesto al volante a pesar de la paliza que ya llevaba encima y de que la cena había sido regada con abundante burdeos y un par de copas de rémy martin, acompañadas de dos cafés dobles con misiones compensatorias. Cada cual parecía tener un puesto fijo en la galera, pues también Odile se negaba a abandonar el incisivo asiento trasero, por más que Silverio se había empeñado en reemplazar a cualquiera de los dos. Todos iban despiertos y la atmósfera de encierro y nocturnidad propiciaba el diálogo moroso y la confidencia, o bien el silencio abstracto, que era lo que los presentes parecían haber elegido, quizá porque en el restaurante habían ya gastado demasiado el habla, sostenidos por la euforia de la ganancia en el casino. Así cada cual convivía con su somnolencia o con su insomnio lo mejor que podía.

Julián llevaba un rato con la radio encendida, subyugado por lo que estaba oyendo prácticamente desde que entró en España, consistente en una señorona cuyo desparpajo no lograba ocultar la insolencia con que trataba a los oyentes que la telefoneaban, rudos camioneros a los que estaba dedicado el programa. Al principio a Julián le hizo gracia pensando que había un guión previo humorístico, y a punto estuvo de llamar la atención de los demás sobre aquella locutora tan divertida y estrafalaria. El sonido, muy bajo, se conjugaba con el ruido del motor, los silbidos del aire contra las ventanillas y el desvencijamiento general de la carrocería. De ahí que no pudieran escuchar lo que en efecto era una emisión seria en la que la señorona locutora ejercía un papel profético frente a los camioneros que le consultaban sus dudas y tribulaciones desde una posición de balbuceo temeroso, rindiéndole pleitesía, disculpándose por no saber expresarse o hacer preguntas zafias o repetir lo que otros habían dicho antes; ella permitía el tuteo y a veces les decía frases de consuelo o cariño, entre hermana y madrina de guerra, acompañándolas de canciones de Manolo Escobar y del Príncipe Gitano, pero en general manifestaba un despotismo insólito o al menos aquella noche parecía particularmente enfadada. Se notaba que era una tía caritativa, sin embargo la sarta de advocaciones humanitarias con trasfondo sacro que largó puso en guardia a Julián, como si se tratara de una premonición de lo que les esperaba en su patria, pues luego se lanzó a tumba abierta con un panegírico sobre la disciplina y hablaba de cerrar filas a propósito de huelgas en algún sitio, unirse contra la huelga, denuestos inflamados, insultos a Rusia y a los tontos útiles, si bien dijo que ella no quería meterse en política, que lo suyo eran los camioneros, testigos, partícipes, baluartes, pregoneros de la bendita España. Caballeros de la carretera. Silverio, que prestó atención al programa, estaba horrorizado, y a Julián se le quitaron las ganas de reír porque comprendió que ésos eran los discursos con los que se había confeccionado el tejido conceptual del país, tal era la expresión de dominio público, lo que se inoculaba a la población día a día. Se miraron y no tuvieron necesidad de decirse nada; ambos iban a vivir bajo una dictadura y llevaban un buen arsenal de grandes palabras, grandes resistencias y luchas, firmas de manifiestos y demás menesteres propios de la oposición, pero habían perdido el hábito de sentir sobre su carne la ración cotidiana de alienación; es decir, el hecho de encender la radio y reparar en que no había escapatoria a esa voz unísona, unívoca, omnipresente. Julián sintió el deseo de dar un volantazo y volver atrás. Resopló y apagó bruscamente la radio.

—¿No te importa? —le preguntó a Silverio.

—Deberíamos hacer prácticas, no va a ser fácil.

—Si quieres lo vuelvo a poner para calibrar donde está nuestro límite.

Julián sospechaba que su visión del país era la de un ciego que sólo consigue obtener de las cosas referencias, tanteos dirigidos a la memoria, sólo válidos para un mundo de aproximaciones. El tiempo pasado en París, con la renuncia a una carrera de extraterritorial reconocido tras la publicación de su novela, le había distanciado de aquella atmósfera que, nada más atravesar la frontera, reconoció como un mazazo y que se acrecentaba a medida que el fiel 2CV se iba adentrando en la España profunda. Como si la angustia de un imposible retorno se apoderara de él cada kilómetro progresado. La deshabituación al medio hispano era evidente; más bien le parecía reunir muchos de los rasgos del curioso viajero inglés, romántico e impertinente.

De repente se le ocurrió:

—Oye, ¿tú sigues sin leer mi novela?

La pregunta le pilló a Silverio tan desprevenido que no supo qué contestar.

—¿Qué novela? —dijo bobamente.

—¿Qué novela va a ser? *L'exil intérieur*.

No encontraba respuesta fehaciente, ni siquiera una frase presentable. ¿Le diría que mientras que alguien no publicara su *Reflexiones sobre el izquierdismo y el reformismo* no estaba en disposición de leer su libro? Intentó explicarse por qué había unido ambos temas. Demasiado complicado. Le confesó simplemente que no la había leído aún. Por hacer algo, miró hacia atrás, a Odile, que dormía con la cabeza algo descoyuntada hacia el hombro izquierdo. Le ofreció a Julián un cigarrillo que éste rechazó. Tenía que encontrar alguna idea, por su madre.

—Debería de haber sacado del capacho de la niña los libros y el manuscrito —dijo sin que le convenciera aquel cambio de tercio.

—Puede que la niña se haya ya meado encima.

A Silverio le pesaron de repente demasiado los párpados. Qué es lo que el otro había dicho. Olvidarlo, no tenía ninguna necesidad de contestar; qué gordo era el paisaje y los cristales qué próximos.

—¿No te irás a dormir, verdad? —dijo Odile desde la oscuridad trasera.

—Éste es el que se ha quedado roque —dijo Julián señalando a Silverio.

—Yo he conseguido dormir un rato. ¿Dónde estamos?

—No lo sé, lo que importa es que vayamos por la buena carretera.

Hubo un silencio gracias al cual se sintió rebullir a la niña.

—No la tapes, se va a asfixiar.

—Está destapada, pero el viento que está entrando la hará toser.

—No hay solución, acabará asfixiándose de cualquier manera.

—No seas desagradable, Julián, haz el favor.

—Lo digo por decir algo. Tenemos que hablar para que no me duerma al volante —dijo con irritación, quería provocarla o castigarla.

—¿Qué es exactamente lo que piensa hacer Silverio en Madrid? —preguntó Odile y se notó que trataba de llenar un vacío.

Julián aguardó para responder hasta el límite de lo que la educación imponía.

—No lo sé.

—¿Cómo que no lo sabes?

Hizo como si no lo hubiera oído.

—¿Qué?

—Déjalo —Odile conocía al dedillo la brutalidad psicológica de Julián.

El silencio se instaló como una amenaza entre los dos. Ambos conocían la ciénaga en la que se metían, jugando a aguantar, esperando la cesión del otro, y se encontraron ridículos, lo que no les impedía moverse entre el amor propio y la mortificación del contrario. Iba creciendo el silencio como un zarzal cada vez más enmarañado, impracticable; lanzando sus propias acusaciones e imponiendo culpabilidades, al mismo tiempo que enredaba los pensamientos de ambos y entonces uno y otro parecían dialogar calladamente entre sí, o repetirse duplicando argumentaciones, daba lo mismo, no habría ni una palabra en aquella madrugada agotadora. Julián manifestaba su destemplanza en bruscos movimientos de volante o con los cambios, una propensión a la violencia, mientras Odile respiraba ásperamente dudando sobre cuánto tiempo podría mantener esa ofensa del silencio antes de estallar en sollozos, que era la ambición de Julián. Sobre todo le daba lástima estar desaprovechando la ocasión de hablar con él, ahora que estaba a tiro, con tiempo por delante, en una atmósfera favorable a la confidencia. Le hubiera gustado, por ejemplo, saber qué pensaba de la escena tripartita de la nochevieja, tema que había caído en el olvido, como si hubiesen llegado a un acuerdo tácito sobre la accidentalidad de lo ocurrido.

El coche continuaba avanzando con toda la relativa potencia de que era capaz. El silencio era dueño definitivo de su interior y aquel caparazón no iba a ser fácil de romper. Los insultos interiores se sucederían sin duda al mismo ritmo que las lamentaciones y alguna mirada furtiva, la máscara amenazante espiando cada ceño o gesto revelador de algún espacio por donde poder colar una frase con visos de naturalidad. Pero no, por desgracia se mantenía la losa cuando había tanto que decir. Julián, completamente desvelado, volvió a sentir el raudal de cansancio acumulado esta vez en la nuca y en los hombros; estiraba los brazos sobre el volante o levantaba el pie del embrague para relajar la pierna izquierda, variaciones de la monotonía mil veces repetidas en un viaje que se le estaba atragantando por culpa de aquel silencio vengador. Los dos sabían que se trataba de una confrontación que estaba sustituyendo a otro tipo de batalla, como cuando se pretende que dos países se jueguen la guerra en un único partido de fútbol. Julián deambulaba entre pensamientos no muy notables, y aún quiso que fuesen más intrascendentes y chapuceros, al igual que cuando le asaltaba la tentación, el reto de ponerse a escribir mal, lo peor que supiese, no escritura mecánica sino bien consciente y deleznable, basura escrita. Lo intentó una vez brevemente pero no consiguió el nivel deseado, aquello no le servía ni de lección, no era eso, no era eso, aún le faltaba un toque para llegar al pelaje infamante buscado; es fácil escribir regular o mediocremente, pero infecto, lo que se dice infecto o fétido sólo está al alcance de unos pocos privilegiados, algunos de ellos escritores de moda. Los faros de un coche que venía de frente le deslumbraron hasta el punto de perder durante un instante el sentido de la realidad. Le llamó bastardo en voz baja, que no se pensara que quería aprovechar el incidente para romper el silencio. Sintió un poco de asco, pero la culpa era de Odile con sus preguntas inoportunas. ¿Qué preguntas habían sido? En todo caso, en los temas delicados hay que entrar suavemente, circunvalando el terreno para permitir la escapatoria del otro si la desea. Quizá lo que aún le enojaba era haber tenido que irse del casino de Biarritz en plena racha, con la convicción de que hubiera podido ser una noche histórica. A todo esto se añadía el paso de la frontera, los lúgubres uniformes de los guardias somnolientos y luego la suciedad ambiental, lo irregular de aquellas feas edificaciones: lo que cualquier turista diría en una primera impresión, además de la historia del pasaporte de Silverio, el miedo a que su nombre estuviese fichado o a que descubrieran aquel dichoso manuscrito que antes o después se vería obligado a leer, ¿por qué, si no le interesaba lo más mínimo? *caltiboraco, ralipóspera, rescilabo, aspurintácico, berbiclófila*, no estaba muy inspirado pero los palabros siempre le habían puesto de buen humor, desde niño, acabaría soltando la carcajada, *curtafiloro, fristonoroso*, no debía caer en la risa porque propiciaría la pregunta de Odile, mierda de Odile, la mandaría a hacer puñetas si no fuera porque *bristolicaro*, y, claro, también estaba la niña, que aún no despertaba en él más que un afecto amorfo, pero Odile ya no era tan dulce y complaciente como al principio, le resultaba imposible abrir la boca, lo mismo estaría pensando ella, no es que la odiara, le bastaba con vengarse de ella por lo que no había dicho; en verdad era un gesto de amor hacerla responsable de la irritación que sentía, igual que ella, desesperante paralelismo, estaban empatados, tablas, y lo curioso es que en ese momento la deseaba más; si no hubiera sido por el silencio le habría propuesto una parada en algún hotel, no veía bien la hora en su reloj, qué fantástico encuentro hubiese podido ser, pero pensándolo bien la castigaba más ocultando tales intenciones bajo la callada, su cabeza debía de estar un tanto entorpecida, de ahí que no se le ocurriera ninguna otra represalia. Así expuesto, daba la impresión de que andaban metidos en oscuros juegos sadomasoquistas cuando en realidad estos tiras y aflojas no eran más que pequeñas maniobras amorosas, *manitrocas, mafosvátidas*, incluso la escena de la nochevieja ¿cómo no considerarla una tierna extralimitación?

A pocos metros divisó una gasolinera. Frenó bruscamente, sin tiempo de mirar el retrovisor y tuvo que dar un buen golpe de volante para que el coche obedeciera en última instancia, venciéndose a la derecha, para acabar entrando en el pasillo de los surtidores. La maniobra asustó a Odile, despertó bruscamente a Silverio y provocó el primer llanto español de la niña. La estación de servicio no podía ser más caduca, macilenta, con viejos surtidores colorados, premiosos. Al poco apareció un anciano vestido con mono azul y camisa militar, cartera de cuero en ristre, restregándose los ojos y un temblor de manos que denunciaba descaradamente un parkinson avanzado. Odile se internó en el servicio para salir de inmediato con gesto de repugnancia. Julián bebió de un botijo y el agua era una bendición. Pidió al empleado que le echara aceite al motor que se estaba empezando a calentar más de la cuenta. El hombre no respondía, cumplimentaba las órdenes mirando al suelo, con una lentitud que se diría terminal. Odile le dio el biberón de agua azucarada a la niña, bebido con ansia; luego cambió su posición e inmediatamente volvió a recuperar el mismo sueño que había traído hasta entonces.

Silverio había salido a estirar las piernas, reconoció que lo peor era la opresión en el pecho derivada del encajonamiento que le había hecho toser varias veces, pero se apresuró a informar que no se trataba de una tos Boufemon sino tabacal. Avanzó unos pasos y divisó a no más de cien metros un establecimiento que debía ser un bar de carretera, delante del cual dormitaban las sombras de tres o cuatro camiones de gran tonelaje. Avisó a Julián del hallazgo, no les vendría mal un café y una bebida fresca, al menos él seguía amodorrado y sediento, y yo sediento y amodorrado, dijo Julián, afanado en limpiar con una esponja el cristal delantero. Silverio fue andando mientras los otros llegaban en el 2CV que quedó aparcado junto a un gran camión que transportaba borregos: estaban todos callados, dormidos o agónicos, algunos habían conseguido sacar los hocicos por entre los barrotes, y una gran guillotina que hubiese dado un tajo de arriba abajo habría hecho saltar docenas de jetas tiernas, frutos recién maduros. Julián, ante aquella miseria cuadriculada, no podía evitar la comparación con los judíos hacinados en los trenes nazis, también absortos como si no les preocupara más que ofrecer una imagen simétrica del tráfico de la docilidad, sencillamente aceptado el juego del sacrificio necesario, allí, corderos jóvenes de hocico rosado, corderas blancas impolutas, viejos corderuelos de ojos amedrentados, corderucos ciegos, niños apilados, haciendo un alto en el camino, la última parada y aún han de agradecer el transporte disolviéndose ordenadamente para pasar a la descarga final, de uno en uno, deprisa, y Odile le dice a su hija que parpadea en el capacho, mira, mira, los corderitos, pero éstos siguen en un silencio sepulcral, a saber la idea que tendrán del tiempo.

No había mucho en qué fijarse en el local, igual que todos, la misma barra plastificada, similares filas de parecidas botellas, fotos de un equipo de fútbol, la cafetera y colección de ranciedades como madgalenas, chocolates, bollos azucarados envueltos en celofán. Los taburetes de madera sobre un suelo alfombrado de restos de consumición y escupitajos. Tapando los ventanales, unas cortinas de especie carcelaria, y delante mesas de tablero marrón con los bordes mellados, todo lo cual producía la impresión, a esa hora de la madrugada en que los rostros no pueden abstraerse a un ocaso cetrino, de que jamás aquello había sido cruzado por una corriente de aire o por golpe de sol medianamente persuasivo. Al servicio, un camarero de edad neutra, con chaquetilla blanca inmaculada si no fuera por el lamparón que le condecoraba la bocamanga derecha, a juego quizá con la camisa militar abierta hasta el epigastrio, que se movía tras la barra con modales netamente cuartelarios, canturreando con suavidad una canción que hablaba de playas y bikinis, mientras de vez en cuando se arrojaba a la boca un cacahuete.

Silverio acababa de pedir tres cafés y una jarra de agua cuando advirtió consternado que la radio del local sintonizaba el interminable programa de radio de los camioneros. Un par de ellos, acodados a la barra, apurando sendas copas de coñac, seguían seducidos la audición de lo que la famosa locutora llamaba la canción del verano, la misma que tarareaba el camarero. En una de las mesas, tres caballeros de la ruta jugaban al dominó con dinamismo sorprendente para una hora tan tardía; las fichas golpeaban el tablero con una percusión que recordaba al mármol; sin embargo, la seriedad de la partida quedaba en entredicho por uno de los jugadores que, con cada ficha preparada para su colocación, no dejaba de seguir el ritmo de la melodía del verano.

—Al final acabará gustándome esta canción —dijo Julián a Odile, e inmediatamente se dio cuenta de que había roto el silencio; ya no tenía remedio.

Apenas pudo sonreír Odile, interrumpida por una nueva invectiva que la señorona de la radio acababa de lanzar contra alguien o algo que ninguno de los viajeros pudo identificar. La muy ladina chillaba pasando de unos agudos de rata al tono piadoso del confesonario, pues se refería a los camioneros, pobrecitos, pobrecitos camioneros, amigos y, si me permitís, hasta hijos míos, decía, para inmediatamente ascender a la cumbre del ¡no hay derecho!, ¡ya está bien de ser quijotes!, y otra caída en picado a la confidencia, ¡pero al fin somos buenos cristianos! Debía de ser algo trascendente porque hasta los camioneros del dominó pararon la partida y se miraban de refilón, y el camarero caqui dejó de hacer ruido con las cucharillas. Se diría que habían tocado a arriar bandera con la consiguiente inmovilización ciudadana. Quizá la cabezona de Julián desde el capacho identificaba aquella soflama con los gritos que los soldados nazis dirigían a los borreguitos judíos, el caso es que comenzó a berrear sembrando la confusión en el bar. Hubo miradas de reproche, comentarios, hasta que alguien dijo: "¡Hágale una paja al niño, señora, y ya verá cómo se calla!". Odile sólo dijo: "Salvaje". Julián, sin embargo, acompañó en sus risas a los caballeros de la ruta.

Silverio tuvo otro tipo de reacción, sobre todo al ver a Odile ruborizada:

—¿Pero qué quiere decir esa pájara de la radio?

—¡Sin faltar, oiga! —dijo inmediatamente el camarero legionario.

—A esta señora de la radio no la insulta nadie delante de mí, ¿se ha enterado?

El del taburete de al lado era un mocetón fornido y muy joven.

—¿Te has enterado? —decía mientras iba empujando con suaves manotazos a Silverio, que retrocedió un par de pasos.

—Tú sin tocar, ¿eh? —respondió Silverio devolviendo a su oponente uno de los empujones.

—Esta señora para nosotros es sagrada, ¿entiendes? —remachó el otro.

—La única que nos trata con dignidad —dijo uno de los jugadores de dominó.

—¿Y defiende vuestros derechos como trabajadores, se moja por vosotros? —gritó Silverio, que parecía haber superado ya la dosis de miedo inicial.

—Oiga, oiga —dijo el camarero—, ¿usted a qué se refiere, a cosa política? En mi cafetería no se habla de esas historias: la política para los políticos.

—Déjalo, Silverio —dijo Odile mientras la niña del capacho seguía compitiendo en voces con la dama de las ondas.

—Esos del Mercado Común sí que son unos hijos de puta —dijo el joven fornido.

—No deberíamos dejar pasar ni un solo camión extranjero por la frontera —dijo uno de los jugadores mientras se levantaba para ir al retrete.

—Pero ¿qué ocurre con el Mercado Común? —preguntó suavemente Julián.

—Ella lo ha dicho por la radio. Si no llorara tanto el niño...

—¡Niña! —dijo airadamente Odile.

—¡Esta tía de la radio es una fascista, eso es lo que es! —volvió a gritar Silverio en un arrebato impropio de su timidez que provocó la ira general. Los jugadores se levantaron, los de los taburetes alzaron los brazos como queriendo enardecer a las masas, pero el más rápido fue el camarero, que tras un insólito insulto —¡guarrindones!— les conminó a irse inmediatamente antes de que llamara a la guardia civil.

Odile fue la primera en salir con el capacho, seguida de Julián y de Silverio, que sintió sus espaldas más desguarnecidas que nunca. En tanto arrancaba el motor del 2CV aún podían oírse los bufidos de algunos borregos del camión, pero no había protesta sino más bien salmo conmiserativo. La niña dejó de llorar.

Nadie habló en los primeros momentos. Luego Silverio matizó que, pese a lo ocurrido, la clase obrera formaba la vanguardia de la oposición al régimen, pero que habían de acostumbrarse a un país en el que la gente estaba aún aturdida por el miedo, ¡uf!, y volvió a fijar su vista en la carretera donde las líneas de señalización se movían borrosas.

—¿Tú conoces la Carmen de Bizet? —dijo de repente Odile.

—Nunca tuve la oportunidad de ir a la ópera —respondió Silverio—, me parece un subgénero, ni música ni teatro.

—Te lo decía porque los franceses creemos que la España de Merimée es la verdadera. Yo actué una vez de comparsa en una Carmen dirigida por un italiano y aquello efectivamente era el tópico, pero no estoy tan segura de que lo hubiera sido si hubiese estado montada e interpretada por españoles.

—En España, como en todas partes, no hay más problema que el de la lucha de clases.

—¡Qué gilipollas eres! —dijo Julián.

—Deja de insultar a Silverio, pareces la locutora esa de la radio.

—Tú, chitón.

—Destilas un tufillo orteguiano de la peor especie —dijo Silverio.

—Yo soy capaz de aceptar a Lukács y a Ortega al mismo tiempo sin que me pase nada.

—¡Qué barbaridad!

—¿Quieres que conduzca yo? Tienes que estar roto —dijo Odile.

—No, no, aguanto; si lo dejo ahora me derrumbo.

—¿Cuánto falta para Madrid? Me duele todo el cuerpo.

—Qué sé yo. Unas cuatro horas, ¿no?

—Falta poco para Aranda.

—Allí haremos parada, y si sigues muy cansado, cogeré yo el coche.

El 2CV lo habían revisado en el taller y se encontraba en buen estado dentro de sus limitaciones; llevaba muchas horas de un rodar modesto, tenaz; la aguja de la temperatura se mantenía en una zona alta sin entrar en el segmento rojo, con el aceite no había problema y las demás constantes se mantenían normalizadas, salvo quizá las ruedas un poco gastadas que habría que cambiar al llegar a Madrid, y el haz de luz de los faros disparados en exceso hacia arriba que debería rectificar en la primera parada. En conclusión, pensó Julián, de todos los elementos que hacían posible el viaje, el que mostraba carencias más serias era él mismo, no ya por esa mano de hierro que retorcía sus cervicales o por la rigidez extrema de su cintura, sino por el hostigamiento del sueño, esa lucha por no perder el dominio de la mirada, máxime en aquella larguísima recta surcada de árboles, como una alameda, pero ¿cómo saber en la oscuridad si aquello era una alameda?

No era preciso hacer ningún comentario para comprobar que se iniciaba un nuevo período de abstracción; los finales de diálogo no suelen anunciarse con palabras, ni siquiera en el teatro. Seguía siendo una situación idónea para esas revelaciones que resultaban imposibles a la luz del sol, pero el sopor ganaba propiciando un estado de embeleso que encadena ensimismamiento y contemplación. Todo un mecanismo de cierre se iba ajustando a los párpados, era el filo de dos mundos acechados por el sobresalto. La niña se puso a toser con pequeños golpes muy seguidos y Julián se lo agradeció pues le devolvió a la consciencia de la carretera, la interminable hilera de árboles de filiación conífera, conimorfa, coniespandélica, califósica, californismatílica, nadie se despertaba con la tos de la niña que se calló al cabo de un par de kilómetros, volviendo a respirar sosegadamente, sin que Julián necesitara mirarla para ver su rostro dulce, iluminado por el sueño, esa expresión beatífica que con los años se va convirtiendo en demoníaca y en la vejez no es sino un boceto del dibujo de la muerte; tampoco necesitó contemplar a Odile para apreciar las huellas precoces de esa basura que significa la senectud, como si le faltasen hasta los dientes y la respiración fuera un milagro y los ojos cerrados delataran el último recorrido del pasillo, con la sucesión de baldosas blancas y negras, esbozadas como la ruta, una especie de teclas blandas golpeando sus pupilas y entonces la conciencia de Julián se quedaba fija sobre el triángulo formado por la esquina inferior del cristal delantero, un tercio del capó y una pequeña banda cambiante de la carretera, absorto en ese espacio en el que nada distinguía, la mirada se le había caído allí y allí permanecía, imposible trasladarla a un lugar más práctico o intentar encender los ojos, fue un zumbido y tuvo la impresión exacta de que se salía de la carretera, dio un volantazo al azar y el coche crujió botando sobre sí mismo. Sólo Silverio retornó de un lejano letargo, abrió un ojo para volverlo a cerrar de inmediato; el corazón de Julián brincó, no podía seguir en esas condiciones pero Aranda estaba a un tiro de piedra, seguramente al final de esa maldita recta, y era preciso llegar allí mientras le entraba en la mente la novela que pensaba escribir en Madrid, distinta a *L'exil intérieur*, ¿cómo y por qué recordaba ahora *Oh, les beaux jours,* que había visto en la sala pequeña del Odeon hacía pocos meses? ¡Ah, Madeleine Renaud!, ¿qué era la cachondada que cantaba Silverio con la música de *poupée de cire, poupée de son?*, algo como para depurarse, *poupée de cire*, ¿nictación quería decir parpadeo? Jodío Silverio tuberculoso, dogmático y solitario, ¿qué es lo que pretendía: además de cambiar el mundo quería tirarse a Odile?, nictación era el presagio final de la modorra, no se podía avanzar más, ¿cuántos sobresaltos admite la buena suerte antes de que la estrella se estampe contra sí misma? Aranda de Duero se ocultaba sin duda detrás de aquel montículo, las señales fosforescentes estaban ya mucho más claras, la carretera había mejorado aunque abundaban las curvas, también se terminaron las siluetas de los árboles guardianes, Julián hizo un leve giro de cuello que pareció aliviarle algo, y ése fue precisamente el instante elegido, si es que podía hablarse de tiempo; quizá por un problema de faros deslumbrantes, un derrape o un despiste debido a cualquier circunstancia; nada importaba ya con el 2CV dando cuatro o cinco vueltas de campana, expulsando al exterior a Silverio, aprisionando a los demás entre sus chapas retorcidas. Las constantes vitales del coche y las de la niña se extinguieron casi en el acto. Las de Silverio atravesaron un proceso delicado y las de Odile y Julián podrían calificarse de menos graves.

Enterraron a la niña en el cementerio de la Almudena al día siguiente, de forma quizás un poco ignominiosa, como si pretendieran que nadie se enterara del suceso habida cuenta de que los padres se hallaban en el hospital. Con Odile tuvieron que emplear sedantes agresivos para evitar que se levantara de la cama en aquella habitación compartida con dos enfermas más. Julián, sin embargo, no abrió la boca; se mantuvo tan inmóvil que se diría no cambió de postura en todo el tiempo que permaneció en el hospital Francisco Franco. El caso de Silverio presentó unos determinados rasgos físicos sumamente curiosos: comenzó dando unas patadas y manotazos violentos que recordaban a la epilepsia, luego perdió el conocimiento y sin volver en sí estuvo muchas horas al cabo de las cuales volvió como atontado, hablando con lengua turbada y tartamuda de cosas inconexas, citas de libros, ideas a medio construir y palabras, numerosas palabras inexistentes en el diccionario de la Real Academia, sin significación popular tampoco. Solamente Julián supo que aquello eran palabros. Después de treinta y seis días en el Francisco Franco, en donde tomó contacto por primera vez con la psiquiatría, fue dado de alta, si bien el especialista le habló de una especie de síndrome de vulnerabilidad.

sando al exterior a Silverio, aun cuando a los demás curas [illegible] consumada [illegible] del todo y la vida [illegible] exteriormente [illegible] en el acto los de afuera reaccionarían un proceso delirante y los de Odile y Julia podrían ser casos de menor gravedad.

[illegible] la mañana [illegible] de la Almudena al día siguiente, Jerónimo [illegible] un poco angustiado, como si [illegible] que nadie [illegible] del suceso habría [illegible] de que los padres se hallaban en el hospital con Odile [illegible] que [illegible] para [illegible] que se levantase [illegible] con dos [illegible] sin [illegible] se [illegible] que se [illegible] El [illegible] determinados [illegible] con [illegible] y [illegible] el [illegible] y sin volver [illegible] al caso [illegible] como [illegible] y [illegible] y [illegible] ideas a [illegible] y palabras [illegible] en el diccionario de la Real Academia, su significación [illegible] Después de [illegible] y seis días [illegible] como [illegible] por primera vez con la [illegible] de [illegible] una especie de [illegible].

Segunda parte

¿Qué ha ocurrido?

Las primeras semanas, Odile se despertaba bruscamente al amanecer, abría unos ojos fugitivos de alguna escena de horror, se sentaba en la cama sin osar moverse, y gemía tan imperceptiblemente que Julián, a su lado, ni siquiera se percataba de ello. En esa posición permanecía hasta que, a su vez, Julián se despertaba a media mañana aturdido por un sueño probablemente sólo obtenido con los primeros resplandores del alba. Como si se hubieran puesto de acuerdo para que uno de los dos estuviera siempre en vigilia, al acecho de cualquier síntoma inesperado, innombrable, tal vez una llamada que permitiera introducir un resquicio de duda en lo ocurrido. Para Odile la visión de cualquier bicho doméstico significaba la presencia de una asquerosa peste universal de arácnidos, anélidos y reptiles, con epicentro en su dormitorio, que amenazaban el cuerpo indefenso de su hija. Este tema había sido casi obsesivo en las conversaciones de los primeros tiempos. En vano Julián trataba de convencer a Odile de que la carne de la niña se desintegraba por descomposición microbiológica, por lo que sus temidos gusanos no podían penetrar en la caja herméticamente cerrada, a lo que respondía que ella no había visto nada y que no tenía constancia de que el ataúd no tuviera alguna deficiencia. Julián había de imponerse para que Odile desechara la idea de proponer una exhumación con el fin de inspeccionar la caja mortuoria, cuya menudencia era lo que le provocaba auténtico pavor. Concediéndole a la palabra un valor terapéutico desmedido, ambos deseaban poder abordar la tragedia sin ningún reparo, hasta el punto de contabilizar los días que la niña llevaba muerta o realizar conjeturas sobre el estado del cadáver, como si se negaran el descanso hasta que aquello no se convirtiera en un puñado de polvo.

Jamás, sin embargo, se acercaron al cementerio. Lo que les aliviaba era especular. Abrazados en la cama, cuando las pesadillas de cada uno se destruían mutuamente, imaginaban radiografiar el contenido de la caja para ir siguiendo día a día la disminución del cuerpecillo, su erosión. A veces no podían contener el llanto y Julián se sorprendía de tanta efusividad ante el vacío dejado por su hija, habida cuenta de que el sentimiento de culpa perdía a ojos vista su peso específico. Ambos estaban de acuerdo en que si hubiesen podido estar presentes en la toma de decisiones con respecto al cadáver de la niña, éste habría sido incinerado, con lo que se hubiera reducido sustancialmente el drama. Sea como fuere, la costumbre de dedicar un tiempo a la veneración de la hija perdida comenzó a ser acompañada por la bandeja del desayuno que Odile llevaba a la cama, con lo que los ratos lenitivos se prolongaban a veces hasta muy pasado el mediodía. Pero la desmemoria llevaba un ritmo más rápido que el del rito, y al cabo de pocos meses, Julián y Odile se fueron sintiendo liberados de cualquier tipo de ceremonia funeraria. Sin embargo, las huellas habían hundido sus señales en cada cual con profundidad diversa. Para él se trataba de un tema liquidado y obligó a convenir con Odile que aquello nunca había existido. Para ella la hija seguía creciendo y en vano trataba de expulsarla de un paraíso que ya no volvió a ser el mismo. Julián percibía que, sin su hija, la mujer con la que se consolaba se le iba convirtiendo en otra, a la que había que empezar por conocer.

El contacto

—¿Qué hombre puede sentirse intensamente vulnerable sabiendo que su grado de invulnerabilidad es bastante elevado? Dicho de otro modo: ¿cómo puede el hombre intuirse tan invulnerable cuando su grado de vulnerabilidad es patente? La historia de la humanidad ha dejado bien claro que la persona es polvo, barro, vidrio o papel cebolla; el corazón a veces se asemeja a una vieja cafetera, ¡chap! ¡chap!, renqueante, a la que no se le puede sacar ni una gota más de café por mucho que se le propinen hábiles golpes en el costado. ¿Hay algo tan tentador como dar un paso adelante cuando se está al borde del andén del metro? ¿Quién no ha pensado alguna vez, entre bromas y veras, que bastaría con saltar la baranda del balcón?

Este párrafo formaba parte del discurso que Fernando Müller, psicoanalista, le estaba largando a su resignado Silverio quien, tumbado en el diván supremo, observaba pacientemente un cuadro abstracto en la pared izquierda, algo así como el caparazón de un galápago.

—Lo que yo creo es en una serenidad gradual de largo alcance, cuya cima sitúo a unos quince días vista.

La mente de Silverio no estaba exactamente lo que se dice extraviada, pero sí un poco deleble, con deseos de hablar y de no hablar, de escuchar y de distraerse al mismo tiempo, y una gran ansiedad por beber algo frío, sugerencia aprovechada por el doctor Müller para constatar que la sesión finalizaba. En Silverio no hubo un solo gesto de vacilación, incluso podría decirse que se había incorporado demasiado precipitadamente pues le sobrevino un fugaz mareo que por fortuna supo controlar.

Bajando en el lujoso ascensor de la casa, Silverio estimó

que lo más rentable era hacer una recapitulación de lo oído, pero *órtica, mefalora, curílica, asforaiña*, no había conseguido retener una sola idea de las que, de manera tan prolífica como excepcional, había expresado Fernando Müller, que en esta ocasión se había ganado el sueldo, no como otros días en que aparecía callado, exasperantemente silencioso, sentado detrás de él y por tanto oculto a toda posibilidad de observar su rostro o quizá sus bostezos, escenografía gracias a la cual adquiría la condición de conciencia. Pero resultaba cruel esa tensa espera de su palabra, ese mutismo que se extendía como una mancha e iba paulatinamente agriándose, obstaculizando cualquier intento de intervención de Silverio. El papel de Müller era una presencia/ausencia; en realidad él no estaba ahí en sí mismo sino en lugar de otro. No obstante, quizás exageraba y ello le conducía a ser injusto con Freud y con Lacan; él ya sabía que su propio silencio era una forma de lenguaje, que cuando no podía o no quería hablar estaba diciendo las cosas más significativas. ¿Qué hubieran pensado de su actitud Félix y Gilles con su CsO (Cuerpo sin Órganos)? Ellos que hablaban del psicoanálisis como aquello que lo convierte todo en fantasmas. Y qué, ¿hay que coserse el ano? —se dijo Silverio mientras cerraba el portal de salida—, ¿no es quizás una buena idea dejar que surjan los fantasmas y liarse a lanzadas contra ellos?

Caminando por la calle, casi pegado a las fachadas de las casas para evitar que un mareo le hiciera perder el equilibrio, Silverio comprobó que su mente funcionaba a la perfección; con frecuencia sus ideas eran brillantes, y no sólo eso, lo que le daba más miedo al fin eran ciertos destellos de lucidez que se le cruzaban a veces llevándole a un campo de vértigo en el que a mayor verdad, mayor peligro. Cuando, en ocasiones, Fernando Müller le acosaba con sus palabras, Silverio se sentía maniatado y entonces aparecía en toda su intensidad una claustrofobia que le obligaba a cambiar de postura o a incorporarse en el diván, momento que aprovechaba Fernando Müller para decir: "Bien, bien". Era la misma expresión que él utilizaba cuando en el metro, cada vez con más frecuencia, los cuerpos le oprimían como si fueran palabras, le tiranizaban, sabía que no debía ni siquiera intentar moverse sino pensar en otra cosa, pero acababa rebullendo, tratando de zafarse, porque alguien desde arriba le exigía volar y cuando la angustia y el sudor vencían su cuerpo cargado de órganos, él aún tenía agallas para decir como Fernando Müller: "Bien, bien".

Hasta que decidió razonablemente prescindir del metro, intentar el acomodo en el autobús donde al menos la luz y la visión fragmentaria del paisaje le podían ayudar. Pero no estaba ante un problema de luz sino de ataduras. Acabó callejeando cada vez más, iba andando a la mayoría de los sitios y resultaba evidente que la tendencia al desvanecimiento era menor si no sufría el asedio de las personas. De todas formas, cuando la mirada empezaba a emborronársele, él trataba de desviarla de lo nublado trasladándola a cualquier escaparate mientras decía, presa de agitación: "Bien, bien". El tipo de vitrina jugaba un papel esencial; una tienda de ultramarinos, una panadería o un supermercado eran incluso contraproducentes, mientras que una marroquinería, una boutique de ropa íntima o una ferretería, le garantizaban la tendencia al equilibrio.

Silverio pensaba que estos y otros síntomas procedían del accidente de coche. ¿Cómo comprobar el origen de un sentimiento o de una degradación? Nada finalmente le impedía desarrollar su actividad normal. Cierto que algunas trabas le iban saliendo al paso, manías lógicas en un personaje como él que vivía un desajuste entre posibilidades y realidad, en favor de sus posibilidades, naturalmente. Era fácil echar la culpa a los demás de esa carencia de proporción, pero con ser cierta la injusticia, ello no le eximía de la obligación de redoblar los esfuerzos para no malgastar el caudal de talentos recibido, o dicho de otro modo, para aportar algo a la humanidad o, en términos menos solemnes, al Partido.

En éste residía su mayor preocupación, defraudado por la escasa receptividad encontrada en Madrid donde nadie sabía de su existencia y menos, por tanto, de su llegada e incorporación. Los héroes del interior resultaban ser, quizá por otros motivos, tan insensibles como los burócratas de París. Cuando enlazó con *Rafael*, a la semana de haberse instalado en una pensión de la calle Carretas tras su salida del hospital, quizás hinchó un poco su protagonismo en la dirección del partido en París, máxime no habiendo pertenecido a ella, ni conocido personalmente a casi ninguno de sus miembros, pero ¿qué iba a contarle entonces a *Rafael?*, ¿le hablaría de la vida lánguida de aquellas células? Por supuesto, tampoco era cuestión de desvelar ante el primer llegado su intento de conexión con la KGB; ese bocado había de reservarlo para su entrevista con el responsable del Partido en Madrid. *Rafael*, sentado frente a él en la mesa de la cafetería, se bebió el cortado de un sorbo, encendiendo cigarro tras cigarro de una marca —Rumbo— que él no conocía, sin pronunciar palabra, igual que Fernando Müller, sólo que la mirada de *Rafael* era resistente y le obligaba a apartar la suya en ocasiones. Era claro que estaba siendo concienzudamente examinado. Pudo elegir el terreno en el que se sentía más seguro. Le habló de su *Reflexiones sobre el izquierdismo y el reformismo*, que seguía retocando y ampliando, a la luz de los nuevos acontecimientos internos y externos, de manera que había pasado de los treinta y tres a los sesenta folios; intentó explicarle las líneas maestras de sus proposiciones, pero quizás aquello tenía demasiada altura para *Rafael*. Mintió como un bellaco al decir que Federico Sánchez lo había leído en su día y no le había gustado nada, cosa que en aquellos momentos, con la ruptura ya oficialmente declarada, podía considerarse como un aval positivo. *Rafael*, a pesar de que las patas de gallo delataban en él una especie de mensaje risueño permanente, estuvo antipático. Le había asfixiado con el humo de sus cigarrillos, no soltó prenda ni sobre él ni sobre el Partido ni sobre la coyuntura política, lo que podía interpretarse como una carencia de capacidad de análisis, y al final lo único que dijo es que ya se pondrían en contacto con él. Y encima se fue sin pagar los cafés.

Ése no era el camino. Lo mejor sería acudir a sus antiguos compañeros, e inmediatamente pensó en Asun, la de la HOAC, la que casi fue su novia. Le costó localizarla pero al fin lo logró por un compañero de trabajo de ella. Asun había pasado más de un año en la cárcel por asociación ilícita y propaganda ilegal, y cuando volvió a su casa, comentó su compañero, ya no era la misma mujer. No supo explicarle qué había ocurrido. La cuestión era que Asun estaba casada, tenía un hijo pequeño y no pareció particularmente contenta cuando Silverio se dio a conocer telefónicamente, en una conversación cuyo contenido quedó así grabado en la Dirección General de Seguridad.

—Dígame.

—Asun, soy yo, Silverio, ¿te acuerdas de mí?

—¿Silverio?

—Claro, Silverio, el que se fue a París, ¿te acuerdas?

—Ah, Silverio, sí, sí.

—Hola, he conseguido tu teléfono por Guillermo, en la Standard.

—Ya, ya.

—Me han contado de ti, ya sé que no trabajas, que estás casada. Vaya cambio, Asun.

—Ya ves.

—Y que tienes un niño.

—Sí, tiene un año recién cumplido.

—Pues nada, yo estuve en París y he vuelto. Me gustaría verte, pero claro, ahora, con todo esto, no sé...

—Me he retirado, si es lo que quieres saber..

—Pero ¿estudias?, ¿preparas algo? Las últimas veces que te vi estabas leyendo *El segundo sexo.*

—No, no, ahora no hago nada, la casa, el niño.

—Me han dicho que te pillaron.

—No hablemos de eso, y menos por teléfono.

—Perdona, sólo quería hablar contigo, saber de ti.

—Pues ya ves, aquí estoy.

—¿Ha debido de ser duro, no?

—¿Duro, el qué? Todo es duro, si bien se mira. Perdona, te voy a tener que colgar porque el niño está llorando... Me preguntas si fue duro.

—Estarás hecha una señora. ¿Qué es tu marido?

—Es ingeniero en la Perkins.

—¿En la Perkins? Lo que es la vida, donde trabaja Marcelino.

—Pero ¿estás loco? Cállate, por Dios.

—¿Tú casada con un ingeniero de la Perkins? Vivir para ver.

—Voy a tener que colgar, el niño sigue llorando.

—Está bien, Asun, no te preocupes.

—Estás hablando con una persona distinta.

—Pero mi camaradería con la anterior me daría derecho a intentar conocer a la nueva.

—Ya no tengo ningún interés, ni mi marido tampoco lo tendría.

—¿Sigue llorando el niño?

—Sigue llorando; lo siento pero te voy a tener que colgar.

—Bonita frase, lo de colgarme.

—¿Qué te ha pasado? Tú siempre eras tan serio.

—Ahora soy un enfermo, voy a un psiquiatra, y no sé por qué pero aún sigo teniendo ganas de luchar, sobre todo con las ideas.

—¿Pero sigues... en la lucha?

—En realidad, Asun, te llamaba para saber si terminaste de leer *El segundo sexo.*

—Te diré que me faltaban dos capítulos cuando conocí a Jorge, ¿satisfecho?

—Jorge es tu marido, claro.

—Claro. ¿Y tú, tienes trabajo?

—Pues sí, tengo un trabajo en una editorial progre.

—Ya.

—¿Pasa algo?

—No, ¿por qué? Sólo que voy a encender un cigarrillo.

—¿Y el niño llorica?

—No digas esa palabra, me da la impresión de que le estás llamando afeminado.

—¿Se cansó el llorón?

—Se cansó.

—¿Estás fumando?

—Sí, ¿tú no?

—No tengo tabaco a mano. Estuve en un sanatorio antituberculoso, al norte de París. Te hubieran gustado esos paisajes.

—Yo tuve un parto difícil, con una cesárea de esas de última hora.

—Me gustaba imaginarte en la HOAC y virgen.

—Qué estupidez.

—Seguro que leíste las últimas páginas de *El segundo sexo*, al menos para saber quién era el asesino.

—El niño, vuelve a llorar. Tengo que colgarte, lo siento.

—¡Aaaagggg! —gritó Silverio llevándose las manos al cuello en medio de las risas de Odile, que a su lado tomaba una ginebra con tónica.

Había telefoneado desde el piso de sus amigos y en realidad, pasados los primeros momentos de estupor, se quedó caviloso. La gente había cambiado y él acababa de fracasar en su contacto. Probablemente no le iba a quedar otro remedio que la vía orgánica, esperar la llamada de *Rafael*; se reafirmaba en su impresión de que los históricos clandestinos no tenían tiempo para teorizar, así que él debía suplirlos. De pronto le habían entrado unas urgencias irreprimibles y decidió no esperar más a Julián, despedirse precipitadamente de Odile y salir corriendo en dirección a la calle Carretas, pero no más allá de treinta metros tuvo que detenerse y recobrar el resuello, un recuerdo para Boufemom, palabra sólida, llena de agujeros, igual que un queso gruyère, ¿no podría volver a correr?, nunca resistió mucho, ni siquiera de niño, pero en Boufemon logró vengarse, ¿de qué manera enardeció al pobre Gros, enfundado en su relamido chaquetón de viejo republicano para que aceptase una competición insensata, él que había decidido borrar de su vida la palabra lucha? Silverio estaba seguro de ganar la prueba de doscientos metros, y encubrió las posibles consecuencias para su compañero en el hecho de que se trataba de una carrera de cojos, en igualdad de condiciones, pues si Gros había atravesado la vida de descalabro en descalabro, él siempre había llegado a la cola e incluso gustaba decir que lograba ser el último hasta corriendo solo. ¿Qué más le daba a Gros terminar su plazo una semana antes o después? ¿No fue ése el argumento que el propio Gros esgrimió descarnadamente ante él? La carrera no consistía en competir con Silverio sino en luchar noblemente por acelerar su fin, que confesaba ser su única aspiración. Así pues Gros dijo: "Vamos". Se despojó de la zamarra militar y exhibió unos hombros caídos de los que colgaba el pecho convexo, propio de quien ha renunciado a cargar con un cuerpo que sabe irrecuperable. Silverio trazó una raya en el suelo y, mientras se incorporaba, pensó que quizá debía dejarse adelantar unos pasos para igualar posibilidades. Uno, dos, tres. Silverio, sorprendido, no pudo resistir la potencia, en términos de miniatura, con que salió Gros en busca de un final rápido; pero cuando llevaba unos ochenta metros se paró casi en seco, doblándose por la cintura y apoyando las manos en las rodillas, mientras Silverio le superaba sólo por unos instantes, ya que inmediatamente el republicano, con el rostro encendido por la sangre, se lanzó tras su competidor a trompicones, sin perder ritmo; hubiera llegado reptando y consiguió cruzar entre los dos pinos que servían de meta con la cabeza baja, desplomándose a continuación. Silverio, sin aire, con una punzada aguda en el costado izquierdo, le había sacado unos diez metros de ventaja. Cuando vio el primer vómito sanguinolento de Gros se precipitó en su ayuda. No estaba muy satisfecho con su triunfo, pero secretamente no dejó de decirse que al fin y al cabo ésa era la primera victoria pedestre de su vida.

Estaba caminando con paso rápido y cruzó la Puerta del Sol por el lado de la librería Fernando Fe, contento, incubaba una nueva perspectiva para su visión del reformismo, decenas de ideas aún en estado de sensación marcaban un ritmo más rápido que el de sus zancadas. Trató de preservar su cargamento mental, evitando los incentivos de los escaparates y de la gente estrafalaria de la zona, hasta llegar al refugio de la pensión. Cuando estaba a punto de cerrar la puerta de su cuarto, Gabriela, la patrona, le gritó que le acababa de llamar un tal *Rafael*. Silverio blasfemó y tuvo que sentarse en la cama intentando, por un lado, contener la rabia, y por otro, no perder el caldo de cultivo de sus nuevas ideas, además de recuperar el resuello. Una vez sentado decidió que lo más útil era tumbarse, respiró hondo tratando de concentrarse en esa respiración, tal y como le había enseñado Fernando Müller. La llamada de *Rafael* constituía un triunfo, probablemente habrían recapacitado a la vista de alguna información recibida de París. No habían sido capaces de aguantar ni veinticuatro horas. Sonrió al mismo tiempo que registraba un par de vaivenes angustiosos característicos del vecino compromiso. ¿Estarían pensando en encomendarle acciones arriesgadas? Bueno, él nunca fue un hombre de acción, no era lo mismo asistir a una reunión de célula en París o a un acto en la Mutualité que jugarse el pellejo en el Madrid secreto del comisario Yagüe. Le faltaba preparación para la clandestinidad, saber moverse sigiloso, desconfiar de todo, esas claves que abrían y cerraban contactos; él era muy torpe e incluso resultaba una temeridad lanzarle a la vorágine poniendo en peligro a una persona, a una célula y quién sabe si a parte del aparato central. Pero aquello era absurdo, a través de testimonios e informaciones de *Nuestra Bandera*, sabía con qué extremado rigor se llevaba la acción clandestina. Incluso podía decirse que una de las cosas que más le impresionaban del Partido era el tratamiento de cuarentena o de marginación que se imponía a los que, habiendo caído, pasaban un tiempo en la cárcel. A la salida, no sólo no eran héroes sino que engrosaban la categoría de sospechosos. Había habido casos de una crueldad flagrante, pero como decía *Nuestra Bandera*, el partido estaba por encima de todo y cualquier grado de seguridad resultaba escasa. El comisario Yagüe no era tonto; además de torturar sabía introducir agentes en las organizaciones antifranquistas. ¿Cómo olvidar que Grimáu había sido vendido por un camarada? *Rafael* quedó en volver a llamar, ya se vería el rumbo que tomaban los acontecimientos. Y ahora, la segunda cuestión: las nuevas ideas que prolongarían la tesis sobre el reformismo. Mierda, su cabeza era un borrón. ¿Qué ideas eran ésas, qué sensaciones? ¿El reformismo como nueva forma de revolución matizada por el *tempo*? No, no era eso. Le resultaba imposible concentrarse, desterrar de su mente a *Rafael*. Se quedó amodorrado esperando una nueva llamada, pero ésta no se produjo. A partir de esos momentos estaba a merced de la policía. Las fauces de Yagüe se abrían en primer plano ante su garganta, con la Dirección General de Seguridad escasamente a ciento cincuenta metros de la pensión. Desde su cuarto podía ver el callejón del Gobernador y las ventanas desde las cuales la policía arrojó a Grimáu. No tuvo pesadillas esa noche porque se pasó hasta muy entrada la madrugada observando las traseras de la DGS, las ventanas tras de las que ahora mismo estarían pasando *cosas*. No dormía, aquella abstracción comportaba alucinaciones, sus ojos no veían sino a tipos en mangas de camisa pugnando por tirarle a través de una ventana; cuando, extenuado por la inmovilidad ya no podía más, la escena volvía a reproducirse en la ventana siguiente.

Cuestión de sobreentendidos

Había llegado a un hastío tal que contemplaba la catastrófica noticia como un aliciente para soportar su existencia. Durante los largos meses que habían tenido que trabajar en la disolución de la imagen de la hija muerta, una complicidad de peculiares características les había acompañado, procurándoles un alivio que Julián supo desde el principio deslindar de otros sentimientos más intrincados. Pero constató que en Odile aquella sustancia funeraria era pegamentosa. El dolor compartido, pensaba ella cada momento del día, es amor compartido. Cuando realizaban el coito tras apartar la bandeja del desayuno, qué duda cabe que en cierto modo trataban de homenajear a la hija desaparecida, al menos Odile lo sentía así. No era tan necia como para no percatarse de que cuando la niña perdiera su espacio privilegiado entre los dos, se daría paso a una situación nueva que ella observaba con optimismo, habida cuenta de que su unión no había hecho más que fortalecerse en los últimos tiempos, pero a la vez le iba horadando una sensación de peligro, sobre todo cuando observaba el rostro plácido de Julián durmiendo a su lado.

No sin razón, pues desde el momento en que Julián empezó a dormir a pierna suelta acabó, si bien de manera cortés, con el ceremonial que hasta entonces les había acompañado, incluido el desayuno en la cama, costumbre que detestaba por las inevitables migas que se esparcían entre las sábanas y también porque eso le obligaba a prolongar conversaciones agónicas o procesos sexuales de exiguo relieve. Nada le acuciaba a levantarse, pero era la única manera de dar por finalizado un contacto humano cuyos sobreentendidos le sacaban de quicio.

Para Odile aquellos ratos, desgraciadamente cada vez

más breves dadas las ocupaciones de Julián, eran los mejores del día. Cuando la compenetración entre dos seres, pensaba ella, deja fluir los más profundos sentimientos, el silencio o la simple contemplación se convierten en valores privilegiados. Odile, cepillándose el pelo o comprobando la tersura de su piel frente al espejo, se sentía hecha de la misma pasta que Isolda, y con gusto hubiera dado allí unos pasos de baile acompañando al dúo de amor del segundo acto, si no fuera porque el desentrenamiento y la pequeñez de la estancia se lo impedían; así es que siguió investigando algún punto oscuro en su entrecejo.

Algo no le iba bien a Julián desde el momento en que estaba empezando a sermonearse a sí mismo con el asunto de la novela. Apenas tenía un par de hojas con anotaciones y una especie de relato-comodín que lo mismo podía servir como cuento o como capítulo de novela, cualquiera que fuese la trama de ésta, pues se trataba de un tipo que, como cada día, estaba nadando cuarenta largos en su piscina, en una mañana esplendorosa de junio. El agua transparente le deja contemplar el fondo azul siguiendo la línea que marca una de las calles de la piscina; su pensamiento se mueve al ritmo de las brazadas enredado en los guiños de las reverberaciones; a medida que se va aproximando el final de los cuarenta largos el corazón se le acelera porque sabe que, inexorablemente, al salir del agua deberá haber tomado *la decisión*. ¿Qué decisión? A gusto del cliente, por eso era un comodín. Para ser sinceros —se decía cansinamente—, ni él tenía necesidad de escribir otra novela ni la gente de recibir un nuevo libro semejante a los miles que se publicaban cada año: tales razonamientos, a modo de analgésico, le duraban unas doce horas. Ningún problema económico le acuciaba, pues seguían llegándole religiosamente cheques de su editorial francesa, lo que significaba que *L'exil intérieur* seguía comportándose más que decentemente, fenómeno que en su país no había merecido sino dos breves reseñas en sendos periódicos que obviamente ocultaron la dimensión política de la novela. No estaba tan ciego como para ignorar que buena parte del éxito del libro en Francia se debía a su temática antifranquista. La acusación de oportunismo se cebaba sobre él en sus horas bajas; le repugnaba la posibilidad de verse mezclado en ese tráfico no infrecuente de una literatura de resistencia. Quizás esos efluvios de menosprecio le estuvieran costando el despego de sus compañeros escritores para los que él era un primerizo que simplemente había tenido un golpe de fortuna. Pero carecía de las credenciales de compañero de viaje, no había participado en ningún debate sobre literatura social-realista o sobre el *boom* latinoamericano; además, ¿en qué empleaba el tiempo libre?, ¿a cuántos congresos había asistido en La Habana?, ¿cuáles eran sus contactos en París: Julio, Monique?, ¿en Barcelona conocía a Gabo, o a Beatriz, o a Carmen o a Rosa?, ¿bebía? y si sí, ¿qué y con quién?, ¿era posible que no hubiese sido presentado a Carlos Barral?

A Odile le parecía que Julián no sólo tenía las piernas más bonitas del mundo sino que su cultura abarcaba todos los recovecos del saber humano, excepción hecha de la música y el ballet. Se encontraba demasiado inferior, razón por la cual se sentía impelida a triunfar en su oficio. Pero ¿dónde había ballet sólido en España, algún baile que no fuera flamenco? En ese instante sonó en el teléfono la voz de Silverio preguntando por Julián. Odile le explicó que había ido a no sabía qué organismo para documentarse sobre su novela, o bien estaría en algún café escribiendo; aquí en casa, decía Odile, se impacienta, no logra concentrarse a pesar de que yo hago el menor ruido posible. Por cierto. Y le contó su decisión de volver a bailar, necesitaba reencontrarse. Silverio, sin ninguna razón aparente, se emocionó, pero le era imposible transmitir el tono de confidencia que deseaba dar a sus palabras desde un teléfono de pared en el pasillo de la pensión. Se limitó a decirle que se acordaba mucho de ella y que le dijera a Julián que, por determinadas razones, había de quedarse en casa a la espera de una importante llamada.

Julián traspasó el portalón del Círculo de la Unión Mercantil a las cinco y cinco minutos de la tarde, cruzó el patio central con sus divanes resobados, viejas kenthias aburridas y otras plantas, columnas, esculturas modernistas, a la luz de una claraboya de colorines menudos; pasó un control en el que mostró a un bedel su carné de identidad y subió por una escalera de mármol ahuesado que le condujo hasta el segundo piso. No pudo ocultar un estremecimiento cuando recorrió con la mirada el inmenso salón de juego (prohibido en España pero tolerado en aquel lugar) en el que aún escaseaba la clientela. Sólo se habían celebrado un par de partidas de bingo y la atmósfera aún permanecía clara. Le gustaba sentarse en la zona centro-derecha donde, según los entendidos, estadísticamente la suerte acudía con más frecuencia. La mesa, redonda con tapete verde, solía albergar cada día a los mismos jugadores, que practicaban una pudorosa discreción con respecto a algunas facetas de sus vidas privadas, si bien, en términos generales, reinaba esa prodigiosa intimidad que sólo proporcionan las situaciones límite, como la guerra o el juego. Incluso Juan, un empleado de banca muy formalista en sus maneras, había iniciado relaciones sentimentales con Angus, señora aún de buen ver. En la mesa se sentaban en el siguiente orden: Maruja, ama de casa sin hijos, que se retiraba todos los días a las nueve y media, y los sábados por la tarde era acompañada por su marido; Felipe Martín, visitador médico, jugador convulsivo del que se decía que estaba siendo arruinado por el bingo; Juan, que llegaba como un clavo a las cinco en punto y a la hora de cenar llamaba a su casa inventando excusas inverosímiles; Angus, la señora de buen ver, madre de un hijo subnormal que dejaba al cuidado de una criada; Pepe Royo, demasiado simpático, soltero y dotado con el atributo de la suerte en los juegos de azar; Andrés, magistrado jubilado que sólo compraba un cartón por partida, no obstante lo cual siempre se le olvidaba tachar algún número; y la pizpireta Margarita que, con sólo dos años de matrimonio, se iba rezongando de mala gana porque tenía que estar en su casa a la hora de cenar.

Existía un sentimiento grupal que se manifestaba sobre todo ante terceros, advenedizos que aprovechaban un hueco para sentarse en la mesa, con lo que la desequilibraban psicológicamente, por lo que eran recibidos con hostilidad manifiesta. Todos fumaban y bebían a lo largo de la tarde-noche, a través de continuas rondas de invitaciones que dejaban entrever la relación de cada cual con la generosidad o la avaricia. Cuando Julián se sentó, Juan ya había conseguido una línea, una miseria, aún había poca gente, y le invitó al café. No me gusta empezar ganando, dijo, pero hoy creo que va a ser mi día. La vendedora de cartones, marisabidilla, algo déspota y amante oficial de uno de los organizadores del bingo, les preguntó por Pepe Royo que, según rumores, se la trajinaba con suma discreción. A las siete de la tarde la mesa estaba al completo y la sala prácticamente llena; las columnas de humo ascendían entonces estancándose como un nublado sobre la bóveda acristalada. El murmullo no cejaba hasta que la cantadora de números, con la boca pegada a la bola del micrófono, musitaba en tono imperativo: "Un momento de silencio, por favor". Luego iba desgranando números y su voz se derramaba como una letanía arrulladora idónea para la modorra, pero en la sala de juego producía una emoción que se acentuaba con el ritmo creciente de los números tachados mientras los jugadores rogaban, juraban, ronroneaban, manifestando su solidaridad cuando a alguno le quedaba un único número para cantar bingo.

A las nueve de la noche desaparecía lo que podría considerarse el primer turno, amas de casa, jóvenes sin reservas, padres de familia estrictos. A la hora de cenar todo se hacía más pausado. En la mesa de Julián permanecían Felipe Martín, Juan, Angus y Pepe Royo; tomaban un tentempié, salvo Felipe Martín que, demasiado excitado para comer, se les unía en las copas subsiguientes, las mejores de la jornada. Esa noche, sin embargo, Juan se demoró más de lo habitual en volver de su llamada telefónica. Quizá se le estaban agotando las excusas. No es fácil mantener ese ritmo imaginativo tanto tiempo, comentaba Pepe Royo, que llevaba ya ganados tres bingos y dos líneas, mientras los demás apenas si habían logrado ponerse a tiro de premio. Angus mostró su preocupación por la tardanza de Juan. Por fin, se le vio venir desde el fondo de la sala, bordeando las mesas, saludando distraído a un lado y a otro mientras se acercaba algo vacilante a la suya. Con un ligero temblor en los labios dijo simplemente que tenía que irse, y todos comprendieron, mientras recogía torpemente sus bártulos, que algo grave sucedía. Te acompaño, dijo Angus, pero él le susurró algo al oído y Angus ya ni siquiera se levantó. Hubo conjeturas para todos los gustos. A los cinco minutos, Angus dijo que le habían amargado la noche y se despidió de todos con un fugaz movimiento de la mano.

Julián, a esas horas, se zarandeaba internamente, iniciando un estúpido combate entre la impaciencia y la pachorra. Las razones para irse le acusaban sin ambages de holgazán; las razones para quedarse le conectaban con el desasosiego que le producía el deber cumplido. En un arranque de rabia se puso en pie y ya no pudo dar marcha atrás, se iba y se iba. Eran las once apenas, había triunfado la impaciencia. En la oscura intimidad de un taxi hizo balance periférico de la situación. Había perdido aproximadamente la cantidad habitual; podía haberse quedado un rato más; ¿con quién se iba a enfrentar ahora, con Odile o con los folios de la novela no escritos ni pensados?; debería echarle un tiento a Margarita la pizpireta; ¿se le habría muerto algún hijo a Juan?; la rebeldía juvenil no es una actitud biológica sino un signo de prepotencia, etc. Así hasta que se apeó del taxi.

Los términos de la acción

Estaba dispuesto a no sacar las narices a la calle hasta no recibir la nueva llamada de *Rafael*. Centinela alerta. Alerta está. Las paredes de aquella habitación se le caían encima y si, para evadirse, se asomaba al balcón sobre el tráfago multiforme de la calle Carretas, lo que le atraía obsesivamente era el callejón del Gobernador, con la idea fija de sus ventanas y su abracadabrante vida intramuros. Viernes, tarde, seis y media, un fin de semana por delante, el tiempo convertido en objeto superfluo entre sus manos. Pero probablemente era un momento bueno para que un camarada telefonease a otro camarada, hiciesen planes, tomaran alguna decisión. Expectativas cinematográficas neorrealistas: encierro entre las cuatro paredes de una pensión barata con la sola compañía de una botella de ginebra. Estaba satisfecho dentro de su piel de conspirador, quizá de fugitivo; al fin y al cabo no había ninguna evidencia de que la Social no lo tuviera cercado; pero él era listo, no muchos perseguidos podían permitirse el lujo de estar vigilando, como en su caso, al perseguidor. Allí, algo más abajo, frente al cine Carretas, conocido por su propensión a las pequeñas perversidades íntimas, podía armarse la marimorena en cualquier instante. Pero él no iba a ser un indolente Bogart fumando en la cama a la espera de un pasaporte; tenía demasiadas cosas que hacer, ¿cómo no sentirse pletórico? Está bien, reflexionaba, sin duda influían los lengüetazos de ginebra que se metía para el cuerpo so pretexto de nada, simplemente de que en España había sustituido la botella *rouge de beaujolais* por la blanca de Larios, y en el cambio ni ganaba ni perdía, solamente se transformaba. Por fortuna, el piso estaba tranquilo a esas horas porque (y Silverio trató de recortar su frenesí) cualquier ruido de pasos, crujido de mueble o chirrido de puerta, le excitaban como si fueran signos de un miedo innombrable. Así iba a resultar muy difícil poder centrarse en algunos asuntos pendientes tanto de la editorial como de su propio ensayo. En la editorial, en efecto, había logrado una situación privilegiada, más por el tipo de trabajo que por el sueldo. Ya se sabe, en España, la lectura. Manuel Armada, el factótum del negocio, le tenía en palmitos, puede que por su procedencia del exilio francés o por su amistad con Julián, al que ciertos editores españoles, sin decirlo, estaban esperando con el contrato preparado en caso de nueva novela. Manu le había dado desde el principio pruebas de una gran confianza; tenía carta blanca en la preparación de las ediciones y le hacía confidencias sobre la empresa que a Silverio le azoraban un tanto. Encima de la humilde mesa de su habitación, con dos cajones por banda y las patas de un lado más cortas que las del otro, se encontraba el manuscrito de un nuevo novelista español sobre el que Manu no sabía qué pensar, además de la traducción de *Homo faber* de Max Frisch, y sobre todo los folios de su *Reflexiones*, abierto a nuevas expectativas, lo que era lógico pues las cosas, incluso las teóricas, no podían verse lo mismo desde un París algo burocratizado como desde este Madrid de policías en los talones. Algo profundo había alterado al país que estaba encontrando con respecto al que dejó, y lo mismo parecía estar sucediéndole en cuanto a su forma de pensar, lo que sin duda tendría que quedar reflejado en su texto. ¿No había llegado el momento de ser más leninista que nunca? ¿Acabar con Stalin no significaba precisamente resucitar el pragmatismo sin mancha de Vladimir Ilich? No, no era ése el momento de abstraerse en disquisiciones mientras *Rafael* podía estar marcando su número o, pongamos por caso, mientras los sociales quizás estuvieran subiendo las escaleras en su busca. ¿Debería desistir de teorizar ahora que se había convertido en activista?

El teléfono no sonó hasta las diez y media de la noche. Preguntaban por Nati, la peluquera de la habitación del final del pasillo; alguien que no la conocía mucho, de lo contrario hubiera sabido que a esa hora la Nati jamás paraba en la pensión. De la parca cena que le presentó la señora Gabriela aún le sobró la mitad. Luego se quedó viendo un rato en la televisión un programa-concurso con preguntas sobre Egipto y hubo de reconocer que fue emocionante; por un rato había logrado perder la noción de que existían teléfonos en el mundo.

Soñó con camioneros esa noche, algo sobre camiones en la madrugada. Recibió la llamada de *Rafael* mientras estaba desayunando el tazón de leche con café y pan migado. A las doce atravesó su portal de Carretas sin poder desviar la vista de los dos grises que vigilaban las traseras de la DGS. Ya tenía cita con *Rafael*. Fue tan rápido que a las dos estaba de vuelta en la pensión, se encerró en su cuarto, metió una cartera de plástico marrón en el fondo del armario y se tiró en la cama tratando de relajar los músculos. Había sido una mañana tensa, así era el activismo. Después orinó, se lavó las manos y a las tres menos cuarto llamó a casa de Julián a quien rogó encarecidamente que se pasara por la pensión a cualquier hora de la tarde. Julián se hizo el remolón con la excusa de que tenía que ir a una biblioteca a documentarse sobre tierras calcáreas. Finalmente le prometió que iría. Silverio volvió a su cuarto, se bebió de dos sorbos un vaso de ginebra con objeto de calmar la sequedad de la boca, se asomó al balcón y sonriendo, agarrado a la baranda, se preguntó: ¿Qué hacemos con Lenin?

Julián llegó retrasado al Círculo de la Unión Mercantil. Andrés, el magistrado jubilado, Maru y Margarita le abroncaron en broma por su falta de puntualidad. Juan y Angus llevaban varios días sin aparecer. Margarita tenía el teléfono de Angus pero dijo que le daba corte llamarla. Los demás opinaron que había confianza suficiente como para interesarse por sus vidas. Felipe Martín, que llegó después que Julián, tenía una tarde más negra de lo habitual, pues una ocasión tras otra se quedaba en puertas de ganar el bingo. Con su ritmo de juego era preciso conseguir un premio alguna vez, si no las pérdidas se le acumulaban como le estaba ocurriendo a Felipe, con sus ojos de sapo, saltando de un número a otro, de uno a otro cartón; así durante horas. Resultaba increíble pero Felipe Martín no cantó ni una línea, con lo que a eso de las nueve tuvo que pedirle un préstamo al encargado, con el que tenía gran confianza. Mientras hacía esa gestión, Julián cantó un bingo de cuarenta mil pesetas. Regaló cartones a los compañeros y salió pitando; se le había olvidado su cita con Silverio.

Mantuvo con él una curiosa charla en la habitación de Carretas. Silverio hablaba tan bajo que era su cuchicheo lo que podía despertar sospechas. Primero le preguntó por su nueva novela, le hizo saber que había interés solapado entre algunos editores por ella, habida cuenta de que *L'exil intérieur* no tenía ninguna posibilidad de pasar censura. Julián le cortó, incómodo. Entonces escuchó la historia de *Rafael*. Silverio se fue entusiasmando y habló del Tanque, de Simón Sánchez Montero, de *Alejandro*, los dirigentes históricos. Durante las dos horas que duró la conversación, Silverio se bebió media botella de Larios y Julián el tercio restante.

El Rastro era un hervidero aquel domingo de abril. No podía desprenderse de aquella canción que de tanto oírla unas veces le producía fastidio y otras seguía exaltándole, llevaba *Let it be* encadenado al cerebro desafiando a la ginebra de la noche anterior, *gonna*, palabra inútil, *gonna change my world*, joder, no se le iban, había llegado a su casa a las doce de la noche y se había encerrado en su despachito mientras por fortuna Odile dormía, con la expresión vagamente torturada de las últimas semanas, quizá porque no había estado ensayando esa tarde, lo que no era un buen síntoma. Se sentó en la butaca, la giró un tercio, estiró las piernas hasta una silla próxima y saboreó la certidumbre de que aquella cabeza húmeda de ginebra que traía de la pensión de Silverio era un universo agradable; se levantó con cierta pesadez y volvió a poner en el tocadiscos *Across the universe*, como si se estuviera obsesivamente acabando el mundo, dio un resoplido, se sirvió una ginebra, no convenía mezclar, la extraña *gonna* delicada, despaciosamente mientras Lennon exaltaba aquella ascensión al pico del universo, se lio un canuto y acabó de repantingarse en el sillón. Cuando ya la colilla mostró su condición de tal y aún pudo sentir en la boca media bocanada de humillo oleaginoso o quizá céreo, o ceniciento, o puede que incensal, dio el último sorbo a su copa y le pareció que resultaba procedente servirse otro vasito, y así, de vasito en vasito y de canuto en canuto, le dieron las cuatro de la mañana, y al final, resoplando, con su inglés desmembrado, compuso historietas formadas por palabras que le venían en primera instancia, tales como *somewhere I don't know nothing's gonna change my world let it be my world, words, my world, words, word, wor,* resoplando aún. Apoyado en la barra del bar contempló el incremento de la riada de curiosos que, con paso procesional, subía y bajaba por la Ribera de Curtidores con la sensación de buscar algo amado y perdido. El segundo café con leche en vaso acabó de asentarle las virutas del estómago, *my universe*, y no encontró inconveniente alguno en pedir una copita de ginebra, que no era su bebida predilecta, pero hay días en que se elige una determinada ruta y basta. La estúpida ruta de haberle dicho que sí a Silverio en aquella operación tosca, estudiantil, algo humillante para su edad, de lanzar puñados de octavillas convocando a una manifestación en Atocha, cualquier día a cualquier hora y por cualquier motivo justificado. ¿Pensaba que una acción de tan escasa cualificación era indigna de él, escritor de cierto éxito en Francia? Indigno no era la palabra, tal vez mejor improcedente, en términos políticos, algo así, ¿no? Curiosidad y miedo, sensaciones superiores a las del bingo. En realidad le dijo que sí a Silverio porque sí; no pudo detectar en su postura la satisfacción del deber cumplido ni nada semejante. Pero cuando se le acercó Silverio y le entregó la cartera de plástico marrón que le había mostrado el día anterior, se le ablandaron los músculos de las piernas, con lo que perdió la ocasión de comprobar la palidez del rostro de su amigo. Llevaba una bolsa en la que se adivinaban los tacos de hojas. "Tú véte a la parte de arriba, yo iré abajo". Era la primera vez que recibía órdenes de Silverio. Se miraron los dos conspiradores pero ignoraban los procedimientos, ¿debían hablarse entre ellos, recordar alguna instrucción final, darse ánimos? Fue bastante turbadora la coincidencia: al estrecharse la mano la retuvieron más de lo habitual, como si quisieran prolongar la protección mutua.

Desde lo alto de la calle, a pocos metros de la estatua de Cascorro, Julián oteó el horizonte con la mano a modo de visera. El sol se apretaba contra el gentío convirtiéndolo en enjambre. Al fondo de la Ribera de Curtidores, muchas cotas más abajo, pudo vislumbrar a Silverio, que miraba a un lado y a otro, como él mismo, buscando el sitio más adecuado. Suponía que se estaba dando cuenta de que exactamente enfrente tenía una comisaría con un par de aburridos polis a la puerta. Silverio descendería unos metros para poder salir corriendo por alguna de las calles transversales. Poco podían hacer los guardias con aquel tapón humano de por medio. La retirada de Julián era evidente por la calle de los Pájaros, entre vendedores, jaulas y mirones. La mano le sudaba sobre el plexiglás de la cartera. La abrió ligeramente y en efecto allí estaban las octavillas; tendría que hacer entre tres y cuatro lanzamientos, demasiados para realizarlos desde un mismo punto y con tan escasa movilidad. Un par de gotas de sudor le cosquillearon las sienes que se limpió con el reverso de la mano. De pronto, abajo, el revuelo, una pequeña nube de papeles y al instante otra, no pudo apreciar persecución alguna, carreras ni alborotos. Todo había salido bien, pero ahora ya estaban sobreaviso. ¿Quién se atrevería a seguir con las octavillas? Abrió la cartera y aún tuvo el valor de hurgar entre los mazos de papeletas sin sacarlas. Se agachó y el primer montón cayó limpiamente dentro del sumidero; hubo cinco puñados más, ninguno ofreció problema a la cloaca. Luego no sabía qué hacer con la cartera vacía. Hubiese sido hermoso haber podido arrojar las ofertas de huelga a la ciudadanía mientras entonaba *nothing's gonna change my world.* ¿A qué negar que el calor había tenido una parte de responsabilidad considerable? Más que mareo, lo que Julián sintió fueron unas seis o siete punzadas en los lacrimales, un amago de vómito de ginebra que le llegó hasta la garganta y, en realidad, nada más.

Nunca habían estado más unidos. Silverio había aceptado acompañarle esa tarde al bingo, quizá como compensación a la acción realizada el domingo en el Rastro y que no hacía más que traer a colación mientras Julián callaba. Le dolía no haber sido capaz de contarle lo ocurrido con las octavillas, la resaca, el supuesto sobreaviso de los guardias, bueno, una inesperada reacción psicológica inhibitoria que Silverio hubiera entendido dadas sus experiencias de psicoanálisis, leches, pues sí, las había tirado a la alcantarilla y ahora ya no podía decírselo, la vergüenza arrastraba más vergüenza. "Los vi moverse, intentar perseguirme", relataba Silverio. En la mesa del bingo nadie les había prestado atención, pero el activista parecía incapacitado para controlar su locuacidad, centrada ahora en su obsesión por *Rafael*. Julián pensó que su amigo se estaba volviendo tarumba, colgado de una nube. Insistía en que los días pasaban y él no había recibido aún ninguna felicitación; no es que esperara que El Tanque le telefonease, pero al menos *Rafael* debería haber dado señales de vida. Todo estaba resultando muy extraño, tal vez le querían poner a prueba y entonces parecía evidente que alguien le estaba vigilando, le tomaban por un militante dudoso (¿habría habido alguna fuga en el tema de la KGB?), estaba jugando con fuego y, a pesar de la seguridad que le había proporcionado la acción del domingo, no se sentía preparado para entrar en ese mundo turbio, ¿era él un infiltrado o se iban a infiltrar en él?, ¿no sería Julián un contraagente al servicio de cualquiera sabía qué organización? Silverio paró las riendas de su pensamiento que estaba yendo demasiado lejos, aunque a veces sentía que todo, hasta lo más inverosímil, era posible, ¿y cómo no pensar así si la muerte, la cota más alta de lo irracional, le había apretado el cuello una vez y podía volver a hacerlo en cualquier momento?

El agente Julián le reprendió porque se le había olvidado tachar los números 15 (la niña bonita) y 22 (los dos patitos). Se juró no volver a invitar al bingo a un tipo al que el juego le traía sin cuidado. El extractor de números continuaba desgranándolos con una inhabitual lentitud, hasta que de repente Julián, que miraba el cartón de Silverio, le gritó: "¡Tienes bingo, desgraciado, tienes bingo! ¡Cántalo!" En ese instante alguien, desde el fondo de la sala, chilló entre carcajadas: "¡Bingo!". Julián se apoderó del cartón de su amigo y gritó lo mismo. Silverio se había dejado pasar el bingo y ahora había de compartir el premio con otro. Todos lo tomaron a broma, menos Felipe Martín, que estaba tan desolado como si el despiste hubiese sido suyo. Silverio se disculpaba con poca convicción y cuando le entregaron veinticinco billetes de mil pesetas consideró que no lo había hecho tan mal. Le explicó a Julián que estaba un poco atontado porque había pasado la noche en vela, leyendo y escribiendo sobre el reformismo a la luz de Lenin.

—¿Sabes cuántos folios llevo ya?

Julián respondió con un bufido.

—Llevo ciento ochenta pero empiezo a estar un poco cansado. Trabajo por las noches porque yo, que era un lirón, ahora no puedo dormir de pura efervescencia. Y como de día me dedico a las cosas de la editorial, pues ya me ves.

—Dios protege a los inocentes —dijo Julián para que lo oyeran todos en la mesa.

—Tu amigo tiene toda la pinta de sabio distraído —dijo Pepe Royo.

—Simplemente desvaría un poco —añadió Julián.

—Lo que pasa es que ahora trabajo por las noches escribiendo.

—Ah, ¿tú escribes? ¿novelas? —preguntó Margarita.

—No, ensayo, ensayo político.

—¿Cómo ensayo político? —dijo el magistrado Andrés alarmado.

—Yo soy lo que en Estados Unidos llamarían un marxistólogo.

—¿Eso qué quiere decir exactamente? —la voz de don Andrés de la Rosa adquirió un tono de interrogatorio judicial.

—Está de broma —cortó Julián—. Venga, a callar todo el mundo, que ya ha empezado. El 33, ¿lo tienes?

A media partida, sin que viniera a cuento, Pepe Royo se dirigió a Silverio: "¿Sabes que eres un tipo simpático?". Éste no pudo evitar pensar: "¿Querrá infiltrarse?", pero inmediatamente recuperó el sentido de los números y se dio cuenta de que estaba a punto de conseguir otro bingo. Iba a anunciarlo a los demás cuando vio que le faltaban dos números. Julián lo advirtió con un simple golpe de vista. "Te falta el 35, ahí está, tuyo, tuyo". "¡Sólo me falta el 80!" Lo dijo y el número salió de la manera más natural siendo cantado con voz débil por Silverio, mientras los compañeros de la mesa le expresaban exteriormente sus parabienes. Julián actuó como si hubiese sido el acertante, recogió las cuarenta y ocho mil pesetas, dio una espléndida propina, regaló tres cartones por barba, menos a Andrés que sólo aceptó uno con gesto manifiestamente despectivo, y entregó el resto del dinero a Silverio que lo contó con parsimonia exasperante. Se inició una ronda de cábalas, hipótesis y accidentes del azar, en un intento por sugerir que ese dinero no había sido justamente repartido. El ambiente no le gustó a Julián y por eso introdujo, a modo de caballo de troya, el morboso tema de Juan y Angus, que ya llevaban una semana de inasistencia al bingo. Margarita había hablado al fin con Angus y la encontró desfondada, confirmando que la esposa de Juan lo había echado de casa y éste había reaccionado con una depresión que no le había conducido, como hubiera sido de esperar, a los brazos de Angus.

La intensidad del tráfico de la Gran Vía disminuyó de manera tan repentina como sorprendente. En su lugar fue creciendo una especie de gran marejada, algo en forma de oleaje, que iba acercándose, adquiriendo una sonoridad cada vez más nítida, coros de voces, exaltación de gritos, alguna sirena policial rompiendo a lo lejos la resonancia de canciones y pareados de lo que ciertamente era una manifestación que, desde la sala del Círculo, se apreciaba como meciéndose, recreándose en sí misma, cada vez más orgullosamente cerca, distinguiéndose ya las consignas del tipo "¡libertad sindical!" "¡obreros y estudiantes contra la oligarquía!", y otras menos audibles o sólo aptas para los iniciados, pero incomprensibles para los bingueros que reaccionaron dentro del amplio marco de la estupefacción. Hubo un momento de desconcierto y el que cantaba los números paró; muchos de los presentes se miraron entre sí tratando de establecer una postura común. Más de uno pensaría que también era mala suerte que la revolución le pillara en un bingo. Algunos jugadores se precipitaron hacia las ventanas para observar en directo el espectáculo, abandonando en las mesas cartones, dinero, encendedores de oro. El griterío penetró en tromba resonando extrañamente en la sala. El grueso de la manifestación, que parecía avanzar con lentitud Gran Vía abajo, estaba anclada en la

Red de San Luis, precisamente debajo del edificio del Círculo de la Unión Mercantil. El magistrado De la Rosa fue el primero en reaccionar, con los ojos iluminados, pero sin tener muy clara la argumentación. Por un lado gritaba que se continuara la partida, por otro acusaba al Gobierno de blandura. "Ya ni don Camilo", decía. Silverio había recibido como un timbrazo, el cuerpo se le puso a hervir. "¡Qué vergüenza —le dijo a Julián—, y nosotros en un bingo!". Julián no encontró respuesta inmediata. Una escena similar la había descrito él en *L'exil intérieur* con escrupulosidad. Se dijo algo referido a la moralina y logró transformar la desazón en regodeo al pensar que allí dentro se estaba a gusto, por eso él iba todas las tardes. No se movió de la butaca ni siquiera cuando Silverio, consciente de que asistía a la toma del Palacio de Invierno, dijo que se iba con ellos, y así fue, salió corriendo tras dejarle el dinero a Julián. "¡Pero este amigo tuyo es un rojo, Julián!", dijo el magistrado. Nunca supo por qué aquella frase le irritó tan profundamente. "Sí, ¿y qué?". "Ya lo sabes, asociación ilícita y propaganda ilegal, tres años". Le pareció que alguien había vulnerado gravemente su personalidad, se levantó y tomando a don Andrés de la Rosa por las solapas, le dijo muy bajo y firme: "Vuelves a decir algo semejante y te pego una hostia que no te encuentran ni en el Tribunal Supremo". Felipe Martín, Maruja y un advenedizo lograron separarlos. La marisabidilla se dio cuenta de lo que pasaba. El magistrado mascullaba frases y amenazas inaudibles; recogió su tabaco, dos mil pesetas que tenía sobre la mesa y un rotulador rojo de punta fina de su propiedad, y levantando la cabeza quizás un grado más de lo normal, salió dignamente tras aturullarse: "Yo no puedo estar sentado en una mesa infectada de rojos". Maru y Margarita no pudieron contener la carcajada. Sin embargo, Julián, al que aún le temblaban los labios, se lamentaba repitiéndose: "Tenía que haberle partido el alma".

Le fue difícil concentrarse en la partida, reanudada cuando la marea humana se convirtió en simple rumor. Intentaba olvidar; tal vez se había pasado de la raya por razones que tenían que ver más con un ajuste de cuentas personal que con el magistrado. Incluso la marisabidilla de los cartones se le había acercado para decirle al oído: "No te lo tomes en serio, ese viejo es un golfo; si yo te contara". Lo que Julián andaba pensando era precisamente eso, que no se tomaba nada en serio, empezando por él mismo. En caso contrario no estaría perdiendo tarde tras tarde en un estúpido bingo; pero esa reconvención era inmediatamente contrarrestada por la repugnancia que le producía el llamado sentido del deber, al que por más duramente que castigaba no conseguía domeñar. Era como una célula cancerígena. Precisamente estaba leyendo en el periódico un artículo de José Gayga que le venía al pelo. Su combate contra el sentido del deber resultaba similar al de las células normales y las células cancerígenas en el campo de batalla del organismo humano. Las células sanas aparecen como cuerpos en permanente desgaste, a las que el tiempo va aniquilando. Frente a ellas, las células cancerígenas representan la dinamicidad, la reproducción constante; la sombra, pues, de la inmortalidad. Científicos españoles estaban trabajando en células tumorales extraídas de un cuerpo humano que vivió a primeros de siglo; esas células mantienen su vigor, continúan su multiplicación ad infinitum. No hay límites temporales para estos elementos sedientos de eternidad. El combate entre unas y otras células es desigual. Mientras las sanas forman un ejército voluntarista, ordenado, pero de escasa resistencia, consciente de que su futuro está hipotecado por la destrucción, las células cancerígenas son bárbaras, individualistas, insolidarias. El misterio residía, pues, en preguntarse por qué Julián no conseguía triturar su cancerígeno sentido del deber, habiendo terminado convertido en célula condenada a ver pasar el tiempo desde la silla de una sala de juego.

Le volvió a dar vueltas a este asunto cuando entró en su casa, a eso de las dos de la mañana, hastiado de bingo. Mientras tomaba un vaso de leche intentando recordar dónde andaría el tubo de aspirinas, oyó los pasos de Odile a sus espaldas y cerró los ojos en un gesto de rechazo. Pero su compañera fue muy escueta. Dijo simplemente que alguien, que no quiso identificarse, acababa de llamar para decir que habían cogido a Silverio en una manifestación y que estaba detenido en la Dirección General de Seguridad. Resultaba curioso, pero la célula del sentido del deber seguía trabajando a destajo.

En los sótanos

Nada hay tan sobrecogedor como la incertidumbre: estar cierto de que va a pasar algo pero ignorar cómo, con qué intensidad y, sobre todo, cuándo. Cuándo se va a producir el golpe, la oscuridad, el silencio; cuándo se van a repetir el golpe, la oscuridad, el silencio. Y también el grito, la evocación y vuelta a empezar.

Silverio no se enfrentó al gran silencio hasta que no se encontró solo en la celda, después de que echaran, con el estrépito del viejo metal y la resonancia de las bóvedas, el cerrojo que firmaba su sentencia de soledad. El silencio no es únicamente la pasiva ausencia de ruido, sino algo que crepita dentro de sí mismo y cuando al fin estalla es como si se hubiera perforado el tímpano y penetrara en el cerebro: así es como va naciendo el desvarío.

Lo vio venir desde que se encontró en el coche celular, esposado, junto a otros tres manifestantes —uno de ellos casi un niño, con el labio partido— que parecían obsesionados por el brillo metálico de las esposas y las metralletas de los dos guardias de escolta, mientras la vorágine interior de preguntas y recelos los mantenía callados, en tanto afuera seguían el estrépito, los disparos de bolas de goma, las persecuciones. Cuando finalmente el más viejo se disponía a decir algo, quizás unas palabras de aliento, el furgón traspasó el pórtico de la calle del Correo, deteniéndose con brusquedad en el atrio empedrado de la DGS, donde se originó un acuciante bullicio propiciado por la llegada de varios cargamentos, con voces de mando, empujones a los presos, amenazas en cierto modo aún abstractas. Silverio casi tropezó al bajar del vehículo; en algún sitio se le había enganchado la chaqueta que lucía un nítido siete en la manga derecha. El ruido le era ajeno, sólo sentía un silencio consolidado a través del cual se le introducían imágenes irrechazables, sobre todo una machaconamente fija: Julián Grimáu, torturado hasta la locura antes de ser arrojado por alguna de aquellas ventanas de la brigada político-social. Volvió a aparecer el vértigo de las ventanas, ahora tan próximas, cuándo le empujarían a él. No pudo percatarse de los pasillos que recorrió, de la escalera de caracol que le condujo al piso bajo, y sí, el silencio le aturdía cuanto más percutiente resultaba el taconeo del grupo.

Aquel vestíbulo parecía oficinesco, con un sargento de cerrada barba al frente de una máquina de escribir, funcionario anodino sin misión psicológica alguna, no así los dos sociales acompañantes de Silverio que no habían parado de hablar según un guión preestablecido. Y aún seguían, como si él fuera capaz de entenderlos. Un nuevo pájaro a fichar. Éste también se va a enterar de lo que vale un peine. No sabe dónde ha ido a parar. Nombre. Apellidos. Domicilio. Edad. Profesión. ¿Traductor? El social se reía con ganas. ¿Pero qué os pasa a los traductores? Igual que Sánchez Montero, ahora todos son traductores. Sin embargo, a Silverio aquella superficial filiación le tranquilizó con su aire estimablemente administrativo. Fue una operación breve comparada con el trayecto interminable de aquel pasillo estrecho, iluminado por bombillas perdidas entre los arcos que en apariencia sostenían los techos abovedados, inundando la travesía de sombras, algunas estáticas, otras temblorosas. Los sociales, habituados a aquella dilatada resonancia de pasos, debían saber que bromeando asustaban más a los chicos revoltosos. Les gustaba atemorizar tanto como fumar aquel agudo rubio americano, y parloteaban sin tregua, pero Silverio estaba atrapado por el silencio del pasillo, algo muy superior en sacudida a cualquier otra sensación. Observó las baldosas sin poder determinar de qué material altisonante estarían hechas. A la izquierda, una sucesión de estrechas ventanas dejaban ver el patio de la DGS con un grado de oscuridad similar al de una estación de ferrocarril de madrugada, aunque traspasado por un enérgico foco cuya movilidad era de menos de cuarenta y cinco grados, una especie de faro inválido. A la derecha, puertas y más puertas frente a cuya visión Silverio iba perdiendo firmeza en su verticalidad. No le tirarían por uno de los ventanucos, pero detrás de algunas puertas aguardaban los interrogatorios, no hacía falta que nadie se lo dijera, ¿cómo sería en realidad un interrogatorio?, ¿con qué indicios se pasaba del interrogatorio a la tortura estricta? La imagen de Simón Sánchez Montero emergió como la de un barco recién rescatado de un naufragio, soberbio a pesar de los efectos de la galerna. Alguien se cruzó con él en ese momento, quizá de vuelta de alguna sesión; apenas pudo distinguir un rostro congestionado, eso fue todo, pero ese rostro se giró un segundo para gritarle: "¡Ánimo, camarada!" La frase tuvo el efecto fulminante de una sentencia dolorosa. No lograba imponer sobre el silencio la fuerza de los valores éticos, la solidaridad, Simón, el camarada que acababa de pasar. ¿Quién era él? Un marxistólogo, había dicho en el bingo, aunque él se considerara más bien un leninólogo. Si los sociales no hubieran abierto en ese momento una de las puertas para que entrara Silverio, hubiese sonreído como un bronceado marxistólogo de la Universidad de San Diego, o incluso como un demacrado marxistólogo en el sanatorium de Boufemon.

El despacho era pequeño y sólo le llamó la atención un espejo argus, de los que permiten observar el otro lado sin ser vistos desde él. ¿Le estarían mirando los de la CIA? ¿Le estaría mirando Julián? Le hicieron sentarse en una silla. Aquí te quedas, para que medites un poco. Piensa bien lo que nos vas a decir. Cuanto menos guerra des, mejor para ti. Se quedó solo pero inmediatamente tuvo la convicción de que le observaban por la espalda. No quiso mirar la hora. ¿Qué había: una mesa ajada, dos sillas de respaldo enrejado, un armario para la ropa? Ni foto del dictador ni crucifijo. De pronto, al sentirse sin referencia, tuvo una absoluta necesidad de gritar, como un tenor probando su voz antes de una actuación, pero aquellos ojos detrás del espejo le estaban recorriendo la piel centímetro a centímetro. Por más que se daba la vuelta la mirada le perseguía, en vano dio un manotazo al aire como si aquel peso fuera una moscarda. Alzó los ojos al techo en busca de algún consuelo inesperado, trató de respirar profundamente y sólo entonces cayó en la cuenta de que era el silencio atroz el que estaba imponiendo su régimen de incertidumbre. Lo que le oprimía era precisamente el albur, saber que los polis volverían a entrar por la puerta; el problema era la puerta y no el espejo, el momento en que se abriría otra vez coincidiendo con qué respiración suya, con qué pálpito de inseguridad o de fortaleza. Podían entrar en cualquier momento y él andaba como siempre especulando, con los oídos prestos a renunciar al silencio y detectar las pisadas que le conducirían a él, no otras que efectivamente cruzaban el pasillo cualquiera sabía en qué direccción. Lo importante era encontrar un punto de apoyo, unas refencias tras de las que escudarse. Claro, estaban los camaradas, Simón Sánchez Montero, estaba *Rafael*. Claro, estaba Gramsci (trataba de alejar a toda costa la imagen de Grimáu), e incluso estaba un reformista como el Pandit Nehru, que había pasado veinte años en la cárcel. Pero, por Dios, si registraban su habitación encontrarían el manuscrito de *Reflexiones sobre el izquierdismo y el reformismo*, tantos años de trabajo, capaces eran de echarlo al fuego, cambiaba diez años de cárcel por la conservación de su ensayo, se lo diría así, explicar quizá que no era suyo resultaría una renuncia dolorosa pero había que salvar aquella joya, sí, aquella joya irreconstruible. Si el interrogatorio tomaba esos derroteros se vendría abajo, seguro. ¿Qué podía decir él en el fondo? ¿De qué podrían acusarle, salvo de ser marxistólogo? Era imposible que hubiese llegado hasta ellos su oferta a la KGB en París. Oído al parche, amigo, ese tema podía complicársele si no sabía resistir como Simón, como Gramsci (otra vez Grimáu). No había nada contra él por mucho que se empeñaran. ¿Qué habría hecho Sartre en su lugar? Qué gusto ser un intelectual comprometido en un país libre, poder comprar el *New Yorker*, *Le Monde* o *L'Unitá*, hablar de Vietnam, de Cuba o de España.

Entraron cuando más desprevenido estaba, se le había ido el santo al cielo paseando pacíficamente junto al muro del cementerio de Montparnasse. Cuando vio a los tres sociales lo primero que buscó fue el foco con el que tratarían de cegarle. No se había fijado que sólo existían dos lánguidas bombillas en el techo que empobrecían los colores de los rostros revelando las sombras de las barbas. Era la una y diez de la noche y los tres tipos parecían recién levantados de una siesta. El primero se asemejaba a un matón de barrio, corpulento, silencioso, cuya misión era contribuir a acrecentar la atmósfera de terror. El segundo, pequeño y duro, incansable como un lebrel, llevaba buena parte del interrogatorio con un lenguaje insultante, amenazador, destinado a intimidar. El tercero tenía las uñas bien cuidadas, modales de buena persona e intentaba distanciarse de la brutalidad de sus compañeros incluso en su manera de hablar, que a veces llegaba a ser tan protectora como la de un abogado defensor. El reparto de papeles entre los polis era obvio, pero eso no le impidió encontrarse a veces tan desvalido que caía en la trampa a sabiendas. Lo primero que hizo su "amigo" fue ofrecerle un cigarrillo que Silverio aceptó con voracidad. La bocanada de humo inicial desapareció para siempre en sus entrañas. El bueno le dio unos cuantos consejos sobre la conveniencia de no prolongar la sesión, decir lo que tuviera que decir y listo, cada mochuelo a su olivo; no era un asunto de importancia pero convenía no irritar a sus compañeros. Entonces intervino el duro y la función se regularizó. Entró directamente, entre insultos, con preguntas rápidas, repetitivas, volviendo siempre a empezar para obtener idénticas respuestas, lo que extrañó en principio a Silverio, hasta que comprendió que el objetivo era minar su resistencia. No parecían interesados en Silverio sino en los nombres que éste pudiera darles. Nombres y direcciones de la célula de Madrid y de gente de París, nombres de sus contactos y de la dirección del Partido. A Silverio se le ocurrió una fórmula que no estaba lejos de la realidad: "Yo soy un marxista independiente". Y hasta el poli bueno frunció el ceño, quizá porque era una receta demasiado utilizada. Entonces se acercó el gorila rompiendo su silencio. "¿Tú tienes madre, hijo de puta? Le vas a dar un disgusto porque de aquí tú ya no vas a volver a salir. Vas a desaparecer, como otros". Había acercado tanto su boca al rostro de Silverio que éste tuvo un amago de náusea ante aquel aliento mezcla de coñac y dentadura podrida. Escupió en el suelo y volvió a su rincón sin dejar de mirar a Silverio, que sin saber por qué intuyó que era él quien le había estado observando a través del espejo. Comenzó a sentir tal pesantez en la nuca que todo su cuerpo se contrajo, como si le hubieran envuelto en un bloque de cemento. Cada vez le costaba más registrar el contenido de las preguntas, dando vueltas a una noria mental que por el momento controlaba en cierta medida. Las consideraciones del bueno, cuando le tocaba su turno, empezaron a parecerle menos benignas, y es que debían de llevar ya varias horas de sesión; le resultaba agotador y confuso pensar en el tiempo; en un par de ocasiones miró el reloj pero no pudo distinguir la situación de las agujas.

La puerta se abrió y entró el comisario Conesa, una cabeza de insecto con rasgos disminuidos sobre nudo de corbata excesivamente grande. Ni siquiera se dignó mirar a Silverio.

—¿Qué, cómo va esto?

Los otros movieron la cabeza en grados diferentes e idéntica significación.

—¿Le vais sacando algo?

Los sociales no demostraban tener interés en salir de la ambigüedad pactada.

—¡Lo quiero todo! —gritó de pronto Conesa—. ¡Este no se mueve de aquí hasta que no hable!

Cuando se fue, Silverio sintió que el cerco se estrechaba. La ausencia de preguntas dirigidas a él por parte de Conesa le desmoralizó ligeramente.

El gorila y el duro abandonaron también el despacho. Se había quedado solo con el bueno, que le ofreció otro cigarrillo en una habitación dominada ya por el humo.

Se sentó junto a él y calló, como si meditara sobre algún mal presagio. Luego empezó a expresarse embargado por una especie de sentimiento de culpa.

—La verdad es que, vistos desde fuera, estos tipos son unos bestias. No te creas que a mí me gusta trabajar con gente así. He pedido un cambio de destino porque estas cosas me ponen enfermo, ¿sabes? No voy a decirte que estoy más cerca de ti que de ellos, pero sí lo estoy en el terreno humano. No puedo soportar que ese gorila te machaque o que el otro te lleve a la locura, porque éstos de verdad son capaces de todo. ¿Por qué no nos libramos de ellos contándome a mí lo que sea? Yo soy capaz de comprenderte, te ahorraré muchos problemas.

A esas alturas Silverio no tenía claro ni siquiera qué querían que confesara. Podía haberles hablado de la vieja célula de París, pero ni él mismo lo encontraba interesante, así es que prefirió seguir aferrándose a lo del marxismo independiente, que no se vulneraba por haber arrojado unos montones de octavillas. Horas antes —¿minutos antes, días antes?— les había comentado algunos de los libros que había leído, lo que no pareció apasionar a ninguno de los tres. Pero Silverio se empeñó en contarle al poli bueno lo preciosas que eran las cartas escritas desde la cárcel por Antonio Gramsci. El bueno le preguntó: "¿Ése quién es, un comunista ruso?".

Debía de ser muy tarde. Hasta entonces no se había percatado del aspecto cansino de los tres sociales, con la barba crecida, los nudos de las corbatas lacios y las mangas de las camisas cada vez más arremangadas, salvo el bueno que las mantenía sujetas con sendos gemelos dorados. El gorila exhibía unos inmensos brazos velludos. En un momento dado se le acercó a Silverio con el puño cerrado, ordenando a sus compañeros que le dejaran un rato a solas con el detenido. El bueno se interpuso. "¿Ves? —le decía más tarde a Silverio—, éste te podía haber dejado hecho un eunuco". El más fatigado parecía ser el duro, daba la impresión de no aguantar más. Estuvo un rato fuera y luego volvió con un policía armada que Silverio vio turbiamente, pues ya no estaba para sutilezas, presintiendo que aquello volvía a su carácter burocrático y, por tanto, carente de peligro. El nuevo policía se sentó ante una mesita auxiliar sobre la que había una máquina de escribir en la que Silverio no había reparado, ya no se daba cuenta de muchos detalles, acaso en lo que más se fijó fue en la escrupulosa preparación de hojas de papel y copias, con los consiguientes papeles carbón, cuyo conjunto era golpeado sobre la mesa hasta que los bordes quedaron perfectamente igualados. Allí fue registrada su declaración (marxista independiente, conoce a otros comunistas, estancia de varios años en París antes de la cual se sospecha que realizó actividades subversivas en Madrid, poseedor de libros prohibidos con expresa manifestación de haber leído gran cantidad de obras marxista-leninistas) que Silverio firmó con trazo inseguro y un sentimiento definitivo de alivio.

Le hubiera sido imposible describir el nuevo recorrido. Por alguna razón sospechaba que estaba en los sótanos, quizá porque había bajado otra escalerilla metálica y los pasillos allí eran aún más oscuros, también con arcos, todo envuelto en la humedad propia de la madrugada, todo muy guarro, ¿qué relación entre la madrugada y la suciedad?, daba lo mismo, era aquel silencio ciego lo que le comprimía las sienes. ¿En qué le consolaría haber firmado un papel si en la realidad había descendido a los sótanos, tal vez a alguna sala de tortura, consciente de que no podría resistir ni una pregunta más, aunque el silencio era más perjudicial mientras significara presagio?, alguien estaba hablando por él, ya no podría lanzar su grito de tenor en pruebas, se encontraba en los sótanos, nadie desciende tanto si no es para empeorar, acababa de entrar en la sala de tortura, era un espacio inmenso, ¿a qué le recordaban esos artilugios, al marqués de Sade o a la NKVD? Aquello estaba lleno de mesas de oficina y extraños instrumentos, pero ni un solo grito, sólo órdenes precisas de policías armadas, los grises, los sociales se habían retirado, entonces, ciertamente, estaban fichando a tres o cuatro detenidos como él. Le tomaron las huellas y se sorprendió de tenerlas pues se sentía vacío, triste hasta el último rincón de su vida, algo le andaba diciendo que hubiera sido mejor que hubiesen acabado con él, tirarle por la ventana (no pensar en Grimáu), un envenenamiento. De perfil, de frente, otro perfil, despeinado, barbudo, con los ojos apenas entreabiertos. *Voilà* el facineroso. ¿Dónde está la tortura? En efecto, quitaban la corbata, el cinturón, los cordones de los zapatos, ¿con qué más puede uno suicidarse? Muy funesto todo. Cuando salieron al pasillo, un compañero (está bien, un camarada) se sacó de debajo de la camisa un librito y le dijo sonriendo: "He conseguido colarlo". Era una novela que no conocía, *El jardín de los Finzi Contini*. Qué funesto todo.

Penetraron por un pasillo a la derecha de las celdas; a la izquierda, unos medio ventanucos enrejados, cortados por el nivel del suelo, daban al exterior, a la calle civil. Silverio apenas pudo soportar la lucecilla malva de la amanecida, era una pincelada demasiado truculenta aquella liviandad, la vida renaciendo como un silencio inútil, morado, añil, blanquecino, blancuzco, blanquillo, últimos toques de la noche, no era posible, cada vez se veía mejor por aquellas medias ventanas que daban a la Puerta del Sol, las había contemplado mil veces desde el otro lado, y ahora esos trozos de siluetas con pantalones, piernas enfaldadas, personas, caminantes apresurados, piernas gordas, zapatos de caballero, zapatos de tacón alto, también pobres zapatillas, pobre pueblo ajeno, pantalones, culos, no tenía fuerza para dar un grito como el del tenor en pruebas. Fue una visión efímera mientras abrían la puerta de su celda definitiva, estable, ¿definitiva?, suya, en la que no deseaba entrar porque allí le esperaba el silencio.

¿Qué podía tener, tres por dos, seis metros? Había un banco de obra y sobre él un jergón y una manta. La celda de San Juan de la Cruz había tenido más pertenencias. También la de Gramsci. Pero quizá no la de Simón. Es cierto que el cerrojo rechinó agriamente mientras el guardia lo manipulaba, pero Silverio sólo prestaba atención a la opresión del silencio. Se tapó los oídos con ambas manos, ¿cómo romper el silencio?, ¿trataba de ocultarse al silencio? Comprobó la presencia en el techo de una débil bombilla, la lucecita del día y de la noche, sobre todo no había que mirarla ni hablar de ella, el techo estaba liso como una patena, ¿quién fue Julián Grimáu si nunca hubo nadie fusilado con ese nombre? Se tiró sobre el jergón desfondado, pensando que en ese momento le sacarían cualquier confesión, incluida la muerte de Kennedy. Era preciso concederle una pausa al pensamiento. No tenía energía ni para dormir. Conservaba un paquete de tabaco pero le habían quitado el mechero; llamó al guardia escandalizando quizá demasiado, alegría, se trataba de no quedarse a solas con el silencio. Vino el gris y le encendió el cigarrillo, pero Silverio no consiguió retenerle para poder charlar con él. Podía echarse en el camastro, sentarse en el camastro, ponerse de pie en el camastro, dar vueltas, tres pasos y medio de profundidad, dos pasos de anchura. No era mucho. Marcelino Camacho no necesitaba más para hacer todos los días una hora de gimnasia. ¿Haría gimnasia Gramsci? Él no estaba dispuesto, desde luego. Todo era demasiado provisional como para plantearse programas o estrategias. Había simplemente que dejar al pensamiento en remanso; tumbarse, sentarse, dar pasos. ¿Cómo desconectar el bárbaro silencio? No era el momento de hacer balance. A lo largo del pasillo podía haber una docena de calabozos; se estaba barruntando un nuevo cortejo que parecía dirigirse a alguna celda cercana a la suya, una pequeña agrupación de pasos cansinos, el cerrojo, la llave y un tipo entre quejidos, ayes entrecortados demasiado próximos, era preciso oír pero no escuchar, ¿a qué llamaba silencio?, hubo otras medias voces que parecían querer consolar al propietario de los lamentos. La vara de medir era distinta según los casos: con los obreros y los sindicalistas no había miramientos, fuesen o no dirigentes; en tanto que con los comunistas de cuello blanco, intelectuales, profesionales, apellidos ilustres, siempre quedaba el respeto de clase, además de los problemas de la repercusión internacional. Un obrero no salía en *Le Monde* salvo muerto, mientras que Tamames o Nicolás Sartorius eran noticia segura. El doliente de la celda próxima sería con seguridad un bigardo de Comisiones y ahí se trataba de materias inflamables. Por eso tal vez su ensayo sobre el izquierdismo y el reformismo no les preocupaba en absoluto, lo que venía a demostrar la ceguera de esa gente (y de otra próxima a él), ajena al hecho de que la teoría siempre ilumina a la acción. Alguien, desde la celda de al lado, intentaba establecer contacto con el recién venido a través de un susurro bastante audible. "¿Tú quién eres?". Hubo una pausa prolongada. "Soy Antonio Gómez, del metal". "¿Te han sacudido?". "Casi no puedo hablar, también me han quemado por abajo y apenas soy capaz de dar un paso". "¡Cabronazos! Ten ánimo, compañero, éstos están dando las boqueadas". "¿Conoces a Pili?, ¿sabes si la han cogido?, preguntó el torturado con dificultad. "No lo sé, camarada, pero intentaré enterarme". "Es mi mujer", alcanzó a decir el otro. Silverio siguió el diálogo que había ido arrastrándose por las sucias baldosas. ¿Qué iba a confesar él si le preguntaba su vecino: que era un marxistólogo independiente? Trató de adelantarse, venciendo así al silencio, y a lo peor cortó la conversación con el torturado. "Oye —dijo con la boca apoyada sobre la ranura inferior de la puerta—, ¿llevas muchos días ahí?". "Una semana, pero creo que me llevarán a Carabanchel en cualquier momento", respondió con la soltura del veterano, y preguntó: "¿Y tú quién eres?". "Me llamo Silverio, he venido de París", respondió bajando la voz. "Ah —dijo el veterano—, encantado de conocerte, camarada". Silverio no se atrevió a preguntar más no fuera a ser que su vecino resultara un miembro de la dirección. Así volvió al silencio lacerante. ¿Por qué apelaba al silencio cuando quizás a lo que se estaba refiriendo era a la incertidumbre? ¿Cómo llamar silencio a aquellos pasos firmes que en ese momento retumbaban a lo largo del pasillo, buscando a alguien para un nuevo interrogatorio? Lo importante era impedirles descansar, un ajetreo perfectamente planificado, pero cualquier cosa resultaba preferible al silencio de campana en el vacío, que implicaba la alerta, la espera de cada segundo, cada fracción o cada mota de tiempo.

Le trajeron de comer. Era viernes, sí. Tras los ventanucos las piernas seguirían pasando por la Puerta del Sol, junto al kilómetro cero de España, sin que nadie gritara que ellos estaban allí, que si aguzaban el oído por la noche podían escuchar alaridos e incluso algún llanto. Su rancho. No tuvo ni que mirarlo para sentir el asco que le proporcionaba la idea de engullir algo preparado en aquel lugar. Bebió el vaso de agua de golpe, pero la aridez de la garganta no le desaparecía. No hubiera podido ingerir ningún alimento sólido, carecía de hueco. El guardia cocinero, o lo que fuera, se había quedado contemplándole compasivamente. "Tiene usted que comer o se quedará sin fuerzas". Silverio negó con la cabeza. Le preocupaba que estuvieran tardando tanto tiempo en volver. En otras circunstancias hubiese intentado dormir un rato, pero ahora sabía que cada minuto que pasaba le acercaba más al próximo interrogatorio, del que ignoraba todo. Él no era un obrero y además acababa de salir, como quien dice, de una tuberculosis; a poco que se les fuera la mano podían encontrarse con un fiambre. Hablaba de él como si hablara de otro, se estaba contando historias propias con protagonista ajeno, pero con frecuencia había de prohibirse mirar la bombilla encendida (Grimáu no existe), inventarse urgentemente un test para comprobar su grado de reblandecimiento, prepararse para afrontar cualquier sesgo que le desconcertara, no hablaría, de eso estaba seguro, no hablaría porque la razón estaba de su lado y en ese lado se encontraban Simón, *Rafael*, Sartre (Grimáu no existe), Marcelino Camacho haciendo gimnasia, Antonio Gómez el del metal, ¿en qué planeta habitaba

Odile?, ¿de qué jaula se había escapado Julián?, Gramsci le acompañaba y, algo más arriba, Vladimir Ilich. No era menester ponerse tan solemne, bastaba con saber que su ensayo corría peligro. Fue ese pensamiento el que precipitó sus ganas de orinar, de modo que llamó al guardián con la urgencia de un enfermo. Los servicios, al término del pasillo, estaban tan asquerosos como el resto de las dependencias. Su vuelta a la celda no pudo ser más oportuna porque ya le estaban esperando para el interrogatorio.

Sudaba al entrar en el mismo despacho de la noche anterior. Tenía las palmas de las manos húmedas y heladas, y se limpió en la trasera del pantalón. En el cuello, la transpiración, además de gélida, era picante. Intentaba tragar saliva en vano, sobre todo cuando comprobó que faltaba el bueno. Le parecía inaudito caer en tales componendas. El nuevo bueno era menos convincente que el anterior, se limitaba a ofrecer tabaco pero su voz aflautada obedecía al estilo propio del aguijoneo, no de la confianza. Prácticamente las mismas cuestiones que la noche anterior. Tuvo tiempo de preguntarse por el tipo de persona que ellos creían que era, ¿no se les estaría ocurriendo pensar que estaban ante un dirigente? La sola idea le estremeció. Tener razón da fuerzas, sin duda; pensar que el otro sólo tiene la fuerza revaloriza las propias fuerzas de la razón. Galimatías, ellos eran tres, se turnaban, luchaban en su terreno y con sus armas; él, sin embargo, volvía a sentir la tenaza, el sudor helado, hasta el punto de que el bueno le ofreció un pañuelo que Silverio rechazó. Volvió a hablarles de París como marxista independiente y de algunos periodistas que allí había conocido; les repitió la historia de Boufemon, pero llegó un momento en que la lengua perdió toda posibilidad de engendrar sonidos, al tiempo que los párpados se le cerraban, y entonces recibió el primer empujón violento, precisamente de su protector que, dijo, quería evitar males mayores. Siguió y siguió durante horas, sin comprender cómo conseguía sostener la cabeza. Hasta que le devolvieron a su celda, sobre cuyo jergón cayó como para no levantarse jamás.

Tuvo un sueño profundísimo, quizás el mejor sueño de su vida, en el que recorría descalzo unas praderas y el rocío le encharcaba los pies mientras ascendía a paso ligero por montículos, sintiendo ensanchársele los pulmones al amparo del olor único y huidizo de las primeras horas y sus pasos acabaron en saltos que le hacían avanzar de forma más aérea, pero sin perder la confianza de un posible contacto con la hierba blanda, y así recorrió espacios infinitos sin objetivo alguno, por la simple satisfacción de marchar. No habrían pasado ni tres horas cuando se despertó súbitamente alarmado, preso de la pálida bombilla del techo, como si ésta contuviera el gran enigma. Volvió a la tierra con los ojos muy abiertos mientras el oficial de guardia hacía su ronda y golpeaba arbitrariamente con algo duro en las puertas que le apetecía. No recordaba haber mirado, al regresar a la celda, hacia la Puerta del Sol. Se incorporó sobre el camastro, le dolían los riñones. Pidió nuevamente permiso para ir a los servicios donde bebió agua del lavabo hasta saciarse, a pesar de lo cual los labios se le resecaban de inmediato. Se lavó las manos y la cara; mejor que no hubiera espejo en el que mirarse. Ya de vuelta, tuvo una visión fugaz de la iluminación que sellaba los ventanucos de la calle, azul y dura, telonera, como si los tragaluces no fueran sino decorados de un falso drama romántico. Entró en la celda con la sensación de haber recuperado parte de su vida y quiso demostrarlo dando pasos, tres por dos, pero allí seguía la bombilla que acabó imponiendo su realidad frente a los cortinajes zarzueleros. Todo había vuelto a empezar, nuevamente estaba a disposición de la incertidumbre. Sus fuerzas estaban tan mermadas que ni siquiera tuvo ánimo para recurrir a sus santones, mejor dejarles descansar un tiempo. Ahora bien, si hubieran querido torturarle a fondo, ya lo habrían hecho; el juego permanecía absolutamente abierto, ¿aquello era un simple asedio con erosión incluida?, ¿en verdad sospechaba la eficiente maquinaria policial que habían dado con un pez gordo al que estaban cebando para tenerlo maduro en el momento preciso?

"¡Eh, camarada!, ¿te han dado mucho?". Era la voz veterana de la celda adjunta. "Me han dejado para el arrastre", dijo Silverio escuetamente. Hubo un silencio que estaba ocultando una pregunta voluntariamente dilatada. "No me respondas si no quieres —dijo el veterano—: ¿eres *Alejandro*?". "Pero qué dices, ¿estás loco? Ya te dije cómo me llamo". Silverio sintió a la altura de los esfínteres una especie de desgarro. De manera que el veterano pensaba que por venir de París era de la dirección del partido, nada menos que *Alejandro*. "Perdona", se oyó decir al vecino y calló. Por demostrar algo, tal vez llevado por un oscuro entusiasmo o únicamente para aliviar el silencio, Silverio se puso a silbar la Internacional ignorante de las consecuencias que ello podría acarrear. Primero fue él sólo, pero no tardaron en unirse otros y al final fue un gran silbido largo, compacto e irregular en el que ya apenas pudo participar debido a la emoción. Se oyeron voces conminatorias de los guardias y aún volvieron a interpretar el himno blasfemo tres veces más pese a las amenazas más bien moderadas de los guardianes. ¿Se habría oído en la Puerta del Sol o estaba destinado sólo al lóbrego pasillo? ¿Las piernas, los pantalones y faldas, las pantorrillas y culos habrían recibido el eco de la vieja convocatoria, silbada por unos sucios condenados a galeras, a un tiro de piedra de sus casas? La moral había crecido. La muletilla de que la razón estaba de su lado volvió a ser pronunciada. Demasiado abstracta frente al hecho de una buena paliza, ¿no? ¿Admitiría ya la imagen de Grimáu? Su mirada recaló en la bombilla. Vendrán por ti, por mí, por todos, y también por ti. Dicen que dijo Simón Sánchez Montero al torturador serenamente: "Ya sé lo que me espera, pero usted no sacará de mí ni una palabra". ¿Qué más daba una bombilla de más o de menos?

No conseguía dormir a pesar de que su cabeza pesaba sobre el jergón toneladas de sueño acumulado. Pero siempre había un ojo que se negaba, un oído al que la amenaza mantenía abierto. Dormía, si acaso, la mitad de su cuerpo y apenas un tercio de su espíritu. Aún le tocó escuchar, durante un buen rato, los chillidos lejanos de una mujer anónima.

Cuando al fin fueron a buscarle, bien entrada la madrugada, Silverio, que había vuelto a rechazar la cena con repugnancia, sintió una recóndita avidez de que aquello empezara. En esa ocasión faltaba el gorila, por contra había reaparecido el bueno de la primera noche. Todo estaba dispuesto, el juego del cigarrillo y las confianzas. "¿Por qué no acabamos de una vez y me dejas irme de juerga, tío, que hoy es sábado?", dijo el bueno. Sólo que ahora no le permitían sentarse, había de aguantar de pie sin apoyarse en ningún sitio. En la mesa no había máquina de escribir y eso le pareció un pésimo signo; empezó a repetirse que la razón estaba de su lado pero no podía apartar la vista del nuevo gorila, un individuo de escasa estatura pero cuadrado, con cuello de toro y modales expeditivos. La sesión presentaba aspectos nuevos, según pudo apreciar desde los minutos iniciales. Lo que tenía que ocurrir se había producido: el registro de su habitación. Primeras acusaciones dedicadas a sus libros. Concretamente el de las cartas de Gramsci, un *Manifiesto Comunista* en edición de bolsillo y luego además un libro de Ortega, otro de Unamuno y otro de Machado; también el póster del Guernika y una litografía del Equipo Crónica. Del resto no se acordaban o no conocían a sus autores. La selección resultaba asombrosa. Luego sacaron el fajo de folios titulado *Reflexiones sobre el izquierdismo y el reformismo*, sin firmar. Estaban muy interesados en saber quién había escrito lo que para ellos no era más que un rollo macabeo. Silverio pensó un nombre. "Vladimir Ilich —dijo con orgullo—, es un texto muy famoso que se encuentra en cualquier librería de París". Explicó que lo tenía fotocopiado porque se lo había dejado un amigo suyo, estudiante de Ciencias Políticas en Nanterre, donde se utilizaba como libro de texto. Temió que notaran en su vocalización las palpitaciones. "Pues yo te juro que estos papeluchos no circularán por España", dijo el nuevo gorila doblando con una sola mano el mazo de folios. Podía haber gritado en aquel momento, suplicado de rodillas. *Touché*, fue lo único que pensó. Cuando volvieron a preguntarle por centésima vez su profesión, dijo con humildad: "Marxistólogo". El gorila estaba atónito ante aquella palabra. "¿Y qué coño es eso de marxistólogo?". "Les repito que soy un estudioso de la teoría marxista, como podía serlo de la tomista". "Éste quiere protegerse en Santo Tomás: oye, cabrón, de mí no se ríe nadie, ¿entiendes?", dijo el duro. "Hombre, Silverio, entenderás que no es lo mismo Marx que Santo Tomás", añadió el bueno como si estuvieran de tertulia. "Quiero decir que la teoría marxista se enseña en muchas universidades de por ahí, incluso en Estados Unidos", dijo Silverio en el mismo tono. "¡Cacho hijo de puta —bramó de nuevo el gorila—, ¿y a mí qué me importan las universidades de por ahí, llenas de maricones y de chiquitas con sífilis?".

Se abrió entonces la puerta y apareció el propio Yagüe en persona. Aquello había adquirido una dimensión inesperada y peligrosa. El comisario jefe no se iba a molestar por un cualquiera. Enderezó su cuerpo, que estaba empezando a mostrar serios síntomas de vacilación.

—¿Qué le pasa?

—El cabrón dice que es un marxistólogo, jefe.

—¿Ah sí? A éste habrá que meterle las obras completas de Marx por donde le quepan de una vez por todas.

Le rieron la gracia como correspondía y Silverio presintió que en esos terrenos tenía más posibilidades de defensa.

—Debo decirle —miró al comisario procurando que no le temblaran ni la voz ni las rodillas— que lo que me hagan va a trascender al exterior. Tengo buenos amigos en *Le Monde* y en otros periódicos, conozco a gente en la Unesco, conozco a escritores. Hagan conmigo lo que quieran, pero aténganse a las consecuencias.

—Nos ha salido chulito el, ¿cómo se dice?, el marxistólogo. Me lo vais a mantener aún una hora de pie, sin moverse, y si se cae le dais para el pelo. Has de saber, jovencito, que yo soy un profesional, lo fui con la República, lo soy con el Régimen, y cuando mandéis vosotros, lo seré con vosotros porque siempre tendréis necesidad de mí. ¿Comprendes, bobo?

Salió del despacho y aún andaba Silverio preguntándose de dónde había sacado valor para jugar tan fuerte. No hubo más diálogo. Se quedó a su cuidado el nuevo gorila, que fumaba sin parar mientras leía el *Marca*. De cuando en cuando le echaba una ojeada a Silverio, que notaba su peana cada vez más exigua e inconsistente, no tardaría en inclinarse como la torre de Pisa o incluso balancearse sobre el punto fijo de los pies. Silverio vigilaba al gorila y cuando éste le miraba hacía intentos ímprobos para recomponer la rectitud perdida. No sabía a qué punto mirar ni cómo, pues una forma de vértigo comenzaba a cercarle los ojos, agitando ante ellos un tejido gaseoso que le invitaba a cerrarlos, pero ello supondría el inmediato desmoronamiento. Empezó a convencerse de que andaban buscando un pretexto para pasar a la siguiente etapa de tortura, de la que no podrían librarle ni sus supuestas conexiones internacionales. En el fondo, ¿con quién tenía conexiones además de consigo mismo? Lo que le seguía inquietando era la posibilidad del equívoco. Quizás en ese momento estarían mirando en un diccionario la gravedad del término *marxistólogo*. Se arrepentía de haber empleado esa palabra que le vino a la cabeza por la similitud con sinólogo aplicada a Edgard Snow. Constantemente tenía que recurrir a pequeñas trampas, como abrir o cerrar despaciosamente los pies, obtener una ligera movilidad para cambiar, de forma insignificante y proporcional, el reparto del peso de su cuerpo. Cuando se le nublaba la vista avanzaba el pie unos veinte centímetros ganándose los insultos y amenazas del gorila que, sin embargo, no le tocó ni una sola vez.

Entraron los otros dos sociales de no muy buen humor, incluido el bueno, al que el servicio de aquella noche seguramente había chafado su plan con alguna señora. El duro se frotaba las manos y dijo, casi con delectación: "Vamos a trabajar". Cuando pudo sentarse en una silla Silverio recuperó, entre otros sentidos, el de la orientación, al mismo tiempo que desaparecía un pitido que había surgido en sus oídos en los últimos minutos. El gorila se había hecho un catalejo con los folios de su ensayo y se divertía mirándole a su través.

El duro le mostró una fotografía de escasa calidad en la que se le veía entre un grupo de personas con peinados anticuados. Cayó en la cuenta inmediatamente, la foto estaba tomada cuando el entierro de Agustín Gómez en el cementerio civil, un acto al que acudió sin ninguna razón especial, hacía al menos diez años. Los sociales enseñaban sus cartas, pensó, y le pillaban agotado; por Dios, que acabara aquello, como fuese, pero que acabara. Fueron unos segundos de un movimiento de pánico que, sin saber cómo, pudo controlar. Simón dijo al torturador serenamente, ya sé lo que me espera. Reconoció que en efecto él era el de la fotografía, pero hacía muchos años de aquello, en un período juvenil en el que asistía a actos por curiosidad, ni siquiera se acordaba de quién le había propuesto ir al cementerio, no pertenecía al Partido, entonces era un romántico, pero eso fue mucho antes de irse a París y de la tuberculosis; por supuesto, no había vuelto a tomar contacto con aquellas gentes de las que no recordaba ni siquiera sus nombres. Habló y habló mientras trataba de secarse el sudor de las manos en el pantalón. No pasarán. Simón dijo al torturador serenamente, Simón no pasarán, dijo al torturador, dijo Simón, Simón, serenamente, se estaba mareando, iba a perder el conocimiento, un solo punto de apoyo, por favor, Edgard Snow, no lo aguantaría, ni su lengua podría articular una palabra más y cuando vio al gorila con aquellas manazas romper en dos su ensayo, pegó un brinco en la silla y gritó con la energía de todos los gritos fundidos, larguísimo, arqueado, saliéndosele por allí la vida, mas no fue un grito de queja, sino uno de esos que dejan al cuerpo vacío de órganos, pidiendo ayuda a los gorilas o a la humanidad. Debió resultar escandaloso, ¿se oyó en la Puerta del Sol?, porque el bueno, precisamente el bueno, dejó escapar un puñetazo sobre su boca que le hizo tambalearse y, al caer, se golpeó los riñones contra la silla. "¡Te voy a dejar en manos de éstos!", gritó enfurecido el bueno, confirmando Silverio con ello que efectivamente le había estropeado un buen festejo femenino.

—Denme un poco de agua y les contaré todo —dijo Silverio tratando de incorporarse. Sorprendentemente sólo sangraba por la nariz, pero el labio inferior se le estaba hinchando por momentos. El gorila le trajo un vaso de agua que Silverio bebió hasta la mitad, mientras con un pañuelo en la otra mano trataba de contener la hemorragia nasal. "Perdona, dijo el bueno colocándole un cigarrillo entre los labios doloridos, pero es que hemos perdido mucho tiempo esta noche".

Era como si hubiese entrado en una etapa de exaltación incontrolada en la que ya no cabía la paciencia. Arrancó de las manos del gorila el manuscrito de su ensayo y el tipo ni se movió. Silverio lo apretó contra su pecho y era como si una intensa fiebre abrasara sus pulmones devolviéndolo a continuación en forma de llama por la boca. Se hallaba transportado al reino de lo invulnerable, donde nada de nadie revestía peligro, ni las amenazas ni, desde luego, las palabras. Ardía en deseos de hablar, confesarse a fondo ante aquella gente, ya ni siquiera sentía dolor en los labios, sólo aumentaba la ansiedad, podía ponerse a ulular en cualquier momento, aunque lastimosamente no pudo registrar como merecía la expresión atónita de los tres sociales, que se miraron alarmados ante lo que parecía una caída en el delirio. Silverio les invitó a aproximarse y ya, sin más interrupción que un nuevo sorbo de agua, les hizo partícipes, en tono confidencial no exento de toses y grititos extemporáneos, de la carga venenosa que llevaba dentro, más o menos —dijo— de su vida entera. Hablaba deprisa, dando demasiadas cosas por sobreentendidas, pero con lo que los polis quedaron fascinados fue cuando oyeron lo aburrida que era una célula en París, la pasión de Antonio Montero por Bahamontes, la fuga de su hija, el encuentro con Gilles y Félix, y cómo Louis mató a su esposa estando él en aquella casa, los intentos de aproximación a la KGB, los contactos con Dimitroves, Popoves, Malinoves y otros nombres con los que Silverio afirmó haberse entrevistado, incluso se refirió a una breve charla que tuvo en francés con una secretaria de Breznef desde el teléfono de una oficina comercial soviética sita en la rue Bonaparte, más sus deseos de tomar contacto con la CIA en Madrid con objeto de establecer un doble juego a favor de la URSS, etcétera.

Al principio, el duro tomó algunas notas en una libreta azul, pero a partir de la conexión con la KGB dejó de escribir y siguió escuchando, al igual que sus compañeros, estupefactos ante la novela que Silverio les estaba ahorrando leer.

Volvió a la celda exhausto, pero aún podría haber seguido hablando si los sociales le hubieran dejado; estaba visto que había muchos Fernando Müller por ahí sueltos; en realidad no les había dicho nada de Odile ni de Julián. Ni siquiera había podido profundizar en los proyectos personales que se le iban ocurriendo a medida que se abría a aquel nuevo mundo.

Durmió plácidamente el resto de la noche y el día siguiente, domingo, lo pasó en un estado de modorra, tal vez le habían dado sedantes sin que él lo advirtiera, todo lo estaba percibiendo ahora desde una cierta distancia. Recordaba vagamente que cuando llegó a su celda, el vecino veterano, empeñado en su emotiva hipótesis, le había susurrado algo así como: "Eres un tipo cojonudo, un ejemplo para todos nosotros". Y Silverio tuvo estrictamente el tiempo de decir "Gracias", antes de caer como un leño retorcido bajo la manta. No volvieron a importunarle. Comió el rancho de mediodía con regular apetito, hizo sus necesidades a media tarde y se dejó estar lo que quedaba de jornada. En la madrugada, hacia las dos, vino un guardia y le avisó que se preparase para salir. Silverio se puso de pie, miró la bombilla como si no la reconociera y trató de ordenar su pelo sucio con los dedos.

Empezó a observar su entorno con una indiferencia glacial. El vecino vino a chistarle. "He oído que te sueltan". "Sí". "¿Querrás hacerme un favor?, ¿qué número de calzado usas?". "Cuarenta". "Me puede servir; es que a mí, al segundo día de estar aquí, me quitaron las botas y desde entonces estoy descalzo, pasando un frío que no veas; tus zapatos me podrían valer". A Silverio le pareció muy natural. "Ahora le digo al guardia que te los pase". De esta forma, recuperadas sus pertenencias, descalzo y en paz consigo mismo, se encontró Silverio en mitad de la Puerta del Sol, kilómetro cero de España. Estuvo allí parado un rato, contemplando los escasos automóviles que pasaban a esas horas y contando los ventanucos de la DGS, silenciosos, como abandonados desde esta orilla. Las baldosas de la acera estaban frías. Silverio, con los pies desnudos, tieso, parecía recién desembarcado de un país lejano tratando de orientarse.

Sesión de psicoterapia

—No hay tiempo para nada, es como si no hubiera tiempo para nada y menos aún para detenerse y decir, vamos a ver, veamos las cosas hasta aquí, cómo ha sucedido todo, revivámoslo antes de que pierda su relativo interés, por ejemplo, claro, ¿cómo no voy a recordar aquí a mi madre?, y pienso que se llevó a la tumba una idea absolutamente errónea de mí, algo parecido a lo que me ocurrirá a mí conmigo mismo, con lo que no haría sino dar la impresión de estar viviendo en la piel de otro, puesto que no reconozco lo pasado o, sinceramente, no estoy muy seguro de que lo que yo dije que pasó sucediera en realidad, o sólo ocurrió en un impreciso tanto por ciento, aunque puestas así las cosas qué más da, pero si pensáramos que aquello se puede recuperar querría decirse que es posible enmendar errores, rellenar carencias, sustituir determinados impulsos, para lo cual necesitaría contemplarme como si nada hubiera sucedido, todo quieto, el tiempo y otras cosas, pero entonces, ¿para qué esta conversación si no hay tiempo y no hay tiempo, es decir, no puedo pararme?

—Interesante, Silverio. Háblame de tu relación con Odile.

—Lo que más me extraña a veces es la ausencia de inquietud, no ocurre nada y ése es mi peor momento, todo va cambiando a mi alrededor y sólo yo permanezco, temo quedarme atrás, temo que sean los otros los que se quedan atrás, no sé si en este viaje el tren y las vías están paradas, se mueven ambos, se mueve el tren con respecto a las vías o las vías con respecto al tren. Vivo para los demás pero únicamente pienso en mí, ¿cómo se compagina esto con mi militancia política centrada en mi aportación *Reflexiones sobre el izquierdismo y el reformismo,* que quizás, a estas alturas de los cuatrocientos folios que ya tiene, debería ser llamado *Revolución y pragmatismo*?, tema sobre el que me gustaría que habláramos en alguna próxima sesión; así, de vez en cuando, un toque de terror viene a recordarme mi fragilidad; una evocación inoportuna, un mal sueño, un cambio de tiempo inesperado y es como si volviera a empezar desde abajo.

—Cuéntame algún sueño.

—No tienen perfiles concretos, sólo amenazas de muerte; no son situaciones irreversibles, es el miedo a que estas situaciones se repitan, veo llegar los ciclos y me echo a temblar, el tiempo de tomarse unas pastillas y recuperar la convicción de que ya soy de hierro, sobre todo por las noches, cuando intuyo que el pasado se desprende de mí, y que nada es real, no me ocurre nada real, sé que estoy reincidiendo en los acontecimientos que se suceden ante el espectador que soy, cómo trato de sustituir las pisadas por la contemplación, y me conformo, lucho por entenderme como si estuviera luchando por mi vida, ¿son estos pensamientos dignos de un marxista cuyo problema máximo ha consistido siempre en cómo llenar los fines de semana?, y luego está esa sensación de derrochar energías en favor de un sistema que abomino, conceder la prioridad a lo secundario. Incluso estas mismas sesiones me parecen coartadas.

—No vale la pena seguir cuestionando el método eternamente. Háblame de Odile.

—Todo ha cambiado provisionalmente. Es un prodigio llegar a casa y encontrarse a alguien, o estar en casa y esperar la llegada de alguien, pero no sabría muy bien cómo construir la imagen de Odile a partir de esa consideración; digo que Odile me ha librado de la soledad y también me impide la soledad, creo que estamos ajustándonos, pero sería falso hablar de Odile sin hablar de Julián, los dos sabemos que él está ahí aunque ahora se encuentre a miles de kilómetros de distancia; sabemos que ha sido cruel con Odile, sobre todo en los tiempos que siguieron a la muerte de la niña, cuando no fue siquiera capaz de compasión; debió de sufrir mucho tras el accidente, pero de esa manera descabellada con que sufren algunas personas cuando al no explicarse lo sucedido sólo claman venganza, necesidad de arruinarse y arrasar a los demás;

Odile estaba en mitad de su camino. Entre Odile doliente y el estúpido bingo de todas las tardes siempre elegía el bingo, porque había decidido que al tiempo había que matarlo día a día en los bingos, un asesinato mugriento; no veía otra salida, salvo ahora, puede que en la universidad norteamericana que le ha contratado se le abran nuevas posibilidades, quizá vuelva a escribir, puede que no lo haga ya nunca. Mientras, yo sigo aquí en este papel de sustituto deslucido, que acepto siempre que la sustitución no sea a plazo fijo, yo no quiero llenar un año sabático en la vida de Odile, pero en el fondo no podemos olvidarlo y no nos importa. Por ejemplo, el día en que trasladé al piso de Odile los cuatro cachivaches que tengo, fue curioso, el Guernika, un grabado antiguo con la Declaración de los Derechos del Hombre, un póster sobre la Revolución de Octubre, ¿qué iba a hacer con todo eso si resultaba que Julián ya había arrinconado su Guernika hacía años?, siempre he ido retrasado con respecto a él, luego la casa de Odile es muy pequeña, tiene un despachito que primero fue de Julián en exclusiva, después lo compartieron, más tarde, ante la falta de uso, fue de Odile sola y ahora llego yo con unos cuantos libros y sobre todo con un trabajo de cuatrocientos folios que necesita algo más que la esquina de una mesa para desarrollarse. Pero lo que destacaría es la compenetración sexual entre nosotros, que me indica, por algunos rasgos de sorpresa en Odile, que con Julián las cosas no marchaban bien en este aspecto. A pesar de todo, mi impresión es que el terreno que pisamos Odile y yo está plagado de trampas que alguien pone en mi nombre y que me son muy útiles porque dificultan mi entrega a ella, avanzo y cataplún, me pillo un pie, una mano, un trozo de esa memoria que continúa practicando el juego del aplazamiento, la táctica de no actuar dejando que el tiempo lo haga por ti. Cuando estoy solo me encuentro firme, dispuesto para la rendición incondicional, pero en cuanto aparece Odile, es decir, la realidad, se me llena el vaso de angustia, como si me volviera de vidrio con el grave peligro de resquebrajarme. Ya sé que es un problema mío, no suyo. Y en ésas estamos.

—Todo esto es muy significativo. Observa tu curiosa frase "rendición incondicional".

Silverio, tumbado en el diván, se encontraba inapelablemente afecto al cuadro del caparazón, jugueteaba con sus bordes a la espera de la parrafada de Fernando Müller, pues todo parecía indicar que había llegado su turno dada la acumulación de datos que le había proporcionado, aunque resultaba claro que el destinatario de sus testimonios no era tanto Fernando como él mismo. Silverio estaba seguro de no poder pronunciar ni una frase más portadora de un mínimo interés, todo estaba ya dicho por el momento y era Müller quien debía desbloquear aquel silencio que se iba espesando y que sólo Silverio parecía sentir como propio, embarazoso, haciéndole removerse con discreción en el diván, mirándose impaciente la punta de los zapatos, frotándose el uno contra el otro, frente al caparazón impenetrable, lástima no poder volverse hacia atrás para ver su expresión de psicoanalista impasible. Hablar o no hablar, ésa no era la cuestión.

—No sé qué más decirte; podría referirme, por ejemplo, a la indecisión, a cómo las razones y las contrarrazones poseen un peso específico semejante que llevan al desasosiego. Todo en mí conoce un salto poderoso hacia adelante y a veces eso se detecta en derminados aspectos, por ejemplo, mi situación laboral. ¿Quién me iba a decir a mí hace dos años que me atrevería a independizarme, a crear una editorial de guías prácticas, turísticas, rutas, viajes, etc.?, y sin embargo, en doce meses el negocio se ha estabilizado y tiende a progresar, ¿no estarán al llegar las contrarrazones? Ni hacer ni no hacer. Si siempre saco los mismos argumentos es porque necesito caminar por lugares transitados, calles reconocibles, personas de confianza que no supongan riesgo ni sobresalto, lo mismo que me sucede con las luces del día: que el crepúsculo no me pille a la intemperie, que la noche me sea propicia bajo el techo de mi casa, claro que si sigo así no me atreveré a moverme entre el tráfico mareante de las calles, ni a aparcar en un subterráneo, ni a estar en sitio desconocido con persona desconocida a hora anómala, porque me ganará esa sensación de abandono que acaba en pánico; ni a viajar en avión porque, en fin, ya ves mi relación con el entorno, y sin embargo vengo aquí y hago esfuerzos porque mantengo las esperanzas; me lo decía una vez bajando el ascensor de esta casa, me miraba al espejo y me decía, ¿por qué no?

—Lo vamos a tener que dejar por hoy, Silverio.

La consabida insinuación final contenía su parte de alivio, que le hacía ponerse en pie casi de un salto. Pero también estaba su orgullo, precisamente ahora que le iba a hablar del origen de sus fobias; si bien era comprensivo con el hecho de que tras él estaría ya esperando otro lenguaraz en busca de la gran oreja psicoanalítica. Mientras cerraba la puerta volvió a insistir en que lo importante no era lo que Fernando Müller pensase sino el cómo revelador de sus palabras para sí mismo. En el espejo del ascensor se acordó del argus de la DGS: alguien le estaba observando desde el otro lado. Sonrió y el otro sonrió: era su propio testigo de cargo en estos interrogatorios. La idea evidentemente no resultaba muy original, ya se sabe lo que puede dar de sí un espejo. ¿Qué había demostrado Alicia en el país de las maravillas? No recordaba bien, en realidad tendría que leer —no releer— el libro de Carroll para salir de dudas.

Veinte de noviembre

El veinte de noviembre por la noche fueron a casa de Manu Armada, el ex jefe de Silverio, donde un grupo de amigos iban a celebrar el fallecimiento en cama sin dosel del general. Habiéndose corrido la voz de que las existencias de champán se estaban agotando, Manu, previsor y pragmático como mandaban los nuevos tiempos, había comprado una caja, la mitad de cuyas botellas se acumulaban desde días atrás en el refrigerador, ante las protestas de su mujer por aquella ocupación contraria al ordenamiento de un hogar armonioso.

Silverio y Odile se las prometían muy felices, sobre todo él, que había soñado tantas veces con el momento en que alzaría su copa pronunciando unas sencillas palabras proféticas, si bien siempre pensó que lo haría en un piso semiclandestino del Partido, junto a miembros de la dirección que le escucharían satisfechos. La realidad resultó mucho más trivial en aquel apartamento de Manu, repleto con unas seis parejas, ninguna destacada personalidad, en una atmósfera de cena de matrimonios en viernes noche; algo recelosos cuando ya desde la entrada fueron asaltados por los Beatles, por Dios *Abbey Road* no, como si fuera un himno generacional. Se apretó contra Odile pasillo adelante y los recibieron, quizá por ser los últimos, con grandes alharacas dentro de una jocosa gama de parabienes, tal como si ellos hubiesen liquidado al Caudillo, ya estamos todos, decían, es el gran momento, aunque Silverio andaba ya hastiado tras las últimas semanas de obsesiva escucha de noticias, pues para él Francisco Franco había expirado tantas veces que ahora la muerte real de aquel trozo de anciano en el Hospital de La Paz no podía sentirla como su muerte más auténtica. Por otro lado, le exasperaban aquellos matrimonios beatos que parecían convocados para una promoción de unos grandes almacenes. Se repartieron las copas y hubo profusión de brindis e incluso algún *happy birthday* como si fuera un cumpleaños, pero no tenía sentido ponerse en plan severo o simplemente racional. Aquello no era más que una cachupinada simpática, máxime si se tenía en cuenta la situación de Odile, cuya vitalidad estaba desbordando los límites de su cuerpo, no por antifranquismo genético sino porque había bebido en diez minutos lo que cualquier moderado tardaría toda una noche en consumir, con las mejillas rosáceas, vencedoras de lo que su leve maquillaje propiciaba, en tanto los hombres fueron invitados a realizar una ronda de brindis, y lo cierto es que no estuvieron a la altura de las circunstancias, la mayoría hablaba de fecha histórica, lucha por la democracia, de que si cabrón y asesino; sólo Silverio levantó solemnemente la copa y dijo despacioso: "*Ariote capustinilo valojendo ruo, ¡pármito, jostripócito, parisfondílico arache loe!*", y tras el primer estupor, la concurrencia aplaudió entusiasta mientras Silverio permaneció impávido, porque sólo él sabía que aquella parrafada iba dedicada a Julián, lo que ni siquiera Odile hubiera podido adivinar, sobre todo dada la evolución ascendente de su nivel etílico, proclive a la alegría expansiva y a su exhibición, mientras los dos nenes del matrimonio Armada, insomnes y en pijama, deambulaban por entre las piernas adultas sin merecer una excesiva atención de los invitados, detalle que no pasó desapercibido a la dueña de la casa, incluso cuando el más mayorcito iba preguntando aquí y allá: "¿De quién es el santo?", y nadie pareció dignarse en premiar la graciosa ocurrencia con una carantoña, hasta que la madre, apretándolos contra su seno compensatorio, los recondujo hacia su cuarto en un momento delicado de la reunión, pues justamente entonces Odile, que ya había abandonado el champán para entregarse de lleno a la ginebra, se echó a bailar al centro del saloncito rodeada de un séquito mixto que alababa explícitamente su profesionalidad e implícitamente su golfa anatomía, ya que al maestro Pérez Prado le estaba proporcionando a Odile una dosis de concupiscencia que a más de un caballero le hacía humedecerse con la lengua el labio inferior y a más de una dama rechazar torcidos pensamientos, y es que aquel pequeño cuerpo se encrespaba de la manera precisa para exaltar los recovecos inquietantes y cada cual podía estimar el ardor a su guisa, aunque quizá si se hubiera hecho una encuesta de urgencia sobre sus gracias, el resultado habría dado el primer puesto al monte de Venus, el segundo a los pechos y el tercero a las caderas, ante la hipotética objeción de Silverio que encontraba en el cuello el mayor encanto de Odile, pero sin duda el chácháchá resaltaba otras zonas, causando estragos en el sentido de que prácticamente todos habían abandonado las copas de champán en los lugares más insospechados pasándose al whisky, al cubalibre o al gintonic, salvo la señora de Armada que se consideraba obligada a reservarse por decoro, y también otra dama, de nombre desconocido, cuya úlcera le impedía beber alcohol, y así estaban entrando, discretamente, en el posfranquismo; en cualquier caso, aquel grupo jovial de amigos, el veinte de noviembre, a las dos y media de la mañana, superando las fatigas y emociones del día, celebraba algo tan riguroso como la muerte del general, por mucho que el general hubiese fallecido innumerables veces antes, de la misma manera que la dictadura había estado a punto de desmoronarse día a día desde los años cuarenta, en versión psicológico-doctrinal del Partido, y no era el montón de huesos depositado en el Hospital de La Paz lo que llamaba la atención de Silverio, ahora que Odile había terminado extenuada, con el sudor perfilándole el sostén, sino qué margen de acción le quedaba al Partido en aquella coyuntura, con un Ejército en contra, un Rey en contra, una Administración en contra, una Iglesia en contra, lo mejor sería servirse otro whisky, ¿no es verdad?, pues ¿no quedábamos en que éramos todos de izquierdas?, escalonar la transición, una primera etapa, una segunda etapa, una tercera etapa, una cuarta etapa, una décima etapa y a la altura de la vigésima etapa ¿qué inconveniente habría en que el Partido saliera a la calle?, mejor ponme un poco de hielo, ramalazos peligrosos en estos momentos, ¿creerás que van a dejar el camino libre para que tú desfiles por la calle de Alcalá, por donde pasa el Curro Cúchares y el Tato?, no deberíamos hablar de estas cosas en una noche así, seguramente estrellada, ¿dónde tendríamos que estar ahora, engrasando las pistolas de juguete o cambiándonos de domicilio?, mira a ésos fumando el porro de la victoria, ellos son los que van a emerger triunfadores en este nuevo país que corre hacia la modernización, vaya pedo, macho, voy a tener que vomitar, y claro que se nota en su agilidad que es una bailarina profesional, lo que daría yo por un cuerpo tan proporcionado como el suyo, la pobre perdió a su hija en un accidente, sí, cualquier accidente es posible aquí, unos incontrolados se desmandan, cuatro estallidos locos y se arma la de dios es cristo, ¡a la salud del llanto de Arias Navarro!, estamos bebiendo como salvajes pero no todos los días se queda uno huérfano, habrá que ser prudente en estos primeros tiempos, la primera etapa, la segunda etapa, la décima etapa, huuuummm, es curiosa esta tristeza que me está entrando en una noche en que hasta la derecha está contenta, la reverberación de los sentimientos, los reúmas anuncian la llegada de un nuevo frente húmedo, cuando ya las parejas se asientan o se tumban en la moqueta, contra los rincones, apoyadas las espaldas en el sofá o en un fácil regazo y parece haberse remansado el ansia primigenia de ingerir alcohol conmemorativo lo más velozmente posible, cuando en realidad lo que se buscaba ya era la relajación de los rincones, la música tierna de la madrugada, las medias palabras y esas copas repetidas que producían el efecto de querer saber más que nadie, no la loca exaltación juvenil ni la evaluada desesperanza de la madurez, sino esa pasión ya medible propia de la treintena, hasta que llegó un momento en que a pesar de lo escandaloso de la hora pocos tuvieron fuerzas para poner en vertical la máquina encharcada de sus cuerpos, ese primer impulso necesario para meterse dentro del abrigo; el caso era que no podían ser más allá de las diez y media cuando Odile abrió un ojo extraviado tratando de identificar al burro que había descorrido las cortinas para que un alud luminoso la sepultara, y lo primero que vislumbró fue aquel saloncito que no era su casa, y angustiada abrió el segundo ojo para comprobar que aquel piso había sido asolado por el ciclón de la muerte de Franco, ella estaba en su cortedad tendida en el sofá, sobre el que Silverio apoyaba la cabeza, respirando profundo y fragoroso, y a él se unía el grave ronquido de un socio de Manu capaz de dormir sentado recogiendo en su regazo a una chica de cuyo nombre no podía acordarse y que no hacía más que toser, lo que vino a provocarle un estremecimiento, pues efectivamente el frío se sobreponía a una atmósfera que en cierto modo había taponado los orificios respiratorios de los presentes con auténticos cementerios de colillas, y casi daban ganas de no respirar aquellos agresivos residuos estancados en las diversas superficies, muebles, suelo, lámparas, pulmones, y Odile pensaba que ése no era un buen día para nacer dadas las circunstancias, hoy tendría que ejercitarse el doble de tiempo para alisar los pulmones que sentía arrugados, salvo que hubieran cerrado el estudio por lo de Franco y entonces intentaría hacer algo en casa, sin sitio, sin voluntad, aunque no había nada que un buen vaso de ginebra no pudiera enderezar; incluso un cuerpo tan pequeño como el suyo le pesaba horriblemente, no había quien pudiera moverlo algunas mañanas, sólo algunas, encadenado a sueños fraguados con ginebra, pero en ese momento lo que necesitaba era desaparecer de aquella casa pisando con cuidado de no aplastar ceniceros, botellas o cabezas, todo estaba pringado de ceniza, una lámpara aún encendida, infructuosa, dos almohadones de terciopelo rojo en el suelo, vasos a medio llenar, vasos volcados, muchas más cosas innombrables, tal desorientación en un espacio tan pequeño, y la urgencia de Odile no era fóbica de claustro (ni una risa) sino simple necesidad de escapar a lo irrespirable y a lo gélido, comprobando en las orejas de Silverio que había sido un duro amanecer, Odile le pidió silencio, escapatoria sin despedidas, ayudó a Silverio a enfundarse el abrigo, y así cuando cerraron la puerta del apartamento y alcanzaron el ascensor, Odile dijo que adiós a Franco y al tabaco, a las botellas vacías, vasos rotos, pechos envilecidos, toses gregorianas, cuando en las calles había menos tráfico del habitual y ella sentía una especie de extractor de humos en el estómago además de la cabeza emplomada y, por qué no decirlo, una tierna afección por un vasito de ginebra que estimulara sus miembros aún entumecidos y aquel clavo en la nuca, le insistía a Silverio, no desaparecería más que con otro clavo encima, tal vez no era dormir lo que necesitaba aunque Silverio seguía como un leño y ella misma le estuviese sirviendo de lazarillo, dejándose conducir porque no parecía dispuesto a realizar ningún esfuerzo que no fuese tirarse en la cama, se le había puesto mustio, Silverio era un tipo transparente, seguro que andaba dándole vueltas en su cabeza embotada al *affaire* Franco, habían pasado por delante de un quiosco y los periódicos hablaban de larguísimas colas para ver al hombre de cuerpo presente, él le impidió comprar periódicos, los madrileños debían de estar la mitad en el besamanos o miratumbas y la otra mitad durmiendo las borracheras, pero estaba segura de que a Silverio le molestaba ser incluido en alguna de esas categorías en lugar de en la de marxistólogo alerta, pues sin duda ese veinte de noviembre iba a afectar hondamente a su ensayo, que si seguía creciendo acabaría por echarlos del apartamento, y así continuaban andando al solecillo mientras las ráfagas de viento frío les golpeaban afectuosamente la cara y el agujero estomacal mantenía sus exigencias urgentes, de manera que entraron en el primer bar que encontraron, un local pequeño con una máquina de puntos que un chico pelirrojo manejaba con tal destreza que Silverio se paró ante él hipnotizado, pero a Odile aquel ruido martilleante no hacía sino hundirle más el clavo en la nuca, y su rostro ojeroso se dibujaba en el espejo delante de las botellas de ginebra, la recompensa, un café doble muy caliente, ardiendo si fuese posible y una copita de ginebra, petición a la que se adhirió Silverio, Larios, sí, le recordaba a la pensión de Carretas y a la trasera de la DGS, qué absurdo y lejano todo, y Odile afirmó que esa lejanía quería decir Julián, daba pequeños sorbos al café con su reconocida capacidad para lo hirviente, su boca despedía un leve vaho, entonces fue precisamente cuando extrajo de su bolso una pastilla y se la tragó con el último sorbo de café, en una operación observada por Silverio, no sólo atento a la maestría del pelirrojo, y no se sorprendió pues estaba al corriente de su afición última por las anfetas aunque ignorase cuáles, cuántas, cómo y por qué, demasiadas cuestiones incluso para ella misma, que sentía reanimadas las paredes del estómago con un calorcillo estimulado por la copa de ginebra que Odile se encasquetó de golpe en el más puro estilo eslavo, ya podía ensayar, someter a su cochino cuerpo a cuatro horas de disciplina aprovechando la euforia, para acabar rendida a media tarde con el naciente torbellino en el estómago, dragón más severo cada día, sabedora por otro lado de que sus esfuerzos por recobrar la energía perdida resultaban baldíos, jamás volvería a un ballet como el de Nick, el tiempo irreparable de los bailarines se le estaba echando encima demasiado rápido, pero ansiaba conservar la forma como un seguro de vida, la clave de su supervivencia, con Nick o sin él, aunque ahora se viese abocada a trabajar en un "ballet" de brazo y pierna arriba, desangelado, hortera, con actuaciones esporádicas en alguna sala de fiestas y a veces en televisión, como segundonas de algún cantante rítmico- melódico, y ni aún en ese conjunto destacaba, aunque destacara, pues Andro Leone, el capo, que se llamaba en realidad Javier Cerezo, montaba el escalafón según el comportamiento venéreo que se tuviese con sus sebosas carnes, y resultaba muy claro que si aún no había echado a Odile se debía a que era la única que sabía lo que significaba la danza, pero aquellos miserables no impedirían su entrenamiento, su trabajo de barra frente al espejo de cada día, emanando de su menudo cuerpo una potencia secreta no avalada por ninguna meta aparente. Sólo ella sabía que le animaba el resentimiento, ni siquiera Julián lo hubiese podido imaginar porque guardaba celosamente todo lo que se refería a su actividad. Ciertamente, desde la muerte de la niña, Julián y ella dejaron de formar una familia, quedándose en el espacio de pareja independiente, como ahora con Silverio, del que siempre se negó a recibir dinero alguno excepto la mitad del alquiler del piso; ambos habían entendido qué terreno les estaba vedado y no parecían lamentarlo, lo cual podía interpretarse como signo de indiferencia pero también de respeto. Todo hubiera podido ser distinto de no haber ocurrido el accidente, pero había sucedido, realmente, y ello le dio pábulo para pedir otra ginebra, no por alivio de ningún dolor sino como castigo por rememorar algo que le hastiaba hasta límites inhumanos; después le pasó el café al reconcentrado Silverio, del que no sabía si la admiración por el pelirrojo le había suspendido el cerebro o simplemente estaba dormido de pie junto a la máquina; en cualquier caso, tomó ambas bebidas de golpe, tosió un par de veces, se quedó un momento absorto inspeccionando los matices de la tos, y salió delante de Odile con paso más seguro, como el de aquel que emplea sus últimas energías en la certeza de que al poco alcanzará el descanso.

La decisión estaba tomada y no sería ningún razonamiento pragmático de Odile lo que le haría cambiar de opinión, sabiendo que sólo un golpe de grueso calibre haría reflexionar a los dirigentes en unos momentos históricos en los que no deseaba abrumarlos con alegatos teóricos sino soltar un aldabonazo que removiera sus conciencias marxistas empequeñecidas por el día a día. Podrían calificarle de inoportuno y de loco, naturalmente. Pero si alguien le considerara más papista que el Papa, ¿de quién sería la culpa sino de aquellos que levantaban una barrera para impedir su acceso a la dirección del Partido? No se trataba de una cuestión de soberbia, como había insinuado *Rafael* en el último encuentro que mantuvieron, ese hombre carecía de talla, no entendía nada fuera del tráfico del corre-ve-y-dile, tarea estimable en la lucha obrera, pero cuyo grado de realización estaba al alcance de cualquiera con los nervios un poco templados. Es posible que hubiera agotado la paciencia de *Rafael* cuando salió de la DGS, nada tan humano, se encontraba solo, deprimido, sin engarce con la organización, qué pensaban de él, qué más querían, ¿cómo ni siquiera le habían propuesto entrar en una célula de intelectuales?, así es que no tenía más contacto que un nuevo número de teléfono personal que le dio *Rafael*, en mala hora, según le dijo más tarde. ¿Habrían ordenado un cordón sanitario tras su salida de la trena? ¿Temerían que hubiera hablado: de qué? Necesitaba una reunión con el responsable de Madrid, con El Tanque, con Pilar Brabo, con alguno de aquellos cuyo carisma le había proporcionado fuerza mental para resistir, y sólo tenía a *Rafael*, de ahí que recurriera a él y le llamara con cierta frecuencia para recibir, tras el fondo de las buenas palabras, aplazamientos y humillaciones constantes.

Habían entrado en lo que llamaban transición y la clandestinidad comenzaba a dulcificarse; resultaba de dominio público no obstante algunos zarpazos de la extrema derecha, ¿quién era, pues, *Rafael* para desechar las reiteradas ofertas de colaboración de un comunista con carné de más de diez años de antigüedad y con un *background* teórico de categoría? En realidad sólo había visto a *Rafael* en dos ocasiones desde su detención, y las dos muy brevemente. La primera, al día siguiente de su salida: se encontraron en un bar de López de Hoyos y el enlace se limitó a pedirle que le contara lo que había pasado mientras hacía girar entre sus dedos la cajetilla de Rumbo. Qué diablos quería saber *Rafael* si cuando estaba contándole el meollo de los interrogatorios, cómo el social había roto en dos su ensayo y cómo entonces él reaccionó violentamente, le cortó su relato, educado eso sí, con la excusa de que tenía que irse, y él no pudo resistir y le acusó de ser igual que su psicoanalista dejándole con la palabra en la boca. *Rafael* abrió mucho los ojos exhibiendo una gran sorpresa: "Ah, psiquiatra". "Psicoanalista", precisó Silverio mientras *Rafael* guardaba en el bolsillo de su chaqueta demasiado amplia el tabaco y una caja de cerillas de las de solapa. Tardó más de quince días en volver a tener noticias suyas. Se pasaba las horas muertas en la pensión a la espera del timbrazo del teléfono. Si la primera entrevista había durado apenas el tiempo de fumarse un cigarro, la segunda fue similar y no acabó tan cortésmente, no podía ser de otra manera. En esa ocasión se vieron en la cafetería Riofrío; *Rafael* pidió un café, sacó su sempiterna cajetilla y un mechero de gas; él pidió una ginebra, dispuesto a poner las cartas sobre la mesa, nada le impelía a un lenguaje diplomático. Exigió tres cosas: integración en una célula de intelectuales; que algún teórico leyera su ensayo ahora llamado *Reflexiones sobre la Revolución y el Pragmatismo,* de cara a su publicación en alguna editorial controlada por el Partido; y finalmente, que le fuera presentado alguien de la dirección, recordándole a *Rafael* que él en París había tenido contacto con algunos históricos y, desde luego, con Federico Sánchez. El acaloramiento de Silverio le impidió apreciar la media sonrisa de *Rafael*, que empezó a darle vueltas más rápidas a la cajetilla de Rumbo. Tuvo una intervención deslavazada y apenas se refirió a las propuestas concretas de Silverio. Tras una larga pausa (efectivamente actuaba como Fernando Müller), le preguntó cuál era su interés en conocer a alguien del comité ejecutivo. "O del comité central", rebajó modestamente Silverio, añadiendo que se vivían momentos trascendentales y que él quería ofrecer los frutos de sus reflexiones, escritas en su ensayo; al mismo tiempo, le parecía importante que le conociesen por si estimaran oportuno tenerle cerca. "Hay nombres suficientemente públicos —prosiguió Silverio—, cuyos teléfonos y direcciones podría encontrar en la guía, pero no quiero presentarme a ellos como un advenedizo después de tantos años de militancia: quiero llegar a Tamames, por ejemplo, a través de la vía orgánica". *Rafael* realizó su habitual pausa reflexiva y le respondió que le metiera el ensayo en un sobre, ya que él mismo pasaría a recogérselo en cualquier momento y trataría de dárselo a alguien de relieve. "¿Un sobre? —dijo Silverio—, tiene ya quinientos cincuenta folios, tendré que hacer un paquete". A *Rafael* se le marcaron aún más las patas de gallo risueñas que apacentaban sus ojos. Le dijo que no importaba, que lo recogería de todas formas. Fue sólo entonces cuando le dio el nuevo teléfono para que le llamara sólo en caso de apuro, a partir de las ocho de la noche, y entonces su entonación se hizo paternalista, lo que revolvió los humores a Silverio; inició un breve discurso que éste entendió como un intento de desarmarlo para que desistiera de cualquier acción solitaria, desanimándole por el momento a reanudar una militancia activa, y hablaba de la imprescindible adaptación del Partido a los nuevos tiempos, la vuelta del aparato de París al interior, la territorialización que se estaba iniciando según el modelo italiano y la lucha por la legalización con los pactos que ello implicaba, todo muy complejo, y él, efectivamente, le veía más en su papel teórico, porque en el Partido hacía falta gente que filosofara, si bien un poco al margen, con distancia y perspectiva, ajenos a las interferencias de la lucha cotidiana; personas como tú, aficionadas a la meditación, dijo, entendiéndose que vuestra actitud más coherente es la testimonial, la altura de ideas, y con mucho gusto a partir de ese momento le pasaría a firmar los manifiestos con los que los intelectuales solían llenar su compromiso cívico-político. Silverio iba enrojeciendo a medida que avanzaba la intervención de *Rafael*, dio un tirón al mantel del velador con lo que derramó un vaso de agua y se incorporó con los brazos extendidos sobre la mesa, mientras el camarada le pedía calma. "Pero ¿tú quién crees que soy, un socialdemócrata?, ¿crees que soy un liberal al estilo Laín o un cristiano a lo Ruiz Giménez? ¡Pero tú qué te has creído!". "Está bien, decía *Rafael*, perdona, tranquilo, que estás llamando la atención".

—Joder —dijo Silverio cuando el otro se fue—, algunos parecen más correos del zar que correos de Lenin.

No le dejaban más opción que la aventura solitaria, si bien él seguiría telefoneando a *Rafael* aunque sólo fuera para incordiarlo y por la curiosidad que le proporcionaba el hecho de que, al cabo de dos semanas, al fin el paquete con *Revolución y Pragmatismo* había sido recogido por una persona anónima de la pensión, la entrada, junto al perchero. No pudo, sin embargo, volver a hablar con *Rafael* por más que lo intentó, ya instalado en el apartamento de Odile. Tuvo serias tentaciones de telefonear a Tamames, a Carlos Zaldívar, a Eugenio Triana o a cualquiera de los muchos que se estaban quitando las caretas por aquellos días en que se dejaba hacer como si la "legalidad franquista" hubiera sufrido una suspensión temporal. Eran tiempos en los que cada minuto podía engendrar una nueva situación histórica, había que multiplicarse: a su juicio, la imaginación y el realismo tenían que aprender a convivir, nada debía sorprenderle en aquel maremágnum en el que era preciso trenzar un tejido resistente con hilos de seda. En un proceso semejante él no podía estar al margen, tenía mucho que decir, pero a quién. Descartada la idea de telefonear a algún miembro del comité central, por pudor o temor a no saberse expresar bien a través de un medio tan frío y distante, decidió como lo más oportuno escribir una carta a alguno de ellos, a Ramón Tamames, cuya dirección venía en la guía de teléfonos, explicándole los motivos de su postura y reiterando su oferta de servicio incondicional al Partido. Hizo muchos borradores, porque no era fácil sintetizar la vida en unas líneas, hasta que finalmente, a eso de las once de la noche, dio por correcta la siguiente misiva:

Sr.D. Ramón Tamames
Madrid.

Querido camarada,

Mi existencia sólo tiene sentido si puede ser puesta al servicio de nuestro Partido en aquello que tiene de más valioso: su capacidad de reflexión. He sido militante durante varios años en París (célula intelectuales). A mi vuelta a España fui detenido. Desgraciadamente la persona que me sirve de contacto orgánico con el PCE se ha convertido en un obstáculo insalvable que me impide acercarme allí donde creo que está mi sitio y mi trabajo, en los aledaños de la dirección. Es por eso que te escribo solicitando tu valimiento como intermediario.

Los momentos por los que atraviesa el país son cruciales. No hay tiempo que perder y, sinceramente, creo que el Partido no puede permitirse el lujo de prescindir de mi aportación teórica en unas circunstancias en las que la confusión puede dar por tierra con muchos años de lucha. Quiero que sepas que soy un especialista en Lenin que creo es, en estos instantes en que la estrategia puede suponer la victoria o la derrota, una luz segura. No sé si Santiago oyó hablar de mí en París. Pero lo que no puede seguir permaneciendo en el anonimato es el fruto de tantos años de reflexión personal: mi ensayo titulado "Revolución y Pragmatismo", que no sé si habrá llegado a tus manos. Entiendo que este escrito podría iluminar, desde el punto de vista leninista, la difícil tarea que en estos momentos históricos tenéis entre manos Santiago y los demás. Espero que tú sabrás ser sensible a esta perspectiva analítica, como has demostrado en tantas ocasiones.

Por otro lado, quiero informarte a ti y a los demás camaradas de un propósito que puede parecer dislocado, pero que a mi modo de ver encierra la coherencia máxima entre la teoría y lo gestual-cotidiano. El próximo día 15 de diciembre saldré a manifiestarme, en la confluencia de la plaza de España con la calle Ferraz, con una pancarta exigiendo la legalización de nuestro Partido. No lo someto a debate: es una decisión subjetiva, firme y tajante, de cuyos efectos, tan modestos como se quieran, tendréis constancia. Acciones de este tipo, dominadas por el pacifismo, serán repetidas por mí quincenalmente, y convenientemente anunciadas, si las circunstancias me lo permiten.

Espero que tus noticias supongan la apertura de un diálogo entre la dirección y mi persona. Un cordial saludo,

Silverio Berrocal.

No era una pieza maestra de convicción pero tampoco resultaba deleznable. Odile había terminado ya de cenar y parecía dispuesta a ver en la televisión alguna estúpida película, o quizás una magnífica película, daba igual, en cualquier caso le privaba de discutir con ella el contenido de la carta. No es que fuera una astuta ideóloga, pero tenía días; en ocasiones el propio Silverio se sorprendía de la agudeza de visión de Odile: era capaz de esquematizar en tres frases un juicio complejo. Resultaba obvio que lo que Odile aplicaba no era metodología científica ni hermenéutica alguna, se limitaba a la sencilla actitud femenina que tradicionalmente se conoce como sentido común, sexto sentido, sentido intuitivo, siempre sentido, algo inevitablemente ligado a los órganos sensoriales. No podía negar que cuando se producían, esas vibraciones eran como evidencias. Gran cantidad de cosas, buenas y malas, le había dicho de *Reflexiones sobre la Revolución y el Pragmatismo* que, por cierto, llevaba unos días pensando si no debería titularlo simplemente *Ruptura o Reforma*, puesto que, a la luz de los últimos ciento cincuenta folios que le había incorporado, esta denominación quizá se ajustaba más a la evolución de su pensamiento y de la coyuntura. El problema con Odile consistía en que no siempre estaba disponible; con frecuencia remoloneaba ante sus escritos; a veces, sin mala intención, se dormía con lo profundo o farragoso. Había comprobado que lo mejor era sondear primero el terreno y, si la hallaba receptiva, insinuarle a base de circunloquios la petición de lectura. En ese momento, por ejemplo, cuando los títulos de crédito de la película estaban ya apareciendo, resultaba inútil mostrarle la carta de Tamames por más que fuera breve. La confección de la dichosa carta le había dado hambre y a esas alturas no tenía ya más solución que arreglárselas solo, de forma que se preparó una tortilla, tomó un yogur del frigorífico y, sentado en un taburete de la cocina, no dejó de imaginarse la cara de Tamames al leer su carta: sonriente, comprensivo, enfadado, justiciero, vacilón, despectivo, iracundo, satisfecho, atónito, sollozante. ¿Sollozante, por qué? No había nada que enseñarle a Odile, que se hallaba enfrascada, literalmente metida en un frasco de anfetaminas, y presa de la película *Historias de Filadelfia*, conflictos amorosos como se desearía que fueran en realidad los conflictos amorosos. La tortilla y el yogur le supieron a poco. Desde que estaba con Odile comía menos que nunca, él que en el sanatorio de Boufemon se había acostumbrado a tres platos y algún estrambote de golosina. Aunque ahora le quedaba el consuelo de la ginebra, bebida de la que en la casa se hacía un abuso ciertamente moderado, si bien el control sobre las botellas era nulo, al ser todas de la misma marca, y tanto Odile como él compraban sin previo aviso, acumulándose a veces cuatro o cinco botellas abiertas diseminadas por los lugares más insólitos, tales como la repisa del cuarto de baño, la mesilla o el aparador de la entrada. Recoger, lavar y limpiar fue fácil con una cena tan frugal, de modo que se dirigió al despacho con el estómago bien liviano; allí estaban los materiales listos para ser tratados convenientemente de cara a la acción política de mayor envergadura y espectacularidad que había emprendido en su vida. Las dos cartulinas estaban cortadas a la medida exacta de sesenta centímetros de ancho por noventa de alto; por arriba y por abajo las había pegado a sendos listones de madera, los de la parte superior se hallaban unidos por dos correas ajustadas a la dimensión de sus hombros de manera que el hombre-sandwich estaba servido. Se trataba ahora de pintar las consignas con un rotulador gordo de tinta evidentemente roja que había comprado esa misma mañana. El mensaje debía ser escueto y directo, tal como *DEMOCRACIA=LEGALIZACIÓN DEL PCE* o bien *SIN PCE NO HAY DEMOCRACIA, O EXIGIMOS LEGALIZACIÓN PCE*. Aún apuntó en un papel unas cuantas frases más pero le parecieron de inferior calidad; ninguna se refería a la monarquía en unos momentos en que se coqueteaba con el Rey, con la bandera, con las marchas militares, con las entradas bajo palio, con las fotos enmarcadas del anterior Jefe del Estado, con las fotos recién tomadas por Schommer de los nuevos mandarines, todo símbolos decisivos para una reforma pactada, ruptura pactada, pacto rupturado o como quiera que se llamase aquella figura por la cual el Partido entregaba los frutos de cuarenta años de lucha a cambio de ser “legales”. No estaba la hora para insensateces, pero al mismo tiempo era preciso que se supiera que *la calle*, representada por Silverio tan individual como legítimamente, pedía la rápida legalización del Partido como instrumento imprescindible para la construcción del nuevo sistema. La fórmula de un pacífico encartelado resultaba convincente de puro gandhiana a los ojos de su autor: no ofendía a nadie y para él personalmente significaba el gran golpe de efecto, la consagración ante la cual los dirigentes tendrían que darse por vencidos y reconocer que ese personaje tenaz merecía el acceso a la alta órbita. A Odile se le cerraban los ojos ante la televisión, gracias a alguna extraña mezcla de estimulantes para estimular y de sedantes para sedar esa estimulación, o viceversa. Silverio, aún a sabiendas de que las circunstancias le eran desfavorables, le expuso sucintamente una nueva lista de argumentos favorables a la acción, concretando ya que el cartel delantero llevaría el lema *DEMOCRACIA=LEGALIZACIÓN PCE* y el trasero *SIN PCE NO HAY DEMOCRACIA*. Odile escuchaba atentamente desde la nube sedativa y no le costó mucho decir que sí mientras se iba quitando la ropa tirándola sobre una silla, para ganar la cama de inmediato.

Silverio durmió profundamente mal por dos razones: por la tensión ante la aventura mañanera que podía conducirle otra vez a la DGS, y porque la reconocible ansiedad que se apoderaba de su extremidad sexual no encontraba más interlocutor que una lela vencida por la modorra de las drogas. A trompicones le llegó la hora de levantarse, y a su lado Odile se removía como queriendo escapar. Silverio se duchó brevemente antes de preparar los desayunos. El café con leche de Odile estaba, como era reglamentario, hirviendo. Iba a intentar que se espabilara por sus propios medios, con la ayuda del café, sin que la turbia mirada que él tanto temía le impusiese la necesidad de recurrir a estimulantes, cuyo círculo vicioso estaba dibujando unas ojeras que se acabarían comiendo su pequeño rostro pálido. Parecía que se levantaba con buen pie, pues hizo una serie de flexiones y diversos ejercicios abdominales. "Tienes que estar en forma por si a mí me ocurre algo", dijo Silverio con un hipotético gracejo cuando en realidad estaba lanzando un conjuro. Se puso a llamar por teléfono, siguiendo su plan. Primero habló con José Antonio Novais, corresponsal de *Le Monde*, al que había conocido vagamente tiempo atrás. "Te voy a dar hasta el titular —dijo Silverio—, me puedes llamar *el encartelado*". Novais rió con el sonido pastoso que produce la acumulación de horas bebidas. Le prometió estar en la zona en el momento previsto. Después llamó a France-Press y a Reuter; habló con los redactores-jefes, que no fueron tan sensibles a la propuesta de Silverio, o éste no supo explicarles bien que en España ciertas extravagancias eran un lenguaje muy serio; el caso es que no se comprometieron a cubrir la información.

A Silverio no le quedaba más que esperar, como un torero antes de la corrida. Se encerró en el dormitorio tendiéndose boca arriba en la cama deshecha, la cabeza sobre los brazos, un cigarrillo en la boca, satisfecho de la situación, vagueando sobre sus riesgos y las repercusiones posibles, y expulsaba el humo del cigarrillo en finos estiletes como quien va lanzando avisos heterogéneos cuyos destinatarios podían llamarse Santiago Carrillo, Romero Marín, Manuel Sacristán, Simón Sánchez Montero, Jaime Ballesteros, pobladores del bosque sagrado que iba a dejar de ser inaccesible; no era un problema de ocupar un puesto en la jerarquía, le bastaba con estar en el epicentro aunque fuera anónimamente, en el último escalón del trono, iluminándolo. Aquella sucesión de hipótesis e imágenes a media luz le excitaban, le alteraban el pulso resecándole los labios. Llamó a Odile para que le trajera un vaso de agua, en un día como ése él debía ser servido, pero no obtuvo respuesta alguna, lo cual le preocupó pues si su acción no era valorada en su propia casa, ¿qué podía esperar en la calle? Estaba oyendo el jadeo de Odile que hacía ejercicios en la sala como demostración de que no todo estaba perdido, si bien era cierto que cada día le costaba más remontar el aplanamiento: meses atrás esos ejercicios los realizaba a las nueve de la mañana, ahora Odile era una masa invertebrada que empezaba a tomar conciencia de sí misma hacia las once u once y media. Debió de quedarse un rato dormido aunque no conseguía relajarse, es más, de vez en cuando sufría tirones en la pierna o bajaba escalones fallidos. Había que darse prisa, era ya casi la una y, según su programa, a la una y media debía de estar en el arranque de la calle de Ferraz. En ese momento entró Odile en el dormitorio, llevaba aún puesta la malla negra de bailarina que marcaba con extraordinaria precisión las líneas de su cuerpo resistente a la adversidad. Venía a ayudarle a vestirse. Abrió la puerta del armario y en el espejo de cuerpo entero se reflejó su desmadejada estampa de protagonista con pijama a rayas blancas y azules. Odile le pasó el pantalón marrón de pana acanalada, la camisa a cuadros de leñador canadiense y el jersey azul oscuro, evidentemente de cuello redondo. Quizás iba a pasar frío, pero no podía ponerse otra indumentaria que hubiera despistado a los espectadores. Se miró en el espejo y bien, bien; ahora llegaba el momento solemne, el propiamente central del protocolo. Se trataba de encasquetarse los dos carteles, cuyas letras estaban ya completamente secas. Odile le ayudó a encajárselos sobre sus hombros y lo cierto es que quedaban bastante rectos, si bien en el cartel del pecho la primera línea que decía *DEMOCRACIA=* estaba un poco torcida y el corte de las palabras no era muy afortunado, pues lo propio, para lo cual hubiera necesitado una pancarta horizontal, habría sido poner en la primera línea *DEMOCRACIA=LEGALIZACIÓN* y en la segunda DEL PCE. Pero aquello ya no tenía remedio. Odile dijo que lo encontraba correcto por delante y por detrás y que incluso las proporciones estaban bien logradas, cosa que evidentemente era producto del azar. Le animó a mantenerse erguido: no se podía ser hombre-sandwich y menos hombre-sandwich político si no se era capaz de portar el mensaje con altivez; a continuación le dio un beso en la boca introduciendo su pequeña lengua húmeda hasta el paladar, pero Silverio no estaba para bromas sensuales y además el aliento de Odile tenía una rara acidez nada sorprendente en quien consumía aquellas explosivas combinaciones de alcohol y medicamentos, lo que le trajo a las mientes el conmovedor regusto de la ginebra, y lo positivo que sería para su acción un buen lengüetazo de ella, cosa que llevó a la práctica en la cocina en compañía de Odile, que hizo lo propio. Con la pancarta enrollada Silverio salió al descansillo y llamó al ascensor mientras Odile, desde la puerta, le despedía tiernamente agitando la mano.

Se le había olvidado llamar a su oficina para decir que

no le esperaran. Utilizaba el plural porque en la editorial trabajaban, además de él, Federico, un chico de unos veinticinco años, que si seguía a ese ritmo de eficacia dentro de poco haría innecesaria su presencia cotidiana en la empresa, Mariana, una obesa cuarentona que se ocupaba de la administración, y Daniela, secretaria para todo. En cualquier caso, su ausencia no provocaría pánico alguno. Tranquilizado en ese aspecto, recogió su coche, colocó cuidadosamente la pancarta en los asientos traseros y se puso en marcha, faltaban quince minutos para la una y media y aún tenía que cruzar medio Madrid: ¿serían esas prisas las que justificaban el miedo que le estaba amagando? En un par de ocasiones estuvo a punto de chocar contra sendos automóviles; encendió la radio y salió un tipo hablando de los infartos de corazón. En la calle Islas Filipinas se topó con un embotellamiento absurdo y le pareció que todo —incluida su vida— se le venía abajo de repente; dio tres o cuatro volantazos tan habilidosos como comprometidos, gracias a los cuales logró salir del atolladero entrando en una callejuela donde se detuvo para recuperar el resuello, tan acelerado iba su corazón alentado por la impaciencia; por otro lado, las malditas manos se le habían puesto a transpirar no obstante el frío decembrino. Apenas tuvo tiempo de reponerse antes de que un coche por detrás comenzara a pitar desaforadamente y Silverio hubo de moverse esbozando un par de insultos soeces. Faltaban cuatro minutos para la una y media, Novais y quizá los otros estarían ya esperando. Llegó a la plaza de España, la bordeó para acercarse a la confluencia con Ferraz, pero era obvio que no debería detenerse en el mismo lugar de la cita, así que entró por Martín de los Heros, dio la vuelta a esa manzana y a la siguiente sin encontrar un solo sitio donde aparcar, penetró por Tutor, no estaba muy seguro del nombre de las calles, pero sí de que había demasiados coches subidos en las aceras; desesperado, decidió despreciar las posibles consecuencias y dejarlo en cualquier espacio, tal como subido a la acera en una esquina redondeada, solo pensaba en Novais, cogió la pancarta y haciendo de tripas corazón corrió hasta las primeras casas de Ferraz, unas mansiones admirables de principios de siglo. Entró en uno de aquellos portales para ponerse la pancarta y en ese momento se le acercó el portero con un uniforme de gala preguntando si quería algo el señor, ¡el señor!, memo alienado incapaz de discernir. Se acabó el disimulo, salió del portal colocándose arrogantemente, como le había dicho Odile, la pancarta doble, cuidando de que *DEMOCRACIA=LEGALIZACIÓN DEL PCE* fuera sobre su pecho y por tanto *SIN PCE NO HAY DEMOCRACIA* le cubriese la parte posterior. Erguido, se dijo; y comenzó a andar lentamente por la acera de los pares, hacia arriba, dejando a su izquierda el nacimiento del paseo Rosales. Al principio la gente se le quedaba mirando sin saber qué actitud adoptar: de la indignación al pasmo admirativo pasando por la chanza, hubo de todo; el portero de la mansión solemne se quitó la gorra y empezó a mesarse los cabellos como si ese gesto pudiese ayudarle a descifrar la criminalidad de aquel hombre- sandwich. A medida que comenzaron a pararse algunas personas haciendo comentarios después de leer las pancartas, Silverio redujo aún más su caminar, ya cercano al paso de procesión; los jóvenes reían, sobre todo las chicas; los viejos solían hacer comentarios de extrañeza y admoniciones sobre lo que les estaba tocando vivir; un soldado raso se le cruzó y apretó el paso, como si el encartelado le pusiera en un compromiso con la patria. Hacia la confluencia con la calle del Buen Suceso distinguió la figura menuda de Novais, que le hizo una seña con la mano mientras Silverio le dedicaba una sonrisa nerviosa. Desde el balcón de un primer piso dos chicos se pusieron a aplaudir gritando ¡bravo! y entonces Silverio, que había mantenido un hieratismo profesional, no pudo contenerse y levantó el brazo con el puño cerrado, pero sin detenerse, prosiguiendo el pacifismo de su acción gandhiana. Hubo varios momentos de tal plenitud que creyó que iba a levitar. Estaba empezando a deglutir la erótica del heroísmo cuando se le vino a la cabeza un pensamiento, del que se sabía autor, en forma de frase hecha, que decía exactamente: "La diferencia entre un visionario demente y un líder histórico a veces consiste en una simple vuelta de tuerca". La llegada de ese concepto (pensaba en Hitler) no pudo ser más inoportuna porque fue como rasgar su manto mágico, hacerlo caer al empedrado de la calle y entrar así en la hosca realidad por su orilla más desafortunada, pues cuando se quiso dar cuenta, precisamente en ese instante, sus pisadas, lentas aún, en cierto modo autómatas, le estaban haciendo pasar por delante de una comisaría de policía, con dos grises de guardia a la puerta. Continuó sin alterarse y ya prácticamente los había dejado atrás, cuando el cartel posterior deslumbró a los atocinados guardias que empezaron a gritar "¡alto!", corriendo tras de él, que no opuso resistencia, y así le fueron arrastrando penosamente, dado que la pancarta dificultaba la maniobra, hasta la puerta de la comisaría por donde desapareció seguido de la atenta mirada, desde la otra acera, de José Antonio Novais.

Nada de interés. Le mantuvieron en una especie de calabozo, caracterizado por las enormes manchas de humedad del techo, hasta media tarde. Se habían limitado a pedirle el carné de identidad. No hubo interrogatorio, nada que demostrara un interés especial hacia su persona, lo que no dejó de defraudarle íntimamente. A la hora de merendar le soltaron con bastantes buenos modales; incluso el que se hacía pasar por jefe inició una especie de discurso festivo que afortunadamente cortó de tanto como le costaba encontrar las palabras adecuadas. Así se vio Silverio otra vez en la calle, no sin haber mantenido una discusión con los guardias al objeto de recuperar, dado su valor sentimental, dijo, la pancarta, pero todo fue en vano: delante de él rompieron los palos y rasgaron las cartulinas de lo que consideraban el cuerpo del delito, y eso fue en realidad lo que más le dolió.

Volver a empezar

Deambuló por las calles y el enigma de si su objetivo había sido cumplido o no, le situaba en un cierto sonambulismo del que no salió hasta que, a la altura de la Moncloa, empezó a darse cuenta de que estaba tiritando de frío. De repente, según él, la temperatura había caído en picado, el cielo oscurecido mantenía ese brillo tras el cual parecía estarse agolpando secamente la nieve. Se dirigió hacia donde había dejado el coche y a su alrededor perversos presentimientos le hicieron calibrar de qué manera estaban cayendo y cayendo en el agujero desde hacía meses, sin darse cuenta, o sabiéndolo, pero sin querer medir los pasos que conducen a la ofuscación, contemplándolos incluso con el desdén del que se sabe poseedor de un buen cargamento de explicaciones. Más que caída debía de ser hastío. Además se aferraba a la convicción de que siempre se está en la fase de caída y nunca se llega al fondo.

No sabía exactamente en qué recodo había dejado el coche. En la que él creía, no estaba. Llamó a rebato a todas las fuerzas de su memoria intentando reconstruir el lugar del aparcamiento, pero todas las esquinas resultaban iguales. Apenas reconocía las calles colindantes, pero aquella esquina sí, ¿no era una tienda de ultramarinos la que le había servido de referencia? Aún tardó en caer en la cuenta de que la grúa podía habérselo llevado, hecho que efectivamente corroboró el camarero de un bar cercano. El resto fue una sucesión de infortunios menudos, como llegar al depósito de coches y no tener dinero suficiente para pagar la multa, telefonear a la oficina, a su casa, y no encontrar a nadie; tuvo que volverse a pie, congelado, nublándosele la vista bajo un cielo definitivamente conminatorio. Entró en el piso tosiendo y se dejó caer en una butaca. No había sido una entrada de torero triunfador, pensó antes de quedarse dormido, pero al menos Odile le había saludado con ternura.

Al día siguiente, ya desde por la mañana, se encontró mal. Los mareos y la angustia le obligaron a acudir a la dosis de alerta medicamentosa que Fernando Müller le tenía programada. Le fallaban las fuerzas para ir a trabajar, sólo pensaba en que el pánico estaba ahí, como un cebón. ¿De dónde sacó el valor para disimular delante de Odile en lugar de pedirle socorro y, sobre todo, de dónde extrajo aquella energía para acudir a la reglamentaria sesión de psicoterapia, al cuadro del caparazón? Mientras atravesaba el pasillo enmoquetado se dio cuenta de que allí las pisadas carecían de evidencia. No le contó a Fernando ninguna de sus aventuras de los últimos días. Nublado por los sedantes que había tomado no hacía mucho, sólo fue capaz de hablarle del mareo, de la sensación de desmayo en el coche, subiendo las escaleras, cruzando un paso de cebra. Müller volvió a insistirle una vez más en que los mareos podían ser físicos o psíquicos, pero que no resultaban significativos en sí, lo importante era cómo vivía él esos mareos, con qué actitud, cómo los registraba en su código mental. El problema residía en que los sentía como una amenaza, y eso resultaba mucho más importante que el propio mareo. Silverio dijo que aceptaba el concepto, pero ¿cómo hacerlo operativo? Müller insistía en que él trasladaba cualquier alteración del ánimo, por mínima que fuese, al ámbito físico, y eso le hacía vivir su cuerpo como un peligro o amenaza constante. Silverio pensaba mientras tanto, silueteando una vez más el caparazón, como en un paréntesis: "¿En qué momento de mi vida reconocí que el caos era posible?".

Sentado en la mesa del minúsculo despacho miró la foto de Odile que colgaba de la pared, en donde se la veía con su malla negra de bailarina, agarrada a la barra, la pierna derecha extendida hasta la altura del rostro, y esa imágen se duplicaba en el gran espejo del estudio. La foto que todas las bailarinas se hacen, como las de los escritores con dos dedos sosteniendo la mejilla. Pero aquella Odile aparecía inmensamente juvenil, sobre todo de expresión. Había en ella una frescura de adolescente que hubiera podido detener su crecimiento, un aire de colegiala en vacaciones que no necesitaba sonreír para mostrar su alegría. El pelo recogido en una sencilla cola de caballo proporcionaba a la joven bailarina una vitalidad que hacía móvil la foto. Luego estaban sus ojos, variables con el color de la luz, desproporcionadamente grandes para aquella cabeza que cabía entera entre las manos de un hombre. No intentaba recordar un pasado que ignoraba casi por completo, pues Odile se escapaba siempre a ese tipo de cuestiones, señalando que en su vida anodina no había acontecido nada de interés hasta que encontró a Julián. Pero Silverio estaba prendido de aquella foto clásica hasta el punto de haber olvidado que se hallaba sentado en el sillón para buscar una estrategia ante el silencio de la dirección del Partido, no de tal o cual persona (Tamames ni había contestado, *Rafael* no había sido quien pasó a recoger el manuscrito de su ensayo), sino del colectivo al que empezaba a encontrar deficiencias sustanciales que sentía no poder analizar objetivamente puesto que el odio comenzaba a hacer su aparición. No logró concentrarse en tan decisivo tema porque en la fotografía de Odile, que le miraba de soslayo, había algo turbador, imposible de cuadrar con la placidez de la cara de seda. La estuvo estudiando rasgo a rasgo, centímetro a centímetro, cambiando de perspectivas, y empezó a comprobar que en aquella foto había dos personas y algo fallaba en la correspondencia entre ambas, de forma que la del espejo proyectaba otra visión, aún manteniendo idéntica silueta. Aquel medio rostro del espejo no invocaba la bárbara pubertad sino más bien una mirada en retroceso, y qué ojos hundidos, acorralados por ojeras sin piedad. Estaba viendo a la Odile actual, empequeñecida con relación a la vivaracha del primer plano. Ninguna de las dos le pertenecía. Su Odile propia sería la continuación de la serie, una tercera Odile en profundidad de campo, aún más chiquitita y fatigada, perdida en un segundo espejo.

Tomó las siguientes decisiones: continuar llamando a *Rafael* hasta que se rindiera, repetir la carta a Tamames con ruego de hacerla llegar al camarada Santiago Carrillo (aviso de nueva salida como encartelado un mes más tarde) y enviar los quinientos primeros folios de *Revolución y Pragmatismo* a Manuel Sacristán y a Jordi Solé Tura, a sus respectivas Facultades. En realidad no había avanzado mucho en su marcha hacia el reconocimiento en el Partido. La prensa nacional no había dicho ni una palabra de su acción testimonial, pero Novais se había portado como un amigo; tres días más tarde apareció en *Le Monde* la siguiente nota: *"L'éditeur et écrivain communiste espagnol Silverio Berrocal a été arrêté par la police à Madrid quand il se manifestait tout seul portant une pancarte dont il demandait la légalisation du PCE"*. Éste era su triunfo y alguien tarde o temprano tendría que reconocérselo. En la nota aparecía como llanero solitario del Partido, de modo que éste quedaba en cierto modo comprometido con su acción, lo que probablemente habría provocado las iras de Carrillo, que se sentiría obligado a llamarle al orden, ¿y por qué no a felicitarle?, en estos asuntos nunca sabes cuándo aciertas o cuándo yerras, lo único claro era que no podían permanecer indiferentes. Sin duda el problema había superado con mucho las instancias de *Rafael*, quizá su caso estaba siendo objeto de discusión en el Ejecutivo. Seguro que Odile se sentiría orgullosa de él o al menos tenía motivos para ello. Y si el Partido respondía como cabía esperar, todo era aún posible; él encontraría al fin su camino propio, no el individualismo idealista, sino obviamente aquel que está ligado a la razón colectiva, entrando a formar parte de la noble nómina de los Sacristán, Ballestero y compañía. Así se lo estaba contando a Odile en cuanto ésta llegó a la casa a las tres y media de la mañana, pues su ballet había conseguido trabajo y estaba actuando en una sala de fiestas que Silverio desconocía y sobre la que tampoco quería saber nada y menos aún visitarla. Nadie le había garantizado que fuese una actividad artística, en cuyo caso más valía aplicar la regla del ojos que no ven, corazón que no siente. Aquella relación, plagada de sobreentendidos, funcionaba con las carencias de cualquier otra. El agotamiento llevó una vez más a Odile a tirarse sobre la cama sin desmontar siquiera el aparatoso maquillaje que embadurnaba su cara identificándola con la Odile reflejada en el espejo. Cuando en la cama Silverio trataba de explicarle la nueva óptica sobre su situación personal, Odile le tapó la boca con un beso que apestaba a ginebra, y, manteniendo los ojos cerrados, realizó los movimientos estrictamente imprescindibles para llevar a término un coito en el que debió gastar sus últimas energías, pero que a Silverio, pasados los postreros suspiros, sólo le sirvió para despertar nuevas apetencias, con lo que se quedó en un estado famélico que a lo peor influía en su ánimo político, por lo que procuró no entrar en profundidades y dedicarse a leer el último número de *Recherches Internationales* que hacía unos días le había pasado un conocido, y en el cual encontró artículos de Kanapa, Ingrao y Carrillo, proclamándose todos creadores del eurocomunismo, lo que le hizo sospechar por vez primera que alguien estaba nutriéndose de su ensayo *Revolución y Pragmatismo*. Debían ser ya las cinco de la mañana cuando las frases de Ingrao en torno a la democracia de masas patinaban sobre su cerebro.

Era imposible saber lo que había dormido, cuánto le separaba de su anterior etapa de consciencia. Algo se removía a su lado, un calor se apretaba contra él y sin necesidad de abrir los ojos sintió aún la noche cerrada en aquella mano que recorría su cuerpo tanteando, explorando puntos sobre los que detenerse, en búsqueda de puro juego que se cerraba en sí mismo. Silverio hubo de responder volviéndose hacia el campo de irradiación del calor, aunque siguió sin abrir los ojos pues deseaba que aquello estuviera ocurriendo en otro mundo. Pudo ser lento o rápido, imposible medir el tiempo de tan oscuro, pero no la intensidad, y ambos se sintieron alcanzados por un grado de agudeza tal que no les fue posible reprimir un chillido como de rata, para al poco quedarse dormidos, CsO, como hubieran dicho Gilles o Félix.

Le empezó a preocupar Odile seriamente. Cada día le costaba un poco más recuperar el ritmo vital matutino, lo que quería decir que los sedantes nocturnos ganaban más y más terreno a la mañana obligándole a incrementar el uso de estimulantes que la pusieran en marcha en un juego de compensaciones amenazador. De hecho Silverio había empezado a constatar una dejadez personal en Odile, no tanto en su vestimenta como en su forma física. Había renunciado a la gimnasia, ya no iba al estudio a practicar y en la casa siempre adoptaba posturas de abandono significativas de que la indolencia se había adueñado de su cuerpo impidiéndole mantener el busto erguido y la cabeza firme. Por otra parte, su rostro había adquirido una apariencia amarillenta que contrastaba con la sensación de porcelana de su tez anterior.

Una tarde fueron al teatro a ver *Los emigrados*, de Mrozek, interpretada por José María Rodero y Agustín González. Tras la función salieron a la noche lisa y brillante de la calle del Pez recién regada, conmocionados por lo que acababan de ver, confusos ante el borbotón de comentarios que se les ocurrían y una parálisis emocional que les dificultaba la expresión. Se trataba de dos emigrados polacos, uno obrero que sólo busca ahorrar para poder volver a su país, el otro intelectual exiliado por razones políticas; ambos sufren una influencia mutua que acabará complicando sus opciones, porque el obrero destruirá el dinero ahorrado y el intelectual el libro que está escribiendo: se habrán liberado así de la tiranía de sus respectivas coartadas, pero ambos son conscientes de que están condenados para siempre a la emigración. "Es igual que en el ballet, igual que en el ballet", repetía Odile. Bien es cierto que ninguno se atrevió a dictar sentencias como que el exilio es el signo último de la condición humana, pero cuando entraban en un bar de Pez esquina a San Bernardo para tomar un bocadillo de calamares y unas cañas, sentían que el exilio era el signo último de la condición humana. Qué bien habían estado Rodero y Agustín González, y cómo les sabía a gloria el boquerón en vinagre que estimulaba las cervezas. De tan identificados como estaban con la obra, Silverio llegó a comentar: "Teatro al fin, como la vida". Odile no sólo no se rió sino que le dio la razón y pidió al camarero dos Larios. Había una mesa libre junto a la cristalera que daba a la calle, rodeados de una suciedad similar a la de la barra, pero sentados, y allí trasladaron las bebidas. Odile dijo que se sentía bien, lo que Silverio aprovechó para, además de señalar que también él se encontraba muy a gusto, o precisamente por eso, lanzar una diatriba contra el Partido y sus dirigentes, entiéndeme. Ni *Rafael*, ni Tamames, nadie, históricos o nuevos. Silverio había llegado a considerar que le tenían envidia y que tras la lectura de *Revolución y Pragmatismo*, la polémica se había desatado en las altas instancias sembrando un comprensible desconcierto. O también que Carrillo estuviera chupando su eurocomunismo de las ideas de Silverio Berrocal. Aunque por otra parte cabía la posibilidad de que su manifestación de hombre-sandwich hubiera sido malinterpretada ordenándose un boicoteo a su persona.

—Acabarán avergonzándose incluso del leninismo —dijo Silverio con un último trago de una caña y el primer sorbo de la ginebra.

—¿Te has fijado que ya nadie habla de alienación? —dijo Odile.

—Porque la alienación es como el exilio. Yo soy un alienado.

—Y yo soy una alienada.

—¿Sabes que me asustas, Odile?

—¿A qué viene eso ahora?

—Tienes mala cara, esas pastillas miserables van a acabar contigo.

—No te inquietes. Ahora tengo que irme o llegaré tarde al ballet.

—Te acompaño.

—Ni hablar, cogeré un taxi.

Su irritación era visible. Silverio había intentado transgredir el pacto implícito de silencio y en ese terreno ella no estaba dispuesta a ceder. Casi como a modo de venganza, se tomó una anfetamina con la ginebra; ella era una alienada libre, su auténtica libertad consistía en la opción para penetrar en la pocilga en la que trabajaba cada noche, habitada por pobres alienadas sudorosas bajo los focos de colores, a tanto el centímetro de piel, levantando la pierna y procurando que no se le notaran los picotazos de los últimos días, o dando un golpe de cadera con el hastío de quien ya ha perdido la ilusión de ligar con un millonario, incluso Marilyn había dejado de servir como modelo, todas las chicas disfrazadas de artistas, desnudadas y parcheadas, maquilladas de artistas, y por esa puerta se entraba en el mundo de la exclusión, porque en el fondo ¿no sería a Nick, a Roland Petit, a Marta Graham, a Zizi Jeanmaire, a Alicia Alonso, al Bolshoi, a quienes odiaba?, ¿existía tanta diferencia entre la exhibición de un cuerpo y de otro? Durante años había guardado en su cartera un recorte de prensa con una declaración de Nick: "Nos sentimos responsables de nuestros cuerpos, porque son nuestro instrumento de trabajo y procuramos cuidarlos para estar siempre en buena forma". He ahí la síntesis del decálogo: tenacidad, sacrificio, sentido de la responsabilidad. Cállate, Nick, cabrón, sabe que yo a mi herramienta la dejo oxidarse, la maluso, le hago hendiduras y en poco tiempo no servirá ni para clavar una tachuela, levanto una pierna, enseño el culo, me agacho junto a las otras, bailamos, nos movemos, y qué, yo enseño el mismo culo que antes, ¿la *danza* marca la diferencia, es la purificación? Se acabó tu *arte*, Nick, el lago de los cisnes es igual que diáguilev, que es igual que el london festival ballet, que es igual que el ballet del siglo XX de maurice béjart, que es igual que el london dance modern con el que a veces vamos a televisión, que es igual que el ballet de guarrindongas con el que actúo en este night club, pule bien tu herramienta, responsabilízate, a tanto el centímetro cuadrado de piel, a tanto el meneo, espacio, tiempo, movimiento, siempre te van a ver bailar (¿o hay que decir danzar?) los mismos ojos, en el fondo, toda mi vida fui consciente de la farsa, incluso cuando creía que éramos responsables de nuestros cuerpos porque son nuestro instrumento de trabajo, etcétera, e íbamos a la cala San Vicente en Ibiza en verano, a desintoxicarnos, y tu égida nos dejaba un par de horas libres al día para tumbarnos en la playa con sombreros anchísimos y gafas negras de artista, evidentemente, místicas de puntillas, alejadas de la contaminación humana, delgadas vestales nunca enteramente en reposo, envueltas en aquella cómoda endogamia a mayor gloria de cada una de nosotras, el sol de Tagomago sobre nuestros rostros aún descoloridos, suavemente, como una leve sombra bajo el pómulo, el rostro reservado al maquillaje, pero como hay Dios, Nick, que mi centímetro de piel de entonces es igual que el de hoy día, ya no soy vestal pero me miran los mismos ojos turbios de estética o de deseo, sin embargo, ya no soy una máquina, ahora elijo yo el cuidado de mi herramienta, te juro que he elegido la abyección más libre de todas las abyecciones que se me ofrecían, vosotros seguíos elevando por vuestras propias miserias, el único problema de este envilecimiento es que está peor pagado que el vuestro, exiliados que somos, emigrantes, eso es, emigrantes, lo acabo de ver, Nick, en el teatro, en el *arte*, ¿no es eso?

En la habitación donde se cambiaban, maquillaban y hacían sus trapicheos se lo notaron enseguida, estaba encalabrinada como en sus peores momentos pero no se metía con nadie; la francesa era buena chica si bien no se podía saber por qué aparentaba ser tan desgraciada, no se le conocían compañeros y a más de un chulo le había parado los pies. La respetaban quizá por la distancia que sabía mantener y sobre todo por la maravillosa elasticidad de su cuerpo, sus puntillas, qué pena de artista de verdad venida a menos, pero eso no se le podía decir, su enfurecimiento daba un poco de miedo porque se sospechaba que siempre estaba bajo los efectos de los medicamentos, los de ir y los de volver, en la frontera, además de que ahora andaba liada con la coca y le estaba cogiendo una afición desmedida para sus posibilidades económicas, nadie lo sabía mejor que Concha, una de las chicas mayores del conjunto, que era quien le suministraba las diferentes mercancías, desde la centramina hasta las recetas para el rohipnol o sus aún escasas dosis de coca, que nadie sabía los enjuagues que había entre ellas, las deudas, pagos, contraprestaciones, todo sin que mantuvieran una relación de gran confianza. Concha apenas sabía nada de la francesa, ni siquiera dónde vivía, con quién, ni de qué lado estaba, y probablemente por eso la llamaba Pimpinela Escarlata, porque lo mismo era una noble que había querido descender a los infiernos para conocerlos o una heroína intentando rescatar a alguien del desastre. Concha no le apretaba en los pagos, primero porque no eran importantes, y segundo porque, de cualquier forma, le parecía que estaba ante una chica de otra clase, merecedora de ciertas condescendencias, y cuando había que exigir Concha se disculpaba diciendo que ella ya era mayor y no tardaría en tener que dejar el baile, de ahí que necesitara ayudarse con los trapicheos de las recetas y de la coca, que se habían convertido en su fuente principal de ingresos, hasta el punto de que si las cosas marchaban como hasta ahora podría retirarse a no tardar mucho, con el fin de dedicarse a educar a sus dos hijas. "¿Tú no tienes hijos?", le preguntó distraídamente mientras se cepillaba el pelo, conociendo cuál iba a ser la respuesta de Odile, como otras veces: "Ni los tengo, ni los he tenido ni los tendré nunca". Odile, con la mente afilada por la centramina que se había tomado en el bar, decidió maquillarse a conciencia aquella noche, como si fuera de gala o tuviese que pasar alguna inspección para obtener el contrato de su vida. Había escuchado la perorata de Concha, siempre en busca de confidencias, pero no podía sentir nada por ella, no era sino una expendedora con la que estaba obligada a llevarse bien. ¿Hasta cuándo? ¿Habría otra mejor, más barata? Lo ignoraba, tampoco tenía deseos de indagar ni de conocer ese mundillo. El día a día le iba dictando las pautas de comportamiento y se sorprendía a sí misma por haber liquidado el futuro. "Lo que más me asusta son siempre los próximos quince minutos", había leído en el periódico esta frase dicha por no recordaba quién; y le pareció que ella estaba en una condición más precaria, puesto que lo que más miedo le daba eran siempre las próximas doce horas, es decir, el efecto de un rohipnol complementado con unas ginebras o, desde la otra orilla, alguna anfeta también regada con copitas. El día considerado como problema a superar, cada jornada a la búsqueda de su propio equilibrio, un paso adelante, un paso atrás, no resultaba fácil ese juego de la oca, a veces avanzabas demasiado deprisa y te obligaban a retroceder varias casillas; otras veces, oh maravillosa coca, te tocaba la oca y de oca a oca y tiro porque me toca; en ocasiones soñaba que caía en el pozo o en el demonio, pero jamás le tocó la calavera que significaba el fin, la vuelta a empezar otra vida, nuevamente volver al mismo paso de tiempo, pero el maldito juego del recorrido en espiral tenía trampa, y era que no había recompensa en la casilla de la meta, ni la Gloria del Conocimiento ni la de la Salvación en el lago del cisne, de la palmera y del verde recinto principesco, sino que al llegar a esta última casilla, la 64, enlazabas con la siguiente, la 1 de la salida, de ahí que nunca hubiera término, simplemente estabas condenado a jugar, a peregrinar inacabablemente la ruta, atravesando los peligros de la manera más diestra posible, con sus puentes, ciclistas, bailarinas, laberintos, retrocesos, la oca amiga, la posada, las prisiones, las calaveras: porque si éstas hubiesen sido como Dios manda habrían significado el fin, adiós, a tomar por saco; pero aquí no había victoria posible, sólo eterno retorno.

Se encajó bien el sujetador de lentejuelas y en uno de los dos espejos del llamémosle camerino se miró con curiosidad, como si no se hubiese visto desde hacía mucho tiempo, incapaz de discernir si había resuelto bien el maquillaje, si aquellas ojeras serían efímeras, y sólo lograba abarcar el conjunto, la misma suma de siempre, ella misma única, antes y después de qué, de cuándo, de cualquier punto de referencia, especialmente Julián, agitada por la lozanía de su cerebro, puesta de puntillas intentando que ninguna se diese cuenta no fuera a ser que le pidieran, como en otras ocasiones, que se marcara unos pasos del lago de los cisnes porque entonces reaccionaba con la virulencia de quien sólo siente deseos de mancillar, realizando obscenidades con objeto de echar por tierra aquella imagen de criatura a redimir: oca peregrina capaz de morar en el agua, en el aire y en la tierra, de planear sobre los elementos, pero *voilà* la oca alienada: presa dentro de un tablero en espiral de 64 casillas. Ahora le tocaba a ella salir a la casilla de bailarina en la pista del Biombo Rojo, el *night club* de Madrid, que negociaba secretamente su venta o adaptación a unos nuevos tiempos en los que las tetas, muy apreciadas, habían dejado de ser un tabú, de ahí que requirieran otro tratamiento, todo lo cual inducía a don Félix, el dueño, a solicitar de Tito, el representante de las guarrindongas, que cambiara el sentido de aquel ballet o como se llamara ahora al divertimento de tantear el precio de la carne diversa, de bailarina, prestidigitadora, cómica, flamenca, sexy. Odile se dio cuenta con horror que estaba sudando demasiado y que los efectos de la centramina se alejaban más deprisa de lo normal abandonándola a un vacío vertiginoso. El cuidado maquillaje debía de estársele corriendo derretido como un helado o tal era el efecto que sentía. Procuró amainar sus movimientos de baile o gimnasia, dejó de sonreír para volverse neutra y flácida. Concha notó el desfondamiento y le hizo un gesto de ánimo que Odile quiso interpretar como el posible préstamo de una raya de coca, por lo que le devolvió el mohín esperanzada. En eso entró en el local un grupito de jóvenes vestidos de domingo, procedentes de boda, dieron una vuelta de inspección por la sala despreciando a Pascual, el maître, que los perseguía para ofrecerles un rincón acogedor y, tras muchas risotadas, salieron por donde habían venido. No estaba claro, a juicio de las chicas, si aquella deserción era buena o mala para sus intereses. Entonces se acabó la cinta con la música de Falla arreglada por Tito y las artistas tornaron a su habitación-camerino donde se hacinaron presurosas, casi rozando unos cuerpos con otros, hasta desaparecer en desbandada, esa noche no valía la pena hacer sala. No fue casualidad que se quedaran las últimas Concha y Odile, quien comprendió que a veces los gestos en apariencia evidentes contienen sentidos muy distintos del esperado, tal como sucedió cuando Concha le dijo que no tenía nada para ella.

—Pero yo creí...

—Chica, intentaba animarte solamente.

—Pero tus ánimos siempre van acompañados de una papelina.

—Además, ¿tienes dinero?

—Hoy no, pero te pagaría mañana.

—¿Ves, Odile? No quiero achucharte, pero me debes ya diez mil.

—Te digo que te pagaré todo mañana.

—Arréglate de otra manera, aún te deben de quedar pastillas.

—Concha, vete a la mierda, pero sobre todo no me des consejos.

No debió haberlo dicho. Al día siguiente se vería obligada a pedirle disculpas y, si se mostraba dura, a rebajarse ante ella. No era un mal ejercicio de humildad para una artista de su talla. Aunque en realidad lo que tendría que hacer era comprarse una anchísima pamela y unas gafas oscuras para realzarse en esas noches de invierno en que volvía a casa sola, derrotada, como una asistenta después de fregar varios kilómetros de suelo ministerial bajo la luz de neón.

Mientras subía en el ascensor presintió que algo fuera de lo normal había ocurrido en la casa. Instinto de Pimpinela Escarlata, se dijo, dando por supuesto que Pimpinela había tenido ese instinto. Al pasar por el pequeño despacho vio a Silverio dormido sobre la mesa sembrada de folios escritos a mano. ¿En cuánto habría crecido todavía su *Revolución y Pragmatismo*?, se preguntó con un pavor no exento de sorna. Fue hasta el dormitorio en busca de algo y efectivamente allí, sobre la cama, deshecha como de costumbre, había una carta aérea, no era de las que solía enviarle su madre por navidades, luego no podía ser más que de otra persona cuyo nombre no quiso pronunciar hasta no haber rasgado el sobre. Era de UCLA, claro, University of California, Los Angeles, Department of Spanish and Portuguese, 405 Hilgard Avenue, Los Angeles, California 90024. En el año y pico que llevaba fuera Julián no había escrito ni una sola línea, de modo es que aquello contenía un mensaje importante. Se quitó los zapatos y los pantalones mirando el sobre con sus rebordes azul y blanco, semejante a los reclamos ovalados de las peluquerías. El retraso en leer la carta le proporcionaba un cosquilleo de placer, si bien no podía afirmarse que fueran buenas noticias, pero estaba claro que había noticias, la vida se removía; sin embargo, siguiendo su lema de que más valía prepararse para lo peor, se desvistió despacio, enfundándose su camisón de monja de clausura como un rito defensivo, se tomó un rohipnol, se sirvió un generoso vaso de ginebra y ya dentro de la cama, con el embozo hasta la barbilla, abrió la carta con suma precaución. Una vez visto su contenido, no pegó ningún salto atlético sino que toda ella pareció diluirse en una dulce sustancia que deseaba conservar por encima de cualquier reflexión, pues aquello no tenía perfiles, quedó reducido a una inmersión placentera y desmedido fue apareciendo el sueño como un fluido que avanzaba por las venas, con la garganta ardiente, lo justo, por la ginebra, y resultó tan profundo como si hubiera desaparecido.

Silverio no había dormido en la cama con ella, fue lo primero que observó cuando realizó el primer amago de toma de conciencia; lo segundo fue mirar si la carta seguía encima de la mesilla, y allí estaba, reproduciéndosele una intensa y honda sacudida que superaba con mucho los efectos de cualquiera de sus pastillas. Se incorporó sobre la cama, algo mareada, bien es cierto, pero aguantó, y le pareció que sería capaz de soportar cualquier cosa con una carta como aquélla en sus manos. Era media mañana, tenía un día entero por delante y cosas por hacer; lo primero, tras el café hirviendo, hablar con Silverio. Lo creyó ya en la oficina, pero escuchó un débil chapoteo en el cuarto de baño. Por alguna presumible razón Silverio no había ido a trabajar, y por otra razón, si cabe más insólita, estaba dándose un baño en lugar de su emblemática ducha. Cuando entró en el servicio con la taza en la mano, sorbiendo el café en pequeñas dosis, lo encontró demasiado meditabundo, con el cuerpo peludo y enjuto expuesto como en una urna, quieta el agua azulada de la bañera, se fijó en el pene yaciente sobre un muslo, el rostro demacrado por las nocharradas de lectura y aún tardó unos momentos en girar la cabeza hacia ella. Odile se sentó en el borde, dejó la taza en el suelo y jugueteó con el agua.

—Tenemos que hablar, Silverio.

Se removieron unos cuantos círculos en el agua. Aún no se había afeitado.

—Imagino.

Volvió a pensar que aquel tipo, entrañable y algo estrafalario, resultaba ser un amante magnífico. Como si le hubiera leído el pensamiento, su pene empezó a arquearse.

—No te molestes —dijo Silverio—, he leído la carta.

—¿Ah?

—¿Crees que voy a ver en la mesilla una carta de Julián y no la voy a leer? La verdad es que pensé que venía dirigida a los dos. Y ya ves cómo, en el fondo, es para los dos.

Odile no percibió ningún acento agresivo y quizá fue

por eso por lo que su mirada se dulcificó, algo que él debió percibir trasladándolo a su pene en retirada.

—Has hecho bien en leerla. A veces soy demasiado egoísta, creo que Julián es sólo mío sin pensar que tú podrías creer que es sólo tuyo.

—¿Cómo se te ocurren esas cosas, Odile? ¿A qué juegas con ese lenguaje ambiguo de alta comedia?

Odile se despojó de su austero camisón y entró suavemente en la bañera cuyo nivel líquido estuvo a punto de desbordarse.

—Te has quedado triste —dijo mientras le acariciaba el ensortijado vello del pubis.

—¿Cómo quieres que esté? Prepararé mis cosas y me iré mañana o pasado. Siempre pensé que no valía la pena deshacer las maletas.

—No puedo hacer nada, corazón, ¿qué quieres que haga?

Silverio se dejó acariciar. Ella estaba celebrando la carta con una fiesta. En realidad, en el paquete de sentimientos que Odile encerraba en esos instantes, el que más pesaba, sin poder evitarlo, era el de la compasión, fronterizo con la congoja y la ternura, todos ellos situados en la zona más irresponsable del ser humano. Se colocó sobre Silverio deseándolo, intentando demostrarle que quería demostrarle algo importante. No era fácil hacer el amor en aquella pequeña bañera, el encaje obligaba a retorcimientos de saltimbanqui, pero el deseo se había ya descarriado, de manera que, sin secarse, fueron a mezclar las mojaduras de sus cuerpos a la cama, enmedio de un frenesí redoblado por la desmesura de las despedidas, un lenguaje sobreentendido que recogía en su seno todas las explicaciones posibles. Sin embargo, el gran amante se dejó dominar por el apremio de los nervios y la excitación se le vino en contra impidiéndole penetrar el cuerpo de Odile tras haber incendiado el recinto hasta reducirlo a CsO. Lucharon con todas las maniobras a su alcance, pero cada momento que pasaba era más evidente la inutilidad del esfuerzo. En cualquier movimiento o giro siempre había una mirada furtiva hacia la mesilla en la que reposaba el sobre de bordes azules y blancos que ninguno de los dos se atrevió a esconder. Afortunadamente no hubo frases de consuelo.

Tendidos boca arriba, mientras recuperaban la respiración, Silverio dijo, como quien informa de un acontecimiento banal:

—Al fin dieron resultados mis telefonazos a *Rafael*. Creo que se ha rendido a la evidencia. Me ha llamado para decirme que me ha concertado una cita con Simón Sánchez Montero para esta tarde a las cuatro y media.

Odile le miró desconfiada.

—¿Sabes lo que eso significa?

—Algo bueno —dijo Odile.

—Significa que todo vuelve a empezar.

No le pareció un lugar ortodoxo para una cita política, pero en verdad él no estaba demasiado impuesto en la técnica de la lucha furtiva, si bien la clandestinidad a aquellas alturas era ya casi un eufemismo; no se podía ignorar la fuerza del Partido y aunque se produjeron detenciones y más de una violencia, no cabía duda de que se toleraban ciertas cosas, e incluso en la prensa aparecían nombres o reuniones inimaginables meses antes.

El caso fue que, siguiendo las instrucciones de *Rafael*, esa misma mañana sacó tres entradas de primer anfiteatro en el estadio Bernabéu, que le costaron un ojo de la cara pues tuvo que conseguirlas en la reventa pagando casi un cien por cien más de su precio. Pero aquello carecía de importancia frente al acontecimiento que se iba a producir en su vida. No tenía más remedio que reconocer que la dirección del Partido había ganado con el tiempo en imaginación. ¿Quién podría suponer que el auténtico Simón Sánchez Montero iba a mantener un contacto importante en un campo de fútbol? Qué diablos, esa gente estaba en forma. También podía ocurrir que Simón fuese un gran aficionado y debido al poco tiempo libre de que disponía hubiera querido matar dos pájaros de un tiro: distraerse con el partido de fútbol y arreglar el contencioso de un viejo militante. Sin embargo, tal frivolidad le pareció impropia de un personaje grave e intachable como Simón, del que jamás había visto siquiera una fotografía, no obstante haberle idolatrado durante años. Sólo sabía de él que usaba gafas de fuerte graduación.

Comió en casa con Odile, pero fue un rato embarazoso para los dos. Ninguno parecía dispuesto a entrar en el tema ni tampoco a sustituirlo con banalidades al uso, de manera que el silencio delimitaba bien los campos de pensamiento de cada cual, con Julián y su vuelta por un lado, y con Sánchez Montero y sus instrucciones por otro. Comieron penosamente un filete, dejaron la mitad de la ensalada y a los dos les dio pereza pelar una naranja. Ella retiró los platos de la mesa, él preparó café. Cuando dijo que tenía que irse, Odile le dio un beso bien plantado en la boca y le deseó suerte en la entrevista. Silverio la supo leal. Lamentó no haber logrado hacer el amor con Odile en, seguramente, la última oportunidad de su vida. ¿Le aliviaría la hipótesis de odiarla? ¿Y qué pensar de Julián? Se repitió tales preguntas, estrictamente en esos términos, durante el trayecto del autobús que le condujo a las inmediaciones del estadio de fútbol. La cita era exactamente en la cafetería Parsifal, frente al campo, un local abarrotado de aficionados, algunos de los cuales se tocaban con bufandas blancas, gorros de lana, banderines y banderolas del Real Madrid; gentes que entraban y salían, búsquedas, lugar de cita, cafés tomados de pie con premura mientras se comentaban los últimos avatares en torno al equipo, mucho humo y camareros sudorosos sirviendo, cobrando, e incluso atendiendo a las bromas de clientes. Destacaban los rostros luminosos, confiados: algo de ellos también estaba en juego, o por mejor decir, ellos eran el juego. Pidió un café solo, aún quedaba tiempo, llevaba un periódico enrollado que no le apetecía leer en medio de aquel tráfago. El olor a café y a habanos aromatizaban el ambiente. Con dificultad podría contabilizarse en el mundo tanta sonrisa por metro cuadrado como las de aquella cafetería en días de partido. A Silverio le resultaba un poco mareante, trataba de cernir en su cerebro qué tipo de consideraciones, qué enfoque de los problemas generales iba a ofrecerle Simón, pero no podía ocultar que se encontraba cohibido y eso seguramente iba a influir en el nivel intelectual de su conversación. No era un examen, pero había un factor de enjuiciamiento inevitable, de eso se trataba antes de tomar cualquier decisión. *Rafael* no había sido nada explícito. Cafetería Parsifal, a las cuatro y media, tres entradas del primer anfiteatro. Después de tantos años de cárcel no parecía probable que Simón fuera un forofo del fútbol.

En ese momento entró por la puerta *Rafael* acompañado de otra persona. Era él. Silverio se puso a temblar con la lógica de quien asiste a una reencarnación. Se dijo que era absurdo a esas alturas el culto a la personalidad, pero ¿cómo quedarse impávido ante un mito con piernas, brazos y efectivamente gafas de alta graduación?

—¿Son buenas las entradas? —fue lo primero que dijo *Rafael*.

La perplejidad le impidió contestar a semejante pregunta. Ojo, que esto está lleno de claves, se dijo. Se limitó a entregarle los billetes.

—Simón —dijo *Rafael* alegremente—, éste es Silverio.

—Hola. Salud —dijo Simón. Llevaba un abrigo marrón oscuro cuyos codos y solapas proyectaban los destellos del uso excesivo; sobresalían los bolsillos, verdaderos arsenales de objetos a juzgar por lo abultado de los mismos; la camisa, sobre la que cabalgaba desgalichada una corbata en tiempos rojiza, no era obviamente de estreno. La proverbial austeridad del dirigente ejemplar se reflejaba en cada detalle, no porque el desaliño fuera un estilo necesariamente positivo, sino porque todo en aquel hombre emanaba coherencia. Era bajo, ancho de contextura, profundas las facciones de un rostro curtido por la lucha y, eso sí, una expresión levemente socarrona que no encajaba con la idea de gravedad que de él tenía. Pero aquella mirada inequívoca bajo las gafas de concha delataba la consistencia de quien estaba acostumbrado a enfrentarse con simplicidad al peligro, como quien acude a la oficina o a la panadería en la que Simón había trabajado de joven. Silverio se dio cuenta de que lo estaba cuadriculando con la mirada y que podía resultar molesto para alguien que había tenido que soportar tantas inspecciones represivas. Pero esa tarde Simón se encontraba realmente relajado.

—¿Nos daría tiempo a tomar un café? —preguntó.

—Claro que sí, hombre —respondió *Rafael* que le trataba, a juicio de Silverio, con una excesiva familiaridad—. Veremos a ver lo que da de sí Amancio después de la lesión.

—Con Amancio fuera de forma y con Pirri también tocado, el Madrid lo va a tener hoy jodido —dijo Simón.

Estaba claro que allí había un doble lenguaje al que era preciso unirse para no hacer el ridículo. Aunque si las claves eran futbolísticas, él se quedaría a la luna de Valencia.

—¿Y quién juega hoy, el Madrid con quién? —preguntó con la mayor inocencia.

Rafael y Simón se miraron y estallaron en una carcajada.

—¿Pero es posible que no lo sepas? ¡Madrid-Barça! Por cierto, las entradas te habrán costado un ojo de la cara. ¿Qué te debemos?

—Por favor, nada. Faltaría más, encima que te has molestado en venir.

—Bueno —dijo *Rafael* como si fuese necesaria alguna conciliación—, el hecho de que nos hayamos citado aquí, en el fútbol, no implica que nos pasemos todo el partido hablando del Partido, tú me entiendes.

—Como queráis, por mí podemos hablar después.

Terminados los cafés, que también pagó Silverio, se unieron a la marea humana que en subgrupos y grupúsculos compactos se desplazaba en una especie de rotación, aparentemente sin sentido. Silverio, que no había visto un encuentro de fútbol desde sus años de niño y apenas recordaba el nombre de algún jugador, sintió que se le enturbiaba la visión en medio de los remolinos, a través de los cuales *Rafael* se movía con pasmosa facilidad abriendo pasillos nítidos a sus compañeros. Al fin consiguieron entrar en el estadio y alcanzar sus localidades, gracias a la pericia de *Rafael*, que dominaba la situación de las escaleras, vomitorios, filas y asientos en aquella apiñadura en la que no resultaban ociosos los codazos.

El primer anfiteatro estaba mucho más alto de lo que Silverio hubiera podido imaginar. No se atrevió a mirar francamente hacia abajo, en picado, porque el vértigo y la marea humana le producían complejo de hormiga, así es que desplazó la vista hacia los graderíos de enfrente, o al propio campo cuyo verde impecable le llenaba de sosiego. Los jugadores blancos y los azulgranas correteaban por el césped perseguidos por los fotógrafos, la multitud coreaba el nombre del Real Madrid mientras los altavoces difundían su himno. No habían podido encontrar almohadillas, así es que se sentaron directamente sobre el cemento que resultó ser una heladera. *Rafael* y Simón le tenían un poco marginado. No se le ocurría decir nada a la vista de la pasión con que sus camaradas observaban las jugadas comentándolas crípticamente. Empezó a pensar que no había clave alguna en aquel comportamiento sino que Simón estaba aprovechando la cita para ver un partido de fútbol que parecía interesarle en extremo. Esto lo confirmó definitivamente cuando le vio sacarse del bolsillo superior de la chaqueta una faria que olisqueó y chupó en repetidas ocasiones antes de decidirse a encenderla solemne. Además *Rafael* se había colocado entre los dos, de manera que para decirle algo tenía que retorcerse por detrás de él.

Lo intentó una vez. Se lió la manta a la cabeza:

—¿Qué opinión tiene de mí la dirección?

—Coño, Silverio —dijo *Rafael*—, comprenderás que no es éste el momento más oportuno para hablar de esas cosas.

Silverio guardó silencio. No tenía prisa. Llevaba años esperando. Respetemos el reposo del guerrero, se dijo: al fin y al cabo también los héroes tienen derecho a disfrutar con los juegos olímpicos. Así fue entrando en una especie de abstracción; no se enteró de nada ni volvió a abrir la boca. Sin embargo, lentamente, con la misma suavidad con que el solecillo invernal se iba escapando tras las torretas del estadio, iba asentándose en él la melancolía, aquello no podía ser sino la melancolía, la vaguedad de una tristeza no dolorosa, cada vez más en torno a Odile.

De repente todo el mundo se puso en pie enmedio de un griterío acongojante, los brazos se levantaban airados, algunos silbidos próximos amenazaron sus tímpanos, y vio a los jugadores retirarse del campo mientras muchos espectadores arrojaban almohadillas y los grises miraban hacia las gradas sin demasiada aplicación. Silverio imaginó por un momento que eran cien mil personas pidiendo la legalización del Partido. *Rafael* le empujó para que saliera. Al parecer habían empatado y el rostro de Simón mostraba un disgusto sin paliativos. La desbandada se hizo más presurosa y anárquica, algunos agitaban banderas, los chicos soplaban ruidosos instrumentos y él se había quedado congelado sobre el asiento de cemento.

Silverio empezó a desesperarse cuando entraron en aquel bar lleno de imbéciles con bufandas, gorros de lana blancos y trompetillas, las banderas enrolladas puesto que no habían ganado, un ruido ensordecedor y las cuatro mesas donde hubieran podido sentarse, ocupadas. ¿Es que no iba a tener la posibilidad de hablar con Simón en toda la tarde? Fue *Rafael* el que propuso tomar algo caliente en aquel antro. No pudo negarse. A todos se les habían quedado las orejas heladas y la nariz moquilleante. Pidieron un anís, Silverio una ginebra. Tampoco pudo nunca imaginar que Simón se tomara el anís con tal voracidad. Es la bebida del pueblo, imbécil, se dijo malhumorado contra sí mismo porque nada le estaba saliendo como había pensado.

Allí de pie, en segunda fila, empujados contra la barra, entre gritos y discusiones, Silverio trató de captar la atención de Simón. No había tiempo que perder, era preciso ir al grano.

—¿Qué se opina de mi manifestación de encartelado?

Simón trató de entender la pregunta acariciando con la punta de la lengua la copa de anís.

—Se refiere a cuando salió a la calle con la pancarta pidiendo la legalización de la familia —dijo *Rafael*.

—En realidad, ¿sabes?, nosotros ahora estamos muy liados con lo de la Junta Democrática. No debemos diversificar nuestros esfuerzos.

—¿Has leído mi texto *Revolución y Pragmatismo?* —dijo Silverio, que se sorprendió alzando la voz—. ¿Alguien lo ha leído, por favor?

—Cálmate o te callas —conminó *Rafael*, representante del héroe, a un Silverio avergonzado.

—He escrito un apéndice de urgencia en el que analizo, desde la perspectiva leninista, hasta dónde se puede ceder en una negociación por la legalización del Partido, y a partir de dónde habría que acudir a una presión del movimiento de masas para conseguirla. Alguien tiene que escucharme, Simón.

—Te escucho —dijo mientras seguía lamiendo el borde de la copa con ojillos bailarines.

—¿No pretenderás que te explique mis posiciones teóricas en la barra de un bar?

—Todo va muy acelerado en estos momentos, Silverio —dijo *Rafael.*

—¡Alguien tiene que escucharme!

Fue como un quejido que le saliera de alguna entraña incontrolada y que se perdió en el estrépito del local. Inmediatamente le sobrevino un acceso de tos.

—Lo siento —dijo Simón—, tengo que irme a una reunión. Cálmate y no te preocupes, que ya volveremos a vernos.

Salieron los dos sin despedirse.

—¡Alguien tiene que escucharme! —ahora fue un amago de sollozo; para un espectador a media distancia pudo ser algo semejante a un estornudo.

Los vio marcharse sin saber qué pensar, entre el escándalo y la humillación, máxime cuando se percató de que iban riéndose. Había que salvar a Simón, se dijo, y es que los hombres, incluidos los héroes, somos tan fútiles que sólo las distracciones pueden impedirnos de verdad morir.

Tuvo que actuar aceleradamente. En veinticuatro horas encontró lo que buscaba, el apartamento más impersonal y peor amueblado que en una mala obra de teatro, aunque con una ancha cama, en la zona de la plaza de Castilla, un barrio compuesto por inmensos bloques de cemento con ojos. Silverio pretendía diluirse en el más neutro anonimato, perdido entre la multitud, allá donde nadie pudiera encontrarle. Se preguntó por qué esa necesidad de castigarse. A la caída de la tarde aparcó su coche delante del portal de Odile y se dispuso a un traslado tan poco importante que no precisaba siquiera de un motocarro. Sin nada vine, sin nada me voy: ni pierdo ni gano. Alguien había dicho algo parecido. Apretó el botón del ascensor. Ni perdía ni ganaba, uf. Si he perdido la vida, el tiempo, todo lo que tiré como un anillo al agua, si he sufrido todo lo que era mío y resultó ser nada, ¿me queda la palabra?, uf, tercer piso. Odile estaba en vaqueros, se había deshecho la coleta habitual de andar por casa y el pelo se le derramaba sedoso obligándole a continuos golpes de cabeza; le pareció de pronto otra persona indefinible, nada, no le quedaba ni la palabra. Ella trataba de no mirarle, quizá para que no viera su cara brillante de impaciencia cuando sólo faltaban catorce horas para la llegada de Julián, y a rey no muerto, rey puesto, era eso, como no le quedaba ni la palabra recurría a dichos y refranes, pero no estaba dispuesto a discutir, aquel transistor lo había pagado él con su dinero pero Odile no lo había apartado como objeto de traslado; sin embargo, con referencia al óleo de Sicilia dijo: "¿Qué hacemos?". Silverio estaba dispuesto a apurar hasta la última gota de sabrosa hiel: "¿Te gusta?". Respondió: "Sabes que sí". Dijo: "No se hable más, te lo quedas". Y lo dijo como si se flagelara. Los libros sí, estaban todos metidos en tres grandes cajas. Odile también había trabajado todo el día embalando un trozo de su vida, corto y magro pero cómodo; tal pensaba Silverio al ver en otra caja varias carpetas, dos de ellas atiborradas por el manuscrito *Revolución y Pragmatismo,* sus lápices, bolígrafos, plumas, objetos de escritorio de todas clases y colores, su erótica de la papelería, y luego agendas, talonarios de cheques, artículos de fumador, radiografías, una máquina de escribir portátil, tarjetas de visita, un pequeño magnetofón estropeado, un reloj que ella le había regalado y que no funcionaba, fotografías, cassettes, ¿qué hacemos con ellas?, quédatelas tú, Odile, como quieras, a mí me queda la palabra, no lo dijo por hacer una gracia, simplemente le salió así, pero ella no prestó atención, varias cartas de Odile, más agendas, una lámpara de mesa que se había comprado en Francia, ésta me la llevo, no le dio opción, me hubiera gustado quedármela, no Odile, ésta me la llevo, como quieras pero creí que me la habías regalado, no Odile, ésta no te la había regalado, me quedan la palabra y esta lámpara, la almohada y una maleta con la ropa; le dejó un viejo jersey, tíralo a la basura, por favor, no le hizo gracia que abandonara allí aquellos despojos cuando lo que deseaba era quedarse a cero, sin huellas de otro, con un par o tres de recuerdos y basta, aquella asquerosa ropa, no quiero quedarme con el Guernika, ni con lo del Equipo Crónica, ni con la Declaración de los Derechos del Hombre, ni con la Revolución de Octubre, todo para ti, Silverio, no te enfades, ah, se te olvidaban la cosas de aseo, qué más, me gustaría que me devolvieras el sonajero de plata que le regalé a la niña,

¿qué dices, salvaje?, ¿qué sonajero, qué niña?, vete a la mierda, no quiero volver a verte, fuera, fuera, perdona Odile, no he dicho nada, uf, perdona tú, Silverio, han sido los nervios, el sonajero lo tiré en su día, espérame un momento, ahora vuelvo.

Tardó el tiempo justo (Silverio había aprendido a calcularlo) de meterse una raya de coca y aguantar el tirón, ya no era como en los primeros tiempos de euforia, la sensación de anestesia en la nariz y en la garganta le servía para aplacarla, envolverla en ligereza, le despejaba el cuerpo de escamas y parecía como si se quedara sin piel de puro limpia. Así apareció ante Silverio, con la cabeza muy fresca, hubiera querido tener una conversación comprensiva, volver a intentar joder con él, era su mejor amigo, pero su actitud había cambiado, de repente le había entrado prisa. Comenzó a meter cajas en el ascensor.

Dio al botón del bajo; le extrañaba la cantidad de cosas que había acumulado, él se pensaba ligero de equipaje, y qué coño tenía que ver él con los hijos de la mar. El coche estaba atiborrado. Le satisfizo pensar que si quería podía desprenderse de todo aquello, absolutamente de todo. Al neutro apartamento no le sentaba para nada ni la Declaración de Derechos del Hombre ni el Guernika ni el Equipo Crónica, pero después de lo que le había ocurrido estaba dispuesto a convertir su dormitorio en un panteón. Incluso se compraría un retrato de Lenin, lo ampliaría, y con un buen marco presidiría su nuevo hogar. Estaba dispuesto a legalizar al Partido en su propia casa. Lo último que bajó fue la lámpara, con sumo cuidado, no cedería en la lámpara jamás; ya era bastante grande y consistente la que había en el techo de la sala. Le dejó en un talón el medio mes que le correspondía y, mientras guardaba la chequera, se preguntó cuál podría ser la frase de despedida más correcta. Los ojos de Odile brillaban, la coca hacía su efecto, pero él no estaba dispuesto a actuar de partenaire. Había rendido su último servicio. La besó fugazmente en los labios mientras dijo casi para sí mismo: "Hasta pronto".

Se zafó del beso que ella pretendía porque seguramente sentía ascenderle la fiebre del pánico. Salió al descansillo, el ascensor bajaba y la vio entre rejas. Odile se asomó al balcón dispuesta a llamarle, pedirle que subiera para aclarar algunas cuestiones, mierda, para follárselo, pero el coche quedaba casi oculto por las copas de los árboles, tuvo que morderse los labios y considerar que la vida era implacable en algunas ocasiones para ciertas personas, ella por ejemplo, siempre perdiendo y recuperando personas y cosas, con las actuaciones en el Biombo Rojo que llegaban a su fin, y Tito no tenía trabajo en perspectiva, aunque la llegada de Julián le abría otra vez las puertas de par en par, *nothing's gonna change my world,* como cantaba Julián en el cuarto de baño, pero ¿aquella ansiedad que le impedía tumbarse en la cama era debida a la coca o al *world* de Julián?

Llevaba la lámpara a su lado. Cuando pensaba que le quedaba la palabra ¿no estaba pensando implícitamente en la de *Revolución y Pragmatismo*, que al fin y al cabo era su palabra; al parecer, su palabra frente a la de todos? Puso el motor en marcha, camino de ese barrio sin árboles, con miles de apartamentos donde apenas se podía hacer otra cosa que dormir, prefería su *chambre de bonne* en París, no quería pensar, más valía no hacerlo en un día tan aciago, aunque precisamente era en días como ésos cuando el cerebro encendía sus peores y más eficientes intenciones. Le resultó inhumano descargar la mercancía, subirla a aquel infierno de skay y luz mezquina, pero cuando llegó al final con su lámpara, la colocó sobre una estrecha mesita estilo castellano y la encendió, pudo saborear el hecho de que efectivamente casi siempre queda la palabra. Lo cual le llevó a considerar que lo peor de todo era saber que, a partir de ahora, cualquier experiencia, imagen, música, olor o gozo, tendría que acostumbrarse a disfrutarlo solo, y en verdad había cosas que provocaban demasiada admiración como para una persona sola. Ni siquiera le quedaba Fernando Müller, a quien tampoco volvería a ver.

Tercera parte

Muro de contención

Julián sentía que el país estaba en guerra civil latente, pero sólo él parecía tener esa percepción, producto tal vez de su desenfoque tras la estancia en USA. Los demás llevaban con toda naturalidad sus tareas de conversar, elucubrar estrategias, negociar, morir, matar, dictar disposiciones, prepararse para la amenaza, amedrentarse mutuamente. No era un mal momento para la vuelta, se decía en los largos paseos que se daba por sus más queridos barrios madrileños. No era un mal momento para intervenir, se decía cuando le satisfacía la lectura de algún editorial del nuevo periódico *El País,* pero la acumulación acelerada de buenas y malas noticias le desbordaba. La calle estaba hermosa y llena de vida, pero en realidad no se ganaba para sobresaltos. Existía un clamor de búsqueda de normalidad. Odile no constataba tanto como él el cambio que se estaba produciendo, sobre todo en el lenguaje de los medios de comunicación, en el veloz surgimiento de nuevos conceptos, palabras, expresiones callejeras. Los españoles estaban tan inmersos en el torbellino que parecían incapaces de detenerse a contemplar sus propios avances. Él venía de una vida sedentaria en Los Angeles, sólo alterada por algún fin de semana en que tomaba el avión y daba el salto a Las Vegas, operación que se hizo cada vez más frecuente, hasta que llegó un momento en que la Universidad, la alumna con la que hacía el amor, la relación con otros profesores, la novela que debía escribir y no escribía, todo dejó en verdad de importarle, según hubo de confesarse cuando no le quedó más remedio; empezó a vivir únicamente para aquellos fines de semana abismales de Las Vegas en los que se jugaba el ser o no ser, deslumbrado por la cantidad de juegos y máquinas, la luminosidad de los ambientes, la traducción a dinero de todo pálpito humano, y aquellos personajes que se jactaban de representar el tópico, los tejanos, los profesionales, los prestamistas, los guardaespaldas. Días y noches de cuyo desgaste tardaba cada vez más en recuperarse. Le entró miedo sobre todo cuando le perdió el miedo al casino. Se acabó el semestre y animado también por el hecho de que su compañero Julio Rodríguez Puértolas volvía a España "a participar", decidió despedirse de UCLA de la mejor manera posible (alguien le había comentado que iban a abrir un casino en Madrid), manejando el argumento de que en esa fase decisiva su país le necesitaba, lo que el jefe del departamento, el viejo profesor Del Río, republicano y sentimental, comprendió emocionadamente. Todo estaba a su favor en Madrid, incluida Odile, seguramente también Silverio. ¿Sería demasiado ambicioso su plan de repartir el tiempo entre trabajar en la novela y jugar?

Estaba haciendo el amor con Odile de manera satisfactoria (ella había aprendido, sin duda con Silverio, nuevos campos de acción hasta entonces inexplorados, lo mismo que él con la estudiante Molly) cuando aparecieron en la televisión las primeras noticias y fotografías de la matanza de Atocha, las iban desgranando lentamente como si no se atrevieran a decirlo todo de golpe, mientras aparecían escasamente coordinadas las fotos de carné de aquellos jóvenes abogados laboralistas, progres en sus rostros, en sus cortes de pelo. Era imposible que hubiese sucedido algo así, una cosa era la teoría o el ganarse la vida en las magistraturas de trabajo y otra aquellos charcos de sangre interminable. Odile estaba de espaldas y no lo veía, pero Julián recibió el impacto entre los ojos, se quedó en suspenso, eyaculó sin darse cuenta y se salió de Odile como si quisiera huir a otro planeta. Se puso los calzoncillos y quiso hacer alguna llamada telefónica por si había que salir en manifestación o acción de represalia. Odile le disuadió. Estaban leyendo un comunicado del Partido haciendo un llamamiento a la serenidad para no caer en la provocación, lo de siempre, y convocando a una manifestación pacífica para el día siguiente. Julián no sabía qué hacer, además de echar espuma por la boca.

Marcó el número de Silverio. Era el primer contacto con él desde su llegada a Madrid.

—Soy Julián.

—Hola.

—¿Cómo estás? Te iba a llamar, pero...

—Sé que llevas aquí más de un mes.

—Tenemos que hablar, Silverio, pero ahora te llamaba por lo de Atocha.

—Ya, ya.

—Tú eres del Partido. Estoy dispuesto a salir esta noche donde haga falta. ¿Qué vamos a hacer?

—No se va a hacer nada. Una gran manifestación silenciosa. No se puede hacer nada más.

—¿Os asesinan de esa manera a cinco compañeros y no se puede hacer nada? ¡Estamos todos locos o qué!

—Yo estoy de acuerdo con la dirección del Partido. Mantener la calma, dar una lección de realismo.

—¡A la mierda!

Julián colgó el aparato. Hubiera querido estamparlo contra la pared. Nunca le había visto tan enfurecido. Abrió la ventana y entró tal frío que obligó a Odile a acurrucarse tras el edredón, mientras él se acodaba desnudo sobre el alféizar, como ofreciéndose en sacrificio. Miraba la noche uniformemente negra, con una calle sin pasos. ¿Qué hacían los militantes en ese momento?, murmuraba ignorando las admoniciones de Odile sobre el peligro de congelación; ¿debían entregarse a la ferocidad fascista ordenadamente, declamando sus últimas oraciones de reconciliación nacional? Pensó en el ensayo de Silverio. Nunca había querido leerlo de la misma manera que su amigo se había negado a leer *L'exil intérieur*. Pero ahora sentía curiosidad. ¿No estaría el Partido adoptando la posición premonitoria de Silverio, suponiendo que éste se hubiera inclinado por un cierto pragmatismo? Julián estornudó en el mismo instante en que se preguntaba con qué derecho él, que había durado en el Partido menos de un mes, se proclamaba ahora revolucionario; cualquier militante de base hubiera podido ser muy cruel con ese señorito vengador al que la acción política le pillaba siempre jugando al bingo. Enlazó estornudo tras estornudo, pero siguió contemplando las farolas solitarias de una ciudad cuya población se había encerrado en sus casas y unas calles desiertas de cualquier especie de escuadrón de la muerte. Hacía demasiado frío. Cuando al fin se metió en la cama buscando el cuerpo de Odile, temblaba de arriba abajo, le castañeteaban tanto los dientes que hubiera podido interpretar con ellos La Marsellesa.

Lo primero que hizo cuando se despertó por la mañana fue pedirle perdón a Odile. ¿Estuve anoche un poco borde, verdad?, y ella le acarició el pecho. Aquella palabra pertenecía a los nuevos tiempos. *Borde.* Había sido inventada en su ausencia y a Julián le pareció magnífica y peligrosa, digna de una marginalidad que jugueteaba con el abismo con una indiferencia escalofriante. Él siempre había sido un *borde*, pero la realmente *borde* era Odile, que nunca había abandonado una suerte de insobornable soledad, a pesar de que buscó extrañas compañías, como la suya, por ejemplo. O ahora las pastillas o las papelinas de coca que tomaba sin haber decidido —¿cómo podría hacerlo?— hasta dónde llegar. Después de su experiencia de Los Angeles no iba a asustarse ante este tipo de historias, pero sí había aprendido a discernir cuándo alguien estaba tocado de ala. Odile. "Cada uno se ahorca en su propia cuerda", comentó, y a ella la frase le pareció espantosa de tan cierta. Julián sacó la conclusión de que aún su nivel de enganche no era alarmante, sobre todo porque había detectado que él le servía de muro de contención, hecho que no dejó de resultarle cómico. Aún no había tenido tiempo de racionalizar lo que ya tenía intuido: que todo seguía igual entre ellos. Pero Odile se limitaba a medir la temperatura de la comunicación por el nivel de calentura sexual y, por las razones que fueran, daba la casualidad de que él estaba en temporada alta y sólo en ese sentido, y no sin cierta socarronería, podía considerársele como muro de contención.

Como correspondía al dibujo trazado, se enredaron en un amasijo de miembros, sensibilidades de piel, vueltas y recovecos cuyo final constituía el único motivo a partir del cual se sentía en la necesidad de ducharse, como lo hizo en realidad. Se vistió de pantalón gris, camisa blanca, corbata azul oscuro, igual que la chaqueta. Sonó el despertador algo grotescamente a aquella hora próxima al mediodía. Después sonó el teléfono, lo cogió Odile, dijo sí, inmediatamente después no, y colgó; equivocado, añadió sin ningún titubeo.

Doblaron las campanas de la iglesia de San Martín dispersándose por entre tejados y bosquecillos de antenas de televisión. La voz de Odile desde el cuarto de baño le anunció que quería acompañarle. Iba a plantear cualquier excusa cuando se acordó de que era su muro de contención. Odile no tenía trabajo esas semanas, habían cerrado el Biombo Rojo y el ballet estaba a punto de disolverse. ¿Qué esperaba Odile de él? No era el marqués de Cuevas, no conocía a nadie en televisión y menos en el mundillo musical. *Voilà* cómo la manifestación por la matanza de Atocha iba a servir para llenar un trozo del día 25 de enero de 1977 a una francesa del distrito centro de la capital, vestida con vaqueros, jersey de cuello vuelto y chaquetón de pana.

Cuando llegaron a la plaza de Alonso Martínez ya pudo comprobarse que aquello iba a ser multitudinario. Oleadas de gente convergían hacia las Salesas. Había una extraña sensación de expectativa, como si todo no fuese más que el embrión que daría lugar a algo extraordinario; carecía de sentido que tantos miles de personas no estuviesen esperando una revelación. Julián llevaba del brazo a Odile, el Partido había ordenado silencio y por alguna zona invisible debía de haber cinco féretros rodeados de personas con gafas negras. No hay señal tan elocuente y emotiva como el silencio bien guardado; era el silencio el que hacía llorar a muchos (incluso a Julián, en lo que sería sin duda su último llanto político). En algún punto de la multitud había de estar Silverio, solitario como siempre, rumiando su victoria pírrica: el Partido se inmolaba a sí mismo en una fantástica pira de silencio. Una vez más se hacía lo que había que hacer, pero quizá se estaba en el último acto, hemos cambiado de Partido y casi de siglo y lo que nos viene encima es una herencia espúrea. Conseguirían la legalidad, sí, pero ¿había previsto Silverio cuántas veces el Partido exigiría silencio a partir de entonces? Julián trataba de imaginar a su amigo y su ensayo (érase un ensayo a un teórico pegado) que ahora podría pasar a llamarse *Revolución y Silencio*, tal como él lo fantaseaba, y curiosamente le parecía que aquel quimérico tocho de casi mil folios tenía una continuación mucho más difícil que la de su novela, y en cualquier caso estaba dotado de una mayor intriga, porque ¿qué podía atreverse a seguir escribiendo Silverio, qué podía añadir a esa metástasis del PCE que, aun siendo negada, objetivamente seguiría inundando órgano tras órgano hasta llegar al consabido CsO? No era preciso ser Nostradamus para vaticinar que aquellos miles de antifranquistas acompañaban en su último viaje a un féretro dentro del cual reposaba el propio Partido. Ite misa est. Habría otros partidos, siglas, coaliciones, pactos y alianzas, pero el *Partido* desfilaba en aquellos momentos por la calle Colón camino de su postrer morada.

Cada estornudo de Julián repercutía dolorosamente en su nuca, mientras los escalofríos fustigaban sus costados. No obstante, le propuso a Odile un paseo, le resultaba insoportable la idea de encerrarse en la casa donde en realidad no tenía nada que hacer. Iba sintiendo la mella de ese desasosiego que era ya su amigo y que no podía transmitirle a Odile, apretada contra su brazo en un gesto demostrativo de su condición de protegida. Y fue aquella mañana, mientras caminaban al desgaire por la calle Fernando VI, con las aceras abiertas por las obras, en busca de heridas en la red del agua o del gas, cuando Julián pudo discernir nítidamente que ya no había muro de contención, la presa había dejado de querer ser presa, previsiblemente las aguas carecían de capacidad de desbordamiento y todo seguiría quieto, según los movimientos naturales que siempre ocultan imprevisibles catástrofes, pero el Partido se había ido al hoyo y, aunque de pronto no encontraba ningún nexo de unión, Odile acababa de recobrar su soledad ingénita y a Julián las ligaduras se le iban desprendiendo como la espuma en la ducha, disolviendo sus obligaciones para con aquella pequeña persona que aún no era consciente de su orfandad. La mujer que caminaba a su lado, en un silencio que ella interpretaba como cómplice, estaba muy lejos de resultarle indiferente por lo que cabía colegir de la coexistencia del principio y del fin, del hastío y la ternura, la reconciliación armoniosa de las contradicciones, como diría Sri Aurobindo, al que Julián había leído durante su estancia en Estados Unidos. Odile podría convertirse, si seguía a su lado, en alguien que marcharía dando tumbos, cual ciego guiado por otro ciego. La oración tambien podía volverse por pasiva. Entraron en el pub de Santa Bárbara ya algo cansados, sobre todo él al que el cuerpo de Odile empezaba a pesarle más de la cuenta.

Odile no se encontraba tan tranquila como podía creer Julián. Si se aferraba a su brazo era para compensar su propia debilidad, y si callaba se debía a que la indolencia había convertido su organismo en una envoltura de algodón. No le quedaba una sola anfetamina ni tampoco receta alguna, de ahí que tuviera la sensación de que alguien le había robado los músculos e intentaba ahora también extraerle los tendones tras de lo cual entraría a por las vértebras. Era imprescindible conseguir una receta, pero una vez más le había fallado su última proveedora; Concha, por su parte, estaba inencontrable desde que se deshiciera el ballet de Tito. El pub se hallaba medio vacío, con una atmósfera cargada de reflejos debido a la luz opalina que atravesaba los ventanales encortinados. Julián contaba que allí se reunían tiempo atrás los progres, abogados, escritores, periodistas, en noches interminables de humo, alcohol, confidencias, maledicencias y, en ocasiones, los guerrilleros de cristo rey hacían incursiones con sus cadenas y porras, liándose a mamporros frente a la generalizada pasividad de los intelectuales, a los que les hervía la sangre pero que por atávicas ideas de pusilanimidad habían aprendido a aguantar, protegida la cabeza entre los brazos, o a huir, y Odile bebió con rabia su vaso de ginebra de una sola tacada que pareció devolver algún vigor a sus desguarnecidos miembros, visto lo cual volvió a llamar al camarero para pedirle otra copa. Con el paladar ya lubricado, la nueva ginebra fue degustada a pequeños sorbos y así empezó a sentirse dominada por deseos incontenibles de hablar, pero miraba a Julián y no sabía cómo emprender lo que podían ser confidencias, un simple reposo para los pies hinchados o un intercambio laxo de impresiones baladíes.

—No me gustaría hablar de lo que acabamos de ver —dijo Odile y, ante el encogimiento de hombros de Julián, reconoció que últimamente la mayor parte de sus diálogos eran internos.

—Perdona, estaba hablando para mí sola.

—Son tantas las cosas que se vienen a la cabeza —dijo Julián.

—Deberíamos charlar más de nosotros mismos, no lo hemos hecho desde que llegaste —dijo Odile que, considerando aquel camino arriesgado, dio un largo sorbo a su ginebra para engullir valor.

—Come panchitos —dijo Julián.

—Nos limitamos a hablar de gilipolleces mientras nuestros pensamientos están llenos de temas importantes, como la religión, el más allá, el futuro político, las drogas, la creación, la disciplina, qué más.

En realidad Odile no estaba segura de si aquella parrafada iba en serio, pero decidió seguir.

—Por ejemplo, la religión. No hablo del arzobispo de Madrid ni del Vaticano, hablo de religión. ¿Con quién se puede hablar de religión hoy día?

Odile percibió que Julián acogía aquella verborrea como un corolario etílico. Era evidente que no la había visto beber en serio en los últimos tiempos.

Empezó a entrar gente en el pub. Restos de la manifestación ya disuelta, necesitados de recuperarse del silencio. En pocos minutos el local se llenó hasta los topes, quizás eran los mismos progres con un lustro más sobre sus espaldas.

Los divanes y sillones, descoloridos, desgastados por años de roce, habían adquirido tanta vida de repente que el dueño del local se vio impelido a encender todas las luces, como en plena noche, con lo que se alcanzó la vivacidad de las grandes ocasiones gracias al humo, al ruido de tanta conversación nerviosa, al movimiento de camareros y gentes, la cafetera, los múltiples saludos y reconocimientos. Sólo faltan los guerrilleros, dijo Odile mientras le metía mano a la tercera ginebra, en tanto Julián sorbía un humeante café con leche. Se les acercó a la mesa un individuo fláccido de pelo ensortijado y gabardina tan nueva que no podía ocultar su estreno. Saludó con efusión a Julián e inmediatamente se quedó mirando a Odile, de pie, en situación embarazosa que requería una salida apremiante. Cuando comprobó que Julián no le invitaba a sentarse ni le presentaba a Odile, se dio media vuelta con cierta brusquedad.

—Sólo es un crítico —dijo Julián conteniendo a duras penas un estornudo.

—Has estado grosero.

—No me gusta ese tipo —comentó Julián—, no pierdes nada con no conocerlo.

—Nunca llegarás a nada con tu actitud, que sé que no es desprecio sino comodonería. Los críticos, la vida literaria, los agentes, los otros escritores, el circuito, como tú dices; ¿qué es lo que pretendes? A este paso tendrás dificultades incluso para publicar tu próxima novela.

—Tienes toda la razón.

— Tú me lo dijiste: esto es un tren que pasa una vez por delante de tus narices. Te subiste a ese tren en Francia con *L'exil intérieur*, que aquí no has capitalizado. Y encima ahora estás a punto de bajarte de él en marcha.

—No me apetece la vida literaria, soy demasiado vago.

En esta ocasión el estornudo fue acompañado por un amplio riego y apenas llegó a tiempo de sonarse.

—Por cierto, nunca me cuentas nada de tu trabajo, ni siquiera conozco el argumento de lo que estás escribiendo ahora. —Con las copas que llevaba encima le importaban un carajo ése y todos los argumentos del mundo.

—Yo tampoco lo sé, Odile.

—Casi nunca escribes, no te veo trabajar.

—Trabajo con esto —se señaló la cabeza.

—¿Y no se te olvida?

—Miento —dijo Julián riendo abiertamente—, no estoy haciendo nada de nada, pero algo habrá que hacer, ¿no?

—Yo también tendré que hacer algo. No tengo un céntimo.

—¿Necesitas dinero?

Odile no tuvo ni que responder.

—Mañana te haré un préstamo.

—Necesito un adelanto hoy. Déjame dos mil pesetas, he de hacer un recado.

Julián se levantó.

—Vámonos, estoy tiritando.

Al salir tuvo que saludar al crítico fláccido y también a un sempiterno escritor de teatro que nunca consiguó estrenar y al que conocía de los tiempos de la mili. Ya en la calle le metió el dinero a Odile en su bolso.

—Nos veremos en casa, yo cogeré un taxi.

Efectivamente, estaba temblando. Odile, en el beso de despedida, notó sus labios demasiado fríos.

Ya en casa, Julián no sabía por dónde empezar. Se paró en mitad del pasillo y recapituló: estaba en su casa, en mitad del pasillo, con el catarro en auge, era la hora de comer, la hora de meterse en la cama o no meterse, de leer una policíaca o una novela seria —¡Dios, si le oyera el crítico fláccido!—, algo del tipo *La montaña mágica,* que no había leído a pesar de su edad, o *Madame Bovary*, idem de idem, hora de escribir algo, notas para su novela, avanzar en los deslavazados veinte folios que tenía escritos, volver a imaginarse la historia poniéndose el listón más alto, yendo a complejidades linguísticas, ¿por qué no ensayar un texto con el lenguaje de la calle como en el *Voyage au bout de la nuit,* por qué no intentar divertirse jugando a las palabras como Rabelais? Ése era un buen camino para provocar la atención de los críticos, pues con ello se les proporcionaba la referencia necesaria, ¿qué más podían pedir? No estaba hablándose en serio, ni todo aquello era digno del autor de *L'exil intérieur*. Debía de tener fiebre, pues si no ¿qué significaba aquella meditación vergonzante en mitad del pasillo cuando de lo que se trataba era de orientar los próximos pasos? Se habría acostado a sudarla de haber tenido a alguien en casa; pero metido en la cama, solo, sin atención, se sentía inválido, mientras los oídos le punzaban, las piernas le pinzaban y los mocos le pingaban. *Esporterástico, mostundarilo, cabusiloso, chúlipa*. Avanzó decidido hacia la cocina en cuya nevera encontraría un filete, quizás algo añejo pero válido aún, y así fue, si bien era más raquítico de lo que su recuerdo retenía retórico, por lo que buscó un complemento del tipo tomate y fracasó, buscó un huevo y sólo encontró una yema dentro de un vaso, ni rastro de cualquier otro alimento supletorio; y sin embargo, en el estante inferior del cubículo refrigerador, iluminado como si se tratara de un escenario para bailar el lago de los cisnes, Odile, quién si no, había acumulado no menos de diez latas de atún claro. Pan de molde no faltaba, por tanto el refrigerio resultaba hacedero, realizándolo así con extrema facilidad. Exiguo filete, lata de atún algo seco y dos rebanadas de pan, comióselo con celeridad inexplicable en alguien al que rondaba la fiebre y le rendía el cansancio. Como si un aguijón le hubiese picado en algún punto sensible, dio cuatro pasos y medio rápidos, entró en el despacho y se sentó ante la mesa, infrautilizada desde que Silverio desalojara de allí su magna obra. No había en su superficie más que una goma de borrar y una grapa, perdidas sobre una capa de polvo que Julián limpió con el pañuelo. ¿Qué significaba aquella inusual diligencia? ¿Le estaría apremiando la musa en forma de achuchón de vientre? El caso es que no tenía ninguna sensación concreta, ni idea definida, ni avance argumental o estilístico, pero sabía que algo iba a escribir en su cuaderno francés de cuadrículas grandes; lo sacó del segundo cajón de la parte derecha de la mesa y se puso en disponibilidad. Escribió con su letra firme y menuda los párrafos siguientes:

Cruzábamos sin duda el uniforme extenso del poder, los anillos corruptos de hileras de canónigos, verdes anillos, ese vaho de hombre que todo lo vivió, un sudor prácticamente ocioso abarcándolo todo, la insultante desnudez de las hijas del mando y las cruces de las mutilaciones, como la vida virtuosa ellas todo ignoraban, en tanto la riqueza consistía en el trigo almacenado en las Centrales, y las revistas clandestinas de poesía circulaban manoseadas de penal en penal.

Todos los miembros de mi familia se tambalean, se incitan para encontrar una supervivencia anterior a la sangre, los asientos vacíos de hijos e hijas rodean vanamente aquel sillón paterno de amplios brazos, sin remedio, hace tiempo.

Era un frontón inmenso, las líneas dibujaban unas puertas ovales o los rasgos más simples de un rostro ciego, éramos unos cuantos jugando con paletas de pino en tanto que el peligro se cernía, no sé bien cuánto riesgo, hasta que ellos entraron resonantes, angostos, machacaban los cráneos, se llevaron a todos, menos a mí.

Todos somos un hombre que vive y un hombre que mira.

Totum revolutum. Puso la última palabra y estaba sudando. No quiso releer lo escrito para evitar tener que emitir un juicio o la sensación de que aquel tipo de escritura valía lo mismo para un roto que para un descosido, lo que podría prestarse a muy diversas interpretaciones. Por ejemplo, *todos somos un hombre que vive y un hombre que mira,* podía haberlo insertado Joyce tranquilamente en la página 528 del Ulises de la manera siguiente: "El señor Bloom mientras tanto seguía dando vueltas en las inmediaciones de adoquines junto al brasero de cok delante de la garita del guardia municipal, quien, evidentemente ávido de trabajar, a su juicio, descabezaba un tranquilo sueñecito por su cuenta y riesgo —todos somos un hombre que vive y un hombre que mira—, a todo efecto y propósito, mientras Dublín dormía." Pero de idéntica manera hubiese podido encajar el comodín en *Pedro Páramo*, un ejemplo, página 140: "Pedro Páramo siguió moviendo los labios, susurrando palabras. Después cerró la boca y entreabrió los ojos, en los que se reflejó la débil claridad del amanecer. Todos somos un hombre que vive y un hombre que mira. Amanecía." Le entraron ganas de gemir, era imposible meterse en la cama en aquella tesitura, con una frase-comodín como aquella en la manga, había que jugar la partida con todas sus consecuencias.

El momento fugaz

Así, en esa disposición de ánimo, tras ajustarse cuidadosamente la única corbata que tenía, azul marino de hilo, y encorsetarse la chaqueta de espiga gris, tomó el taxi que le condujo al casino, inaugurado no hacía mucho, claro signo de los nuevos tiempos. La tarde declinaba mustia mientras avanzaban por la autopista, estaba siendo un día demasiado denso que impelía a Julián a pasar de una cosa a otra, como si tratara de acumular historias cuando en realidad lo que deseaba era huir de ellas.

Entró en el casino cuando ya afuera era de noche, con paso lacio, fingiendo indiferencia, no en vano él había realizado sus correrías en Las Vegas, si bien hubo de reconocer que los casinos que había frecuentado allí eran más pequeños, utilitarios y golfos que este de Torrelodones, situado ya casi a los pies de la sierra de Guadarrama, en lo alto de una colina, justo donde pocos años antes se había celebrado la primera fiesta del PCE legal. Olía todavía a nuevo, el personal carecía de la soltura que da la práctica y eso le molestó porque la impericia era enemiga del dramatismo y sin drama aquella inmensa sala, iluminada sabiamente para no distinguir si era día o noche, se convertía en una convexidad tediosa. Mientras avanzaba por la alfombra de motivos geométricos, pensó que una vez más estaba exagerando, había ciertos desajustes de profesionalidad pero ello no afectaba a la seriedad del juego en sí, como podría comprobar inmediatamente. Su idea inicial consistía en tomarse un café doble y una aspirina antes de realizar el primer ataque, pero decidió posponerla mientras, con las manos en los bolsillos, deambulaba por entre las mesas de *black-jack* en franca desarmonía con los acelerados latidos de sus nervios. En el taxi se había prometido tomárselo con calma, acentuar los gestos de relajación llegando a exhibir incluso, hasta donde fuera posible, síntomas de bostezo. Cambió dieciocho mil pesetas en fichas y, acodado sobre el mostrador de tapete verde, prestó juramento en torno a la idea de que el mundo no se acababa esa tarde y que el casino también estaría abierto al día siguiente. Objetivo actual: simple toma de contacto. Tantas recomendaciones acabarían por insensibilizarle. Casi con carácter de transgresión, al pasar por delante de una mesa de *black-jack*,* se paró justo detrás del taburete ocupado por un viejo de aspecto aseado y cascarrabias; colocó en su casilla dos mil pesetas. El vejete volvió la vista hacia él para comprobar su apariencia, y pareció darle el plácet, sobre todo cuando vio que las dos cartas que le presentaron eran dos figuras, diez y diez, veinte, mientras el croupier tenía un siete. El anciano naturalmente no pidió carta, y la mesa se dio un diez, es decir, sumó sólo diecisiete. Había ganado. Julián dobló la apuesta. Al viejo le dieron una figura y un siete, se plantó, y el croupier, con un siete de salida, sacó otra figura. Empate. Julián cogió las cuatro mil pesetas y se retiró de la mesa íntimamente satisfecho, estaba controlando la situación, era capaz de mantener un buen régimen de flema. Le dio pereza acercarse a la barra del bar a tomarse el café porque acababa de encontrar un sitio vacío en el *black-jack,* en la cabecera de la mesa, la primera casilla, y pensando que tenía una sutil ventaja, no dudó en sentarse.

* *El objetivo de este juego de cartas es acercarse a 21 puntos y no pasarse de ellos. Las cartas van siendo sacadas de un recipiente especial llamado sabot por el croupier, de una en una, y repartidas a las siete casillas que corresponden cada una a un jugador. Las figuras valen diez puntos, el as vale uno u once puntos, según el juicio del jugador; el resto de naipes, su valor nominal. Una vez hecha la apuesta en cada casilla, el croupier distribuye una carta descubierta a cada jugador, dándose él mismo una en último lugar. A continuación distribuye la segunda carta y es cuando el jugador decide, de acuerdo con los puntos que tiene, si quiere más cartas o se planta. En caso de que pida cartas y se pase de 21, perderá lo apostado. Cuando los jugadores han hecho su juego, lo hace el croupier. En caso de que el jugador saque más puntos que el croupier, los pagos se harán a la par. Cuando el jugador recibe las dos primeras cartas del mismo valor podrá jugar con cada una independientemente, haciendo una apuesta igual a la inicial. Cuando el jugador obtenga 9, 10 u 11 puntos con las dos primeras cartas, podrá doblar la apuesta.*

Cambió las fichas de mil en fichas de quinientas pesetas, dispuesto a una larga batalla en la que la resistencia iba a ser un factor fundamental. Desde el punto de vista de la preparación física no había elegido el mejor día; estaba resfriado desde la noche anterior, por las piernas le culebreaban sensaciones punzantes; desde la cintura hasta el cuello todo iba bien, y en la cabeza coexistían una cierta calentura frontal con una aceptable lucidez: en líneas generales, lo que tenía que funcionar funcionaba.

No se jugaba exactamente igual que en los Estados Unidos, y eso le despistó un poco en los primeros envites, pero no fue nada grave. Había técnicas de juego para el *black-jack,* complejas, muy fatigosas, y no había acabado de entender bien la que le explicó aquel tipo de Las Vegas que, según dijo, le permitía vivir con desahogo. En cualquier caso, su cabeza no estaba en condiciones de llevar un balance de las cartas que iban saliendo. Lo suyo era el recurso al pálpito y éste le estaba señalando un trecho favorable. Así pues, decidió duplicar, triplicar las apuestas, la casilla marchaba bien; por cada baza que ganaba la croupier, él conseguía tres. La croupier: ni siquiera se había fijado en que era una rubia de pelo liso, agraciada de cara, aunque su gesto invariable mostraba tal indiferencia que la convertían en una bella pieza mecánica, eficaz, con utilización de las mismas frases dentro de una gama francamente limitada. Julián estaba acumulando fichas amarillas de quinientas pesetas, había conseguido dos excelentes torrecitas que manoseaba, como todos los jugadores, una y otra vez, produciendo un ruidillo peculiar que intentaba definir inútilmente mientras la rubia barajaba las cartas, pues el sabot o zapato había terminado. Se encontraba a gusto, bien asentado, manteniendo la distancia emocional precisa. Miró a su alrededor y corroboró la sensación placentera. Vio pasar a un valet, le hizo una seña y sorprendentemente acudió a la primera. Le encargó un café con leche muy caliente, que le trajo también con prontitud, con lo que pudo tomarse dos aspirinas. Aquello empezó a escamarle, todo estaba sucediendo con una rara precisión positiva. Hizo arqueo y en realidad sólo había ganado seis mil pesetas. Sin embargo, el siguiente sabot resultó extraordinario para los jugadores. Las cartas parecían colocadas para hacerles ganar y los ocupantes de los seis taburetes siguientes al suyo comenzaron a manifestar una euforia excesiva, con risotadas, comentarios picantes e interferencias no muy del agrado de Julián, si bien resultaba grato estar en una mesa distendida. Los jugadores comenzaron a elevar alegremente sus apuestas, acostumbrados a que la croupier perdiera por sistema. E hicieron bien porque seguían ganando cualquiera que fuese su jugada. La rubia se pasaba dándose una figura, un nueve, un as, siempre superaba las veintiuna, que era el punto óptimo. No se alteraba su proceder autómata ni ante las propinas que le llegaban generosamente en cada tirada, ni ante alguna gracia que intentaron dos andaluces que ocupaban los últimos lugares. Resultaba increíble, los mirones y jugadores de pie empezaron a rodear la mesa formando una algarabía que desentonaba en el ambiente de contención y prudencia de la sala. Al término de tan inusitado sabot, que hizo subir las ganancias de Julián a más de cincuenta mil pesetas, cambiaron a la croupier y vino un chico de cara aniñada, también rubiancho, e igualmente de la especie de los autómatas. Las dos primeras manos siguieron la misma tónica con lo que la animación se mantuvo y todos parecían definitivamente convencidos de que aquello obedecía a una ley inmutable. A la tercera mano, el croupier sacó *black-jack,* una figura y un as, y barrió todas las apuestas de la mesa. Pero la gente había ganado mucho dinero y aquel contratiempo no hizo disminuir la moral de los jugadores que incluso reforzaron el volumen de sus apuestas. El croupier se dio como primera carta un as, y eso ya motivó conatos de enfado, que se reprodujeron cuando consiguió un nueve con su segunda carta, con lo que ganó en cinco casillas y empató en una. La mayoría de los jugadores empezó a escamarse, desaparecieron los observadores ocasionales, era evidente que el signo de la baraja había cambiado, pero la línea de flotación de las ganancias resultaba aún alta, no parecía posible que el chiquito rubiancho que se escondía desgarbado en un esmoquin de mangas excesivamente cortas, pudiera mantener aquellos puntos durante mucho tiempo. Esta idea, en cierto modo razonable, le costó a Julián, y a gran parte de sus compañeros de mesa, perder prácticamente lo que habían ganado. Ahora eran éstos los que llevaban el paso cambiado y el ritmo resultaba ampliamente favorable a la casa. De manera que los beneficios de varios excelentes sabots anteriores, luchados hasta la extenuación, se volatilizaron en una sola partida desfavorable. Julián contó: le quedaban diecisiete de las dieciocho mil pesetas que traía, pero lo peor era el dolor de cabeza que, con nacimiento en la frente, se le derramaba hacia la nuca, creciente, insoportablemente concentrado, reducido al final a un punto minúsculo y muy agudo. Un par de jugadores se levantaron de la mesa protestando, ninguno se atrevía a abroncar al croupier, que era el que había cambiado la suerte; los demás seguían estimando imposible que pudiese continuar por más tiempo aquel signo negativo, unas jugadas increíbles en que se perdía con veinte contra un cuatro de mano del croupier, luego de descubrir éste un siete y un diez para apuntarse un veintiuno desolador, que hacía jurar, renegar, maldecir, blasfemar a los afectados independientemente de su carácter, clase social, regionalidad, sexo o religión. Julián decidió retirarse porque no podía con su dolor de cabeza, con la batería de síntomas gripales que le troceaban las piernas, el costado, el cuello convirtiéndole en un lisiado de guerra. Como tal se desplomó en el taxi cuyo conductor no lograba entender la dirección de su casa. Durante el trayecto sólo tuvo un momento de claridad en el que reflexionó sobre las cuatro horas que había pasado en el casino ajeno a todo tipo de preocupaciones; un tiempo en el que nada ni nadie exterior al propio juego había existido. Al margen de esta percepción, el resto fueron obsesiones e imágenes auditivas inesperadas.

Se despertó a media mañana intuyendo, mientras atravesaba ese último trecho de salida del sueño, que la gripe había hecho presa por fin en él. De ahí su asombro cuando, abiertos los ojos por fases, lo vio todo nítido, colorista, sin ningún peso en los párpados, comprobando que la mañana era suavemente soleada y su frente mantenía un buen grado de levedad y frescura, de la misma manera que notaba las piernas sueltas, como salidas de una sesión de masaje. Realizó estiramientos, se dio diversas vueltas en la cama para verificar que su lozanía no era el espejismo de una determinada posición sino el producto de una ventura inesperada. Hubiera podido gritar de contento, o cantar con McCartney el comienzo de *I am the walrus* con voz ligera de efebo perverso, pero tuvo que atender a lo más perentorio, que era desalojar la vejiga de la despótica opresión urinaria. Después volvió a la cama, el apartamento estaba aún destemplado, ¿cuántas horas había dormido?, ¿por qué aquella silenciosa blancura de hospital? Odile debía de haber salido, si no estaba en casa es que había salido, no, lo que quería preguntarse es si habría ido de compras, de ventas, de paseo, en busca de trabajo. Se levantó de nuevo y en la cocina encontró una bandeja con el instrumental del desayuno preparado, un detalle insólito en la Odile de las últimas semanas, tan aferrada a sí misma, e incluso el periódico aún empaquetado. Como a él le gustaba. Volvió al lecho con el desayuno humeante y el periódico expedito. Sólo le faltaba la correspondencia, pero por desgracia ésta era ahora tan escasa que hubiese sido milagroso encontrar allí una carta personal dirigida a alguien que llevaba meses sin escribir cartas personales. No quería confesárselo tan temprano, pero en esa delgada bolsa de la conciencia en donde se conservan los deseos a temperatura adecuada, se había hecho fuerte la voluntad de casino y su potencial de olvido. A esas horas de la mañana ya no podía ocultar el anhelo que le producía su retorno al juego. En cierto modo recuperaba el hábito de dedicar las tardes a matarlas, como en los tiempos del bingo, pero ahora en un ejercicio más fieramente humano; no era cuestión de tachar con pasividad unos números sino de optar, elegir, elaborar la propia estrategia, haciendo depender los resultados en buena medida de las propias decisiones. No había comparación posible desde ningún punto de vista; también en el aspecto personal era diferente, lejos de los bingueros, grupos amistosos algo infantiloides. En el casino no conocía a nadie, ni le importaba; es más, no lo deseaba, aquello era un asunto privado, sin interferencias, entre él y la mesa de juego. Desayunó con calma un café que se le había enfriado y un bollo endurecido, pero le daba igual, todo era secundario. Allí estaba el periódico. Lo miró por el anverso y por el reverso, sin quitarle la faja; inexplicablemente tuvo un arranque de furia y lo arrojó contra una esquina del dormitorio donde permaneció como un conejo atemorizado. ¿Qué estaba ocurriendo: que ahora él era el radical y daba pasadas por la izquierda a Carrillo y a los otros, y que sólo ETA podía mantener su velocidad de crucero? No era eso, no era eso. ¿Qué era, entonces?, ¿qué iba a meter en su novela, encapuchados, sospechosos, secuestradores, o tipos con jersey de cuello de cisne y pistolón? Tenía que levantarse e ir al banco antes de que lo cerraran a las dos; necesitaba más dinero, no podía volver al casino con las cuatro perras del día anterior, precisamente cuando sentía un picorcillo allá en la zona aórtica donde se instalaban las intuiciones. La cuestión consistía en llenar el tiempo que faltaba hasta la hora del taxi sin enredarse en los ovillos de la situación política, o enredándose siempre que fuera una cavilación relajada, además él no era un militante y se estaba comportando como si el Partido dependiera de él que quizás no llegaba ni a social-demócrata, apelativo que le cruzó el rostro como un latigazo; pero entonces, todos los que habían colaborado y sentido en comunista, no siéndolo ideológicamente, ¿qué iban a hacer?, porque efectivamente el sonsoniquete de socialtraidor aún era capaz de encender las alarmas de la dignidad. Mientras tomaba una ducha llegó Odile, que se acercó para saludarle. Enjabonado como estaba sintió el gatillo enhiesto. Odile, en cuyo rostro notó que estaba con la regla, le miró el miembro espumoso como si contemplase un objeto humorístico. A pesar de todo hicieron el amor y acabaron de espuma hasta las orejas. No pronunciaron una sola palabra, y en cuanto se esfumó el gusto, procedieron a secarse. Julián se puso la misma ropa que el día anterior no obstante la opinión de Odile de que apestaba a humo de cigarrillo, y ponía una cara de asco convincente. Julián le preguntó si había algo nuevo, y cuando ella iba a responder, miró el reloj y lanzó un juramento, eran las dos y diez, le habían cerrado el banco, lo que en el fondo no resultaba tan grave pues le pareció recordar que en el casino aceptaban tarjetas de crédito y él tenía un par de ellas. Se disculpó con Odile, cuyas ojeras no disminuían, y ésta le contó que probablemente iba a entrar en un nuevo ballet con el que se abriría cada semana un programa-concurso de televisión, no muy bien pagado pero previsto para toda la temporada; se lo había proporcionado Concha, no sabía bien si por amistad o por recuperar el dinero prestado. De repente Odile calló, nunca le había contado tantas cosas privadas de golpe. Julián se dio cuenta y no preguntó quién era Concha, por qué le debía dinero; se limitó a felicitarla ante tan buenas perspectivas. Luego la invitó a comer en una tasca cercana, a la que iban a veces, juntos o por separado. Había muy pocas mesas y se comía bien y barato. Julián no tenía apetito, pero no se le había ocurrido mejor manera de llenar el tiempo hasta las cuatro y media. El camarero extendió un mantel de papel y Julián colocó su mano sobre la de Odile: frente a frente constató una vez más las pocas cosas que tenía que decirle a aquella mujer.

—El hecho de que no nos metamos el uno en la vida del otro no quiere decir que no podamos contarnos nuestras cosas cuando nos apetezca, ¿no crees?

—Te acostumbras a no decir nada —dijo ella con voz de llantina— y ya ves.

—Te he encontrado muy guapa hoy.

—Ya me he dado cuenta.

La descubrió amainada y eso le animó a investigar.

—Pero sigues teniendo unas ojeras que me preocupan. ¿Qué pasa, no duermes? Me gustaría que me dijeras cómo vas con las anfetas, con el chocolate, con la ginebra. ¡Joder, si es que te has metido en todos los mejunjes!

—Alto el carro, amigo: ni Dios ni amo conmigo. No me hables de lo que yo no te he autorizado a hablar.

Julián sintió un flujo de sangre extenderse veloz por su cara. Se levantó de la mesa.

—Me voy, no tengo hambre, señora misteriosa.

Salió de la tasca herido, al menos tanto como debía de estarlo ella, cuyo carácter se había avinagrado desde que se dedicó a beber en la época de Silverio. ¿Quién de los dos había establecido aquella norma de silencio, aquel pacto de seguridad que de tanto protegerse propiciaba vidas separadas? Sin duda había sido él y no tenía derecho a pasar factura. En realidad Odile llevaba mucho tiempo a disgusto con él, con Silverio y otra vez con él. Ambos estaban creciendo divergentemente, sin conseguir valorar con objetividad sus relaciones, aceptando ya de antiguo la idea de la ruina inminente. Tantas veces había jugado Julián a que Odile no le importaba nada que ahora se sorprendía al advertir que despertaba en él aquellos toques singulares de enternecimiento.

Se fue a pasear por el parque del Oeste, un pulmón ecológico encerrado ya por construccciones que acabarían cortándole, a modo de aduanas, todas las salidas. Los caminitos de tierra subían y bajaban, retorciéndose sobre sí mismos, vadeando viejos pinares, dando vueltas alrededor de plazas con mezquinos monumentos, y apenas había transeúntes salvo los jardineros kiplynianos que regaban con despilfarro, o los que intentaban inútilmente recoger hojas que se les iban multiplicando a sus espaldas. Se hartó de considerarse un viejo en reposo, de banco en banco, como si huyera de la añoranza de San Antón, y alguien le había hablado de profundas filtraciones en la estatua de bronce de José María Gabriel y Galán, sobre la que orinaban de niños a modo de homenaje, el arriar de la bandera en el cuartel y los estirados bracitos falangistillas, y su pobre hermana María, que moriría a los trece años de leucemia, y el querido moscardón de Silverio, mucho más diestro que él en casi todos los juegos; le hubiera gustado tenerle allí y echarle una carrera de chapas con Delio Rodríguez o Berrendero, y en la meta, como un pirulí a modo de premio, la niña Odile con calcetines de ganchillo blanco. *Carástilo, profítolo, plánico.* Tendrían que llamarse antes o después, no se trataba de considerarse vencedor ni vencido, ni Odile era un pirulí, aunque admitiera aún durante mucho tiempo unos buenos lametones. Quizás él estaba desperdiciando a Silverio y a Odile. El argumento del *ménage à trois* estaba agotado, Jules et Jimes habían sido los penúltimos, a pesar de que en el mundo en ese momento miles de tríos seguían intentándolo. Era muy tarde y Hortensia, la criada placentina, no aparecería con el bocadillo en el parque, de modo que se sentó en una terraza del Paseo de Moret, de cara al solecillo invernal en su momento álgido, y pidió un bocadillo de jamón, una ración de boquerones en vinagre y una cerveza. Resistió a la tentación de comprar el periódico en un quiosco cercano, se prometió no comprar tampoco ninguna revista y decidió que el mejor acompañamiento del bocadillo sería la persecución y silueteado de las mujeres que paseaban por delante de la terraza, como en sus mejores tiempos de estudiante, cuando dedicaba lo más granado de las tardes a deleitarse, asomado al balcón, con la perspectiva de los pechos femeninos vistos desde arriba, pocas cosas tan excitantes. Los boquerones estaban exquisitos, un poco pasados de vinagre, como a él le gustaban, tirando de la cerveza. Por allí pasaban muchas estudiantes camino de la Ciudad Universitaria y su vista jugueteó con algunas de ellas, las vio desnudas, demasiado jóvenes, manifiestamente inexpertas, buenas para el ojeo, como las de sus adoradas viejas revistas eróticas. Siempre había dicho que no se sentiría añoso mientras fuera capaz de mantener vivas, incluso palpables en los rasgos de su cara, aquellas mañas de adolescente. Quizás alguna de esas chicas había oído hablar de su novela y le admiraba anónimamente; no podía pensarse mejor manera de iniciar una relación entre hombre y mujer. Era preciso proseguir su libro, intentar acabarlo, con lo que ello suponía de rejuvenecimiento: era como lanzar al mercado una oferta de relación humana. ¡Huummm, carne fresca! Dios, ya eran las cinco menos diez y el casino abría a las cinco. Se metió en la boca el último coscurro de pan y todo se volvió impaciencia. Exigió la cuenta a un camarero, con la cara picoteada por la viruela, que se movía pisando huevos, mirando a un lado y a otro mientras se dirigía al mostrador del quiosco a realizar las complicadas operaciones binarias de la factura. El solecillo corría parejo a su vehemencia hacia la carretera de La Coruña, a toda velocidad, para desaparecer lo más rápidamente posible tras el contorno de la sierra. De repente apreció en su plenitud *el momento fugaz.* Sacó del bolsillo la libreta de la que jamás se separaba, miró frente a él y se puso a describir, con la misma desfachatez con que lo hubiera hecho un romántico inglés, tratando de atraparlo, el momento fugaz, como quien atrapa a una mariposa excepcionalmente efímera. *Veo y me conmueve, son las cinco menos cuatro minutos de un miércoles veinticinco de enero glorioso por su clima. En primer término, el pruno me hace perder el núcleo de la visión con su gran mancha de rojo cobre sucio; luego viene otra amplia franja verde con el monte bajo de El Pardo y las estribaciones de la sierra; no sé si estoy frente al norte norte; después aparece la inmensa quebrada de Guadarrama que se ilumina con un suave azul deshilachado, cautivo de los matices, heridos por hachazos de luz rojiza que va extendiéndose cada vez más brillante hasta que se convierte en morado leve, todo lo cual sigue abrumado por el rojo cobrizo del pruno viejo y sus ramas se ensartan a la perfección en algunos gigantescos árboles, verde vibrante a mitad del plano, y verde apagado, final, definitivo del monte bajo. De modo es que conjugamos aquí colores en fuga, como esa azulina transparente, el joven roso alargado y los rasguños de cárdeno insinuante, con el verde oscuro del monte oscuro, el verde agresivo de arizónicas y más arizónicas, además de la antigualla rojiza del pruno. Son las cinco y un minuto, y a la altura de la novena línea me di cuenta de que o escribía más deprisa o la fugacidad de los colores me dejaría atrás, como así ha sido, pues ahora, a las cinco y un minuto exactamente, ya no existe el morado sutil ni el rojo hermafrodita, todo está siendo, es ya, un azul uniforme con estampaciones de algún verde cercano, más o menos sombrío. He sido demasiado soberbio. El instante fugaz se ha retirado con sus colores dejándome con un palmo de narices, sin poder apreciar cuál fue el momento exacto del cambio: sólo he tenido tiempo de conmoverme en el segundo inicial, pues cuando decidí atrapar la visión fugaz ya era tarde; me han sobrado veinticinco líneas, son las cinco y cuatro minutos sobre un azul ya totalmente opaco.* Se guardó la libreta, pagó y se abalanzó sobre el primer taxi libre. Esa tarde jugaría a la ruleta, aunque siempre le había parecido que en el *black-jack* tenía más defensa, aunque tampoco estaba muy seguro de ello, ¿qué era eso de estar seguro? Por fin el taxi salvó el último disco de la ciudad y se lanzó a la carretera, a una velocidad miserable en opinión de Julián, con su ruido diesel de chicharra que le obligaba a ir por el primer carril de la derecha tragando el humo de los camiones cargados de ladrillos o de enormes tubos de cemento. Sonrió al recordar el sistema infalible que había leído en un libro titulado *Trece contra la banca,* sistema que permitió a su autor triunfar en Montecarlo, Venecia, Deauville y otros casinos hasta que, descubierto por los servicios de seguridad, fue vetado en todos ellos, lo que le condujo a escribir aquella especie de biblia cuya venta, por un lado, repondría su ruinosa economía, y por otro, le permitiría vengarse de los malvados casinos europeos. Lo que no explicaba era qué había hecho con la fortuna que confesó haber ganado gracias a su sistema. Julián no se tomaba a broma los sistemas, mejor dicho, las estrategias, las guías sobre las que uno podía moverse. Las alteraciones del ánimo eran el mayor enemigo del jugador equilibrado, a caballo entre el pálpito y la planificación. Estaba ahíto de teoría. Era preciso decidirse: jugaría las finales siete y ocho, alternándolas con el veintinueve y treinta y dos y caballos. Unas jugadas clásicas, armoniosas, que permitían muchos recursos; no se trataba de cubrir indiscriminadamente el tapete, sino de asentarse sólidamente sobre una zona del mismo, y a él la que le gustaba era la tercera docena, es decir, del veinticinco al treinta y seis. Aún seguía haciendo este tipo de especulaciones cuando se encontró frente a las diversas salas, la hora de la primera elección: a qué jugar. En la sala de la derecha, las mesas de *black-jack*, las de punto y banca, las de ruleta americana además de las horripilantes baterías de máquinas tragaperras; en la sala de la izquierda, las mesas más serenas de ruleta francesa. Julián tendía a jugar primero al *black-jack* porque le parecía que era el primer escalón, precisamente el campo en el que obtener los primeros frutos que le permitirían avanzar, abordando seriamente el reto de las ruletas francesas. Le pareció reconocer a alguna de las personas que había visto el dia anterior, aunque él era un pésimo fisonomista y en realidad no se fijaba ni en los detalles ambientales, porque su atención se concentraba en el juego, y las únicas sensaciones físicas que tomaba en consideración eran el calor, el frío, la sed, un brote de mareo o cosas semejantes. Si hubiera de describir cómo era el lugar tendría que acudir a fórmulas muy vagas como: podría pensarse en una especie de inmensa carpa donde en teoría reinaban la luz y la temperatura idónea, con grandes arañas de cristal y un techo que uno podía mirar sin agobio; lo mismo que la impresión de estar pisando una alfombra esponjosa y callada. Nada de aquello tenía interés. Lo único importante eran los croupiers y los compañeros de mesa, no tanto como personas cuanto como piezas del juego que podían condicionarlo con su manera de actuar, su confianza, sus temores o aprensiones. A veces, sin saber cómo, la mesa de *black-jack* lograba la armonía, una conjunción de fe tal que hacía inclinarse la balanza en favor de los jugadores, pero lo normal era que algún cliente, por bisoñez, desesperación o simple mal fario, descompensara la mesa y entonces se veía a las cartas venir a trompicones, pasadas de ritmo; o en la ruleta, a la bola encontrar las zonas más desérticas del tapete. Julián comprobó estos condicionamientos desde el primer día, porque era algo que se producía y reproducía en todos los jugadores. Su manera personal de comportarse en una mesa de juego era cerrada, quizás en apariencia hosca, no buscaba el diálogo con nadie, conocía de vista a los jugadores fijos, pero una vez fuera de la mesa era incapaz de representárselos, lo mismo que a los croupiers. Él iba allí a jugar, no pretendía ninguna asociación o colectivo amistoso; sólo valía el juego, todo lo demás, incluidas las personas, eran a lo sumo puntos de referencia, signos de auscultación o claves para la apuesta. Aunque no podía ignorar que cuando se sentaba en una mesa en la que reconocía a determinadas personas que le caían simpáticas, ganaba en confianza, en sentimiento de protección. Estaba en terreno propio, lo cual podía ser determinante en la hipótesis de que la angustia hiciese su aparición.

Sacó con la tarjeta de crédito veinticinco mil pesetas, que junto a las quince mil que llevaba en metálico, le permitían una cierta soltura, aunque evidentemente ninguna euforia. En el juego ése era un sentimiento poco recomendable; audacia sí, con el dinero ganado al casino, pero euforia ni siquiera en ese caso. Aquellas seis fichas de cinco mil y diez de mil tintineaban en su bolsillo proporcionándole un poso de seguridad. Decidió primero sembrar en el *black-jack*. Se sentó en una mesa en la que el croupier era casualmente el rubiancho de cara aniñada del día anterior, peligroso autómata el tipo, pero a Julián le gustaban los retos de esa especie. Primera jugada, primera tentación: forzar la suerte, no cambiar las fichas fuertes, intentar una primera apuesta de cinco mil. Una sola vez, ¿vale? Colocó escrupulosamente su ficha en la casilla y mientras el rubiancho repartía sus cartas Julián exigía mentalmente la llegada de un as. No consiguió ases pero sí dos ochos, mientras el croupier se daba un cuatro. Dos cartas iguales frente a un cuatro, que era una mala carta para la mesa; le permitía abrirse, jugar los dos ochos por separado, pero había que arriesgar otra ficha de cinco mil en la segunda carta. En la mesa todos le miraron, la apertura de los dos ochos era evidente y el corazón comenzó a agitarse en su jaula, puso la nueva ficha y esperó la ronda de cartas; sobre el primer ocho salió una figura, sumaba dieciocho; sobre la otra carta salió otro ocho y hubo un pequeño murmullo, podía desdoblarse otra vez, jugar ese nuevo ocho si apostaba una nueva pieza, tranquilo, llevaba ventaja; estaba con quince mil pesetas en juego; al segundo ocho le salió un seis, total, catorce, se plantó; nueva carta y nuevo ocho que hizo crecer la expectación sobre su casilla; volvió a repetir la operación de abrirse y poner otra nueva ficha de cinco mil; al tercer ocho le salió un tres y luego un nueve, bueno, veinte; carta para su cuarto ocho, le dio un tres y luego un ocho, sumaba diecinueve, otra buena jugada. Así es que apostando veinte mil pesetas tenía dieciocho en la primera jugada, catorce en la segunda, veinte en la tercera, y diecinueve en la cuarta; era un buen balance teniendo en cuenta que el croupier tenía un cuatro; lo normal era que se pasase, el corazón se daba de golpetazos contra las paredes de su habitáculo. Llegó la hora del croupier, se hizo un silencio total en la mesa: llevaba un cuatro, giró su mano de autómata y se dio un siete, once, y angustia generalizada, volvió a girar la muñeca y sacó un rey de trébol, total veintiuna, la máxima puntuación, ¡había hecho veintiuna partiendo de un cuatro! Los juramentos se mantuvieron discretos en la boca de casi todos los apostantes. Julián echó afuera el poco aire que le quedaba mientras el rubiancho barría mecánicamente sus cuatro fichas de cinco mil y las de los demás. La mitad de su fondo se había volatilizado en tres minutos. Sorprendió una mirada de refilón del chico sobre él, como si se preguntara sobre su entidad económica. Cualquiera sabía lo que aquello significaba, ¿sería un aviso o un gesto de conmiseración? No se atrevía ni a levantarse ni a quedarse. Los demás jugadores le observaban solidarios e incluso se quejaban en su nombre. Julián decidió aguantar. Perdió la siguiente jugada de mil pesetas, y la siguiente, y la siguiente; empató otra, duplicó su apuesta y también perdió. Sentía como inexpugnable al rubiancho, pero eso precisamente le aferraba más a su banqueta, con rabia, mala cosa, tenía que acabar con él, remontar, el dinero ya no era lo más importante, sino darle una lección al barbilampiño de mierda. Pero no pudo, ni él ni nadie de la mesa; lo ganaba todo sin que en su rostro se trasluciera sentimiento alguno, aunque era obvio que siete personas sentadas frente a él le odiaban. Así pues, a Julián sólo le quedaban cinco mil pesetas y se retiró saludando con la mayor dignidad posible, pero estaba como un borracho sin saber si conseguía controlar los gestos del rostro. Más que angustia sentía una enorme decepción, trató de representársela en forma de gran crustáceo peludo que se hubiera aferrado a su pecho. Llevaba unos diez minutos en el casino y todo estaba a punto de acabarse, lo que le ocasionaba una irritación que no hacía sino acentuar los desgarros producidos por el crustáceo. Pasó por delante de una mesa de ruleta americana, más pequeña, más rápida que la francesa, y llevaba su última ficha de cinco mil en la palma de la mano levemente sudorosa. La puso en el rojo como quien la tira a una papelera. Rojo. Dejó las diez mil con la sensación de que aquello le era ajeno. Rojo. Tenía veinte mil y entonces sí sintió como muy propias aquellas cuatro piezas de cinco mil pesetas con las que no sabía qué hacer. Todo iba muy rápido. Si no las quitaba inmediatamente del tapete las considerarían como en juego. Sin saber cómo las empujó hacia el negro. La pequeña bola salió disparada y finalmente pegó un salto como de carpa. Negro. El crustáceo se desprendió de su pecho con la misma premura con que Drácula abandona a su víctima en presencia de un crucifijo. Agarró las cuarenta mil pesetas. Por un segundo pensó ponerlas al rojo. Le dio miedo y no jugó. Rojo. Sonrió; estaba ya por encima de aquellas contingencias. Con sus ocho piezas de cinco mil se encontraba más seguro que nunca, le pareció que aquella masa recuperada era más sólida que la misma cantidad con la que empezó a jugar. En ese momento se le acercó un señor maduro bien vestido, con el cuello desabrochado y la corbata suelta, un ligero temblor en su voz, Julián no le entendía porque hablaba entre dientes. Al final logró comprender que quería venderle, de tapadillo, unos décimos de lotería. Respondió secamente que no y el hombre le miró con la súplica silenciosa de quien está dispuesto a arrastrarse con tal de sacar algún dinero para poder seguir jugando. Julián le dio la espalda y continuó su camino hacia la sala de ruletas francesas. En ese espacio clásico el ritmo era distinto, más pausado y profesional, de un nivel económico aparentemente más alto, aunque fijándose con atención descubrió el mismo tipo de individuo enfrascado en sus fichas, contándolas y recontándolas, aquí con libretas de raras combinaciones y sistemas a través de los cuales quedaban reflejados todos los números que salían, su frecuencia, ritmo, previsiones, lo mismo que los habituales de la media tarde en las mesas de punto y banca.

No sabía si sentarse o no. Decidió hacerlo en una mesa cuya postura mínima era doscientas pesetas, rodeado de señoras maduras y de ancianos tratados por los aburridos croupiers con una condescendencia hiriente que parecía encantar a las viejas pintarrajeadas, con escasa capacidad para controlar sus apuestas y frecuentes fallos de memoria que daban lugar a contenciosos por la propiedad de alguna ficha premiada.

La mesa de ruleta era para él un corpus con tres partes sumamente diferenciadas (las tres docenas comprendidas entre el uno y el treinta y seis) que le enfrentaban a perspectivas, afinidades y filosofías distintas. Desde el punto de vista afectivo, sentía la más rotunda displicencia por la segunda docena (del número trece al veinticuatro); le resultaba vagamente atractiva, a la par que peligrosa, la primera docena (del uno al doce) que siempre asimilaba a la infancia, algo sobre lo que resultaba aventurado apostar, y del grupo había que descartar al cero con su influjo, y a su importante hijo, el tres.

0
1 2 3
4 5 6
7 8 9
10 11 12

De modo que el campo de acción que le resultaba propicio, por edad, saber y gobierno, era la tercera docena (veinticinco-treinta y seis), un espacio para pesos pesados, apuestas de nivel, donde la radiografía y disección del paño resultaba más diáfana: con una espina dorsal (26, 29, 32, 35) y unas extremidades (a la izquierda 25, 28, 31, 34; y a la derecha 27, 30, 33, 36). Esta zona solía tenerla bien controlada y conllevaba dos jugadas clave: el cero y vecinos (es decir, los números que estaban a ambos lados del cero en la ruleta: 0, 3, 15, 26 y 32), cargando el acento en el veintiséis, treinta y dos y treinta y cinco; y por otra parte, el ángulo formado por números consecutivos, como el veintiocho, veintinueve y treinta y uno. Sin embargo, la jugada concentrada favorita de Julián era el veintinueve y treinta y dos y caballos. Así:

25	26	27
28	29	30
31	32	33
34	35	36

Una jugada preciosa porque parecía que el destino obvio de la bola era caer, resbalar despeñándose hacia abajo, penetrando en esa tercera docena; si esto ocurría así existían bastantes probabilidades de agarrar al menos un caballo. En ese espacio se encontraban dos números claves, quizás los básicos (junto con el cero) de la ruleta, el veintinueve y el treinta y dos, que Julián consideraba como a viejos camaradas de armas.

El tapete de la ruleta, en la representación ideal de Julián, era una especie de rampa descendente, de manera que el movimiento natural de un núcleo móvil era descender hasta acabar su carrera en la última zona, la tercera docena. Por eso, en las jugadas decisivas, las rogativas internas de Julián siempre se aferraban a ese imagen de derramarse un líquido por una superficie inclinada. *Baja, baja. Como el agua por un arroyuelo pedregoso. Desciende hacia abajo. Cae, cae, igual que el chorro de una fuente, hija puta. Viértete como una anguila, bajando. Derrámate. Afluye. Desbórdate hacia abajo. Baja, baja.* Siempre terminología poética en torno al riachuelo, aunque cualquiera de esas advocaciones solía ir acompañada de severas advertencias dedicadas a la bola como representación del azar retado.

Cuando no estaba enzarzado por su afinidad sentimental con la tercera docena, Julián tenía otra combinación de juego favorita, los números terminados en siete o en ocho, las llamadas finales siete y ocho (es decir, el siete, diecisiete, veintisiete, y el ocho, dieciocho y veintiocho), finales que según su experiencia eran las más frecuentes. Dependía, pues, de los días. Había que saber captar el movimiento rítmico de la jornada. Para ello, la mesa tenía un marcador en el que iban inscribiéndose, iluminados, cada uno de los números que salían, de tal manera que podían seguirse perfectamente las series, las repeticiones, las tendencias; en definitiva, la atenta lectura de ese marcador resultaba básica para saber lo que había ocurrido y adivinar lo que iba a ocurrir. Desgraciadamente el mayor enemigo de ese libro abierto eran los apriorismos; había ocasiones en que Julián aparecía con rígidos esquemas en la cabeza o simplemente con el ánimo encrespado propio para obstaculizar un análisis sereno de la serie de números, empeñándose entonces en jugar a la contra, como si se tratara de desafiar a la mesa o de vengarse de ella, en lugar de jugar a favor de la tendencia demostrada, que solía mantenerse durante largos períodos. No había peor enemigo que la tozudez. Encabritarse con la idea, por ejemplo, de que después de cinco o seis jugadas de números de la primera y la segunda docena, tenía que salir por necesidad la tercera; forzar la suerte. El empecinamiento, tan frecuente en el jugador, solía conducirle a la ofuscación, y eran muy pocos los que sabían controlar esas desviaciones.

La falta de ductilidad fue lo que le perdió a Julián en ese rato. Se empeñó machaconamente en jugar las finales siete y ocho, allí sentado entre ancianitas que, con sus demandas constantes, paralizaban el ritmo del juego. Pero el marcador indicaba otra sensibilidad; lo rentable en esa mesa estaba siendo la espina dorsal clásica constituida por el cero y vecinos (0, 3, 15, 26, 32) y así iba, en efecto, la bola deteniéndose entre estos números y aledaños, con una fidelidad tan acusada como la porfía de Julián de que aquella tendencia estaba a punto de cambiar. Sólo una vez consiguió un pleno (número veintiocho), el resto fue un desengaño progresivo hasta que la irritación empezó a hacerle perder los estribos. Se levantó de la mesa y se fue a la de al lado. Último número aparecido, el siete. Tuvo que apretar los puños para no gritar de rabia. Jugó todo lo que le quedaba a las finales siete y ocho. Fue cierto que la bola hizo un extraño, no cayó según su impulso natural, pero el caso es que se detuvo en el 32. Julián vio muy claro que el enanito burlón se estaban mofando de él. Le quedaba un billete de mil pesetas arrugado en el bolsillo. Lo tiró en la mesa anterior para seguir comprobando el recochineo. Pero rectificó y en lugar de las finales siete y ocho, pidió el treinta y dos y caballos, y ya se iba sin mirar cuando oyó a sus espaldas: treinta y dos, rojo, par y pasa. Era increíble, la bola seguía impertérrita en la órbita del cero y vecinos. Ya no se sentó, decidió cambiar su juego, había recibido 21.000 pesetas y empezó a ir de mesa en mesa moviéndose entre el cero y sus vecinos, además de los números clave de la tercera docena. De pronto se puso a ganar en todas y cada una de las mesas en las que apostaba, apenas le daba tiempo para enterarse del número que había salido, comprobar que había acertado, cobrar, jugar nuevamente, ir a la mesa de al lado, realizar las mismas operaciones a un ritmo que se convirtió en agobiante; y así entró en un período frenético de ganancias y apuestas; en ocasiones olvidaba qué había jugado exactamente en cada mesa, pero seguía echándose fichas de diez mil pesetas en el bolsillo, dando propinas enloquecidas a los croupiers, de esas que hacen perdonar algunas tardanzas en el cobro o algún que otro olvido que ellos se encargan de subsanar. En un momento dado se encontró perdiendo en tres mesas simultáneamente y aprovechó la circunstancia, coincidente con su extenuación, para refrenarse; se sentó en un sofá con la cabeza como una noria descompuesta, necesitaba detener el artilugio, sentirse en tierra firme. Se le acercó un camarero solícito ofreciéndole una copa. Dijo que no sin saber muy bien lo que le habían preguntado, sólo deseaba reposo, cerrar levemente los ojos, pero le era imposible pues la oscuridad ponía de nuevo en marcha el monstruo del desmayo. Allí se mantuvo un tiempo alelado, hasta que miró la hora y, al comprobar que eran las once de la noche, entendió su agotamiento tras casi seis horas de juego. Se puso a contar fichas y tenía once de diez mil, cuatro de cinco mil y ocho de mil, es decir, ciento diez mil, ciento treinta mil: ciento treinta y ocho mil pesetas en total. Su boca, rugosa como el esparto, necesitaba algún líquido que la humedeciera. Realizó un esfuerzo considerable para levantarse y se dirigió, animándose a sí mismo, a la barra del bar. Pidió un pepito de ternera y una cerveza. No debería comer nada, le iba a quitar mucho tiempo, impaciente como estaba por volver aunque entendía que su cabeza había perdido la claridad y se movía por claves automáticas. En cuanto dio el primer mordisco al bocadillo empezó a sentir que aquél era el momento para intentar un asalto serio a la ruleta, en realidad había ganado cuatro perras. Terminó de devorar el exquisito bocadillo y bebió casi de un sorbo la cerveza, atragantándose. Se dirigió con toda intención a la zona de mesas de *black-jack* en busca del jovenzuelo rubiancho y, en efecto, lo encontró trabajando en una de ellas. Por fortuna estaba libre la primera banqueta y se sentó sin saludar al mastuerzo, que tampoco se inmutó al ver a Julián. Éste se dedicó a sacar de sus bolsillos montones de fichas de ruleta, que eran más grandes que las utilizadas en el *black-jack*. Pidió al chico que le cambiara diez de las de diez mil. Fue una exhibición chulesca, indigna de él, pero le importaba un rábano lo que los demás pudieran pensar, sólo quería ver un gesto de impaciencia o de simple alteración en el rostro del rubiancho. No se encontraba eufórico, el cansancio se lo impedía; deseaba retar en duelo a su bestia negra, al mozalbete impasible de rubio flequillo, sin darse cuenta de que no jugaba contra él —era un simple empleado— sino contra el molino de viento del casino con rostro de rubiancho. Media hora lo mantuvieron aún de croupier, durante la cual Julián jugó despectivamente, como si fuese un jeque árabe al que las fichas de diez mil le parecían aptas sólo para propinas. Fue incapaz de reconocer que el furor se había cebado en él, de ahí su deje de ordinariez que le exigía un considerable esfuerzo de interpretación. Tuvo suerte a raudales, pues con lo mal que jugó en esos treinta minutos sólo perdió veinte mil pesetas. Cuando fue sustituido, el rubiancho mantuvo una mirada especial de desprecio hacia Julián, de esas que sintetizan varias definiciones de diccionario. Le relevó una chica morena, bella y vivaracha, todo lo contrario del mastuerzo, pues a ésta le gustaba comentar las jugadas y animar a los clientes, eso sí, vigilando la presencia de su jefe y de las cámaras de video que la contemplaban permanentemente. Todos pensaron que aquella maravillosa persona los iba a introducir en el reino de jauja. Julián se cebó desde la primera apuesta. Al cabo de tres cuartos de hora de insufribles cartas y absurdas combinaciones, la morena, tras pedir disculpas acompañadas de sonrisas compungidas, dejó su puesto a otro croupier, y Julián se rascó el bolsillo en busca de fichas. Únicamente encontró dos de mil. Las cambió por billetes y sólo entonces se dio cuenta de que le quedaban el dinero y las fuerzas justas para tomar un taxi y llegar a su casa, como el día anterior.

Contemplación de estado

Estaba pagando un alto precio por el descubrimiento y conquista del casino. Se había establecido ya en él, adscrito como fijo, de los que a las cinco menos cinco de la tarde se ponían en una cola plagada de marginados o impacientes irreductibles que esperaban la apertura de las puertas de metal dorado para escoger el sitio favorito en la mesa, cuestión ésta importante sobre todo para los "jornaleros", gente que sobrevivía gracias a las migajas que obtenían casi todas las tardes en el casino; personas cuya subsistencia psíquica empezaba y acababa en el juego, algunos jubilados ricos, otros modestos, varios de ellos procedentes de una cercana Residencia de la tercera edad, que encontraban en el casino su segundo hogar, cuando no el primero. Desembarcaban de un autobús que la empresa ponía a disposición de su clientela, en general clase de tropa, conocidos entre ellos hasta la saciedad, dentro de una atmósfera dominada por la locuacidad propia de esa hora virginal en la que el azar no había dictado aún su veredicto; los rostros aparecían descansados, algunos olorosos, ungidos todos por la confianza de quien tiene la aventura entera por delante.

Los ánimos se hallaban alterados esa tarde, la cola se ensanchaba a veces en corrillos fisgones por los que transitaba un suceso que al parecer alguien había presenciado esa misma mañana, o alguien se lo había oído a alguien que lo había presenciado, aunque finalmente todas las versiones resultaron indirectas. Iba el difuso narrador en su coche a eso de las nueve atravesando el puente sobre la vía férrea, en el cruce de la carretera secundaria que conduce a Las Matas, cuando vio a otros automóviles aparcados y a un grupo de personas enardecidas que miraban hacia abajo comentando. Le pudo la curiosidad y paró él tambien. En las vías de tren, un empleado de Renfe estaba retirando unos objetos por allí desperdigados entre piedras y traviesas. Vio al funcionario coger por la pezuña una especie de pata de cerdo y arrojarla unos metros más allá donde ya había un bolso y otras cosas indistinguibles. Intrigado, preguntó a un señor que se hallaba junto a él y éste le contó que a eso de las siete de la mañana se había producido allí un accidente. Una muchacha había muerto atropellada por el tren. Se decía que iba andando por la vía cuando todo estaba aún bastante oscuro; según unos llevaba mucho dinero encima, según otros no tenía un céntimo. Le preguntó por la extraña pata de cerdo, y justo cuando empezaba a identificarla, su interlocutor respondió que era la pierna de la chica, cortada a la altura de la ingle. Efectivamente, aún alcanzó a ver junto a los raíles dos zapatos de tacón alto. Los que hacían la cola ante las puertas doradas se acogían a la interpretación que les parecía más verosímil o morbosa. La chica, al parecer, ganó mucho dinero en la ruleta. A la chica la empujaron desde el puente a la vía del tren. La chica se suicidó por ruina. Las señoras agotaron el repertorio de exclamaciones de horror, pero en cuanto se abrieron las pesadas puertas de entrada, la clientela, impaciente, se puso en movimiento, volviendo cada cual a atender a su juego.

Todavía eran pocas las mesas abiertas y la atmósfera olía a ozono, todo aún impoluto, ceniceros, tapetes, bordes de madera de las mesas, papeleras, grandes dibujos geométricos de la moqueta de nudo, así como también los croupiers, relucientes, risueños, resignados, repeinados, dispuestos al tajo. Los jugadores emprendían la aventura, y nada resultaba tan cierto como que cuando se vuelve de la aventura ya no se es la misma persona.

Julián se dio cuenta con disgusto de que estaba empezando a filosofar en torno al juego, a preguntarse con demasiada frecuencia cuál era la clave, en qué consistía el intríngulis de aquella pasión a la que encontraba ráfagas de romanticismo en su vertiente trágica. Quería reducir el problema del juego a una fórmula, encerrarla en el puño de la mano y, naturalmente, cualquier receta se le quedaba corta, todas tenían sólo una parte de razón, nadie en la nómina de los filósofos, ni siquiera

Spinoza, había dado con la pauta convincente (a retener al respecto las ideas de Javier Echeverría), y lo que a él le venía en mientes eran simples atisbos, tan primarios que quizá le bastaban las medias palabras, a lo sumo sensaciones, ¿y qué puede hacer la filosofía con las sensaciones sino desecharlas igual que se desechan las cartas que no sirven en una partida de póker?

Cuando me paro a contemplar mi estado —se dijo cultamente uno de esos días en que estaba en la cola de las cinco menos cinco— sigo preguntándome por qué juego. Sus contestaciones eran como para ruborizarse, pero él se devanaba los sesos sin recatarse en responder que jugaba para descansar de la fatiga de vivir. Su imaginación fue incluso más allá: era verdad que se pasaba el día pensando en el dinero, dependiendo de él, viviendo a su ritmo y, sin embargo, como todos los jugadores, no le tenía ningún apego al dinero, sí a las fichas, no al dinero, razón por la cual quizás —otra teoría más, teorizar es gratis— encontraba el mayor obstáculo para triunfar no en la ley de los términos medios ni en el puro azar, sino en la profunda realidad de que las personas son más felices perdiendo y que, en el fondo, perder es más cómodo que ganar. La verborrea mental que se le desencadenaba era uno de los síntomas más inquietantes de la situación, al tiempo que se constituía en uno de los factores básicos de la extenuación a que le conducían sus interminables sesiones de casino.

Había abandonado el *black-jack* como juego base, su experiencia le demostraba que era insostenible a medio plazo, sólo podía arriesgarse una ráfaga, varias jugadas fuertes y fuera; si no, el croupier llevaba todas las de ganar. Y además había croupiers, como el rubiancho del flequillo o la guapa pizpireta, absolutamente invencibles, en cualquier terreno en que se situaran y cualquiera que fuese su estado de ánimo. De manera que sustituyó el *black-jack* por el punto y banca* el juego golfo por excelencia, el juego puro, cara o cruz, el hermano menor del bacarrá.

* *El punto y banca es un juego en el que se enfrentan distintos jugadores contra la Banca. El casino representa la banca y se puede jugar a favor o en contra de la misma. Al jugador que reparte las cartas se le llama banca y al que las recibe, punto. El objetivo del*

Pronto aquellas mesas se le hicieron familiares, así como los partícipes, personajes en su mayoría habituales, reiterativos, algunos presentes desde las cinco de la tarde hasta el cierre de la sala a las tres de la madrugada, maratonianos capaces de morir sobre la mesa si ése era su destino; una dulce muerte, hubiera opinado más de un septuagenario, sobre todo si se producía descubriendo como última carta un nueve. A primera hora abundaban los pensionistas, jornaleros de dos chavos, o los ricos vejetes terratenientes, constructores, asentadores de abastos, carniceros, tipos que al llegar cambiaban en el mostrador, billetes inmaculados de cinco mil por un total de un millón de pesetas, y jóvenes, incluso muchachos, que solían durar una pequeña temporada, hasta que desaparecían de repente después de haber perdido auténticos capitales, de cuyo origen se sospechaba. Sobre todo los croupiers, porque las mesas de punto y banca eran como puestos de mercadillo en los que toda vida ajena era conocida en profundidad, y los croupiers se asemejaban inevitablemente a tenderos, siempre atentos, no sólo al juego, sino tambien al gesto, al comentario, al chisme. El panorama estaba dominado por una vigilancia completa y piramidal; los jugadores eran vigilados por los ojeadores y por los croupiers, que a su vez eran vigilados por los jefes de mesa, vigilados por su parte por los jefes de sector a los que vigilaban los jefes de sala. Y todos, de arriba abajo, observados por la mirada omnímoda de los aparatos de vídeo, repartidos disimulada y estratégicamente por el techo, como ojos siempre despiertos, incansables, inhumanos.

juego es sacar 9 puntos o acercarse a ellos lo más posible. En la suma de los valores de las cartas, siempre se desprecian las decenas, sólo se tienen en cuenta las unidades. En caso de igualdad de puntos la jugada es nula (après). Una vez barajadas las cartas se introducen en un recipiente llamado sabot, de donde las va sacando de una en una el jugador que representa a la banca. El valor de las cartas es el siguiente: Figuras, no poseen ningún valor; resto de naipes, su valor nominal. En cada mesa pueden jugar sentadas catorce personas. También pueden apostar por el punto o por la banca las personas situadas de pie alrededor de la mesa. De todos los jugadores implicados, sólo dos son los que juegan propiamente: la mano, que es banca y es rotatoria, comenzando por el jugador situado en el puesto 1 de la mesa, y el que ha hecho la apuesta más alta, que es el punto. Ellos son los que descubren las cartas. El jugador que hace de banca reparte cuatro cartas, alternativamente, dos para el punto y dos para la banca. Si sacan 8 o 9, el juego ha finalizado. Si no, se distribuyen terceras cartas y ganará el que se aproxime más al 9 de puntuación.

Luego, como una plaga, los croupiers y jugadores de carácter bromista, dicharacheros insaciables, afiliados a manías y refranes repetidos que maldita la gracia le hacían al que se estaba jugando su sustento o al que pendía de un hilo para caer o no en la ruina. Destacaba entre esta fauna un médico de cabello ensortijado que llegaba a media tarde, al que todos consideraban un lunático, incluido él mismo, contando ocurrencias que se celebraba a sí mismo con grandes risotadas; cuando daba una propina, en lugar de decir como todo el mundo: "Empleados", él decia como un cascabel:" *Chin-clan, chin-clan*", y se reía el necio ante la insufrible reiteración de tanta agudeza, por lo que le habían puesto el mote de doctor Chin-Clan.

Julián tomó asiento en el número 3. El 1 estaba ocupado por el Gran Sordo, un viejote de cabeza como una bola de billar, gafas desmesuradas, camisa de cuello ancho e inmenso nudo de corbata, sordo como una tapia, del que todos se reían y quizás él, que tenía la suerte por arrobas y gustaba de jugar contra todos, se mofaba de los demás como sólo saben hacerlo los sordos cuando quieren defenderse. El segundo asiento lo ocupaba el señor Soriano, un jubilado de buena posición, ojillos de conejo travieso que, pese a sus admoniciones negativas, siempre se daba uno o dos pases. Cuando Julián se sentó en el tercer puesto, el señor Soriano bromeaba con el carcamal del uno, que seguramente no estaba entendiendo nada de lo que le decía. "Ya verás tú —comentaba Soriano graciosamente a esa hora de la siesta—, iremos juntos al cementerio". El viejo calvo entendió que debía reírse, pero estaba sobre todo atento a repartir las cartas, pues a él le tocaba el sabot. Julián había observado que entre ellos el tema de la muerte era moneda corriente, motivo de chufla, incluso cuando después de una enfermedad alguno de ellos volvía al casino como un resurrecto. Enfrente, en la otra orilla, aún con sustanciales reservas, estaba el Albino Traslúcido, un chico albo, barbilampiño, nariz prominente y afilada, como sus cortos labios, que incitaba a una contemplación más atenta de su manera de jugar, exactamente la de un poseso, rígido, la mirada siempre presa de las cartas; ganara o perdiese —jugaba por sistema al punto— no se inmutaba en apariencia, aunque sus ojos seguramente ocultaran una gran conmoción interior. Julián conocía su mal fario y en ocasiones lo utilizaba como referencia para jugar en su contra: así, de diez veces ganaba nueve. Doña María era una dulce anciana, escasa de reservas, poseedora de una intuición extraordinaria para un juego cuya base es el ritmo. Julián la seguía a veces en sus apuestas y no le iba mal; era de las pocas personas con las que hablaba, siempre comentarios banales, al igual que con el señor Soriano.

Tenía el sabot el Gran Sordo: dos cartas para el punto, dos cartas para la banca. Ha descubierto por el punto el Albino Traslúcido: cinco (un tres y un dos). Después levantó sus cartas de banca el Gran Sordo: ocho (una figura y un ocho). Los ganadores de banca celebraron con bromas el primer pase que se había dado el Gran Sordo, quien sonreía volviendo a la carga. Otra vez el chico de punto: siete; ocho el Gran Sordo, repetía la ganancia de la banca. Acababa de empezar el juego y ya estaba claro que el Albino narigudo pujaría como siempre a punto, duplicando la apuesta en cada jugada, hasta un último aliento que no tardaría en llegar, habida cuenta de que el Gran Sordo estaba sembrado, ganando banca tras banca hasta una serie de nueve. El Albino se levantó pálido en la jugada octava, previsiblemente sin un céntimo, y sin contestar a la despedida de Virtudes, la jefa de mesa, una veterana en estas lides, habladora infatigable, capaz de acertar en un alto porcentaje cuál sería la jugada siguiente, una mujer con sentido de la baraja, aunque sólo a veces aventuraba un pronóstico en voz muy baja a los íntimos, evitando los vídeos espías de los que nadie debía olvidarse. La serie del Gran Sordo le había hecho ganar un buen dinero a Julián que, como todos, alababa la marcha de ese sabot con sus nueve bancas iniciales. Tiró a continuación el señor Soriano y perdió, jugaba a punto el doctor Chin-Clan, que se llevó los odios de toda la mesa pues era el único en jugar a punto. Julián tomó entre sus manos el sabot cuyas cartas venían poco propicias tras nueve bancas y un punto. El doctor Chin-Clan, con una copa en la mano, seguía en el punto: descubrió seis (un tres y otro tres). Julián torció el gesto: primera carta, un tres, segunda carta un seis: ¡nueve! Dobló la apuesta: 20.000 pesetas. El doctor Chin-Clan se pasó a banca, lo que desagradó a Julián, que ya no estaba tan seguro de ganar, pues cualquier alteración podía ser significativa. Era importante la oración interior, que dependía de los días y de la inspiración; podía ser una simple declaración de intenciones, un pareado, un salmo. Julián estaba empleando esa tarde la rima consonante en *ón*. Al tiempo que alguien descubría las cartas de punto, Julián recitaba ansiosamente: *No me toques un cojón, que te llevo al paredón.* Le había salido justo, redondo, preciso. De ahí que el punto sacara bacarrá (dos figuras), es decir, nada, y él se despachase directamente con otro nueve (una figura y un nueve). La atención se concentró en su persona, pero él no se atrevía a levantar la vista del sabot por no perder el embrujo, también ojeaba vagamente las anotaciones de su tarjeta, tratando de desentrañar su ritmo interno. El siguiente pase, el tercero, era el más peligroso. Todos lo sabían y muchos emigraron al punto. Julián permanecía con el sabot. Jugaba cuatro fichas de 5.000 pesetas. Levantó el punto el mismo individuo de antes, Julián improvisaba con menos espontaneidad: *No me toques los cojones, que estoy jugando de nones.* Punto: seis y siete, vale un tres. Banca: cinco y dos, siete. Ganaron otra vez Julián y la banca. Se avergonzaba, cómo no, de sus pareados, pero al fin nadie se enteraba de ello y mientras le fueran útiles para la concentración, sintetizando la energía en su favor, estaba dispuesto a pasar por la humillación intelectual que suponían esos dichos. Eran formas más o menos supersticiosas y no le importaba, pero el continuo esfuerzo de concentración hacía extenuante el juego. El doctor Chin-Clan ganó con él y dio comienzo a su escalada eufórica de chistes. El dibujo del cartón (cada cual apuntaba el resultado de la jugada en una ficha al efecto) llevaba un ritmo magnífico. Ahora era el Gran Sordo quien jugaba a punto. Julián buscó un pareado a toda velocidad: *Si te doy con un cojón, te meto en el callejón.* No importaba el contenido, sólo el ritmo y la rima, y la verdad era que con *ón* lo tenía fácil, máxime aplicándolo monográficamente al eje de los genitales. A veces movía los labios, pero ¿quién podría adivinar que el autor de *L'exil intérieur* caería en ripios semejantes? Ande yo con bancas y ríase la gente, se dijo Julián en una salida ligeramente más culta. El caso era que el Gran Sordo sacó siete de punto (una figura y un siete) y Julián descubrió muy lentamente: un cinco y un dos, ¡siete! Al empate se le llamaba *après,* y Virtudes no se recató en proclamar en voz alta un dicho clásico: *Après de siete, o mete o vete.* Empezaba a hacer calor, o al menos eso le parecía a Julián, que abanicaba su sofoco con el cartón de sus notas mientras pagaban las apuestas. Llevaba ganadas aproximadamente cien mil pesetas. Una cantidad redonda. Miró el reloj, las siete y diez, hora absurda, ¿irse a trabajar en la novela, qué novela?, ¿llamar a Odile? Movió la cabeza hacia un valet que por allí pasaba y le pidió una ginebra con tónica. Incógnita despejada, tenía la cabeza un tanto plomiza, pero ante aquel sabot angelical había que aguantar. De repente notó que el doctor Chin-Clan, desde el otro lado de la mesa, le hacía unas raras señas, volvió la cabeza y, efectivamente, la alarma estaba justificada: se le había colocado detrás, como una sombra, el gafe del casino, al que todos llamaban Zapatones por su manera frankensteinesca de andar. Julián se tapó los ojos, quería reír, pero con el gafe allí estaba sentenciado. El mismo Zapatones era consciente de su triste sino, por lo que iba rotando de mesa en mesa, como un apestado, en busca de algún hueco en donde le aceptaran. El señor Soriano, no obstante su exquisita cortesía, no tuvo inconveniente en protestar: "¡Hombre, Zapatones, no nos jodas la serie, vete a otra mesa, por favor!". El doctor Chin-Clan no se anduvo con tantos remilgos cuando le gritó desde enfrente: "¡Zapatones, lárgate y te doy cinco mil pelas!". Y el pobre Zapatones se fue refunfuñando, según dijo, a tomarse un café, pero volvería. La mesa estaba animada, se notaba en la cantidad de mirones y de jugadores de a pie que la rodeaban. El dibujo del sabot a esas alturas seguía mostrando un perfil totalmente positivo. Todo el mundo jugó a banca. Julián apostaba 25.000 pesetas, lo máximo que había arriesgado nunca a una casilla. El croupier era el encargado de levantar las cartas de punto. A Julián le pilló desprevenido y no le dio tiempo a exorcizarle: *Si me manchas los cojones, te daré...* No pudo terminar la frase con la rapidez requerida y, en efecto, con toda impunidad el croupier levantó un nueve. Julián aún podía empatar, pero ya estaba sin fe, pidió mentalmente ¡nueve! ¡nueve!; sólo pudo sacar cinco (una figura y un cinco). La decepción fue generalizada y muchos, en voz más o menos baja, y el doctor Chin-Clan en voz alta, lo achacaron a la presencia de Zapatones. Sólo Julián sabía que había perdido por un exceso de confianza, el despiste que le impidió concentrarse en la rima. Estuvo dos pases sin jugar, absorto, dedicado a beber largos sorbos de tónica con ginebra y a hacer luego arqueo de caja, que arrojaba un beneficio de unas setenta mil pesetas. Volvió al fragor de la batalla, puntos, bancas, puntos, bancas, aquello se estaba convirtiendo en una sucesión de dientes de sierra, irregularidades en un ritmo que no había manera de seguir, el dichoso paso cambiado. Y así terminó un sabot que hubiera podido ser glorioso y que, en opinión de la mayoría, incluida la de Virtudes, se había torcido por la aparición de Zapatones cortando la serie de Julián, quien recuperó parte de sus ganancias en el sabot siguiente y aún más en el posterior, llegando a superar las ciento cincuenta mil pesetas de ganancias. Se encontraba roto, pero su enajenación le impedía darse cuenta del lugar exacto de su cuerpo en el que situar la clave del agotamiento. Había habido pocas alteraciones en la mesa porque la gente se iba defendiendo. Doña María abandonó la partida, con sus cinco mil pesetas en el bolso, y en su lugar se sentó un tipo mal encarado o así lo consideró Julián, porque despedía un aliento ácido, como un vinagre desnaturalizado, no sólo al dirigir la palabra sino al mirar, como lo estaba haciendo con Julián, que se vio obligado a girar la cabeza. También reapareció el Albino Traslúcido, indudablemente había ido a por refuerzos a Madrid o a alguno de los bares de los alrededores donde tenían su guarida los prestamistas, volviendo con nuevos ímpetus, si bien la palidez de su rostro no le arrancaba su aspecto de traslúcido monocromo. Sacó efectivamente del bolsillo fichas por unas doscientas mil pesetas y no apartaba la mirada de ellas, como si estuviera meditando alguna táctica o propósito de enmienda. Lo malo del Albino era su obsesión por las ideas fijas, precisamente lo que le ocurría a Julián cuando perdía el control y dejaba que la jugada eligiera por él. En ocasiones se producían enfrentamientos absurdos; un jugador se empecinaba en apostar a punto *sabiendo* que el que tenía el sabot (banca) estaba en racha de suerte indestructible, y cada nueva jugada perdida la sentía en su piel como un pullazo o humillación personal, absolutamente obcecado con que el signo de la baraja había de cambiar en el pase siguiente. Era sin duda una cuestión de soberbia. Esto le aconteció al Albino Traslúcido enfrentándose al Gran Sordo. Todo parecía indicar que el viejo, al que le correspondía el sabot, se daría una primera banca; el Albino jugó a punto quince mil. Banca. El resto de los jugadores apostó el segundo pase también a banca, menos el Albino, que duplicó su postura y volvió a perder. El Gran Sordo destapaba las cartas con una seguridad ofensiva, ni siquiera le temblaba el pulso, y mantenía una estúpida media sonrisa sumamente cruel para el chico Traslúcido que, impertérrito, volvió a doblar su apuesta a punto, y perdió otra vez en medio de los comentarios inmisericordes de algunos de los presentes, en especial del doctor Chin-Clan que le gritaba: "¡loco!", "¡loco!", con una falta de autodiagnóstico sorprendente. El chico había perdido en tres pases unas noventa mil pesetas, sin pronunciar una sola palabra. En ese momento, Julián vio el cielo abierto: el Gran Sordo había agotado su suerte, era el momento de aprovechar la coyuntura, prácticamente cierta, del punto. De esta manera, mientras todos jugaban a banca con el Gran Sordo, el Traslúcido y Julián jugaron a la contra. Julián apostó cuarenta mil pesetas y no quiso ni mirar al Albino. Le tocó abrir las cartas a él. Siete. No estaba mal. *No te me hagas el boludo, pedazo de cabezudo*, tal fue el débil conjuro que le lanzó al viejo de los orejones inútiles y en efecto careció de la energía necesaria, pues éste, con desparpajo, levantó un ocho que provocó más de un olé y un chiste de maricas por parte del doctor Chin-Clan. Julián ya no tuvo ninguna duda de que era la última banca del Gran Sordo, tampoco debió tenerla el Albino, que subió su apuesta a cincuenta mil pesetas mientras Julián bajaba a treinta mil. No era su noche, evidentemente, y hubo un gesto de impaciencia en el chico cuando tiró las dos cartas boca arriba y apareció un bacarrá siniestro, aires de perdedor (*Si me enganchas los cojones, me los llevo en los camiones)*, y así fué, pues el anciano incombustible, al que pelillos como hilos descuidados asomaban por la nariz, combinó una figura con un ocho, y en esta ocasión sonrió más francamente, animado por el señor Soriano que no paraba de decir entre las carcajadas de los croupiers: "¡Qué potencia la de este hombre! ¡Qué potencia!" El serio jubilado siempre hablaba cortésmente pero con frases cargadas de segundas intenciones eróticas. El Gran Sordo reía presumiendo que le alababan su actuación. Julián reparó en lo absurdo que era ligar su suerte a la de un perdedor nato como el Traslúcido. Había tenido un pálpito y aquel estúpido se lo estaba estropeando aunque, por otro lado, reconoció que la fatiga le impedía construir buenos conjuros rimados, los cojones resultaban ya inservibles. Al pase siguiente el chico puso su resto, sesenta mil pesetas, al punto; esos golpes a la desesperada solían saldarse con acierto. Tal fue la razón por la que Julián le siguió con veinticinco mil, a morir por la patria. Jodío Traslúcido: sacó bacarrá, tiró las cartas de mala manera sobre el tapete, levantándose de golpe y desde luego su palidez predominaba sobre lo albino, tal parecía que en pocos minutos le hubieran encajado una mascarilla plástica. Aún esperó un momento de pie para ver qué salía de las manos velludas del Gran Sordo, y Julián se concentró, *No me hinches las pelotas, que las tengo muy remotas,* todo en vano, apareció un ocho con toda la redondez del universo, enorme, arrollador, folclórico, como demostró el doctor Chin-Clan, que en su vida se había visto en otra, mientras el vecino de Julián le miraba conmiserativamente inundándole con su ácida pestilencia. Desaparecido el ceniciento muchacho de sospechoso capital, Julián respiró porque se quedaba solo en condiciones sumamente favorables, con un remanente de sesenta y cinco mil pesetas y el punto sin duda a su favor; ya resultaba fuera de toda lógica que el Gran Sordo se diera ni una banca más. Ésta es la mía, pensó Julián, que colocó cuatro fichas de cinco mil en el punto intentando relajarse sin perder la concentración, se secó suavemente las manos, desvió la cabeza del agrio individuo de al lado y dijo en voz alta, jaleándose a sí mismo aunque externamente se dirigiera al señor Soriano: "Vamos allá". Éste, apostando a banca, tuvo la cortesía de no contestar, ¿qué hubiera podido decirle si estaba seguro de que su vecino había caído en la conocida trampa de la obcecación que conducía a un espejo deformante de figuras e intenciones, todo del revés, atado a la imagen inversa, atraído y perdido en su vuelco. El dominio de la relajación/concentración lo poseía esa tarde el Gran Sordo, se apreciaba en la soltura con que sus manos moteadas extraían las cartas del sabot, lenta, mimosamente. Julián pensó por un instante en renunciar a todo tipo de oración. Abrió las cartas: un seis, pero sus dedos temblaban muy a su pesar, mientras los del vejestorio mantenían el pulso digno de un pistolero. *No me jodas, Iscariote, que te doy en el cogote.* No había forma, ni divina ni humana, de derrotar a aquel absurdo individuo de sonrisa carroñera que, como si estuviera planeando por cielos sin salida, destapó a esas alturas un nueve ante la admiración del respetable, cuyas reacciones iban desde la zafiedad más insolente a la gallarda satisfacción disimulada. Allí estaba. Era el último cartucho de Julián, faltaban pocas cartas para acabar el sabot, y eso le desanimó pues tendría que esperar al siguiente para recuperarse. Pero aún le quedaban arrestos para dar un par de buenos zarpazos con los que romper por fin el retozo del anciano Gran Sordo. Tenía cuarenta y cinco mil pesetas y tal sería su apuesta, a sabiendas de que muchos mirones le considerarían el sucesor del Traslúcido, lo que le produjo el efecto estimulante de una banderilla. Las cartas estaban echadas. Controló bastante bien el nerviosismo, hubo un silencio en la mesa porque la gente que abarrotaba sus alrededores estaba pujando fuerte, tanto que hasta el Gran Sordo pareció perder algo de su serenidad e intentó sacar las cartas antes de que se lo indicase la croupier, lo que le valió la admonición de ésta. Julián abrió sus cartas de punto con lentitud, había que cambiar el sistema: obtuvo un siete. Respiró, y decidió en la jaculatoria ir por lo derecho. *Me cago en tu estampa, cacho cabrón.* El sordo levantó la primera carta, un cinco, y la segunda, un tres; total ocho. Un clamor aureoló la mesa, el júbilo alcanzó incluso a los más conspicuos profesionales. El sabot había terminado, como lo atestiguaba la aparición de una carta azul celeste indicadora del final, glorioso para todos menos para el Traslúcido y para Julián, ineptos contracorrientistas. Los comentarios se apelotonaban, el Gran Sordo de la boba sonrisa seguía sentado haciendo recuento de sus ganancias en aquel sabot inolvidable. Virtudes lanzó a Julián una mirada de reproche. *Tu quoque, imbecile mei?* Era un perfecto imbécil, claro está. Se levantó de la mesa sin pronunciar palabra alguna, con aspiración a la dignidad aunque el rostro se hallaba algo desencajado por la excitación y el ridículo; dio un paso hacia atrás y pisó algo blando que estalló esparciendo una rociada de un líquido desconocido que le manchó el pantalón, si bien salió peor parado otro individuo que a su lado recibió el impacto del riego hasta en la chaqueta, quizás algunas gotas le alcanzaron incluso la cara y las gafas, y ciertamente se armó un revuelo alrededor de aquella cosa que yacía en el suelo desinflada y yerta, una especie de bolsa de plástico de la que pendía una goma. Hasta que se acercó el doctor Chin-Clan, miró el artefacto y a poco le dio un infarto, tales eran sus carcajadas, doblado sobre sí mismo, los brazos escondidos contra el vientre, incapacitado para hablar mientras Virtudes pasó de la actitud risueña a la preocupación obvia de responsable del orden. Por fin Chin-Clan pudo expresarse y decía: "¡Pis, pis! ¡Eso es orina!". Hubo un paso de retroceso asqueado, incluso de los no afectados. "¡Que nadie se mueva! —decía el doctor Chin-Clan abrumado por su descubrimiento— ¡Tenemos aquí a un enfermo de próstata!". Virtudes, la jefa de mesa, no sabía qué hacer, miraba hacia atrás pidiendo que se acercara el jefe del sector. Los damnificados por la regada protestaban con repugnancia, pero ¿a quién? El doctor Chin-Clan luchaba por controlar la investigación: "¡Que nadie abandone este lugar! Esto, señores, es un sondaje uretral. No es ningún delito tener jodida la próstata o la vejiga: pero no se puede ser chapucero; alguien de los presentes llevaba este sondaje y se le ha caído al suelo sin darse cuenta; lo mejor es que se entregue". Apenas podía mantener un simulacro de seriedad mientras los mojados frotaban desesperadamente sus prendas con los pañuelos propios y con otros de papel que les trajo un valet. Julián, que al fin y al cabo había sido el provocador, se vio en la obligación de confesar públicamente que su próstata, píloro y vejiga gozaban de un excelente estado. Un valet recogió del suelo la bolsa de plástico y el suceso se extendió de mesa en mesa, lo que provocó que una muchedumbre de curiosos acudiera a contemplar tan exótico acontecimiento, de manera que los protagonistas, en términos de proximidad física, desaparecieron discretamente, pero el enfermo no se atrevió a confesar. Sólo semanas más tarde Julián se enteró, en un momento de confidencia de la poco cautelosa Virtudes, de que el prostático no era otro sino el señor Soriano, y que ahora la bolsita la llevaba atada al tobillo, con lo que el grado de seguridad parecía mayor.

Odile apesta a ginebra

El cerebro de Julián, a eso de las tres de la mañana cuando volvió a su casa con dos bolas de fuego en las sienes, se había convertido en una mesa de ruleta por donde corría, brincando a veces, una bolita veleidosa. No podía tampoco deshacerse del pensamiento circular que le amarraba a la imagen de las cartas del punto y banca, a las hipótesis de lo que hubiera podido pasar, la paleta del croupier, gentes mezcladas, el refranero seductor que se había instalado en su memoria como un sátrapa, prosiguiendo sus correrías a través de la noche, bien durante el insomnio o a través de un sueño trémulo, bullente como una olla en la que se estuviera cociendo su propio corazón. Tanto era el desgaste acumulado que en los ciclos de vigilia experimentaba todos sus órganos en forma de sonda que fuera a romperse igual que tienden a romperse los cordones de las botas de los muy andarines.

Odile dormía o no dormía, quizá su gesto adusto delataba simulación. Era un momento desagradable el de la entrada en la cama, sobre todo porque se sentía impotente para frenar la esfera que giraba frenética alrededor de un sueño cuyos únicos personajes eran números saltarines. Y luego aquella mujer en su cama, ¿qué representaba en tales circunstancias? Toda su antigua vida, entorno, escenario, sucesos, gentes, eran una grabación tan alejada de sí mismo, tan extraña como el impacto que pudiera sufrir un espectador de cine mudo al contemplar la primera película hablada. Todo se distanciaba, cada noche Odile un poco más ausente e impropia. Se removió en el lecho como si la luz que había encendido en su mesilla la hubiera desvelado, y casi sin abrir los ojos, con la voz aún anegada por una supuesta somnolencia, le dijo a Julián: "Tenemos que hablar", y se notaba el esfuerzo porque no apareciera sombra alguna de reproche. Así que cuando Julián iba a contestar, por cortesía, que estaba a su disposición, Odile le dio la espalda como si el peso de su anterior frase la hubiese agotado. Pero no debió ser tal, pues en el momento en que Julián doblaba sus pantalones recriminándose internamente el no haberse retirado a media tarde, con lo que habría ganado una buena cantidad y no estaría ahora bordeando la congoja, Odile, sin volverse, dijo a título informativo, tal y como si pronunciase una frase burocrática: "He invitado a Silverio a comer mañana". Julián lo oyó con agrado, pero en cuanto se metió en la cama el corazón empezó a brincarle, pasto de otro tipo de paisajes: demasiada tensión concentrada, demasiado tabaco fumado, cuántos vaivenes, qué estúpido había sido siguiendo al Albino Traslúcido. ¿Qué es lo que pretendía, ponerse a prueba? Una vez más la imposible filosofía, ¿habría dado con la clave al pensar a trompicones que quizá la atracción fatal consistiera en exponerse a un auténtico drama en el que uno ganaba o perdía pero que, en cualquier caso, la personalidad era puesta a prueba? Cuando después del desastre en el punto y banca se fue a la ruleta francesa, también tuvo su gran momento, desperdiciado después por falta de control: intuyó el momento en que se estaba agotando la jugada clásica de las finales siete y ocho y empezaba el turno de la tercera docena, del cero y vecinos, sus jugadas favoritas; y sin embargo, se empeñó en que aquella oleada era pasajera, y no lo fue, de mesa en mesa se repetía contumazmente el 0, el 3, el 15, el 26 y el 32, y también aparecían deslumbrando el 28 y el 29. Era preciso no obcecarse, ¿cuándo aprendería a conservar fría la cabeza? Al día siguiente se propuso observar, sin intervenir, las tendencias de las mesas y sólo entraría en juego cuando éstas hubieran dibujado unas líneas claras, y bueno, qué había dicho Odile, sí, lo había dicho, y entonces Silverio vendría a comer.

Cuando se levantó hacia las once de la mañana, básicamente porque el idus de marzo, desbordado de luminosidad, se había empeñado en descargarla entera sobre sus ojos, reparó en que aquél sería un buen día para el quince, y si lo era para el quince lo sería también para el cero y vecinos, pues el quince venía a ser no más que un satélite disminuido del cero. Miró el reloj como si contemplara un fruto podrido, aún faltaban seis horas para las cinco de la tarde. Las cinco en punto de la tarde, momento en el que sin clarines ni lentejuelas empezaría el paseíllo, pisando el blando albero de la moqueta, y, por qué no, pisando la dudosa luz del día, con un festejo abierto a todas las intrigas en el que cada cual se jugaba la vida, no por divertir a unos cuantos mirones sino por ese reto propio de los visionarios radicales, es decir, sin saber por qué, pues a lo mejor no había ninguna finalidad y todo esto, coronado por la gracia del romanticismo tardío, no era sino una pasión inútil. Mierda, dedicaría la jornada al punto y banca, el presentimiento andaba en esa dirección, algo grande estaba en trance de ocurrirle: ¿una transformación de su vida tal vez?, ¿en qué sentido?, ¿debería exponer su mirada a la Medusa, habría de proteger sus ojos con las gafas negras de millonario griego que compró en tiempos, cuando se creía genio o más bien elegido? Siempre se había sentido fuerte, originalmente fuerte, no con potencia propia sino, eso, *protegido*; quien le hubiera depositado en el planeta le amparaba como hijo predilecto, utilizando exactamente las maneras de Walt Disney, ¿podría ser de otra forma?, ¿y los demás, qué hacer con ellos?, claro que estaban los demás, y suponía que en estado de desamparo, pero ése era un problema típicamente ideológico; lo único claro era que él se sentía un *electo*. ¿Qué había pasado para que el paraguas, la pérgola, la carpa, el pabellón, se le vinieran encima, y cuándo había sucedido tal? Apretó con fuerza sobre los riñones, inquieto por el inoportuno estreñimiento, pues no estaba reaccionando a ese tipo de ideas como en él solía ser habitual, aquella estirpe de imágenes mentales lograban en general aflojarle, clareando el esfuerzo hasta alcanzar el vaciado óptimo. Se espatarró un poco más en la taza del retrete y retomó el hilo de su abandono, ¿quién, por desventura, le había abandonado y de qué tribu?, ni siquiera se trataba de un mago o angélico sujeto, sino, por emplear términos del día a día, él pensaba simplemente que la estructura del mundo había sido hecha en función de su propio mejor desenvolvimiento.

Acláralo. Sí, el coche atropellaba a los demás, no a mí. Entonces, qué había ocurrido y, sobre todo, cuándo. Tampoco era cuestión de ponerse impertinente consigo mismo, pues en tal caso sería preferible colocarse un supositorio de glicerina y listo, y aquello funcionaba ya a juzgar por la andanada que se le removía en las entrañas, ¿no procedería la caída de cuando el accidente, de cuando la niña? Dejó de apretar y se zahirió al tiempo que superponía la siguiente interpelación: ¿de qué niño hablas, de qué niña hablas? Hacía ya muchos años que llegó al acuerdo personal de considerar que podía ser atropellado por un coche y que también él era capaz de acabar con la vida de cualquiera con la misma candidez. De manera que caga tranquilo y no seas indiscreto.

Odile llamó a la puerta con un toque de nudillos tan leve como moderado.

El desayuno estaba servido. Nunca fuera hijoputa de dama tan bien servido, se dijo jocosamente, y es que ya faltaba menos para las cinco de la tarde; el tiempo, pues, corría a su favor. Desayunaron en silencio. Julián comía un plátano. Estaba seguro de que Odile iba a hablar, llevaba preparando el discurso posiblemente desde hacía días. La bata blanca, que le estrechaba enternecedoramente los hombros, descubría a veces un segmento de tirante del sujetador sobre el hombro, la visión parcial más voluptuosamente eficaz que podía obtenerse de una mujer en estado casero. El segmento negro le condujo a la realidad de aquella mujer, cuyo cuerpo había desaparecido de su campo de atención desde —exactamente— que jugaba. Cierto, coño, ni siquiera había caído en la cuenta. Encendió un cigarrillo. Pareció la señal.

—Julián.

—Hummmm.

— Julián. ¿Tú crees que podemos seguir así?

Él se levantó de la silla pretextando la busca de un cenicero. Aún tuvo paciencia para arquear las cejas.

—¿Eh?

—¿Crees que podemos seguir así ni un día más?

Se echó a llorar.

—*Je n'en peux plus!*

Seguían cayendo lágrimas como si una presa hubiera desbordado su rostro, y Julián no pudo evitar el recuerdo de la bolsa de pis, o sondaje uretral, salpicando a diestro y siniestro en el casino, pero no se rió.

—*Je n'en peux plus! Je n'en peux plus!*

Se negó a dejar ningún resquicio a la compasión, pero la pena se le coló sin remedio. Tras prometerse mirar en el diccionario la diferencia entre compasión y pena, Julián, que pretendió ser afectuoso, pudo comprobar cómo el tono de su voz transportaba una repugnante indulgencia.

—No deberías hablar así, *chérie*.

Aquellas palabras parecieron abrir más las compuertas del llanto, que ahora salía a borbotones, convulsivo, agitado por gimoteos y estremecimiento de hombros. Si pena era igual a aflicción, lo que él sentía era pena, algo mucho más noble y defendible que la conmiseración.

—Creo que estoy atravesando una crisis pasajera, simplemente, y que no tiene nada que ver contigo —dijo Julián, pero se avergonzó de tan manido recurso: como si un periodista le hubiera preguntado por la situación del teatro y él hubiese respondido que estaba atravesando una crisis.

Y aún añadió:

—Es como si hubieran cavado delante de mí una fosa, pero serán ellos los que la ocupen.

El llanto de Odile se ablandó, ahora era más dulce y cadencioso, lo que animó a Julián a decir cualquier cosa:

—Sólo mentira fue la herencia de nuestros padres, vanidad sin provecho alguno.

—Julián, ¿podremos volver a estar unidos como antes del accidente?

Julián miró la hora con indiferencia, sin enterarse de lo que veía.

—¿De qué accidente hablas?

—Por favor.

—La verdad es que el juego me tiene un poco cogido últimamente, pero no creas, también escribo algo. Hablaré de esto con Silverio.

—Yo me refiero a qué va a pasar entre nosotros dos, lo que está ocurriendo es que vivimos como si no nos conociéramos.

—¿Te pregunto yo cuál es tu identidad última, dónde pasas las tardes o las noches? ¿Me meto yo en tu vida? ¿Hago absurdas preguntas sobre el pasado? Tengo la impresión de que has olvidado que entre nosotros hay un convenio de silencio.

—Yo no pretendo hablar de la niña.

—¿Qué niña? ¿Ahora intentas que adoptemos una niña vietnamita? No me gustan. Tienen los ojos demasiado grandes.

Arreció el llanto de Odile. Se sirvió una buena ginebra. La ginebra del ángelus.

—Yo sólo quería que habláramos de nosotros dos.

—Lo siento, *chérie,* tengo que ir a escribir un rato antes de que venga Silverio.

Odile sorbió de golpe lo recóndito de su nariz, se largó un trago de ginebra pudiendo percibirse en sus ojos que había dado la vuelta a la página y que aparecía la otra Odile, sensiblemente dominadora.

—Te quería pedir, antes de que te vayas, que me prestes algo de dinero. Tengo algunos apuros, ya sabes, los pequeños vicios. Espero que el casino nos permita seguir manteniendo nuestros pecadillos, aunque debo advertirte que el nivel económico de los míos aumenta semana a semana.

—¿Cuánto?

—Debo veinte mil y tengo compras que hacer por otras treinta mil en el inmediato futuro.

—Ahora te firmaré un cheque, pero también yo tengo que advertirte que mis reservas se están consumiendo a pasos agigantados. Aprovecha este cheque porque a lo mejor nunca vuelves a ver mi firma en un papel semejante.

Le dio un poco de asco ese módulo de lenguaje.

—Te quiero —dijo y avanzó pasillo adelante camino del pequeño despacho.

—¡Te quiero! —gritó Odile desde la cocina.

Cualquiera de los dos podía haberse echado a reír.

Julián se sentó en el sillón del cuartito intelectual, ante la mesa polvorienta. Fue a buscar una bayeta y la limpió cuidadosamente. Despues se acodó sobre ella mirándola con la misma expresión insulsa con que se observa el horizonte. Igual que si hubiera extraviado al primogénito en el fondo del desierto o en un safari en el África profunda. No se le ocurría absolutamente nada, ni siquiera sacar la carpeta donde tenía algunos apuntes para su novela. Mejor dedicar el rato a diseñar una estrategia de juego para esa tarde. Por ejemplo, entrar en banca después de un punto, doblar la apuesta si se perdía, triplicarla si se volvía a perder; pararse si continuaba perdiéndose y esperar. Demasiado cerebral, rompió la tarjeta de apuntes de juego ante tanta quimera racionalista. ¡La inspiración! Ni siquiera se le ocurría una frase ingeniosa en torno/contra la inspiración, concepto degenerativo al igual que el que lo inspiraba, es decir, la teología. ¡Puff! ¡Parjjj! ¡Fuihhh! ¡Ahhjjjj! Se sonó en el pañuelo, ¡rojjiiijj!, lo envolvió cuidadosamente, estaba algo acatarrado y quizá ya no fue perceptible ningún ruido más que el de su propia respiración pausada y modesta. Lo que sí había recogido en los últimos tiempos al azar, salvadas del desperdicio de la cultura, eran citas o referencias sobre los números. Repasó las más aparentes, escritas en un cuaderno azul que extrajo del segundo cajón de la parte derecha.

• *Ver el "Liber Numerorum", de San Isidoro de Sevilla, que explica que el 16 es el número de los profetas, todo ello en base a razones escritutarias.* Salvo que esas razones fueran muy convincentes, él seguiría manteniendo al 16 entre los números nefastos de la ruleta.

• *Todas las cosas son, en último término, números para Pitágoras. La belleza y la armonía del mundo, del cosmos, es una proporción numérica.*

• *El 10, número sagrado, por el que los pitagóricos juraban.*

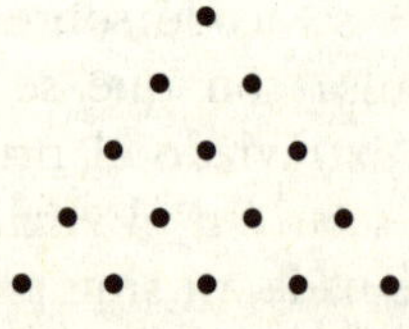

Esta pirámide maravillosa permitiría estudiar ricas combinaciones, sobre todo si se propone como número sagrado el 15, lo que curiosamente concentraría las posibilidades en la tercera docena, que es la culminación de los 36 números del tapete de ruleta.

- *Números triangulares*: *3 6 10 15 21*

- *Números cuadrados*: *4 9 16 25 36*

En realidad los filósofos no tenían ni puta idea de lo que Julián llamó, por qué no, los *números idóneos*, y que desde luego no eran el 6, el 10, el 21, el 2, el 9, el 16, el 36. Establezcamos, pues, los números idóneos, para lo cual habría que delimitar tres campos:

Campo A: 0-3-15-26-32
Campo B: 7-28-29-31
Campo C: 18-27-30-33-35

Inútil sería intentar explicar al no jugador la preferencia por estos números, la arbitraria justificación afectiva de su agrupamiento. Sin embargo, los jugadores que estuviesen de acuerdo con ellos sentirían, a través de vibraciones, la razón de ser de tales números y de su distribución. Se sentía satisfecho del esfuerzo realizado. Era una contribución a la praxis del juego sumamente respetable. Julián sabía una cita de Pascal ciertamente apropiada, pero tuvo que hacer auténticos ejercicios de estrujamiento de memoria hasta lograr recordarla. Pascal había escrito: "Que no se diga que no he dicho nada nuevo. La disposición de las materias es nueva." Julián barruntó que él conocía otra cita genial respecto a este tipo de cosas, pero de quién era, qué decía. Desistió, sin duda la memoria se le resquebrajaba. Necesitaba escribir algo, presentarle a Silverio al menos un par de folios que probaran la existencia de una nueva novela. Antes o después Silverio estaba llamado a convertirse en una fuente de abastecimiento económico. También Odile se sentiría contenta al comprobar, desde su dudosa orilla, que él no había abandonado totalmente el sendero del provecho. Nadie notaría nada, de modo que de manera provisonal tomaría prestadas unas páginas de un escritor llamado José Gayga, hacia el que sentía brotes de admiración, un tipo que al paso que iba llegaría lejos en el camino del olvido. No le quedaba demasiado tiempo, así es que se puso al tajo de la depredación.

Ella estaba a mi lado, lo juro. Cualquiera sabía dónde íbamos. Y no es que tuviéramos algo que ocultarnos, simplemente callábamos, bendita paz. Es uno de los riesgos del gran amor, el contumaz silencio que se instala de pronto sin remedio. Así debieron pasar tantos días como se quiera, para mí todo silencio era prueba de buen amor, la gran superación de la palabra, sentir que algo transcurre simplemente porque transcurre. El calor, los olivos, un prado de repente, un pantano, y si los dos nos ladeábamos en una curva cerrada es porque compartíamos el mundo. Pudo haber sido así. De vez en cuando la miraba de reojo, como si sospechara de su presencia a mi lado, y ella tambien miraba, absorta como iba en mí. Pero qué silencio pegajoso. Era una recta interminable que acababa en un pueblo en el que sonó de pronto una seca campana, y entonces habló. Dijo que parara. ¿Te encuentras mal?, le pregunté solícito enamorado y no me costó nada renunciar al silencio. Volvamos, volvamos, esto se ha terminado. Lástima de viaje, nuestro viaje, nuestro. Tardé en comprender qué es lo que se acababa, efectos sin duda de alguna obnubilación. Cuando paré estábamos por allí, no sé si había un puente de piedra, todo estaba cerrado por el calor. Entramos en un café lleno de calendarios sobre paredes verdes, creo, y un viejo ventilador. Tenía necesidad de sentarme. Y ella insistió en que todo se había acabado, el rostro congestionado por estímulos ajenos a mi entendimiento. Estábamos sentados, digo, creo. ¿Es verdad o no es verdad? Es verdad y no es verdad. Quería dejarla hablar por si se trataba de un desahogo pasajero, era parca en palabras y se diría que todo estaba ya dicho con media docena de palabras. No habíamos comido nada, así es que le pedimos a un camarero de boina descolorida y cuello de serpiente dos bocadillos y dos cervezas. En la mesa de al lado debían de estar jugando a algo ruidoso. Ella ya no hizo sino emplear variaciones sobre el mismo tema, sin darse cuenta de que a aquella hora de la siesta me era difícil seguir su discurso. Por el momento yo no necesi-

taba razones. No obstante, en pocos minutos, sin saber lo que hacía, me mostré indiferente, ofendido, solícito, vacío, encolerizado, gozoso. No puedo recordar si emitió juicios o se atuvo a alguna referencia reconocible por ambas partes. Bobadas de viejo, sus frases machaconas empezaron a sonarme como cencerros. Sentí un ahogo, pedí disculpas vagamente y me encerré en el inmundo retrete apestoso a amoníaco. Allí me eché a llorar. ¿Es verdad o no es verdad? Es verdad y no es verdad. Volví a la mesa decidido y le dije, vámonos. Volvíamos a nuestra ciudad, a nuestra casa, y al considerar la inoportunidad de tal pronombre me envolvió la angustia. Otra vez el calor, los olivos, algún prado. Ni ella ni yo encontrábamos el momento propicio para reemprender el ejercicio de liquidación de la palabra. Cuando dejamos atrás el pantano me dije, por vez primera, que no era posible porque hacía un rato lo habíamos cruzado a favor del universo, y el pantano seguía allí idéntico. Y así, de repente, otra vez, como saliendo de un foso, prorrumpí en un llanto que incluso a mí me daba pena mientras ella contemplaba, compungida por el asco, la carretera y los espejismos de sus charcos de agua. Debía de ser yo muy joven, a juzgar por el tipo de lágrima que emitía. Recuerdo muy bien la ternura que me iba creciendo. Nunca debí ceder a la debilidad de tan grotescas reminiscencias, ¿no aprenderé jamás a recorrer el tiempo o es que no tengo más talla que ese almirante que murió ahogado en el estanque de su casa?

Le parecieron dos hermosas páginas que podían haber sido escritas por él mismo si estuviese en su mejor forma; sería capaz de escribir algo similar en cuanto recuperara su tino, por lo cual consideraba el acto no como una apropiación indebida sino como un préstamo. Sólo quería encelar a Silverio, editor, quién lo hubiera dicho, *recórbito, recalerótico, calispuciente,* un editor en ascenso frente a un escritor petrificado. Oyó canturrear a Odile en la cocina, Santa Odile profesando fe en la vida alegre entre cacerolas, con su cheque de cincuenta mil pelas en el bolsillo y el caballo correteando ya por sus venas.

No tardó en aparecer Silverio para completar el cuadro familiar. Ni se abrazaron ni se dieron la mano, simplemente él apretó ligeramente el brazo de Silverio como si tuviera que comprobar que no era un espectro. Hubiese podido serlo, si se le juzgaba por la extrema delgadez que había adquirido, hasta el punto de que Julián lo encontró mucho más alto, sobrepasándole a él que siempre le había ganado en centímetros; y sin embargo, lo que más le impresionó fue su expresión *eventólida, trostasmítica*, aquellos ojos saltones ribeteados de sangre apenas disimulada por las gafas, como si un indefinido fanatismo pugnara por salir del encierro de su mirada; finalmente se había cortado el pelo a cepillo y las canas que blanqueaban las laderas de su cabeza contribuían a perfilar a un personaje *ignofílico, insustantino, peritoneideal,* característico de cualquier país, australiano o neozelandés, con los objetivos muy claros. Julián no dejaba de mirarle, aquella chaqueta de cachemir marrón y el exacto jersey negro de cuello vuelto delataban a un tipo que se había pensado cuidadosamente la elección de su vestimenta.

—Estás más viejo —dijo Silverio.

—Y tú has crecido, jodío —dijo Julián.

La sombra de Odile enfiló el pasillo.

—*Cervífico espondilóstero* —dijo Julián con cierta precaución.

—*Atrúnido portrifóscido* —respondió Silverio.

Ambos se sintieron aliviados.

Odile se echó en brazos de Silverio y le besó en la boca, si bien fugazmente según el juicio de Julián. Parecían *boy-scouts* que se encontraran en el nuevo campamento después del curso escolar. Ninguno de los tres sabía si había voluntad de tregua o de simple reconocimiento.

—Yo ya no estoy para estas emociones extremas, no puedo permitirme más que términos medios —dijo Odile.

—De ahí que compense hábilmente estimulantes con sedantes, en busca de un equilibrio, todo ello envuelto en una sabia dosis de coca —dijo Julián dirigiéndose a Silverio, y fue como si le extendiera una receta.

Odile se sirvió un vaso de ginebra. Con la mirada preguntó a Silverio y éste asintió recibiendo un vaso similar. Se repartieron una tónica. Silverio se puso a hablar de su editorial, probablemente por llenar un hueco en el vacío de aquella habitación bastante descuidada, sobre cuyas paredes sólo permanecían los pósters de dos cuadros no por muy conocidos menos desoladores de Edward Hopper, uno titulado *Habitación de hotel* y el otro *Gente tomando el sol*. Silverio hizo lo posible por apartar la vista de aquellos personajes de mirada lela ante un vacío frontal. Contó que las colecciones de guías iban viento en popa y resultaban un soberano negocio; había comprado los derechos de unas famosas guías francesas, etcétera. Su único problema era que Federico, su gerente inconformista y ambicioso, le había convencido para entrar en el campo de la literatura, y lo habían hecho con tanta fortuna que todo aquello no hacía sino crecer; tuvo la suerte de encontrar una mina en la primera novela —de desamor— de Ana Güell, la conocida periodista progre, que se estaba vendiendo como rosquillas. El había leído el manuscrito y se negó en redondo a publicarlo, pero Federico lo puenteó, editó la novela y allí estaba, edición tras edición. ¿Qué se puede hacer con un gerente que a tu pesar te lleva al éxito? ¿El público siempre tiene razón? La consecuencia era que le había tenido que ofrecer una participación significativa de la sociedad a aquel tipo que cada día manejaba más cotarro, lo cual le proporcionaba a él tranquilidad y tiempo libre para sus cosas. Pero había un problema capital: ¿dónde pararse?, ¿en qué dimensión empresarial? Ésa iba a ser la espinosa cuestión que le enfrentaría a su socio y gerente.

—¿Sigues con *Revolución y Pragmatismo* o como se llame ahora?

—Tiene ya mil folios —dijo Silverio—, no obstante haberle quitado unos doscientos del principio. El tiempo pasa, Julián. Ahora se llama *Los límites de la socialdemocracia*. Trabajo en ello como un *forcené*, sin ninguna esperanza ya sobre su utilidad social, como si fuera un libro de poemas que uno escribe para mantenerse despierto.

—Te juro, Silverio, que en cuanto tenga tiempo me pongo a leer tu trabajo si me dejas una copia —dijo Julián simulando un cierto entusiasmo.

—Yo sé que mi vida está atada a ese ensayo, que seguiré escribiéndolo y escribiéndolo hasta el final —los reflejos nuevos en los ojos de Silverio se avivaron. Odile terminó su gin-tonic, se levantó sin decir palabra y se retiró a la cocina.

—¿Cómo vas con Odile? —preguntó Silverio.

—Ya ves. Supongo que como cuando te fuiste tú —dijo Julián.

—¿Qué te hace suponer eso?

—Me la dejaste bebiendo y drogándose, despendolada — dijo Julián sin acritud.

—¿Y por qué crees que bebía, pedazo de bruto?

—No lo sé, yo no tengo psicoanalista como tú.

Silverio le propuso ir al despacho a hablar con mayor discreción. Cuando cerró la puerta corredera se percató de que había menos sitio del que recordaba, incluso tenía dificultades para sentarse con holgura en la silla, al otro lado de la mesa.

—A esta mujer la hemos estropeado entre los dos —empezó a decir Silverio.

—¿Pero qué pasa, vienes en plan redentor? Nadie estropea a nadie, ¿o es que no has oído hablar del libre albedrío?

Silverio se mordió los labios, no quería seguir en el mismo tono de su amigo que, le conocía, empezaba deslizándose por la ironía para acabar en el cinismo.

Julián dijo:

—La pregunta directa es: ¿quieres quedarte con ella?

—¡Te partiría la cara! —dijo Silverio apasionadamente—. No la mereces.

Julián continuó en el mismo registro y su morro comenzó a parecerse al del más maligno Robert Mitchum.

—La pregunta es: ¿deseas acaso un *ménage à trois*?

Silverio se levantó de un salto, se golpeó la rodilla contra la esquina de la mesa, hizo de tripas corazón y aún intentó abalanzarse sobre Julián, pero apenas podía revolverse en tan escaso espacio. Hubieran tenido que abrir la puerta para encontrar el desahogo que les permitiera el lanzamiento de un puñetazo. En su lugar Silverio hubo de conformarse con agarrar a Julián por el jersey. Era el momento de una exclamación o de un insulto, las décimas de segundo apremiaban y sin embargo Silverio fue incapaz de encontrar la palabra adecuada, de modo que quedó un poco en falso y hubo de soltar el jersey de su amigo mientras se dijo con voz ronca: "¡Me cago en mis muertos!".

Pasaron *à table*. Odile, un poco bebida, trataba de servirles, sin derramar nada, sendos filetes con una ensalada de escarola, champiñón y granada. Lo consiguió con relativa facilidad, pero ella se negó a probar bocado. Se sentó también ante la mesa camilla, los ojos algo vidriosos. Ni Julián ni Silverio sabían qué decir en tales circunstancias, tampoco intentaron quitarle de las manos el vaso de ginebra.

—Yo la verdad es que tengo un poco de prisa —dijo Julián.

—¿A qué hora te tienes que ir?

—Entre las cuatro y cuarto y cuatro y media, tengo que ver a unos periodistas.

—Entonces iré al grano —dijo Silverio, quien contó que hacía unos meses se había propuesto la publicación de *El exilio interior* y quería el texto original en español.

—Pero tú sigues sin leerlo, ¿no es así? —dijo Julián.

—Así es, pero da igual. Hay que publicar esa novela en España y quiero hacerlo yo, a pesar de que mi gerente opina que no venderemos nada, que estamos ya en otra etapa.

—Puede que tenga razón, ¿me habré hecho viejo sin enterarme?

—Pero éste es todo el adelanto que podré darte —y sacó de su cartera un talón, que pasó por delante de las narices de Odile, cuya mirada estaba ya perdida en algún resquicio del balcón.

—Trescientas mil cucas —leyó Julián—. No es para morirse, pero me sacará de algunos próximos apuros.

A continuación le mostró el contrato que debía firmar, en el que su editorial mantenía un derecho de opción preferente sobre toda su obra posterior. A Julián le pareció leonino pero daba igual, aquello no iba con él.

—Tienes suerte —dijo—, precisamente estoy trabajando duro en una novela; te había preparado un par de folios para que vieras el estilo.

—¿Cuándo la acabas?

—Ponle un par de meses —mintió Julián estimando simplemente el próximo adelanto que pudiera sacarle. Odile se levantó e intentó andar, pero se tambaleaba como si estuviera tratando de cruzar el pasillo de un tren. Si no llega a ser por la rapidez de reflejos de Silverio, la caída habría sido a plomo, pero llegó a tiempo de sujetarla y, cogiéndola por los hombros, la llevó hasta la cama, seguido de Julián.

—Prepararé un buen café.

Silverio le tomó el pulso.

—*Pas de problème* —dijo.

Tardaron más de un cuarto de hora en conseguir que Odile se tomara el café. Cuando lo hubo hecho, su cabeza se desplomó sobre la almohada y empezó a emitir un oscuro runruneo nasal.

A Julián le comía la impaciencia, quizá debería ensayar nuevas tácticas o preparaciones mentales más estrictas; dijo que no podía esperar. Silverio se limitó a comunicarle que se quedaría un rato hasta comprobar la evolución de Odile.

—Encima de la mesa del despacho te dejo los dos folios de que te he hablado.

—Los leeré.

Silverio le acompañó hasta la puerta de la calle. Se dieron un mutuo apretón de brazo más bien fugaz.

—*Malambruno* —dijo Silverio inesperadamente.

—*Malambruno* —respondió Julián y se lanzó escaleras abajo como si quisiera dejar atrás algo sonrojante.

Silverio se sentó al borde de la cama que había sido su territorio, donde Odile seguía dormida arrastrando una pesada respiración que destilaba apestosos alientos a ginebra mala. Esa mujer no podía seguir así, no había nadie capaz de parar su absurda disputa con el mundo, ¿quién podría proporcionarle la serenidad que le permitiera existir por encima de aquellos encadenamientos?, su mesilla estaba llena de tubos y cajas de medicinas de todos los colores y efectos, cajas vacías, pastillas sueltas, prospectos arrugados y dos papelinas de coca. Miró sus ojeras, no habían retrocedido en aquel pequeño cuerpo que estaba como hinchado. Esperaría hasta que despertase o hasta que volviera Julián. Lamentaba no haber tenido ocasión de contarle a éste sus nuevas actividades políticas. Si regresaba pronto de su reunión con los periodistas, trataría de sacar el tema, por más que era secreto. Pero no podía más, necesitaba contárselo a alguien o estallaría, y por suerte o por desgracia, sólo tenía a Julián.

Julián y Georgine

Ese día curiosamente había de quedar marcado en su vida como aquel en que conoció a mademoiselle Georgine. Días inaugurales que se podían contar con los dedos de una mano. Todo había sucedido de una manera tan casual que aún no se explicaba cómo se produjo la introducción, la mirada inicial, las primeras palabras, esas que él conscientemente hubiera sido incapaz de pronunciar y menos en un ambiente como el del casino en donde trataba de pasar desapercibido, como un tipo idealmente sin emociones, fabricado sólo para concentrarse en el juego. Toda mujer en aquel escenario era jugadora antes que mujer. Su encuentro con mademoiselle Georgine, por tanto, había que considerarlo como un fenómeno astrofísico.

Fue la tarde en que decidió estrenar el Ford que se había comprado hacía poco para ir al casino. El autobús gratuito empezó a darle vergüenza porque allí se encontraba con toda la ralea de jugadores y, con sinceridad, por nada del mundo deseaba prolongar la relación con ellos fuera de las cuatro paredes del casino. Estaba jugando al punto y banca cuando de repente se encontró cruzando alguna de las banalidades habituales con la muchacha sentada en el puesto de al lado. Descubrió sorprendido su belleza y su clase, quizá la había visto en otras ocasiones aunque no tan de cerca. Le impresionaron inmediatamente la inacabable largura de sus dedos y su pronunciación tenue y perfectamente audible, cada palabra un silabeo pulcro, nítido, ajeno a cualquier afectación. Julián recibió como un mimo en su oído aquella voz que le estaba destinada en exclusiva. No hubo diálogo sino alguna pregunta o respuesta aislada, mientras seguían atentamente el desarrollo del juego, pero Julián fue registrando aquel largo pelo castaño, suavísimo a juzgar por determinados movimientos que, en forma de cortos latigazos, la mujer propinaba a su cabellera; o sus cejas pobladas, su rostro afilado en ocasiones, torneado en otras; seguramente podía ser bella o no dependiendo del momento, del ánimo, del ángulo o de los ojos con que fuera mirada. Le agradó comprobar, en cualquier caso, que se trataba de una persona dulce.

Como tenía un buen fondo de reserva, más aún con el anticipo de Silverio por *L'exil intérieur*, se había puesto elegante con su chaqueta cruzada azul marino y su también azul y única corbata, además de una triple rociada de desodorante; esa tarde iba al casino de conquista, en serio, como un gentleman que no precisa dar explicaciones a nadie, y la vestimenta había de acordarse con la ambición del empeño, aunque ¿a qué jugaba?, es decir, ¿a qué aspiraba?, puta filosofía para un problema del que era imposible distanciarse; cocinar y comerse el guiso al mismo tiempo. Todo finalmente conducía a una refocilante metafísica teológica: desentrañemos la clave de Dios, desentrañemos la clave del juego, y tendremos a la religión y a la ruleta a nuestros pies, en una posesión suprema, destructora; mas ¿qué hacer en ese caso sino desposeerse otra vez para volver a ser simples servidores del misterio?

La partida iba adquiriendo textura. Julián advirtió que Virtudes trataba a mademoiselle Georgine con deferencia, casi tanta como la que destinaba a la señora de edad madura que se sentó al lado de su vecina y a la que Julián reconoció haber visto con frecuencia en la zona del punto y banca, sobre todo porque, frente a la discreción de mademoiselle Georgine, hacía gala de un carácter expansivo, vivaz, con alguna explosión de ira incontrolada, de duración mínima, pero impropia de quien parecía una dama de alcurnia. Se trataba de la Duquesa, según supo después, tras una presentación más bien sumarial. El problema era que el sabot se estaba deslizando descaradamente hacia una sucesión de puntos, el típico quiebro desorientador para la mayoría de los jugadores, con pérdida de nervios y capitales. Era un sabot para extravagantes, esos tipos raros de perdedores natos de casino que se jactaban de ir siempre contra corriente, como era el caso de la Duquesa, apostadora sistemática de punto, quien parecía gozar con la lucha que mantenía ella sola contra el resto de la mesa, y que le obligaba a aguantar con desparpajo la múltiple mirada rencorosa de los perdedores. Sin duda se concentraba más de lo que quería dar a entender aquella apariencia de inconsciente gran señorona, a la que le importaba lo mismo ocho que ochenta. Pero ese sabot mantenía el viento a su favor, en una proporción de seis bancas por quince puntos. La Duquesa había ido doblando su apuesta inicial de quince mil pesetas y al concluir el tercer punto seguido ya había conseguido ciento cinco mil pesetas. A partir de entonces jugó lo máximo permitido, cien mil. Mademoiselle Georgine, con la elegancia innata de quien sabe sostener la sonrisa mientras la rabia se agolpa en la comisura de los labios, apostaba tercamente a banca, igual que Julián y la gran mayoría de los jugadores. De ahí que la Duquesa estuviera exultante y no parase de gastar bromas a los conocidos, el señor Soriano, el Gran Sordo, y un tipo frío como un témpano que se sentaba siempre en el puesto catorce, un ganador teórico, al que faltaban dos dedos de la mano derecha. Julián no había oído nunca su nombre, y por eso le bautizó aquella tarde como el Uno Impávido. Pues bien, hasta el Uno Impávido perdía desconsideradamente, mientras la Duquesa le espetaba a mademoiselle Georgine su obcecación por la banca cuando era evidente que se trataba de un sabot dominado por los puntos. Virtudes, desde su alta silla de jefa de mesa, le daba la razón. "Hagan como la Duquesa", repetía en voz casi confidencial, como si los vídeos que barrían cada rincón del casino captaran también el sonido. Iban ya ocho puntos seguidos y la Duquesa acumulaba más de medio millón de pesetas. Seguía descubriendo las cartas de punto y en realidad nunca hacía buenas jugadas, eran los fallos continuos de la banca los que estaban provocando aquel caos. La Duquesa alzaba los hombros: "¿Qué puedo hacer yo?, no es culpa mía", escondiendo su risa de conejo, porque sabía que los ánimos de los numerosos perdedores estaban cada vez más exaltados, mientras Virtudes no disimulaba: "¿Por qué se empeñan? Jueguen a punto, como la Duquesa." Eso era exactamente lo que Julián había empezado a hacer desde hacía tres pases, pero no se atrevió a comentarlo con su vecina cuya dulce serenidad se resquebrajaba silenciosamente dando paso a un endurecimiento fugaz de sus rasgos faciales. Aquella racha se quebró exactamente cuando el sabot llegó a manos de la Duquesa, quien en contra de la norma habitual entre aquellos a los que les toca manejar el sabot, siguió jugando a punto, al igual que la mitad de los jugadores, que imitaban a la ganadora. Pero venció la banca ante la desesperación de algunos, que habían apostado su resto al punto por seguir la suerte de la Duquesa, a la que responsabilizaron de sus desastres personales. Con ese pase se terminó la partida. El señor Tomás Rodilla era de los que habían sido degollados y ello resultaba grave para un *obrero* de casino como él, cuya única meta era ganar cuatro mil pesetas diarias y retirarse. Vivía en y para el casino, donde pasaba la tarde y la mayor parte de la noche generalmente con su sueldo en el bolsillo; y daba consejos a unos y a otros hasta que de madrugada, agotado, se quedaba dormido en alguno de los tresillos próximos al bacarrá. El sabot de la Duquesa le había dejado sin un duro y, desgraciadamente, el viejo Tomás Rodilla ya no tenía fiadores, así es que no le quedó más remedio que roerse los puños de la amargura y esperar al autobús de las diez de la noche. La Duquesa, dichosa por la forma en que obtuvo su éxito, arrastró a Georgine hasta la barra del bar. Tomarían una copa mientras preparaban el nuevo sabot. Julián no se atrevió a seguirlas. Mademoiselle Georgine no le había dicho ni esta boca es mía cuando acabó la partida, ni tampoco la Duquesa se había dignado mirarle, de modo que prefirió no arriesgarse a recibir una fría acogida y se fue a estirar las piernas, unos quince pasos que le condujeron hasta una mesa de ruleta americana. Cambió fichas por valor de veinte mil pesetas, quería probar su pulso sin más, mientras barajaban las cartas del punto y banca, sin fatigarse con sistema alguno, ni oraciones; tantear la tercera docena, evidentemente, puesto que además estaba ubicado en la parte de abajo de la mesa, junto a sus números altos, de envergadura, y por entre ellos empezó a diseminar sus montoncitos de fichas. Estaba de pie, demasiado apretado contra otras estúpidas personas, incómodo consigo mismo, pero salió el veintiocho, cómo no, no era una sorpresa, estaba mirando hacia la barra del bar donde mademoiselle Georgine, la cara muy junta a la de la Duquesa, se expresaba con rasgos de cierta excitación. Le pusieron delante varias torres de fichas, su ganancia, y también, sin prestar demasiada atención, volvió a sembrar de piezas su zona favorita; los montones en juego ya eran considerables, haciendo que la tercera docena apareciera como un campo petrolífero con sus torres de sondeo. En la barra, mademoiselle Georgine, sentada en un alto taburete, mostraba buena parte de sus muslos de fuego envueltos en mallas oscuras. Se había repetido el veintiocho, número fiel como un perro, y en esta ocasión le dieron fichas de valor, momento en el cual los negros muslos de la mujer pasaron a un segundo plano, aquello se estaba poniendo serio. De repente tenía ante sí un cuarto de millón de pesetas, que los otros jugadores observaban con sorda rivalidad, pero los números sobre los que Julián apostaba vieron crecer los envites, auténticas atalayas de fichas coloristas, y eso no le agradó a Julián: al azar no le gustaban las acumulaciones, demasiada súplica hacia la tercera docena, un exceso de energía que podía suponer una vuelta de tuerca y cambio de rumbo, y hééééle, ¿por qué mentaría la bicha? Salió el diez, ante la decepción de los apostantes que miraban de reojo a Julián, no para bendecirle.

Con las ganancias en el bolsillo volvió a su puesto en la mesa de punto y banca, justo al comienzo del nuevo sabot. Había sonado la hora de la verdad; si lograba mantener el control podía llegar muy lejos; si cedía a la euforia, la prepotencia o el exhibicionismo, podía darse por jodido. La Duquesa y mademoiselle Georgine acudieron a sus puestos sin tardanza. La Duquesa seguía teniendo el sabot, pues en ella había terminado el anterior. Hasta recibir la orden de sacar las cartas, mantenía sobre el zapato o sabot su mano gordezuela, con dedos que acababan en uñas muy cuidadas; brillaba en el anular derecho una discreta pero seguramente valiosa sortija de platino, además del sello ducal. Cuando el croupier dijo: "Cartas, por favor", ella extrajo una para aquí, otra para allá, a velocidad sorprendente, de dama que ha manejado muchas cartas a lo largo de su vida. En esos pases iniciales la gente se mostraba remisa hasta ver la orientación del sabot, pero la Duquesa parecía dispuesta a forzar la máquina desde el principio. Jugó cien mil a punto y se dio un punto, con lo que el sabot pasó al jugador siguiente y ella retiró sus doscientas mil pesetas acompañadas de la felicitación de Julián, a la que respondió con un gesto de reconocimiento. "Voy a jugar científicamente", le comentó Julián a mademoiselle Georgine. "¿Sí? ¿Y eso cómo se consigue?", susurró con su purísima pronunciación. "Jugar científicamente es no perder el control". "Ah", se limitó a decir Georgine. Apostó dos fichas de cinco mil a banca. Julián imitó su apuesta. Salió punto. Ganó otra vez la Duquesa, que los miró como a huérfanos necesitados de protección. De repente apareció por detrás Lucas, un hombretón algo desastrado que había sido un famoso boxeador, campeón de Europa varias veces; logró ahorrar a trancas y barrancas un dinero con el que instaló una cafetería bastante rentable, cuya caja era desvalijada con más frecuencia de la debida por su propietario. En el punto y banca jugaba rápido y avasallador, de forma que en diez minutos decidía su destino. Se movía con la desenvoltura a la que le había acostumbrado la fama, cuyos vestigios, según entendía, continuaban concediéndole la indulgencia generalizada de la gente; de ahí que transitara por el casino como si fuera el único protagonista y sus apuestas lo único importante; era amigo de estentóreos comentarios, reprimendas y quejas destempladas que debían ser compartidas o coreadas por los que se movían a su alrededor. Nunca se sentaba, iba de mesa en mesa, con ojos alucinados, jugando cien mil pesetas en cada una, lamentándose en toda ocasión, cuando ganaba porque podía haber apostado más y cuando perdía porque siempre encontraba un chivo expiatorio al que abroncar, puesto en el que se distinguía por su asiduidad el señor Tomás Rodilla, su leal escudero. Lucas necesitaba tener fe en alguien, un acólito predilecto en el que apoyarse, con el que contrastar sus intuiciones en cada jugada. Si el señor Tomás acertaba la respuesta era el reconocimiento de una evidencia, pero si fallaba el ex boxeador se cebaba en él, en ocasiones de manera soez. Cuando presentía que las cartas le venían de cara y que debía forzar la apuesta, le daba a Rodilla cuatro fichas de veinticinco mil en el último momento y le urgía: "¡Vamos, Rodilla, a banca, vamos!" Al instante dudaba: "Banca, ¿no?", justo en el momento en que el croupier decía :

"No más apuestas, por favor". En los buenos momentos de ganancia siempre le caía alguna migaja a Tomás Rodilla, y en las malas rachas lo aguantaba todo porque en ocasiones Lucas era su tabla de salvación, como esa tarde en que estaba situado detrás de la Duquesa, sin premeditación alguna, y Lucas se le acercó conminándole a que se espabilara y le informase sobre cómo iban los sabots en las diferentes mesas. "Quédate conmigo, le dijo, porque hoy voy a jugar fuerte", "Tú sabrás lo que haces, Lucas, pero los sabots están todos muy punteros", contestó prudentemente Tomás Rodilla. La Duquesa miró hacia atrás fastidiada por el rudo vozarrón del ex boxeador. Lucas estaba enfrascado en el propio problema de su apuesta de cien mil pesetas a banca, mientras la croupier, la sentenciosa Meli, decía: "No va más", momento en el que el Gran Sordo extrajo la primera carta, al tiempo que Lucas le gritaba a Rodilla: "¡Pon cien a banca!", y el jornalero depositó sobre el tapete las cien mil, tajantemente rechazadas por Gloria que, como el resto de los croupiers, odiaba al pugilista que jamás dio una ficha de propina. Rodilla recogió las piezas mientras Lucas farfullaba algún insulto. Salió banca y ganó, pero podía haber ganado las otras cien mil de Tomás Rodilla, y se sintió robado, con lo que comenzó una letanía de protestas airadas: "¡No hay derecho!". Lo de siempre, pensaban los croupiers, si bien las quejas de Lucas iban en aumento, interrumpiendo la partida y exigiendo a los presentes que actuaran como testigos. Mientras llegaba el jefe de sala, llamado por Virtudes, la Duquesa no pudo contenerse más, se levantó de su asiento encarándose con Lucas: "Señor mío", le dijo en tono rotundo, "sus voces me están produciendo dolor de cabeza. Dígame si va a seguir así, en cuyo caso me veré obligada a abandonar este casino que permite comportamientos semejantes". Lucas, de aquella perorata, sólo llegó a entender el tono que ciertamente correspondía a alguien señorial, pero aún le quedaron arrestos para encresparse, y entonces se vio obligado a intervenir Julián. "Haga el favor de bajar la voz delante de esta señora", dijo sin levantarse de la silla pues seguramente no le llegaba más arriba de los hombros. Por fortuna apareció el jefe de sala, un rubio de aspecto bonancible y fuerte acento extranjero, que tomó amistosamente del brazo a Lucas y se lo fue llevando poco a poco al otro extremo de la sala, hablándole bajito, al oído, como si estuviese confesándole, mientras las desmesuradas gesticulaciones del deportista perdían intensidad. "El juego continúa, señoras y señores", dijo Virtudes desde su alta silla, suspirando, y sólo entonces se percató Julián de lo que aquella mujer había envejecido en los últimos meses. La Duquesa estaba dudando sobre si retirarse o no, pero en realidad ganaba demasiado y eso fue el lastre que la ató a la silla. Mademoiselle Georgine perdía algo y dijo que aquella interrupción suponía un cambio de signo en la baraja. Julián la miró y pudo apreciar que su melena era más sedosa aún de lo que había imaginado. Ocurrió entonces una cosa poco frecuente. Comenzaron a salir puntos, series de cinco o seis puntos, interrumpidos por una banca, para continuar con otra serie similar de puntos. Y a la Duquesa, que sistemáticamente jugaba a punto, le había dado por pasarse a la banca; todo parecía indicar que algún sentimiento penitencial le estaba induciendo a despilfarrar lo más rápidamente posible sus ganancias. La evidencia de que aquellas barajas iban de punto tampoco convenció a Georgine, que siguió jugando a banca, abrumada en cada lance por la convicción de que resultaba imposible que la jugada siguiente fuera punto. Sin embargo Julián lo vio claro, esa tarde no tenía que luchar contra ninguna rabia, parecía dominado por la serenidad y en consecuencia se hallaba muy lejos de cualquier empecinamiento: atacó fuerte desde el reinicio de la partida, jugando a favor de la corriente, a punto, cantidades que jamás había soñado pudiera apostar, pero estaba arriesgando dinero del casino, beneficios dispuestos para ese fin. Cien mil pesetas en cada apuesta y cien mil pesetas de ganancia en cada pase. Los veía, los veía llegar con tal nitidez que la emoción del riesgo se transformaba en emoción de la confirmación; ni siquiera se sentía obligado a ninguna especie de letanía; simplemente, cuando levantaban las cartas, procuraba neutralizar sus sentimientos, intentar pequeños instantes de nirvana, y eso le proporcionaba la seguridad de que todo el resto vendría por añadidura, como así estaba ocurriendo. No tardó en encontrarse con dos millones en fichas de veinticinco mil. Lastimosamente el sabot se estaba acabando. Mademoiselle Georgine se había quedado sin un céntimo y la Duquesa entraba también en zona depresiva. Le costó mucha insistencia y no poco tacto a Julián que su compañera de mesa aceptase un préstamo de cien mil pesetas y si finalmente cedió fue porque eran demasiadas las fichas que Julián tenía delante, lo cual desvalorizaba su traducción en dinero real. Terminó el sabot y Julián invitó a cenar a la Duquesa y a Georgine, que al principio se negaron porque en la otra sala, la de ruleta francesa, estaban el duque consorte y el padre de la Duquesa, a los que naturalmente Julián hizo extensiva su invitación.

En aquella cena se habló fundamentalmente del juego y de sus gentes. Julián pudo observar que no sólo él andaba obstinado en intentar definiciones de lo que les ocurría; todos caían en parecidos lugares comunes. El Duque padre se limitó a decir: "Somos los últimos románticos". El duque consorte, al que muchos llamaban por su nombre, Gabriel Atazar, o simplemente Gabriel, era el más pesado, no en vano su profesión de intelectual (rama traductor de escritores centroeuropeos) le había proporcionado un prestigio social que lo encumbró, por encima de su honesta condición de traductor o de introductor, a la misma altura creadora que sus modelos, Broch y compañía, en un acto de suplantación, tal vez inconsciente, que él soportaba con rebuscada resignación. Decir Gabriel era decir Broch y es que, en cierto modo, más que traducirlos aquellos libros habían sido escritos por él. ¿Quién era en la realidad española el auténtico autor de *La muerte de Virgilio?* La Duquesa se había casado con el no-autor de ese libro hacía apenas tres años, en una decisión que nadie había logrado comprender plenamente, ni siquiera ella, muy dada a liarse la manta a la cabeza en los momentos comprometidos de su vida. El duque era el menos jugador de toda la troupe, pero por razones ocultas la Duquesa le obligaba a acompañarle con frecuencia, lo que efectivamente permitía a Gabriel reflexionar, como era su obligación, sobre el complejo fenómeno del juego. "El tiempo está ligado al juego —decía mientras sorbía delicadamente una vichyssoise— ,no sé muy bien cómo, pero para mí ambos son un signo de la misma realidad". Nadie decía nada —la constante filosófica del duque hastiaba hasta la médula a su familia—, si bien en esta ocasión se dirigía a Julián, a quien el duque miraba insistentemente a los ojos. "En definitiva, el ciclo del juego sólo acaba con la destrucción de la persona, el fin de su tiempo coincide con el fin del juego". "Es posible", respondió Julián prudentemente, en realidad sorprendido de la sagacidad del duque, dudando sobre si sus frases eran pensamientos propios o citas de diccionario. "El juego, sentenció con aires definitivos Gabriel Atazar en medio de la indiferencia de sus próximos, es una fracción absolutamente temporal, seriada, repetible e infinita". Julián pensó que a lo mejor tenía razón, por qué no, y fue la Duquesa la que, con el desenfado y celeridad que contrastaba con la lenta dicción de su marido, contó un caso ejemplar de los tiempos que corren, el de Daniel, un croupier al que Julián tambien conocía, que le había confesado a una amiga suya su condición de místico o fundamentalista o algo así, ¿os imagináis a Daniel?, pues dice que ve a Dios todos los días en la iglesia de Hoyo de Manzanares, y en su casa tiene un altar con lamparillas y estampas, igual que los toreros, como os lo cuento; en la habitación de abajo, donde descansan los croupiers, se echa cantos gregorianos fantásticos y antes de entrar en la sala de juego hace una genuflexión. "¿Pero quién, Daniel, el del pelo cortado a cepillo?", preguntó mademoiselle Georgine. La Duquesa atacaba con cierta desgana su salmón ahumado, y prosiguió: un día que había en la mesa una discusión sobre si tal apuesta era de una u otra persona, le oí yo cómo le decía a Virtudes que Dios le había hecho saber que la apuesta era del primer señor; y también comentaba que Jesucristo venía y le besaba en la mejilla diciéndole lo que tenía que hacer al día siguiente. "Muy interesante esto que cuentas, Casilda, muy interesante", dijo el duque estirándose los puños de la camisa. "La verdad es que llevan una vida dura estos croupiers —terció Julián—, tantas horas de pie, los cálculos, la concentración, el miedo al vídeo que los observa sin parar; para volverse loco". "Pues a mí, místico o no, es un chico que me cae muy bien", dijo Georgine refiriéndose sin duda a que le daba suerte, máxima medida de todas las cosas. El Duque-padre no parecía estar teniendo una buena sesión de ruleta, a juzgar por el pertinaz silencio que mantenía, probando apenas un par de bocados desganados de cada plato y maldiciendo en voz baja a Máximo, empleando denuestos inocentes que en aquellos labios finos, semiabiertos por el desprecio, adquirían una violencia inusitada, en tanto Georgine defendía con su redonda fraseología al mencionado Máximo, en un ejercicio de réplica y dúplica al que parecían muy habituados. Máximo Calostro era un argentino cuajado ya por la cuarentena, que había sido croupier en los mejores casinos del mundo, y que por algún turbio asunto fue despedido del último en el que trabajó, en la zona turística occidental de Yugoslavia, próxima a Trieste, de manera que quedó incluido en la lista negra universal y hubo de retirarse definitivamente. En algún lugar lo encontró mademoiselle Georgine y se lo trajo a Madrid, a la residencia de la Duquesa, amiga suya de la infancia, donde ella vivía, y consiguió incorporarlo al staff de la casa en calidad de asesor de juego, un título que ninguna casa nobiliaria española podía jactarse de poseer. "Aquí tenemos de todo, comentaba la Duquesa con la frescura que la caracterizaba: asesor fiscal, asesor médico, asesor administrativo, asesor espiritual, asesor jardinero, asesor de imagen, de todo, pero ni siquiera a los Medinaceli se les hubiera ocurrido contratar a un asesor de juego". "¿Y es rentable, Duquesa?". "Depende de la rentabilidad que se espere. Georgine podría decir si es rentable", y la Duquesa reía sin recato. Máximo, en realidad, tenía como gran misión orientar al Duque, plantearle combinaciones, planificaciones concretas de jugadas, de modo que amortiguara sus pérdidas haciéndole apostar con un cierto orden. Luego, el viejo aristócrata no le hacía caso; una vez en la mesa de ruleta perdía toda referencia teórica, le resultaba tan difícil domeñar su instinto perdedor como a otras personas someterse al diván del psicoanalista. Como Máximo tenía prohibida la entrada en el casino, su papel se limitaba a la confección cotidiana de unas fichas para uso del Duque, pero en realidad aquella asesoría se mantenía en pie porque gracias a Máximo todos tenían a alguien con quien comentar lo acontecido el día anterior en la Casa Grande, como denominaban al casino. Máximo fue desde el principio consciente de su papel de paño de lágrimas y escuchaba con infinita paciencia, simulando a través de algunas preguntas un interés que estaba muy lejos de sentir.

Sólo el Duque se atrevía a descargar su ira contra él o a hacerle responsable de sus desastres, pero la importante era la Duquesa y ésta se encontraba satisfecha de tener a alguien, al margen de su marido, con quien glosar los mismos lances, repetidos una y otra vez, año tras año. Lo único que le molestaba de Máximo era su acento argentino y por más que le exigía cariñosamente que intentara enmendarse, el otro no podía nada contra el arrastre del lenguaje acompañado de ciertos tics incurables, y eso, en días en que las pérdidas pasaban de castaño oscuro, provocaba en la Duquesa un rechazo tal que colocaba al argentino al borde del despido o incluso en el despido verbal, que era revocado exactamente al día siguiente, con lo que ya ni se molestaba en hacer las maletas. La cena terminó casi abruptamente pues la impaciencia dominaba a los jugadores, de modo que dieron cortésmente las gracias a Julián y cada cual volvió a su puesto. Ya no encontraron en la mesa de punto y banca los mismos lugares de antes, así que hubieron de separarse, Julián ocupó el número doce y frente a él, en el cuatro, estaba mademoiselle Georgine a la que hizo una seña con la mano que fue correspondida con una levísima sonrisa. Julián pensaba en Máximo, Georgine parecía totalmente concentrada en apuntar las jugadas que se iban produciendo. Fue un sabot fabuloso en el que todos ganaron. Cuando terminó, y mientras preparaban las barajas para el siguiente, Julián hizo cuentas y se encontró con la astronómica cifra de casi cuatro millones de pesetas. Georgine le devolvió las cien mil que le había prestado y Julián le rogó que le acompañara al mostrador para que le extendieran un cheque por ese dinero. Con el cheque en el bolsillo aún le quedaban unas 300.000 pesetas sueltas para la ruleta, pero aquel dinero era un resto desvalorizado que la cabeza de Julián no sería capaz de administrar con clarividencia; llevaba demasiadas horas allí metido y apenas le quedaban reflejos para recordar lo que apostaba en cada mesa. Un camarero se le acercó invitándole a una copa. Julián aceptó y le dio una pieza de diez mil pesetas de propina. En realidad aquel montón de fichas le entorpecía, necesitaba fundirlo lo antes posible porque las piernas empezaban a doblársele de puro cansancio y los ojos se le extraviaban hipnotizados por las bolas inacabables de las ruletas. El problema es que seguía ganando casi a su pesar. Se acercaba a una mesa, dejaba seis fichas de diez mil para las finales siete (7-17-27) y ocho (8-18-28) y salía su número, el veintiocho, cobraba 350.000 pesetas, no sabía ni lo que dejaba de propina, seguramente los croupiers notaban su mirada vidriosa, su paso vacilante de mesa en mesa; repetía la jugada y salía el siete, otras 350.000, las placas le pesaban en el bolsillo interior de la chaqueta, estaba borracho de juego, delirando sin poder concentrarse en nada, ejerciendo un control remoto sobre el valor de las piezas que tenía entre manos. Entonces se le acercó el Duque y Julián apenas entendió alguna frase de su farragoso y vacilante discurso. Lo único preciso que sacó en consecuencia fue la entrega al aristócrata del préstamo de una placa de millón. No bien se la acababa de pasar, y mientras trataba de averiguar qué hora era, se aproximaron la Duquesa y mademoiselle Georgine, que intuían lo ocurrido. No hubo ni una sola referencia al préstamo, pero las dos pudieron comprobar los ojos febriles de Julián, llenos de agobio, y la Duquesa le convenció de que no estaba en condiciones de volver a Madrid, por lo que le invitaba a su casa de Torrelodones, prácticamente enfrente del casino, en la picorota de un montículo pedregoso dominado por enormes canchales. Se trataba del caserón que él había visto tantas veces camino del casino, considerándolo como el castillo de un cuento de hadas algo hosco o, en ocasiones, como la escarpada residencia del conde Drácula. "¿Ah, pero vivís ahí?", preguntó torpemente mientras entraban en el gran coche negro cuya puerta principal mantenía abierta el mecánico impecablemente uniformado. Aquello estaba justo en la confluencia con la carretera de Hoyo de Manzanares, todo muy oscuro, las negras moles eran canchos, Los Canchos de su ciudad, y ya Julián no volvió a pronunciar palabra, pero su pensamiento aún giraba borroso tratando de nombrar cada uno de aquellos peñascos, *molturotes, mostreincampas, fulciglocos.* Se encontró en una fría habitación de invitados, ornada de buenos cuadros de escuela. Sacó todo lo que le pesaba en la chaqueta: eran varias placas blancas y verdes, con un círculo central traslúcido, especie de caleidoscopio le pareció, que había olvidado cambiar y que apiló sobre la mesilla. No tuvo fuerzas más que para arrojarse vestido sobre la cama, le resultaba imposible cerrar los ojos pues quedaba amarrado al giro de compás de los treinta y seis números de la ruleta. Permaneció alelado en fija contemplación de la puerta como si por ella hubiera de aparecer mademoiselle Georgine. Sólo al cabo de un rato logró empezar a consolarse inventando palabras sobre Los Canchos.

Qué hacer con ella

Aquella tarde Silverio aguardó pacientemente a los pies de la cama de Odile, que volvió de su áspero letargo hacia el anochecer. Clavó su mirada en Silverio como si tratara de grabar aquel rostro en su memoria, era discutible si le había reconocido o no y, si lo había hecho, a qué Silverio había registrado, al de París o al pelopincho actual de ojos de saltamontes. Estando en semejantes tesituras parecía lógico que Silverio tampoco abriera la boca, con lo que se produjo un espectáculo de estatismo acoplado, y cuando repararon en él, resultó ser ya noche cerrada. Tal vez quería decir que, por el momento, era suficiente la presencia del otro, manteniéndose ambos a la expectativa por si se presentaba Julián, el imprevisto. Odile se echó a llorar sin ganas y Silverio reconoció de inmediato esa forma remansada; probablemente quería comunicarle una vez más lo desgraciada que se sentía junto al hombre que amaba. Al final se limpió las lágrimas y se sirvió la última cerveza helada que quedaba en la nevera. Silverio había contraído, en sus últimos tiempos de ejecutivo afortunado, una característica úlcera de duodeno que le forzó a remitir en su afición al buen vino, antes *beaujolais*, luego rioja de reserva. Sólo de vez en cuando saltaba la línea de la moderación y, a conciencia, disfrutando tanto de la transgresión como de la bebida, entraba en un mundo en el que la jubilosa turbulencia inundaba su cuerpo desgalichado. Le dijo a Odile que bajaba a comprar unas botellas de vino, si a ella le apetecía. Respondió que bueno, y al poco descorcharon la primera. A las dos de la noche no se habían movido del sitio, Odile incorporada, Silverio a los pies de la cama, inmersos en un estado parlanchín unilateral, de manera que hablaban y hablaban cada uno por su cuenta, sin ningún tipo de correspondencia. Quizá las miradas delimitaban esos soliloquios en voz baja que llenaban el dormitorio, ya cargado de un vaho agrio o de la singular atmósfera inhumana que va tomando cuerpo cuando se hacinan los discursos característicos del teatro del absurdo. Cada cual se había adueñado de una botella y la iba ordeñando a la medida de su apetencia, eso sí, servido en vasos campanudos de buen cristal sobre el que Odile tamborileaba con sus larguísimas uñas extrayendo sonidos fríos y distantes como negativas. A las tres y media de la madrugada ambos seguían juntos, ahora sentados en la cama, Silverio extendía su brazo sobre el hombro de Odile, sin saber bien quién sostenía a quién. No pararon de beber, íntimamente satisfechos, pero empinaban el codo con la avidez de quien ha quemado sus naves, se acabó, llegará la cima o la enfermedad anunciando su sentencia, Silverio ignoraba de qué iba el juego, Odile aún no había escuchado las campanadas y, sin embargo, no les amargaba el saber que tendrían que levantarse de la cama antes o después; mantenían un estoicismo consistente en que todo les importaba un rábano, puesto que aquello era sentido como irrepetible. A las cinco de la madrugada había por el suelo cuatro botellas vacías y una quinta a la mitad. Odile se había quedado dormida, doblada sobre sí misma, Silverio apoyaba la cabeza sobre su seno derecho mientras roncaba como formando espirales. La habitación apestaba a vinazo y a algo raro parecido a orina o amoníaco.

Como Julián no apareció en varios días por su casa, Silverio tuvo que llenar ese vacío permaneciendo en ella el mayor tiempo posible, a fin de evitar las consecuencias de la desesperación de Odile, que ya había llamado a tres hospitales y estaba dispuesta a iniciar la ronda de las comisarías, convencida de que a Julián le había sucedido algo. Silverio pudo al fin persuadirla de que era mejor no involucrar a la policía, pues seguramente Julián andaría metido en cualquier empresa o aventura, y su no comparecencia representaba simplemente el signo definitivo de que las cosas no marchaban entre ellos dos, ahí radicaba el problema y sobre él había que incidir, cualquier otra idea no sería más que un artificio.

Qué hacer con Odile. Los días siguientes a aquel en que Julián le diera el cheque de cincuenta mil pesetas, estuvieron llenos de confusión. Odile salía mucho de casa, se la veía hiperactiva, contaba que estaba ensayando duro para entrar en el Ballet Nacional, pero incluso a Silverio no le fue difícil adivinar que aquel dinero estaba yéndose en droga a más velocidad de la esperada. Miraba hacia atrás y sentía escalofríos, él pertenecía a la generación del alcohol, le parecía hasta simpático que Sherlock Holmes le diera a la cocaína, pero sus conocimientos sobre estupefacientes no llegaban muy lejos. En realidad nunca había conocido a un heroinómano, de la misma manera que en toda su vida sólo había visto un par de muertos y en forma tangencial (excluido Boufemon), lo que le llevó a constatar que su experiencia vital era más bien de oído. Cuando le propuso a Odile abordar seriamente el tema, informarse de lo que tomaba o de lo que sentía, sólo consiguió que soltara una carcajada. "Ahora recuerdo, dijo, que tú vienes de un mundo en el que la tuberculosis ha sido el gran flagelo". "Cuando estás en la enfermedad, respondió Silverio, el mundo se divide en dos: los enfermos y los otros; no hay más, supongo que algo parecido ocurre con la droga". Dijo Odile: "Hay los que están en el sueño y el resto; la comunicación es imposible". Debía de ser verdad que estaba entrenándose, ensayando fuerte para lo del ballet. Silverio la acompañó en un par de ocasiones al estudio, pero le pareció que aquella vitalidad siempre venía precedida de una raya de cocaína porque percibía cómo al cabo de pocas horas se iba desinflando y acababa en una situación de desmadejamiento en la que le era difícil tomar las riendas de un cuerpo. Ni tampoco la mente lograba desprenderse de las adherencias del desengaño. De ahí que llegara a casa con la única idea de dejarse caer sobre el primer plano blando y horizontal que encontrase, en espera del paso de las horas o de allegar algunas fuerzas para servirse unas ginebras que le hicieran remontar el ánimo.

A Silverio verla en ese estado le desarbolaba, hasta el punto de que perdía en buena medida el cargamento de conversación con que acudía a la casa, o los planes regeneracionistas que ideaba para ella se hacían añicos cuando la veía con el optimismo del artificio, precursor de la rotura de su cuerpo. Se sentía entonces malvado, trasladando sobre sus espaldas la responsabilidad, y a veces se encontraba tan culpable como para temer escapar al control sobre sí mismo. Mientras tanto Odile opinaba que las gentes de su edad habían perdido el regusto de sentirse culpables y daba la impresión de que la conciencia se había situado en un punto cero, una especie de paisaje nevado donde no había ni rastro de pisadas, con lo que la esfera de la libertad se ampliaba extraordinariamente. Para poder picarse, decía Silverio. Para no amargarse el chute, decía Odile. Y su piel de nieve hollada padecía de estremecimientos.

Una vez logró convencerla para ir a un espectáculo de ballet que ella admiraba desde que era niña. Nada menos que el ballet de Marta Graham, donde Odile debería estar bailando si la vida le hubiera sido propicia. Estuvo todo el día nerviosa, sin saber qué actitud adoptar, y poco antes de salir hacia el teatro le entró un desfallecimiento, empezó a decir que no lo resistiría, era un viaje para el que no estaba preparada. En dos rápidas maniobras se quitó el vestido de fiesta, uno que aún le quedaba de sus antiguos esplendores, y Silverio se enfadó mientras íntimamente reconocía que aquel cuerpo, sintetizado en sus dos hermosos pechos, no había perdido un ápice de su calor, a pesar de estar siendo tan duramente castigado. La tomó por los hombros, y en lugar de arrancarle el sostén mandando a hacer gárgaras la función de la Graham, quiso elevar su tono vital animándola a superar la dura prueba que suponía volver al teatro y debió de hacerlo con tal convicción que Odile se encasquetó nuevamente el estúpido vestido. En el taxi iba temblando, según comprobó Silverio, que llevaba entrelazada su mano con la de ella. Iban entrando en calles estrechas, iluminadas con bastante avaricia, a través de un tráfico que se empastaría hasta el embotellamiento. Odile hizo los últimos centenares de metros a pie, aferrada al brazo de Silverio, soportando las miradas de los tipos con los que se cruzaba, directamente al centro de su generoso escote festivo. Pisando el suelo enmoquetado del vestíbulo del teatro, Odile le dijo al oído: "Tengo miedo, no he tomado nada". Se sentaron en sus butacas y mientras se mantuvo el inicial run-run mortecino de la sala todo fue bien. Pero en cuanto alzaron el telón y se iluminó un espacio esférico vacío a la derecha del escenario, Silverio la sintió retorcerse contra su antebrazo. En el momento en que una pareja de bailarines apareció dando saltos, persiguiendo el chorro de luz o siendo perseguidos por él, Odile se levantó y a zancadas corrió hacia la salida, sin poder contener los sollozos.

Cuando llegaron al piso, agotado el llanto de Odile por falta de reservas, se encontraron a Julián en la sala viendo un partido de fútbol en la televisión. Los saludó con cordialidad y Odile se dejó dar un leve beso en la boca, tras lo cual se dirigió lentamente hasta su dormitorio sin pronunciar una palabra y cerró la puerta con llave.

Llevaban ya un rato andando a buen paso, como si se dirigieran a algún sitio, cuando en realidad aquella ligereza estaba sustituyendo a la conversación inexistente. Cruzaban con precisión los mismos trechos que Silverio recorrió cuando era estudiante, Gran Vía abajo hacia Cibeles, dejando atrás las tiendas iluminadas, los escaparates plagados de máquinas de fotografía, de perlas majórica, las tapicerías de la Red de San Luis, la vieja papelería con objetos de alta precisión dibujística, y después los bancos, con sus faraónicas fachadas de granito, iluminados por luces indirectas, hasta dar con los barrotes del ministerio del Ejército y su jardín oscuro; exactamente igual que en aquellos días de las conversaciones interminables con los camaradas o con la chica de la HOAC.

—Vamos a cruzar —dijo Julián.

Pasaron a la acera del Banco de España donde todo estaba más entenebrecido, sobre todo delante de aquel desafectado edificio de la Secretaría General del Movimiento. Esa acera carecía de cualquier gracia y lo único que animaba a proseguir por ella era que al final de la cuesta empezaba la animada zona de la calle Sevilla y finalmente la Puerta del Sol. Ya en estos tramos el trote se había convertido en paso normal. Era evidente que tenían que hablar, para eso habían salido. Silverio apenas lograba contenerse y, sin embargo, ¿cómo iniciar una conversación que no terminara en bronca? Miró a Julián, andaba como renqueante.

—¿Te pasa algo en la pierna?

—Sí, me pasa, llevamos no sé cuánto tiempo andando y ni se te ha ocurrido preguntarme.

—No te puedo preguntar cuando ni siquiera hemos empezado una conversación.

—Está bien, pregunta.

—Ya lo hice.

—No es nada, tengo un tirón muscular en el muslo.

—Podemos sentarnos, si quieres, en ese banco del Ministerio de Educación.

—La vida es demasiado breve como para pasarse una noche en el banco de un Ministerio.

—¿Cómo crees tú que hay que pasarse la noche en una vida demasiado breve?

—Era sólo una frase, no te excites —dijo Julián.

—¿Vamos a algún sitio concreto?

—No estamos en un viaje de placer, que yo sepa.

—Por la acera de enfrente paseaba yo cuando era joven y hablaba de política hasta la madrugada —dijo Silverio.

—¿Algo de lo que hablaste podría sernos útil en este instante?

—Necesario, útil en el sentido de Robinson Crusoe... ¿Una brújula? ¿Una pala?...

—Era sólo una frase —dijo Julián.

—Deberíamos empezar por decidirnos a hablar.

—Estoy dispuesto a todo, a condición de saber de qué hemos de hablar y por qué esto que estamos diciendo no puede ser considerado una conversación.

—Aborrezco la Puerta del Sol. Ése sí es un buen tema.

—Recuerdas tu paso por la Dirección General de Seguridad. Qué historia tan curiosa la tuya: un militante sacrificado, dispuesto, al que pagan con el despego y la distancia, cuando hubiera bastado con una simple señal de afecto. No te merecen, Silverio.

—No me han descubierto aún. Es culpa mía.

—Sigue intentándolo, el tiempo es una medida deleznable cuando se trata de culpas.

Se detuvieron al unísono, como si se hubiesen puesto de acuerdo, delante del Bar Flor en la Puerta del Sol. Debió de haber alguna confusión, pues en cuanto se plantaron ante la barra un camarero les sirvió sendas copas de coñac. Ninguno de los dos pensó que mereciese la pena deshacer el equívoco, cualquiera que éste fuese, así es que agarraron las copas y se las echaron al coleto de un solo y preciso golpe. Luego prosiguieron la marcha.

—Debería confesarte algo, es horrible pero no tengo a nadie a quien contárselo.

—¿Descargo de conciencia, eh? —dijo Julián chascando la lengua.

—Llevar dentro este peso es molesto, tanto física como moralmente, del mismo modo que también lo sería no llevarlo.

—Hay cierta parte de verdad en lo que acabas de decir. Desembucha —dijo Julián.

—Necesito otra copa.

Entraron en una tascucia de la calle Segovia casi debajo de la espesa arboladura del Viaducto, exacta representación del vértigo, ya fuera mirado desde arriba o desde abajo. A pesar de que el coñac le agujereaba el estómago, Silverio pidió dos copas, por no cambiar de bebida, algo que se despachara rápido, estilo eslavo, aires de ruleta rusa, o de duelo a pistola y, en efecto, cayó sobre el fondo del estómago como una bola de alcanfor mientras la oleada de gases le ascendía hasta la garganta. Siguieron andando por calles estrechas, vacilantes, siempre cuesta arriba, alumbradas por viejas farolas recientemente fabricadas que conseguían imitar a la perfección la luz de gas neblinosa. Julián había perdido, a la vista del movimiento preciso de sus piernas, la leve cojera anterior y así podría decirse que se daban todas las circunstancias favorables para una declaración solemne, que es lo que realizó Silverio.

—He solicitado mi ingreso en la CIA.

—¿Como miembro numerario o supernumerario? —preguntó gravemente Julián.

—Quiero establecer un puente con ellos al precio que sea.

—¿Es que la guerra fría vuelve a estar de moda?

—¿Crees, ingenuo, que debemos bajar la guardia y renunciar a la lucha?

—Cuéntame a quién de verdad quieres servir sirviendo a dos señores.

—Quiero servir, naturalmente, al Partido, pero he de obligarles a que deseen ser servidos por mí. Fracasé en París en mi intento de enrolarme en la KGB; hubo, como sabes, problemas de ajuste; en el fondo yo no les ofrecía mucho más que una tuberculosis. Por eso ahora debo acumular un buen capital para ofrecérselo en bandeja, ¿y qué mejor capital que mi pertenencia a la CIA?

—Ya —dijo Julián—, doble agente de objetivo único.

—Así es; si logro interesarle a los americanos, al día siguiente me ofreceré a la KGB y al otro iré al Partido a exigir lo que me corresponde. A ver si entonces son capaces de negarse a leer mi *Los límites de la socialdemocracia.*

—¿Y qué impresión tienes de los americanos?

—Bueno, ahora ya no está de moda ser de la CIA. Con ellos juego la baza del despecho hacia el comunismo y mi actual situación de editor con pasado izquierdista. No está mal. Me han dicho que me contestarán en unos días. Pero yo estoy preocupado.

—Estás envejeciendo. ¿Tienes miedo?

—¿De la vejez?

—No, no, de la CIA.

—Lo peor es que me darían un sueldo de mil dólares, y eso me crea una responsabilidad que me angustia. Yo les dije que gratis, pero ellos mantienen que gratis no sería una relación contractual y que entonces habría de limitarme a colaboraciones esporádicas.

—Me lo dices y te creo, pero sé que en cuanto me dé la vuelta a la esquina me entrarán ganas de reír con tu historia inverosímil.

—¿Inverosímil? ¿Es que no hay agentes de la CIA en España?

—Sí, pero los espías no son gente como tú o como yo.

—Parece mentira que seas novelista —dijo Silverio con algo de asco.

—Está bien, te invito a celebrar esta confidencia tomando unos vodkas ahí, en El Cosaco.

—Eso sí te parece digno de espías, ¿eh?

—Yo también tengo que celebrar unas buena racha en el casino que me ha convertido en millonario, no sé por cuántos días, pero millonario al fin.

—¿Quieres decir que has ganados varios millones en el juego?

—Así es, gané cinco millones el otro día y aunque he perdido uno en los siguientes aún me quedan cuatro. Bueno, tres, porque el cuarto se lo he prestado a unos amigos. ¿Quieres unos canapés de caviar?

Les habían permitido quedarse de mala gana porque ya era muy tarde y desde luego no podían servirles cena, lo que no les preocupaba en absoluto. Los dedales de vodka iban cayendo al ritmo animado de la conversación. Les sirvieron también unos ahumados. De repente, Silverio cambió el gesto como si retomara un argumento torpemente olvidado. Se sentía atrapado por una urgente agitación.

—¿Qué pasa con Odile, qué pasa?

Era un tema doloroso porque sabía que cualquier exigencia de responsabilidad se volvería también contra él.

—¿En qué sentido? — preguntó morosamente Julián, quizá para ganar tiempo.

—¡Su vida, coño!

—¿Qué quieres decir?

—Lo que digo: ¿qué estás haciendo con su vida?

Julián mordió por la mitad un canapé de caviar luchando porque un par de granitos no se escaparan a su dominio. Después apuró su diminuto vaso de vodka e intuyó que estaba ostentando la cara de imbécil que a veces se le imponía como una máscara sin saber cómo desprenderse de ella. Estaba entre las cuerdas, había que salir de tan delicada situación.

—Si tienes algo que decir, dilo rápido y preciso; no es una cuestión que me agrade especialmente.

Silverio se sintió descorazonado. Puede que aquélla fuera una conversación de vía muerta. Cambió el tono de su voz al amparo de una súbita compasión hacia sí mismo, hacia Julián, hacia el universo entero, propia de aquellos momentos en que se aprecia una enfermedad irreversible. ¿De quién estaba más próximo en esos instantes, de Julián o de Odile? De ahí que quisiera compartir la responsabilidad, incluso con alivio.

—¿Pero qué vamos a hacer con ella? No puede seguir así.

—Yo puedo hacer bien poco.

—¿Para qué entonces continuar viviendo juntos?

—¿Quieres tú volver a vivir con ella?

—Bien sabes que está enamorada de ti, cabrón. Qué más quisiera yo, lo que pasa es que ya estoy harto de que mi papel se reduzca al de consolador.

—¿Y por qué no dejamos que sea ella la que vaya haciendo lo que quiera en cada momento? Lo tiene bien fácil con nosotros. ¿Que se quiere ir contigo? No hay problema. ¿Que quiere seguir conmigo? Bueno. ¿Que quiere quedarse sola? Adelante.

—Pero ¿no te das cuenta de que se está destruyendo a una velocidad imprevisible?

Julián ya no respondió. Quién le mandaba a él entrar en semejante diálogo. Quizá tendría aún tiempo de darse una vuelta por el casino, engancharse a la peligrosa última hora, la del descontrol. No sabía qué decir de Odile. Desde que se dedicaba a jugar asiduamente se le había borrado de su mundo de intereses y débitos. Ahora que era traída a colación sentía una incómoda lástima, enturbiada por el dolor de cabeza con sabor a vodka y aquella mirada de Silverio, en cierto modo amenazante, o quizá suplicante; se estaba haciendo tarde, tenía que recuperar el tiempo perdido, incorporarse a las últimas tiradas de ruleta, no había visto a Georgine en todo el día.

Pagó la cuenta. Silverio tenía los morros puestos, como corresponde a quien se ha quedado con muchas cosas dentro sin decir, perdiendo una oportunidad única de vaciarse, de sangrarse intentando el CsO. Julián vio cómo retorcía los dedos de las manos enlazadas, elevó la vista al cielo y aquello era una cúpula pletórica a la que ningún tedeum podía manchar. Subieron en silencio por la callejuela arriba, hacia la plaza de la Paja en busca de un taxi. El frescor de la noche dulcificó la expresión del rostro de Silverio pero no su mirada, hundida en un punto al que se iban aproximando fatigosamente cuesta arriba. El punto fue adquiriendo movilidad, dispersión, brazos y piernas, un grupo de personas, jóvenes con capas, guitarras, renegridos contra la noche luminosa, era la tuna que iba o venía de recogida, cantando ya sin disciplina, para su propio gusto, en un ángulo de la plaza, junto a un restaurante que acababa de cerrar sus puertas, alrededor de un banco de madera sobre el que dos de ellos se habían sentado y que servía de apoyo a sendas botellas de vino, y parecían estar ya ahítos de alcohol y coplas, y si aún cantaban alternativa, arbitrariamente, se debía más bien a la inercia que les hacía acudir a canciones campamentarias, militares, como si éstas los mantuvieran más en vigía, redoblando sus instintos de una actividad ya en regresión a esas horas, y así le daban correosamente al *Margarita se llama mi amor, Margarita Rodríguez Garcés, una chica chica chica pum, del calibre ciento ochenta y tres.* Silverio y Julián alcanzaron al fin la plaza y no parecían prestar mayor atención a los de la tuna cuando de pronto, sin que mediara ningún tipo de provocación abierta, Silverio se fue hacia ellos, que seguían con su *lágrima rodó, rodó, rodó,* y les gritó colectivamente, sin dirigirse a ninguno en especial.

—¡Fascistas!

Los seis tunos se miraron mutuamente por ver de qué se trataba y Silverio les aclaró las dudas.

—¡Sí, vosotros, fascistas! ¡Sois unos fascistas!

Todo fue muy rápido. A los pocos instantes una masa informe de capas negras se abatían sobre Silverio, que rodó por el suelo intentando lanzar puñetazos y patadas sin acertar. Julián salió corriendo hacia allí para separar a los absurdos contendientes, gritando que su amigo estaba borracho y no sabía lo que decía, mientras los tunos riendo replicaron que ellos también estaban borrachos, y resultaba divertido cebarse en aquel tipo que se encogió como un ovillo procurando protegerse de los golpes. En cuanto Julián entró en el círculo y recibió la primera galleta, consideró aquello como un zafarrancho de combate, participando definitivamente en la *melée* a base de puñetazos heterodoxos que, para sorpresa suya, tuvieron su eficacia pues la presión sobre Silverio se deshizo un poco, lo que indicaba que las fuerzas de los tunos se hallaban muy mermadas por el alcohol. Sin embargo, en aquel magma móvil recubierto de sudores, alientos extremos, babas e hilillos de sangre, lo que no descendió fue el nivel de los insultos, básicamente porque los tunos se negaban a ser identificados como fascistas, mientras Silverio, al que ahora se le había unido Julián, insistían convencidos de esa línea definitoria. Silverio a veces lograba ponerse en pie pero inmediatamente era cercado por tres o cuatro tunos que, en la medida de sus fuerzas, seguían la rociada de golpes; mientras, Julián aguantaba mejor la tarascada de los restantes, asombrado del poco efecto destructivo que tuvo sobre su mandíbula un puñetazo que le alcanzó de lleno. Al poco, tanto unos como otros perdieron la noción de los improperios que debían esgrimir y apenas recordaban ya por qué y contra quiénes era aquella pelea que se prolongaba con debilitamiento de fuerzas cada vez mayor, hasta llegar a una especie de indolencia por parte de los tunos que aprovecharon las voces de un sereno amenazando con llamar a la policía para desaparecer por la escalinata que se abría a su derecha, en tanto Silverio, eslomado, con la cara enrojecida por la sangre, intentaba ponerse en pie para perseguirlos como si en ello le fuera la vida. Julián le ayudó a enderezarse y pudo comprobar, por la tensa manera como respiraba, la desesperación de Silverio, su necesidad de encontrar rápidamente a un enemigo. Aún su respiración andaba desbocada mientras se alejaban del lugar en medio de las amonestaciones del sereno, que blandía su chuzo tardío. La noche parecía ser cada vez más clara. Comenzaron a bajar a través de calles desconocidas por la única razón de que el agotamiento sólo les permitía la cuesta abajo, hasta que llegaron a una fuente en el Paseo del Prado frente al Jardín Botánico. Como obedeciendo a una orden, metieron las cabezas dentro del agua y las mantuvieron así hasta no aguantar más. Luego, después de lavarse las heridas, hicieron un recuento de daños. Silverio tenía un pómulo tumefacto, no hubo problemas para cortar la sangre de la nariz, pero el labio inferior abierto no parecía querer dejar de manar, obligándole a mantener su pañuelo sucio y enrojecido sobre la raja. Julián, después del lavatorio, no presentaba más que una ceja rota para su sorpresa, pues no recordaba haber recibido ningún golpe en ese sitio.

—Esos mierdas lo tenían merecido, ¿no? —dijo Silverio como si hubiera enjugado una grave afrenta.

—Puede ser.

—¿Sabes? Me daba la impresión de que estaba machacando a mis enemigos, a toda la gente que me rodea y a la que no puedo atraerme, y sobre todo, que estaba en mi mano hacer algo.

—No debes hablar o no acabarás de cortar la sangre del labio.

—Fue estupendo. A veces veía rostros conocidos, oía agravios ¡y yo podía actuar!

—Tengo la impresión de que ésta es nuestra última batalla política —dijo Julián.

Silverio sintió un pinchazo agudo en un costado, donde se le concentraba el dolor. Se acercaron a una farola para ver mejor y efectivamente una mancha oscura se alargaba por la zona. Se negó en redondo a ir a una casa de socorro, estaba seguro de que no había nada roto y además la euforia le iba ganando a medida que los tunos se convertían en otros personajes, aquellos que le amargaban la existencia; por ejemplo, los que habían rechazado sin leer *Los límites de la socialdemocracia*, los que le habían negado el pan y la sal en el Partido, o aquellos otros a los que admiraba y odiaba, como Trotski; en realidad, frente a él estaban ésos y muchos más, había un ancho universo de hostilidad, y qué inmenso placer entrar con la guadaña y segar cabezas sintiendo simplemente el beneficio de la tarea bien hecha.

Los aristócratas románticos vivían en una mansión —difícil delimitar si castillo, alcázar, palacio o casón— en lo alto de un cerro tan pedregoso que, a primera vista, no se advertía en todo él un solo árbol. La residencia estaba anclada en aquella picota como el pezón en un pecho de mujer horizontal, representación próxima de la silueta de unos picos de la sierra de Guadarrama conocidos como la Mujer Muerta. La casa era tan grande que únicamente una parte podía ser habitada. La fachada de piedra, sobre la que crecían anchas almenas y agujas entre eclesiales y militares, parecía acorde con el lugar, un peñascal irredento en cuya superficie nadie en su sano juicio hubiera edificado una morada de dimensiones semejantes. El padre del Duque la había mandado construir a finales del XIX para pasar en ella los fines de semana, no lejos de Madrid, rodeado de amigos y familiares, pues era muy aficionado a la conversación. La actual Duquesa, detentadora del ilustre título de la Casa de Palma, había desalojado prácticamente el palacio madrileño para trasladarse a la mansión de Torrelodones precisamente cuando abrieron el casino, del que la separaba únicamente la autopista de La Coruña. Ello no le evitaba la utilización de coche y mecánico, pero el viaje era un suspiro, un largo suspiro debido a la presión de la impaciencia que ni siquiera el hábito era capaz de contener.

Los Duques tenían sus habitaciones en el primer piso; las de ella dominadas por cuadros de Tiépolo (templo con perspectiva), Courbet (una vaca) y Toulouse-Lautrec (beata arrodillada sobre un reclinatorio); y las de él, por un Sorolla (playa) y un Lucas Velázquez (fuente de San Bernardo). En esa planta estaba también el dormitorio de mademoiselle Georgine que, como compañera de colegio de la Duquesa en

Suiza, tenía derecho a vivir en aquella casa por tiempo indefinido. En el segundo piso habitaba el viejo Duque, y ascendió a tal planta por orden de su hija, poco después de enviudar de su segunda esposa, madrastra de Casilda. En la tercera planta, abuhardillada con desahogo, tenían su dormitorio el asesor de juego de la Casa Ducal de Palma, Máximo Calostro, y eventualmente Julián o cualquier otro invitado de ocasión, puesto que si se trataba de alguien de abolengo había una suite en el primer piso, reivindicada desde hacía años por el Duque bajo la justificada razón de que a su edad no era recomendable subir dos pisos, pero la Duquesa se mostraba inflexible en ese punto.

Durante sus estancias en la casa, Julián había comprobado la extrema independencia con que se comportaban unos con otros. No había a lo largo del día ninguna comparecencia comunitaria, ni siquiera a la hora de la comida, que cada cual llevaba a cabo de manera informal. Tampoco existía compromiso para la cena, pues la *troupe* aristocrática solía efectuarla en el casino. De modo que si uno no quería exhibirse, podía pasar desapercibido durante días, que era lo que a Julián le ocurría con el asesor de juego, el argentino Máximo, con quien, sobre todo al principio, le habría interesado intercambiar técnicas de juego o incluso filosofías, pues lo cierto era que nadie dudaba de su profesionalidad. Sin embargo, Máximo era un ser misterioso, se movía con el sigilo de un ladrón de joyas, jamás hubiera cometido la torpeza de tropezar con alguien en un pasillo. Conocía la precariedad de su situación y actuaba de puntillas, siempre dispuesto cuando se le requería, pero fugaz el resto del tiempo. El Duque solía solicitar sus servicios antes de las comidas, mientras tomaba un aperitivo. En primer término, se procedía a la crítica de la actuación del día anterior; sorprendentemente al Duque no le importaba ser muy severo consigo mismo, pero no admitía esa severidad en boca de otros, de forma que Máximo había de elegir cuidadosamente los términos de sus reconvenciones, realizadas siempre a través de circunloquios. Conocía ya demasiado al Duque como para no saber qué interpretación de sus actuaciones deseaba oír; no sólo en cuanto al balance económico, ciertamente lo más revelador, sino también con respecto a la forma de expresarse.

Máximo leía en los ojos ducales como en un libro abierto. En realidad el anciano no estaba dispuesto a hacer grandes esfuerzos de raciocinio, con lo que Máximo tuvo que renunciar a las complejas fórmulas que hubiera podido proporcionarle; prescindió también de las fichas limitándose a simples consejos prácticos, pequeñas tácticas de enfriamento psicológico, como por ejemplo, esperar cuatro pases de rojo antes de apostar a negro, y si se fallaba duplicar, si sobrevenía otro fallo triplicar la apuesta, y en caso de que continuara el rojo, cuadruplicarla; llegados a ese punto sin acertar, había que abandonar la apuesta y esperar la aparición de otros cuatro pases negros o rojos consecutivos. Pero esta combinación no resultaba muy operativa con el Duque, pues éste carecía de la paciencia suficiente para esperar y esperar la llegada del momento propicio. La labor de Máximo Calostro con el Duque se redujo, pues, a la confidencia; trataba de consolarle en caso de pérdida y de congelar su entusiasmo en caso de ganancia. Con la Duquesa se reunía después de comer, mientras el Duque y el duque consorte, padre y yerno, hacían la siesta; y tampoco tenía con la señora mucha más fortuna desde el punto de vista científico. La Duquesa era otra intuitiva, le resultaba trabajoso pensar, y si a veces le hacía caso en ciertas reglas elementales del punto y banca, no tardaba en renegar de cualquier disciplina y se ponía a seguir los dictados de sus presentimientos. Máximo no se hartaba de repetir lo que para él era la regla de oro del juego: saber retirarse a tiempo, sobre todo en las pérdidas. Predicaba en el desierto, ya que nadie en la *troupe* aristocrática era capaz de practicar ese principio elemental, de la misma manera que casi ninguno de los asiduos al casino, pues ésa era una regla para profesionales no para pasionales; ello quería decir que sólo la falta de fondos les hacía retirarse. Incluso podría establecerse que únicamente cuando llegaba la pérdida total se cumplía con exactitud la voluntad del jugador. Mademoiselle Georgine asistía algunos días a estas lecciones, pero no abría la boca en ellas, trataba a Máximo con una distancia que a Julián, último discípulo del argentino, le parecía extrañamente despectiva. El asesor le devolvía el talante en forma de indiferencia glacial, jamás se dirigía a ella directamente salvo, eso sí, para saludarla y despedirla con todo el protocolo de que es capaz un argentino en la cuerda floja. En tiempos de vacas gordas, cuando alguno del clan tenía una buena racha mínimamente duradera, y por tanto afrontaban la noche de juego con grandes y peligrosos fondos, Máximo Calostro era requerido para que les acompañara a la Casa Grande, y al no poder entrar, se sentaba en el tresillo de un tranquilo rincón del hall y allí esperaba incluso durante horas con un libro de Heidegger en la mano. Para los aristócratas saberle allí les resultaba consolador, sirviéndoles de freno o contrapeso para cualquier situación de emergencia. Máximo era una garantía a la que podía recurrirse, si bien únicamente el Duque acudía a buscarle en raras ocasiones: cuando salía al hall con el pánico en los ojos porque estaba firmando talones sin ton ni son, y entonces miraba a Máximo y éste le tomaba suavemente del brazo, llevándole aparte y le convencía de que era preciso partir de cero, como si acabara de llegar a la sala, porque el problema, explicaba sosegadamente el argentino, es que el dinero había perdido su valor y era eso lo que le producía el descontrol. "Duque —decía Máximo—, dos ideas-fuerza: 1) diez mil pesetas siguen valiendo diez mil pesetas, tanto a las cinco de la tarde como a las tres de la madrugada, y 2) mañana volverán a abrir el casino a las cinco de la tarde y usted podrá venir nuevamente a jugar". El Duque se tranquilizaba como si hubiera recibido una absolución y volvía a la sala pensando que el dinero que les costaba Máximo era el mejor empleado de todos sus dineros. Calostro retornaba a su Heidegger particular al tiempo que degustaba su tercer coñac francés, sin dejar por ello de echar miradas de reojo a alguna dama solitaria en trance de reponer fondos en una máquina de crédito, o a alguna jovencita que hubiera perdido contacto con sus compañeros de fiesta. Sin embargo, no podía quitarse de encima una particular alarma. Aunque trataba de ser novedoso en su trabajo con los aristócratas, llevaba ya meses repitiendo orientaciones, argumentos, tácticas, y la reiteración estaba llamada a producir cansancio, pero curiosamente no era tal lo que sucedía. Nadie parecía acordarse de un día para otro del discurso de Máximo, sus palabras siempre sonaban a nuevas.

Julián había pasado la tarde incómodo, encerrado en su habitación del tercer piso, intentando inútilmente hilvanar algunas frases que le sirvieran como a modo de alambrada para cercar la vaga intuición de novela que se le iba y se le venía en las profundidades de su cerebro. El desmadejamiento le impedía concentrarse en algo que no fuera su propio vaivén mental, sólo había espacio claro para los números de la baraja y acción para el descubrimiento de las cartas por los interminables dedos sedosos de mademosille Georgine. Resultaba absurdo encabronarse, pensar en la última novela de José Gayga como acicate, como si eso pudiese servir de algo, cuando era consciente hasta el empacho de la imposibilidad de jugar y escribir al mismo tiempo; si a las cinco de la tarde la batalla era ganada por el juego todos los días, ¿a qué empeñarse, pues, en que escribir una novela resultaba imprescindible? Buscó agarrarse a algún conato de culpabilidad y sólo encontró como víctima a esa punta de ansiedad que le dominaba a las cinco de la tarde, forzándole a acudir al casino en solitario, algo que le avergonzaba delante de sus huéspedes, que no encontraban digno asomar la nariz por la Casa Grande antes de las siete y media. ¿Cómo hubieran podido los aristócratas hacer la cola rodeados de jubilados, viejos del hogar del pensionista, ancianos varios, horteras de pelo ondulante y jóvenes ilusos, taxistas, parados, tipógrafos, además de las miradas cómplices de los porteros, conocedores de la vida y milagros de cada jugador?; les bastaba observar la colocación de las corbatas, la forma de saludar o el color del rostro para clasificar al individuo social, moral y psicológicamente.

Julián se dijo que él no era aristócrata sino escritor y por tanto no estaba sujeto a ese tipo de miramientos. Iría al casino en su coche y si era preciso hacer cola, la haría. ¿Qué anillo podía caérsele a esas alturas, por mucho que tuviera un líquido de tres millones de pesetas prestos a ser apostados a una carta si fuese preciso? Intentó escabullirse antes de que alguien le pidiera más dinero (en poco tiempo había comprobado que la calidad del trato en aquella casa dependía directamente de su capacidad prestataria). Atravesó la puerta principal y hubo de protegerse de un sol frontal que le cegó de golpe. Con la mano a modo de visera lo primero que vio fue a mademoiselle Georgine en pantalones vaqueros, un viejo sombrero de paja y una azada. Estaba removiendo la tierra en un macizo de rosales, uno de los escasos espacios florales robados al pedregal. Se secó el sudor de la frente mientras contemplaba a Julián.

—¿Ya te vas?

—Estoy aburrido. No se me ocurre nada, ni una línea. Afortunado en el juego, desgraciado en el arte.

Georgine seguía mirándole fijamente.

—¿Querías algo? —dijo Julián.

—No, no. Acompáñame, voy a dejar esto.

Se quitó el sombrero y unos gruesos guantes de jardinería. Con la azada al hombro avanzó seguida de Julián hacia la parte trasera de la casa. Mademoiselle Georgine entró en un cuartucho oscuro donde se amontonaban herramientas y trastos viejos. La diferencia de temperatura la hizo estornudar. Se sacó las enormes botas de goma sentándose encima de unas vigas de madera apiladas sobre el suelo. Ofreció un cigarrillo a Julián que aceptó intrigado. Georgine expulsaba el humo lentamente y parecía que sus pensamientos llevaban el mismo ritmo. Hacía un calor casi veraniego y sin embargo aún estaban en una primavera sospechosamente prematura. Llegarían las lluvias, aún eran posibles alguna helada y desde luego esas tormentas intensas y veleidosas de las estribaciones de la sierra.

—No sé cómo decírtelo...

—¿Necesitas dinero, Georgine?

—No es eso, es simplemente que te veo demasiado confiado, desarmado. En esta casa esa actitud es peligrosa.

—¿Cómo puedes hablarme así, tú que vives bajo este techo?

—Precisamente por eso, los conozco, Julián, sé cómo son todos ellos.

Apretó su antebrazo con aquellos dedos interminables y sintió su presión como la de una mujer, no como la de una jugadora. Se dio cuenta de la dificultad de separar ambas personalidades, tanto como de sintetizarlas, en el caso de Georgine, que para Julián era alguien de difuso origen pero de recia presencia, extremadamente calculadora, acostumbrada a mirar por encima del hombro y a sentir que los demás aceptaban su ángulo de visión. Acababa de comprobar que no era tan alta como él la veía. Con aquellos pantalones desgalichados y la dulce melena recogida en una coleta parecía una muchacha cualquiera, más joven, con una pinta de lolita tras de cada especial sonrisa. Georgine de piernas cruzadas, expulsando interminables hilillos de humo: la hubiera deseado allí mismo si no fuese porque debajo de la blusa color caqui las formas de sus senos presentaban un derrumbe inequívoco.

—¿Qué quieres decir exactamente? —preguntó Julián.

—No lo sé. Cuando te vi me entraron ganas de prevenirte.

—¿Tú no eres como ellos?

—No te fíes. Te sacarán si pueden hasta el último céntimo. Cada año el casino les cuesta una finca de las buenas. Luego está Montecarlo en verano.

—No querrás decirme que tienen problemas económicos.

—No es eso, pero sí problemas de imagen y, en ocasiones, si lo sabré yo, de liquidez inmediata. Ocurren cosas muy raras en esta casa. También está Máximo. A veces me pega. Mira.

Se abrió la camisa y se la echó hacia atrás mostrándole un trozo de espalda en el que Julián pudo vislumbrar fugazmente varias líneas violáceas.

—¿Pero esto qué es? ¿Qué relación tienes con ese tipo?

—Dejemos eso. No sé por qué te he contado estas cosas. Eres capaz de utilizarlas en tu próxima novela.

—Soy capaz de imaginarme las más extremas y perversas situaciones.

Julián se sentó a su lado en una de las vigas. Le tomó las manos amistosamente.

—Si no fuéramos los dos jugadores, la cantidad de cosas que podríamos hacer juntos.

—¿Tú crees?

—Lo que ocurre es que la capacidad pasional del alma humana es limitada y el juego nos la absorbe por completo, ¿no es así?

—Es verdad que le deja poco margen de maniobra, pero algún trecho queda para el amor.

—Siempre que sea una pasión pequeñita —dijo Julián—. En serio, ¿necesitas dinero? Piensa que a lo mejor mañana ya no te puedo prestar.

—Hoy voy a probar una cosa que deseo intentar desde hace tiempo: jugar un sabot entero a punto. Sin moverme del punto. A ver qué pasa.

—Eso lo hace la Duquesa a veces y ya ves cómo le va.

—A Casilda le falta decisión para mantenerse fiel a un plan. Bueno, en realidad eso le pasa a Casilda, a ti, a mí y a todos.

Se levantaron y salieron otra vez al sol algo menos triunfante. La espalda de Georgine era algo que no hubiese querido ver.

—Oye, ¿qué relación tienes con Máximo?, ¿cómo permites que te haga esas cosas?

—Lo que te he dicho es secreto. Si lo revelas a alguien, te mato.

Se dio media vuelta y Julián no sabía si tomarlo a broma o si interpretar la firmeza de la frase como un signo del carácter granítico de aquella mujer que no mostraba al exterior sino un simulacro de sí misma.

Se le estaba haciendo tarde. Se cruzó con Manuela la guardesa, a la que saludó con la mano, hizo una caricia a uno de los tres dogos que había en la casa y decidió aclararse la garganta con un vaso de agua en la cocina. Tenía la esperanza de no tropezarse con nadie, pero la suerte no le acompañó. De un salón donde había un aparato de televisión, y que era algo así como la estancia de más estar, salió la voz del Duque que hacía un solitario con la misma indiferencia hacia el tiempo que si estuviera resolviendo un crucigrama. No pudo negarse a su llamada, pero manifestó visiblemente su impaciencia al sentarse en un butacón frente al viejo Duque, que vestía mono de miliciano, una prenda ciertamente tan cómoda como insólita en aquel ambiente de alfombras, espejos y rancios cortinajes. Su yerno le imitaba, quizá para lisonjearle, y a veces se enfundaba otro mono similar, de manera que en ocasiones, en la intimidad de la mansión, podía verse al viejo Duque consorte y al maduro duque consorte transmutados en milicianos, como intrusos que en plena guerra civil hubiesen ocupado un palacio de aristócratas huidos a Biarritz o a Londres.

—¿Qué tal, joven, sigue la racha? —preguntó con vivacidad.

—Veremos qué pasa esta noche. Hoy le toca ganar a usted.

—Máximo me ha mostrado una nueva táctica que debería dar resultado, aunque ¿sabe lo que le digo? Que la mejor táctica es la que dicta éste cuando está fino.

Y se llevaba la mano al corazón.

—Aunque en realidad, yo donde únicamente me encuentro a gusto es en Montecarlo. Se lo tengo dicho a mi hija, pero ya sabe lo que son las mujeres. Por cierto, que estaba yo leyendo un libro y hace días que quería comentarle algo, por eso de que usted es también novelista. Es un libro de Céline y se llama *Voyage au bout de la nuit*. Lo tengo aquí. Hombre, yo no entro en cosas de fondo, ni en disquisiciones políticas, pero fíjese qué párrafo, lo tengo señalado.

El Duque se caló las gafas de fina concha y en un francés impecable leyó, pronunciando cada sílaba con un cuidado exquisito.

—*Quant au colonel, lui, je ne lui voulais pas de mal. Lui pourtant aussi il était mort. Je ne le vis plus, tout d'abord. C'est qu'il avait été déporté sur le talus, allongé sur le flanc par l'explosion et projeté jusque dans les bras du cavalier à pied, le messager, fini lui aussi. Ils s'embrassaient tous les deux pour le moment et pour toujours, mais le cavalier n'avait plus sa tête, rien qu'une ouverture au-dessus du cou, avec du sang dedans qui mijotait en glouglous comme de la confiture dans la marmite. Le colonel avait son ventre ouvert, il en faisait une sale grimace. Ça avait dû lui faire du mal ce coup-là, au moment où c'était arrivé. Tant pis pour lui!* Hombre, qué le voy a decir, pero aquí ha exagerado este Céline. Yo he estado en la guerra y es horrible, cómo negarlo, pero nunca he visto esa olla hirviendo sanguinolenta. Claro, que yo estaba en San Juan de Luz y luego en Burgos...

Y el jodío Duque se sonreía recatadamente enfundado en su mono. Julián iba a decir algo sobre Céline, cualquier referencia al uso, cuando su interlocutor se levantó del sillón y acercándose hasta él le habló al oído, tan cerca que Julián se retiró medio paso ante la invasión olorosa del jabón del Duque.

—¿Sabe usted? Estoy francamente preocupado con los chicos, sobre todo con Casilda, porque Gabriel es un mandado, un burgués que sólo piensa en sus bibliofilias y en pasear el título entre sus viejos amigos rojos, allá cada cual. Pero ella este año está jugando desenfrenadamente, expuesta a todas las miradas en este casino provinciano, a que algún periodista escriba un escándalo alguna vez. Y además, prácticamente han liquidado su vida social. ¿Puede un Grande de España abandonar los deberes de la vida social? ¿Sabe usted cuántas veces han visto al rey en lo que va de año? ¡Dos veces, y en reuniones sin relevancia! Que me retire yo, que ya soy viejo, por un vicio como el juego, bueno está. Le confesaré que mi mundo se acaba estrictamente en la ruleta: el mundo exterior ni me interesa ni existe.

Cierto, pensó Julián, el mundo exterior no existe para nosotros. Y había en su idea una cierta soberbia junto a una sensación de condena.

—¿Se va ya para la Casa Grande? —preguntó el Duque.

—Sí, ya me iba. Les veré allí dentro de un rato.

—No tardaremos mucho en irnos a Montecarlo. Espero que nos pueda acompañar. Eso sí que es un casino, a pesar de que digan que está en decadencia y esas pamplinas. Para mí, Montecarlo. Llevo yendo desde 1924 y me parece que sigue guardando el mismo *caché*. ¿Usted ha estado en Las Vegas?

—Sí, Duque, ¿no recuerda que se lo comenté el otro día?

—Basura americana —dijo casi con repugnancia—, máquinas tragaperras, billetes astrosos, gentuza, viciosos sin clase, ¿qué le voy a decir?

Cuando por fin logró arrancarse a la enredadera verbal del Duque, Julián analizó el hecho de que en ningún momento se había referido al millón de pesetas que le había prestado la noche anterior.

Qué solos estamos cuando nos enfrentamos al juego, pensó Julián a modo de epitafio mientras ascendía las escaleras del casino. A sus espaldas los guardacoches trajinaban con automóviles del más diverso pelaje. Las puertas de acceso pesaban como losas, o así le parecía a él, tal vez debido a que penetrar en el peligroso laberinto del que no era fácil salir con bien, implicaba apartar las lápidas hercúleas de la entrada. Volvió a sentir como otras veces en la sala de juego la misma cobertura abovedada de las iglesias de su infancia, cúpulas celestes hechas a la medida de su miedo y de su confianza, con la iluminación exacta para una conciencia cálida, amenazada, voces de fondo sin significación concreta, voces angelicales o perturbadoras, y también la tentación del mareo, cuando la vida se veía de pronto envuelta en música de órgano o en incienso o en una gasa interminable. No fue más que una sensación mientras Julián cruzaba la sala para dirigirse al mostrador de cambio. Jugar para seguir viviendo. No había reserva ni precaución alguna; todo el dinero estaba en juego, en metálico, en su bolsillo, o en la tarjeta de crédito que podría utilizar hasta agotarla de un golpe. Jugándose el ser o el no ser cada noche, como Scheherezade, arriesgando el pellejo en la incertidumbre del azar. Por eso cada jornada se presentaba única, conclusa. Pero visto a media distancia el panorama se espesaba, intrincado, haciéndose difícil discernir entre uno y otro momento, pues todo formaba parte del mismo globo confuso en el que la sucesión de los días acababa percibiéndose como una sola línea desviada.

Cuando dos horas después Julián advirtió el golpe de melena de mademoiselle Georgine al otro lado de la mesa de punto y banca, se decidió a detenerse en su febril concentración. Le hizo un guiño que ella contestó con apariencia. Así salió Julián de la ultratumba del juego y respiró hondo, como quien coge aire ansiosamente. Ni se había dado cuenta del calor opresivo de la sala que le estaba haciendo sudar copiosamente por el cuello. En ese tiempo había atravesado toda suerte de avatares. Parecía increíble lo que daban de sí dos horas, en las que Julián habia tocado fondo un par de veces, llegando al límite de sus reservas. Desde que entró en la sala había jugado cantidades desmesuradas, sin lograr calibrar que el valor de las fichas era siempre el mismo, como decía Máximo Calostro. Hubiera sido capaz de poner en juego sus tres millones a un solo pase, rojo o negro, par o impar, punto o banca. Estaba enloquecido, se había ido enrabietando poco a poco, como si quisiera vengarse de algo irremediable. Había momentos en que todo le daba igual, o peor, en que secretamente deseaba que todo acabase, perder de una vez definitivamente. Una forma rápida de alcanzar la nada. Luego le sobrevino un agotamiento repentino que le hizo buscar con desesperación un asiento en la mesa de punto y banca. Tuvo la suerte de encontrar una silla en el número seis de la tercera mesa, con Virtudes como jefa y como croupiers Adolfo el guapo, Tito el charlatán y una preciosa morena de ojos de caramelo y cabellera tan sedosa casi como la de Georgine. Allí sus palpitaciones decrecieron, el ritmo resultaba más pausado y pudo pasar a otro tipo de concentración que le supuso un alivio. Cuando recapituló sobre sus finanzas, se encontró con que las pérdidas sólo ascendían a unas doscientas mil pesetas, lo que podía considerarse un milagro tal y como se habían desarrollado las cosas, teniendo en cuenta que había llegado a arriesgar los tres millones en que consistía todo su patrimonio personal. Dios aprieta pero no ahoga, pensó cuando, en la ruleta americana, hizo su última apuesta de cincuenta mil pesetas estratégicamente repartida en plenos y caballos de la tercera docena, grandes rascacielos de fichas de color verde claro sobre el tapete verde oscuro, una especie de Manhattan asfixiante, y efectivamente Julián sintió ciertas dificultades respiratorias mientras la bola daba vueltas interminables alrededor de la corona de números, en tanto que mentalmente, en lugar de repetir *hare Krishna*, conjuraba el peligro pidiendo aceleradamente cualquier número de la tercera docena, tercera docena, tercera docena, y no se atrevía a mirar hacia dónde la croupier dirigía su mano, fffiiiiii, sí, ¡veitinueve! sobre el que jugaba entre plenos y caballos algo así como once mil pesetas, por las que le dieron casi cuatrocientas mil, y de repente perdió el miedo, resembró de *buildings* verdosos la tercera docena, llegando al extremo de una insólita confianza, dada la situación, ocurría a veces, el caso fue que se repetió el 29 y esta vez el golpe ascendió a seiscientas mil pesetas. Fue bonito mientras duró. Las dos siguientes bolas también cayeron en la tercera docena de esta forma tan simple como delirante, Julián recuperó más de dos millones y medio en menos de diez minutos. Tal cantidad de tiempo no significaba nada, un fogonazo y una perpetuidad; quizás el suficiente como para que el pelo de Julián se hubiera vuelto cano. No se atrevió a reflexionar sobre lo ocurrido en aquel período de tiempo sin medida, pero cuando se retiró de la mesa tras dejar una arábiga propina, con los bolsillos deformados por las fichas, sus tres primeros pasos fueron vacilantes, y esos detalles son percibidos discretamente por los croupiers y los camareros. Se pasó la mano por la frente como preguntándose hacia donde debía dirigirse, mientras de golpe, cuando todo estaba ya a salvo, el corazón se le embraveció y sentía que, desbordada, la sangre iba a quemársele por dentro. No se desmayó; lentamente, como a tientas, avanzó hacia el mostrador de cambios donde le dieron dos placas de un millón y una tercera de medio millón en lugar de aquel montón informe de fichas blancas de veinticinco mil que había ido amontonando sobre el tapete. Fue entonces cuando decidió buscar sitio en la mesa de punto y banca.

La presencia de Georgine restableció su equilibrio en el sentido de que ya no le parecía jugar desde el borde del vacío o contra sí mismo; ella estaba allí; era capaz de cualquier cosa pero estaba allí y de vez en cuando sus miradas se cruzaban, aunque poco a poco esos cruzamientos perdieron afección y ganaron el intercambio de información técnica, auscultaciones en busca de la jugada ideal. Hasta que llegó un momento en que comprobó que había desaparecido del radio de atención de Georgine. La partida estaba en una fase de estancamiento, en la que ni perdía ni ganaba, y así terminó el sabot. Miró hacia el puesto de Georgine y vio un montón de fichas similar al que tenía cuando empezó. Se había, por tanto, mantenido durante aquellos naipes anodinos. Mientras barajaban los mazos de cartas preparando el nuevo sabot, decidió darse una vuelta por las francesas a ver qué tal les iba al Duque y a la duquesa; el duque consorte no estaba porque había tenido que asistir a la presentación del nuevo libro de un académico de la Lengua. Se emparejó con Georgine que iba en la misma dirección. A varias preguntas rutinarias de Julián contestó con monosílabos, sin apenas mirarle. Pensó que estaría enfadada con él y se lo preguntó. Georgine alzó las cejas con desprecio, ladeó la cabeza y Julián creyó percibir que decía algo así como "No entendéis nada", lo cual le dejó más perplejo aún pues no podía adivinar con quién le juntaba para la utilización de ese plural, y si no estaría él pagando los platos rotos de otro. La Duquesa se les acercó entonces con presurosas zancadas que estaban en el límite de la dignidad de una Grande de España. Más bien se tropezó con ellos, y tampoco su rostro cuadraba con el dominio de sí misma a que le obligaba su dignidad; si no fuera por su Grandeza habría podido decirse que su rostro estaba desencajado. "Ha perdido otra finca en Extremadura", pensó Julián sin demasiada preocupación, aunque después reflexionó que "una finca hoy, otra mañana y otra pasado y al final se liquida Extremadura, después se malvende Ciudad Real y luego Andalucía y así sucesivamente". Fueron a la barra y pidieron whisky, con un café para Georgine. Casilda, fuera de sí, comentaba que su padre había enloquecido, estaba peleándose con el director del casino porque éste, a indicación de la duquesa, se negaba a aceptarle un cheque de tres millones. La confrontación estaba resultando desagradable, el señor Durán abonaría el cheque sin inconveniente, pero debía fidelidad a la Duquesa, a la que además había prometido no revelar que era ella la que se oponía, si bien el Duque, desconcertado por la humillación, estaba poniendo encima de la mesa de la discordia todas sus Grandezas, que eran muchas y sólidas. Casilda había llamado urgentemente a Máximo Calostro, por si podía calmar a su padre, pero no estaba en casa, se había ido a Madrid en el coche del duque. "Jamás está cuando se le necesita", dijo Georgine injustamente con voz que sorprendió a Julián por su acidez. "Ha perdido ya casi dos millones", decía Casilda esponjándose nerviosamente el pelo con la mano derecha mientras con la izquierda sostenía un tembloroso cigarrillo. En efecto, en un rincón de la sala, sentado en un blando sillón bajo el que desaparecía en buena medida, prácticamente sólo se veían del Duque sus gesticulaciones desaforadas. El señor Durán, director del casino, trataba de tranquilizarle o al menos eso indicaban las palmas de sus manos hacia abajo en pausados movimientos. "O el talón o un infarto", dijo Julián, y la duquesa le miró despectiva porque nadie le había dado velas en aquel entierro, pero al poco recapacitó y asintió. "Tienes razón". Cuando el Duque se vio con tres placas de millón, resopló como un pura sangre al que dejan de acosar. Saludó alegremente a Julián, besó en la frente a su hija mientras aseguraba: "Lo recuperaré, no te preocupes", después preguntó por Máximo y su mirada, al recalar otra vez en Julián, se ensombreció. "Cáspita, si le debo a usted un millón. Se lo devuelvo ahora con la condición de que, si lo necesito, me lo prestará de nuevo". "Sin problemas, Duque", dijo Julián cogiendo la placa que de manera indecisa le tendía el viejo. Georgine apretó el brazo de Julián como recordatorio de que ya le había avisado y ese millón iba a convertirse en dinero de ida y vuelta o, dicho de otro modo, en dinero público. Julián apreció una oleada de afecto y en una especie de arrebato acercó su boca al oído de ella entre la seda de su pelo. "Me gustas". E inmediatamente se sintió estúpido porque acababa de aparecer en su mente la estampa de Odile picándose caballo en sus venas escurridizas. Georgine hizo como si no hubiera oído. Cada cual volvió a su puesto. La Duquesa permaneció en la ruleta para vigilar a su padre. Julián y Georgine ganaron sus respectivos asientos en el punto y banca; la partida acababa de empezar.

Fue un sabot extraño, salpicado de *après* (jugadas empatadas) y prevalencia de puntos. A Julián le estaba resultando lento, deslavazado, interminable. Presentía, con lucidez insuficiente para tomar decisiones, que aquélla no era su noche; se notaba romo, sin tacto, las jugadas le pillaban a contrapié, siempre llegaba tarde a las series tanto de puntos como de bancas. Estaba demasiado concentrado en sí mismo y sólo tangencialmente en el juego. Supo que iba a perder, que perdería hasta el último céntimo, fue sólo un chispazo que se diluyó en el ejercicio invasor del juego, porque Julián aún continuaba con sus letanías mentales, cada vez más pobres e inseguras, del tipo *frudesa, frudesón, eres un maricón, o no me toques los pinreles que me engancho en tus laureles*. Se daba cuenta de que carecía de sensibilidad o del preciso sentido de la distancia que implicaba la naturalidad. Sin embargo, nadie en el mundo hubiera sido capaz de levantarle de aquella silla, ni siquiera la clarividencia de su cuesta abajo, su predestinación; se sentía atornillado por una fuerza superior a sí mismo, y aunque aullando interiormente de ira, no tuvo más remedio que reconocerlo. Aquella concentración era algo mecánico, el pensamiento se le iba de aquí para allá, en cosas que podrían sólo nominalmente estimarse fundamentales, la novela, la paranoia de Silverio, algunas añoranzas de contorno indefinido, algo así como sueños mediterráneos, o *mignonettes* parisinas, sí, sí, Odile pinchándose, Odile tirada en la cama con los ojos en blanco, observada desde un ángulo en el que la nariz aparecía como un cuchillo, o algún rasgueo compacto de guitarra. También la soledad, ¿cómo se puede soportar?, pero al mismo tiempo ¿cómo no estar inevitablemente solo? Para responder a estas cuestiones estaba la Casa Grande, al fin y al cabo el casino era el templo de la soledad, el Gran Club de los Corazones Solitarios, como podía haber dicho John. Había mucho por hacer; un ejemplo, apalancarse a esa silla noche tras noche a la espera del estallido, ¿saltar la banca, como se dice en las películas?, en realidad ninguna esperanza de carácter cinematográfico, de momento aguantar, apalancarse, dónde evitar cualquier reproche externo mejor que alrededor de aquella mesa en la que uno está solo con la única soledad posible, prendido al juego, inmensamente lejos de toda otra alteración, sustituyendo con favor todas las demás ansias, cultivando posibilidades, recordando, olvidando, ningún presente tan estricto como ese presente. El Uno Impávido estaba ganando con rigor matemático, con la misma precisión con que movía los tres únicos dedos de su mano derecha, con los que sostenía el cigarro, retiraba fichas, ponía fichas, apartaba propinas y beneficios. Tenía atrapado el ritmo de la baraja, se le notaba en la media sonrisa que temblaba entre sus labios. Ese estremecimiento ya lo había conocido Julián, no era un maná del cielo, había que ganarlo involucrándose totalmente, incrustándose en lo más profundo de uno y ofreciendo la disponibilidad personal; allí, en una mezcla de fe, esfuerzo y resistencia, se encontraba el pálpito, ese acorde preciso ajustado al ritmo de las cartas a partir del cual todo parecía fácil, venía rodado, la armonización de los contrarios convertidos éstos en dóciles corderos, y se diría que una voz interior iba marcando la jugada. "Esto es como robar a un niño", solía oírse. Era tan evidente que uno no podía entender que no ocurriera siempre así. Pero sólo en algunos y peculiares momentos se producía ese brillo en los ojos que revelaba el estado de gracia. En general los rostros aparecían tortuosos, retorcidos por la ansiedad y el temor, como el Albino Traslúcido, Zapatones, Alberto e incluso don Antonio, el inalterable, al que sólo una risilla con ribetes helados alrededor del bigote cano delataba a veces su pavidez. Julián trataba de que ningún gesto descubriera su estado de ánimo, pero ignoraba hasta qué punto controlaba su semblante, de igual manera que un sordo nunca sabe si está hablando demasiado alto o demasiado bajo; seguramente una ligera contracción de su labio inferior o un golpe involuntario del bolígrafo contra el borde de madera se producía cuando el señor Soriano levantaba un nueve de punto jugando él a banca, y eso en una apuesta decisiva. La inversión del estado de gracia era el estado de descalabro, una situación tan natural e incomprensible como la anterior, en la que llovía el infortunio en forma de arritmia, inverosímiles jugadas perdidas, ausencia de convicción en las letanías porque se comprobaba su escasa eficacia. Eran períodos de desolación que, sin embargo, no conducían a la renuncia sino al contrario, a la resistencia numantina, a la tierra quemada. Así pues, lo que Julián intentaba era no sucumbir a la avalancha, retardarla lo más posible, a la espera de un improbable cambio de signo del sabot o al término del mismo. Daría igual, era un problema de disonancia: ningún sabot sería bueno para él en unos momentos en los que sólo estaba preparado para retroceder, como si su voluntad trabajara precisamente en apostar a la jugada que no iba a salir. Y de esta forma resultaba muy fácil acertar: con precisión implacable se perdía una y otra vez. La solución sería pues jugar lo contrario de lo que se pensaba, pero entonces seguramente se decidiría lo opuesto a lo que se estaba dispuesto a pensar. No había más salida auténtica que levantarse, la única imposible. Concederse un receso, despejarse un poco en los lavabos, tomar un café, intercambiar unas frases anodinas con algún conocido, observar cómo los demás se veían involucrados en los mismos problemas de los que uno quería librarse, comprobando la absoluta obcecación del jugador en noche aciaga, sus reacciones pueriles, la crueldad para consigo mismo, el secreto deleite de tropezar innumerables veces contra la misma piedra, la voluptuosidad de sentirse espectador de la propia caída libre. Ese indudable atractivo que poseía la autoaniquilación inconsciente, en la que uno ponía todos los medios pero dejaba siempre un cierto resquicio al azar, a la victoria; como el suicida que no asegura del todo la eficacia de su acción. Julián estaba tratando de comprobar, en esos momentos, hasta dónde era posible equivocarse, cuál era el confín último del error. Se había empeñado en creer, con todas sus consecuencias, que después de cinco puntos era imposible que saliera ninguno más, que todas las condiciones estaban entonces a su favor para jugar a banca, en tanto la sombra que bordeaba a esta certeza anunciaba la viabilidad de un sexto punto. Sin embargo, la que ordenaba las maniobras crispadas de sus dedos era la zona nuclear de la creencia, no la de la duda, no su sombra; resultaba ser la zona altanera e imprudente, vindicativa, imperiosa y ácida que le impelía a jugar a banca. Imposible que no saliera banca, se había dicho antes de cada pase, y probablemente tenía razón a la luz de la lógica: pero había sido posible. Las últimas cinco jugadas las había realizado por el tope de la apuesta, cien mil pesetas, cuatro fichas de 25.000, demasiado pequeñas, escuálidas, blancas con vetas negras, frías, insignificantes de puro frágiles, pero llenas de una peligrosa carga interior. Total, ha perdido medio millón. Notó cómo le miraban pero no sabía quién. Seguro que Virtudes le rodearía el cuello con su lástima visual, le resultaba indiferente, no, le enfurecía más, se esforzaba en no levantar la vista del tapete, no quería reconocer a las personas que estaban descubriendo las cartas de banca y que le hacían perder con su ineptitud, nada le avergonzaba tanto como llamar la atención, no quería ni mirar a la hija de puta que estaba jugando a punto, levantando con toda naturalidad ochos y nueves, no había querido mirarla pero en ese momento adivinó quién era, iba elevando poco a poco la cabeza después de apostar en su casilla número nueve otras cuatro piezas de blancas veteadas de negro, con cierta agresividad porque en efecto su verdugo, la que levantaba las cartas del punto, ubicada frente a él, al otro lado de la mesa, mademoiselle Georgine, le estaba observando sin transmitir ningún mensaje, sin consejo ni crueldad, era el vacío inmóvil bajo las cejas, la ausencia de idea o sentimiento en esa mirada mineral, ¿qué no sería capaz de entregar aquella mujer por una buena racha? Si ella cambiara su jugada a banca, alteraría seguramente el signo de la baraja dándole opción a ganar, luego ese empecinamiento en el punto significaba que jugaba contra él como en un desafío inevitable, sólo ellos dos estaban frente a frente en el casino, porque para Georgine resultaba evidente que él no iba a variar el sentido de su apuesta. Julián la miraba intentando desentrañar la clave de maldad que ocultaba, el designio de arruinarle por alguna razón oculta, y ella sostenía la mirada adentrándose en la de Julián como quien no tiene nada que temer; no hay avance ni retroceso, simplemente contacto. Por un rato han desaparecido el doctor Chin-clan, el Uno Impávido, el señor Soriano, Antonio, Doña María, Zapatones, no quedaba nadie más que unos funcionarios anónimos vestidos de etiqueta, encargados de hacer respetar las reglas del juego, y ellos dos. Julián se pasó la mano por la frente donde ha descubierto algunas gotas de sudor irreductibles y de repente le ha vuelto a asaltar la preocupación por la imagen que estaría proyectando al exterior, cómo se mantenía su peinado, hasta qué punto el susto se le había enroscado en la cara, con qué dignidad iba sobrellevando aquel desvarío, porque en ocasiones sentía que perdía la referencia de los otros, ¿y cómo reconstruir el propio retrato si no es a través de los gestos de los demás? Pero Julián, a ciegas, seguía ignorando si lograba mantener una expresión de equilibrio. Por más que miraba a Georgine no adivinaba en ella el más mínimo reflejo del que pudiera servirse. En momentos así el casino le producía una especie de vahído, y le era preciso sujetarse con las dos manos a los bordes de la mesa para evitar desplomarse y, de esa forma, en una especie de balanceo difícilmente disimulable, se confirmaban las amenazas que presagiaban pérdidas inminentes. La partida continuaba en medio de un silencio anormal a aquellas horas. Julián había cambiado ya las placas de medio millón, grandes, solemnes, las de otros tiempos y de otros casinos más enjundiosos como Montecarlo o Baden-Baden, por aquellas absurdas fichitas blancas americanizadas que no imponían respeto alguno. Julián, a pesar de habitar ya una mente bastante pastosa, encendió la luz de alarma. Entreabrió el bolsillo superior derecho, donde llevaba las placas, y pudo comprobar con inquietud que sólo le quedaba una de aquellas majestuosas piezas, es decir, medio millón, es decir, que había perdido un millón en el enfrentamiento con Georgine. Total, que su reserva crediticia en la tarjeta era de un millón y medio de pesetas, lo que venía a representar un agudo repique de campanas, pues aquéllas eran todas sus reservas en esta vida de productividad cero y menos muchos ceros si se tenían en cuenta las tendencias del casino. Pero al margen de tanta disquisición ¿qué estaba pasando en la realidad del tapete? Los números parecían claros: Georgine debía de haberse dado diez pases de punto seguidos, el millón que él había perdido. Sus dedos parecían cada vez más largos y ágiles en el despliegue de las cartas, realizado con la distinción, mesura y casi indiferencia que la caracterizaba, como si nada estuviera en juego y aquella parsimonia fuese una necesidad intrínseca de la dama. Se mantenía el entorno silencioso y salvo el aviso de "Cartas, por favor", la más estricta soledad parecía acompañar a los dos jugadores. Era imposible que su mirada no echase fuego sobre la silueta de Georgine, se decía Julián, asombrado ante la imperturbabilidad de su opositora que, a su vez, acumulaba displicente fichas verdes de cinco mil en número considerable. Julián acababa de perder su undécimo pase consecutivo, y cuando hincó la rodilla en el duodécimo se planteó la duda de si no había llegado el momento de pararse a reflexionar, tomarse un descanso o bien cambiar de jugada. Decidió como primera providencia abastecerse de nuevas placas. Sacaría hasta el último céntimo de su tarjeta de crédito. Nadie como él sabía las vueltas que daba el juego, para lo cual había que estar en juego. Incluso se consideraba especialista en remontar situaciones desesperadas. En una ocasión había levantado 200.000 pesetas con las últimas mil que le quedaban. Los altibajos eran moneda corriente en este negocio, y a veces sentía literalmente un tobogán en la boca del estómago, de tan deprisa como se subía y se bajaba. Mientras encendía el último cigarro de su paquete volvió a considerar la posibilidad de jugar a punto. "Hay que seguir la baraja", tal era la estúpida y tardía sentencia de los sabihondos de turno. Un estricto problema de resistencia. Por otro lado, si como presentía en lo más hondo de su desasosiego, aquella noche estaba abocado a la ruina, era preferible mantenerse firme. Cuando se levantó de la silla, quizás Georgine le sonrió, no pudo apreciarlo bien porque fue un gesto levísimo, casi un signo dedicado a ella misma, bien podría tratarse de una celebración de su victoria. El sabot estaba a punto de terminar y fue sólo entonces cuando se dio cuenta de que la mesa estaba rodeada de mirones y jugadores de pie, que se apretujaban sobre las sillas, encandilados por la serie de doce puntos, inundando de bullicio, comentarios, petición de jugadas, cobros, pagos, propinas, un tráfico incesante de brazos, voces, quejas, insufrible alboroto que obligó a Julián a taparse los oídos. No se podía soportar el calor, la bulla y de vez en cuando el estrépito metálico, como cascadas saltarinas, de las máquinas tragaperras cuando abrían sus barrigas para pagar un premio. No se sentía muy fuerte, caminó hacia el mostrador de cambios resuelto a recuperar el tiempo perdido. Se cruzó con Raúl del Río, un periodista muy conocido, comunista de toda la vida, gustador de buena mesa, camisas de seda, jugador de semblante engañosamente reflexivo, mujeriego, qué absurdas adjetivaciones, qué estaba queriendo decir, jugador, eso es, dónde quedaban la explotación y las plusvalías, se sintió horriblemente cansado, ¿puede oponérsele al juego algún tipo de consideración moral o ideológica? Él mismo, Julián, estaba allí, igual que Raúl del Río, y qué tenía que ver eso con Nicaragua o con Eritrea. No parecía haberle visto, disimuló para evitar tener que saludarle en circunstancias negras, de acuerdo, iba a derrochar en una tarde lo que un obrero tardaba dos años en ganar, pero él no era Silverio, ni comunista, la consideración ética valía entonces sólo para Raúl, se mandó a tomar por culo mientras sacaba cansinamente la tarjeta de crédito, marcaba su clave y pedía un millón y medio de pesetas. "Mi resto", dijo con una sonrisa tristona, y el empleado del casino respondió con otra media sonrisa que no consideró necesario extremar.

Lo peor del juego era la teorización continua a la que el jugador se somete. Julián era consciente de que llevaba puesta la cassette de las frases y se sentía incapaz de pararla. Seguía resultando agotador tal régimen de resabios, un denso bombardeo que anestesiaba la posibilidad de cualquier análisis o nueva ocurrencia, cercado ya por la premura a aquellas horas de la noche, no había manera de ver claro, cómo continuar si no era simplemente poniendo el piloto automático, dejarse llevar arrullado por la confusión y el revoltijo popular, quizás era eso lo que buscaba, una elevación de ese orden, heterodoxia mística, ascesis al fin y al cabo, jaranera comunión universal de las almas en pena, y en tal instante fue como si le tiraran de las bridas, produciéndole el bocado una advertencia dolorosa: tenía muy cerca de su cara la cabellera abierta y jugosa de mademoiselle Georgine, que le rozó con sus labios la mejilla. ¿Cuál era la expresión de Julián en ese momento? Le hubiera gustado verse, podía ir desde el arrobo al pasmo pasando por la indignación. Georgine se hizo entonces más dulce que nunca al montar el siguiente verso: "Me gusta cuando pierdes porque estás como ausente". Julián la tomó por los hombros intentando evitar cualquier brusquedad: "¿Por qué has jugado contra mí? Si quieres arruinarme estás en un tris de conseguirlo". "Siempre con las mismas tonterías —dijo ella—, yo he ganado jugando al punto, ¿por qué no has hecho tú lo mismo?". "Sabes que no hubiera servido de nada". "Pues te lo aviso: en el próximo sabot voy a jugar a banca" . Aquella frase inocente, que ponía patas arriba toda su estrategia, sonó en los oídos de Julián como si su tímpano fuera un gong recién golpeado. Se le volvía a abrir el debate filosófico y su mente andaba demasiado gelatinosa como para emplearse en tan concienzudos menesteres. Si estaba frente a Georgine, no podía jugar más que frente a ella. Su cambio de apuesta le forzaba a él a cambiar, con la gran perturbación que eso podía suponerle en forma de sentimiento de culpabilidad, de ligereza o de inconstancia. Pero era lo único que, no obstante las inconveniencias, tenía claro: había que seguir combatiendo a Georgine, ella era la enemiga objetiva, sin odio, con deseo, pero estaba en la trinchera de enfrente. Tal obcecación ponía en evidencia uno de sus principios teóricos básicos: no se juega contra el casino, contra el croupier, contra nadie, se juega contra uno mismo. Estaba, pues, ante una desviación de la idea aceptada, aunque ¿qué podía significar aquella rivalidad?, ¿qué había detrás de ese reto a Georgine? Una cueva oscura llena de sombras en la que no se atrevía a penetrar. "Suerte", le dijo a Georgine con un deje indolente, y ganó su puesto número nueve mientras ella hacía lo propio al otro lado de la mesa. Desplegó un millón de pesetas en fichas de veinticinco mil; eran dos torrecillas blancas de una altura como de cinco dedos, uno, dos, tres, cuatro, cinco dedos, medio millón. Georgine debía de haber ganado mucho en el sabot anterior, pues ya había desterrado las piezas de cinco mil para pasarse a las de veinticinco. Julián se dijo que aquel enfrentamiento resultaba ficticio y sin duda ridículo, se trataba simplemente de apuestas casualmente diferentes entre ellos, pero en cuanto, obediente al "Hagan juego", Georgine puso cincuenta mil pesetas en su casilla de banca, él colocó cuidadosamente cuatro piezas de veintinco a punto. Para remate, era ella la que tenía el sabot y por tanto le tocaba levantar las cartas de banca. Julián descubrió con un golpe rápido de muñeca las cartas de punto: una figura y un seis. Georgine hizo lo propio parsimoniosamente: una figura y un siete. Podrá creerse o no creerse, pero Georgine se dio diez pases de banca seguidos mientras Julián jugaba a punto, y ya todos parecían estar pendientes de aquella pugna singular, que atrajo incluso al jefe de sector, en tanto se reproducía el jaleo, con gritos de ánimo a Georgine que, como todos los demás, jugaba a banca, y además era mujer fina. Julián iba a la deriva. Pidió un café al valet y cuando se lo trajeron negó que él hubiera realizado tal petición. En el momento culminante de sus pérdidas, a la altura del millón en ese sabot, cuando ya se negaba a recitar ningún tipo de letanía, procurando conseguir el vacío en su interior, el nirvana, la gran burbuja, el CsO, se le acercó por detrás el Duque sin ningún miramiento, le puso una mano en el hombro y le pidió, con tintes de exigencia, la placa de un millón que le había devuelto hacía un rato. Julián la había olvidado en el bolsillo izquierdo que nunca utilizaba, de modo que se sintió aliviado al comprobar la existencia de aquella reserva. "Lo siento, Duque, estoy en las últimas", le respondió discretamente. El Duque estaba sudoroso. "Yo se la devolví con la promesa de que me la daría si la necesitaba", insistió con un grado menos de discreción. "Georgine está ganando millones, pídale a ella", dijo Julián, y se volvió para descubrir sus correspondientes cartas de punto. "Se lo pido a usted, como habíamos convenido", continuó presa de una fuerte agitación mientras Julián hacía un nuevo bacarrá y volvía a perder frente a un ocho de Georgine. "¡Señor Duque, por favor!", susurró Virtudes desde su alta silla de moderadora. "Déjalo, Virtudes; tenga la placa, mierda, y piérdase". El viejo, descompuesto, desapareció. Pero ya nada fue igual. Julián supo que había dado el paso definitivo hacia el precipicio. Ganó tres puntos, luego hubo un rato de alternancia e irregularidad hasta que finalmente llegó la ventolera de cinco bancas seguidas y Julián dobló la servilleta. Se levantó tratando de no mostrar su dolor de riñones, evitando un primer vahído y no supo hacia donde encaminarse. Trató de eludir las frases de condolencia que tanto don Antonio como su mujer le dirigieron. Seguramente aquella noche se comentaría de mesa en mesa la cantidad que había perdido, debidamente aumentada y corregida, con alguna murmuración en torno a un posible suicidio. ¿Qué había perdido? Un reto. ¿En cuánto se valoraba? Era incapaz de hacer cuentas después de tantas horas, cuántas horas, eran las tres menos cuarto, llevaba algo así como ocho horas jugando sin parar, cuánto dinero, su resto, ¿todo?, un millón y medio, más otro millón, más medio millón, uf. Se derrumbó en un sofá y trató de no pensar en nada, pues lo que en ese momento tenía eran serias dudas sobre si lo que daba vueltas era el interior de su cabeza o la sala del casino. Intentó cerrar los ojos comprobando la intensidad de la inestabilidad, los bruscos ascensos y descensos de una opresión que por un momento temió fuera una angina de pecho. Con los ojos abiertos podía considerar la posibilidad de entornarlos y con ello especular con la idea de que lo sucedido había sido una pura ficción, según le sugería el paisaje borroso de humo y figuras remotas que le rodeaba. Probablemente algunas de las personas que pasaban a su lado se le quedaban mirando. Llamó a la empleada de los cigarrillos y compró un paquete de caja dura. Utilizó la parsimonia como instrumento de recuperación, tirando muy despacio de la cinta roja que cerraba la envoltura plástica de la cajetilla, hizo una bola con el celofán, luego otra más pequeña con el papel plateado que protegía los cigarros y extrajo finalmente uno de éstos, que permaneció apagado entre sus labios durante un buen rato, como si aquello fuera prueba de que estaba controlando la situación. Sin embargo, un raro animal patudo se paseaba por su interior humedeciéndolo con alguna sustancia cosquilleante. Comenzaron a atropellársele las razones y las sinrazones más o menos a la velocidad de la luz. Dudaba, no era real lo sucedido, no era posible, todo podía suceder, fuerzas de flaqueza, no te irás a arrugar a estas alturas después de tantos años de experiencia, reflexión, lo peor era que te dabas cuenta de que estabas entrando en el torbellino y no te importaba, reconvención, hacía falta ser un débil mental, consuelo, el mundo seguía girando tras una mala jugada que a lo sumo valía como argumento de tango, y qué, sucedió eso como podía haber ocurrido cualquier otra cosa, Dios te lo dio, Dios te lo quitó, aún no lo podías creer, cuánto al final te puliste, mañana harás arqueo de caja, bien sencillo, tanto tenías cero te queda, qué buena ocasión para cambiar de vida, empezar de nuevo, el hombre nuevo, un hombre nuevo, escribir otra vez, creer en lo que se escribe, vivir para confiar en lo que se escribe, esperando que lo que se escribe permita vivir confiado en que lo escrito concede la confianza de vivir confiando en lo que se escribe, he ahí las ventajas de tocar fondo, se acaba el ciclo y todo queda abierto para la existencia del nuevo compromiso para con uno mismo. ¿Cómo pasar de lo equívoco, es decir, del sentido insensato que no debemos desconocer, a esta verdad absoluta, a esta iluminación pura? De esa manera Julián se entregó a una cierta compasión, necesaria ante las heridas simbólicas o hendiduras de conciencia que se le abrían cada vez que hacía un movimiento espiritual. Si bien, en realidad, lo único que le preocupaba era cómo conseguir dinero para estar en la cola de la Casa Grande al día siguiente a las cinco.

No se le ocurría qué hacer, aunque era consciente de que tenía que hacer algo, tomarse un café, quizás un bocadillo, por enredar no por hambre. Fue a encender el cigarrillo pero ya no lo tenía en la mano. Sacó otro y sin transición lo encendió, tosió repetidas veces, lo apagó contra un cenicero de pie que había junto a él, repitió la operación de encendido y en esa ocasión el humo entró mansamente en sus pulmones moviéndose por la zona con gran lealtad.

—¿Cómo te encuentras?

Julián se volvió. A su lado mademoiselle Georgine echaba hacia atrás su melena con un gesto lacio de la mano izquierda, lo que hizo que la seriedad de su rostro resaltara como si fuese un rasgo de su maquillaje. Julián la miró y no supo qué responder. La voz de ella subió de grado.

—¿Cómo te encuentras?

—No lo sé.

—Tienes mala cara.

—Pensaba ir a pedirle al Duque el millón que me debe.

—Ni se te ocurra. Perderías el tiempo. Vamos a hacer una cosa. Te llevo a casa en mi coche, a ver si logras relajarte.

Mientras iban en el pequeño auto de Georgine, Julián no reconoció los parajes que atravesaban. Sólo abrió la boca una vez.

—¿Te gusta cómo he perdido?

Entraron en la casa apoyándose mutuamente como dos borrachos; en realidad era Georgine la que le llevaba del brazo limitándose él a dejarse hacer. Al cansancio se le había unido, como una corona de niebla, un mareo difuso y hondo, lo que exageraba sus pasos de beodo, arrastrando los pies en busca de escalones. Sin embargo, subió sin tropiezo alguno hasta el primer piso donde Georgine le introdujo en su propia habitación. Julián se dio perfecta cuenta de dónde se metía pero su agotamiento era tal que nada le hubiera compensado protestar ni disentir. Jamás había estado en aquel dormitorio en el que predominaba el azul celeste, en las cortinas, en el cabecero de la cama y, con tono algo más oscuro, en las paredes enteladas.

Mientras Georgine desapareció con la imperiosa decisión de buscar algo de comer, Julián se dejó caer en la cama, pero se mantuvo sentado, posición frente a la que casi todo se convertía en un tapete verde sobre el que se agitaban cartas en posiciones inverosímiles. Su desaliento, enroscado a una especie de cólera universal, no se debía exclusivamente a la pérdida de dinero, algo puramente instrumental, sino más bien a algo relacionado con la decepción y la ambigüedad, con este mundo inhabitable en el que había que permanecer,

¿por qué se había convertido en un hombre trágico perdiendo con ello el bienestar, la capacidad de olvido, la molicie de las zonas medias, una náusea casi feliz y la sensación de la verdad y la mentira, es decir, la ilusión de ambas? Convertido, pues, gracias al juego, en hombre trágico había conquistado la ambigüedad, el enfrentamiento de incompatibilidades, la atracción por lo extremoso, aquella ruleta omnipresente en que se había convertido su memoria, por la que corrían trastocadas bola e ideas.

Georgine empujó la puerta con el codo y entró llevando una bandeja que depositó en la coqueta. Mientras le acercaba a Julián un plato con un trozo de queso, pan y vino, no paraba de explicarle que aquello era una torta del Casar, el mejor queso de España que le traían a los Duques de una de sus fincas en Extremadura, Cuerno Alto, un sitio estupendo para cazar. "Ponte cómodo". Nunca la había visto tan habladora. Le dejó solo cuando entró en el cuarto de baño y Julián, tras vencer un primer rechazo, le hincó el diente al queso, ciertamente excelente, y el primer bocado cayó como un meteorito en el espacio, luego ya se acompasaron hambre y comida, hasta el punto de repetir en varias ocasiones. Bebió de golpe el vaso de vino y se quedó inmóvil, con los brazos caídos, como un perro mustio queriendo pedir más.

Georgine volvió al dormitorio vestida ya con un brillante pijama de seda blanco cuya chaqueta, atada sólo por un cinturón, dejaba abrirse en cada movimiento las solapas en un efecto sabiamente calculado de exhibición dinámica de escote. "Te quedarás a dormir aquí, déjame que te descalce", dijo, y procedió a despojarle de la ropa sin que Julián colaborara apenas, lo que puso en dificultades a la voluntariosa Georgine a la hora de extraer el pantalón de debajo de aquel peso muerto. Lo dejó en calzoncillos, momento que aprovechó Julián para abandonarse cayendo a plomo sobre la cama. Georgine se tendió a su lado, le encendió un cigarrillo y se lo puso entre los labios. Julián se negaba a cerrar los ojos para evitar la oscuridad y el encadenamiento de los fantasmas de la ruleta o del eterno sabot de cartas, pero tampoco quería arriesgarse a ninguna movilidad, de modo que clavó los ojos en un espejo gótico que le pillaba en línea recta en la pared de enfrente y allí trató de desactivar su mirada. Debía de ser tardísimo, pero ni Georgine, que había encendido a su vez un cigarrillo, ni el propio Julián, manifestaron intención alguna de acogerse al sueño.

—No quiero hablar de lo que ha pasado esta noche, Julián —dijo ella que sí parecía querer entrar en el tema.

Julián ni se movió. La oía desde la incertidumbre. Georgine se incorporó un poco apoyándose sobre el codo, lo que propició una abertura considerable del escote que no tardó en corregir, quizá porque los ojos de Julián no se iluminaron. Se dedicó a mirar con descaro aquel cuerpo de hombre correcto, descuidado, ligeramente fofo, concentrándose en sus zonas más femeninas, como las tetillas, lo que Georgine más apreciaba del hombre. Julián se encontraba muy lejos de haber alcanzado el nirvana gótico, más bien se debatía aún en restar aceleración a las imágenes que afligían su mente, pero eso no le impidió percibir sobre su cuerpo la mirada de Georgine como un vuelo de mariposa, cosquilleando allí donde se posaba. Se volvió hacia ella procurando no traspasar la frontera de la cortesía. Le gustaba su desenvoltura, cómo no su pelo abierto contra la intacta blancura del pijama y aquel medio seno aplastado por el antebrazo, capaz de desviar por unos instantes el curso de sus pensamientos. Quiso decir algo que no consiguió porque sus labios no obedecieron.

—Di algo, ¿me odias? —volvió a hablar Georgine.

Julián sonrió mohíno dando a entender que no la odiaba.

—¿Has ganado mucho? —dijo al fin y le pareció que aquélla era una pregunta llena de dignidad en tales momentos.

—Eso ahora no tiene importancia —respondió Georgine precipitadamente.

—Entre jugadores es eso lo que importa. Supongo que habrás ganado más o menos lo que yo he perdido.

—Me odias.

Extendió la mano y le acarició el pecho, esta vez como una mariposa en vuelo rasante. Julián no pudo evitar un escalofrío disperso. ¿No habría llegado el momento de experimentar el cierre de los ojos, que empezaban a escocerle? Era lo que más deseaba y comprobó que aún no resultaba posible.

Los nervios le brincaban todavía a lo largo del cuerpo, como ranas que se tiraran alternativamente en charcas gelatinosas. Se le ocurrió que quizás aquella noche había perdido su carácter de romántico del juego para convertirse en un miserable funcionario del juego. Recordó lo que Georgine acababa de decirle.

—No te preocupes, si no hubieses sido tú me habría ganado otro cualquiera. No he sabido controlarme.

Las frases de siempre. Le agradeció a Georgine que no adornara la situación con nuevos análisis y definiciones sobre lo sucedido. Eso se dejaba para Máximo. Georgine parecía haber escogido otra trayectoria que pasaba junto a su cuerpo, contra el que se apretó; después de observarle el cuello, los hombros, el pecho, tomó la decisión de besarle en la boca sin apresuramiento, sin entrega ni humedad, blandiendo la lengua como un instrumento inspector, hábil. Luego le mordió el lóbulo de la oreja en rápidas dentelladas leves, centímetro arriba y abajo, como un gusano de seda ensimismado en su morera, y cada poco se paraba a contemplar las reacciones de Julián, que se debatía entre la inhibición y determinados amagos de arrebato, sin que ninguna de las dos inclinaciones resultara dominante; lo que mantuvo fue una actitud de expectativa que Georgine debió de interpretar como que su obra de zapa iba dando un resultado si no estremecedor sí al menos correcto. ¿En qué terreno estaban jugando, en el del deseo o bien caían en la neutralidad del no-deseo? Ninguna pregunta tan inoportuna en ese momento, dispuesta como ella estaba a seguir adelante. Liberó su luminosa chaqueta del cinturón que la malcerraba y sus senos, más grandes de lo que vestida dejaba traslucir, merodearon por el pecho y el vientre de Julián, recorriéndolos más como antropólogo que como amante hipnotizada. Simultáneamente Julián pensaba que dejándose hacer no lograría salir de aquella desgana; se revolvió hacia ella incrustando su rostro entre los senos de Georgine, y estaba tan a gusto en su tersura que buscó con la boca uno de los pezones y cuando lo iba a alcanzar llegó el desmadejamiento, la pérdida real de fuerzas, como si la espalda se le hubiera clavado al lecho, no obstante haber permanecido su virilidad enhiesta aún unos segundos, como ajena a su centro de control, preguntándose urgentemente qué estaba pasando. Ni siquiera intentó volver a extender sus músculos de algodón, incorporarse sobre los codos, la cabeza soportaba mal unos latidos que cabalgaban pesadamente sobre su masa encefálica posterior. No había llegado aún la hora de los reproches. Se hallaba acorazado frente a su literalidad, pero la sensación culposa —inconcreta, simple consecuencia de la derrota— le azuzaba y sólo la idea de haber tocado fondo le procuró algunas dosis de consuelo. Lo que estaba sucediendo, sin embargo, era que el regeneracionismo lenitivo pugnaba con la oleada de angustia, si bien no había indicación alguna de que estuviera seriamente dispuesto a cortar con el juego, no obstante haber llegado al límite, simplemente a un determinado límite, ganas de engañarse, sabedor de que no se toca el límite más de lo que se toca el horizonte. ¿Qué hacer con el cuerpo de Georgine, tan perfecto e insípido? ¿Y con el suyo propio, enrolado en la carrera del CsO, como si sufriese la violenta aspiración de los últimos órganos vitales? No deseaba mirar a Georgine, cualquier reacción suya le desasosegaba con sólo pensar en el esfuerzo; Georgine formaba parte de su mundo de juego, igual que aquel perfume tierno que emanaba de su piel, inseparable de sus largos dedos sosteniendo una baraja.

De pronto se oyó el ruido de un automóvil frenando sobre la gravilla de delante de la casa. No fue violento pero la soledad de la noche hizo que el desgranarse de las ruedas cobrara la intensidad de una tormenta próxima. Georgine saltó de la cama y se dirigió hacia el balcón directamente. Apagó la luz.

—¿Qué pasa? —dijo Julián desde la lejanía.

—¡Chissst!

Julián se levantó a su vez haciendo acopio de fuerzas dispersas y se acercó a Georgine cuyos pechos, a la luz de la luna, aparecían abatidos en exceso.

Abajo, sin caer en el recato ni en el alboroto, como dos juerguistas razonables en pleno regreso íntimo, el duque y Máximo descendían del automóvil. Parecían sumamente contentos, haciendo gala de una camaradería que les llevaba a ir agarrados por los hombros. De vez en cuando se hablaban al oído riendo cómplices, sin prisa alguna por entrar en la casa.

—¡Perros! —dijo Georgine mordiendo la palabra, deshaciéndola rabiosamente entre los dientes.

La Casa de Palma

Al día siguiente ocurrieron muchas cosas en la residencia de los duques. A eso de las doce Georgine penetró en el dormitorio ducal y empezaron a oírse voces extemporáneas, sobre todo la de Georgine, en un tono por completo ajeno al primor de su habla. Poco después, en el cuartel de la guardia civil de Torrelodones ponía una denuncia contra Máximo Calostro por la consumación en su persona de malos tratos y de veintiocho violaciones.

La Duquesa, aquejada de hemorroides, no se levantó en todo el día de la cama, desentendiéndose de todo cuanto pudiera ocurrir. Cuando la duquesa contraía ese humillante padecimiento, la casa se transformaba en convento de clausura y silencio, se sobreentendía que el mundo no pasaba de ser algo secundario frente a lo único real que eran los lamentos provenientes del dormitorio. Si la infidelidad conyugal o la desviación de costumbres le parecían a la duquesa problemas menores en el marco de las responsabilidades de su condición, tales cuestiones, enfrentadas a una situación hemorroidal, se convertían en simples chismes baladíes. La Duquesa dolorosa, en búsqueda constante de una posición de ventaja que amortiguara los desgarros, sólo exigía paz para que sus gemidos fueran la única señal sobre la tierra, cosa que no consiguió, pues aquella mañana la denuncia de Georgine había puesto patas arriba el equilibrio familiar. El duque, no obstante ser protagonista, no consideró oportuno dar explicación a nadie, encerrado en un digno desdén hacia lo que consideraba habladurías. El Duque, sin embargo, se tomó el asunto por la tremenda, consciente de que estaba en juego la Grandeza de España, y habida cuenta de que su hija mostraba esa indiferencia típica de las nuevas generaciones de aristócratas, incapaces de sufrir meritoriamente su condición, tomó el acuerdo de despedir sobre la marcha a Máximo, cuyos consejos y análisis científicos finalmente no le proporcionaban beneficio alguno en la Casa Grande. El duque protestó por la arbitrariedad de la medida contra su amigo. Los dos duques entraron en el dormitorio de la Duquesa y al instante salieron escaldados: era evidente que las almorranas estaban en su período álgido y que la Duquesa se ciscaba en duques, maridos, amantes, padres y existencia en general; lo único que pedía con roncos bramidos era un poco de consideración. Cuando Gabriel vio la partida perdida, abandonó a su amigo Máximo a su propia suerte. Se pasó hasta la hora de la comida enfundado en su mono de miliciano, con zapatillas de esparto, un libro bajo el brazo, cavilando de un lado para otro, a lo largo de las tres grandes salas de la parte baja de la mansión.

Fue durante el almuerzo cuando, comprobado el tenso ambiente, se volvió hacia Julián interesándose por su ruinosa situación, a lo que éste respondió que aún tenía un millón de pesetas que le adeudaban y que esperaba no tardarían en pagarle. El Duque no se dio por aludido en absoluto, mientras el duque consorte escondía una cínica sonrisa tras el doblez de su servilleta. En tanto llega ese momento, le dijo a Julián, te propongo un empleo: que seas mi biógrafo. Soprendentemente, a Julián no le asaltó ninguna carcajada, incluso le pareció natural que un duque de su envergadura tuviera un biógrafo.

—¿Eso qué implica?

—Hablaremos intensamente de mí, de mi pasado. Y el presente podrás seguirlo en vivo. Irás conmigo a los sitios que considere conveniente, tomarás nota de cuantas anécdotas, situaciones o ideas te parezcan significativas o yo te señale. Así irás formando un corpus documental imprescindible para una futura biografía.

El viejo Duque no debía de haber escuchado, parecía absorto, con la vista clavada en el plato. De repente gimoteó:

—Pero ¿cómo ha podido hacernos esto a nosotros, que la hemos tratado siempre como a una hija?

—Georgine —dijo el duque aclarando a quién se refería su suegro.

—¿Qué es eso de veintiocho violaciones? ¿Cómo puede

una persona dejarse violar veintiocho veces? Se ha vuelto loca, sin duda.

—¿Pero han admitido la denuncia? —preguntó Julián, a quien esa violación continuada le producía una curiosidad más allá de lo literario.

—Claro, esta España se ha vuelto loca con la democracia —añadió el viejo—. Sólo falta que salgamos en los periódicos en un *affaire* de violación.

—Pero eso es cosa de Georgine, no nuestra.

—Nuestra Casa está involucrada, no lo olvides. Si el escándalo estalla en la prensa y llega a la Zarzuela, os juro que vais a enteraros. —Y dirigiéndose a Gabriel—: ¿Por qué carámbano no serás más discreto en tus relaciones?

El Duque apartó el plato, despidiendo todo deseo de comer.

—¡Violaciones! —dijo el duque con desprecio—. ¿Desde cuándo Máximo puede ser considerado un violador? ¿Cuántas veces se le resistió ella? ¿No habría que utilizar la sinceridad y hablar de celos?

También el duque desplazó unos centímetros su plato con un gesto de *dégoût*.

—Es obvio —le dijo a Julián amenazadoramente— que en este tipo de historias no tienes ni que fijarte.

Julián se vio ya empleado. No sabía hasta qué punto se lo tomaría en serio, pero en cualquier caso era una forma inmediata de obtener dinero en unos momentos en que sus bolsillos estaban vacíos; al mismo tiempo aquello le permitía no desvincularse de los aristócratas manteniendo la esperanza de sacarle el millón al Duque.

—A mí me importa un rábano lo que hagáis Casilda y tú de puertas adentro —proseguía el Duque en un discurso para su propio consumo—, pero ¿qué es eso de que una amiga de la Duquesa es violada veintiocho veces en nuestra propia residencia por un chulo?

—Ayer no le llamabas chulo a Máximo, sino intelectual —retorcó el duque. Sabía que el asunto no tardaría mucho en volverse en su contra. Su experiencia vital, tan alabada en los salones, provenía de sus viejos estudios en prestigiosas cátedras alemanas. Parecía mentira el escepticismo, el tacto y el distanciamiento que proporcionaba el ser consecuente con las ideas filosóficas contradictorias, la incierta certidumbre de Pascal. Gabriel era consciente de que no se le había perdonado haberse casado con la Duquesa, ni por parte de sus antiguos amigos ni por la alta aristocracia rancia que él deseaba honradamente vivificar, poniéndola al día. Pero mientras en unas ocasiones consideraba que aquella tarea era superior a sus fuerzas, en otras se sentía llamado, elegido. Al fin todo era relativo, ¿quién hubiera podido predecir cuando era un simple traductor de Broch que llegaría a ser nada menos que el duque? Lo único que importaba era la imagen exterior de la pareja. Habían pasado ya los suficientes avatares como para que todos supieran lo que se esperaba de cada cual, y en realidad las cosas marchaban bien, si bien se miraban: él había estabilizado la situación familiar, puesto orden en las caóticas finanzas de la Casa —aunque no a la sangría del juego—, y de cara a la prensa el romance ducal sobrevivía al paso del tiempo. Sinceramente ¿quién podría negar que, pese a los defectos de ambos, entre la Duquesa y él existía una amistad ribeteada por la ternura? Se apretó un poco el tirante de su mono miliciano. ¿Qué hubiera sido de él de no haberse encontrado ya en la madurez con Casilda? Lo suyo había sido una clara tendencia a la metafísica fracasada; quizá hubiera podido dedicarse a la vida ascética dentro de algún convento. Pero su elección metafísica tenía que transmutarse en clave física, porque no podía prescindir del contacto con el mundo: ahí era donde había fallado su mística. Alguna de aquellas ideas resultaba sugestiva y hubiera podido ser apuntada por Julián, pero le pareció prematuro levantar la veda de su ingenio. Él ya estaba imbuido de su condición de duque, por mucho que le hubiera costado noches en vela el descubrimiento y la asunción de tal estado. El paso del tiempo enraizaba todas las convicciones, incluida la ducalidad. A las alturas en que se encontraba le parecía que había sido duque toda la vida y lo que le resultaba increíble era no haberlo sido a lo largo de tantos años de —ahora lo reconocía— búsqueda inconcreta. De ahí que hubiese entrado en la Casa con tanta naturalidad, intentando no ser devorado por ella, cuando en la actualidad la incógnita era saber hasta qué punto no estaba él devorando a la Casa por la propia fuerza de su iluminación y la dejadez de los demás. En ocasiones había llegado a decir que tenía más fe aristocrática que la propia Duquesa titular. En realidad, él se había situado *au dessus de la mêlée*; se sentía alto y visionario, capaz de aunar su progresismo básico con el más obtuso tradicionalismo aristocrático a desentumecer; conceptos como explotador y explotado, que le ocuparon con gran intensidad en sus tiempos de predicador, le parecían ahora especulaciones para mentes descalcificadas. Su atalaya le permitía una especie de omnímoda comprensión de los contrarios. Pero en ese momento comenzó a sentir los efectos de la jaqueca. Apoyó la cabeza sobre la mano y barruntó la llegada de esos dolores de cabeza singulares que se transmitían de generación en generación en la ilustre Casa ducal.

Máximo Calostro no ingresó en prisión, simplemente desapareció. El Duque viejo y el duque consorte tuvieron una reunión tormentosa con mademoiselle Georgine. Se dijo de todo y para todos los gustos, pero al final los aristócratas coincidieron en los mismos intereses, así es que mademoiselle consiguió una permanencia vitalicia en la familia a cambio de retirar la demanda contra Máximo que, según reconoció, era un hombre maravilloso, culto, bien dotado, pero con arranques de ferocidad. "¿No estás de acuerdo, Gabriel?", dijo mirándolo sin rencor, como quien habla de un personaje histórico. El Duque, por su parte, consiguió que la prensa no entrara en el asunto y ése fue el último esfuerzo que hizo antes de volver a concentrar todas sus energías en el juego. El duque Gabriel Atazar, en un rasgo de valor, visitó el primer día a Máximo en el calabozo de la comisaría y le comunicó el acuerdo al que habían llegado. Pero cuando volvió a la casa pensando en la suciedad de aquellos recintos y en Jean Genêt, tuvo que darse un generoso baño de sales; luego se vistió su pijama más suave y la bata de seda azul noche y se encerró en sus habitaciones sintiéndose purificado. Máximo Calostro había dejado de existir.

No para mademoiselle Georgine, que nunca dejó de amarle, pero algo secreto, el obstáculo sagrado del juego, intuyó Julián que se había interpuesto entre Máximo y ella, impidiéndoles mantener una relación física normal. Ella se negaba en cada ocasión a ser tocada, pretendiendo no obstante la pervivencia de un amor imposible. Él se volvía loco y la asediaba con todas las armas a su alcance. Sin embargo Georgine, obedeciendo al obstáculo sagrado, se resistía con todas sus fuerzas; Calostro entraba en estados de exaltación invencible, persistiendo en sus ataques, luchando seriamente contra la amante que se defendía hasta que al final Máximo lograba la consumación, aún a costa de golpearla. En esos momentos ella lo despreciaba y él, sintiéndose verdugo, se retiraba humildemente como un perro consciente de haber cometido una mala acción.

Georgine se le apareció a Julián de pronto como un ser vulnerable, la otra cara de alguien que presentaba una opacidad fácil de confundir con la fortaleza. Su historia estaba llena de agujeros, ambigüedades que sin embargo no parecía dispuesta a explicar. Su vida anterior resultaba un misterio que sólo la duquesa conocía y aceptaba con absoluta naturalidad. Casilda era su aval, la Casa la amparaba y poco más había que decir. Julián se sintió halagado por el hecho de que Georgine hubiese intentado entregarse a él. No importaba que le hubiera deseado en su estilo ambiguo; ciertamente, a pesar de su agotamiento, aquel cuerpo sugestivo sólo había conseguido provocarle una rara indolencia, la que tiende su red entre los jugadores.

La Duquesa, ya repuesta, fue expeditiva. Lo único que le importaba era volver a la Casa Grande.

—Las otras cosas de la vida —le decía a Georgine— son adjetivas. Por cierto, necesitaría un préstamo por unos días; sé que andas bien de posibles después del palo que le diste al inocente Julián. ¡Qué chico!

Hasta ese día la Duquesa había tenido permanentemente asentadas sus posaderas sobre un flotador. Lo que va de ayer a hoy era justamente lo que iba del dolor al alivio. Desaparecida toda sombra de molestia, la Duquesa se olvidó una vez más de su juramento de operarse. No había pasado aquellos días de infortunio para encararse ahora con nuevos problemas que ella definía como *terrenales*, cuestiones sin duda menores: correrías de su marido, avatares financieros de la Casa, fanfarrias de sus colegas aristócratas o los pasos turbios de su amiga Georgine.

Julián estimó que el momento no era el más idóneo para dejarse ver por la mansión. Aquella noche se reanudarían seguramente las sesiones de casino, habida cuenta de que la Duquesa no podía más y apostaría a que el Duque no había dejado de ir ni un solo día. Entró en su dormitorio con la intención de organizar sus planes y lo primero que vio sobre la mesa fue una nota del duque citándole para que asistiera al día siguiente, después de comer, a la tertulia semanal que mantenía con sus viejos amigos de la época de predicador y traductor, cuando el nombre de intelectual le parecía un bello apelativo por cuanto significaba compromiso. En los tiempos que corrían, él no podía tener el vicio de considerarse intelectual, era demasiado fútil. Julián reparó en que iba a sentirse humillado ante algunos amigos del duque que él también conocía más o menos vagamente. Intentaría manifiestar con ironía su condición de biógrafo, aunque realmente lo que le bullía por dentro eran las cincuenta mil pesetas que pensaba pedirle al duque como adelanto y que le permitirían probar fortuna en la Casa Grande esa noche. Cualquier otra consideración, incluida la dignidad, pasaba al plano de lo superfluo. Era una lástima porque le hubiera gustado dar una vuelta por su casa, comprobar el estado de Odile, intentar otro adelanto de Silverio a cuenta de la novela, inspeccionar en definitiva su otra vida menor, terrenal, como diría la Duquesa, pero que estaba ahí, como un residuo del que no se atrevía a despojarse definitivamente.

Su nueva novela era una estafa. Lo único que tenía en la recámara era a una pareja en trance de ruptura, que realizan un viaje en coche hacia el sur para intentar el último acto de reconciliación, evidentemente negativo. Eso era todo: y los dos folios escritos los había copiado de José Gayga. Sin embargo, ese trozo de historia bullía ahí. De repente se sentía animado y quiso escribir algo en los escasos resquicios que la promesa del casino esa noche le dejaba abiertos.

En dos horas fue capaz de dejar escritas las siguientes líneas, que no le parecían malas, pero que difícilmente podrían encajar en la historia de la pareja:

Óyeme bien, compadre, te lo aseguro, chico, buenazo, cándido, deshollinador, siempre con la lengua fuera, gilipollas, piel de tatuaje ajeno, te lo advierto desde mi inocencia exhumada: cuando a los poderosos les da por amaros, agarraos fuerte donde podáis, es señal de que van a convertiros en carnaza... Es la señal.

Llamó por teléfono a su casa y en su mente apareció, después de tanto tiempo, quizá sólo algunos días, la estampa de una Odile depauperada, en absoluto la muchacha de la pareja de su historia, no quería imaginarla, desviaba la mente hacia otras gracias, inquieto, atribulado; concedió tres pitidos más al teléfono, estériles, y colgó aliviado.

El duque le entregó un pequeño cuaderno con pastas de hule negro. Era su herramienta de trabajo. La tertulia apenas dio de sí. Efectivamente conocía a un periodista y a un médico, otros sabían quién era él. Todos consideraron como un detalle exótico digno del duque su presencia acompañado de un biógrafo, tal vez devaluado por el hecho de que el interfecto tomaba su cargo con sentido del humor. Quedó muy claro que sólo podría apuntar en la libreta las ingeniosidades del duque, estando exentas las sentencias de los demás. Había allí gente con poder y sería absurdo negar que se notaba, a pesar de que reinara la afabilidad, el peso de la púrpura. Tácitamente parecía haberse establecido una cierta tabla rasa sobre las jerarquías pero no se podía evitar que los más parlanchines, los mejor informados, los más hábiles y agudos fueran precisamente los que gozaban de mejor posición, gente con automóvil y chófer a la puerta, capaces de robarle ese par de horas a su frenesí para entregárselo a la tertulia cada quince días. Sorbían sus whiskies en copa con la delectación de quien aspiraba a lanzar el dardo contra el personaje de moda sabiendo que éste nunca llegaría a sospechar qué mano le hirió tan diestramente. Se hablaba sobre todo de personas en ascenso o de personas caídas, con lo que Julián apenas encontró ideas aprovechables, por más que el duque ensayaba definiciones o contrarréplicas a las chanzas que le lanzaban algunos. Finalmente no pudo Julián obtener una conclusión clara sobre si en aquella tertulia de irónicos el duque provocaba risa, admiración, o una mezcla de ambas cosas. Julián estrenó la primera hoja de la libreta sin convicción, más bien por no irse de vacío. Se había hablado del cuadro que un pintor sevillano había hecho del duque y éste, superando la socarronería ambiental, demostraba con avidez que se sentía objeto de representación artística, símbolo de lenguaje universal, nadie podría saber si aquel cuadro no le daría entrada en la inmortalidad, por encima incluso de su título nobiliario. Su mano izquierda reposaba con desgana sobre el brazo del sillón, pero allí estaba, en su dedo meñique, como el faro de su vida, el anillo con el gran zafiro oscuro custodiado por dos brillantes. Julián escribió: "Es un excelente retrato, que además tiene algo irremediable, y es que se me parece". La frase del duque no resultaba excelsa, pero no había más cera que la que ardía. Desdeñó lo que respondió el duque cuando alguien dijo que al fin había conseguido un pintor de cámara. En realidad aquella tarde los contertulios estaban como borrosos; no fue una reunión de ideas sino más bien de anécdotas y chismes sin relieve, cosas de periodistas. Coincidiendo con los restos de algunos habanos en trance de agonía, alguien sacó a colación a Daniel Cohn-Bendit y al mayo del 68. Hubo dictámenes cansinos, en general descalificatorios, aunque nadie afirmara oponerse resueltamente a la utopía. Fue un momento áureo. El duque se levantó de la mesa, depositó la servilleta, y casi a modo de despedida dijo algo que Julián se apresuró a copiar en su libreta: "Cometieron un error de apresuramiento. Yo estoy de acuerdo con que se derriben los pedestales, pero no las estatuas. Y en mayo del 68 se derribaron ambas cosas, sin duda por prisa, y sin duda, y esto es lo más grave, porque es posible que las estatuas no puedan existir sin pedestal". Tras lo cual se despidió con un gesto de su mano anillada, saliendo del recinto seguido de su biógrafo. Mientras subían al automóvil, le felicitó por la frase. Instalados ya en su interior Julián quiso entrar en un terreno confidencial. Con el cuaderno en la mano, volvió a leer la frase:

—Lo que pasa, duque, es que se te ve el plumero: quieres nadar y guardar la ropa. En la revolución de octubre tú hubieras estado al mismo tiempo con los bolcheviques, con los mencheviques y con los zaristas.

—No seas impertinente. Te pago para que tomes nota, no para que me juzgues.

Y entró en un mutismo integral. Julián se tragó el sapo porque estaba a expensas de que le adelantara el dinero para ir esa noche al casino. Se dedicó a mirar por la ventanilla cómo se descoloreaba el cielo de Madrid en la calle de Ferraz.

Una vez en la casa, le siguió hasta su despacho remoloneando. El duque se despojó de la chaqueta y a Julián le pareció que si no fuera porque estaba él delante, se habría echado la siesta en el hermoso diván de tercipelo rojo. Pero adoptó un aire diligente sentándose ante su mesa de trabajo en la que apenas había un par de papeles y un bolígrafo de oro.

—He de terminar un artículo. Qué historia. Los periódicos se me rifan. ¿Para dónde pensarás que es, para *ABC* o para *El País*?

—Te lo vuelvo a repetir, duque, siempre estás jugando a dos barajas.

—No entiendes nada, mi pobre Julián. Yo estoy muy por encima de los colores y de las rencillas entre periódicos. Si no comprendes esto, bien poco podrás entender de mí.

Julián se percató de que tenía razón. Si tanto *El País* como el *ABC* le solicitaban artículos y permitían que los publicara indistintamente en uno o en otro periódico, resultaba evidente que estaba muy por encima de sus disputas.

—¿Quieres dictarme algo, algunas ideas, algo de tu pasado que te parezca estimulante?

—Para mí el pasado siempre es estimulante, pero hay que manejarlo con cuidado. Una sobredosis de pasado puede conducirte a la parálisis, a una especie de catatonia donde el tiempo deja de existir.

—Al CsO, al Cuerpo sin Órganos.

—¿Eso que es?

—Un juego que aprendí en Francia, parece que proviene de Artaud.

—Está bien, está bien. ¿Qué más quieres?

No le fue fácil arrancarle las cincuenta mil pesetas. Pero cuando las tuvo en las manos Julián se sintió ligero, alado, si bien la impaciencia le producía una cierta inseguridad, como si al flotar no pudiera hacerse con el control del rumbo. Lo pudo comprobar cuando entró en el casino con una precipitación que luchó porque pasara desapercibida. Todo estaba como siempre, no se observaban bajas de consideración. El Uno Impávido ocupaba su puesto habitual y mantenía diestramente el cigarrillo entre los dedos pulgar y meñique. Tomás Rodilla hacía apuestas de cincuenta mil pesetas, evidentemente por cuenta de Lucas que debía de andar por otras mesas. Meli la sentenciosa estaba de jefa teniendo como croupiers a Tito el hablador y a Adolfo el guaperas. Todos igual que siempre, cenicientos, como si nunca hubieran contemplado el mar o respirado una bocanada de buen aire, suspicaces por el continuo sobresalto. Julián apreció una rociada de miradas indiscretas cuando se aproximó a la mesa, su pérdida de días anteriores había sido sonada. Pero afortunadamente nadie le dirigió la palabra, salvo Meli, para desearle buenas tardes y suerte. Comprobó con una sensación casi de orfandad que Georgine no había llegado aún y además hubo de esperar un rato hasta que encontró un sitio libre para sentarse. Cuando extendió sobre el tapete los cinco billetes de diez mil para cambiarlos por fichas se dio cuenta de la absoluta insuficiencia de aquella cantidad para afrontar su ambición. El valor del dinero variaba constantemente según las circunstancias. Él todavía no se había desprendido de una concepción millonaria del mismo. Se pulió tres millones en una noche, el duque le debía un millón, ¿qué podían representar aquellas insignificantes diez piezas de cinco mil pesetas? Las sopesaba una y otra vez y le parecía ridículo, con más de una tentación por arriesgarlas de un solo golpe. ¿Cómo situarse en el nivel real si su codicia le estaba marcando una cotización de altos vuelos, la de la recuperación? Consideró insalvable la contradicción, el presagio de una nueva caída. Estaba sentado junto al señor Soriano, que parecía estarle adivinando el pensamiento. Soriano le miraba, soplaba y resoplaba carraspeando nerviosamente, incapaz de contener una tosecilla rebelde; no se atrevía a darle consejos ni tampoco se resignaba a no dárselos. Le habló despidiendo un aliento que Julián nunca había apreciado tan apestoso.

—Juegue usted despacio al principio, si no tenemos prisa ninguna.

Julián le concedió la gracia de una media sonrisa. De repente su mirada se topó con la del Albino Traslúcido que había vuelto después de una ausencia de varias semanas. Estaba más pálido de lo habitual y la tirantez de sus rasgos denotaba el rigor de su concentración, como si hubiese estado preparando concienzudamente su cuerpo y su espíritu para el combate. Tenía ante sí un considerable montón de fichas de veinticinco mil. Aquel pobre chico estaba quizá despilfarrando la herencia paterna, pensó Julián: afortunado él que tenía una herencia que despilfarrar.

Decidió que no entraría en juego hasta que no estuviera seguro de acertar y entonces arriesgaría veinticinco mil pesetas, la mitad de sus reservas. Observó el ritmo de la baraja en el cartón de apuntes del señor Soriano y, efectivamente, había llegado el momento: desde hacía un rato el punto no se repetía, luego era evidente que había que jugar a banca. Empujó lentamente las cinco fichas de cinco mil hasta su casilla y esperó sin pensar en nada, intentando el vacío, y salió banca, no podía ser de otra manera. Lo lógico hubiera sido retirar la apuesta en espera de otra buena ocasión, pero Julián estaba preso de una extraña desgana, de manera que le dio por afirmar que la banca se repetiría. Dejó las cincuenta mil. Dio un golpetazo con la punta del bolígrafo sobre el tapete cuando comprobó que había salido punto. Consultó su reloj. Eran las ocho menos cinco. La siguiente vez que lo miró, con gesto en apariencia displicente, fue para comprobar que eran las ocho y que no le quedaba ni un céntimo. Se levantó despacio, dijo un adiós inaudible, apático, y se retiró mirando con discreción en derredor por si encontraba a alguien a quien pedir dinero. En vano. Cuando salía por la puerta dorada se cruzó con mademoiselle Georgine a la que ni siquiera el maquillaje era capaz de borrar la huella de unos ojos cansados. A su lado, la Duquesa le dedicó una sonrisa.

—¿Ya te vas, Julián? —preguntó Georgine.

—Sí, tengo cosas que hacer. Por cierto, ¿el Duque no va a venir?

—Vendrá exactamente dentro de siete minutos. Pero si estás pensando en el millón, olvídate. Apenas traerá quinientas mil pesetas.

Julián se escabulló de manera abrupta, en lo que consideró una demostración de su enojo palpable. Era preciso encontrar a Silverio y conseguir dinero en cantidad. Le telefoneó a su oficina y le notó raro, con la voz tan apagada como si estuviera afónico.

Julián tenía que acompañar al duque al día siguiente a la presentación de una nueva revista, podrían verse allí. Silverio asintió. También él tenía una invitación, lo cual quería decir que se trataba de un acto masivo. Se encontrarían hacia la zona de la mesa presidencial. Julián tuvo la impresión de que no habría problema con Silverio. Aquella noche Odile se le metió en sus sueños. Era muy joven, casi una niña y una y otra vez, tercamente, trataba de sostenerse sobre una tabla de *wind surfing*.

Aquella bárbara multitud iba a resultar ingobernable, tal y como temían los organizadores. Las praderas del hipódromo, donde se celebraba la presentación de la revista, acabarían machacadas como si por ellas hubieran atravesado los cosacos. Gente feroz, ávida de sensaciones, que se movía de un lado a otro, buscándose ansiosamente sabiendo que no habrían de encontrarse. El césped iba perdiendo gradualmente su condición de alfombra para convertirse en lámina turbia. No cabían más personas en el recinto y, sin embargo, seguían entrando a través de una cola deforme y paciente, que obligaba al espacio a ensancharse irremisiblemente. Farolas de globos blancos repartían las sombras en los rostros, en los trajes. Una legión de camareros sudorosos trataba de circular con bebidas y canapés, pero eran agredidos apenas salían de las cocinas. De pronto dejó de sonar una música difusa a la que nadie había hecho caso pero cuya desaparición puso en evidencia la atrocidad de un mensaje que envolvía a las turbas mecánicamente, vocerío aplanado por la falta de resonancia.

Julián estaba a tres pasos del duque, quien parlamentaba con el presidente de la sociedad, el director de la revista y otras personas. El duque iba exquisitamente vestido con una chaqueta granate de pana brillante, camisa amarillo pálido y corbata de un rojizo envejecido. Julián llevaba en su bolsillo el instrumental de trabajo, es decir, el cuaderno de pastas de hule, con la esperanza de que esa noche el duque produjera alguna obra maestra de la fraseología, pero se quedó de piedra cuando alguien le dijo que la revista que presentaba se titulaba *¡Hey!* y era del corazón, lo cual pudo comprobar cuando vio en la portada la foto de un Julio Iglesias impecable, felizmente tostado, al que le hacían declarar: "Jenny y yo sólo somos buenos amigos". Unos golpecitos en un micrófono le cortaron el ataque de risa. Empezaba la función y los corros parecieron interrumpir por un momento sus aquelarres. El presidente de la sociedad editora leyó unas cuartillas insulsas que la gente tragó en un silencio ya difícil. El director de la revista quiso ser coloquial y no leyó nada, pero sus palabras, en andaluz confuso y supuestamente gracioso, resultaron tan anodinas como las anteriores, pero ya había zonas donde los círculos de gente se desentendían del protocolo dedicándose a lo que habían venido, a hablar, comer y beber. Cuando el presidente de la sociedad presentó al duque, éste se dio un leve tirón de chaqueta hacia abajo mientras se acercaba al micrófono armado de una sonrisa destinada a los fotógrafos. Sacó unos folios, se ajustó las gafas y con la parsimonia que sólo podía perdonársele a alguien de su alcurnia, empezó a trazar una panorámica sobre su trayectoria como estudioso de la filosofía en Alemania y también en Austria. Julián, con el cuadernillo abierto, no acababa de apreciar si estaba hablando en serio o en broma, pero el duque, ajeno a todo, incluso a Julio Iglesias, se lió a hablar de Broch y de otros autores vieneses. El director de la revista le miraba atónito, la gente hacía ya tiempo que había decidido vivir su vida, de espaldas al fervoroso requerimiento de silencio solicitado por el editor. Pero al duque tampoco parecía importarle demasiado, de manera que los periodistas chismorreaban sobre periodismo, los publicitarios sobre publicidad, los del mundo de las finanzas, de la política, la diplomacia, las artes, las letras y el deporte sobre sus respectivas labores, apasionantes a juzgar por el volumen de sus voces. No hubo comunión entre el duque y su público. Estaba defraudando a los organizadores, que lo habían contratado por su título y por su pasado prestigio como predicador, aunque en el fondo les daba igual, lo único importante eran las fotos y el reportaje de televisión; todos eran comparsas de ese vídeo. El duque continuó sin inmutarse refiriéndose a Broch, de manera que Julián tenía problemas para reproducir alguna frase. ¿No carecía de sentido escribir en el cuaderno del duque un pensamiento del propio Hermann Broch? Nadie le estaba siguiendo, porque si no ¿cómo aceptar aquella frase de que "sin saber lo que hacía o no hacía, fue a tientas hasta la fuente en la pared, atraído como un animal por el agua, anhelando como un animal lo aún terreno, lo aún viviente, lo aún móvil"? El calor humano empezaba a manifestarse y Julián ya ni siquiera pudo entender un oscuro paralelismo entre el anhelo que proponía Broch y el título "¡*Hey*!" de la revista. Tras lo cual dijo: "He dicho". Los de la presidencia aplaudieron, arrastrando a un número indeterminado de despistados que palmoteaban mecánicamente sin dejar de hablar. Todo iba sobre ruedas, Julio Iglesias, Estefanía de Mónaco, Gunilla von Bismark, Lola Flores y Hermann Broch en el mismo guiso, no había habido ni una risa ni un infarto, los límites del chiste se habían borrado, ya ni siquiera jugaba el factor sorpresa. El duque, una vez más, tenía razón, si bien Julián jamás saldría de la duda sobre si aquella especie de provocación estéril había sido premeditada.

En ese momento divisó a Silverio que se acercaba hacia él. Traía un vaso en la mano, andaba como si anduviera escogiendo las losetas que pisaba. A la rara luz de aquellas farolas dispersas, su rostro parecía más cetrino.

—¿Qué estamos haciendo nosotros aquí? —dijo.

—Yo, trabajar. Me he empleado como biógrafo del duque.

Tampoco se rió. Se retorció las manos intentando calmar sus nervios.

—Estás más loco que yo.

—¿Quieres que te presente al duque?

—Vámonos hacia otro lado, tenemos que hablar.

Julián consiguió un whisky de la escuálida bandeja de un camarero en retirada. Hubieron de saludar de lejos a un par de personas conocidas y a otras cuantas desconocidas. Inmediatamente pudo comprobar Julián que su amigo no estaba en un día glorioso. Nunca se había fijado en la cantidad de tics que era capaz casi de simultanear: además de retorcerse las manos y cascarse los huesos de los dedos, se rascaba la cabeza con un dedo anular aparentemente desdeñoso, se mordía la lengua y se frotaba la nariz como si fuera presa de picores múltiples. Se le notaba alborotado. Julián siempre había considerado las rarezas de su amigo como excentricidades propias de quien ha vivido la ofuscación ideológica traspasando las fronteras de los paraísos artificiales. Pero nunca esas rarezas le habían parecido distintas en grado y calidad a las suyas propias. Ahora, sin embargo, le veía la mirada hundida y las manos algo temblonas.

Cuando lograron encontrar dos sillas, Julián sólo pensaba en cómo atacarle para conseguir el sustancial adelanto de unos derechos de autor tan inmateriales como expuestos.

—¿Qué te pasa? —le preguntó—. Tienes una cara de desenterrado.

—Una mala racha.

—Como yo, entonces. Pero a mí no parece afectarme tanto.

—Siempre estás con la mierda del juego —dijo Silverio—; yo hablo de cosas serias.

—Ah, ya.

—A veces me das la impresión de un frívolo como cualquiera de los gilipollas que pueden verse aquí.

—Mi mundo pasa por el 0-3-15-26 y 32.

—¿Eso qué quiere decir?

—Esos números son la columna vertebral de la ruleta. Salutem.

Bebió un larguísimo trago de whisky. Era preciso encauzar la conversación por terrenos más idóneos. ¿Cuánto le pediría?

—¿Sabes que a veces envidio tus pasiones, la literatura, el juego? —dijo Silverio, sin duda ya algo borracho—. Yo no llego ni a tener pasiones, me quedo en la obsesión y en ese estadio todo estalla yéndose a hacer puñetas.

El tono confidencial, con deslizamientos sacros, tan característico de Silverio, no agradaba en absoluto a Julián, que decidió preguntar para situarse en un plano meramente informativo.

—Vamos a ver, Silverio, ¿qué es lo que te está pasando?

En el momento preciso en que Silverio iba a exponer sumarialmente sus cuitas se les acercó una pareja. El tipo venía trajeado con una chaqueta de moda que bailaba sobre sus hombros y pantalones rayados del mismo patrón campanudo. Julián no los conocía. Silverio estaba perplejo, como si la interrupción de su discurso le hubiera dejado sin habla. El individuo no sufría precisamente de timidez, plantado allí delante, un cigarrillo en la mano izquierda mientras su brazo derecho apalancaba los hombros de una joven de nariz aguda y amplio escote sostenido por finos tirantes. Aquella mujer quizás era el sostén social del sujeto de traje desmesurado, que se arrojó en brazos de Silverio con grandes muestras de contento.

—¡Coño, Silverio, cuántos años!

Silverio, que parecía no reconocerle, no sabía qué actitud adoptar.

—Hombre, *Rafael* —dijo al fin.

Rafael estalló en carcajadas. La chaqueta parecía danzar alrededor de su tronco al compás de convulsiones humorísticas.

— *Rafael, Rafael...* —decía, luego bajó la voz para dirigirse a su acompañante—; ése, chiqui, era mi nombre de guerra. Éste es Silverio Berrocal, un gran teórico desaprovechado por las circunstancias.

La joven dio la mano a Silverio y a Julián.

—En realidad, yo también tengo que presentarme: soy Javier Sánchez Almodóvar, arquitecto. ¿Te das cuenta, Silverio, de que es como si tuviéramos dos vidas, una primera aventurera y otra constructiva?

—¿Cómo sigue el Partido? —preguntó tímidamente Silverio.

—Chico, yo lo dejé hace varios años. Fue una crisis ideológica y personal muy dura. Tenía que recuperar mi vida, mi profesión. Ahora me van bien las cosas. Si quieres mi teléfono, en la guía de Majadahonda está.

Las rayas de su chaqueta seguían en efecto balanceándose sin control.

—¡Payaso! —dijo Julián en voz baja sin dirigirse a nadie.

—Es la vida, Javier, que da muchas vueltas —dijo la joven de los tirantes cuyo pecho se asemejaba a una tabla con enrejado de huesos.

—¿Y aquel tocho que estabas escribiendo, conseguiste publicarlo? Sé que ahora eres editor, no te será difícil. Tenía pinta interesante.

—Lo está leyendo gente del comité ejecutivo —mintió Silverio, y aquel embuste desagradó especialmente a Julián.

—Qué tiempos —seguía el arquitecto—. A esta distancia es como hablar de la mili, de los momentos buenos, de los malos. Las novatadas. No quiero ni acordarme de lo que te hicimos pasar en aquel partido de fútbol con Simón Sánchez Montero.

Por las tensiones de su rostro daba la impresión de que a Silverio se le estaban revolviendo las tripas. Ni Julián ni él abrieron la boca, de modo que el silencio se apoderó del grupo, dirigiéndose como una declaración hacia la pareja que acabó comprendiendo la inutilidad de su presencia allí.

—Bueno, ya nos veremos —dijo Javier Sánchez Almodóvar, sin perder jovialidad. Se fueron sin despedidas.

Aún tardaron un rato en reponerse.

—No me preguntes nada. Éste es el *Rafael* de la clandestinidad. Era. —Silverio se vio obligado a rematar—: No todos son iguales.

La noche iba avanzando y ya se podía incluso conseguir copas, como lo demostró un camarero que pasó junto a ellos. Mucha gente había empezado a retirarse.

—¡Pensar en los que han muerto! —dijo Silverio.

—¡Pensar en los que no han muerto! —dijo Julián.

Bebieron, lástima que a aquellos whiskies les faltara hielo.

—Pues como te iba diciendo, ¿había empezado a contarte lo de los americanos?, no, pues eso. Va y me dice Michael, que es como un *Rafael* en rubio y con dinero, que no pueden hacer nada por mí. Discutí, creo que incluso amenacé. Estábamos en un apartamento que la CIA tiene en la calle Diego de León. Al final me lo dijo muy claramente: en el centro de poder del Partido apenas me conocían y los que decían conocerme me tomaban a rechufla. Yo me retrotraje a los tiempos de París, cuando los rusos contestaron afirmativamente a mi anuncio del periódico. "Eran otros tiempos. Ahora nos es muy fácil conectar con quien queramos. Hay chicos muy simpáticos, ¿sabes?". No supe qué argumentos utilizar para venderme. Le grité que yo, como editor de izquierdas, era todo un aval. El hijo de puta nos conoce bien. Masticando las frases como si fueran chicles gastados, me respondió que yo no tenía ninguna influencia en el mundo intelectual ni en los medios de comunicación. Me dieron ganas de hablarle de ti, pero callé. Hube de reconocerme a mí mismo que estaba más solo que la una. Me encontraba humillado como nunca y bajé las escaleras pensando en Odile, sin saber por qué.

Julián estaba tratando de no desviarse de su objetivo. Su amigo se había convertido en un desequilibrado; lo constató no sin cierta aprensión.

—¡Olvídalos ya a todos de una puta vez! ¡Rompe con las viejas obsesiones!

—¿Como *Rafael*-Javier Sánchez Almodóvar, quieres decir?

—No seas imbécil.

—¿Te cuento algo de la editorial?

—Venga, dame alguna buena noticia.

—Pues ocurre que mi socio-gerente, te hablé de él, Federico, ha acaparado todo el espacio, me está dejando sin nada que hacer, lo cual no me importaría si no fuese porque los empleados, incluso los que empezaron conmigo, le obedecen a él y a mí me tienen casi como un jubilado. Y como ese hombre es una máquina de trabajar, de hacer multiplicarse a las cosas, pues eso significa que todo va sobre ruedas, que la editorial está creciendo vertiginosamente.

—Estupendo entonces.

—Julián, intuyo que está pasando algo, pero ignoro qué puede ser. Se está tramando algo contra mí. ¿Cómo voy a defenderme?

—Creo que exageras.

—Ya no puedo fiarme de Federico, ese tipo es un tiburón que me tragará de un solo bocado.

—Pues asesórate, vuelve a tu puesto y pega un puñetazo encima de la mesa.

—Federico tiene la sartén por el mango. Además me

falta valor para enfrentarme a él, no tengo concentración ni ganas. Sólo pienso en mis cosas.

—¿Dejaste de ir al psicoanalista?

—No puedo esperar quince años. Necesito que me cambien la piel, pero en esta vida. Necesito pastillas. Estuve en una clínica quince días. Cura de sueño, pastillas. Salí un poco atontado, pero bien. Me encuentro bien, de verdad.

—Entonces ¿qué piensas hacer?

—Tengo planes, no creas. Pero no sé si debo contártelo.

—Ya estamos con misterios. ¿Se refieren a Odile?

—No, no. Espera, voy a por una copa y te lo cuento, ¿por qué no?

Efectivamente Silverio ya no andaba demasiado firme aunque se mantenía erguido. Se acercó a uno de los mostradores distribuidos por el recinto del hipódromo y volvió con dos vasos de whisky, también escasos de hielo. Julián había aprovechado el receso para preguntar por el duque. Le dijeron que hacía mucho tiempo que se había ido, como era lo correcto. La gente importante realizaba en estos actos breves permanencias; ya sólo iba quedando la masa residual, desperdigada, noctámbulos, gorrones y borrachos.

Silverio se acercó en exceso al rostro de Julián. Éste no apreció su aliento etílico porque su olor debía ser semejante.

—Tienes razón, Julián, hay que acabar con el pasado.

—¿De qué plan me hablabas?

—Pero ellos tienen que enterarse de que voy a acabar con el pasado. Te juro que se van a enterar.

Bajó aún más la voz.

—Estoy preparando un atentado contra Simón Sánchez Montero.

Julián se puso en pie de un salto.

—Estás loco o borracho. Contra Simón. ¡Pero si es tu ídolo!

—Precisamente por eso. Él es el pasado, zás, se corta de un tajo y se acabó.

—Estas bromas son de muy mal gusto. No sabes ni lo que estás diciendo. —Lo cogió por los hombros—. ¿Sabes lo que estás diciendo?

—Llevo varias semanas preparándolo. Como si fuera de

la ETA. Le vigilo continuamente. Desde su casa a Santísima Trinidad. Voy allá donde él va, con la cara descubierta. Es un hombre acabado, ni siquiera me ha reconocido. Muy metódico, con su cartera de plástico y sus gafas de miope de toda la vida, bastante aburrido. Creo que ya sé lo suficiente como para pasar a la acción.

—Escúchame, bruto.

—Brindemos.

Julián trataba de encontrar argumentos contundentes y rápidos.

—Tú tienes una tarea que hacer, tienes algo que continuar. Tu ensayo es sumamente importante como para que lo abandones. Readáptalo y publícalo. Ahora puedes hacerlo.

—¿Qué dices de mi ensayo? ¿Acaso lo has leído?

—La verdad es que no. ¿Has leído tú ya mi novela?

—Tampoco.

Deberían haberse reído, pero en su lugar vaciaron de golpe los vasos de whisky.

—Lo peor —añadió Silverio— es que el cabrón de Federico, mi socio, le ha echado mal de ojo a tu novela, a *L'exil intérieur.*

No tenía medios para volver a la casa de Torrelodones, así es que decidió recalar en la de Odile, que era la suya. Llevaba más de una semana sin verla y, si bien no había sentido necesidad de ella, no podía negar algún ramalazo de nostalgia. Mientras abría el portal y reconocía el olor a quirófano característico de aquellas escaleras, se le vinieron encima, como aludes angustiosos, la situación de Odile, la de Silverio y la suya propia. Era un guión negativo. En teoría no sucedía nada, salvo los avatares habituales de la vida y, sin embargo, le dio la impresión de que el abismo se les iba acercando a cada uno de ellos y los encontraría desunidos; más que ayudarse mutuamente se vigilaban, se limitaban a estar al tanto de lo que ocurría por si llegaba un momento en que tuvieran que intervenir in extremis. ¿Cuándo se alcanzaba ese punto?

Al penetrar en su piso, el olor a medicamento inidentificable se hizo más intenso. Lo primero que pensó Julián fue que Odile estaba enferma. Había luz en la sala. El ceremonial estaba siendo seguido a conciencia, aunque con cierto grado de agobio. Dos tipos de pelo alborotado acompañaban a una Odile increíblemente delgada y tan pálida como las últimas veces que la había visto. Estaban preparándose una ración de caballo. No supo qué detalle le encendió la sangre, fue como una chispa, a la que probablemente no resultaba ajena la generosa cantidad de alcohol que llevaba dentro, pero era evidente que su rostro ardía con unos destellos de ira tal que los tres prójimos del sofá se quedaron pasmados.

—¿Qué es lo que pasa aquí? —gritó Julián.

Odile inició un movimiento para levantarse pero perdió el equilibrio y volvió a caer pesadamente sobre el tresillo.

—Julián —dijo débilmente.

—¡A la calle! ¡Vosotros dos a la calle! —dijo Julián más agresivo aún.

Los tipos se miraron un instante sin saber qué hacer. Julián supo que debía de aprovechar ese período de desconcierto.

—¡Y llevaos toda esta basura de aquí, pero ya, ya, ya!

El que parecía más viejo, de unos treinta y cinco años a juzgar por las profundas arrugas de su frente, se repuso, encarándose con Odile.

—¿Y este imbécil quién es?

—Es mi compañero —la voz de Odile tembló.

—Bueno, pues si quiere, que nos acompañe, pero en silencio.

—¡He dicho que largo de aquí! —Julián dio dos pasos hacia adelante. No se reconocía a sí mismo. Estaba seguro de que el alcohol hablaba por su boca.

Los dos individuos se pusieron en pie. El que había hablado sacó del bolsillo una navaja, pero no la abrió, lo que permitió a Julián el rasgo de la resistencia. Algo en su interior le animaba a lanzarse contra los dos drogotas. Cogió una silla y la blandió como arma de combate. Odile empezó a chillar con su voz antigua, la que tenía cuando era una jovencilla, y eso conmovió a Julián, más dispuesto que nunca a dar un silletazo al tipo de la navaja. Sin embargo, para sorpresa general, el compinche del navajero intervino para decir que de acuerdo, se iban, recogerían todo y se largarían, lo sentía por Odile. Al oírlo, ésta cambió el tono de sus chillidos por una especie de queja ronca, distorsionada, irreconocible, que a Julián le producía dentera, como uñas rascando una pared de yeso.

—No, mi dosis no, es mía...

Y se aferraba desesperadamente al brazo del que había hablado.

—Esta dosis ya no está en venta, gatita. Nosotros nos vamos al Callejón.

Odile no le dejaba moverse y el tipo hubo de quitársela de encima de un empellón. Julián ni se inmutó. Los dos tipos desaparecieron con sus jeringas, la cucharilla, el polvo blanco, y Odile se arrojó contra Julián golpeándole. Éste le apretó con fuerza la cabeza contra su pecho, había que inmovilizarla, mitad cariño, mitad vigor. Odile daba violentas patadas mientras le insultaba groseramente. Desarrollaba una energía impropia de su condición física. "Está endemoniada", dijo Julián cuando vio que echaba por la boca una especie de líquido blancuzco entre baba y espuma. La tomó por los brazos agitando su cuerpo como si fuera una botella y su cabeza se bamboleaba. Pudo comprobar, de refilón, sus brazos acribillados por decenas de puntitos. No sabía qué hacer, no era momento para dejar pasar excusas o culpabilidades, pero sí para una extrema compasión que se le deshacía en la boca del estómago bombeándose hacia las extremidades.

Volvió a abrazarla, esta vez sin voluntad de eficacia ni provecho, unió su cara a la de ella, tenía la mejilla mojada e iba a acariciarle el pelo cuando Odile, en un giro rápido, lanzó contra él sus dientes y Julián sintió una quemazón intensísima en la oreja izquierda de la que empezó a manar abundante sangre. Se palpó comprobando que le faltaba algo. Odile escupió un trozo de carne sanguinolenta que quedó en el suelo salpicado de gotas rojas, dejándose caer a continuación sobre el sofá, exhausta, con los ojos cerrados. Julián, con un pañuelo apretado contra la oreja, se precipitó hacia el cuarto de baño, de donde salió despavorido, era preciso cortar a toda costa la hemorragia. Recordó que había una casa de socorro a dos manzanas de allí y corrió escaleras abajo como si llevara fuego encima, negándose interiormente que se estuviera mareando, lo importante era que la sangre no chorrease, apretar fuerte el pañuelo.

Tardaron más de media hora en realizarle la cura. Cuando acabó, la médico de guardia, una morena insospechadamente guapa para aquel lugar de lúgubres azulejos blancos, comentó sonriendo: "Como nuevo". Le dio un antibiótico y añadió que había tenido suerte, lo más probable era que no surgieran problemas auditivos. Luego le entregó un escueto informe en el que con dificultad podía leerse: "amputación traumática del tercio superior del pabellón auricular izquierdo, de pronóstico menos grave". Quiso que rellenara el papeleo de un informe a la policía o a quien fuera. Julián se negó en redondo, pero al final no tuvo más remedio que firmar un documento de exculpación de responsabilidad. La guapa médico le animó a tranquilizarse, bastaría dejarse crecer un poco el pelo para que nadie notara la falta de un trozo de oreja.

A Julián le pareció que salía algo tambaleante de la casa de socorro. La doctora le había dado también un calmante que le estaba produciendo un dulce sopor. No sentía ninguna molestia en la oreja y sin embargo su mente reproducía la sensación de una carencia indefinida en su cuerpo, que había ganado en ligereza y volatilidad.

Encontró a Odile como la había dejado, aletargada en el sofá en una postura un tanto retorcida. El trozo de cartílago y las manchas de sangre seguían allí, pero no quiso mirarlo. Estaba seguro de que le traería mala suerte. Alguien lo recogería. Lo único que deseaba era descansar, dormir hasta el final. Se tiró cuan largo era sobre la cama y, antes de entrar en el sueño, se le ocurrió que quizás en un buen hospital podrían pegarle el trozo de oreja. Le pareció un trabajo ímprobo ocuparse ahora de tal cosa. Se dio media vuelta y sólo despertó con molestias unas ocho horas después, con el sol mañanero sobre la cara, cuando el teléfono se puso a sonar como si hubiera reunido a todas las chicharras del verano universal. Le dio la impresión de que tenía algo de fiebre, tal vez sólo décimas.

Era el duque. Estuvo a punto de colgar pero recordó a Odile rota sobre el sofá junto al trozo de oreja, y su primer impulso fue cerrar los ojos, huir a toda costa. El hecho era que los duques iban a realizar un viaje en coche a una de sus fincas de Extremadura y Gabriel deseaba que les acompañara. Le pareció una fuga apropiada. Pasarían a recogerle al cabo de una hora.

El duque era empalagoso con la Duquesa. Ésta vivía en función de sus humores, que resultaban ser la óptica a través de la cual actuaba Gabriel. El viaje duró unas dos horas y media, pero para Julián fue una eternidad, pues la Duquesa estaba de malas, seguramente porque aquella noche no tenía casino. Así es que no abría la boca más que para ordenarle al mecánico que fuera más deprisa. El duque realizó algunos intentos de aproximación que se saldaron con desprecio. La oreja vendada de Julián le proporcionó tema de conversación además de interlocutor adepto y dócil. Estaba el duque incontinente, desconocido, lanzando avalanchas de trivialidades impropias de quien se vanagloriaba de exhibir un alto porcentaje de pensamientos ingeniosos cada día. Julián sacó la libreta negra y la enarboló como una acusación. "Ésta sigue sin crecer", dijo. "Ya verás como tendrás trabajo en la finca. Ocurrirán cosas importantes", dijo procurando que su esposa, amodorrada, no se enterara. "¿Sociales?", preguntó Julián. "Sí, sociales".

No sucedió nada extraordinario hasta la hora de la siesta. A las cinco de la tarde se hallaban reunidos en el gran salón de aquella residencia del XVIII, joya de la Ilustración, unos veinte campesinos, entre medieros y jornaleros. Estaban de pie, en semicírculo, destacando por sus trajes en primera línea los medieros. El duque inspeccionó de un vistazo si la alfombra había sido manchada por tanto botín y alpargata, pero parecía que Roque, el guardés, había controlado a cada uno de los asistentes, en cuyos rostros se mostraba la inquietud, ignorantes como estaban del motivo de aquella asamblea. La mayoría adoptaba la posición de firmes, salvo los medieros, que al ser de condición superior, con sus manos enlazadas por delante, aparentaban una tranquilidad que estaban muy lejos de sentir.

Julián se había situado, tambien de pie, a unos tres pasos tras el duque, con el cuaderno preparado para cualquier eventualidad. Estaba asistiendo a lo que podría considerarse una audiencia, sólo que en este caso los que participaban en ella no abrirían la boca. Por fin el duque, en el centro de la estancia, pareció dispuesto a iniciar una sesión ciertamente cargada de suspenso. Mientras daba las buenas tardes a los presentes limpiaba las gafas con parsimonia. Empezó hablando de sí mismo y de cómo en su juventud había sido una persona progresista. Habló de algunos de sus estudios históricos, deteniéndose concretamente en la Ilustración, de la que el palacio en el que se encontraban, y en especial su biblioteca, eran una muestra excepcional. Se declaró un ilustrado y afirmó que el espíritu de las luces era, en los días que corrían, tan válido como en su propia época. "Y en definitiva, ¿qué define a la Ilustración? —dijo, y Julián lo anotó por escribir algo—; sencillamente, el deseo de racionalidad, y esto aplicado a todos los órdenes de la vida, desde la formación personal del individuo hasta su campo de trabajo y los utensilios y procedimientos con los que lleva a cabo ese trabajo. Es una mentalidad que hay que imponer, sí, imponer si fuera preciso, por parte de una élite social, aquella, escasa, que posee la lucidez y la capacidad crítica".

Hacía un calor del demonio y todos sudaban la gota gorda, probablemente más por el susto que por la temperatura. A Julián le picaba horriblemente la oreja pero no se atrevía a rascarse por miedo a reabrir la herida. El duque hizo un alto y pidió un vaso de agua. Los jornaleros no osaban mirarse ni deshacer su posición de firmes, pero el patrón, que se percató de ello, invitó a los presentes a perder la rigidez, lo cual acentuó más la preocupación de los catecúmenos de la Ilustración, que no sabían bien lo que pintaba allí aquel señorón, siendo que las pocas veces que habían tenido que tratar algún negocio lo habían hecho con la Duquesa.

Por fin entró el duque en la parte sustancial de su discurso. Todos los que estaban allí trabajaban dos extensas fincas, Cabeza Grande y El Ciervo Herido. La Casa ducal no estaba demasiado satisfecha con el rendimiento de ambas propiedades. En puridad deberían ser vendidas, pero eso a él, personalmente, no le agradaba pues seguramente se dedicarían únicamente a cacerías con lo que el despido del personal sería importante. Era preciso encontrarle una salida dentro del espíritu de la Ilustración, aunque ello supusiera una carga para la Casa ducal. La proposición que él quería transmitirles era que se constituyesen en cooperativa, para tener acceso a créditos blandos y subvenciones. La Casa les concedería una moratoria de dos años, a partir de los cuales comenzarían a pagar la propiedad a lo largo de un período de diez años. La valoración de las fincas se haría en una próxima reunión, cuando ellos se hubiesen puesto de acuerdo sobre la fórmula cooperativa, que tan buenos resultados estaba dando en otras regiones.

Las tensas arrugas de los rostros campesinos se ablandaron, la imaginación empezó a volar en desbandada a través de aquellos ojos desconfiados, y las rigideces no tardaron en volver, en cuanto se pusieron a cuchichear entre ellos, elevando cada vez más el tono de sus recelos. El duque intervino para cortar todo cariz asambleario, despidiendo al personal hasta una próxima e inmediata reunión. La tropa desapareció envuelta en una nube de murmullos apasionados.

El duque se volvió hacia Julián sin poder ocultar su satisfacción.

—¿Has tomado nota?

—En este caso lo importante es el contenido de la propuesta, más que el ingenio expresivo.

—¿Qué te ha parecido?

—Hombre, ahora todo depende de la tasación que hagáis de las fincas.

No hubo lugar a tal tasación. Cuando la duquesa se levantó de la siesta con un humor de perros, como siempre que dormía más allá de las cinco, y se enteró del conciliábulo, montó en cólera. Se recluyó con el duque en una de las salas, cuyas puertas correderas fueron prudentemente cerradas, no obstante lo cual se oyeron gritos de duquesa como maldiciones gitanas.

Así es que Roque el guardés tuvo que correr de un lado para otro avisando a medieros y jornaleros para una nueva reunión a las ocho de la tarde. A esa hora estaban todos allí formados menos uno que había ido al pueblo vecino a consultar el tema con su padre. Pronto adivinaron que se había producido una transformación radical. El duque se había ido a pasear su derrota por la dehesa contigua, quizá con un libro en las manos.

La Duquesa no habló de Jovellanos ni de Olavide. Les dijo con la firmeza que caracterizaba su personalidad matriarcal que su marido no había sabido explicarse dado que aún no estaba lo suficientemente enterado de los entresijos del patrimonio de la Casa de Palma. Nada de cooperativa, nada de nada. Que había que trabajar más y sacarle más provecho a la tierra. Y si algún día fuera preciso vender, se vendería. Por el momento no habían pensado nada semejante. "Podéis iros", y subió por las exquisitas escaleras de madera de caoba hasta su habitación. Jaqueca a la vista. La típica jaqueca de los Palma, como decía el duque.

A la mañana siguiente, a eso de las doce, volvieron a embarcar. La Duquesa había dormido bien y se encontraba de un humor excelente. El duque la agasajó a lo largo de todo el camino. "Da gusto lo bonito que está el campo en esta época", dijo. "Sí, pero no me vuelvas con rojeríos como el de ayer", contestó ella riendo. "Como quieras, amor", remató el duque avanzando un beso del que ella se zafó. Julián se había tomado una aspirina, aún tenía el cuerpo un poco febril y los puntos de la oreja empezaban a tirarle.

Cuando le dejaron ante el portal de su casa, Julián le entregó por la ventanilla al duque el cuaderno de pastas de hule. "Lo siento, he perdido interés por las biografías". "Oye, oye, ¿y el adelanto que te di el otro día?". "Se lo cobras al Duque de lo que me debe", dijo Julián. Algo no debió de gustarle a la Duquesa, que golpeó el asiento del mecánico con su abanico y el automóvil saltó hacia adelante con distinguido estrépito.

En descenso

La Casa Grande ya no volvió a ser la misma para Julián. Constituía un milagro cotidiano la obtención de una bolsa mínima imprescindible para poder mantenerse un rato en el casino, y eso sin duda se traslucía a los demás. Los ojos atentos de los otros, empleados y clientes, interpretaban implacables el cambio de signo; la imagen de Julián se alejaba como el horizonte de aquella otra que había mantenido durante más de un año: singular personaje adusto de economía desahogada. Ahora los jornaleros del casino sabían que era uno de los suyos. Julián no quería pertenecer a ningún colectivo, pero la naturaleza de las cosas hacía que el grupo le hubiera absorbido. Intentaría mantener la distancia, aunque no le iba a resultar fácil zafarse de conversaciones, chismes, préstamos y manejos de baja estofa. Las clases sociales en torno a la mesa de juego eran nítidas: se distinguían por los que utilizaban fichas moradas de mil pesetas, verdes de cinco mil o blanquinegras de veinticinco mil. Desgraciadamente, él había ingresado en el club del señor Soriano, Tomás Rodilla, doña María, el Gran Sordo y unas cuantas mujerucas que por allí pululaban a las que jamás prestó atención.

Este descenso no empañaba para nada las emociones. En el juego la conmoción resulta ser la misma jugando mil que cien mil pesetas, todo dependía del grado de riesgo que representara una u otra cantidad, la frontera de riesgo en la que cada cual se situaba. El vuelco del corazón que pudiese sentir un rico ejecutivo apostando un cuarto de millón era similar al del señor Soriano, jubilado, que había esperado diez o doce pases para arriesgar dos mil pesetas. Y también cabría decir que el miserabilismo era parecido.

Pronto descubrió que los habituales del punto y banca

sabían de él muchas cosas y no lograba entender cómo habían podido enterarse. La primera novedad fue que todos empezaron a tutearle y a llamarle Julián; con frecuencia le gastaban bromas sobre su oficio de escritor, que soportaba estoicamente porque no era cuestión de hipotecarse aquel último reducto de apoyo en el casino. También los fisonomistas, empleados civiles encargados del reconocimiento visual de los clientes, comenzaron a mirarle de otra manera, pero nunca le llegaron a molestar. En realidad el lumpen del casino era un grupo humano con las mismas desventuras que cualquier otro. Lo que peor soportaba era ese grupo de mujerucas que como cuervos planeaban sobre unos y otros, atentas a cualquier habitual que pudiera ir ganando para situarse junto a él o a sus espaldas, y acabar sacándole dinero. A él no se le habían insinuado pero sabía de alguna que en la calentura del juego prometía acostarse con quien le hiciera un préstamo, lo que debía ser considerado como una tara añadida a la pérdida del dinero fiado. De ahí que algunos jugadores del sector obrerista sólo sacaran sobre el tapete las fichas indispensables, metiéndose en el bolsillo cada ganancia para que las carroñeras no lograsen saber si iban ganando.

Julián se sentaba ya raramente. Aunque no quisiera reconocerlo, en el fondo le daba un poco de vergüenza, máxime con aquel vendaje de la oreja que en realidad llamaba menos la atención de lo que había esperado; pero sobre todo deseaba evitar coincidir con mademoiselle Georgine o con la Duquesa, así es que iba de un lado a otro, como los demás, peripatético, sobrevolando las coyunturas más favorables, porque ahora había que pensárselo mucho antes de realizar una apuesta.

Consecuente con su nueva posición proletaria, se marcó un razonable límite de ganancia-sueldo de diez mil pesetas diarias. Y todo parecía ir viento en popa. Llevaba cuatro días practicando la nueva táctica, y a fuerza de contención, letanías interiores y autocontrol agotador, había conseguido cuarenta mil pesetas que le proporcionaron una confianza, como se comprobaría después, exagerada.

El quinto día se presentó ya sin vendaje y nadie pareció percatarse de que el pelo remontara algo más de lo acostumbrado sobre su oreja. El éxito de los días anteriores le había animado en exceso, hasta el punto de que rozaba la mentalidad de cuando jugaba con fichas de cinco y veinticinco mil. Con cuarenta mil pesetas en el bolsillo se sentía el rey del mundo. Resultaba tan fácil ganar que empezó jugando todos los pases. Ganó los dos primeros y, por Dios, aquello era en efecto como robar a un niño. Las aguas volverían a su cauce anterior, pero había que arriesgar. Cuatro tiradas fueron suficientes para acabar con su capital y reservas. En el momento en que se alejaba de la mesa, insultándose con liviandad, culpándose mesuradamente, pensando cuáles eran sus posibilidades reales, se tropezó con las aristócratas. La Duquesa pasó de largo, sin mirarle, ostensiblemente. Era muy cierto que él no llevaba una pinta de figurín: el pantalón gris sin raya y la camisa de cuadritos, ambos caracterizados más que por la antigüedad por sus arrugas. Ese día además no se había afeitado, con lo que el tono verdoso que a la larga proporcionaba la Casa Grande a sus habitantes no hacía sino acentuar la obviedad de su decadencia. ¿Cuánto tiempo llevaba sin comprarse ropa? Siempre le parecía que no tenía dinero para una camisa, que venía a costar lo que una sola apuesta de punto y banca. Mademosille Georgine, sin embargo, al verle, se paró, le besó en las mejillas interesándose por la cosa aquella de la oreja y por su situación general. Julián no tenía una tarde particularmente brillante después del fulgor inicial, se había ido amuermando, y ya era escasa su capacidad para la floritura retórica, además de aquel cansancio sobre los hombros que amenazaba con doblarle el espinazo. De manera que no pudo ser muy explícito, contestó como desde el sueño, sin estar muy seguro de que hubiera correlación entre lo que respondía y lo que se le preguntaba. Sí, registró perfectamente el anuncio de que para los aristócratas la temporada estaba finalizando y que se irían la próxima semana, coincidiendo con el comienzo del verano, para su habitual estancia en Montecarlo, que era lo que de verdad le gustaba al Duque. Despertó de pronto llamado por una intensa irritación. "¿Y mi dinero?". Georgine hizo un gesto de lamentación. "No creo que vuelvas a ver ni un céntimo". "Pero ese tipo es un golfo, lo denunciaré, saldrá en la prensa, se le va a caer el pelo", e inmediatamente se preguntó cuáles eran sus armas contra él, dependía de su buena voluntad, y parecía evidente que esa voluntad no existía. "¿Está ahora en la ruleta?". "Sí, pero es inútil que lo intentes".

Ni siquiera se despidió. Salió disparado hacia la sala contigua en busca del viejo. Allí estaba sentado en su mesa de siempre, erguido, con su ancho bigote blanco de coronel colonial inglés. Era el Duque. A más de un visitante se lo habían señalado como ejemplo del prestigioso nivel del casino y de la fidelidad que recibía por parte de señalados personajes. Julián se sentó a su vera. Al verlo el Duque hizo una mueca de desagrado, como si su vecino oliera a azufre.

—Necesito dinero —dijo Julián.

—Espera unos días, ahora no puedo —dijo el Duque en un susurro.

—No puedo esperar. Yo ahí como un miserable, con quince mil pesetas mientras usted maneja placas de millón.

—He dicho que esperes unos días, ahora déjame tranquilo.

—¿A qué voy a esperar? ¿A que se vayan a Montecarlo? —el tono de Julián había ido aumentando.

—Haz el favor de bajar la voz —suplicó el Duque.

—¡No me da la gana! Deme al menos medio millón.

—No puedo, ¿no ves que eso es todo lo que me queda?

—Me es igual. ¡Págueme!

El Duque se incorporó queriendo irse, pero Julián le agarró del brazo obligándole a sentarse. Los jugadores y croupiers se percataron de que estaba naciendo una pelea. Un empleado, ojeador o jefe de sala, se les acercó. Tenía un horrible acento francés. Llamó a Julián por su apellido y le rogó que le acompañara un momento. Era sumamente educado y quizás fue la extrañeza que su desmedida urbanidad le produjo lo que le hizo soltar a su presa y seguirle. Se sentaron en un sofá al fondo de la sala. "¿Desea usted una copa, señor Zúñiga?". Le habló como si fuera un socio de su mismo club exclusivo, no obstante la insignificancia de su persona. El señor Zúñiga ya sabía cómo era esto del juego y los rasgos de determinados clientes habituales, algunos peculiares como el Duque, personaje de alta alcurnia al que había que consentirle ciertas manías, de eso el casino tenía pruebas abundantes. El empleado o jefe estuvo convincente. ¿Tenía algún documento o prueba escrita de aquel préstamo? No, entonces era su palabra contra la del Duque. Le miró de arriba abajo ex profeso. Le rogaba pues que, por favor, no le creara problemas.

Eran demasiados elementos depresivos. Quiso emplear todas sus técnicas de dominio, pero, a pesar de su supuesta experiencia, una aspersión de angustia aguda pareció anegar su cuerpo y Julián achicaba angustia como podía, pero la situación era francamente inestable cuando entró en el autobús del casino que le llevaría a Madrid. ¿Cómo podría salir del agujero si no quería salir de él, sobre todo teniendo un millón por cobrar? Pasó un rato. ¿Por qué la tentación del juego vencía siempre a cualquiera otra razonable? El juego sustituye a la escritura; la escritura sustituye a la masturbación; la masturbación es sustituida por el juego; luego masturbación y escritura son sustituibles: el juego no.

Eran más de las doce de la noche. No le quedaba ni un céntimo en los bolsillos, así es que tuvo que ir andando desde la plaza de España hasta su casa. Más de media hora de marcha a veces rápida, a veces lenta, dependiendo de los vaivenes de la culpabilidad. Almacenaba en su cabeza todas las piezas del desconcierto, desde el mareo hasta la escrupulosa cuestión de por qué había arriesgado tan frívolamente en un momento las arduas ganancias de los últimos cuatro días. Ni siquiera era un buen jornalero.

Odile estaba escuchando música, seguramente una ópera de Wagner a juzgar, entre otras cosas, por su expresión de arrobo justo a la entrada de un dulce sueño. Se saludaron, ella le preguntó por la oreja, parecía tranquila, limpia, con el pelo recogido en un moño gracioso, mientras él se mostraba sudoroso, internamente sórdido. En realidad, sólo pensaba en la manera de irse a la cama teniendo aseguradas quince o veinte mil pesetas para la Casa Grande del día siguiente, lo que con toda probabilidad aliviaría su desasosiego. Pensó en hacer el amor con Odile, pero el cuerpo le pesaba tanto como el desánimo. Así es que se limitó a unas cuantas frases banales tras las que abruptamente le preguntó si podía prestarle veinte mil pesetas que le serían devueltas inmediatamente. Odile, como si fuera una ordenada ama de casa, contestó que sí pero tendría que sacarlas del dinero del alquiler del piso. No había problema. Después se acostaron, ajustándose cada cual a su espacio propio en la cama, que era como un campo de conciencia, el terreno de batalla de los sueños. Los últimos pensamientos de Julián estuvieron dedicados a especular sobre si la droga eliminaba el deseo sexual. Le parecía que sí, pues Odile ya no pedía nunca nada. Podían llegar así a una entente más que cordial, a una hermandad similar a la que mantuvieron a lo largo de su vida San Isidro y su esposa. Tonterías, lo importante era que la asistencia a la Casa Grande al día siguiente estaba asegurada.

Por la mañana las alternativas que se le plantearon a Julián eran variadas: salir a vagabundear por las calles, quizás a algún parque, habida cuenta de que el calor empezaba a apretar; vagabundear por la casa yendo de un lado a otro, cogiendo aquí una cosa y depositándola más allá; escribir un artículo para una agencia de prensa donde tenía un amigo de los tiempos parisinos que seguro le daría acogida; o bien, finalmente, ser previsor, procurarse dinero para jugar al día siguiente. Estaba claro. Se afeitó, se lavó la cara, se masturbó rápida y aseadamente, luego hizo de vientre y tras tomar un café con leche de pie en la cocina, no quiso despertar a Odile, y salió a la calle en una esplendorosa mañana del mes de junio, con el calor asediando ya los pies de los viandantes, lanzando al tráfico a nuevos personajes con necesidad de compras veraniegas. Julián sonrió al sentirse como un modesto empleado de carpetilla de plexiglás con la tarea por delante de cobrar recibos. Él se había convertido, en efecto, en un cobrador o recaudador con una cartera de clientes, ay, demasiado escuálida.

Silverio era, sin duda, el más importante. Se dirigió a su oficina para lo cual se permitió la licencia de tomar un taxi, no resultaba fácil archivar en el olvido sus registros de caballero. El domicilio social de la empresa de Silverio estaba en una transversal de la calle Almagro cuyo nombre ignoraba. Era el tercer piso de una casa antigua, rehabilitada, de anchos techos y pintura discreta. Estaba muy cambiado desde la primera y única vez que Julián lo había visitado. A la entrada, una joven recepcionista tecleaba sobre una máquina y atendía simultáneamente a una centralita telefónica. En las paredes, carteles turísticos convencionales, como la guardia en el palacio de Buckingham o la Opera de París. El borde derecho del pasillo estaba flanqueado por paquetes y más paquetes de libros. En alguna de las habitaciones interiores se oía el chicharreo de un ordenador en marcha.

La telefonista miró a Julián sin verle, como si efectivamente fuera un cobrador. Julián preguntó por don Silverio.

—¿Don Silverio? —dijo la chica.

—Sí, claro, don Silverio.

—Ese señor ya no trabaja aquí —y continuó escribiendo, pero Julián sintió que le miraba con el rabillo del ojo.

—¿Cómo que no trabaja aquí, si es el propietario de la editorial?

—Yo, señor, lo único que puedo decirle es que ya no trabaja aquí.

Continuó tecleando en la máquina pero muy despacio, con precaución; tenía los ojos horriblemente pintados de color cárdeno, lo que proporcionaba a sus miradas furtivas todo tipo de sospechas.

—¿Puedo ver a su socio, Federico no sé cuántos?

—Don Federico no está.

—¿Puedo telefonear?

La empleada dudaba, movió las pupilas muy rápidamente de un lado a otro como buscando asesoramiento.

—Páseme el teléfono —sólo el tono ordenancista de Julián la decidió a obedecer.

Silverio estaba en su casa. Fue muy lacónico en sus respuestas, de la misma manera que Julián fue perentorio en sus preguntas, como correspondía a un buen cobrador. No tardó ni diez minutos en llegar al apartamento de Silverio, una mortaja sita en una colmena cuyas señas completas eran: escalera E, piso 12, puerta 3H. En su amueblamiento predominaba el skay, lo dorado y la madera de pino abrillantada. Cuando Julián entró Silverio se apresuraba a recoger los cientos de folios esparcidos a través de la salita y del dormitorio, sin duda obedientes a un orden sólo controlado por su autor. La mayoría estaban escritos a máquina, pero los había también a mano, con abundancia de cuadros sinópticos, especies de organigramas y fórmulas aparentemente incomprensibles. También había una buena colección de carpetas azules sobre un estrecho aparador.

Silverio estaba en zapatillas, lo que, junto al vello canoso que brotaba por entre la camisa de pijama abierta, le proporcionaba un aspecto de viejo achacoso prematuro. Dejó libre el sofá y Julián se sentó sin más protocolo. Inmediatamente se dio cuenta del problema de su amigo en la oreja y por primera vez Julián no contó que se había cortado con un alambre infectado, sino que confesó la mordedura de Odile, lo cual dejó a Silverio sumido en un profundo silencio.

—Vengo de tu oficina.

—Ya.

—¿Se puede saber qué ha ocurrido?

El otro dejó caer los brazos con signo de abatimiento.

—Yo no valgo para estas luchas, ni las entiendo ni las acepto. Federico planteó el imprescindible crecimiento de la editorial. Me lio para una fuerte ampliación de capital a la que yo no pude acudir. Pero él sí, con no sé qué amigos suyos. Total, me dejaron en minoría y me han destituido como director, me han puesto en la calle, y ahí me tienes cobrando el paro.

—Pero, gilipollas, ¿no te dije que cogieras un buen abogado?

—Yo en estas luchas no me meto. Que se queden con la empresa y me dejen en paz. Ahora me quieren comprar mi parte y se la voy a vender. No deseo verle la cara más a ese buitre.

Se sonó la nariz, protegiéndose del llanto.

—Te comprendo.

—Todo eso me da igual en el fondo. Mis preocupaciones están en otra parte, como te dije. He vuelto a leer de una forma continuada los mil seiscientos folios de mi ensayo y se me cae el mundo encima. Ya no reconozco la primera parte, ni la segunda, ni la tercera, no casan con lo que he ido avanzando después, hay contradicciones insalvables. Pero el gran problema es que leo una tesis y me parece estar de acuerdo con ella, luego leo la contraria y también lo estoy. Por primera vez después de tantos años no sé cómo continuar. He tenido muy clara la época de la revolución, la crisis de la revolución, la imposibilidad de la revolución y cómo todo eso abría el campo al reformismo, a altas dosis de pragmatismo, pero nada de ello implicaba la necesidad de desmontar totalmente a Lenin. Ahora todo se me presenta oscuro, vacilante, intercambiable; no sé por dónde avanzar. Nunca podré renunciar a Lenin, incluso aunque me diera cuenta de que no tenía razón.

—Te entiendo, pero nadie te está pidiendo que seas un renegado ni tampoco un adivino.

—Lo he sido durante años. He estado por delante de los acontecimientos que se han ido produciendo y si alguien en el comité ejecutivo hubiera leído mis entregas, ahora no tendrían más remedio que aceptarlo así. El Partido se ha llenado de falsos profetas.

—Me parece que debes seguir trabajando. Puedes acortar la primera parte, cortarla incluso...

—Eso sería renunciar a una parte de mi vida. Jamás. El valor de mi ensayo es lo que tiene de biografía ideológica, de evolución subjetiva y objetiva. No estoy dispuesto a cortarme un brazo o una pierna.

—Está bien, sigue adelante, pues.

—Se me ha metido una obsesión en la cabeza de la que no puedo librarme, ni de noche ni de día. Sólo conseguí olvidarla durante la cura de sueño, y en realidad necesito otro descanso. Pero estoy absolutamente convencido de que no podré encontrar un final coherente a mi trabajo mientras no haya acometido la ejecución que me he propuesto. Hoy por hoy, Simón, la figura elegida por tantos conceptos, es el gran obstáculo que me impide ver claro el futuro.

—¡Estás más loco cada día! ¿Qué diablos tiene que ver Simón con tu ensayo? ¿No te das cuenta del absurdo que estableces?

—Es una obsesión. Tomo somníferos y a media noche me despierto empapado en sudor. Sueño reiteradamente que hay algo que me impide avanzar; luego, cuando me despierto y me pongo a pensar, resulta que continúo pensando que hay algo que me impide avanzar. Y ese algo es idéntico en el sueño y en el despertar, está ahí, yo le he dado un nombre y unos apellidos, me he trazado un plan. Sé que desde fuera puede parecer descabellado, pero la coherencia interna de mi razonamiento no hay quien la mueva.

—Silverio, tú tienes que ir al médico. Necesitas una nueva cura, internarte. Córtate la oreja, si quieres. Te aseguro que no se echa en falta.

—La hora de mi liberación se está acercando.

—¿Sabes que me estás dando miedo? Si sigues por ese camino no tendré más remedio que denunciarte para salvar la vida de un inocente.

—¿Quién es inocente, el comité ejecutivo? ¿Yo no valgo nada, se me puede embaucar, convencer, activar como a una aguja de acupuntura y luego arrojar a la papelera sin siquiera escucharme? Yo no soy un sentimental de la política, soy un estudioso, un teórico, tengo derecho a exigir que mis aportaciones sean debatidas, y si eso no se produce es que algo está fallando. ¿Te das cuenta de las obstrucciones que ha sufrido mi pensamiento por la falta de consideración del Partido?

—¿No te consolaría nada si te prometiera que esta misma tarde empezaré a leer tu ensayo?

Silverio se puso en pie, nervioso.

—Pero bueno, ¿tú crees que esto es un juego de niños? ¿Te parece a ti que yo lo que necesito es consuelo? Piénsalo dialécticamente, no soy yo quien tiene necesidad de ayuda, es el Partido quien necesita de mis ideas, y si alguien se interpone entre mis ideas y el Partido es éste el que sale perjudicado.

—Prométeme que irás a la clínica, que harás un nuevo tratamiento antes de ir por ahí de justiciero.

—La verdad es que debo ir, sólo porque estoy enormemente cansado, pero no sé si podré posponer la ejecución.

—¿Por qué no te vienes a vivir con nosotros unos días? Odile se alegrará de verte.

—Pobre Odile. Bien la hemos jodido entre los dos.

—No empieces con la tabarra. Ahora está mucho mejor, pero si te rebosan las buenas intenciones y quieres reinsertarla, adelante. Puedes quedarte en casa sin preocupación, por mí ya no siente nada, el camino está libre.

Silverio volvió a sentarse, ya muy silencioso, reconcentrado en alguna idea fija a la que arropaba su ceño fruncido. Así estuvo un largo rato durante el cual Julián ejercitó la paciencia del cobrador. Cuando despertó de la idea fija le preguntó si quería tomar algo. Julián entendió que había parado el loco golpe contra Simón Sánchez Montero, y se sintió suficientemente liberado como para iniciar una charla varia, superficial, que le permitiera obtener cien mil pesetas como préstamo, adelanto de algo; al fin y al cabo ahora Silverio iba a pillar unas pesetas con la venta de sus acciones.

Finalmente el barco no estaba tan a la deriva. Incluso había momentos gozosos, como el que ahora atravesaba camino del banco para cobrar el cheque de Silverio, andando despacio por las calles congestionadas, avanzando hacia la hora de la comida, hacia las cinco de la tarde cuando sonaban los timbales y clarines de la Casa Grande. El ritmo de las cosas era perfecto, la consonancia del tiempo, todavía no contaminada por la impaciencia de las cinco en punto, le permitía un braceo, un arqueo de piernas evocadores de la precisión de los remeros o de algunos movimientos de ballets que había visto años atrás con Odile.

Comió lentamente en una tasca próxima a la calle Carretas, con baldosas y espejos de principios de siglo. Extendió el periódico sobre el velador y empezó a leerlo, ojearlo más bien, no era fácil concentrarse, le asaltaban tácticas, movimientos, frases nuevas a aplicar dentro de un rato en el casino. De repente se topó con el suplemento literario del periódico donde, en un artículo sobre la nueva narrativa española, citaban su nombre. Bebió un sorbo de cerveza. Resultaba que él era, sin saberlo, un nuevo narrador español. El golpe de vanidad que sintió fue, todo lo más, comparable al acierto de un cuadro (pago de ocho a uno) en la ruleta. No demasiado, una satisfacción volandera. Pero está bien que alguien se acordara de ti aunque fuese de pasada. Y se puso a comer cerezas.

Estaba muy cerca de su casa y el paseo le había fatigado un poco. Se tumbaría en la cama media hora, como los deportistas antes de cada partido. Era muy importante llegar en buenas condiciones físicas a lo que en definitiva era estrictamente una cancha de juego. De ello dependía la intensidad y permanencia de la concentración mental, la lucidez para conectar con el tintineo rítmico de las cartas o los números.

Sonó el teléfono cuando se estaba quedando adormilado. Al principio no contestó nadie. Iba a colgar y entonces se oyó una voz femenina que voluntariamente deformaba la pronunciación de las palabras, como esos anónimos escritos en los que cada letra está recortada de una publicación diferente. "Le interesaría enormemente pasarse por un local que hay en la calle Santa Engracia número 12. Pásese ahora mismo, me lo agradecerá". Como en las películas, iba a preguntar algo pero colgó. Aquello no procedía del sueño ni de la televisión, como hubiera sido lógico, sino del auricular que sostenía en la mano como un pingajo. No parecía ni una broma ni una chiquillada sino una señal llena de realismo. La mujer del teléfono quería informar de algo, pero ¿qué podía significar todo aquello? No había habido referencia alguna a secuestro, chantaje ni nada semejante. ¿Secuestro de quién? ¿Tendría algo que ver con el juego? ¿Qué era ese local que había que visitar perentoriamente a las cuatro y media de la tarde de aquel jueves? Además él a esa hora no podía, tenía que estar en el casino a las cinco. ¿Había algo más importante que esa cita? Sin duda no, pero aquella llamada excitaba la curiosidad y la alarma. No pasaría nada si un día llegaba un poco más tarde a la Casa Grande. Le seguía faltando claridad para pensar, el problema del jugador es que cada vez se le va haciendo más obtusa la facultad de pensar en algo ajeno al juego. Quizá lo que se adquiría con él era una nueva dimensión del tiempo. Los días iban pasando y uno se daba cuenta de que su realidad era continuamente aplazada por un artificio hecho de ruedas y números. La cuestión residía en valorar de qué manera se perdía el control de lo cotidiano.

Lo que Julián vio en Santa Engracia 12 lo anotó en unos folios escritos a continuación de su visita al lugar. Aquella escritura le pareció un acto de cinismo cuando volvió a releerlos.

"Es el temblor de la adolescencia, la comodidad de estar a solas con uno mismo sin necesidad de compartir nada con nadie. Así ha ocurrido con la llamada telefónica que le invitaba a un Peep-Show, ése era el lugar, no podía ser otro, tal como se lo indicaba el dulce temblor de adolescencia.

Todo tiene que ver con la sordidez, no se trata de un brillante local de alta pornografía sino de un antro de barrio. Al bajar unas escaleras se topa uno con una ventanilla donde una eficaz recepcionista te entrega, sin consultar, unos papeles para consumir en el bar. Pululan por el pasillo central un par de macarras y una puta sentada en un taburete de la barra a esta hora de la siesta. Varios pichones, jóvenes y de mediana edad, dan vueltas disimuladamente, como si buscaran algo, alrededor de las vitrinas donde se exhibe una gran variedad de revistas y objetos eróticos. A la izquierda está la zona de las cabinas. Ínfimas, apenas un metro cuadrado, negras como ataúdes verticales. Entra en una de ellas, se cierra con un pestillo procurando no hacer ruido, la vergüenza es el sentimiento más generalizado. Al frente, una ventanita opaca. Un cenicero de pie sostenido por un tubo que sirve de papelera. A la derecha, un rollo de papel hiegiénico, lo cual aclara y simplifica las cosas a los ojos de Julián. Echa una moneda, el piloto rojo se apaga y la ventanilla se hace transparente. Lo que se ve es una habitación semicircular con una especie de cama-estrado redonda que va girando lentamente al compás de una música. La chica desnuda juguetea con su cuerpo exhibiendo en las más diversas posiciones algunos recovecos, manoseándose, dibujando movimientos de baile. Lleva unas gafas negras que le evitan la provocación de las miradas o la fuerza de los focos de luz. Hay en ella un cierto comedimiento, como si no quisiera extremar el erotismo ni radicalizar sus gestos, que son suaves y no exentos de una cierta elegancia. Es un cuerpo menudo, de rostro algo escuálido, la piel demasiado blanca, pero conserva unos bonitos pechos. Se apaga la ventanilla, otra vez opaca. Todo a su alrededor se vuelve guarro, impuro, el cenicero, las paredes forradas de negro, el papel higiénico, la papelera llena a saber de cuántas bolas pegajosas, y es como si se hubiera manchado las manos, pero no ha tocado nada, sólo la moneda, es preciso ser precavido, ajjjjj, el asco por lo viscoso no le impide un cierto temblor de piernas mientras introduce otra moneda y la chica vuelve a vivir un minuto. La relación entre el que mira y la persona mirada. Ampliar. El deseo y la cosificación. A partir de la tercera moneda la chica se convierte en protagonista: qué piensa, qué siente, qué ve, ciega, mientras sobre su piel se derraman los regueros masturbatorios que la recorren en un acto sexual sencillamente agobiante. ¿Cómo puede producirle tal emoción un simple desnudo? Habría que profesionalizar la mirada, ella protege con unas gafas negras el último refugio de su personalidad, aunque sin duda su mirada sea cansina, huidiza, hija de la costumbre de exhibirse durante tantas horas. Los esfuerzos por resultar morbosa no alcanzan su pleno objetivo, debido al acoplamiento entre la música y sus movimientos, diríase danza, las piernas levantadas, el culo enhiesto y, sin embargo, ese cuerpo, ese cuerpo es reconocible, de pronto ella se quita las gafas en un gesto de desafío y, claro está, es Odile. Julián traga saliva y hay un incendio en su plexo solar. Un primer impulso de escapar sin más, sacarse la mano del interior del pantalón, se oye caer una moneda en la cabina de al lado. Ella parece buscarle, sabe que está tras uno de los espejos, ¿pero detrás de cuál para dedicarle un frotamiento de clítoris?, todos se ocultan tras sus monedas en este bonito juego del escondite. Hasta que parece hartarse y vuelve a la profesionalidad de su mirada esquiva, busca los rincones, ni desafiante ni natural, no mira de frente como no miran de frente los ciegos; a veces levanta los ojos para quedarse prendidos de la nada mientras se acaricia el pubis con la misma naturalidad con que podría cepillarse el pelo. Siguen cayendo monedas en las cabinas, pero ya no les sonríe, a lo sumo vuelve hacia el ruido una de sus nalgas, ella ha de notar que unos nuevos ojos se iluminan para acribillarla. Seguramente sentirá desprecio por esos solitarios de papel higiénico, aunque en estos momentos la sesión va dedicada a Julián, lo que implica un mayor esfuerzo profesional, una mayor carencia de intencionalidad; la actuación es, si cabe, más pasiva y distanciada, se nota que está cuidando mucho esa intención. Nadie la ha tocado en realidad, piensa Julián, ridículo; las miradas viscosas no penetran, ella no participa en la relación. ¿Odile es hollada o no es hollada? De pronto pareció como si ya no hubiera nadie en las cabinas. No volvieron a oírse los cliks de las monedas al caer por la ranura. Fue una extraña sensación de soledad. Odile estaba desgarbada, prescindía de la música, bostezó varias veces seguidas, miró la hora en su reloj de pulsera. Cuando Julián introdujo una moneda más en el aparato Odile supo que estaban solos. Se volvió a quitar parsimoniosamente las gafas negras dejándolas sobre la cama giratoria, y allí estaban sus ojos de siempre, ya no risueños sino con una expresividad que se pretendía morbosa. Se aproximó a su visor hasta casi tocarlo con la mano, le saludó con una sonrisa, todos los gestos le estaban dedicados, quería aproximar a Julián a su cuerpo imposible, sin dejar de mirarle, hasta el punto de que éste se preguntó si no le estaría viendo y la sonrió ante la ventanilla iluminada. Ella se frotaba los pechos, se retorcía contra el suelo, aquellas nalgas se aproximaban en exclusiva a su ventanilla. En cierto modo era tierno, le hizo un impracticable gesto invitándola a venir y ella se acariciaba el vientre como si estuviera envolviéndolo y desenvolviéndolo en hilos de seda. Sonreía cada vez que Julián se veía obligado a introducir una moneda. Odile había adquirido un gran desparpajo. Pero pronto nuevas monedas cayeron en otras cabinas y el cuento tocó a su fin, volvió a colocarse las gafas, reaparecieron los bostezos, las miradas al reloj, porque efectivamente su sesión había terminado. Se puso en pie tras dar un resoplido de alivio, saludó a la compañera que entraba en su sustitución y desapareció. Julián recompuso sus pantalones precipitadamente, había tenido que tocar el papel, su mano había rozado el cenicero, y al mismo tiempo que el asco se extendía por su piel no pudo dejar de reconocer que jamás había gozado tanto en solitario."

Odile iniciaba la subida de las escaleras cuando Julián se situó a su lado. Se sonrieron a sabiendas de que se trataba del procedimiento más eficiente para suavizar las primeras tensiones. No hubo más palabras hasta que se encontraron en el interior del taxi que les llevaría a casa.

—¿Te ha gustado? —preguntó Odile con los ojos incisivos de la provocación.

—Sí —dijo Julián simulando una calma emparentada con el cinismo.

Hubo un largo silencio que no se rompió hasta que, a la altura de la calle Fernández de la Hoz, Odile se echó a llorar en silencio con tal abundancia que Julián maquinalmente se cubrió la oreja con una mata de pelo. Tomó la cabeza de Odile entre sus manos y la besó en la frente en un gesto de unión, como si hubieran de consolarse de una desgracia mutua.

—¿Fuiste tú la que me telefoneaste?

Odile afirmó con la cabeza.

Julián sintió por Odile la misma ternura que debe sentir el condenado a muerte hacia su ser más querido en su última noche. Odile le acariciaba la oreja rota. El taxi se demoraba en su carrera sin explicación, empezaba a haber a su alrededor demasiadas cosas raras. Julián supo por fin que aquélla era su última noche y que en cualquier caso ya nada volvería a ser igual, la Odile que estaba a su lado en el asiento del coche merecía ser rescatada; valía la pena incluso que él mismo intentara recuperar algo de tiempo. Le extrañó su propio lenguaje y lo achacó al impacto emocional que podía haber reblandecido alguna de sus más tercas neuronas. Pero a medida que el taxi seguía tragando calles le iba apeteciendo más alejarse de todo, dejar atrás lo tan pisoteado. Estaban entrándole demasiadas prisas. "Nos volvemos a París", le dijo a Odile repentinamente, sin habérselo apenas planteado. El taxi paró delante de su portal.

Estuvieron dos días preparando maletas, seleccionando aquello que resulta imprescindible en cada vida. No era fácil ponerse de acuerdo ni siquiera en el método de selección. Al final recurrieron razonablemente al azar y dejaron listas en el recibidor cuatro maletas de cuero. Tenían tan pocas ataduras que no hubieron de realizar demasiadas gestiones para dejar ultimados todos los detalles de sus vidas administrativas. Odile se llevaba también puesta la adicción.

Julián sólo pudo hablar telefónicamente con Silverio. Debía estar demasiado enredado con sus historias bélicas y no quiso dejarse ver. Les felicitó por la decisión que habían tomado y fue él mismo quien se ofreció a regalarles los billetes de avión a París. Se le notaba ajeno, como si estuviera ante un deber, y cumplió su palabra escrupulosamente. A las doce de la mañana del día siguiente, día de la partida, un botones de una agencia de viajes les llevó los billetes a su domicilio.

La decisión inapelable de la partida y su implicación de cambio de hábitos le traía muy desasosegado a Julián, que no sabía muy bien qué hacer para llenar esas horas vacías que le acosaban a preguntas. Miraba el reloj una y otra vez, intentaba leer, bebía una cerveza. Aún eran las dos de la tarde y el avión salía a las diez de la noche. Nunca en su vida lo había tenido todo tan a punto, cuando en realidad a él le gustaba que los viajes llegaran casi por sorpresa, no pensar en el viaje resultaba imprescindible, apurar al máximo el desembarco en la estación o en el aeropuerto, arriesgando, ésa era la palabra, quedarse en tierra.

Odile había salido a la peluquería, dijo, y él tenía pendiente una despedida sentimental. No había peligro, apenas llevaba treinta mil pesetas, el tiempo de decir adios a aquella Casa Grande que había llenado de pasión su vida, y también de deterioro. Mientras se encaminaba hacia ella no dejó de pensar en la naturalidad con que se suponía él había renunciado al juego y ella a la droga. No habían tenido ni siquiera necesidad de prometérselo, *ça allait de soi*. ¿Dónde estaría ahora Odile?

No se trataba de llegar al fondo, lo que se quería decir era que en un momento dado no se podía más. Julián no intentaba alcanzar ninguna situación irreversible, pero rápidamente olvidó que su objetivo era despedirse en silencio de aquella atmósfera luminosamente neutra y de aquellas gentes a las que tanto le unía, hasta el punto de ser sus auténticos compañeros, Zapatones, el señor Soriano, Tomás Rodilla, el doctor Chin-Clan, no tenía necesidad de despedirse de ellos. Eran las cinco y veinte de la tarde, notabā una cierta aceleración en la sala, en los movimientos y apuestas, como si hubiera un premio por jugar rápido. Con su escaso capital en el bolsillo no podía hacer mucho, tampoco era su propósito dar la campanada sino más bien todo lo contrario, acabar, hacerse la ilusión de que una vez perdidas las treinta mil pesetas había tocado fondo. Jugó peor que nunca, se fue arrastrando de mesa en mesa, apostando sin contrastar el ritmo del sabot, sin mirar el cartón donde los jugadores apuntaban los pases. No daba pie con bola, con lo que adquirió la convicción de que aquello iba a terminar pronto. Sin embargo se encontraba tan sensible que los golpes de angustia le acompañaban en su peregrinación por las mesas, a veces se conmutaban por mareos, y entonces tenía que agarrarse a algo firme porque aquello se movía, y tambien había ciclos de gozo, cuando todo parecía evidente, simples conatos. Incluso apareció la rabia y, en esos momentos, apostaba lo contrario de lo razonable, justamente cuando lo razonable se estaba imponiendo. Una ira universal perseguía la fría destrucción, no era nada nuevo para Julián, no estaba jugando en pos de ninguna gloria, ni para recuperar pérdidas anteriores, jugaba para desertar de sí mismo, entontecerse, y no tardó en lograrlo. Nada existía en el mundo sino el Uno Impávido, Virtudes, doña María, las mujerucas, el Albino Traslúcido, Lucas, cada cual en su misión, y también él en la suya, la de llegar al final, agarrar al horizonte y retorcerle el pescuezo. O el casino acababa con él o él acababa con el casino. ¿No estaría necesitando en aquellos momentos grandes dosis de compasión? Los borrones en la memoria, los tambores lejanos en la cabeza. No había parado ni un segundo de jugar atropelladamente. Le estallaba la vejiga y hubo de hacer un gran esfuerzo de voluntad para decidirse a bajar al servicio; eran unas escaleras empinadas y estrechas, que se retorcían al menos dos veces sobre sí mismas, hasta desembocar en unos servicios solitarios, como el final de un tunel cegado. Detrás de la puerta había un tipo al que no quiso mirar frontalmente por evitarse el miedo, pero parecía desaliñado, quizá llevaba un pañuelo en la mano, estornudaba constantemente, podía ser un drogota o un borracho, potencialmente un agresor. Si le hubiera atacado nadie hubiese oído nada en aquella cueva lejana. Volvió a subir las escaleras sin mirar atrás, esperando en cualquier momento la sucia mano de un degenerado sobre su hombro. Salió del agujero a la luz y respiró, aquello era un buen síntoma. En las mesas de punto y banca pensó que resultaba imposible que prosiguiera aquella contumacia de la mala racha, seguía manteniendo la esperanza de que después de un ciclo negativo vendría otro positivo, pero ya no tenía reservas para aguantar demasiados cambios de signo. Sentía hambre y sin embargo lo único que se permitió fue un vaso de leche, cosa de cinco minutos. En la barra del bar había otro jugador habitual cuyo nombre ignoraba y que debía encontrarse en parecido trance al suyo. Ambos comentaron el disparate de la situación en que se hallaban, la imposibilidad de retirarse a tiempo. Julián le mintió: "Yo me voy a jugar las últimas cincuenta mil que me quedan y después adiós". El otro, un gordo de traje cruzado y prometedora papada, se lo tomó por lo trágico, quizás llevaba encima unas copas. Le rogó a Julián que no jugara más, que él mismo le llevaría a Madrid en su coche. Parecía querer apoyarse en Julián, quien insistió en que aquélla era la última cantidad que estaba dispuesto a perder. ¿Por qué trataba de hacer con él lo que no era capaz de hacer consigo mismo? Se despidieron con toda clase de promesas de retirada inmediata. Julián prosiguió su callada romería. No volvió a cruzar palabra con nadie. Quizás habrían pasado dos horas cuando divisó al otro lado de una mesa al gordo de la papada prometedora.

Sus miradas se cruzaron. Hizo un gesto interrogativo. Julián movió el dedo pulgar hacia abajo. Quisieron reírse pero todo lo más que pudieron extraer de sí mismos fue una mueca aún inexpresiva. El cansancio paralizaba ya sus reflejos. Apostó lo poco que le quedaba a banca, siguiendo la postura del Uno Impávido, un jugador seguro. Ya nadie era una garantía, perdió, blasfemó imperceptiblemente y se dirigió hacia la salida. No había nada que hacer y sin embargo carecía de la fuerza exacta que le arrancara de allí. Metió sus manos en los bolsillos, encontró un billete de mil pesetas, un despojo. Lo natural en esas circunstancias era irse sin un céntimo, de manera que pasó de largo por delante de las puertas de salida y se fue con las piernas temblonas a la gran sala contigua de ruleta francesa. Entraba para despedirse aunque aquélla no era su zona preferida, sólo en determinadas rachas le daba por probar fortuna allí. No quería pensar en los aristócratas, pero su atención se trasladó a la mesa del Duque, que efectivamente ocupaba su puesto habitual. Por lo visto la familia se hallaba reunida, pues al lado del Duque se encontraba la Duquesa y junto a ésta, cosa rara, el duque consorte. Sin embargo mademoiselle Georgine no aparecía por ningún lado. Una vez más la ira le calentó las palmas de las manos al recordar el millón que le debían, pero decidió que no iba a repetir el número del Duque ya vivido, sin fortuna, anteriormente. Sería mejor que no le vieran en su presente estado de desvalimiento. Se fue a una de las mesas baratas, donde la apuesta mínima costaba doscientas pesetas. Se negaba a recordar aquella vez en que con las últimas mil pesetas consiguió una auténtica fortuna. Al número veintinueve. O el casino acababa con él o él acababa con el casino. Tiró sobre el tapete el rugoso billete mientras decía: "Veintinueve y caballos". Era más digno irse.

Sentado en un sofá miró hacia arriba y sus ojos se enzarzaron con los de Georgine que, de pie, frente a él, le sonreía desde su altura de mujer dominadora.

—Esto se acaba —dijo Georgine—, el viernes nos vamos a Montecarlo. Ya tengo ganas de cambiar de aires. ¿Cómo vas tú?

—A cero.

—Pero hace un rato te vi y parecías ir muy bien.

—Es el final, Georgine. Me retiro de esto, me vuelvo a París, me voy con Odile...

Así fue como Julián cayó en la cuenta de que eran las dos y media de la madrugada, y había olvidado por completo que en el bolsillo trasero de su pantalón se habían agostado dos billetes aéreos Madrid-París con salida a las diez de la noche. Hubiera querido derrumbarse, salir corriendo. Aún tuvo que esperar veinticinco minutos hasta que salió el autobús del casino. Durante ese tiempo se fue lejos de la vista de Goergine, y se quedó frito en un sillón. No le importaba nada que le vieran en aquel lamentable estado.

Ya en Madrid, Julián se sintió tan vacío e inútil como pueda sentirse el presidente de Estados Unidos el día siguiente al término de su mandato. Camino de su casa, como tantas veces, se adelantó a abroncarse para ganar tiempo. Luego se ofreció a Odile como víctima propiciatoria y en cierto modo ésta le defraudó, pues sólo supo exhibir una gresca convencional, no proporcionada al daño recibido. Además duró poco tiempo, era todo muy extraño. Tal se había vaciado antes de su llegada y sólo quedaba ya la espuma final. Pero él necesitaba acción, palabras, recriminaciones, culpas, materiales para ocultar la angustia. En ningún caso el silencio. Trató de razonarle algo, lo que fuera, a Odile, de verdad necesitaba que le comprendiera o le acusara, pero ella no contestó, se mantenía al margen y Julián se quedó solo, lo único que trataba de evitar. Desde su sillón veía las cuatro maletas perfectamente alineadas, huérfanas de destino. No había comentarios, simplemente el plan se había venido abajo, París acababa de romperse, sería preciso plantearse nuevas regeneraciones, Manuel Azaña, propósitos de enmienda, esa noche, por favor, ponerlo todo entre paréntesis, su cabeza no daba para más, seguía girando la ruleta sobre los bordes de su cráneo, como una corona de diminutos cascabeles, sin estridencia pero a toda velocidad, ¡que alguien pare esa máquina!, 33, 28, 12, 7, 21, 18, 4, 30, asqueroso número 16, maldito, repugnante 34, aaárrree caballo, 26, 29, 32, y 29 y 32 y caballos, y aquella lluvia de meteoritos en desorden o alineados según la infinita perfección de la ruleta, cuando del dormitorio vino un ruido extraño, un golpe seco contra el suelo, no era ninguna bola de ruleta, un vaso roto o algo así. Julián se precipitó hacia la habitación como si intuyera lo que iba a ver, y la vio a ella, a Odile, tirada transversalmente sobre la cama, el brazo yerto colgando y, en efecto, un frasco de pastillas, un vaso de agua sobre la moqueta. Le tomó el pulso y aquello iba muy lento o es que no se lo estaba tomando bien. Le miró las pupilas abriendo desmesuradamente los párpados sin saber con precisión lo que buscaba, puede que el iris de sus ojos hubiera desaparecido hacia arriba. Tomó el frasco de sedantes, que era de su uso personal, en el que aún quedaban varias pastillas, resultaba imposible saber cuántas había tomado. Se estaba asustando por momentos, había que avisar a alguien pues la palidez de su rostro no hacía sino acrecentarse. Marcó el número de Silverio, fue el primero que se le ocurrió. "¡Vente para acá, esta imbécil ha querido suicidarse!". Pensó en las palabras que acababa de pronunciar y hubo de reconocer que no eran las pertinentes para designar la perturbación en la que Odile se hallaba envuelta. En ese momento, se volvió emitiendo un débil graznido que parecía haber salido de cualquier hueco menos de la garganta. Quizá se había alarmado en exceso cuando en realidad se encontraba sólo ante un intento de suicidio controlado, lo que no dejaba de ser emocionante porque no había que olvidar que toda acumulación de pastillas comportaba un riesgo y que el objetivo de Odile era llamar su atención, comunicarle su hastío, a través de un lenguaje peligroso. ¿Para qué un suicidio si esas cosas él ya las conocía desde hacía mucho tiempo?

Estaba en la cocina preparando café cuando sonó violentamente el timbre de la puerta. Sería Silverio. Nada más abrir, y sin siquiera tener la posibilidad de ver la expresión de su agresor, recibió un puñetazo entre el labio derecho y la mandíbula que le hizo tambalearse, quizá no tanto por la fuerza del golpe como por el efecto sorpresa. Al mismo tiempo le insultaba soezmente. Hubiérase pensado en un batallón de matones a juzgar por la multiplicación acelerada de guantazos, pero se trataba tan sólo de Silverio dominado por una furia fratricida. Se le agarró al cuello y entonces Julián consideró la realidad del ataque al comprobar la relación existente entre aquellas manos crispadas y la falta de aire en sus pulmones.

De un empellón arrojó al energúmeno contra la pared, sin haber podido verle todavía la cara, pues no dejaba de moverse, lanzando puñetazos a diestro y siniestro, loco, mientras con un hilo de voz entrecortada le acusaba de haberla matado. En vano éste trató de hacerse oír cuando un certero golpe de Silverio al hígado le hizo doblarse en una graciosa reverencia, y cayó en tanto proseguía ansiosamente la búsqueda de aire para sus pulmones. "¡Me rindo!", recuerda Julián haber chillado desde el suelo, al mismo tiempo que trataba de limpiar una mancha de sangre que le cosquilleaba en la nariz. Vio perfectamente cómo se ensuciaba la moqueta de rojo y eso le proporcionó una rabia desproporcionada. Dijo "jodío tuberculoso" y le embistió con la cabeza contra el estómago, con un doble efecto, Silverio se quedó sin respiración pronunciando un ¡ajjjjjj! aparatoso, y Julián creyó que el cerebro se le había roto en pedazos. Lo más sorprendente era que al tratarse de una lucha sorda, con campo de acción en el pasillo, no había ruidos intempestivos ni muebles o lámparas destruidos, sólo respiraciones encrespadas. Agarrados como podían el uno al otro, trataban de desenterrar llaves de lucha libre de la infancia. Ambos renunciaron, tras pasársele por la cabeza, a tirarse de los pelos y a largarse patadas en los huevos. Así pues el forcejeo no hacía más que agotarlos inútilmente, en plano de igualdad, pero el amor propio se había interpuesto entre ellos y Julián ya no volvió a decir que se rendía, sino que sacando fuerzas quizá de la bolsa de angustia que le colgaba del cuello como un cencerro, se afanaba en retorcer el brazo izquierdo de Silverio en tanto éste aferraba su mano, como solución final, sobre el músculo esternocleidomastoideo, una zona infalible, inolvidable de la infancia, y Julián sintió que le desgarraban el hombro pero conocía aquel dolor y supo que se podía aguantar, mientras por el contrario notaba que Silverio flojeaba ante la presión sobre su brazo. Aún rodaron por el suelo en varias ocasiones, arriba o abajo, hasta que llegó un momento en que ni brazos ni piernas obedecían, ambos andaban roncos y coincidieron en arrastrar sus toses tabáquicas al unísono como un oscuro dúo musical. Eso o cualquier otra cosa, la falta de rencor por ejemplo, les hizo mirarse y estallar en una carcajada que se prolongaba a medida que cada cual contemplaba los destrozos realizados en el otro. "¿Vencedores los dos?", dijo Julián. *Venciscrópilo*, añadió Silverio peinándose con la mano. *Arcásfilo. Sumalófrigo. Insulándalo*. Así hasta que Odile apareció en el marco de la puerta, blanca como la pared, sosteniéndose la cabeza con ambas manos.

Ataques de dignidad

A partir de aquel día Julián comenzó a sufrir ataques de dignidad cada vez más frecuentes. Fue, por decirlo así, una conversión que le hacía erguirse, y en esa actitud se sentía satisfecho de sí mismo, sin ningún despilfarro de sus potencias. La disciplina se constituyó en uno de los baremos que más exactamente medían el cumplimiento del deber, una exigencia que había recuperado después de tantos años de improvisación y hedonismo. En la tensión de la conducta encontraba Julián una complacencia que, sin duda, tenía su componente egoísta como corresponde a todo juego de compensaciones.

Esa constante tirantez de arquero le impedía, por supuesto, cualquier tipo de relajamiento, y también de evasión. Las muestras sentimentales serían necesariamente positivas, al igual que las pulsiones. Se habían acabado las dobleces, los sarcasmos, las hipocresías, las medias distancias. Se actuaría estrictamente conforme a las creencias, para lo cual se declaraba fuera de campo al escepticismo y a la dialéctica. No se trataba de una terapia sino sólo de un comportamiento consecuente en el que no se garantizaba la alegría pero sí el más íntimo orgullo que el hombre puede encontrar, cual es el sentirse justo dentro de su propia piel.

Las dos primeras conclusiones de la conversión fueron el corte radical de Julián con la Casa Grande y el abandono por parte de Odile tanto de la droga como del *peep-show*. Ello provocó, como primera consecuencia, la caída inmediata en la pobreza. La dignidad impedía a Odile trabajar en ballets de revista o en clubs de dudosa nota, que era lo único que estaba a su alcance, ya que Marta Graham o el Ballet Nacional no parecían contar con ella por el momento. Julián, por su parte, tenía a sus pies el mundo de la literatura y del periodismo, pero pronto empezó a encontrar dificultades imprevistas. *L'exil intérieur* había sido definitivamente vetada por Federico, el amo y señor de la editorial de Silverio, y a la nueva novela sobre la que había estado socarronamente especulando durante tanto tiempo, no le encontraba el clima ni el lenguaje adecuados. A las nueve de la mañana, sentado ya ante su mesa de trabajo, comenzaba a darle vueltas y más vueltas a su bloqueo mental. A veces algunos argumentos se aproximaban a ciertas sensaciones válidas, pero entonces tropezaban con obstáculos insalvables en los que siempre estaba entrometida, de un modo o de otro, la dignidad. No obstante, él seguía luchando contra viento y marea porque seguramente esta lucha era lo más valioso de la aventura, aunque en ocasiones se preguntaba si no estaría aplicando unos criterios excesivamente rígidos para el mundo humanoide que vivía. Lo peor era que otro tanto le ocurría con los artículos, que hubieran debido convertirse en la fuente básica de financiación de la pareja. Pero de entrada había ya un primer escrúpulo: ¿cómo aceptar que las ideas, transportadoras de mensajes a los prójimos, pudieran ser tratadas como mercancías?, ¿no era intrínsecamente perversa la idea de vender *una idea*? Intentó vencer este inicial cargo de conciencia y escribió un par de artículos que consideró suficientemente estimables como para llevárselos a su amigo, el director de la agencia de prensa. Pero después de releerlos un par de veces y de mostrárselos a Odile, que no pareció muy entusiasmada, empezó a encontrarles inconvenientes por muchos conceptos. Se referían los artículos al terrorismo, y si por una parte la dignidad exigía un tratamiento acusador más rotundo y particularizado, por otra el miedo le mostraba los peligros que correría si fuera más explícito. Decidió intentar otro tipo de artículo literario, en el que el día a día conflictivo estuviera ausente, dando entonces preeminencia a la voluntad de estilo. Escribió uno muy hermoso sobre la frontera entre la realidad y el sueño dejando en el aire, naturalmente, qué realidad era más real. Se lo llevó a su amigo Claudio después de comer y éste pasó por sus líneas en vuelo rasante, con lo que resultaba imposible captar las sutilezas de lenguaje o la expresividad de frases como "no hay gesto inocente ni pensamiento inocuo ni sueño inofensivo". Le prometió intentar colocárselo a algún periódico, pero le aconsejó que no insistiera en ese tipo de trabajos minoritarios, que se dedicara a temas de más garra, o más comerciales, la televisión, por ejemplo. También le invitaba a hacer crítica de libros. Nunca pensó Julián que su amigo pudiera llegar tan lejos, se sintió sinceramente dolido ante tan descabellada proposición, que se asemejaba a una puñalada por la espalda. El periodista se disculpó. "En momentos de necesidad —dijo— hay gente que no le hace ascos a nada". En los cinco minutos que llevaba en aquel despacho el teléfono había sonado cuatro veces, además de dos personas que habían entrado dejando papeles encima de la mesa, sin contar con el repiqueteo guerrillero del teletipo. Julián deseaba mitigar ante su amigo la ansiedad que le agobiaba en forma gaseosa, confesarle que cumplía ocho horas de dignidad y se encontraba en los peores momentos, el primer día resultaba el más duro y ello en razón a la lentitud del tiempo. Por poner un ejemplo práctico: el corazón le pedía no hablar mal de nadie. Había personas así, que nunca habían pronunciado una palabra malintencionada sobre otro, de ahí que no se les conocieran enemigos ni antipatías. ¿Cómo conseguir esto? ¿Cómo armonizar tal actitud con la crítica exigible a todo intelectual? No juzgar y no seréis juzgados, pero quien dijo esto se pasó la vida juzgando. ¿Cómo vivir sin emitir juicios? En un mundo lleno de hijos de puta, había que practicar la hipocresía del silencio para evitar pronunciarse. ¡Cómo hubiera querido desahogarse con su viejo compañero de colegio, reducido ahora a una máquina de tomar decisiones! Hubo de despedirse del personaje, que seguramente se sintió aliviado con su marcha, prometiéndole vagamente escribir artículos como los que le había sugerido. Al instante se dio cuenta de que le había mentido —nunca escribiría esos artículos—, con lo que su nobleza de espíritu se sintió levemente mancillada.

Una hora más tarde se encontraba en la cama enlazado al cuerpo desnudo de Odile. El abrazo mutuo era más bien una tenaza, las piernas y brazos parecían querer quebrantar los huesos del otro, y si ambas extremidades hubiesen tenido algún elemento cortante aquello habría sido una carnicería. Cada vez se apretaban más, y es que la dignidad acrecienta considerablemente la potencia sexual. Pero ahora no se trataba de un acto amoroso sino de desesperación. Julián, a esa hora, debería haber estado levantando cartas en el punto y banca del casino. Odile habría recibido ya su primer picotazo. En su lugar estaban entrando en la hora nona de su nuevo estado, un período peligroso en que el cuerpo se rebela como Espartaco, consciente de que acabará crucificado. Entre Odile y Julián no había habido ninguna explicación emotiva, ningún careo regeneracionista, de tal manera que éste no sabía cuál era el concepto de la dignidad de aquélla. Si acaso alguna frase suelta de Odile, reveladora de intenciones benéficas en seguimiento de actitudes detectadas en él, como si de largo tiempo hubiera estado esperando una señal. Cuando Julián prensaba con su mano derecha el omoplato de Odile estaba suplantando el levantamiento de un naipe, de preferencia un nueve, y cuando Odile clavaba sus uñas remordidas sobre la cadera de Julián, lo que quería era sustituir, de alguna manera, ese vaho de calor y aplacamiento que el pico le proporcionaba.

Era la primera vez que se abrazaban desde hacía meses, pero no se sintieron ajenos. "Somos dos", dijo Julián sin que quedase muy claro a qué se refería. No tardaron en cansarse del atenazamiento bárbaro y sus cuerpos se dieron frente como diciendo ¿y ahora, qué? Se miraban y contemplaban un viejo recuerdo, pero ¿qué sentido tenía comunicarse sus conclusiones? No habían extrañado el contacto de la piel, sin embargo las miradas contenían interpretaciones en las que el tiempo distorsionaba. El cuerpo de Odile no tenía nada que ver con el que había visto en el *peep-show*, más grandón e inabarcable. Extendió la mano sobre sus pechos, nunca los había pensado tan lacios, y se preguntó cómo estaría ella viendo su cuerpo. Estaba seguro de que la dignidad le devolvería el color carne a su rostro, haciendo desaparecer esa ceniza mugrienta que había adquirido en la Casa Grande. Realizaron lo que carnalmente debían realizar, pero luego, tras limpiar los vestigios húmedos de la sábana, cuando se quedaron boca arriba mirando al techo, Julián hubo de reconocer interiormente que era mucho mejor orgasmo un pleno del treinta y dos y caballos por mil.

A eso de las ocho de la tarde, cuando se cumplían once horas de dignidad, sonó el teléfono, por cierto, dijo Odile, debemos dos meses de alquiler del piso y otros dos de teléfono, y era Claudio, el amigo de colegio de Julián, director de la agencia de prensa. Una vez que hubo pasado la vorágine laboral, creyó que le debía una explicación a su amigo, a quien no había prestado la atención debida. "Escucha, dijo, tengo la posibilidad de ofrecerte que me hagas crítica de televisión, tres o cuatro artículos a la semana, para una cadena de veinticinco periódicos; te podrías ganar un dinero; aunque bueno, como sabes, esta agencia pertenece al grupo Jota que a su vez es propietaria del Canal Jota y, claro, ahí habría que tener cuidado con las críticas, es natural ¿no?; tú te lo piensas y me respondes". Julián estaba rojo de indignación, es decir, de aquel atentado contra su dignación. Y sin embargo era un trabajo que podía solucionarle la vida, mantener en buenos términos el decoro de Odile y el suyo propio. Fue una reflexión tan breve como vergonzante, fruto sin duda de las dificultades por las que atravesaba, pues ¿cómo había podido caer tan bajo hasta el punto de considerar una proposición que incluía ya de entrada la censura? Como no quería ofender a su amigo, le dijo que él no veía la televisión y por tanto le resultaba imposible hacer ese tipo de comentarios. Estuvo seco con él, como se merecía, pareció cortado al otro lado del teléfono, carraspeó, respondió que lo comprendía y aún añadió, bajando un poco la voz, que si estaba en un apuro la agencia, o él personalmente, podían darle un adelanto a cuenta de próximos artículos. Julián protestó cordialmente, no había ningún problema, lo mejor era cobrar los artículos a medida que los fuera entregando; lo contrario, una amabilidad digna de todo agradecimiento, le supondría una presión que le forzaría a escribir rápido y mal. Odile, a su lado, se retorcía las manos nerviosa ante la oportunidad que se les escapaba, pero Julián tenía razón y lo miró con cierto arrobamiento ante la grandeza de su sentido del deber.

El frigorífico estaba vacío de todo alimento sólido, salvo dos pequeñas latas de atún. También había varias botellas de cerveza. "¿Quieres comer algo?", preguntó Odile cuyas disponibilidades económicas apenas hubieran podido sufragar un bocadillo de sardinas. Afortunadamente Julián dijo que no tenía apetito. Bebieron cerveza y sus estómagos acogieron positivamente el frescor y las burbujas, como si se tratara de un jarabe eficaz contra las horas inquietantes. Andaban enfrascados comentando la llamada del amigo de Julián. "Han sido muchos años de dejadez embrutecedora —decía éste—, ahora lo menos que podemos hacer es tratar de no inspirar piedad". "No se pierde nada con ser honesto siempre", respondió Odile, ganada por un repentino entusiasmo.

Durmieron convulsivamente sobre la cama, despertándose con frecuencia el uno al otro en un diálogo de brincos y nervios. En un momento dado a Odile le dio un calambre en la pierna derecha que la hizo saltar del lecho entre alaridos. La cerveza se había terminado y Julián aconsejaba beber agua a modo de terapia barata, y así pasaron la noche, rotos por el sueño, alertas y agitados, entre vasos de agua y visitas al cuarto de baño. Parecía que no llegaría nunca, pero allí estaba el alba, una transición luminosa y colorista tan perfecta como la que se conseguía informáticamente en televisión. A partir de ese evento todo fue muy rápido, entró el calor por las ventanas sin cortinas ni visillos, el verano estaba precipitándose sobre unos cuerpos aún cargados de húmeda tibieza primaveral.

Cuando dieron las nueve de la mañana, ambos lo celebraron como el momento solemne de que se trataba. Julián se puso en pie y proclamó con un deje de arrogancia: "Hemos cumplido veinticuatro horas". Odile compartía la misma satisfacción, si bien por sus entrañas deambulaban inquietantes deseos cuya agitación provocaba desgarraduras. Era una hora de triunfo. "¿Y ahora, qué?", volvió a preguntarse Odile sin atreverse a amargarle la fiesta a Julián, que estaba tratando de arañar del fondo de un frasco de nescafé algo de polvo que se había solidificado. Obtuvo una cantidad más bien escasa para hacer un café con agua que compartieron como amigos solidarios.

No habían dado las diez y aún estaban sin vestir, cuando llamaron a la puerta. Era un mensajero con un sobre para Julián. Un sobre alargado, blanco, sin remite, con un denso contenido a juzgar por su peso. Firmó el recibo y el mensajero pidió hacer una llamada telefónica. Julián se sentó en la cama, abrió el sobre y lo primero que vió fue el color azulado de los billetes de banco de diez mil. Eran cien mil pesetas y una tarjeta con letras en relieve. "Un abrazo" y una raya violeta debajo del nombre de Georgine de Rancy. La visión de aquel dinero provocó un parpadeo en Julián y un castañeteo de dientes en Odile. "La Providencia aprieta pero no ahoga", dijo Julián, que por pudor no había querido emplear el nombre de Dios. "Es milagroso, Julián", dijo Odile abrazándole. El sobre temblaba entre los dedos de Julián, que había vuelto a meter dentro los billetes. El mensajero, con su mochila a la espalda, terminó la llamada e iba a despedirse cuando Julián le devolvió el sobre intacto, tenía que llevarlo allí donde se lo habían entregado. "¿A portes debidos?", preguntó. "Sí, sí", dijo Julián sin saber qué hacer con la tarjeta de Georgine en la mano. Cuando se cerró la puerta, Odile se echó a llorar. "Debería darme vergüenza haber pensado por un instante en quedarme con ese dinero". Siguió recriminándose en voz alta, hablando de que había sido sometido a una prueba, haciendo hincapié en su egolatría y en cómo la pérdida de la propia estima conducía a arrastrarse por la vida sin sensación de conciencia, como un perro sin collar. La diatriba iba subiendo de grado hasta que llegó a dudar de si tanta crueldad era necesaria y si acaso no se estaría pasando a una cierta complacencia en la negatividad; entonces cambió de tono, su discurso se hizo comprensivo, cada vez más dulzón, como una madre hablaría a su hijo, y acabó sensiblero, enterneciéndose mientras Odile, contagiada de la misma emoción, gimoteaba. Aquella mujer lloraba por cualquier cosa, había dejado de gustarle su llanto. La hizo callar con un sesgo de su mirada cuya eficacia era segura. "Hemos entrado en nuestro segundo día de dignidad", anunció como si se tratara de un parte de guerra. Odile parecía a punto de estallar y a manera de aluvión comenzó a plantearle multitud de cuestiones prácticas, problemas cotidianos de alimentación, piso, luz, teléfono, gastos varios, entre los que (sólo se atrevió a pensarlo) podía entreverse algún chute inmediato, etcétera. Julián le pidió que tuviera confianza, cada cosa a su tiempo; ella también podía ponerse a buscar un trabajo digno, pero qué, si lo único que sabía hacer era bailar.

Julián se vistió y se lavó los dientes, pero no encontró ningún motivo para afeitarse; decidió dedicar la mañana a hacer gestiones y la tarde, en promesa terminante, a escribir hasta la extenuación. Lo prioritario era dar con Silverio, exponerle su nuevo plan de vida y pedirle apoyo. No podía negarse a algo que cuadraba con la seriedad que caracterizaban a él y a su Partido.

Se acercó hasta su casa colmena. El ascensor le subió al piso doce y se encontró en un angosto e interminable pasillo horadado por idénticas puertas con sucesivas letras y números. Si entornara los ojos podría creerse en un laberinto de nichos especialmente construidos para locos, apestosos y marginados. En el apartamento de Silverio no contestaba nadie. Tal vez habría salido a comprar los periódicos, que seguía leyendo a diario de cabo a rabo, con una curiosidad insaciable por las noticias referentes al Partido y a los países del socialismo real, como si cada nombramiento, cese o declaración encerrara la clave de la historia. Julián entró en un bar pensando que a partir de ahora debería de ser más comprensivo con su amigo, pidió un café y la guía de teléfonos. Buscó el número del psiquiatra que, según su información, había tratado a Silverio. Logró hablar con él tras infinitas peripecias propiciadas por el contestador automático y por la secretaria. El doctor Marqués no sabía nada de su paradero. Quizás había vuelto a ingresar en la clínica de Nuestra Señora del Monte para uno de esos rápidos tratamientos a los que le había cogido gran afición. No estaba lejos, así es que decidió acercarse dando un paseo higiénico. En el bar, como vio que apenas había vigilancia, se largó, con íntima satisfacción, sin pagar el café, pero apenas hubo recorrido doscientos metros se afeó su conducta, volvió al local y pagó dejando de propina una cantidad superior al costo del café. Aún era un lujo a su alcance tener una conciencia. Volvió a llamar a la casa de Silverio, nadie contestaba, a pesar de que presentía que tras cada pitido estaban a punto de descolgar el aparato. Así aguantó treinta o cuarenta timbrazos que acabaron erizándole los nervios. Se puso a andar rápidamente por una calle céntrica, no se le iban de la cabeza algunos detalles de su vida en el casino, como por ejemplo la manera como el Uno Impávido sacaba la cartas del zapato, dos golpes lentos con el dedo índice sobre cada carta descubriendo luego las dos juntas en un solo giro de muñeca. Apartó de su mente al Uno Impávido y al señor

Camacho y a Virtudes, que se le querían colar secándole el cerebro, y decidió pensar en el ensayo ideológico de Silverio cuyo título ya no recordaba.

La clínica Nuestra Señora del Monte estaba cercada por una ingente muchedumbre de automóviles aparcados sobre las aceras, en triple fila, unos contra otros, una forma de disposición que sólo muy ocultamente podía tener sentido. El efecto que producía aquello era el de una legión urgente de automovilistas que hubieran dejado sus coches a la deriva mientras tomaban al asalto el centro médico en busca de atención urgente. Julián hubo de ir sorteando parachoques hasta que al fin logró ganar la puerta de entrada. El hall se asemejaba a un andén de metro, pero las diferentes ventanillas de información funcionaban eficazmente. Julián accedió a una de ellas donde una señorita impecablemente vestida de blanco le sonrió familiarmente.

—¿Don Silverio Berrocal?, sí, estuvo aquí una semana, pero salió ayer... Y ahora que lo pienso, ¿no será usted?, espere un momento...

—Julián Zúñiga.

—Eso es, don Julián Zúñiga. Tenemos algo para usted de parte del señor Berrocal. Tenga la bondad de aguardar un momento.

Llamó a un recadero y Julián, intrigado, se puso a observar a lo lejos, detrás de unos ventanales, una especie de gran patio ajardinado en el que se acumulaban como en una primera línea de playa una serie de tumbonas blancas. Al poco llegó el muchacho uniformado con tres cajas de zapatos atadas con un mismo cordel.

—Esto es lo que nos dejó el señor Berrocal para su amigo, que es usted, y que afortunadamente ha aparecido antes de que nosotros hayamos tenido que avisarle.

No había necesidad de preguntar más. Sobre la primera caja, con un rotulador rojo, en grandes letras mayúsculas que le parecieron una provocación, estaba escrito su nombre. Qué manera tan extraña de dejarle un legado o un embolado. Las tres cajas apenas pesaban lo que lo hicieran sus continentes, de manera que dentro no podía haber sino algo muy liviano. No sentía una gran curiosidad al respecto, lo que le preocupaba era la desaparición de Silverio, su paradero peligrosamente desconocido, pues lo mismo podía estar realizando una terapia según unas nuevas técnicas finlandesas que dando los últimos toques al atentado contra el pobre Simón Sánchez Montero. Pero en realidad lo alarmante era que su posible fuente de ingresos se volatilizaba por el momento, aunque hubiera decidido que habían terminado los tiempos del sablazo. Cada peseta que le sacara a Silverio tendría su recibo correspondiente firmado como Dios manda: evidentemente a cuenta de alguna novela u otro trabajo. Sería desde ahora —veintiocho horas triunfales de dignidad— cuando partirían de cero; lo anterior, perteneciente a una vida sometida a la alienación, era mejor enterrarlo, ni nombrarlo siquiera; ¡de qué forma insensible se había ido alejando de la realidad!, una balsa entre brumas perdiendo cada vez el hito de referencia: algo semejante a lo que debía de ocurrir con la enfermedad crónica, que se iban borrando paulatinamente las conexiones con la vida, hasta producirse el aislamiento definitivo y el corte. Sin embargo no se le iba de la cabeza que esa tarde, a las cinco, no podría ir a la Casa Grande porque la dignidad le exigía quedarse trabajando en la novela o escribiendo algún artículo con el que solventar las más perentorias necesidades económicas. No se le ocurría qué hacer a mitad de la mañana, sin un duro en el bolsillo y con tres cajas de zapatos cuyo contenido sería alguna excentricidad típica de Silverio. ¿Qué hacer?, se dijo una vez más, sonriendo al recordar a Lenin y a esos libros que solían regalarse en los viejos tiempos. Bien pensado, la jornada le estaba resultando favorable. No todos los días tenía uno la posibilidad de rechazar dignamente cien mil pesetas. Por el lado de la psique, era fundamental no dejar que penetrara la idea del casino que le asediaba proporcionándole la sensación de que se le escapaba lo más importante de aquella forma de vida, quedándose en los detalles, que había una organización infinita, alguien siempre detrás, más arriba, que ordenaba los movimientos del azar. Veintiocho horas de dignidad, ése era el clavo ardiendo al que tenía que aferrarse, por la sencilla razón de que el tiempo corría a su favor.

Decidió acudir a un parque próximo y sentarse a descansar un rato. La mañana se había llenado de sol y de agitación, los muchachos iban ya en camiseta a bordo de sus monopatines o inmersos en los minúsculos auriculares que les ausentaban del mundo. Se trataba de un parque reciente, más bien una plaza reconvertida en parque joven, con predominio de la tierra sobre la verdura, con la mayoría de los árboles en período adolescente y por tanto sombras aún novicias. Los bancos de madera sin embargo tenían solidez y envergadura, lo que les proporcionaba un gran éxito a juzgar por las pocas plazas libres que dejaban los viejos, los recaderos, las mamás indefensas o aquellos transeúntes que de repente se sentían mal y se dejaban caer sobre el tablón ante las risas de los salvajes niños urbanícolas. A Julián súbitamente le había asaltado la necesidad de inspeccionar el contenido de aquellas cajas de zapatos, no porque esperara encontrar algo de valor sino porque todo indicaba que allí estaban guardadas parte o todas las últimas voluntades de Silverio. La cuerda que unía las tres cajas poseía un nudo indestructible y Julián hubo de acudir al mechero. La primera caja estaba llena hasta los bordes de pavesas, negros restos de papel calcinado, lo mismo que la segunda y la tercera, en la que además había un tarjetón de Silverio con el membrete de la editorial, escrito sin duda en momentos difíciles a juzgar por la letra nerviosa que torcidamente lo cubría. *Julián: esto te llegará antes o después. Es el ensayo, la obra de mi vida, ya sin título ni final. Quemarlo ha sido hermoso, liberador, como quemarme a lo bonzo. Mi voluntad es que arrojes estas cenizas en alta mar o en algún río rápido salmonero del norte. ¿Qué puedo hacer ya sino entrar y salir de las terapias que me proponen y a las que les he cogido el tranquillo? No sé qué habrá pasado con lo de Simón cuando leas esto. De una u otra manera, nos veremos, y también con Odile.— Malambruno.* Julián apretó los puños de indignación. El maldito desaparecía sin dejar rastro. Las clínicas le estaban sacando el dinero mientras sus amigos se debatían en la penuria y encima le pedía que hiciera un viaje a Asturias o al Mediterráneo para que las cenizas de su paso por esta vida tuvieran un asentamiento lírico. Era el colmo, no las tiraría ni por la taza del retrete. Se levantó furioso del banco y allí dejó abandonadas las tres cajas de zapatos. Caminó por la calle Santa Engracia arriba con una anemia anímica considerable, visible en su forma de caminar, expuesto a cualquier infección, como así fue. Veintinueve horas de dignidad no eran un argumento baladí, sino un conato de hábito que debería de ir asentándose y haciendo cuerpo en la naturaleza humana. Lo mismo que le había ocurrido con el café sin pagar: no había andado ni tres manzanas cuando consideró la miserabilidad de su conducta al abandonar en un asqueroso banco público el legado de su más íntimo amigo. Presa de los peores presentimientos, volvió corriendo al lugar del delito y por fortuna allí seguían las cajas, pues en el fondo ¿a quién podía interesar algo tan cutre como una caja de zapatos llena de papel carbonizado? Y no obstante, sobre el banco sólo había dos cajas, faltaba la tercera, precisamente la de la tarjeta. Ahí sí le habían robado parte del alma, como si alguien hubiera cogido el pago de su premio en un pleno del treinta y dos y caballos. Se sintió un paria. En el banco, una anciana miraba el horizonte de edificios amontonados con el mismo arrobo que si estuviera contemplando la línea de mar en una ría gallega. Julián le preguntó por la tercera caja y la vieja atentamente respondió haber visto llevársela a un chiquillo, el contenido lo había vaciado en la papelera de la linde del parque, a la derecha. Tuvo suerte y consiguió salvar, además de la tarjeta, al menos la mitad del montón de negras pavesas que al meterlas en las otras cajas se le deshacían entre los dedos. Un recuerdo le vino a la mente: ¿qué habría sido del manuscrito que alguien se llevara tiempo atrás de la pensión de la calle Carretas? Alguien, sin duda, del Partido, le confesaría más tarde Silverio. Apretó contra su pecho las dos cajas de zapatos y volvió a sentir la confianza que proporciona el orden, se había respetado a sí mismo una vez más, sus rasgos de ingenuidad eran simplemente la factura de la alegría. ¿Estaba aún en la hora veintinueve de dignidad o había entrado ya en la trigésima? Sea como fuere, estaba en disposición de cantar el ailó, ailó de los enanitos, si bien podía afirmarse que en su casa encontraría a Blancanieves sin guiso de carne y patatas. Más bien se trataba de una vuelta a casa tan plena de dignidad como de carencias.

¿Y qué le iba a decir a su Blancanieves cuando le viera llegar convertido en legatario de dos cajas de zapatos y una petición de penúltima voluntad inapelable? Nunca acabaremos de entender que la realidad se parece mucho más a lo contado por los hermanos Grimm que al panorama que Odile pintó a Julián en cuanto éste abrió la puerta. Héteme aquí, vino a decir, que el portero ha subido para conminarnos en nombre del propietario a que paguemos antes del próximo lunes, pues en esa fecha todo el peso de la ley caerá sobre nuestras espaldas. Al preguntarle por el resultado de sus gestiones, Julián, convertido en personaje mágico de Grimm, abrió las dos cajas de zapatos y exhibió su negro y quebradizo contenido con una sonrisa de payaso. La realidad de Julián no le hizo gracia alguna a Odile que inició un conato de visaje tendente al llanto, cortado de raíz por su compañero. "¿Eres incapaz de valorar las treinta horas de dignidad que llevamos?", le gritó. Odile había pensado mucho a lo largo de la mañana, pero sintió que su cabeza se le clavaba en el vientre; sus conclusiones dejaron huellas dispersas que no lograba coordinar. En aquella casa era necesaria una muralla y Julián había de ejercer de tal exhibiendo la eficacia de la enredadera o del alpinista que logra ascender porque asegura la viabilidad del tramo siguiente. Era lo que Julián intentaba aferrándose a cada nueva hora como si fuese un dato triunfal, pero el asedio de las mil y una fijaciones del casino no le concedía tregua, todo era casino por dentro o por fuera, en el parque o en unos urinarios; los impulsos emocionales traslucían el verde de los tapetes, el movimiento preciso de las cartas. Julián se negaba a las tentaciones en nombre de la lealtad, pero aquella casa estaba adquiriendo unos tintes que cada vez invitaban más a mandarlo todo a tomar por saco, abriendo las compuertas a la irresponsabilidad. Comprendió que se estaba deslizando hacia la blasfemia y gritó sin mirar a Odile: "¡Treinta horas ya!". Había escalado un nuevo trecho cuando Odile comenzó a temblequear; al principio se asemejaba a un acceso de fiebre tropical con abundante transpiración, luego fueron movimientos convulsivos y un severo castañeteo de dientes que desencajaba su pequeño rostro. Julián se asustó sobre todo cuando empezó a trepidar de frío, quizá porque era la primera vez que se acercaba a un caso semejante desde la dignidad. Le propinó varios cachetes en un intento por evitar que lo que ya no era más que un esbozo de palidez desapareciese por completo de aquella piel. "¿No te queda ninguna pastilla, ninguna otra cosa?", y Odile negó con los ojos blancos, el órgano más entero que le quedaba. La tiritona no se arreglaba arropándola, ¿y a quién llamar? Se le ocurrió una idea bastante primaria, pero no contaba con otra cosa. Bajó corriendo a la bodega de la esquina donde sin dificultad le fiaron tres litronas de cerveza. Odile se agarró a la primera botella bebiéndola con la misma ansiedad con que un perro de caza se precipita sobre una charca después de una cacería. Sorbió ruidosamente hasta que la acabó de golpe, parecía imposible que aquel pequeño cuerpo pudiera contener tal cantidad de líquido. Con los últimos tragos engulló un cierto número de aspirinas que Julián no pudo evaluar, quizás cinco, y los temblores cesaron, aunque no la transpiración, como un rocío sobre los brazos suavemente vellosos. Era indudable, Odile no había avanzado los suficientes tramos de honorabilidad, a pesar de que ya habían entrado en la hora trigésimo primera. Siguió bebiendo de la segunda botella de manera más pausada, pero a ese ritmo tampoco tardaría mucho en liquidarla. Julián estaba complacido porque Odile se había quedado abotargada, lo que en tales circunstancias era algo positivo, pero su mente, a pesar de la satisfacción del deber cumplido, convocaba a la inquietud. Seamos realistas incluso desde el honor, se dijo. Esa misma mañana había rechazado cien mil pesetas en nombre de la fidelidad para consigo mismo, pero ¿a dónde le conducía tal postura? En situaciones límite podían encontrarse vestigios de necesidad allí donde el decoro se quedaba corto. Por otro lado, alguien le debía un millón y aunque ese alguien no era Georgine bien podía decirse, en una interpretación laxa del problema, que ella entraba a formar parte de ese alguien. Parecía evidente que no necesitaba abrumarse con más pruebas para intentar recuperar las cien mil pesetas ingenuamente rechazadas hacía unas horas. Desde que vio claro el asunto hasta que se precipitó sobre el teléfono, su corazón se asemejaba a la selva en llamas del viejo Tarzán. Solamente cabía rogar a Dios, no a la Providencia sino a Dios, para que mademoiselle Georgine estuviera en casa. Dios se portó bien pues fue incluso ella quien tomó el teléfono. "Nos vamos mañana, empieza la temporada de Montecarlo", anunció sobriamente.

Julián comenzó a sentir que las palabras se le montaban unas sobre otras y que su explicación contaba con la inseguridad característica del pobre hombre. No estaba dando ni el nivel del jornalero de casino, y eso a Georgine no le podía pasar desapercibido. Cuando Julián anunció que estaba dispuesto a acercarse a la mansión para recoger el dinero, Georgine se negó en redondo y pareció horrorizada ante tal posibilidad. Aunque estaban todos muy ocupados con los equipajes, le mandaría a Martín, el mecánico de la duquesa, con el sobre, lamentando no poder contribuir con más cantidad a las penosas necesidades por las que estaba atravesando. Y se despidió con un *ciao* inesperado. La situación se iba perfilando. Como él decía, la Providencia aprieta pero no ahoga (tampoco dijo Dios en esta ocasión); sin embargo, había que ser positivo una vez más: con cien mil pesetas no solucionaría los problemas domésticos de recibos, alimentación, etc; ni tampoco podría ayudar a Odile a salir de su túnel, ni le permitiría a él dedicarse a escribir con un mínimo de tranquilidad. Luego si las cien mil pesetas no iban a ser suficientes para cubrir la transición hasta que él ganara dinero sistemático, ¿para qué podían valer? Julián no se engañaba, lo supo desde el momento en que decidió que volvería a pedir la pasta a mademoiselle Georgine. Ese dinero sólo podía ser utilizado como materia combustible en la Casa Grande, asumiendo el riesgo de perderlo, pero también de multiplicarlo por equis, y esa equis podía ser la salvación. El destino estaba escrito pero había que envolverlo en frialdad, consciente de que se trataba del último cartucho. Eran las dos y media y a Julián le hormigueaban ya insoportablemente las palmas de las manos, tenía que darse prisa para llegar a las cinco en punto y elegir sitio. Nada le impedía salir echando humo, la propia Odile ronroneaba medio inconsciente, tranquila, acudiendo a un trago de cerveza caldorra de vez en cuando. La situación estaba controlada; en cuanto a él, mientras no tuviera el dinero en la mano, la dignidad seguiría incordiando con su verborrea, corriendo vertiginosamente hacia la trigésimo segunda hora. Por otro lado, aún con los billetes en el bolsillo, habría mucho que discutir con relación al honor, que no quedaba yugulado pues esos veinte mil duros podían ser considerados, sin forzar la conciencia, como un préstamo o como devolución por persona interpuesta de su crédito con el Duque. El desasosiego le estaba haciendo recurrir a aquel tornadizo caleidoscopio. Odile convertida en fardo sofocante y el dinero de Georgine que no llegaba, buena chica Georgine, el juego los había separado, pero ella supo mantener su rango aristocrático mientras él había descendido a la categoría de Zapatones o de Tomás Rodilla. Como había que ocuparse de algo, llamó por teléfono a Silverio una vez más. Iba a colgar cuando, leches, sonó su voz grabada, había instalado un contestador automático y precisamente aquella mañana, después de que él hubiese ido a su apartamento. Meditó unos instantes en lo que le diría, aquel sería el único contacto con Silverio y Silverio representaba la salvación. Finalmente le dejó el siguiente mensaje: "Desgraciado, llevo no sé cuánto tiempo detrás de ti. Llámanos lo antes posible, te necesitamos urgentemente.— *Malambruno.*" Había que tener paciencia, siempre la paciencia de por medio, el auténtico oxígeno de los desheredados. ¡Uf! Martín el mecánico no llegó hasta las tres y diez y, sinceramente, cuando le vio en el marco de la puerta, impecablemente uniformado, sintió algo parecido al afecto, a sabiendas de que era un hijo de puta a quien no se le podía dar la mano sin correr el riesgo de perder algún dedo. Fue un impulso emocional el que le llevó a inclinarse hacia él para abrazarle, pero Martín no se movió, extendió la mano con el sobre. Aún pretendió Julián prender hebra, saber de los duques, de mademoiselle Georgine, de la gente de la casa, incluso de Máximo Calostro. Martín dijo simplemente: "Tengo prisa, señor", y se dio la vuelta sin despedirse. Julián se alegró de que tuviera que bajar los tres pisos a pie, dado que el ascensor estaba averiado. Contó los billetes una y otra vez. Eran diez de diez mil. Le temblaban un poco las manos porque algo le decía que debería dejar en casa, para cualquier eventualidad, incluido el pago del alquiler, la mitad del dinero. Le volvió la locuacidad para consigo mismo y pronto acalló las discretas voces disidentes. Lo del casino iba a ser una inversión arriesgada, de acuerdo, en la que posiblemente también ponía en juego la dignidad, quizás, pero resultaba inevitable. A priori todo estaba abierto, con cien mil pesetas podía conseguirse una fortuna (lo mismo que con cincuenta mil, chilló algún enanito encabronado desde el fondo de sus tragaderas). Todo o nada, a qué seguir mintiéndose; se trataba de cambiar el campo de juego, trasladándolo de la cabeza a la Casa Grande.

Bajó de dos en dos las escaleras. El resultado del envite conduciría sus reflexiones futuras hacia un lado o hacia otro. De Silverio se ocuparía más tarde, tenía que pensar en las cenizas, en Simón Sánchez Montero, en Odile y ahora mantener la cabeza fría. El trabajo se le amontonaba. Se palpó los diez billetes de diez mil pesetas, le cantaban gregoriano en el fondo del bolsillo, la vida era más bella aún cuando se la ponía en juego.

Último intento

A las dos horas, después de haberse tomado tres cafés, tres vasos de agua, y consumido un montón de barajas, la suerte de Julián alternaba, balanceándose peligrosamente de un extremo a otro. Al principio se encontró aturdido, algo descompuesto, como si no supiera realmente cuál era su situación, si la del jornalero en busca del salario mínimo o la del desahogado jugador que perseguía una fortuna, ¿y cuánta fortuna? Estaba defendiendo su dinero, arriesgando en algunas apuestas más de la cuenta, y aunque las dos o tres situaciones desesperadas por las que había atravesado las salvó en el límite, no acababa de remontar, en ningún momento se situó con ganancias; la mayoría de las veces jugaba a la defensiva, que era tanto como ir a la contra, lo que resultaba sumamente aventurado. No obstante algunos errores de bulto, constató que la cabeza le respondía y eso le tranquilizó.

Estaba tratando de concentrarse única y exclusivamente en el juego, eliminando toda la carga de responsabilidades, dignidades y corte celestial que conllevaban aquellas cien mil pesetas. Al mismo tiempo, tenía que conseguir relajación si quería aguantar todo lo que le esperaba. No lograba esa desenvoltura que convierte a la temeridad en pura lógica. Continuaba preso de un cierto agarrotamiento que eliminaba la sensación de ganancia sin la cual más valía retirarse.

El sabot había acabado y Julián se levantó de su puesto dudando sobre si ir al servicio o tentar un rato la suerte en la ruleta. Fue en ese momento cuando divisó a Georgine que se dirigía hacia la mesa número tres de punto y banca. Su primer impulso fue de retroceso, pero era absurdo no afrontar una situación al fin y al cabo convencional, mademosille Georgine, buena chica, se había portado bien con él, y sólo entonces se le ocurrió preguntarse qué imagen estaría presentando, ¿la del tenaz obrero del tapete, la del escritor en dificultades?, se pasó la mano por la cara y comprobó que tampoco esa mañana se había afeitado; no era un dato suficiente para sacar conclusiones precipitadas, pero abrió la mejor de sus sonrisas mientras se acercaba a mademoiselle Georgine, a la que hubiera besado con fervor en la boca. Llevaba un traje negro precioso, tableteado, de amplio vuelo, escote redondo sostenido por dos finos tirantes que dejaban ver su piel ya tostada por el sol de oro de los ricos. Julián pensó que si le diera otra oportunidad no la desaprovecharía, lo cual significaba que no estaba muy centrado en el juego. No hubo encuentro, ni beso; la mirada de Georgine exhibió tal desprecio hacia su persona que se sintió bicho susceptible de ser aplastado; y desde luego no fue una sensación agradable. Se cruzaron y ella dijo entre labios: "Basura", mientras Julián estaba aún tratando de comprobar si aquello le había alcanzado el caparazón despachurrándoselo, era dudoso, en cuanto a la basura había mucho que hablar del bacalao, incluso con aquella patulea de nobles trasnochados y morosos. El amor propio le hizo erguirse sobre sus propias miserias, como demostraba lo bien que había aguantado su mirada desafiante, barruntando la desesperación de los enanitos incapaces de tirar del carro de las culpabilidades; tal vez se sentía más bien áspid ansioso de roedores, aves vagatorias y otras presas. En la sala grande de ruleta había demasiado público, era viernes, mal día, muchos principiantes que todo lo alborotaban, croupiers agotados por la acumulación de horas y apuestas, mal servicio. Era el último día de los duques antes de emprender su vuelo migratorio a Montecarlo donde perderían las plumas de unos cuantos cientos de hectáreas de alguna finca extremeña. Estaban además al completo, el Duque, su hija y el duque consorte, todos impecablemente vestidos, en sus asientos habituales, menos Gabriel que mariposeaba de mesa en mesa, seguramente menos atento a su propio juego, para el que se le asignaban unos recursos escasos, que a la presencia de personajes de toda ralea: desde el hortera de camisa floreada por encima del cuello de la chaqueta, hasta el exquisito que apenas mascullaba su compleja jugada inmediatamente entendida por los croupiers;

desde el gran blasfemo porque la bola se había parado en el número vecino al suyo, hasta el señorón impenitente que agarraba sin inmutarse un premio de dos millones de pesetas y le daba veinte mil de propina al camarero que acababa de servirle un whisky. La feria resultaba agotadora de tan diversa; al duque no le importaba nada acompañar a sus parientes porque, además de todo, siempre le era dado ver extraordinarios ejemplares de belleza grecorromana. Julián se hizo el encontradizo.

—¿Qué tal, duque, cómo te va? —dijo intentando palmear sobre su brazo.

El duque lo esquivó.

—¿Cómo está usted? —y siguió andando hacia una mesa donde había varios individuos de esmoquin.

A Julián le entraron unas ganas inmediatas de escribir la biografía del duque. Ahora resultaba que los dichosos aristócratas le evitaban, como si representase la peste para ellos. Él estaba muy por encima de aquellas contingencias, no por ruines menos despreciables. Se acercaría al Duque y, sin ponerle en evidencia en absoluto, le perdonaría en voz alta el préstamo del millón. Luego, alguien se lo contaría a mademoiselle Georgine. Se acercó en efecto al Duque por detrás, pero tanto él como su hija andaban enfrascados en el juego; el viejo con su sempiterna apuesta del siete y veintisiete caballos y vecinos, y ella con el desbarajuste habitual de jugadas confusas, siempre en el último momento, caballos por aquí y por allá. Julián a sus espaldas esperó mientras rodaba la bola, no era el momento apropiado; luego tuvo que seguir aguardando mientras pagaban y durante la vorágine apostadora de la gente. Así dejó transcurrir unas tres jugadas, hasta que, harto ya de no encontrar el momento adecuado para hablar, tocó suavemente el hombro de la duquesa.

—Hola, Casilda; hola, señor Duque —dijo en tono afectuoso.

La Duquesa miró descaradamente para otro lado.

—Nos vamos mañana a Montecarlo, le ruego que no me moleste, joven —dijo el Duque haciendo tintinear nerviosamente las fichas.

—Quería hablar un momento con usted.

El Duque elevó la voz.

—Le repito que yo no tengo nada que tratar con usted, joven.

—Lo que quería decirle, señor Duque, es que he decidido perdonarle el millón de pesetas que me debe —dijo en voz suficientemente audible.

—¡Está loco! —gritó el Duque— ¡Por favor! Quítenme de aquí a esta persona o abandono inmediatamente este molesto casino —chilló con voluntad de impertinencia el Duque al jefe del sector, que raudo se había acercado a comprobar el nuevo incidente del Duque.

Lo de siempre. El elegante jefe de sector se llevó delicadamente a Julián, con las disculpas habituales basadas en la tabarra de la senectud. "Yo sólo quería decirle que le perdonaba lo que me debe", dijo atropelladamente Julián, que comprobó el descenso de su condición porque el jefe del sector no le había ofrecido ni siquiera una copa.

¿Era de día o de noche? ¿Habría aún luz en lo alto del cerro sobre el que se alzaba la Casa Grande? El interior del casino era ajeno a ese tipo de cualidades, se vivía una luz única inalterable que concedía al paso de las horas el ritmo de la alucinación. Julián hubiera sido incapaz de hacer un balance horario, de reconocer si era *pronto o tarde*, eso no significaba nada más que acercarse o alejarse a la hora de apertura o cierre de la Casa Grande. Volvió a tomar asiento en su puesto número ocho y dio comienzo la partida que Julián intuyó como decisiva. A esas alturas las consideraciones teologales o simplemente humanoides estaban encerradas en una nube y a lo único que contribuían era a acrecentar el cansancio; sin embargo, todos los recursos útiles habían sido destinados a la gran batalla, con profusión de letanías, maldiciones, advertencias, refranes y demás materiales idóneos para la concentración mental y el conjuro. Allí siguió con invocaciones tales como *maldición caiga sobre el que levante más de un tres en este pase; après de seis, jugad si tenéis; cara quemada, carta abrasada,* o aquellas miradas oblicuas, atisbar pero no enfrentarse directamente a la carta levantada, adivinar el resultado del pase observando la expresión de los jugadores. Cientos de subterfugios, muchos de los cuales habían de ponerse en marcha simultáneamente, no resultaba fácil llevar el control de aquel universo, por eso no era fácil ganar. Los esfuerzos de Julián merecían mejor suerte; estaba entregando lo mejor de sí mismo sin permitirse la más mínima veleidad, pero sin querer reconocerlo notaba su imaginación cada vez más roma, quizá producto de la fatiga; se le escapaba el sentido del ritmo, la naturalidad de llegada de la ganancia, esa especie de seguridad que proporcionaba el sentir que se iba a favor de corriente. Tomó definitivamente conciencia del fracaso cuando le tocó el sabot. Tenía cincuenta mil pesetas; nadie como uno mismo para hacer fuerza sobre el propio pase; por eso decidió jugársela, no obstante los tres puntos que se habían producido en las anteriores jugadas. Apostó treinta y cinco mil pesetas, siete piezas de cinco, sopló sobre la punta de los dedos de su mano derecha y repartió cartas: una a punto, otra a la banca; la segunda al punto y la segunda a la banca. Para desgracia suya no se había dado cuenta de que iba a descubrir las cartas de punto el Uno Impávido. Cuando le miró ya era tarde, ni siquiera pudo organizar una oración. Con la mano a la que le faltaban los dos dedos descubrió la primera carta —una figura— y después, parsimoniosamente, la segunda —un nueve—. Hubiese llorado de no haber tenido que mantener su prestigio de jornalero, al que lo más que se le permitía era jurar. Estaba hundido: ya sin ilusión levantó sus cartas: dos figuras, bacarrá por tanto. Pasó el sabot al jugador siguiente sin ira, con deliberada suavidad. Se había quedado con sólo quince mil pesetas y, lo peor, con la conciencia de la inevitabilidad del desastre. Aún tuvo energía para ganar dos o tres pases más, pero otra racha de cinco puntos seguidos, levantados por el Uno Impávido, que ese día le había dado por jugar a punto, desarboló su canija capacidad de resistencia.

Cuando salió al exterior se encontró, efectivamente, con las tinieblas. No por el contraste con la luz intensa que iluminaba la marquesina de entrada, ni por los lujosos automóviles cuyos faros deslumbraban metro a metro, sino por la noche en sí encapotada sobre las peores certidumbres. Había sido expulsado del paraíso y su cabeza se negaba a buscar coartadas o consuelos, era demasiado esfuerzo. Sólo el goteo de la angustia de siempre, que parecía entrarle dulzón por las venas, como si fuera Odile, se reveló imparable. Allí estaba de pie, en la escalinata, como si esperase a que los empleados le trajeran su coche, el que había vendido hacía unos meses para comprar fichas. Nadie hubiera sospechado que si no se movía era porque no se atrevía ni a dar un paso. Sólo acertó a decirse, como si formara parte de su letanía, que todo resultaba ridículo si se pensaba en la muerte. Aquello valía tanto como el *maldición caiga sobre el que levante más de un tres*. Eran precisamente las dos y media de la noche y aún entraba bastante gente en el casino, jugadores de últimas barajas, borrachos deslumbrados por el vértigo de las postrimerías, fanáticos que fueron a sus casas a por dinero para seguir jugando. Tenían prisa, subían las escaleras de dos en dos, menos los beodos que iban ascendiendo escalón a escalón entre risas e imprecaciones. Julián aprovechó la algarabía para sentarse en una de las gradas marmóreas, lo que en cualquier otro momento hubiera llamado la atención y, apoyando la cabeza entre las manos y los codos en las rodillas, debió de representar la imagen escultórica de la desesperación cuando en realidad lo que deseaba era simplemente descansar la mollera sobre un soporte fijo. Así permaneció un tiempo indefinido, sin duda mucho tiempo, hasta que se le acercó Paco, el abrecoches, preguntándole si se encontraba mal. Julián sonrió y desde su adormecimiento negó con la cabeza. "Espero el autobús", dijo. "Pues el último saldrá en diez minutos", repuso Paco chascando la lengua ante la extrema palidez de Julián. La sensación de que todo se había acabado era aún indefinida: ¿qué era lo que tocaba a su fin, la vida, el juego, Odile, su forma de comportarse? Qué día tan adverso para la dignidad. La fase terminal: había quienes se eternizan en ella, bastaba con no quedarse dormido, con saber seguir contando nuevas historias aunque el desaliento se fuese introduciendo en ellas, las contaminara y el rayo de la ira penetrase por su único ojo sano.

La oreja mutilada comenzó a picarle, hacía ya mucho que no la sentía y le pareció que tenía razón en protestar, era la voz de Odile llamándole la atención, no recriminándole nada pues a su juicio aquella mordida era una cortesía amorosa, un saludo de vida de parte de quien la arrastraba tan apuradamente. Una vez más, y eso se estaba repitiendo con bastante frecuencia, Odile emergió como un presunto ahogado sobre la línea de flotación de su ternura o como quiera que se llamase ese sentimiento que, sin embargo, no implicaba, debía insistir en ello, responsabilidad por su parte. Todo era bueno en esos momentos con tal de que su cerebro recobrara algunas órdenes elementales de situación. Incluso servía para sus fines la mujer de edad madura que, sentada a su lado en el autobús del casino, le pidió fuego. Si él pudiera entablar un diálogo, aunque fuese sobre el tiempo y las próximas borrascas, sería excelente de cara a su recomposición, pero no podía articular palabra, y la mujer tampoco manifestaba interés alguno, concentrada como parecía estar en obtener interpretaciones internas sobre su actuación de aquella noche, ingenua forma de perder dos veces que tenían los aficionados al juego, los duques por ejemplo, vade retro a tal imagen sinuosa, y que les zumbasen sin piedad en Montecarlo, a otra cosa, mariposa, no se podía perder ni un minuto en lindezas semejantes, sobre todo cuando ya estaban desfilando en perfecta formación las luces de la calle de la Princesa, camino de la Plaza de España, fin de trayecto, el autobús se retiraba a descansar, los viajeros habían descendido pesadamente, no llevaban más equipaje que la derrota en los ojos enrojecidos por el humo y la adversidad. En el fondo, no había ocurrido nada, mademoiselle Georgine nunca le había ofrecido cien mil pesetas, aquel tenaz dolor de cabeza era el gran culpable de la pesadilla que se registraba ese viernes de madrugada. La avenida principal estallando contra la lividez de una multitud que iba desaguándose por las callejas laterales donde había que tentarse la ropa, zonas negras interrumpidas por el golpe de luz violento de algún edificio, esquinas proyectadas para la desaparición, ninguna sensación de peligro real debido a los escaparates iluminados, y sin embargo las estadísticas ofrecían un cuadro trágico del barrio más luminoso de la ciudad.

¿Y si intentara llamar por teléfono a alguien para pedirle dinero? ¿Silverio, su amigo el de la agencia de prensa, qué pobreza, quién más? La barba había crecido considerablemente desde que la encontrara ya activa por la tarde en el casino. Aprovechó para rascarse la oreja, una nueva manía, y con el dedo siguió el curso irregular del borde superior mordido y aquella especie de diente de sierra era deleitoso. Se apartó el pelo y dejó al aire el órgano imperfecto, con esa especie de fiereza que daba el exhibir una mutilación aunque fuera modesta. Le venía bien para moverse por entre aquel otro país, el de la noche, habitado por burgueses desplazados por las fiestas, juerguistas fundidos en alcohol, chulos, drogotas, mirones, putas, vendedores de cosas, traficantes, pobre gente como él con mucha noche por delante, encerrados en su malla insaciable, interpretando la función de moverse dentro de ella como si fueran recaderos de la abeja reina.

Dio con una farmacia de guardia para comprarse un par de aspirinas. El cierre de barras metálicas hasta el suelo proporcionaba la sensación protectora de la cárcel; en el centro una ventanilla permitía la comunicación entre dos mundos entre los que resultaba imposible distinguir cuál era el acá y cuál el allá. A un par de muchachos con sucias camisetas de universidades americanas les estaban despachando jeringuillas hipodérmicas, y el tipo de la farmacia alargaba la mano con las monedas del cambio procurando no tocar aquellos dedos contagiosos. Los chavales salieron pitando del lugar, torcieron por la primera calleja, daban saltos algo fantasmagóricos perseguidos por el mono de la alucinación. ¿Qué podría tomar Julián? Se lo preguntó mientras compraba un par de aspirinas. Ahora no tenía agua, se estrujó la cabeza pensando dónde habría una fuente, pero no se le ocurría más que aquella en la que Silverio y él se lavaron las heridas la noche de la tuna. Demasiado lejos, y aunque no tenía nada que hacer, el tiempo que le sobraba quedaba anulado por su escasez de fuerzas. (Cada vez tardaba más en recuperarse físicamente del desgaste del casino).

Sabía demasiadas cosas y eran demasiadas sus deficiencias. Su mente parecía un campo de golf plagado de trampas de arena o de lagos artificiales que se tragaban las bolas mal dirigidas, que eran la mayoría. Empezaba a dudar de que su destino final aquella noche fuera su casa. A lo sumo podría ser su refugio último cuando ya no se tuviera en pie, lo que no tardaría en llegar. Pero estaba seguro de que su cabeza iniciaría un efecto de retroceso, una necesidad de dispararse, de riego de palabras tras hacer saltar el tapón que oprimía demasiadas ideas a propósito de lo que había ocurrido esa noche y, tirando del hilo, del estado de la cuestión, es decir, de a dónde había llegado consigo mismo, por ejemplo, todo lo suficientemente desordenado como para dar y admitir consejos, caprichos pasados de moda, rarezas, frases en otros idiomas, cuñas en el oído, restos de tormenta, multitud de percepciones que le acompañaban en ese país nocturno que no era el suyo. La persistencia del viernes no se dejaba vencer por ninguna especie de agresión. A medida que avanzaba la madrugada las personas iban siendo ganadas por una mayor premura, aferrándose impulsivamente a lo que cada vez era más delgado y escaso y se escapaba sin remedio, como los jugadores de las últimas partidas de ruleta. El alba aparecía como el final del hechizo y muchos entraban en auténtica desesperación infantil, porque aquel movimiento no lo podían parar. De ahí que fumaran, bebieran o se drogaran con la urgencia de quien busca el grado de eficacia definitivo. En el fondo lo que pasa es que los hombres son horriblemente pesados, dijo Julián en voz alta mientras cruzaba la Gran Vía por el semáforo de Almacenes Sepu, pesados y espesos, eso es lo que son.

Advirtió que tenía en el bolsillo mil doscientas pesetas, podía tomar una copa en alguno de los lugares recónditos que no cerraban. Sin embargo no compartía la necesidad de atracarse de alucinación de esas cuadrillas heterogéneas que rondaban determinados rincones o salían de los tugurios apenas más iluminados que los pasillos de un tren de madrugada. Él ya estaba lleno de ese pasto, lo que necesitaba era vomitarlo con el mayor decoro posible: la verborrea podía considerarse una terapéutica eficaz, si bien desde el punto de vista de la dignidad no dejaba de ser un truco más o menos barato, dependiendo del estilo de la facundia.

Por aquel paso subterráneo apenas había circulación. Su parte izquierda lindaba con un parking sin movimiento a esas alturas de la noche. A la derecha la acera se ampliaba formando un recodo que podría calificarse de acogedor si no fuera porque la polución del tráfico acumulaba suciedad en suelos y paredes pareciendo manchar hasta las miradas. Sin embargo, Julián concluyó que llega un momento en que la inmundicia puede incluso favorecer el cobijo. Se encontraba de repente en aquel recodo o rellano como si fuera el destino natural de su peregrinaje en pos del transcurso de la noche, y al principio no pudo reprimir un movimiento de rechazo por cuanto el que mira siempre mira desde arriba, pero a partir del momento en que pudo enganchar unas cuantas frases se sintió tranquilizado e incluso a gusto.

Lo primero que vio fueron los rostros concentrados de dos chicas muy jóvenes, más bien dos niñas, en el momento clave de largarse un chute, el más deseado de toda su existencia precisamente porque era el último. El acomodo del rincón consistía básicamente en un colchón plagado de manchas marrones, una maleta desvencijada, una mochila a medio llenar, cristales rotos, cascos de cervezas o de vino, cartones, pañuelos de papel con manchas rojas, zapatillas viejas y jeringas con la punta rota y sangre reseca en su interior, incluso había una media silla de asiento tapizado y una colcha en la que se apreciaban diversos jirones. Todo, pues, elementos de desecho en la primera imagen de Julián, pero las dos quinceañeras, desgalichadas, pálidas, ambas rubias con una evidente pátina de suciedad, conservaban ese soplo propio de la edad que es la piel de seda, destructible sólo por el tiempo, recordándole a Odile en la dulzura del cuello y en ese lugar exacto, entre la nuca y la oreja, donde se encuentra el refugio sagrado, que siempre será una afirmación de inocencia.

Julián aguardó de pie, frente a ellas, que no le veían, mientras terminaban de prepararse el pico, agachadas, con la cucharilla aún caliente y la heroína ya dentro de la jeringa. La primera, más experta por lo que observaba, había encontrado rápidamente vena en la tercera falange del dedo índice de la mano izquierda, y abría y cerraba el puño para bombear el caballo con más rapidez; pero a la otra, demacrada por su tez de cera, le temblaba la hipodérmica entre los dedos, tanteaba con su punta los conductos sanguinos provocándose una carnicería en la muñeca izquierda. Cada intento fallido aumentaba su furor, una cierta dilatación de sus pupilas y con un gesto de cólera pasó a buscar una zona propicia en los dedos de los pies. Cuando al fin consiguió inyectarse y sintió que el inmenso agujero por el que se le iba el alma había logrado cerrarse, sonreía de manera algo rudimentaria. Las dos chicas se recostaron levemente, cada día la batalla era más dura que el día anterior. Sus rostros habrían recobrado la candidez que les correspondería si no fuera por esas sonrisas de goma, mascarillas obscenas para un tratamiento especial de la vida.

Cuando repararon en Julián no manifiestaron ningún interés especial, únicamente les haría perder el regusto que les suponía haber saltado con éxito sobre el abismo. Tiraron las jeringuillas, sus agujas, las ampollas de agua destilada y demás instrumental que vino a unirse a la basura sobre la que se asentaba el pequeño campamento. La demacrada se levantó, apoyándose contra la pared como si su cerebro no soportara el impulso tan fuerte de la heroína, se pasó la mano por la frente sudorosa y luego se dejó caer, resbalándose, hasta quedar sentada en el suelo. Las dos se contemplaron un rato pacíficamente.

—¿Tienes algo para nosotras? —dijo la experta. Julián se encogió de hombros.

—Estamos servidas hasta mañana. Además no tenemos ni un duro.

—¿Cuánto necesitáis al día?

—Si las cosas van normales, con tres jacos tenemos bastante.

La demacrada reía.

—Como las vitaminas, mañana, tarde y noche.

Dos chicas así era lo que Julián necesitaba para dar rienda suelta a su verborrea en espera del alba. Pero le faltaba dominio de su lenguaje, nunca quiso ni siquiera interesarse por las miserias de Odile en su propia casa. A Odile, por otro lado, podría largarle todo tipo de historias sobre la dignidad, ella lo aceptaba naturalmente como parte del juego, pero en este callejón no se le ocurría cómo abrir la charla con las muchachas, al mismo tiempo estaba sumamente inseguro de su legitimación como agente de la dignidad. O bien la dignidad había cambiado o el que había cambiado era él; lo sentía hasta en el equilibrio de su cuerpo, que pareció haber perdido centímetros de altura. Acabaría por no poder decir ni una sola frase en serio con ese afán suyo por la controversia interna. De todas formas, pensaba que había de grabar el presente decorado en la cabeza y sobre todo los rostros tardíamente angélicos de las niñas, porque una conversación entre un tipo como él, arruinado, relativamente digno y oprimido, y dos jovencitas como aquéllas, derruidas, relativamente cándidas y equívocas, podría ser el perfecto primer capítulo de la novela de un joven autor del *dirty realism*. ¿Por qué no habría de ser él el afortunado? Seguramente para ello no podría volver a mirarse al espejo y la pulcritud de sus maneras "sucias" sería entonces incontrolable. Si desertaba, ahí quedaría la escena, como un vacío en la historia de la literatura universal. No podía abandonar y tampoco sabía qué decir. No era una historia favorable a su verborrea.

—Vosotras sabéis lo que es el Cuerpo sin Órganos, el CsO? —dijo de pronto y le pareció un filón temático propicio, que Artaud le hubiera aplaudido.

—¿De qué habla este tío? —dijo la una a la otra cayendo en la cuenta de que, pese a la apariencia, no era un yuppy ni trataba de abastecerlas de nada. Estaban confusas. La demacrada cogió una litrona y bebió un largo trago, quizás por hacer algo.

—Imaginaos —continuó Julián sentándose en una esquina del raído colchón— que el interior de vuestro cuerpo estuviera totalmente vacío y que todos los agujeros exteriores estuviesen cosidos, cerrados.

—Pero tú estás loco o te has chutado más fuerte que nosotras. ¿Qué quieres decir con eso? ¿Nos quieres vender algo o qué? ¿No te da vergüenza ligar a estas alturas de la madrugada?

—No, no, no quiero ligar, estoy en tan poca disposición de ligar como vosotras. Había pensado rajar un poco, por dejar correr el tiempo .

—Bueno, eso no se le puede negar ni a un pobre.

—Es mientras amanece, ¿sabéis?

—¿Estás solo, te ha dejado tu mujer? Toma un trago de cerveza, está calentorra pero es lo único que hay.

Julián pensó que no había peligro de contagio del sida y bebió aquel caldo que consiguió enjuagarle la garganta.

—Entonces ¿qué decías que vendías?

De vez en cuando pasaba un coche frenando su velocidad en la curva del recodo. Algunos se quedaban mirando aquella especie de portal de belén, pero cuando querían darse cuenta ya lo habían dejado atrás.

—He estado unos días vendiendo dignidad. Pero me la jugué y ahora cualquiera sabe si la perdí o si me queda algo aún, y para qué me va a servir. No logro ver claro esta noche. Sé que si mantuviera la dignidad os hablaría de otra manera, más profética, creo que os hablaría como Don Quijote habló a la cadena de galeotes, pues os vería como a aquellos presos, ensartados unos a otros, con una argolla en el cuello y esposas en las manos. Sencillamente os liberaría de las cadenas para que recobrarais la libertad que habéis perdido. Lo que quiero decir es que la dignidad me haría poner la libertad por delante de la justicia.

Dio otro trago al botellón de cerveza. Las muchachas se miraban intentando confirmar si efectivamente el tipo era un cura o estaba loco.

—Déjame ver tus brazos.

Julián extendió sus brazos a la noche. Había olvidado que los drogotas son monotemáticos al igual que los jugadores. Las chicas se quedaron admiradas de las enérgicas y nervudas venas que ataban sus brazos. No se cansaban de tocarlas, de recorrerlas con los dedos, como si estuvieran palpando un tesoro.

—Ésta la mordería de arriba abajo —dijo la demacrada relamiéndose.

—¡Ni un solo pinchazo! —se admiró la otra.

Julián examinó los brazos que a su vez le tendieron las dos jovencitas y eran como un colador, las venas andaban huidas y donde se adivinaba que podría encontrarse alguna lo que se tentaba era una cuerda dura como la piedra. Las manos y los pies comenzaban también a estar acribillados.

—Yo cuando tengo dificultades —dijo la experta— acudo a un lugar seguro que me tengo reservado, aquí, detrás de la rodilla.

—¿Vosotras voláis? —preguntó Julián.

—Al principio yo sí, ahora nada.

—Ahora bastante tenemos con calmar el mono.

—Yo a veces tengo la impresión de estar aún en el colegio. Íbamos a un colegio de monjas de los caros, ¿sabes? Te prevenían contra los chicos, los besos y lo demás, pero nadie te decía una palabra del caballo y del *crack*; eso nos lo enseñaban los camellos que estaban esperándote a la salida...

—Como si fueran agentes de seguros —dijo Julián y los tres rieron.

—La primera que cayó fue una tía estupenda, la primera de la clase, empezó, empezó y a los seis meses murió de sobredosis en el váter del colegio, con catorce años. Lo que ocurrió es que aquello nos animó a las demás: si Soledad había llegado tan lejos, nosotras no podíamos ser menos.

—Sigue, sigue hablando —dijo la demacrada—, tu voz me duerme suave.

—¡Anda y que te den por culo, tía! Tú lo que quieres es que te canten una nana. Yo me echo a dormir, y aquí el cura que haga lo que quiera; sitio tienes en el colchón.

Julián sintió por primera vez el olor agrio de las ropas de las chicas; seguramente él olía insoportablemente a tabaco y a ceniza. Cuando iba a pensar si se tumbaba un rato en aquel colchón que habría viajado por más de un basurero, observó, al final del túnel, con una nitidez casi imposible, el momento preciso en que apareció el primer clarear, aún confuso, del día. Un nuevo reino empezaba.

Final

Así como se presentía la llegada de una buena jugada, su gestación en el limbo de la rueda, su proximidad y la confluencia final entre número y bola, así también podía presentirse la tragedia. Julián iba pensando en que el lugar propio del juego era la infancia, razón por la cual él ambicionaba descender a esa etapa donde se podía ser agresivo sin sorprender a nadie, al mismo tiempo que enloquecer sin llamar la atención. Entraba en su calle caminando a cámara lenta. El presentimiento se le colgó del cuello, aunque inicialmente no le prestara atención porque estaba en trance de aceptar la decisión de vivir en soledad, abandonando a Odile y toda idea de hogar o "instalación". Pues él necesitaba sólo movimiento, una existencia en cierto modo exiliada de sí mismo, no en vano había escrito su exitosa novela. Para ser nómada no hacía falta recorrer el mundo, bastaba con la voluntad de no estarse quieto. Y Odile no tenía sitio en ese esquema de alteración, lo tenía en su propia alteración. Él ya no podía más, cada cual se ahorcaba en su propia cuerda.

El presentimiento, pues, se había aferrado a su cuello como un herpes naciente y ya empezaron a no salirle frases bonitas; tuvo que acelerar el paso mientras la luminosidad de la mañana le urgía, como indicándole que el acontecimiento estaba precipitándose. Se dio prisa, fue ganando manzanas de casas pero aquel trecho se le estaba haciendo interminable al ignorar lo qué podía estar ocurriendo. Tal vez la sombra de Odile se prolongaba sobre su cuello, le oprimía en exceso, era un collar de espinos. Entonces vislumbró la fachada de su casa, corrió, la luz de la sala estaba encendida, mustia ya frente a la claridad del día. El presentimiento era cierto, la bola estaba a punto de caer sobre el número, o quizá lo había hecho ya tiempo atrás y habían parado la ruleta por respeto, la bola había caído sobre Odile, cómo si no, le había tocado a Odile, se pagaba treinta y cinco a uno. No encontró la llave del portal, se revolvió los bolsillos, allí estaba el ticket de entrada a la Casa Grande, lo arrugó arrojándolo lejos, sin intención de herir, y monedas, el mechero. Dio con la llave y le temblaba el pulso, Odile no estaba bien últimamente, nadie estaba bien últimamente. Entró en el piso que seguía oliendo quizás a cloroformo, ¿sería posible que no recordara cuándo había visto a Odile la última vez, por Dios? Siguió pasillo adelante, se le había terminado la memoria justo al mismo tiempo que el dinero, ¿qué le había pasado a Odile? Entró en la sala y únicamente pudo ver con nitidez, lo demás era un borrón, un cuerpecillo colgado de una cuerda enganchada a la lámpara aún encendida; no se bamboleaba, no había corriente de aire, el cuerpecito de Odile, qué pequeño, Dios, con los botines puestos, no se había hecho la coleta y el pelo estaba revuelto como si hubiera sufrido un infierno golpeándose la cabeza contra la pared, ni una sola mancha de sangre, pero ¿y aquella cara?, ¿quién le había pintado de morado la cara y retorcido los labios por los que se entreveía la lengua? Se acercó a ella abrazándose a sus piernas y hubo entonces un leve balanceo. ¿Cómo no había podido aguantar, cómo era posible, si habían cumplido ya cincuenta y una horas de dignidad, y estaban aproximándose a un límite en el que ya no era ni siquiera preciso hablar de dignidad? Aquella luz. Se dirigió a apagarla.

—¡Deja en paz esa lámpara! —ordenó Silverio desde el sillón en que se hallaba hundido.

—¡Silverio!

—¡Deja en paz esa lámpara! Estamos en un acto fúnebre.

—Ayúdame, hay que bajar el cuerpo.

—¡Ni se te ocurra tocarlo, cabrón!

Permanecieron así varias horas. Silverio sin moverse, con la mirada fija en Odile. Julián luchó contra el sueño que le quemaba los ojos desde que se sentó en el tresillo, de espaldas al cadáver. No tardó en sucumbir al agotamiento, y cuando despertó buscando el desaparecido cuerpo de Odile, se puso a insultar soezmente a Silverio. Odile reposaba en la cama del dormitorio, perfectamente dispuesta, con las manos cruzadas sobre el pecho.

Tres días más tarde Julián y Silverio viajaban en tren con destino a San Sebastián. Julián aparecía inquieto, crispado en su asiento. En realidad no se encontraba bien de salud, pero no conseguía localizar el centro de su mal en parte alguna. Las informaciones que le dio Silverio sobre la muerte de Odile le habían abatido, aunque ya sabía él bien que un presentimiento era un presentimiento. Pero bajo ningún concepto quería volver a los enanitos cargados de responsabilidades. Sí, al parecer Odile lo había pasado mal, le había andado buscando con ese apresuramiento y falta de claridad que proporcionan los estados de abstinencia. Sólo pudo encontrar a Silverio, que trató desesperadamente de disuadirla, reteniéndola en el teléfono, pero ya las palabras de Odile sobre la dignidad eran una pura incoherencia, y cuando llegó al apartamento ya no había nada que hacer. Sí, hacía tiempo que no podía contar con Julián, salvo en la cuestión de la ternura y en los trabajos sobre la dignidad. Él necesitaba ser libre para jugar. En el fondo la vida del jugador es una vida inventada. Julián se revolvió en el asiento reflexionando cuidadosamente de qué manera podía conseguir de Silverio un préstamo para acudir esa noche al casino municipal de Biarritz, o mejor al Bellevue. ¿Qué mejor homenaje a Odile? Miró a su amigo con el rabillo del ojo. Su insistencia en la delgadez, que él justificaba por su ambición en conseguir el CsO, resultaba al menos tan preocupante como esa situación de alelamiento en que se instalaba cada vez con más frecuencia. Tras apretarle mucho las tuercas, Julián pudo saber que Simón Sánchez Montero le acababa de escribir una carta personal comunicándole haber leído su *Limitaciones de la socialdemocracia* y el grado de su entusiasmo, por lo que le rogaba se pasara por la sede del Partido en la calle Santísima Trinidad para conocerle y discutir con él, en petit comité, algunas cuestiones de gran trascendencia futura. Silverio llevaba la carta consigo y a cada rato la leía. Aún no había tomado ninguna decisión con respecto al atentado, de manera que Sánchez Montero ignoraba si su misiva representaba su absolución o su sentencia de muerte.

Esa noche, en el Barrio Viejo alquilaron una motora que despertó más de una sospecha. Cuando llegaron a alta mar, Julián, que estaba ya un poco harto del fúnebre viaje, ordenó detener la embarcación, y así, a la luz de una luna turbulenta por las nubes, arrojó las cenizas de Odile a las negras aguas, mientras Silverio hacía lo propio con los restos de su ensayo. Los dos dijeron sin mirarse, casi al unísono: *Malambruno*. La vuelta fue callada, no estaban de humor como para jugar a inventar palabros. Julián, por su parte, quería ordenar sus pensamientos, impaciente por decidir su estrategia de aquella noche en el casino de Bellevue.

Los Peñascales, 1990

Este libro
se terminó de imprimir
en los Talleres Gráficos
de Peñalara,
Fuenlabrada (Madrid)
en el mes de junio de 1991

El Premio Eduardo Carranza está auspiciado por:
Federación Nacional de Cafeteros de Colombia
Flota Mercante Grancolombiana
Fondo de promoción de Exportaciones de Colombia
Unión de Bananeros de Urabá (UNIBAN)
Aerovías Nacionales de Colombia (AVIANCA)
Fundación Santillana (Bogotá)
Organización Ardila Lulle de Colombia